Für Hugo, Victor und Mai

1.

Die Gestalt saß reglos auf dem Felsen, um in der Sonne Kraft zu tanken wie ein ausgehungertes, wechselwarmes Reptil.

Zwischen kleinen Kiefern und Mooskissen standen trostlose Inseln aus braunem Heidekraut, und die Schneereste im Dauerschatten der Felsspalten ließen erahnen, dass der Winter noch nicht zu Ende war.

Das Einzige, was sich in Sichtweite bewegte, war eine Krähe, die in einer Senke an etwas herumpickte, das nur noch vage an den Kadaver eines Hasen erinnerte.

So früh im Jahr war alles hier karg und mager.

Die Gestalt auf dem Felsen schien im Schneidersitz erstarrt zu sein. Der Rücken war aufrecht, die Füße nackt, die Hände ruhten auf den Oberschenkeln.

Es war ein Mann.

In dem harten Märzlicht traten die zahlreichen Narben auf seinem nackten Oberkörper deutlich sichtbar hervor. Manche waren alt und blass, andere noch frisch und dunkellila. Geschwungene und gezackte Linien, die sich überall auf dem blassen, sehnigen Körper abzeichneten, mit Hunderten von Stichen zusammengeflickt.

Seine langen Haare trug der Mann in einem kleinen Pferdeschwanz im Nacken, und an Hals, Kinn und Wangen wuchs ein spärlicher, widerspenstiger Bart. Er sah aus wie ein Schiffbrüchiger, der in einem Archipel aus Felsen, Heide und Nadelbäumen gestrandet war.

Er hatte die Augen geschlossen, das Gesicht zur Sonne gewandt. Es war eine strategisch günstige Stelle zwischen zwei großen Felsblöcken, wo die Luft wärmer war und der Wind ihn nicht erreichen konnte.

Seit einer halben Stunde hatte er sich nicht mehr bewegt. Keine Hand gehoben. Nicht mit dem Finger gezuckt. Keine Augenbraue hochgezogen oder die Nase gerümpft. Das Ganze wirkte wie ein konzentrierter Energieaustausch – zwischen dem unbedeutenden Organismus auf dem Felsen und dem Leben spendenden Stern in 149 600 000 Kilometern Entfernung.

Links neben dem Mann standen alte Gummistiefel, seine Strümpfe hatte er in den Schaft gestopft. Rechts von ihm lagen ein T-Shirt, ein Holzfällerhemd und ein Strickpullover. Ganz oben auf dem Kleiderhaufen blitzte etwas in der Sonne. Ein Messer. Auf der Klinge waren Rostflecken, und auch der Griff hatte schon bessere Zeiten gesehen. Er war repariert und mit fester Schnur umwickelt.

Als der Mann sich irgendwann wieder bewegte, tat er es unendlich langsam, als wäre die Sonne noch nicht fertig damit, seine Muskeln mit neuer Kraft zu füllen.

Er streckte seine Arme nach vorn und hob sie bis in die Senkrechte. Dann atmete er tief ein und langsam wieder aus, während er die Arme wie in Zeitlupe seitlich sinken ließ, zurück in die Ausgangsposition, um die Übung von Neuem zu beginnen.

Er war gerade mitten in der sechsten Wiederholung, die Arme nach oben gestreckt, als er sie plötzlich fallen ließ und wachsam den Kopf drehte. Er hatte etwas gehört. Fremde Stimmen drangen von dem Fußweg zu ihm herauf, der an seinem Sonnenplatz auf der kleinen Felsformation vorbeiführte.

Der Mann verschwendete keine Zeit darauf, sich anzuziehen. Er klemmte sich rasch das Messer zwischen die Zähne. So hatte er beide Hände frei und konnte sich abstützen. Geschmeidig wie eine Raubkatze glitt er lautlos nach unten und ging hinter einem riesigen frei stehenden Findling am Wegrand in die Hocke.

Vorsichtig spähte er hinter dem Stein hervor. Die Stimmen

wurden lauter, dann tauchten zwei Männer auf. Sie spazierten gemächlich nebeneinanderher und unterhielten sich. Er presste sich an den Fels und prägte sich blitzschnell alle Details ein.

Die Männer waren beide um die siebzig, aber davon ließ er sich nicht einlullen. Feinde gab es in jeder Altersklasse.

Sie trugen Wanderstiefel, der eine hatte einen kleinen Rucksack dabei. Ihre Kleidung war gepflegt und zweckmäßig, perfekt geeignet für einen Ausflug in die Natur, in Jägergrün und Grau, eine lockere Jacke und eine Weste mit einem Fleecepullover darunter. Er suchte nach einer kleinen Wölbung im Stoff, die darauf hindeuten könnte, dass die Männer bewaffnet waren, und achtete genau auf ihre Blicke, um herauszufinden, worauf sie ihre Aufmerksamkeit richteten.

Es kam äußerst selten vor, dass sich Fremde in diese abgelegene Gegend verirrten, die seit ein paar Monaten sein Zuhause war. Schon die Jahreszeit machte ihn misstrauisch. Mitte März … Eigentlich zu früh für Wanderer, aber nichts an den beiden älteren Herren löste Alarm bei ihm aus.

Als sie schließlich an dem Findling vorbeigingen, konnte er hören, dass sie gerade diskutierten, wie man das Geld aus der Altersvorsorge am besten anlegen sollte. Ihr Gesprächsthema beruhigte ihn endgültig. Er blieb in seinem Versteck, bis die Männer außer Sicht waren.

Das kleine weiße Holzhaus mit dem gewellten roten Stahlblech auf dem Dach leuchtete förmlich in der Sonne. Es stand auf einem flachen Hügel über der kleinen Bucht mit dem Boot am Anleger, und dahinter waren nur noch Felsen. In diesem Licht sah es aus, als hätte jemand das Haus frisch gewaschen und zum Trocknen in den blauen Himmel gehängt.

Zum ersten Mal im neuen Jahr, in dieser neuen Welt des Mannes, hatte die Sonne wirklich Kraft. Ein herrlicher Tag.

Er hatte auch an anderen Tagen schon auf seinem flachen Felsen gesessen, mit nacktem Oberkörper die Sonne genossen und sich dabei tief in das eigene Sein versenkt, aber dieser Tag heute war der schönste von allen, unvergleichlich. Bald würde der Frühling das Regiment übernehmen.

Er verließ den Fußweg und folgte dem schmalen Trampelpfad zum Haus. Als er um die Hausecke in den Garten bog, sah er sie, noch bevor sie ihn bemerkte. Sie saß auf ihrem üblichen Platz, mit dem Rücken zum Feuerholz, die Staffelei leicht schräg ausgerichtet, um das Licht im richtigen Winkel einzufangen. Ihre grauen Haare waren unter einem breitkrempigen Strohhut versteckt.

Sie malte wieder Blumen. Er hatte sie noch nie etwas anderes malen sehen. Als sie ihn entdeckte, winkte sie ihm mit dem Pinsel und rief ihm auf Englisch zu:

»*Hello, Dragos!* Warst du wieder spazieren? Immer in Bewegung, was? Du bist wirklich eine rastlose Seele.«

»Rosen?«, fragte er.

Die Frau lächelte und schüttelte den Kopf.

»Tulpen. Jede Menge Tulpen …«

2.

Der Ruf gellte durch die Werkstatt, eher eine Feststellung als eine Frage: »Lars Thøger Fritsen?«

Der Postbote war hereingekommen, während er gerade mit der Flex an dem Auto gearbeitet hatte, das auf der Hebebühne stand. Der Mann hatte einen derart militärischen Ton am Leib, dass Fritsen fast die Hacken zusammengeknallt und sich zum Rapport gemeldet hätte. Doch dann begnügte er sich damit, misstrauisch hinter dem Vorderrad des Toyota hervorzuspähen.

»Hier«, sagte er.

»Einschreiben«, polterte der Postbote weiter. »Ich brauche eine Unterschrift, danke.«

Fritsen legte den Winkelschleifer beiseite und kam unter dem alten Kombi hervor.

»Einschreiben?«

»Ja, hier, bitte«, sagte der Postbote und reichte ihm einen großen, gefütterten Umschlag. »Und hier unterschreiben.«

Fritsen kritzelte seinen Namen auf das elektronische Unterschriftsfeld.

»Danke«, sagte der Postbote und wünschte ihm im selben Atemzug einen schönen Tag, ehe er aus der Werkstatt marschierte.

Fritsen blieb stehen und musterte verwundert den Umschlag. Er erwartete nichts, schon gar kein Einschreiben.

»L. T. Fritsens Autowerkstatt, Amagerbrogade 108, 2300 Kopenhagen, z. Hd. Lars Thøger Fritsen persönlich«. Auf der Rückseite stand der Absender, eine Kopenhagener Anwaltskanzlei, Sjørsleb, Blaufeldt & Juel. Der Name sagte ihm gar nichts.

Er wog das Kuvert in der Hand und tastete es mit den Daumen ab. Es war erstaunlich schwer und enthielt offenbar einen länglichen Gegenstand aus irgendeinem harten Material.

»Und? Klappt es?«

Er schaute seinen Lehrling fragend an, der mit dem kaputten Scheinwerfer eines getunten schwarzen BMW kämpfte. Im Augenblick sah die Karre wie ein Wrack aus. Die gesamte Kühlerhaube war zusammengefaltet, nachdem der Fahrer nähere Bekanntschaft mit einem Baum gemacht hatte. Nach Absprache mit der Versicherung sollte der ganze Schrott ausgetauscht werden.

Der Lehrling nickte nur kurz. Fritsen zögerte einen Moment, ehe er beschloss, die mysteriöse Post in seinem Büro zu öffnen.

Er setzte sich an seinen Schreibtisch und schob einen Stapel Papier beiseite, um Platz zu machen. Dann riss er das Kuvert mit dem Daumen auf. Er rieb sich die Hände vorsorglich am Hosenbein ab und zog schließlich eine schwarze Plastikschachtel und einen Brief aus dem Umschlag. Er nahm seine Lesebrille aus der Brusttasche.

»Sehr geehrter Herr Lars Thøger Fritsen, unsere Kanzlei wurde damit beauftragt, den Nachlass von Frau Gudrun Oxen zu verwalten, zuletzt wohnhaft im Pflegeheim Solbakken, Ringsted. Bei der Sichtung der Hinterlassenschaften sind wir auf die beiliegende Kassette gestoßen, die mit einer schriftlichen Anweisung des Sohnes der Verstorbenen, Herrn Niels Oxen, versehen war. Er bittet darum, die Kassette an Sie zu übersenden, sofern er nicht über den Tod seiner Mutter informiert werden kann.«

Was zur Hölle wollten die ihm damit sagen? Er überflog den ersten Abschnitt ein zweites Mal, dann las er weiter.

»Wir sind ferner über die unklare Situation des rechtmäßigen Besitzers der Kassette, Niels Oxen, informiert. Da die Umstände seines mutmaßlichen Todes nicht geklärt sind, ist es den Angehörigen frühestens in fünf Jahren möglich, ihn für tot erklären zu lassen. Wir haben die Tochter der Verstorbenen, Frau Susanne Oxen Viig, über diese Problematik in Kenntnis gesetzt. Sie hat sich damit einverstanden erklärt, den Anweisungen ihres Bruders zu entsprechen. Wir bestimmen Sie somit zum rechtmäßigen Verwalter der Anlage dieser Postsendung (s. beigelegte Kopie der Zustimmung von Frau Oxen Viig samt einer genauen Auflistung des Inhalts der Kassette) und erlauben uns, den Vorgang hiermit als abgeschlossen zu betrachten.«

Oxen? Gudrun Oxen, Susanne Oxen – und Niels.

Vorsichtig öffnete er die Kassette. Sie war mit rotem Samt ausgeschlagen – und mit Herz und Mut gefüllt. Niels Oxen auf dem Totenbett, in absentia. Sein Leben erzählt in vier Orden.

Der erste war ein Orden für Tapferkeit. An die Geschichte dahinter erinnerte er sich nicht mehr. Und auch den zweiten hatte Oxen für seine Tapferkeit erhalten, ergänzt um silbernes Eichenlaub. An diese Geschichte erinnerte er sich besser als an jede andere. N. O. hatte den Orden bekommen, weil er, ohne zu zögern, bei Kostajnica in die Una gesprungen war, um einen Kameraden der Bravo-Kompanie zu retten, der von einem serbischen Heckenschützen getroffen worden war.

Dieser Kamerad war er selbst gewesen, L. T. Fritsen.

Manchmal juckte die Narbe in seinem Brustkorb noch. Und manchmal spürte er, wie sich das kalte, schwarze Wasser um ihn schloss, an der Schleuse zum Tod. Und jedes Mal wachte er nass geschwitzt auf, nachdem ihn starke Arme ins Leben zurückgezerrt hatten.

Der dritte Orden war die Tapferkeitsmedaille mit goldenem Eichenlaub. Wenn ihn die Erinnerung nicht täuschte, dann hatte N. O. sie nach einem Einsatz erhalten, als die dänischen Jägersoldaten an der *Operation Enduring Freedom* in Afghanistan beteiligt gewesen waren. N. O. war einer Helikopterbesatzung zu Hilfe gekommen, die unter heftigen Beschuss geraten war.

Vorsichtig öffnete er die Sicherheitsnadel, mit der die vierte und letzte Auszeichnung an dem Samt befestigt war. Ehrfürchtig legte er sich den Orden auf die ausgestreckte Handfläche.

Es war die höchste Auszeichnung von allen. Die nur in ganz besonderen Fällen verliehen wurde. Niels Oxen war der Einzige, der das Tapferkeitskreuz je erhalten hatte. 2009, als Soldaten des Jägerkorps in der afghanischen Helmand-Provinz stationiert waren, hatte N. O. sich hinter die feindlichen Linien gepirscht und eigenhändig acht Talibankrieger niedergekämpft, um seine Kameraden zu retten, die in einen Hinterhalt geraten waren.

Vorsichtig legte er das dekorative schwarze Kreuz zurück. Die vier Orden verschwammen vor seinen Augen.

Nein, nicht jetzt, nicht bei der Arbeit, an einem ganz normalen Vormittag. Er würde jetzt nicht … Verärgert wischte er sich mit dem ölverschmierten Handrücken eine Träne weg.

Er musste sich um den Toyota auf der Hebebühne kümmern. Der musste schließlich bis morgen fertig werden.

Doch dann übermannte ihn das alles mit ungeahnter Wucht. Er konnte nichts dagegen tun. Die Tränen liefen einfach und hörten nicht auf. Über sein Gesicht, die Lippen, den Hals und direkt in das Loch, das Oxens Tod gerissen hatte.

»Chef, ich bräuchte mal …« Der Lehrling platzte herein und blieb wie vom Donner gerührt stehen. »Äh … ist alles in Ordnung?«

Er blickte hoch und nickte.

»Jaja, kein Problem …«

»Äh, okay, es eilt nicht.«

Der Junge verdrückte sich rückwärts aus dem Büro und zog die Tür hinter sich zu.

Fritsen stellte die Kassette auf den Schreibtisch. Die Orden funkelten im Sonnenlicht, das durch das Fenster fiel. Am meisten quälte ihn die Ungewissheit. Würde Oxens Leiche jemals gefunden werden, sodass er beerdigt werden konnte? Hatten sich Krebse und Aale über ihn hergemacht? Gab es im Meer überhaupt so etwas wie Totenruhe? Oder hatte ihn eine Schiffsschraube zerfetzt und das Fleisch von seinen Knochen gerissen? Und sollte er eines Tages an eine fremde Küste gespült werden … würde sich dann jemand um ihn kümmern? Dafür Sorge tragen, dass man ihm den Respekt erwies, den er mehr als jeder andere verdient hatte?

Fritsen blieb reglos auf dem Schreibtischstuhl sitzen, während alles noch einmal an seinem inneren Auge vorbeizog.

Der Tag, als Oxen ihn aus der Una gefischt hatte. Die Zeit im Krankenhaus. Die wachsende Freundschaft, die sich zu einem starken Band entwickelte. Die Jahre, in denen Oxen immer wieder in seiner Werkstatt aufgetaucht war – nur um ein bisschen zu quatschen, nur um ein wenig Dampf abzulassen. Dann das langsame Abrutschen, das in einem Kellerzimmer im Nordwestquartier geendet hatte, als sich die Dunkelheit um seinen alten Kameraden schloss.

Er hatte versucht, ihn zu unterstützen, und ihm seinen wohlmeinenden Rat gegeben. Aber Niels Oxen war ein Mensch, der seine eigenen Wege ging und Entscheidungen allein traf. Das war seine Stärke. Und seine Schwäche.

Auch wenn sie sich nur noch selten gesehen hatten, hatte er immer wieder etwas für Oxen repariert. »Reparieren«, das konnte er gut. Oder notfalls kannte er jemanden, der es konnte.

Das alles war jetzt vorbei. Und die Orden lagen auf seinem Schreibtisch. Wie diese Frau vom polizeilichen Nachrichtendienst es ihm damals prophezeit hatte. Franck hieß sie, und sie hatte die Orden und den Brief mit Oxens Anweisung in einer Schublade entdeckt, als sie seine demente Mutter in dem Pflegeheim in Ringsted besucht hatte.

Wie hatte es bloß so enden können? In den letzten zwei Jahren hatte er nur Bruchstücke aus Oxens Leben mitbekommen, aber er kannte den Anfang. Und das Ende.

Man hatte es ihm, genau wie dem Rest des Landes, in den Medien serviert: Der Kriegsveteran, der verdächtigt wurde, einen alten Fischzüchter ermordet zu haben, hatte in einem kleinen nordjütischen Hafen ein Boot gestohlen. Damit war er nachts in Richtung Schweden aufgebrochen, aber dann war es kurz vor dem Ziel angeblich zu einer Explosion an Bord gekommen. Schwedische Zeugen hatten einen Lichtschein auf dem Meer gesehen, und später hatte man Wrackteile des dänischen Bootes gefunden. Aber keine Spur von Niels Oxen.

Seine Augen brannten immer noch, als er schließlich die Nummer seiner Frau wählte. Zum Glück ging sie sofort ans Telefon.

»Ich bin's. Ich habe eben seine Orden mit der Post bekommen. Auch das Tapferkeitskreuz. Ich bin ziemlich durch den Wind, Schatz …«

Er erzählte ihr, was passiert war, und er erzählte ihr, wie es ihm damit ging, so wie er es immer tat. Sie war der Dreh- und Angelpunkt seines Lebens. Sie kannte ihren Soldaten. Sie hörte ihm zu und gab ihm Rat. Er hatte sich Luft verschafft. Er legte auf. Beim Abendessen würden sie alles noch einmal besprechen.

Diese ganze Geschichte mit Niels stank zum Himmel …

Der Niels Oxen, den er kannte, hätte niemals einen wehrlosen alten Mann umgebracht. Er hätte nie jemanden umgebracht, der kein echter Feind war. Es war unglaublich traurig. Eine große, schmutzige Lüge, der ein kleiner Mann wie er machtlos gegenüberstand. Und das ganze Land glaubte das Märchen vom gefallenen Kriegshelden. Der Gedanke war unerträglich.

Oxens wahres Vermächtnis lag hier vor ihm auf dem Schreibtisch, auf roten Samt gebettet.

Langsam stand er auf. Er hatte einen Toyota fertig zu machen.

3.

Die Bürolandschaft des Importunternehmens für Landmaschinen lag menschenleer vor ihr. Es war ihre zweite Woche bei der Reinigungsfirma, und jetzt startete ihre Spätschicht hier in Ballerup.

Es war kurz nach neun. Draußen war es dunkel, und die Plackerei hatte gerade erst begonnen, als sie, bewaffnet mit Lappen und Seifenlauge, den Putzwagen den Flur hinunterschob.

Sie hörte, wie hinter ihr eine Tür zufiel. Das war ihr Chef, der in die entgegengesetzte Richtung loszog, um die kleineren Büros zu übernehmen. Er war, ohne zu zögern, eingesprungen, als ihre Kollegin, eine junge Litauerin, die er für diesen Abend eingeteilt hatte, nicht aufgetaucht war.

Bis heute hatte sie ausschließlich mit polnischen, litauischen oder lettischen Frauen und Männern zusammengearbeitet. Und vor fünf Minuten hatte der Chef ihr in der Putzkammer bestätigt, dass sie die einzige dänische Mitarbeiterin der gesamten Firma war.

»Willkommen in der Unterschicht. Dänen bewerben sich sonst nie auf meine Anzeigen. Die leben alle lieber von der Sozialhilfe, als ihren Hintern zu bewegen und zu putzen. Was denkst du, wer in den Hotels den Abwasch erledigt oder die Betten macht? Dänen sind das nicht. Also bei mir braucht keiner über Arbeitslosigkeit zu jammern.«

Sie hatte nur genickt. Auf eine Diskussion mit ihrem Chef, einem Muskelprotz Anfang dreißig, konnte sie gut verzichten. Der Typ war vollgepumpt mit Anabolika, hatte sich in ein ultraenges schwarzes T-Shirt mit goldenem Aufdruck gezwängt und trug weite Cargohosen im Armylook und weiße Sneakers.

Beide Begegnungen zusammengerechnet, hatte sie bisher etwa eine knappe halbe Stunde mit ihm verbracht. Zunächst bei ihrem Einstellungsgespräch und gerade eben, während sie alles für die Arbeit vorbereitet hatten. Mehr Zeit war nicht nötig gewesen, um herauszufinden, dass Bo Bremer schon mit den beiden Buchstaben seines Vornamens überfordert war. An einer Stelle hatte dieser Mann nämlich leider überhaupt keine Masse – zwischen den Ohren.

Der Putzjob war körperlich anstrengend, und der Zeitplan, den der Idiot erstellt hatte, straff und gnadenlos ausbeuterisch.

Ihr Oberschenkelstumpf, der eigentlich perfekt in der Prothese saß, tat weh, und ihr Rücken ließ sie spüren, dass sie viel zu viel über ihn kompensierte. Der Job hier war eine Notlösung, bis sie etwas anderes gefunden hatte. Aber im Augenblick führte kein Weg daran vorbei. Sie hatte schon durchgerechnet, was ein Verkauf ihrer Wohnung einbringen würde, die sie seinerzeit teuer erstanden hatte, als die Immobilienpreise noch astronomisch gewesen waren. Vermutlich war das der nächste Schritt, um ihren Abstieg zu bremsen.

Sie steckte sich die Kopfhörer in die Ohren und drehte die Lautstärke hoch. Das Metallica-Album »Load« aus den Neunzigern pustete ihr zuverlässig den Kopf frei.

Es fehlte nur noch der letzte große Schreibtisch, dann konnte sie staubsaugen.

Sie hatte den Computerbildschirm mit einem trockenen Tuch abgewischt und beugte sich gerade weit nach vorn, um mit dem feuchten Lappen bis zur hinteren Tischkante zu kommen, als zwei kräftige Arme sie von hinten packten. Sie saß fest wie in einem Schraubstock.

»Na, Süße, wie sieht's aus? Gleich hier auf dem Schreibtisch? Fünfzehnhundert bar auf die Hand …«

Ihr Chef hatte sich angeschlichen und stöhnte ihr ins Ohr.

»Lass mich los, du Wichser!«

Für eine kurze Sekunde ließ er locker, aber nur, um sofort nach ihren Brüsten zu grapschen.

»Ich hab noch nie eine Behinderte gefickt, aber mit deinen Titten scheint ja alles in Ordnung zu sein. Also okay, sagen wir zweitausend, du vorlaute kleine Bitch …«

»Lass mich los!«

»Und wild bist du auch, was? Das gefällt mir …«

Sie holte aus und knallte ihm den Hinterkopf in seine widerliche Visage. Nicht fest genug, um ihn loszuwerden, aber immerhin brachte es ihn aus dem Konzept. Sie presste das Knie ihres gesunden Beins gegen den Schreibtisch und drückte sich damit weg. Er machte einen Schritt zurück, und sie nutzte den Moment, um ihren Fuß an die Tischkante zu stemmen und sich mit aller Kraft abzustoßen. Sie stürzten beide nach hinten. Im Fallen musste er sie loslassen.

Franck war schnell wieder auf den Beinen. Er grinste schmierig.

»Okay, dann eben auf die harte Tour. Ist mir auch recht«, sagte er, rappelte sich auf und machte einen Schritt auf sie zu.

In den guten alten Zeiten hätte sie jetzt einfach ihre Dienstwaffe gezogen und ihm eine Kugel ins Bein oder an irgendeine andere harmlose Stelle gejagt. Aber die alten Zeiten waren vorbei, und sich mit ihm zu prügeln kam nicht infrage. Er war viel zu kräftig. Also musste sie ihn beim ersten Versuch erledigen.

Eine Grundregel jeder Selbstverteidigung und jedes Kampfsports besagt, dass man die Trägheit zum eigenen Vorteil nutzen soll. Auf diese Weise lassen sich selbst gravierende Unterschiede in der Kräfteverteilung ausgleichen. Als er auf sie losging, schleuderte sie ihm den nassen Lappen ins Gesicht, was ihn nur noch mehr in Rage brachte. Er holte aus, aber bevor er zuschlagen konnte, packte sie sein Handgelenk, zog ihn zu sich, wich mit einer halben Drehung aus und krallte sich mit der anderen Hand in seinen Haaren fest.

Er lief buchstäblich gegen die Wand, und sie half noch etwas nach, indem sie seinen Kopf mit aller Kraft an den nackten Beton schmetterte. Als er in die Knie ging, zog sie seinen Kopf zurück und rammte ihn ein zweites Mal gegen die Mauer. Der Mann sackte zu Boden.

»In Zukunft benimmst du dich hoffentlich besser, du widerlicher Mistkerl!«

Ihr Chef rollte sich ächzend auf den Rücken und sah sie an. Zwischen dem Blut, das aus einer aufgeplatzten Augenbraue und seiner vermutlich gebrochenen Nase rann, grinste er höhnisch.

Sie verpasste ihm einen kräftigen Tritt zwischen die Beine. Er schrie auf und wand sich wimmernd auf dem Boden.

»Glaub nicht, dass du auch nur eine Krone von mir bekommst, du verfluchte Schlampe«, keuchte er und richtete sich stöhnend auf. »Ich bringe dich um!«

Erstaunlicherweise hatte er schon wieder genug Kraft gesammelt, um einen neuen sinnlosen Angriff zu starten, und stürzte sich auf sie. Franck griff nach dem erstbesten Gegenstand, einer Schreibtischlampe mit solidem Fuß, und schwang sie gegen sein Kinn.

Der Mann kippte um wie ein nasser Sack. Ein drittes Mal würde er nicht so schnell wieder aufstehen. Sie drehte ihn auf den Bauch und zog ein auffallend dickes Portemonnaie aus seiner Hosentasche. Sein Gesicht glich inzwischen einer unförmigen, blutverschmierten Masse, aber er hatte es nicht besser verdient. Mühsam öffnete er die Augen, während sie ein ganzes Bündel Tausendkronenscheine herausangelte. Das hatte sie sich schon gedacht. Er war ein Bargeld-Typ. Sie zählte die Scheine und kam auf stolze siebzehn. Vermutlich rechnete er mit einigen Mitarbeitern schwarz ab.

»Okay, du Arsch! Die ersten zehn sind der Lohn, den du mir schuldest. Zwei nehme ich mir für die sexuelle Belästigung, drei für den gewalttätigen Angriff und den Rest als Wiedergutmachung, weil ich mit einem so unfassbar miesen Schwein wie dir zusammenarbeiten musste. Und sollte ich dich je wiedersehen, dann zeige ich dich an. Verstanden?«

Sie steckte das Geld ein und ließ die leere Brieftasche neben ihm auf den Boden fallen. Dann drehte sie sich um und verließ den Raum.

Als sie sich auf den Heimweg machte, goss es in Strömen. Der Regen war so heftig, dass der Verkehr fast zum Erliegen kam. Ihre Gedanken kreisten im selben Tempo, wie die Scheibenwischer hin- und herfegten.

Gleich morgen musste sie sich um einen neuen Job kümmern. Oder am besten um zwei. Aber nicht wieder Putzen. Da hatte sie sich wirklich überschätzt. Vielleicht fand sich ja etwas in einem Kiosk oder einer Cafeteria oder in einem Supermarkt? Sie könnte auch Taxi fahren. Oder eine Kombination aus allem?

Kurz vor Herlev fing ihr Suzuki an zu mucken. Der kleine Alto, der schon vierzehn Jahre auf dem Buckel hatte, war ein Symbol für ihren steilen Absturz. Sie war gezwungen gewesen, sich von ihrem geliebten Mini Cooper zu trennen, als ihr klar wurde, dass sie nicht damit rechnen konnte, jemals wieder einen guten Job zu finden.

Der Wagen stotterte einen letzten Kilometer die Herlev Hovedgade hinunter, und sie schaffte es gerade noch, ihn an den Straßenrand zu lenken, bevor der Motor verreckte. Wahrscheinlich war der Regen schuld, vielleicht Feuchtigkeit in der Zündung?

Es schüttete immer noch wie aus Kübeln. Wütend knallte sie die Hände auf das Lenkrad. Sie konnte nicht mal den Pannendienst rufen, denn auch der war ihren Sparmaßnahmen zum Opfer gefallen.

Es war exakt so, wie Villum Grund-Löwenberg es ihr angekündigt hatte. Die dunklen Männer des Danehof hatten sie in kürzester Zeit vernichtet, weil sie gemeinsam mit Niels Oxen, dem PET-Chef Axel Mossman und dessen Neffen Christian Sonne versucht hatte, ins Zentrum des geheimen Netzwerks vorzudringen – und es zu zerschlagen. Sie hatten ihr bis dahin so komfortables Leben auf Eis gelegt. Das war die bittere Wahrheit. Ihre komplette Existenz war eingefroren worden. Das war der Preis, den sie bezahlen musste.

4.

Die drei schwarzen Umhänge hingen sorgfältig gefaltet über den Stuhllehnen. Mit einer Handbewegung bat der ältere Herr seine beiden Gäste, ihre Plätze unter dem weiß gekalkten Gewölbe einzunehmen.

Zwischen dem Gastgeber und seinen Gästen lag eine ganze Generation. Der Herr mit der Brille, der hohen Stirn und den grauen Haaren ging sicher auf die siebzig zu. Er nahm ein Streichholz und entzündete die Kerzen, die in dem siebenarmigen Leuchter steckten.

Seine Gäste, eine Frau und ein Mann, wirkten in etwa gleich alt, Mitte vierzig vermutlich. Die Frau stellte sich hinter den Stuhl, der im Norden stand, wenn man den Tisch wie eine Kompassrose betrachtete. Der Mann stellte sich ihr gegenüber – in den Süden.

Der ältere Herr nahm seine übliche Position im Osten ein und legte dann seine Brille und einen Stapel Papiere vor sich ab. Wie seine Gäste hängte er sich den Umhang um, schloss ihn mit einer goldenen Schnalle und versicherte sich, dass alle bereit waren. Dann sprach er das Vaterunser. Nach dem Gebet folgte eine Minute der Stille.

Er behielt seine Armbanduhr diskret im Blick. Die zeremonielle Schweigeminute sollte all jene ehren, die seit der letzten Versammlung von ihnen gegangen waren. Er selbst hatte die Stille immer als wohltuend empfunden. Sie schärfte die Konzentration für die Arbeit, die vor ihnen lag, sobald die sechzig Sekunden vorbei waren und der Übergang in die andere Welt vollzogen war.

Zu seiner Rechten stand die Leiterin des Danehof Nord, Karin »Kajsa« Corfitzen, die Tochter des verstorbenen Botschafters und Schlossherren von Nørlund Slot – den Rufnamen hatte sie ihrer schwedischen Mutter zu verdanken. Kajsa Corfitzen war eine elegante, attraktive Frau. Sie hatte Internationale Wirtschaftswissenschaften studiert und ihr ganzes Erwachsenenleben in London verbracht. Nach dem plötzlichen Tod ihres Vaters hatte sie das jahrhundertelange Triumvirat des Danehof durchbrochen – was ihn nicht im Geringsten störte. Nichts auf dieser Welt war für immer. Und … wäre er ein, zwei Jahrzehnte jünger gewesen, hätte er sich zweifellos um die Gunst dieser Frau bemüht.

Links von ihm stand Villum Grund-Löwenberg, stets wie aus dem Ei gepellt und so akkurat rasiert, dass der getrimmte Vollbart sich messerscharf von der sonnengebräunten Haut abhob. Sein Aftershave verströmte einen diskreten Hauch von Sandelholz. Es war immer das gleiche, wie er einmal in einer geselligen Minute erzählt hatte, von *Taylor of Old Bond Street* aus London. Dieselbe Sorgfalt verwendete er auf seine ebenso dezenten Anzüge, alle vom selben Schneider in der Savile Row.

Der große, schlanke Mann, der das Schloss in Gram von seinen Eltern übernommen hatte, aber hauptsächlich in Kopenhagen und Zürich wohnte, stellte seinen Reichtum nicht zur Schau. Er hatte genau wie Kajsa viele Jahre in England gelebt und dort Informatik studiert. Heute war er sechsundvierzig und Miteigentümer und Mitbegründer der Firma *Castle & Unicorn Corp.*, die digitale Plattformen und Software für Finanzunternehmen entwickelte. Die Gesellschaft war mit großem Erfolg in der Schweiz an die Börse gegangen.

Villum Grund-Löwenberg war eine Ikone der dänischen Wirtschaft. Er war ein Milliardär mit Visionen und einem imponierenden internationalen Netzwerk und gleichzeitig ein geradezu scheuer Mensch. Er war einer, den jeder zum Freund haben wollte – aber nur den wenigsten war es gelungen, dieses Ziel zu erreichen.

Und hier stand er selbst, zwischen diesen beiden erfolgreichen jungen Menschen, und genau wie sie wurde er in dem Moment, in dem er über diese Türschwelle trat, auf eine Himmelsrichtung reduziert: Sie waren Nord, Süd und Ost – die Oberste Versammlung.

Das Fehlen eines westlichen Repräsentanten lag im Ursprung ihres Parlaments begründet, dem mittelalterlichen Nyborg, dem einstigen Königssitz und Machtzentrum des Landes. Damals gab es in Dänemark ein Hauptland, nämlich Jütland, das in Nord und Süd unterteilt war, und daneben die Inseln im Osten, wobei Kopenhagen noch keine große Rolle spielte. Im Westen hingegen gab es buchstäblich nichts. Und aus diesem Grund umfasste der Danehof auch nur drei Bereiche.

Er nickte seinen Gästen zu, zog den Stuhl mit der prachtvoll geschnitzten hohen Lehne zurück, nahm Platz und setzte seine Brille wieder auf.

»Das Treffen ist eröffnet. Dies ist der Danehof. Die zweite Versammlung des Jahres.«

In seiner Eigenschaft als Leiter von Ost hatte er unzählige Treffen mit diesen Worten eröffnet, so wie die Tradition es vorschrieb. Dieses Jahr im Herbst wurde er neunundsechzig. Die Pensionierung rückte näher, sowohl was seine berufliche Tätigkeit betraf als auch bezüglich dieser erhabenen Aufgabe. Aus diesem Grund hatte er schon vor geraumer Zeit mit der langwierigen Arbeit begonnen, einen geeigneten Nachfolger zu suchen. Ein Prozess, der Jahre dauern konnte.

Man musste sein Alter annehmen und akzeptieren, dass es einen nach und nach an die eigenen Grenzen brachte. Einige seiner Vorgänger hatten es leider versäumt, an diesem Punkt die nötige Sorgfalt walten zu lassen.

»Wünscht jemand, vorab das Wort zu ergreifen?«

Nord und Süd gaben ihm mit einem Kopfschütteln zu verstehen, dass das nicht der Fall war.

»Gut. Dann lassen Sie mich zunächst ein paar Sätze zur aktuellen Situation sagen: Punkt eins, der neue Oberbefehlshaber der dänischen Armee steht fest, auch wenn die offizielle Ernennung sich noch ein wenig verzögern wird. Yssing wird es werden. Wir haben es geschafft. Es war die richtige Entscheidung, als wir seinerzeit beschlossen, derart massiv in genau diese Personalie zu investieren. Es ist ganze neununddreißig Jahre her, dass der Danehof diesen wichtigen Posten zum letzten Mal besetzt hat. Es handelt sich also um ein wirklich großes Ereignis für uns.«

Seine Kollegen sahen zufrieden aus. Er fuhr fort, ohne einen Blick auf seine Unterlagen zu werfen.

»Punkt zwei ist die natürliche Folge aus Punkt eins, könnte man wohl sagen … Jegliche Aktivität im Zusammenhang mit dem ehemaligen Jägersoldaten Niels Oxen wurde eingestellt. Es ist über ein halbes Jahr her, dass er zum letzten Mal lebend gesehen wurde – der genaue Sachverhalt liegt Ihnen vor –, und daher habe ich entschieden, unsere aktive Suche nach ihm zu beenden. In der ersten Zeit haben wir sämtliche kleinen Krankenhäuser sowie alle großen Einrichtungen in einem entsprechenden Radius minutiös überprüft und auch sämtliche Polizeiberichte gesichtet. Im weiteren Verlauf hat sich unser Einsatz darauf konzentriert, alle Meldungen über Leichenfunde im Kattegat, in der Ostsee und Teilen der Nordsee systematisch zu überwachen, was mit hohen Ausgaben verbunden war. Auch aus diesem Grund habe ich beschlossen, die Suche einzustellen. Niemand hat ernsthaft Zweifel daran, dass Oxen tot ist. Wir müssen uns nur damit abfinden, dass der endgültige Beweis – seine Leiche – vermutlich nie gefunden werden wird, was bekanntlich für viele gilt, die im Meer verschwinden.«

Süd meldete sich. Er verstummte und nickte.

»Leichenfunde überwacht? Wie geht das?«, fragte sein Kollege.

»Hauptsächlich mithilfe unserer Kontakte bei der Polizei in Schweden und Norwegen, aber in den Ostseeanrainerstaaten ist ebenfalls unter der Hand Geld geflossen. Wir haben dafür bezahlt, dass wir bei Funden benachrichtigt und über die Identität der jeweiligen Leiche informiert werden. Ist das Erklärung genug?«

Süd nickte, und Ost fuhr fort.

»Kommen wir schließlich zu Punkt drei. Seit dem letzten Treffen sind vier Mitglieder von uns gegangen, die auf unserer Passivliste standen. Einer in Nord, einer in Süd und zwei in Ost. Nur in einem Fall gibt es eine Witwe. Bei den drei anderen enden somit unsere Verpflichtungen.«

»Wir könnten große Summen sparen, wenn wir in Zukunft auf diese Alimentationen verzichten würden«, warf Nord ein und hob noch in derselben Sekunde entschuldigend die Hände. Eine spontane Bemerkung war gegen die Regeln des Protokolls.

»Der Unterhalt für die Pensionierten und ihre Ehepartner ist, wie Sie wissen, historisch begründet«, antwortete Ost. »Und damit wäre das Briefing abgeschlossen. Können wir fortfahren?«

Seine Kollegen nickten. Er nahm zwei Mappen von dem Stapel, der vor ihm lag, und hielt sie hoch.

»Diese beiden Berichte sind der erste Punkt auf unserer Tagesordnung. Sie müssten die Unterlagen vor sechs Tagen per Kurier erhalten haben.«

Er blickte über den Rand seiner Brille, erst nach links, dann nach rechts. Beide bestätigten das mit einem erneuten Nicken.

Der Fall fiel in seinen Bezirk, und er war es auch, der die Berichte angefordert hatte. Die Informationen waren ausgesprochen detailliert. Sie waren über einen Zeitraum von zwei Wochen gesammelt worden, unter anderem durch Wanzen in den jeweiligen Wohnungen. Das Ganze war eine ziemlich kostspielige Angelegenheit gewesen.

»Lassen Sie mich kurz den Hintergrund skizzieren: Ende August beginnt der größte Prozess, den es hierzulande im Zusammenhang mit Kartellbildung im Bausektor je gegeben hat. Angeklagt ist Kresten Hildmand, der, wie Sie wissen, Mitglied des Zweiten Rings Ost ist. Der Staatsanwalt hält Hildmand für die zentrale Figur in dieser Sache. Sigurd Back aus dem Dritten Ring Nord ist ebenfalls in diesen komplexen Fall verstrickt. Ich bin überzeugt davon, dass Hildmand durch seine Mitgliedschaft im Danehof und seine Teilnahme an verschiedenen Aktivitäten unseres Thinktanks Consilium in der Lage war, sich ein eigenes Netzwerk aufzubauen und wichtige Bereiche der Baubranche zu kontrollieren. Hildmand könnte – wenn er vor Gericht einknickt – eine Tür zu gewissen Bereichen des Danehof öffnen. Und wenn die Staatsanwaltschaft erst auf seine Verbindung zu Nord und Nørlund Slot aufmerksam geworden ist, werden sie sehr schnell auch über den Fall der gehängten Hunde stolpern und sich alle Beteiligten von damals genauer vornehmen. Mit anderen Worten: Aufgrund Kresten Hildmands unverzeihlicher Gesetzesbrüche droht unsere Organisation in ungeahntem Ausmaß kompromittiert zu werden.«

Er räusperte sich und legte die beiden Mappen zurück auf den Stapel.

»Diese Überwachung war wirklich gründlich. Ich denke, damit liegen uns jetzt alle relevanten Informationen vor, sowohl über Hildmand als auch über den Staatsanwalt Per Eilertsen. Beide

Analysen ergeben ausreichend Angriffspunkte, um eine Lösung für unser Problem zu finden.«

Sein Auftrag war Punkt für Punkt ausgeführt worden. Das Material in den beiden Mappen zeichnete klare Profile.

Hildmand, der alternde Unternehmer, führte ein chaotisches Leben mit einem beträchtlichen Alkoholkonsum. Seine Ehe war zerrüttet. Seine Frau verbrachte die meiste Zeit im Urlaub oder vertrieb sich die Wochenenden mit Freundinnen in irgendwelchen Großstädten, während Hildmand auf die Jagd ging, seine kleine Oldtimer-Sammlung polierte oder vor dem Fernseher saß und sich Essen liefern ließ. Und dabei viel zu viel trank. Buchstäblich bis zum Umkippen. Zu seinen erwachsenen Kindern hatte das Paar nur sporadischen Kontakt. Aber zumindest die finanziellen Verhältnisse waren gesichert.

Auf einer der Tonaufnahmen, die eins der verstecken Mikrofone in der Küche des Ehepaars geliefert hatte, weihte Kresten Hildmand seine Frau gerade in seine Pläne ein: Er zog es in Erwägung, einen Deal mit dem Staatsanwalt einzugehen und alles auf den Tisch zu legen – und im Gegenzug für seine Kooperationsbereitschaft einen gewissen Strafnachlass zu fordern. Seine Frau hatte trocken erwidert, dass ihr das völlig egal sei. Hauptsache, die Firmengeschäfte konnten weiterlaufen.

Staatsanwalt Per Eilertsen, der seit siebzehn Jahren mit der Anwältin Line Eilertsen verheiratet war und zwei Töchter im Teenageralter hatte, war das komplette Gegenteil von Hildmand. Immer korrekt und unangreifbar. Er war ein maßvoller und vernunftgesteuerter Mensch, ganz gleich ob es um Aktien ging oder die Wahl seines Schuhwerks.

Vieles von dem war schon lange bekannt, aber es gab auch ein paar neue und interessante Details über die beiden Herren. Der Staatsanwalt beispielsweise drehte gern mal die Stereoanlage bis zum Anschlag auf, wenn er allein zu Hause war, und pfiff und sang bei »Wind of Change« begeistert mit. Und Hildmand hatte eine

Bibel in der Nachttischschublade. Nicht dass das etwas zu bedeuten hatte, aber trotzdem …

Solche Erkenntnisse waren unverzichtbar. Man musste alles wissen, nicht nur über potenzielle Widersacher, sondern auch über die eigenen Leute. Und nicht zuletzt galt die feste Vorgabe, dass wirklich valide, umfassende Informationen vorliegen mussten, bevor die Oberste Versammlung eine so wichtige Entscheidung treffen konnte.

Es war eine Frage von Leben und Tod.

»Bevor ich Ihnen mitteile, wie ich dazu stehe, würde ich gern Ihre Einschätzung hören.« Er klopfte mit der flachen Hand auf die beiden Mappen und sah seine Kollegen nacheinander an.

»Wie wehren wir diese Bedrohung ab?«

5.

Ein Ruck in der Tiefe, dann ein langes, ausdauerndes Ziehen an der Angelschnur. Der vierte Fang des Vormittags. Dem Widerstand nach zu urteilen ein größeres Kaliber als die anderen, die bereits auf dem Boden des kleinen Motorboots lagen.

Kabeljau … Den sollte es heute geben, denn Tessa hatte Geburtstag, und er hatte ihr versprochen, ausreichend Fisch für das Abendessen und die Tiefkühltruhe mitzubringen, die sich über den Winter ziemlich geleert hatte.

Das Boot lag an einer Stelle, die ihm schon oft gute Fänge beschert hatte, über der tiefen Rinne zwischen Växholmen und Ängholmen.

Er hob die kurze Angelrute, senkte sie wieder und holte die Schnur ein. So bekam man einen Riesen an die Oberfläche, aber damit allein war es noch lange nicht getan.

Es war ein kalter Tag. Das milde Frühjahr ließ noch auf sich warten, auch wenn es sich vorhin in der warmen Sonne auf dem Felsen schon anders angefühlt hatte.

Er ließ die Rute wieder sinken und hob den Blick. Das Wasser war ruhig. Der Wind kam aus Nordwest, und er befand sich im Windschatten der Schäreninsel Klöverö. Von hier aus konnte er bis Korsvik sehen, aber Tessas Haus lag versteckt hinter einer Landzunge.

Jetzt tauchte seine Beute unter der Wasseroberfläche auf. Ein prächtiger Kabeljau von mindestens fünf Kilo. Der Fisch hatte nicht den gelben Pilker erwischt, sondern sich stattdessen den Beifänger geschnappt, dieses tintenfischartige Ding aus weichem Plastik, das er sich nach Weihnachten in Marstrand besorgt hatte.

Er zog den Fisch mit dem kleinen Bootshaken an Bord. Das perfekte Geburtstagsessen. Theresa Lövgren wurde heute dreiundsechzig. Er hatte sich hundert Kronen von ihr geliehen und in dem Coop-Supermarkt im Hafen für den Gummifisch und ein Geschenk ausgegeben – eine Schachtel Pralinen.

Er verdankte dieser Frau alles.

Tessa hatte ihn vor einigen Monaten auf einer Schäre am Koddholmen entdeckt, als sie frühmorgens zum Angeln rausgefahren war. Sie hatte ihn in ihr Boot verfrachtet, in ihr kleines weißes Haus gebracht, ihn zusammengeflickt und gesund gepflegt.

Dass er überhaupt noch lebte, war einer Reihe glücklicher Umstände geschuldet, wie dem Wind und den Strömungsverhältnissen in jener Nacht in den schwedischen Schären. Aber vor allem lebte er noch, weil die ehemalige Ärztin, Dr. med. Theresa Lövgren, nicht vergessen hatte, wie man eine Naht setzte und eine Wunde versorgte.

»So wie du zugerichtet bist, gibt es nur einen, dem du für dein Leben danken solltest – unserem Herrn und Schöpfer.«

Er erinnerte sich an ihre Worte bei dem ersten richtigen Gespräch, das sie auf Englisch geführt hatten. Er glaubte nicht an Gott. Er glaubte an Tatsachen.

Aber er war mehr als dankbar dafür, dass seine Retterin sich auf die nahezu menschenleere Schäreninsel Klöverö in die selbst gewählte Isolation zurückgezogen hatte.

Hätte ihn irgendjemand anders gefunden, wäre er zweifellos ins Krankenhaus gebracht worden, wo *die* ihn mit Sicherheit gefunden hätten, denn natürlich hatten sie sämtliche Krankenhäuser entlang der Küste überprüft. Und dann hätten sie ihn auf der Stelle umgebracht. Ganz einfach.

Als sein Leben am seidenen Faden hing, war Dr. med. Theresa Lövgren zur richtigen Zeit am richtigen Ort gewesen. Sie hatte ihm das Leben gerettet.

Und genau deshalb hatte er ein schlechtes Gewissen. Denn er betrog sie. In jeder Minute, in jeder Stunde, an jedem Tag und in jeder Woche, seit er zum ersten Mal die Augen aufgeschlagen und seinen Namen gesagt hatte: Dragos.

Tatsächlich war diese Lüge das Erste, woran er sich erinnerte. Was in dem Zeitraum passiert war, nachdem sein Boot auf der Flucht nach Schweden von einem Hubschrauber aus angegriffen und versenkt worden war und bevor Tessa ihn aus dem Wasser gezogen hatte … Er wusste es nicht. Hatte er sich an Wrackteile geklammert? Das kam ihm wahrscheinlich vor. In seinem Zustand hätte er sich aus eigener Kraft niemals über Wasser halten können.

Er war zum zweiten Mal zu »Dragos« geworden, weil ihm nichts Besseres eingefallen war. Das erste Mal lag inzwischen über ein Jahr zurück. In der Silvesternacht hatte er in einem Schuppen auf dem abgelegenen Gelände einer Fischzucht in der Nähe von Brande Unterschlupf gefunden, als der alte Fischzüchter das Opfer von Einbrechern geworden war. Zwei Rumänen waren in den ersten Stunden des noch unschuldigen Jahres in das Haus des Alten eingebrochen. Sie hatten den armen Kerl überwältigt und auf ihn eingeprügelt. Also hatte er sich in den Kampf gestürzt, hatte die Räuber unschädlich gemacht und sie mit einem kräftigen Tritt zurück nach Bukarest befördert, aber erst nachdem er sich ihre Pässe geschnappt hatte.

Genau dort, auf dem zerschlissenen Sofa beim alten Johannes Fisch, der mit seinem Retter anstoßen wollte, genau dort hatte er seine eigene erbärmliche Identität geschützt und den Namen im ersten Pass als seinen eigenen ausgegeben:

Dragos. Adrian Dragos.

Dann war der Alte brutal ermordet worden – und er selbst unter Verdacht geraten, der Mörder zu sein. Und jetzt gingen alle davon aus, dass er mittlerweile im Meer ertrunken war.

Niels Oxen war tot, und Adrian Dragos schwindelte sich in gebrochenem Englisch weiter durchs Leben, was ihm inzwischen völlig natürlich erschien.

Als sie an diesem Morgen zusammen beim Frühstück saßen, war er kurz davor gewesen, Tessa alles zu erzählen. Sie hatte die Wahrheit verdient. Vielleicht wäre es passend gewesen, sie ihr zum Geburtstag zu schenken, aber stattdessen war der Morgen schweigsam geblieben, mit Pralinen, ihren selbst gebackenen Brötchen und der kleinen schwedischen Flagge, die zwischen ihnen auf dem Frühstückstisch stand.

Er war immer noch Dragos. Ein harmloser, kleinkrimineller Rumäne, der sein Glück in Dänemark gesucht hatte und dort an die falschen, die großen Jungs geraten war. Sie hatten ihn gezwungen, Schmuggelware übers Meer nach Schweden zu bringen, Alkohol und Zigaretten. Sie hatten ihm gedroht, seiner Familie zu Hause etwas anzutun, sollte er sich weigern. Kurz vor der schwedischen Küste war sein Boot in Brand geraten, und irgendetwas an Bord war explodiert. Vielleicht die Gasflasche des Kochers?

Diese Geschichte enthielt durchaus Elemente der Wirklichkeit. Und genau diese Geschichte hatte er Tessa aufgetischt, als er während seines Krankenlagers endlich dazu fähig gewesen war, ein Gespräch zu führen.

Er hatte die fürsorgliche Frau betrogen, die ihn ins Leben zurückgeholt hatte, und ihr direkt in das sanfte Gesicht gelogen. Er hatte es getan, um sie zu schützen. Und sich selbst. Aber die Monate auf Klöverö waren ohne jeglichen Anlass zu Besorgnis oder Misstrauen verstrichen. Auf der kleinen Insel stand im Winter die Zeit still.

Doch jetzt kam der Frühling und würde Besucher anlocken. Wanderer und andere Naturfreunde. Fremde Blicke. Und später, hatte Tessa ihn gewarnt und dabei die Augen verdreht, würden Heerscharen von Seglern einfallen, die Seite an Seite in einer Bucht namens Utkäften anlegten, einem Naturhafen nicht weit von Korsvik entfernt. So viele, dass man es kaum fassen konnte.

Alles, was ein Segel hatte oder mit einem Motor ausgerüstet war, würde sich in diesem Teil der Schären tummeln. In Marstrand wurde jedes Jahr der *Match Cup Sweden* ausgerichtet, und dann gab es noch die Marstrand Regatta. So etwas zog natürlich Publikum an. Und Aufmerksamkeit.

Er dagegen wollte am liebsten unsichtbar sein. Deshalb konnte er nicht bleiben, und sie hatten auch schon darüber geredet. Tessa konnte ihm vielleicht einen Job in einem Sägewerk vermitteln, das irgendeinem Familienmitglied gehörte. Es befand sich am nördlichen Ende des Bottnischen Meerbusens, in Haparanda. Einen besseren, abgelegeneren Ort konnte man sich nicht wünschen. Die Schmuggler dachten, er wäre tot. Und wenn er genug Geld verdient hatte, dann würde er nach Hause reisen – nach Rumänien. Und sich nie mehr auf irgendwelche krummen Geschäfte einlassen.

Aber heute Abend würde er sein schwarzes Gewissen auf den runden Wohnzimmertisch des Geburtstagskinds legen und endlich alles in Ordnung bringen.

Tessa wusste, was es bedeutete, zu lügen, sogar im großen Stil. Sie hatte eine Forschungskooperation mit einem Pharmaunternehmen geleitet und in der entscheidenden Phase wissentlich kritische Daten über ein Präparat zurückgehalten. Der Druck war zu groß gewesen. Viele Millionen hatten auf dem Spiel gestanden. Für das Unternehmen war es um alles oder nichts gegangen. Sie hätte sich wehren müssen.

Die falschen Zahlen waren aufgeflogen, und die Firma hatte Konkurs angemeldet. Man hatte sie gefeuert – und sie hatte sich voller Reue selbst auferlegt, auf unbestimmte Zeit in der Einsamkeit auf Klöverö Buße zu tun.

Vielleicht würde sie gar nicht übermäßig auf seinen Betrug reagieren. Nur kaum merklich lächeln und nicken, sein Geständnis schweigend akzeptieren, wie es ihre Art war, statt große Worte zu machen. Und wenn sie nicht allzu wütend oder enttäuscht von ihm war und ihr Angebot immer noch galt, dann würde er es annehmen.

Haparanda klang perfekt. Nicht nur für Dragos. Auch für Oxen.

6.

Der Baulöwe? Oder der Staatsanwalt? Oder keiner von beiden? Die Diskussion, die buchstäblich um Leben und Tod ging, dauerte nun schon über eine Stunde. Jetzt war sie langsam zu Ende.

Wie immer war es ein zivilisierter Meinungsaustausch gewesen, aber der Ton war spürbar schärfer als sonst. Die Dreieinigkeit, die die oberste Führung des uralten Parlaments bildete, konnte nicht durch eine simple Mehrheit aufgelöst werden. Entweder alle oder keiner.

Er trank einen Schluck Wasser und bereitete sich darauf vor, den umfangreichen Punkt ihrer Tagesordnung abzuschließen.

»Ich denke, wir haben die verschiedenen Aspekte ausführlich besprochen. Können wir zur Abstimmung kommen?«

Seine Kollegen nickten.

»Der Danehof stimmt über eine ›endgültige Lösung‹ im Zusammenhang mit dem Unternehmer Kresten Hildmand oder dem Staatsanwalt Per Eilertsen ab. Da Hildmand einer der meinen ist, mache ich den Anfang. Ich habe zwei Analysen ausarbeiten lassen, um herauszufinden, ob es eine Alternative gibt, aber leider hat sich keine sinnvolle Option ergeben. Unter Berücksichtigung aller gängigen Faktoren scheint Staatsanwalt Per Eilertsen ungewöhnlich wenig Angriffspunkte zu bieten, weder privat noch beruflich. Ihn zu stoppen würde außerdem nicht bedeuten, den Fall zu stoppen, wenngleich die Staatsanwaltschaft ohne ihn deutlich geschwächt wäre. Hildmand hingegen hat uns hintergangen. Er stellt ein Sicherheitsrisiko dar. Nicht nur jetzt, in dieser Kartellgeschichte, sondern grundsätzlich. Ich stimme deshalb für eine endgültige Lösung bei Kresten Hildmand.«

Mehr hatte er dazu nicht zu sagen. Während ihrer Debatte war alles angesprochen worden. Er konnte das Wort weitergeben.

»Süd, fahren Sie fort. Ich bitte um eine kurze Begründung.«

Der Leiter des Danehof Süd machte sich eine letzte Notiz auf seinem Block und legte dann den Kugelschreiber deutlich hörbar auf den Tisch.

»Ich stimme ebenfalls für eine endgültige Lösung im Hinblick auf das Problem Kresten Hildmand. Er hat unser Vertrauen missbraucht und auch das Netzwerk, dem er angehört. Er hat schon seit Jahren keinen konstruktiven Beitrag mehr geleistet. Er ist – und das ist mein deutlicher Eindruck – zu einem alten, versoffenen Dummschwätzer verkommen. Ich frage Sie, würde seine Abwesenheit unsere Organisation schwächen? Nicht im Geringsten. Im Gegenteil. Außerdem erklärt sich von selbst, dass es überaus gewichtige Gründe geben müsste, um einen Staatsanwalt zu liquidieren, was nur noch größere Verärgerung und Aufmerksamkeit auf uns ziehen würde. Ein solches Vorgehen wäre völlig unsinnig.«

Liquidieren? Das war ein Ausdruck, der Ost gar nicht gefiel. Und er wurde hier auch nicht verwendet. Gemäß der Danehof-Konvention war immer von einer »endgültigen Lösung« die Rede. Aber seine hochgezogene Augenbraue rief keinerlei sichtbare Reaktion bei Süd hervor, der nach einer kleinen Kunstpause fortfuhr.

»Ich möchte Sie darauf aufmerksam machen, dass wir erst vor einem knappen halben Jahr hier beisammensaßen und die endgültige Lösung für Justizminister Ulrik Rosborg und den ehemaligen Jägersoldaten Niels Oxen beschlossen haben. An Neujahr blickten wir noch voller Zuversicht ruhigeren Zeiten entgegen, in denen wir ungestört arbeiten wollten. Es ist nicht der Sinn unserer Organisation, über Leben und Tod zu verfügen. Das alles lenkt uns von unserem eigentlichen Ziel ab: nämlich für das Wohl aller zu arbeiten. Den Dänen und Dänemark zu dienen und unseren Einfluss dort geltend zu machen, wo Beschlüsse reifen und letztlich auch getroffen werden. Das ist der Grund, warum ich hier bin. Und ich hoffe, dass Ihre Motive dieselben sind …«

Süd hielt inne und ließ seine Worte nachklingen.

Ost war sprachlos, aber er ließ es sich nicht anmerken, sondern beobachtete konzentriert seinen Kollegen, der gerade etwas in seinen Unterlagen suchte. Dann hob Süd den Kopf, sah zu Nord und von dort zu ihm … Ihre Blicke trafen sich. Es war ein kurzer, unangenehmer Moment, doch sie entschieden sich beide für den Rückzug. Er richtete das Wort an Süd.

»Das waren überaus deutliche Worte. Abschließend …«

Süd schüttelte den Kopf.

»Nein, nein, ich bin noch nicht fertig. Wir sind gerade an einem zentralen Punkt angelangt, den wir meines Erachtens nicht einfach übergehen dürfen. Die eigentliche Ursache dafür, dass wir erneut vor diesem Dilemma stehen … Die eigentliche Ursache dafür, dass wir erneut von unserer ursprünglichen Aufgabe abgelenkt werden, ist der Struktur des Danehof geschuldet. Die Struktur unserer Organisation ist hoffnungslos veraltet und führt dazu, dass wir konstant mit dem Risiko leben müssen, kompromittiert zu werden. Nord, Süd und Ost – wir leiten jeweils drei Ringe mit je fünf auserwählten Mitgliedern. Die fünf Mitglieder eines Rings sind isoliert und sollten nur ihren eigenen Kreis kennen. Aber das ist in der Praxis längst nicht mehr zu realisieren. Wir sprechen hier von fünfundvierzig Personen, die alle eine Verbindung zu einem speziellen Ort haben, den sie benennen können. Im Bezirk Ost ist es hier bei Ihnen, in Nord ist es Nørlund Slot, und Gram Slot bei mir. Schon allein das stellt ein Problem dar. Darüber hinaus sind viele dieser fünfundvierzig Menschen auch noch an öffentlichen und internen Aktivitäten des Consiliums beteiligt. Und sie sind alle einflussreich – sonst wären sie nicht ausgewählt worden – und bewegen sich schon deshalb in denselben Kreisen. Ihre Wege kreuzen sich beispielsweise auch im landesweiten Netzwerk des Wirtschaftsforums. Wir können niemandem verbieten, daran teilzunehmen. Aber das ist noch lange nicht alles. Einige dieser fünfundvierzig Menschen begegnen sich in diversen Vorstandsetagen, was angesichts ihrer Positionen natürlich zu erwarten ist. Herrgott, wir haben Mitglieder, die gleich in mehreren Vorständen auf einmal sitzen. Und jedes Mal, wenn sie sich treffen, sind wir dem Risiko ausgesetzt, dass sie reden. Oder etwas ausplaudern. Jedes Mal, wenn sich zwei Danehof-Mitglieder gegenüberstehen, schweben wir theoretisch in Gefahr. Auf diese Weise bewirkt unsere Struktur, dass wir uns selbst de facto der schlimmste Feind sind. Deshalb möchte ich heute darum bitten, unter dem Punkt ›Sonstiges‹ eine Debatte über unsere Struktur auf die Tagesordnung zu setzen. Das war alles. Danke.«

Süd nickte ihnen beiden zu.

In dem kleinen Raum wurde es still. Die sieben Flammen zitterten. Das, was Süd eben gewagt hatte, war … mehr als ungewöhnlich. Hatte er in seinen vielen Jahren als Vorsitzender je etwas Vergleichbares erlebt? Hatte er das? Nein. Nie.

Er spürte, wie der Ärger in ihm aufstieg. Aber er durfte sich nicht davon beeinflussen lassen. Seine Aufgabe war es, dieses Treffen zu leiten.

»Vielen Dank, Süd«, sagte er und versuchte, im Ritual seine Gelassenheit wiederzufinden.

»Nord«, fuhr er fort. »Ich bitte um eine Entscheidung und die Begründung.«

Nord räusperte sich.

»Die Analyse gibt uns leider Anlass dazu, das Schlimmste zu befürchten, nämlich dass Kresten Hildmand im Verlauf seines Prozesses alle Karten auf den Tisch legen wird. Ich bin davon überzeugt, dass darin die eigentliche Gefahr liegt. Aber ich bin nicht bereit, dieses Risiko einzugehen. Hildmand stellt keinen erkennbaren Wert für unsere Organisation dar. Daher stimme ich für eine endgültige Lösung im Hinblick auf Kresten Hildmand. Die Alternative, dies für den Staatsanwalt in Betracht zu ziehen, ist völlig indiskutabel. Wir können nicht losmarschieren und den Justizbehörden den Krieg erklären. Wir *müssen* unsichtbar bleiben. Und da es nun schon angesprochen wurde: Ich kann mich den Bedenken von Süd nur anschließen … voll und ganz.«

Also auch von Nord ein Angriff? Damit hatte er nicht gerechnet. Wieso hatte keiner der beiden das Thema während der informellen Diskussion im Vorfeld angesprochen? Aber darüber durfte er nicht nachdenken – jetzt musste er konzentriert zuhören.

»Es ist höchste Zeit, dass wir den Blick nach innen richten«, sagte Nord. »Es ist untragbar, dass wir ständig nur von einem Zwischenfall zum nächsten springen. Wenn ich unsere jüngste Geschichte richtig in Erinnerung habe, stellten auch der alte Industrielle Karl-Erik Ryttinger und der Sozialdemokrat Gunnar Gregersen ein Sicherheitsrisiko dar. Nicht zu vergessen Gregersens Frau. Mein Vater war an den Beschlüssen einer endgültigen Lösung für sie alle beteiligt – gemeinsam mit Ihnen, nicht wahr?«

Die direkte Frage kam unerwartet. Aber Nord hatte recht.

»Korrekt«, erwiderte er mit einem kurzen Nicken.

»Es gab auch davor schon derartige Entscheidungen, und es folgten andere danach. Zuletzt die Abstimmung in diesem Kreis über den Justizminister. Unsere zentrale und teuer erkaufte Position in der Regierung. Und wäre Vitus Sander im letzten Jahr nicht verstorben, dann hätten wir auch für ihn eine endgültige Lösung in die Wege leiten müssen. Das geht einfach nicht. Unsere Struktur muss geändert werden, wir müssen verhindern, dass einzelne Personen sich Wissen aneignen können und somit zu einem Risiko für uns werden. Ganz zu schweigen von den vielen Mitgliedern, die nach ihrem aktiven Dienst in die Passivliste übergehen. Sie könnten uns genauso kompromittieren wie die Aktiven. Obendrein geben wir hohe Summen für den Unterhalt der Passiven aus. Mittel, die an anderer Stelle weit sinnvoller eingesetzt werden könnten. Ich schließe mich dem Wunsch nach einer Strukturdebatte an. Danke, das war alles.«

Ost nickte nachdenklich. Nord hatte diesen abschließenden Beitrag mit Sicherheit zu Hause vorbereitet. Saß er mitten in einer geplanten Meuterei der jungen Kräfte? In einer keimenden Revolution?

Als Leiter der Versammlung gehörte ihm das letzte Wort, die Konklusion.

»Der Danehof beschließt hiermit die endgültige Lösung, was unser Mitglied Kresten Hildmand betrifft. Die Umsetzung des Beschlusses kann ohne große Verzögerung erfolgen. Ich habe bereits einen Vorvertrag abgeschlossen, und die entsprechenden Leute stehen auf Abruf bereit, um die Aufgabe zu übernehmen. Je schneller er exekutiert wird, desto geringer ist die Gefahr eines Geheimnisverrats. Was Ihren Wunsch nach einer Diskussion unserer Struktur betrifft, möchte ich dem selbstverständlich nicht im Wege stehen. Ich setze sie als letzten Punkt auf die heutige Tagesordnung. Da ich davon ausgehe, dass unsere Sitzung bis weit in die Nacht dauern wird, erlauben Sie mir, alles für Ihre Übernachtung vorzubereiten. Es wird zu spät werden, um Sie zurück aufs Festland zu bringen.«

7.

Der Alto lief zwar nicht ganz rund, aber wenigstens war er noch einmal von den Toten auferstanden. Nachdem er gestern Abend in dem sintflutartigen Regen an der Herlev Hovedgade mit einem theatralischen Huster liegen geblieben war, hätte sie das nicht erwartet.

Nach dem Frühstück war sie mit dem Bus zurück zu ihrem Auto gefahren, aber der kleine Japaner hatte immer noch jede Zusammenarbeit verweigert, als sie den Zündschlüssel drehte. Also hatte sie die Motorhaube aufgeklappt und eine Stunde zum Trocknen offen stehen lassen, während sie sich die Schaufenster des Einkaufszentrums am Bangs Torv angesehen hatte. Zum Abschluss der Rettungsaktion hatte sie noch eine ordentliche Ladung Starthilfespray in den Ansaugstutzen des Motors gesprüht. Und tatsächlich fing der Alto mürrisch an zu brummen.

Jetzt war sie auf dem Weg zu der kleinen Werkstatt in der Amagerbrogade, wo sie um Rat fragen wollte. Sie war schon ein paarmal dort gewesen, bisher immer dienstlich. Um den Besitzer, L. T. Fritsen, über seinen alten Soldatenkameraden Niels Oxen zu befragen und nach irgendeinem Hinweis im Blick des Mechanikers zu forschen. Nur nicht beim letzten Mal.

Sie hatte Fritsen in der Woche nach Oxens Tod aufgesucht. Da war sie schon hochkant beim PET rausgeflogen. Sie hatte nichts Konkretes von ihm gewollt. Nur jemanden gesucht, der ihren Schmerz teilte.

Unter der dünnen Ölschicht an der Oberfläche hatte sie gesehen, wie sehr Oxens Tod ihn getroffen hatte. Sie hatten in seinem Büro Kaffee getrunken, und als sie ging, hatte sie zum ersten Mal das Gefühl gehabt, sein Vertrauen gewonnen zu haben. Vielleicht war das für eine Arbeitslose auch leichter als für eine PET-lerin.

Damals war sie noch ihren Mini gefahren. Und ihr war auch noch nicht bewusst gewesen, welche weitreichenden Konsequenzen es für sie haben würde, dass sie die Männer der Macht herausgefordert hatte.

Seitdem hatte eine neue Zeitrechnung begonnen: Sie befand sich im Jahr null nach dem Mini Cooper und war in jedem Bereich ihres Lebens auf »Start« zurückgeworfen worden.

Die Bremsen des Alto jammerten, und der ganze Wagen schaukelte, als sie auf den Hof der Werkstatt fuhr. Das Tor stand offen. Drinnen kniete L. T. Fritsen vor einem Transporter. Er beachtete weder sie noch ihren Wagen, sondern werkelte ungerührt weiter.

»Tag«, sagte sie und betrat den ölverschmierten Betonboden.

»Tag«, sagte Fritsen, ohne hochzuschauen. Er war gerade damit beschäftigt, irgendetwas festzuschrauben. Sie blieb schweigend stehen. Erst als er den Schraubenschlüssel aus der Hand legte, hob er den Kopf.

»Ja? Was kann ich …?«

Sie spürte diesen kleinen Augenblick, den er länger brauchte und der alles sagte.

»Ich fasse es nicht! Margrethe? Ich habe dich erst gar nicht …«

Es lag natürlich an ihren Haaren. Und am Rest. Bei ihrer letzten Begegnung war ihr Look noch ziemlich der alte gewesen. Jetzt war sie komplett *au naturel.* Für ihren Geschmack etwas zu *naturel,* aber ihre momentane Lage ließ nichts anderes zu.

Fritsen äußerte sich mit keinem Wort zu ihrem trostlosen Erscheinungsbild. Stattdessen nickte er in Richtung des Alto.

»Was zur Hölle ist denn mit dir passiert? Wo ist der Mini?«

Die Frage erwischte ihren wundesten Punkt.

»Der Mini ist weg, ich muss sparen, also …«

Fritsen sah ihr in die Augen und schwieg.

»Der Alto will nicht mehr. Im Regen. Gestern Abend, als es so geschüttet hat, ist er mir draußen in Herlev verreckt. Könntest du vielleicht einen Blick darauf werfen?«

»Wie ist es denn passiert?«

»Er hat gestottert, einen Satz gemacht – und dann ging gar nichts mehr.«

»Aber jetzt läuft er wieder?«

»Ich habe ihn mit offener Motorhaube stehen lassen, damit er ein bisschen trocknet. Und mit einer ordentlichen Ladung Starthilfespray ist er wieder angesprungen.«

»Dann versuchen wir es erst mal mit Silikon. Das versiegelt und dichtet ab. Sonst ist alles okay? Also abgesehen vom Wagen?«

Sie zuckte mit den Schultern.

»Ja, geht schon. Viel Arbeit, aber alles okay.«

»Dann hast du was Neues gefunden, seit du nicht mehr beim PET bist?«

»Ich hatte schon diverse Jobs. Und ich würde auch gern für deine Hilfe bezahlen.«

»Herrje – die paar Spritzer Silikon? Kommt gar nicht infrage. Komm mit. Ich will dir was zeigen.«

Fritsen marschierte zum Büro am Ende der Werkstatt und winkte sie zu sich. Über der Werkbank hing ein riesiger Kalender. Miss März hatte offensichtlich auch ein paar Spritzer Silikon abbekommen.

Margrethe folgte Fritsen ins Büro, wo ein Tisch und ein paar Stühle standen.

»Setz dich. Kaffee?«

Sie nickte. Ihre letzte Begegnung hatte wohl wirklich eine Art Freundschaft besiegelt.

»Das habe ich neulich zugeschickt bekommen. Genau wie du mir angekündigt hattest.«

Fritsen nahm eine längliche Kassette aus der Schreibtischschublade und legte sie vor ihr auf den Tisch.

»Die Orden?«

Fritsen nickte ernst.

»Dann … ist sie gestorben? Niels' Mutter?«

»Ja. Es war ein Brief dabei. Irgendwelche Anwälte, die den Nachlass regeln. Es war genau, wie du gesagt hast. Niels wollte, dass ich die Orden bekomme.«

Sie öffnete vorsichtig die Kassette.

Das war alles, was von ihm übrig war. Die stummen Zeugen eines außergewöhnlichen Menschen. Sie waren schön, vor allem das schwarze Tapferkeitskreuz mit dem goldenen Rand. Sofort fingen ihre Gedanken an zu kreisen, verklumpten und schnürten ihr den Hals zu. Schnell stellte sie das Kästchen wieder ab.

»Er hat … ein Grab verdient … einen Ort, der an ihn erinnert. An dem man ihn ehren kann. Den größten Soldaten, den wir je hatten«, sagte Fritsen und drehte sich weg.

»Na ja, andererseits, wer würde schon dort hingehen? Du. Und ich. Und vielleicht seine Schwester. In den Augen der Öffentlichkeit ist er ein mieser Kerl. In der Zeitung haben sie neulich die ganze Geschichte wieder aufgerollt. Hast du den Artikel gelesen?«

Fritsen nickte.

»Niemand hat Zweifel daran«, fuhr sie fort. »Sie haben ihm ein nachhaltiges Denkmal gesetzt. Das ist die Art von Geschichten, die die niederen Instinkte anspricht: ›Der tapferste Soldat des Königreichs – wer hoch steigt, fällt auch tief – das Monster in uns allen – er hat die Strafe bekommen, die er verdient hat.‹ Glaub mir, Fritsen … Niemand vermisst seine Grabstätte. Dänemark würde Niels Oxen am liebsten vergessen.«

»Ja, kann sein. Aber das alles ist so unglaublich ungerecht.«

»Gerechtigkeit? *Come on …*«

»Niels war überhaupt nicht der Typ für diesen ganzen Vorbild-Scheiß. In Wirklichkeit hätte er gern auf das Brimborium mit den Orden verzichtet. Er hat einfach getan, was er für richtig hielt. Ohne sich von dem Gedanken lähmen zu lassen, was für ihn selbst dabei auf dem Spiel stand. Ich könnte einen Klub gründen – nur mit Kameraden auf der ganzen Welt, die ihm auf ewig verbunden sind, weil sie ihm ihr Leben verdanken.«

»Trotzdem hatte ich den Eindruck, dass der letzte Orden, das Tapferkeitskreuz, ihn doch berührt hat.«

Fritsen nickte nachdenklich. Seine Augen glänzten nicht mehr.

»Ich glaube, auf diese Auszeichnung war er wirklich ein bisschen stolz, auf seine ganz eigene, stille Art.«

Sie nahm den Deckel wieder ab. Diesmal war sie vorbereitet. Ihre Finger glitten über das schwarze Kreuz.

»Es könnten viele Jahre, sogar Jahrzehnte, vergehen, ehe dem nächsten Soldaten diese Ehre zuteilwird. Was willst du damit machen? Hast du schon darüber nachgedacht?«

Fritsen räusperte sich und trank einen Schluck Kaffee.

»Ich habe mit meiner Frau darüber gesprochen … Sein Sohn Magnus sollte die Orden bekommen. Nicht ich. Nur ob jetzt schon der richtige Zeitpunkt dafür ist, bin ich mir nicht sicher. Ich habe keine Ahnung, was der Junge weiß und was nicht. Oder was er über seinen Vater denkt.«

»Wie meinst du das?«

»Die Scheidung war ein schmutziger Krieg. Birgitte hat alles getan, was in ihrer Macht stand, um Niels ins Abseits zu drängen, und ich weiß nicht, ob sie ihr Gift nicht auch zu Hause verspritzt hat. Aber ich bin davon überzeugt, dass Niels sich gewünscht hätte, dass am Ende Magnus seine Auszeichnungen bekommt. Ich bin nur derjenige, der sie bis dahin aufbewahren soll.«

»Du hast sicher recht. Tatsächlich ist Magnus sein größter Erfolg. Und seine größte Niederlage.«

Sie schob die Schachtel über den Tisch, und Fritsen packte sie zurück in die Schublade. Er sah Margrethe an.

»In dem Brief der Anwaltskanzlei stand, dass Niels frühestens in fünf Jahren für tot erklärt werden kann. Stimmt das? Kennst du dich damit aus?«

»Ja, man kann erst nach fünf Jahren eine richterliche Todeserklärung für verschollene Personen beantragen. Vor dem Tsunami an Weihnachten 2004 waren es sogar zehn Jahre. Aber damals gab es so viele dänische Touristen unter den Opfern, die schwer zu identifizieren waren, dass es sinnvoll schien, die Wartezeit für die Hinterbliebenen zu verkürzen.«

»Also fünf Jahre.«

»Ich denke, ja. Es gibt einen Paragrafen, der besagt, dass die Frist auf sechs Monate herabgesetzt werden kann, wenn sich der Betreffende in eindeutiger Lebensgefahr befand, als er das letzte Mal gesehen wurde. Das gilt auch, wenn nach einer umfassenden Bewertung sämtlicher Umstände eine sehr große Wahrscheinlichkeit besteht, dass der Verschwundene tot ist.«

»Aber das ist doch hier der Fall?«

»Kein Richter wird dir die Geschichte abkaufen, dass Niels von einer geheimen Machtelite, die ihren Ursprung im Mittelalter hat, gejagt und ermordet wurde. Also bleibt es bei fünf Jahren. Warum? Ist das wichtig?«

»Nein. Eigentlich eilt es ja nicht, dass der Junge die Orden bekommt. Ich denke sowieso, dass es ein paar Dinge über seinen Vater gibt, die ich ihm besser erklären kann, wenn er etwas älter ist.«

Sie zögerte kurz, aber es gab keinen Grund, Fritsen etwas zu verschweigen. Sie waren Verbündete. Sie teilten denselben Verlust, sie stützten sich gegenseitig.

»Ich habe einen Rucksack zu Hause«, sagte sie. »Er gehört Niels. Darin sind vierzigtausend Kronen. Geld, das er nicht mehr mitnehmen konnte, weil alles so chaotisch war. Und dazu ein kleines, laminiertes Foto von Magnus. Er soll das Geld seines Vaters natürlich bekommen, also wird mir ein Treffen mit der Ex nicht erspart bleiben.«

»Bist du ihr schon mal begegnet?«

»Wir haben nur telefoniert. Sie war nicht sehr hilfreich, als ich ihr ein paar Fragen gestellt habe. Aber was soll's, Magnus hat bestimmt ein Sparbuch. So schwer kann das ja nicht werden.«

Fritsen nickte. Er schien über irgendetwas nachzudenken. Er sah ihr in die Augen – und dann schnell wieder weg.

»Ich habe mich gefragt … äh … Wart ihr, also … du und Niels …?«

Sie fing seinen Blick auf.

»Was meinst du?« Noch während sie fragte, wurde ihr klar, worum es ihm ging. »Nein. Nein, waren wir nicht. Gar nicht. Wir waren nur … Wie soll man das nennen? Gute Freunde – mit der ein oder anderen Gemeinsamkeit.«

»Okay, ist ja auch egal. Es war nur … Na ja, wir sollten uns um den Alto kümmern. Für die nächsten Tagen ist richtiges Dreckswetter angekündigt.«

8.

Tessa nahm die Auflaufform aus dem Ofen und stellte sie auf den Tisch. Sie hatte sich für das Geburtstagsessen extra umgezogen. Er hatte das saubere Ersatzhemd aus dem Schrank genommen, das von ihrem Onkel stammte.

»Kabeljau in Serrano-Schinken mit Gemüse der Saison. Greif zu, Dragos.«

Sie lächelte ihn an. Die freundliche Frau mit den grauen Haaren lächelte oft. Und er zermarterte sich immer noch den Kopf. Seine Lüge hatte ihn den ganzen Tag beschäftigt.

»Ich hoffe, es schmeckt dir. Wein?«

Er nickte. Sie schenkte ein.

»Ist alles in Ordnung, Dragos?«

Tessa sah ihn fragend an. Er hatte wohl sehr abwesend gewirkt. Er nickte. Mit den Augen verfolgte er, wie sie bedächtig ihren Teller füllte.

Sie nahmen den ersten Bissen. Probierten. Er nickte wieder und lächelte. Es schmeckte hervorragend.

»*Tessa … You see, I'm very sorry … I'm not …*«

Er hielt es einfach nicht mehr aus. Jetzt oder nie. Eigentlich hatte er einen anderen Einstieg geplant, ein paar wohlüberlegte Worte, stattdessen hörte er sich selbst dabei zu, wie er auf Englisch herumdruckste. Sie sah ihn abwartend an und lächelte ihr warmes Lächeln.

Als er nach einer kurzen Pause neu ansetzte, sprach er Dänisch. Eigentlich war doch genau das der Kern der Sache.

»Tessa, ich heiße Niels … Ich bin Däne. Es tut mir leid, dass ich dir nicht von Anfang an die Wahrheit gesagt habe. Ich möchte mich für meine Lüge entschuldigen. Es gibt viele Gründe, warum ich das getan habe, aber … Adrian Dragos … ist nicht echt …«

Ihr Lächeln war verschwunden. Sie nickte ruhig, und ihr Blick war ernst.

»Natürlich bist du nicht Dragos«, sagte sie und aß einen Bissen.

Er sah sie an und wartete auf eine Reaktion. Verwunderung, Wut, Enttäuschung. Sie legte Messer und Gabel ab.

»Ich wusste es schon die ganze Zeit«, fuhr sie gedämpft fort.

»Aber …«

»Sonst wärst du der erste Rumäne gewesen, der dänische Albträume hat. Was dich zu einem überaus interessanten Studienobjekt gemacht hätte.«

Ihr Lächeln war zurück. Kaum sichtbar.

»Albträume? Ja, natürlich! Aber warum hast du nicht …?«

Sie hob eine Hand, um ihn zu unterbrechen.

»Weißt du … ich habe damals eine Entscheidung getroffen, und so, wie ich mein Leben heute lebe, spielt es für mich keine Rolle, ob du Dragos bist oder Niels. Du hast Hilfe gebraucht. Und ich hatte immer ein gutes Gefühl bei dir. Das waren meine beiden Voraussetzungen. Der Rest … Die Zeit bringt alle Antworten. Dann, wenn der Herr es will.«

Er nickte stumm. Natürlich reagierte Theresa Lövgren so und nicht anders. Maßvoll und gelassen.

»Du hast mir das Leben gerettet, und zum Dank habe ich dich belogen. Dafür möchte ich mich wirklich bei dir entschuldigen.«

»Das musst du nicht. Ich bin mir sicher, dass du gute Gründe dafür hattest. Lass uns den Wein kosten.«

Er trank einen Schluck und stellte das Glas zurück auf den Tisch.

»Ich schulde dir zumindest eine Erklärung. Ich kann …«

»Du *schuldest* mir gar nichts. Auch keine Rechenschaft.«

»Ich würde dir trotzdem gern erklären, wie alles zusammenhängt, Tessa.«

»Und das möchte ich auch sehr gern hören, keine Frage, aber lass dir Zeit. Ob es nun heute, morgen oder an einem anderen Tag passiert, ist nicht wichtig.«

»Ich würde es dir gern jetzt erzählen.«

»Wenn das so ist, gut, dann fang an.«

»Wie gesagt, ich heiße Niels – und Oxen ist mein Nachname. Ich bin vierundvierzig Jahre alt, geschieden und habe einen Sohn, der dieses Jahr vierzehn wird. Er heißt Magnus. Der tollste Junge der Welt … Ich bin Berufssoldat, besser gesagt, ich *war* Berufssoldat, denn es liegt bereits einige Jahre zurück.«

»Also Kriegsveteran?«

»Ja. Ich habe an mehreren Auslandseinsätzen teilgenommen. Als junger Soldat war ich zwei Mal auf dem Balkan stationiert, das war Anfang der Neunziger. Danach habe ich in einer dänischen Eliteeinheit, dem Jägerkorps, gedient. Seit 2002 war ich mehrfach in Afghanistan, aber auch im Irak.«

»Ihr Dänen habt euch in den vergangenen Jahren ja an einigen Kriegen beteiligt. Das ist hier in Schweden anders. Wir haben unsere eigenen Schlachten zu schlagen …« Tessa nippte an ihrem Wein. »Tut mir leid, ich habe dich unterbrochen.«

»Erst viel später kam das Erlebte plötzlich wieder zu mir zurück. Manchmal, wenn irgendetwas die Erinnerungen triggert, habe ich Flashbacks. Das kann das Geräusch eines Hubschraubers sein, ein lauter Knall oder etwas Ähnliches … Aber so was passiert nur am Tag. Das wirklich Schlimme passiert immer nachts.«

»Das ist mir nicht entgangen.«

»Eigentlich hätte mir das klar sein müssen. Ich weiß, dass ich schreie. Oder besser gesagt, ich glaube, dass ich das tue. Denn manchmal wache ich mittendrin auf und kann nicht unterscheiden, ob es ein Albtraum oder die Wirklichkeit ist. Ich hatte gehofft, dass du es nicht hören würdest, wenn die Zimmertür zu ist. Kam es oft vor?«

»Von Zeit zu Zeit.«

Er nickte. Ein Rumäne mit dänischen Albträumen. Hatte er wirklich geglaubt, er könnte mit dieser scharfsinnigen, gebildeten Frau als Dragos unter einem Dach leben, ohne dass sie Verdacht schöpfen würde? Er fuhr fort.

»Ich nenne sie die Sieben, meine Albträume. Fast alle stammen aus der Zeit auf dem Balkan. Aus den ersten Jahren …«

»Die Sieben? Willst du darüber sprechen?«

Oxen nickte. »Da gibt es den Kuhmann, einen alten Serben, der aus dem Morgennebel kommt. Er führt eine Kuh am Strick durch ein Dorf, das der ethnischen Säuberung zum Opfer gefallen ist. Alles liegt in Schutt und Asche, bis auf die Häuser der Serben. Wenn er bei mir angekommen ist, verzieht der Kuhmann sein Gesicht zu einem boshaften Grinsen, sodass seine fauligen Zahnstummel zu sehen sind. Dann ist da noch das Mütterchen mit dem Kopf – Gotteskrieger hatten die Köpfe ihrer Opfer am Straßenrand auf Pfähle gespießt. Als wir vorbeikamen, nahm eine alte Serbin gerade einen davon herunter und packte ihn in ihr Einkaufsnetz. Ich glaube, es war ihr Sohn … Nummer drei ist das serbische Roulette, ein unheimliches Erlebnis, das ich mit einem betrunkenen serbischen Milizionär hatte, und Nummer vier nenne ich ›die Turnhalle‹. In einer Schule entdeckten wir eine ganze Gruppe Behinderter, die von den Serben niedergemetzelt worden waren. Das Mädchen mit der Puppe hat einen ganz anderen Charakter. Es ist ein kleines Mädchen in einer Ruine am Straßenrand. Es hält eine Barbiepuppe in der Hand. Die Haare der Puppe sind abgebrannt, und sie ist fast bis zur Unkenntlichkeit geschmolzen. Das Mädchen hat den Blick einer Neunzigjährigen. Es starrt mich anklagend an. Und dann gibt es ›die Träne‹, einen serbischen Soldaten, der eine Träne unter dem Auge tätowiert hat.

Ich habe mitangesehen, wie er und ein paar andere eine Frau vergewaltigt haben. ›*I will make you cry for real*‹, habe ich zu ihm gesagt – und ihm viermal in den Bauch geschossen. Die Letzte der Sieben ist die Frau mit den Bomben-Augen. Eine Frau, die mir in Afghanistan begegnet ist. Als sie vorbeiging, konnte ich ihre Augen sehen. Schöne Augen. Sie trug einen Nikab. Ich glaube, dass sie es war, die sich wenige Sekunden später vor einem Polizeiquartier in die Luft gesprengt hat. Es gab viele Tote.«

»Das ist schweres Gepäck, mein Freund.«

»Wie gesagt, es ist alles ziemlich spät über mich hereingebrochen. Erst nach etlichen Jahren. Am Anfang wollte ich mir helfen lassen. Aber es ging nicht.«

»Warum nicht?«

Er zuckte mit den Schultern. Es war unmöglich, das anderen zu erklären.

»Die Therapeutin … Wir hatten einfach nicht dieselbe Wellenlänge.«

Tessa nickte, sagte aber nichts dazu.

»Ich habe das Jägerkorps verlassen und bin schließlich in einer kleinen Kellerwohnung im Kopenhagener Nordwestquartier gestrandet, zusammen mit meinem Hund. Heute verstehe ich besser, was damals passiert ist – vor allem weil ich hier auf der Insel genug Zeit hatte, über alles nachzudenken. Am Ende bin ich nur noch nachts vor die Tür gegangen …«

»Weil am Tag zu viele Menschen unterwegs waren?«

Er trank einen Schluck Wein, behielt das Glas in der Hand und starrte hinein, während er wieder mit den Schultern zuckte. Eigentlich hatte er ihr nur eine kurze Zusammenfassung seiner Geschichte geben wollen, aber es war ein gutes Gefühl, hier zu sitzen und dieser klugen Frau alles zu erzählen, ihre Fragen zu beantworten. Er hatte den größten Respekt vor Theresa Lövgren.

»Tagsüber war einfach alles zu viel. Glaube ich. Menschen, Verkehr, Lärm. Die ganze Zeit dieses Gefühl, dass es überall um dich herum wimmelt. Hinter deinem Rücken. Dass es stresst. Und die Augen scannen ständig.«

»Geht es dir immer noch so?«

»Das weiß ich nicht. Ich glaube schon. Ich weiß nur, dass ich die Stille hier mag. Und die Einsamkeit. Kann das sein? Kann man einfach gern allein sein, ohne dass es ein Zeichen von Krankheit ist? Ohne gestört zu sein?«

»Natürlich geht das, Niels … Hmm, es ist noch so ungewohnt für mich, dich Niels zu nennen.« Tessa nickte lächelnd. »Schau mich an. Ich wohne gern hier auf Klöverö, mutterseelenallein. Und ich bin sicher nicht krank. Ein bisschen wunderlich, das vielleicht. Eine dreiundsechzigjährige, leicht verrückte alte Schachtel. Mit nichts als Blumen im Kopf.«

Sie lehnte sich lachend zurück.

Er lächelte und konnte auf einmal nicht anders, als mitzulachen. Tessas Unbeschwertheit war ansteckend. Es war lange her, dass er richtig gelacht hatte. Dabei war es nicht einmal wirklich lustig – aber es war ein befreiendes Gefühl, das Lachen im ganzen Körper zu spüren.

»Prost!«, sagte sie.

»Prost. Und danke.«

»Erzähl mir, wie du in meinen Schären gelandet bist, Niels.«

Die Frage hatte kommen müssen. Konnte er es riskieren, bei der Wahrheit zu bleiben, ohne sie in Gefahr zu bringen? Vor ein paar Monaten hätte er Nein gesagt, aber die Ruhe und Einsamkeit auf Klöverö wischten seine Zweifel beiseite. Er würde ihr in groben Zügen erzählen, was passiert war. Denn bald würde er sowieso nicht mehr hier sein.

Er überlegte kurz, wie er die einzelnen Koordinaten in seine Erzählung einflechten sollte. Sollte er mit dem Tod seines besten Freunds Bosse 1995 auf dem Balkan beginnen, mit seinem langjährigen Kampf darum, die Schuldigen in der Heeresführung zur Verantwortung zu ziehen?

Oder sollte er mit der Zeit beginnen, als er nach Hause zurückgekehrt war und seine Ausbildung an der Polizeischule angefangen hatte, bis er plötzlich in Bedrängnis geraten war, weil ihm jemand aus den eigenen Reihen eine Falle gestellt und Drogen in seiner Garage deponiert hatte? Damals hatte man ihn vor die Wahl gestellt, entweder ein Verfahren an den Hals zu kriegen oder die Schnauze zu halten, die Heeresführung nicht weiter zu kritisieren und das Ticket zum Jägerkorps zu lösen. Aber dann müsste er auch die Scheidung und den beschissenen Krieg aufrollen, den Birgitte gegen ihn geführt hatte. Nein. Das führte viel zu weit, um es Tessa zu schildern. Er fand sich ja kaum selbst in dem ganzen Wirrwarr zurecht. Er musste an einem späteren Punkt einsteigen.

»Das Ganze fing damit an, dass ich beschloss, Kopenhagen zu verlassen und den Sommer mit meinem Hund Mr White in Dänemarks größtem Waldgebiet zu verbringen. Am 1. Mai vor fast zwei Jahren sind wir aufgebrochen. Ich erinnere mich daran, als wäre es gestern gewesen …«

Sie saßen immer noch an dem runden Tisch, an den sie sich vor mehreren Stunden gesetzt hatten, um Geburtstag zu feiern. Auf dem Teller lag ein kleiner Rest des selbst gebackenen Kuchens.

Tessa hielt, wie so oft, einen Becher mit Tee aus selbst gepflückten Kräutern in der Hand. Er einen Becher mit Kaffee, schwarz wie die Nacht.

»Die Hölle …«

Tessa fasste seinen Bericht in diesen zwei Worten zusammen. Er hatte sie Stück für Stück mit auf die lange Reise in eine Welt genommen, die ihr vollkommen fremd war.

Diese Reise hatte in jener Nacht begonnen, als er nichts ahnend seine Fußabdrücke in den Beeten von Nørlund Slot hinterlassen hatte. Und natürlich hatten auch Mr Whites Pfoten verräterische Spuren gesetzt. Beides war nur deshalb problematisch gewesen, weil der Schlossherr, der ehemalige Botschafter Corfitzen, später tot in seinem Büro aufgefunden worden war – übel zugerichtet.

Dieser Umstand hatte Oxen direkt in die Ermittlungen im Fall der gehängten Hunde katapultiert. Im Würgegriff des Inlandsnachrichtendienstes PET hatte er keine andere Wahl gehabt. Wieso war eine Reihe mächtiger Männer ermordet worden? Und wieso hatte man als böses Omen vorher ihre Hunde erhängt?

Als der Fall abgeschlossen war, bekam er zwar seine Freiheit zurück, aber zugleich war er zum Abschuss freigegeben. Weil er etwas Abscheuliches gesehen hatte. Weil er in den Maschinenraum der Macht geblickt hatte, wo gewaltige Kräfte herrschten.

Die Macht lag bei einer heimlichen Elite namens Danehof. Benannt nach dem mittelalterlichen Parlament, das einst seinen Sitz auf Nyborg Slot gehabt hatte. Diesem Zirkel mächtiger Männer war es gelungen, seinen Einfluss über Generationen hinweg aufrechtzuerhalten.

Tessa hatte ihm konzentriert zugehört und nur gelegentlich eine Zwischenfrage gestellt.

Er hatte ihr geschildert, wie er danach in einer Bruchbude am Waldrand gehaust hatte. Ein gutes, unkompliziertes Leben mit langen, harten Arbeitstagen an den Fischteichen und im Wald, aber auch ein Leben in ständiger Alarmbereitschaft, das ihn zwang, sich mit Überwachungskameras zu umgeben. Der Grund dafür war ein düsteres Geheimnis, auf das er in dem Fall der gehängten Hunde gestoßen war: eine Videoaufnahme des Justizministers, der einen Sexualmord beging.

Dieser physische Beweis war über Monate seine Lebensversicherung gewesen, aber an dem Tag, als der Justizminister tot am Strand aufgefunden wurde, war die Police abgelaufen.

Von dieser Sekunde an hatten die dunklen Männer des Danehof ihn gejagt wie ein Stück Wild. Sie ermordeten den alten Besitzer der Fischzucht, hängten ihm den Mord an und machten sich so die gesammelte Kraft der dänischen Polizei zunutze.

Es hatte nur einen Ausweg gegeben: das Land zu verlassen und über den Seeweg nach Schweden zu flüchten. Zu diesem Zweck hatte er ein Motorboot gestohlen, aber nur wenige Seemeilen vor dem Ziel war er aus einem Helikopter heraus angegriffen worden.

Das war der Moment, in dem Theresa Lövgren »Die Hölle …« gesagt hatte. Den Rest der Geschichte kannte sie ja.

Sie saßen eine ganze Weile schweigend da. Tessa drehte ihren Teebecher in den Händen. Sie hatte tiefe Falten auf der Stirn. Als sie endlich etwas sagte, waren es nur wenige Worte:

»Und was jetzt?«

Er zuckte die Schultern.

»Haparanda und das Sägewerk – gilt das Angebot noch?«

»Mehr als je zuvor, Niels.«

»Danke.«

»Aber langfristig …? Dein Sohn? Deine Zukunft?«

»Ich bin darauf trainiert, zu überleben. Vielleicht taucht irgendwann ein Schlupfloch auf.«

»Aber wenn sie herausfinden, dass du noch lebst – dann bist du tot …«

»Ja. Tot und begraben.«

»Wann willst du hier weg?«

»Bevor der Frühling richtig anfängt. In etwa einem Monat. Bis dahin muss ich mir noch Papiere beschaffen, eine Identität, einen Pass. Hast du eine Idee, wo ich vielleicht …?«

»Nein«, fiel sie ihm ins Wort. »Mit solchen Sachen kenne ich mich nicht aus. Aber wenn du dich in den entsprechenden Vierteln von Göteborg umhörst, dann …«

»So etwas ist teuer.«

»Ich kann dir das Geld leihen.«

Er hob abwehrend die Hände und schüttelte den Kopf.

»Doch! Es ist nur geliehen. Du zahlst es mir zurück, sobald du wieder Geld verdienst.«

»Ich weiß wirklich nicht, wie ich dir jemals dafür danken kann. Ohne dich wäre ich nicht einmal mehr am Leben.«

»Ohne unseren Herrn wärst du nicht am Leben. Also sagen wir Haparanda, in einem Monat.«

Er nickte wieder.

»Eins noch, Niels. Das Buch über Yoga und Meditation, das ich dir geliehen habe. Hilft es dir?«

»Die Übungen helfen mir, ein paar Dinge klarer zu sehen und mich zu konzentrieren – und mich gleichzeitig zu entspannen.«

»Posttraumatische Belastungsstörung. Dafür braucht man einen Profi«, sagte sie.

»Vielleicht irgendwann, wenn sich die Situation geändert hat …«

»Das weißt du selbst am besten. Es ist spät geworden, und ich bin müde. Das war ein etwas anderes Geburtstagsessen, als ich erwartet hätte. Nicht schlechter … nur … anders.«

Theresa Lövgren lächelte, stand auf und fing an, den Tisch abzuräumen.

Er streckte sich und gähnte. In den letzten Jahren hatte es lange Phasen des Schweigens in seinem Leben gegeben. Als er in dem Keller in Kopenhagen gewohnt hatte, hatte er sich nur mit Mr White unterhalten. Als er auf Wanderschaft gewesen war, hatte er mit niemandem gesprochen. Und als er in der Fischzucht Unterschlupf gefunden hatte, hatte er jedes unnötige Wort mit dem alten Johannes Fisch vermieden. Tessas Geburtstag war eine gewaltige Kraftanstrengung für ihn gewesen.

»Tessa … Du wusstest die ganze Zeit, dass ich lüge. Aber du hast mich nie kontrolliert. Ich hätte ein Mörder sein können, ein Psychopath oder …«

Tessa hörte auf, mit den Tellern zu klappern.

»Blödsinn. Das hätte ich gemerkt.«

»Du wusstest, dass ich nicht der bin, für den ich mich ausgegeben habe. Die Schussverletzung an der Schulter. Und die ganzen anderen Wunden … Jeder andere hätte die Polizei gerufen.«

Die Bodendielen knarrten, als sie hinter ihn trat und ihm sanft die Schulter tätschelte, wie eine Mutter es getan hätte.

»Der Herr hat dafür gesorgt, dass ich dich auf diesem Felsen im Lilla Sillesund gefunden habe. Alles hat seinen Sinn, Niels.«

9.

Er löste das Tau, stieß sich kräftig vom Anleger ab und wendete das kleine Motorboot. Dann schaute er hoch.

Tessa stand oben am Zaun und winkte. Gleich würde sie sich an ihre alte Schreibmaschine setzen und dort den ganzen Vormittag verbringen. Nach dem Mittagessen würde sie ihre Staffelei aufstellen und malen – Blumen.

Er winkte zurück. Der nächste Abschied würde der letzte sein.

Ganz unerwartet zwängte sich die Sonne zwischen zwei großen Wolkenbergen hervor und tauchte das weiße Haus in gleißendes Licht.

Es gab für alles ein letztes Mal. Und bald würde er zum letzten Mal mit dem Boot aus Korsvik hinaustuckern und die spritzende Gischt und den Wind am Ostufer von Klöverö im Gesicht spüren.

Es war mehr als ein Monat vergangen, seit er an Tessas Geburtstag den ganzen Abend mit ihr zusammengesessen und geredet hatte. Mit ihrer finanziellen Unterstützung hatte er sich den falschen Pass beschafft, der dann in seinem Zimmer in einer Schublade gelegen und darauf gewartet hatte, hervorgeholt zu werden.

Dragos war endgültig Geschichte. Er war wieder Däne. Er war Erik Petersen. Die einzige Identität, die der dubiose Typ in der Kellerkneipe in Göteborg im Angebot hatte.

In zwei Tagen war der 1. Mai und damit endgültig Frühling. Der internationale Kampftag der Arbeiter war also zu seinem ganz persönlichen Kampftag geworden, dem Tag, an dem er dem Leben die Stirn bot.

Am 1. Mai vor zwei Jahren hatte er den Kopenhagener Nordwesten verlassen, um in den Rold Skov zu ziehen und sich seinen Dämonen zu stellen. Jetzt verließ er Tessa und Klöverö, weil es weitergehen musste. Die Dämonen waren immer noch da, aber er musste aufstehen, nachdenken, arbeiten, sein weiteres Leben sorgfältig abwägen.

Zum letzten Mal tauchten steuerbords Ängholmen und Brandholmen auf. Die kargen Schären faszinierten ihn.

Einfachheit und Überschaubarkeit taten ihm gut, und mit Baumstämmen zu hantieren war eine unkomplizierte Aufgabe. Seine Zukunft lag bei *Åkessons Timber* in Haparanda an der Grenze zu Finnland. Fünftausend Seelen – und bald eine mehr –, die nach dem Winter auftauten. Tessa hatte dafür gesorgt, dass ein Zimmer dort für ihn bereitstand.

In der letzten Zeit hatten sie viel geredet. Theresa Lövgren hatte Fragen gestellt und ihn sanft herausgefordert. Sie zog klug, aber auch gnadenlos ihre Schlüsse. In Wahrheit drehte sich bei ihnen beiden alles um die Bilanz. »Die Bilanz des Lebens, lieber Niels.«

Hinter jedem Zweifel, jeder Grübelei und hinter jeder Schäre tauchte das Bild von Magnus auf. Plus und Minus ließen sich in vielen verschiedenen Szenarien gegeneinander aufrechnen, aber die Summe war immer Magnus.

Jetzt war er auf der Höhe von Skäddorna, und dahinter lag Dalviken, wo er einmal Schutz gesucht hatte, als er von einem Unwetter überrascht worden war.

Tessa lebte nun schon zwei Jahre im Windschatten von Klöverö und hatte ihre Bilanz in Ordnung gebracht. Sie hatte ihre Karriere abgeschrieben und sich für Gott entschieden. Vielleicht würde ihr Buch eines Tages fertig werden, vielleicht auch nicht. Vielleicht würde sie doch noch ein paar Jahre als Ärztin arbeiten, in einer kleinen Praxis irgendwo im hohen Norden. Oder auch nur irgendwann auf ihrer Insel sterben.

Sie hatte ihm 45 000 Kronen geliehen. 40 000 hatte der Pass gekostet. Das Dokument war nicht gestohlen, sondern nur kurz aus einem Hotelzimmer »ausgeborgt«, abfotografiert und wieder zurückgelegt worden. Identitätsdiebstahl auf leisen Sohlen. Aber deshalb war das Ding auch uneingeschränkt nutzbar, hatte der Verkäufer erklärt.

Der Rest des Geldes würde ihm helfen, sich über Wasser zu halten, bis er den ersten Lohn entgegennehmen konnte. Tessa hatte dafür gesorgt, dass man ihn in bar bezahlen würde, damit er nicht in Schwierigkeiten kam, weil er ein Bankkonto eröffnen musste. Er wollte sich auf keinen Fall mehr als unbedingt nötig registrieren lassen.

Im Gegenzug hatte er ihr hoch und heilig versprechen müssen, sich nicht umbringen zu lassen und spätestens im übernächsten Sommer wieder an die Tür des kleinen weißen Hauses zu klopfen. Ganz egal was sie sonst bis dahin tun würde oder wo auch immer sie sich gerade befand, sie würde auf Klöverö sein, wenn sein Kredit bei ihr am 1. Juli auslief.

Die einsame Schäre Sandkorn tauchte wie ein Wegweiser vor ihm auf, und er hielt sich backbords, während er auf die Zivilisation zusteuerte.

Wenn er von hier fortging, nahm er zwar die Sieben mit, aber er war körperlich so robust wie lange nicht mehr. Es hatte Monate gedauert, die vielen Verletzungen zu überwinden, besonders die Schulter hatte ihm immer wieder Ärger gemacht. Sobald er das Bett verlassen konnte, hatte er mit dem Training begonnen. Erst waren es Spaziergänge gewesen, dann ein ganz vorsichtiges, regelmäßiges Fitnesstraining im Freien, das er kontinuierlich ausgebaut hatte. Aktuell waren es zwei einstündige Einheiten, eine morgens, eine nachmittags, und zusätzlich zu dem obligatorischen Holzhacken noch mehrere Spaziergänge oder Joggingrunden pro Tag.

Das Motorboot arbeitete sich unverdrossen vorwärts, und die Felsen des Albrektsunds Kanals schlossen sich um ihn wie die Dämonen, die nachts ihre Klauen nach ihm ausstreckten. Aber schon wenige Minuten später öffnete sich die Landschaft wieder, so wie auf jede Nacht ein Morgen folgte.

Als er Prästholmen umrundet hatte, konnte er sein Ziel schon sehen.

Marstrand war ein kleiner Ort, der auf zwei benachbarten Inseln Wurzeln geschlagen hatte, Marstrandsö und Koö, getrennt durch einen schmalen Sund. Von hier aus sah er auch die Fähre, die nur für Fußgänger gedacht war. Die Überfahrt war so kurz, dass man sich kaum die Schuhe binden konnte, bevor man wieder an Land gehen musste.

Tessa hatte ihm viel über Marstrand erzählt. Der alte Stadtteil mit dem Kopfsteinpflaster und den pastellfarbenen Holzhäusern lag auf Marstrandsö. Hier logierten die reichen Göteborger in ihren Sommerresidenzen, die sie fleißig aufgekauft hatten. Wenn sie kamen, war die Ruhe dahin. Dann brummte in den Restaurants und auf der Uferpromenade das Leben, und die Segler scharten sich rund um diese Perle des Schärengartens.

Außerhalb der Saison glich Marstrandsö mit seiner Festung fast einer Geisterstadt.

Er hob den Blick. Die mächtige Burg ragte beeindruckend in den fahlen Himmel. Tessa hatte erzählt, dass die Verteidigungsanlage einst so gut wie uneinnehmbar gewesen sei. Aber Tordenskjold, der dänisch-norwegische Seeheld, hatte eine List genutzt. Während der Belagerung befahl er seinen wenigen Soldaten, immer im Kreis rund um die Stadt zu marschieren, sodass es aussah, als würde er ein gewaltiges Heer befehligen. Der schwedische Kommandant bekam solche Angst, dass er sich prompt ergab.

Er selbst hätte jetzt auch ein paar Soldaten gebrauchen können. Er war allein. Und ein einzelner Mann konnte keine Armee vortäuschen.

Er hielt sich steuerbords, drosselte das Gas, glitt auf der Koö-Seite an den Kai und war zurück in der Gegenwart. Ein paar Bauarbeiter, die gerade damit beschäftigt waren, den Asphalt aufzureißen, bildeten das Empfangskomitee. Zwei von ihnen mit Presslufthämmern bewaffnet. Der Lärm war infernalisch.

Koö war über ein paar Brücken mit dem Festland verbunden. Die nächstgelegene größere Stadt, Kungälv, lag etwa dreißig Kilometer entfernt, die Küste hinunter in Richtung Göteborg. Er hatte die Tour hin und zurück schon zwei Mal gemacht. Erst um alles auszukundschaften, seinen Pass zu bestellen und ihn zu bezahlen. Und das zweite Mal, um ihn abzuholen.

Jetzt, zwei Jahre nachdem er Kopenhagen verlassen hatte, war er sich sicher, dass er nie wieder in eine Stadt ziehen wollte. Er vertäute das Boot und sprang auf den Landungssteg. Das Schlimmste an einer Stadt war der Mangel an Stille.

Nun stand er zum letzten Mal hier am Kai, einen Merkzettel in der Tasche und Tessas alten Rucksack über der Schulter. Er beschloss, das, worauf er am wenigsten Lust hatte, als Erstes hinter sich zu bringen. Er ging am Kiosk vorbei, überquerte die Straße und steuerte auf das Marstrands Havshotell zu.

Ihm war das alles egal – das Zika-Virus, die Rezession und die Fundamentalisten, aber er hatte gelernt, sich immer gründlich vorzubereiten. Er musste wissen, was die Welt im Augenblick beschäftigte, bevor er sich in den Überlandbus setzte und die lange Fahrt nach Haparanda antrat.

Er drückte die Tür zu dem Hotel mit der großen Fensterfront zum Wasser auf und ging, wie Tessa es ihm beschrieben hatte, zur Rezeption. Dort bezahlte er und setzte sich dann an den Computer in der hintersten Ecke der Lobby. Hier hatte er seine Ruhe.

Als Erstes googelte er seinen Namen und wurde über seinen eigenen Tod informiert. Beim jüngsten Eintrag handelte es sich um einen Artikel, der ein halbes Jahr nach seinem Verschwinden erschienen war und alles noch einmal zusammenfasste, worüber die Leute schon so viel gelesen hatten: den dramatischen Absturz des Nationalhelden, der zum geisteskranken Mörder geworden war, und die darauffolgende Menschenjagd, die in einer dunklen Nacht vor der schwedischen Küste in einer Explosion ihr jähes Ende gefunden hatte.

Das alles kam ihm seltsam fremd und belanglos vor, und er überflog nur halbherzig einige Überschriften und ein paar Absätze des Textes, der auf dem Bildschirm an ihm vorbeiflimmerte.

Danach widmete er sich den Internetseiten einiger dänischer Tageszeitungen. Er hatte den Eindruck, dass sich überhaupt nichts verändert hatte. Auf der Speisekarte standen immer noch dieselben Themen: politische Schuldzuweisungen in alle Richtungen, Hausbesitzer, Verbraucher, Konsumklima, Aktienmärkte, Livestyle-Trends, unbekannte Reality-Stars – und Sport, jede Menge Sport.

Er war gerade dabei, sich durch eine weitere Seite zu klicken, als er erstarrte. Hatte er richtig gesehen? War das auf dem Bild wirklich *der* Mann? Er scrollte ein Stück zurück. Tatsächlich … Er war es.

Die Überschrift lautete »*Der neue Oberbefehlshaber lädt zum nordischen Treffen*«. Oxen hielt die Luft an und las weiter.

»*Dänemarks neuer Oberbefehlshaber, Mogens Yssing, der erst vor zwei Tagen ernannt und der Öffentlichkeit bei einer Pressekonferenz auf Frederiksberg Slot vorgestellt wurde, muss schon heute seine erste Bewährungsprobe bestehen. Er ist Gastgeber der halbjährlichen Konferenz aller nordischen Oberbefehlshaber, die auch in diesem Jahr in Kopenhagen stattfindet. Er wird seinen Kollegen aus Norwegen, Schweden und Finnland einen Überblick über die militärischen Operationen Dänemarks geben, und sie wollen erneut über die militärische Bedeutung der Arktis diskutieren. Es wird erwartet, dass Dänemarks neuer …*«

Er übersprang die Einzelheiten. Sein Blick wanderte zurück zu dem Bild. Er klickte es an und vergrößerte das Porträt. Mogens

Yssing sah sich immer noch ähnlich. Sein Gesicht wirkte noch genauso grob und ernst. Aber die Jahre hatten Spuren hinterlassen. Seine Haare waren grau, die Augenlider schwer, und unter Yssings Kinn hatte sich diese lose Hautfalte gebildet, die das Alter häufig mit sich brachte.

Von allen Menschen im ganzen Land hatten sie ausgerechnet Mogens Yssing zum obersten Führer des dänischen Heers gemacht.

Er rieb sich die Augen und holte tief Luft. Sein Blick fiel auf einen Link unter dem Artikel. »*Neuer Oberbefehlshaber ernannt: Der Mann an der Spitze*«. Er klickte darauf und las weiter.

»*Brigadegeneral Mogens Yssing wird Nachfolger des scheidenden Asger Henriksen. Der siebenundfünfzigjährige Yssing wurde heute Vormittag feierlich zum neuen Oberbefehlshaber ernannt und vor wenigen Minuten bei einer Pressekonferenz auf Frederiksborg Slot vorgestellt. Verteidigungsminister John Franzen sagte unter anderem: ›Ich bin unbeschreiblich stolz darauf, Ihnen Mogens Yssing als unseren neuen Oberkommandierenden präsentieren zu dürfen. Das Feld der Bewerber war beeindruckend, aber einer überstrahlte alle – und das war Yssing. Er ist unser Mann. Er ist Dänemarks Mann. Yssing wird das dänische Heer durch diese schwierige Zeit der Erneuerung führen und dafür sorgen, dass unsere Armee gestärkt daraus hervorgeht. Ich möchte …‹*«

Er übersprang die weiteren Lobpreisungen und konzentrierte sich auf das Ende des Artikels. Dort wurde Yssings Karriere anhand von Jahreszahlen tabellarisch aufgelistet, vom Beginn seiner militärischen Laufbahn bis zu dem Tag, an dem er nach einem Posten in den USA als Brigadegeneral und Stabsassistent der *Allied Transformation Commands* der NATO seine neue Stellung in Dänemark angetreten hatte. Im Jahr 1995 stand da nur »UNPROFOR«, die Abkürzung für »*United Nations Protection Force*«.

Keine Silbe über Bosse und den Balkan.

Kein Wort darüber, dass Yssing an jenem schicksalhaften Tag

die Befehlsgewalt übernommen hatte, als sie in die kroatische Großoffensive geraten waren, weil sie an einen Ort abkommandiert worden waren, wohin sie nie einen Fuß hätten setzen dürfen. Kein Wort … Das war nur logisch. Zwischen den Meriten der Lebenden gab es keinen Platz für die Toten.

Er klickte die Seite weg. Er musste hier raus.

Sein Zeitgefühl war komplett in dem tiefen Loch verschwunden, in das ihn die Nachricht hineingezogen hatte. Er wusste nicht, wie lange er so dagesessen und über den schmalen Sund gestarrt hatte.

Die pastellfarbene Hafenfront der Marstrandsö. Darüber ein Streifen aus roten Ziegeldächern und kahlen Baumkronen. Und noch weiter oben der massige Festungsblock mit seinem bedrohlichen Turm als dunkle Silhouette gegen den grauen Himmel. Die kleine Fähre, die am unteren Rand in sein Blickfeld glitt. Und wieder hinaus.

Er saß am Kai und sah das alles, doch ohne es wahrzunehmen.

Die Gedanken rasten durch seinen Kopf, so schnell, dass ihm schwindelig wurde. Beste Freunde, Bosse, Balkan. Ein Stabreim des Todes, der sich auflöste und weiterwirbelte, noch ehe er wirklich gebildet war. Brennende Häuser, ein Tessa-Stillleben aus Blumen, schwarze Ruinen, Magnus und sein helles Lachen, Apfelbäume in Høng, Margrethe Franck mit der Silberschlange, verhüllte Frauen in Kabul, Bosses blauer Helm, mächtige Schatten und der riesige Körper des PET-Chefs Axel Mossman, der über allem schwebte wie die Hindenburg auf dem Weg in die Katastrophe.

Und wieder Magnus. Mit einem Hund an der Leine. Mit blonden Sommersträhnen. Voller Lebenslust.

Als er auf die Uhr sah, war eine Stunde vergangen. Die Uhr und der Körper, an dem sie befestigt war, waren alles, was nach diesem Trip durch die Dunkelheit von ihm übrig war. Ein Trip, der ihn an diesen Ort gebracht hatte, den er nun verlassen würde.

Die Fähre legte auf der anderen Seite an. Hinter ihm lärmte ein wütender Presslufthammer. Er hatte sich aus dem Loch gezogen, in dem er verschwunden war.

Er sah keine fertigen Bilder und konnte keinen endgültigen Plan formulieren. Aber die Tour durch den Mahlstrom der Erinnerung hatte ein Gefühl hinterlassen. Und dieses Gefühl war Gewissheit. Es war die Gewissheit, dass seine Reise nicht den geplanten Verlauf nehmen würde.

Es würde kein Haparanda für ihn geben. Keine Flucht. Keine neue Lüge. Das Gedankenkarussell hatte eine Menge Fragmente an die Oberfläche gespült. Alles Zierrat aus buntem Glas. In dem ganzen Mosaik gab es nur einen einzigen Edelstein. Das Kind. Das Echte. Das nicht manipulierte Wesen. Die Saat, die er selbst vor langer Zeit gesät hatte. Magnus.

Er würde alle Hindernisse aus dem Weg räumen, die seinen Weg zu Magnus, seinen Weg ins Leben versperrten. Vermutlich würde er lange vorher sterben. Aber dann starb er wenigstens in dem Bewusstsein, alles versucht zu haben.

Er stand langsam auf. Er musste seine Einkäufe erledigen. Über dem Meer waren schwarzblaue Wolken aufgezogen. Der Wind frischte auf.

Das konnte sich schnell zu einer gefährlichen Überfahrt entwickeln.

10.

Die Pistolenmündung, die sich in Kresten Hildmands Nacken bohrte, sorgte dafür, dass er sofort gehorchte.

Der Großunternehmer war an diesem herrlichen 1. Mai etwas später aus dem Haus gekommen. Seine Frau war gerade mit zwei Freundinnen in Nizza, und er hatte die Gelegenheit genutzt und es sich am Abend auf der Couch gemütlich gemacht, einen Film angeschaut und sich nebenbei ein paar ordentliche Whisky Soda genehmigt.

Statt nach Kopenhagen ins Büro dirigierte ihn die schroffe Stimme auf dem Rücksitz auf eine verworrenen Route über Nebenstraßen.

Eine Viertelstunde nachdem der Wagen die breite Auffahrt verlassen hatte, holperte er über einen schmalen Feldweg. Der Jaguar, ein XJ6 mit mehr als dreißig Jahren auf dem Buckel, war fast zu breit für die Fahrspur.

Während der ganzen Fahrt hatte der schweißgebadete Hildmand versucht, dem Mann mit der Pistole eine Erklärung abzuringen, aber erfolglos. Und Hildmands Kopf, der noch dazu leicht schmerzte, war offenbar zu gar nichts zu gebrauchen.

Am Ende hatte sich wohl doch noch ein klarer Gedanke formiert, denn als er in einen Waldweg abbiegen sollte, brüllte Hildmand plötzlich aus voller Lunge:

»Danehof! Der Danehof hat dich geschickt, richtig? Du sollst mich umbringen!«

Keine Antwort.

»Aber ich verrate nichts! Das habe ich ihnen doch schon gesagt, verdammt! Den Prozess überstehen wir mit links. Es werden ein paar Bußgelder verteilt, und das Leben geht weiter. Ich verrate nichts! Verstehst du nicht? Ich verrate nichts!«

»Maul halten. Hier geht's nach rechts.«

Büsche und Brombeerhecken zu beiden Seiten des matschigen Wirtschaftswegs kratzten über den Autolack wie Gabelzinken über einen Teller. Aber das interessierte ihn nicht. Er gehorchte auch, als er den Befehl bekam, an einer kleinen Lichtung anzuhalten.

Zu seiner Verwunderung trat ein zweiter Mann aus dem Gebüsch und kam auf sie zu. Er hatte einen großen Rucksack dabei. Jetzt war der Mann ganz nah. Er trug Handschuhe und öffnete beide Türen auf der Fahrerseite gleichzeitig.

»Was jetzt? Was? Ich mache alles, was ihr wollt. Ich habe Geld. Viel Geld! Sagt einfach, wie viel! Sagt mir euren Preis!

Eine Million? Zwei Millionen?« Seine Panik erreichte ihren Höhepunkt.

Der Mann Nummer zwei zog eine Flasche aus der Seitentasche seines Rucksacks. Eine braune Flüssigkeit. Whisky. Der Pistolenlauf bohrte sich tiefer in den gut gepolsterten Nacken des Unternehmers.

»Trink!«

Er weigerte sich. Er konnte nicht. Er bekam kaum Luft vor Angst.

»Trink, verdammt!«

Er starrte die Flasche in seiner großen Hand an. Hilflos. Vor seinem inneren Auge nahm ein Bild Gestalt an. Es war eine Schlussszene. Man hatte ihn an einen unbekannten Ort in einem unbekannten Wald gelotst. Er kam hier nicht mehr weg. Nicht lebend …

»Tape!«, befahl der Mann auf dem Rücksitz, und sein Helfer holte mehrere Rollen Gaffa-Tape aus dem Rucksack und reichte ihm eine davon. Die Pistole wechselte die Hände. Jetzt war sie von der Seite auf Hildmand gerichtet.

Die behandschuhten Hände arbeiteten schnell und routiniert. Gaffa-Tape um die hohe Stirn des Unternehmers und die Nackenstütze, das Ganze gleich ein paarmal. Dann weiter unten dasselbe. Um Oberkörper und Arme und rund um den Autositz. Mehrere Schichten, bis der massige Körper unbeweglich an dem eleganten Fahrersitz aus hellbraunem Leder festgezurrt war. Und dann, nur zur Sicherheit, noch eine Umdrehung um die Knöchel.

Die Abfüllung konnte beginnen. Es war nicht zu übersehen, dass die beiden Männer besonders vorsichtig vorgingen, als sie Hildmand den Flaschenhals in den Mund drückten. Offensichtlich, um keinen Zahn zu beschädigen und damit auch nur den Hauch eines Verdachts zurückzulassen.

Es war eine bizarre Szene. Eine riesige Nuckelflasche in einem feisten Gesicht mit großen, panischen Augen. Unterbrochen von kurzen Pausen voller Prusten und Japsen.

Nach dem vierten Durchgang unternahm Kresten Hildmand einen verzweifelten letzten Versuch.

»Stopp, stopp! Zehn Millionen … Kronen … für jeden … Hört ihr?«

Der erste Mann setzte ungerührt die Flasche wieder an. Es ging langsam voran, aber es durfte nichts danebengehen. Der Befehl war eindeutig gewesen: Alles bis auf den letzten Tropfen musste hinein.

Die beiden Männer standen ein wenig abseits und rauchten. Beide aschten in ein Blechdöschen mit Deckel, der Mann, der Hildmand im Auto überrumpelt hatte, hielt es in der Hand.

Sie durften keine Spuren hinterlassen. Keine Kippe. Keinen Fußabdruck. Alles musste verwischt werden, wenn sie von hier verschwanden. Deshalb achteten sie sorgsam auf jeden Schritt, den sie machten. Als zusätzliche Sicherheitsvorkehrung trugen sie beide Laufschuhe. Der Wald war beliebt bei Joggern, ganz besonders nach Feierabend und an den Wochenenden. Es war an alles gedacht.

Sie rauchten gleich zwei Zigaretten nacheinander, drückten die Kippen in der Blechdose aus und gingen zurück zum Auto, das auf Leerlauf geschaltet war. Das Fenster auf der Fahrerseite war ein kleines Stück hinuntergelassen, und in dem schmalen Spalt steckte ein Schlauch, der am Auspuff befestigt war.

Das Letzte, was Kresten Hildmand gerufen hatte, war »Fünfundzwanzig Millionen! Für jeden!«. Ohne ihn zu beachten, hatten sie den Schlauch durch das Fenster geschoben und den Spalt mit einem Handtuch abgedichtet. Er hatte sich gesträubt und gewunden, aber das Gaffa-Tape hielt ihn fest wie ein Schraubstock.

Jetzt öffneten sie alle Türen, schalteten den Motor aus und warteten, bis sich das tödliche Kohlenmonoxid verzogen hatte, bevor sie den letzten Teil ihres Auftrags erledigten.

Es dauerte nicht lang. Die Aufgaben hatten sie schon im Vorfeld verteilt. Vorsichtig entfernten sie das Klebeband und sorgten dafür, dass die Leiche eine natürliche Haltung einnahm. Dann platzierten sie noch ein paar Fingerabdrücke von Hildmand auf der Flasche, auf dem Knopf des Fensterhebers und vor allem auf dem Schlauch.

Schließlich ließen sie den Motor wieder an, steckten Schlauch und Handtuch zurück ins Fenster und blieben noch einen Moment stehen, um den Schauplatz zu überprüfen. Alles war in Ordnung. Dann halfen sie sich bei der Beseitigung ihrer Spuren. Die Fußabdrücke direkt vor der Wagentür spülten sie sorgfältig mithilfe einer kleinen Handpumpe weg. Sie war mit einem faltbaren Camping-Wasserbehälter verbunden, der im Rucksack steckte.

Dann zogen sie sich rückwärts vom Tatort zurück, wechselten noch ein paar Worte und verschwanden in unterschiedliche Richtungen.

Wenig später brach die Sonne durch die Wolken. Der dunkelgrüne Jaguar stand glänzend auf der Lichtung. Hinter dem Steuer saß der zweiundsiebzigjährige Großunternehmer Kresten Hildmand. Der massive Druck, den die Ermittler der Staatsanwaltschaft in dem aufsehenerregenden Kartell-Fall auf ihn ausgeübt hatten, hatte ihn am Ende das Leben gekostet.

11.

Die stille Welt unter den Fichten, wo ein undurchdringliches Dach aus Zweigen das Sonnenlicht fernhielt und ein dichter Teppich aus braunen Nadeln jeden Schritt dämpfte, gab ihm sofort das Gefühl, zu Hause zu sein.

Er war im Rold Skov, auf dem Weg in sein altes Territorium. Hier standen die Bäume so dicht, dass er sich zwischen den Stämmen hindurchschlängeln musste. Aber weiter vorn wurde es schon heller. Dort markierte ein Gürtel aus hohem Gras das plötzliche Ende des Hades. Fast so abrupt wie die Trennlinie zwischen Wasser und Land.

Er war auf dem Seeweg gekommen. Mit der Morgenfähre von Göteborg nach Frederikshavn. Von dort mit dem Bus weiter nach Aalborg. Er hatte sich an einen Computer in der Stadtbibliothek gesetzt und alle Informationen herausgesucht, die er für die erste Etappe seiner Mission benötigte.

Später hatte er sich in einem Geschäft für Jagd- und Angelbedarf die wichtigsten Sachen besorgt. Rucksack, Messer, Topf, Becher, Besteck, Feuerstahl und ein paar gefriergetrocknete Vorräte. Was er hier zu erledigen hatte, dauerte nicht lang. Nur eine Übernachtung, dann würde er schon wieder aufbrechen.

Die Sonne blendete ihn, als er aus dem Wald trat. Jetzt war es nicht mehr weit. Er überquerte das offene Gelände bis zu dem schmalen Streifen aus Eichen, Buchen, Lärchen und riesigen Kiefern, die am Abhang über dem Flusstal aufragten.

Als er auch dieses Waldstück hinter sich gelassen hatte, blieb er einen Moment stehen. Unten im Tal schimmerte der Lindenborg Å silbrig zwischen den dichten Weiden. Die Buchen hatten schon ihre ersten Blätter und tauchten das ganze Tal in ein zartes, hellgrünes Licht.

Manches war genau wie beim ersten Mal. Auf seinem Weg hierher waren ihm immer wieder rote Fahnen begegnet und Plastiktüten mit klirrenden Flaschen. Er hatte sich ganz bewusst dafür entschieden, das letzte Stück von Aalborg mit dem Zug zurückzulegen. Und er hatte sich auch bewusst dafür entschieden, in Skørping auszusteigen und durch Rebild zu wandern, um dann weiter der Landstraße zu folgen und später dem Feldweg, der nach Westen führte. Er wollte seine eigene Spur kreuzen. Noch einmal. Um sich mental für die Reise ins Unbekannte zu wappnen.

Aber vieles war auch ganz anders.

Mr White war nicht dabei.

Dort unten in dem Flusstal hatte er ihn verloren. Während seines langen Krankenlagers auf Klöverö hatte er manchmal geglaubt, seine Schnauze in der hohlen Hand zu spüren. Ein aufmunterndes Stupsen, wenn das Chaos übermächtig zu werden drohte.

Und das Wetter … Als er vor zwei Jahren hier angekommen war, hatte es in Strömen geregnet. Jetzt wärmte ihn die Sonne. Alles in allem lagen Welten zwischen damals und heute.

Als er den Keller im Nordwestquartier verlassen hatte, war er auf der Suche nach Ruhe gewesen. Hatte das Bedürfnis verspürt, sich tief im Wald zu verkriechen. Aus dem vagen Gefühl heraus, damit vielleicht das Richtige zu tun.

Dieses Mal stand er vor einer Aufgabe, die messerscharf umrissen war. Er würde in den Krieg ziehen. In seinen ganz persönlichen Krieg. Gegen einen unsichtbaren Feind.

Er machte sich an den Abstieg, und die Büsche schlossen sich um ihn. Wenn er ein paar Hundert Meter flussaufwärts das Tal erreichte, war es nicht mehr weit bis zu seinem alten Lagerplatz.

Es war ziemlich mühsam, sich einen Weg nach unten zu bahnen, und dort wartete schon die nächste Herausforderung auf ihn. Wie eine Mauer ragten die Weiden aus dem Sumpf. Diese Bäume wuchsen dank der günstigen Witterung hier mit unglaublicher Geschwindigkeit, und das Dickicht wurde immer dichter. Das Tal wirkte wie ein riesiger Schwamm, der alles Wasser aufsog und festhielt. Hier sammelte sich der gesamte Niederschlag. Auch die Quellen, die am Hang entsprangen, und davon gab es viele, vereinigten sich unten im Sumpf. Er stand in dem unwegsamsten Gelände, das für dänische Verhältnisse vorstellbar war. Näher konnte man einem Urwald hier im Norden nicht kommen.

Genau deshalb war ihm dieser Ort nach seiner Flucht aus Kopenhagen wie gemacht für ein Lager erschienen.

Er lief weiter und hielt Ausschau nach Anhaltspunkten. Er

hatte die Orientierung verloren und suchte vergeblich die schmale Passage, die er in Erinnerung hatte. Schließlich blieb ihm nichts anderes übrig, als sich den Weg auf eine harte und ausgesprochen anstrengende Weise zu bahnen: Zweige biegen, darüber klettern, auf Stämmen über den Matsch balancieren, unter Ästen hindurchkriechen, die ganze Zeit im Zickzack, um den bequemsten Durchgang zu finden.

Als er die andere Seite erreichte, wusste er, wo er war. Er erkannte eine Gruppe kleiner Birken und weiter vorn eine große Lärche, die ihm zeigte, wo der Untergrund wieder fest war. Nicht weit von hier hatte er sein Lager gehabt.

Vor ihm lag ein schmales Feuchtgebiet mit großen Grasbüscheln und Binsen. Er machte den ersten Schritt. Wenn man vorsichtig war, konnte man von Büschel zu Büschel steigen oder springen, trat man allerdings daneben, blieb man in dem stinkenden schwarzen Morast stecken. Im besten Fall kostete das einen Gummistiefel. Im schlimmsten das Leben.

Aber er wusste, worauf er zu achten hatte, und überquerte ohne Probleme den Sumpf. Ab jetzt kam er schneller voran. Gleich war er da. Er ging in einem Bogen um sein altes Lager herum. Dann blieb er stehen.

Da stand sie, die alte Eiche. An einem der unteren, dicken Äste hatte das Seil gehangen. Er hatte es im Stehen abschneiden können. Aber viel zu spät.

Er glaubte immer noch, das Gewicht von Mr Whites totem Körper in den Armen zu spüren. Sein Fell. Und seinen Geruch immer noch in der Nase zu haben. Seine glanzlosen Augen noch vor sich zu sehen.

Er erinnerte sich daran, dass er die Schlinge weggeschleudert hatte, rasend vor Wut und Verzweiflung. Und er erinnerte sich, dass er im Sand gekniet und seinen Hund im Arm gehalten hatte – lange. Nur wie lange, das wusste er nicht. Gedanken und Zeit waren im Schmerz verschwunden.

Die einsame Eiche mit ihrer alten, knorrigen Krone sah unverändert majestätisch aus. Völlig unbeeindruckt von dem Geschehen, dessen Schauplatz sie gewesen war. Heute wusste er, was er damals nicht gewusst hatte: dass Mr Whites Tod das Werk Axel Mossmans gewesen war. Dass der Chef des PET angeordnet hatte, seinen Hund aufzuhängen, um ihn unter Zugzwang zu setzen und zur Kooperation zu zwingen.

Wie gelähmt stand er vor dem großen Baum, während eine Serie von Flashbacks an seinem inneren Auge vorbeizog. Der Letzte davon zeigte Mossman, der ihm im strömenden Regen sein Geständnis entgegenbrüllte. Und ihn selbst, wie er in das Unwetter rannte und Mossman mit Tritten und Schlägen traktierte.

Der Besuch des PET-Chefs war ihm damals wie ein böses Omen erschienen, und er hatte recht behalten. Mossman hatte eine Lawine losgetreten, die Oxen umgeworfen, in rasender Geschwindigkeit mit sich gerissen und ihn unter sich begraben hatte.

Und jetzt hatte die Lawine ihn losgelassen. Hatte ihn ausgespuckt. Genau hier. Am Baum des Schmerzes. Lebend. Aber so gut wie tot, wenn sie herausfanden, dass es ihn noch gab.

Er näherte sich langsam und ging durch das welke Gras um das Brombeergestrüpp herum. Von der Bergkiefer ab zählte er seine Schritte, fünfzig, geradeaus auf die Lärche zu. Er musste einen Moment suchen. Dann hatte er die Stelle gefunden.

»Whitey, alter Freund …«

Er flüsterte. Nahm seinen Rucksack ab und setzte sich vor den kleinen Turm aus Steinen, der im hohen Gras kaum mehr zu sehen war.

Die Sonne stand schon ziemlich tief, als er beschloss aufzubrechen. Ohne Eile stand er auf. Nahm den Rucksack und blieb noch einen letzten Moment stehen. Dann hob er die Hand zu einem stummen Gruß.

Vor ihm lag noch eine weitere wichtige Aufgabe, die er hinter sich bringen musste, bevor es dunkel wurde.

12.

Die Hölle des Arbeitsmarktes war mit grauen Kacheln gefliest. Sie war gerade dabei, genau diese Kacheln abzuspritzen, an diesem ersten Abend in ihrem neuen Job, als eine schrille Stimme ertönte: »Verdammt noch mal! Du da, die Neue – niemand hat gesagt, dass du das ganze Hotel in den Gully spülen sollst!«

Die Schichtleiterin, ein dürres, keifendes Weib mit schwarz gefärbten Haaren und einer weißen Brille, fuchtelte mit erhobenem Zeigefinger herum, weil versehentlich auch ein paar Treppenstufen nass geworden waren. Für einen Moment war sie versucht, den Wasserstrahl aufzudrehen und der alten Ziege eine kalte Dusche zu verpassen, aber das wäre ein ziemlich schlechter Einstand gewesen.

»Okay, tut mir leid!«, rief sie zurück und hob entschuldigend die Hand. Trotzdem marschierte die Chefin auf sie zu.

Sie drehte sofort das Wasser ab, um nicht doch noch eine Katastrophe auszulösen.

»Erster Tag, oder?«

Sie nickte.

»Und wie heißt du?«

»Margrethe.«

»Jeder hat einen Nachnamen, oder habe ich etwa mit Königin Margrethe das Vergnügen?«

»Franck, Margrethe Franck.«

»Gut, ich nenne dich Franck … Ich habe es nicht so gemeint. Hier wird nur gespült, nicht gespritzt. Aber du bist ja noch neu. Also, wenn du irgendwas nicht weißt, dann frag den Gruppenleiter, ja? Er heißt Yang. Der Mann ganz dahinten … Sehen alle gleich aus, die Frühlingsrollen, was? Viel Spaß.«

Die Schichtleiterin grinste über ihren armseligen Witz, nickte und ging zur Treppe zurück.

Vielleicht wollte sie die einzige urdänische Mitarbeiterin nicht gleich am ersten Tag vergraulen? Der Putztrupp, der an diesem Abend im Hotel Copenhagen Blackbird in der gigantischen Spülküche schuftete, bestand neben ihr selbst aus mehreren Asiaten, einem jungen Kerl aus dem Kongo und einer Frau, die ebenfalls afrikanischer Abstammung war.

Überflüssig zu erwähnen, dass sich die Hölle des Arbeitsmarktes natürlich im Keller befand. Und der ganze Dreck kam von oben, wenn die kleinen offenen Aufzüge das schmutzige Geschirr in die Katakomben transportierten. Gereinigt wurde alles mit großen Spüldüsen an langen Tischen aus rostfreiem Stahl.

Das Copenhagen Blackbird war das neue Juwel im Hoteldiadem der Hauptstadt. Das Preisniveau des mondänen Hauses im Zentrum spiegelte sich allerdings nicht in ihrer Bezahlung wider, aber wenn es wirklich eng wurde und man so schnell wie möglich ein bisschen Bargeld auftreiben musste, dann nahm man, was man kriegen konnte. So wie sie jetzt.

Die vier Stunden als Tellerwäscherin kombiniert mit den fünf Stunden hinter der Kasse in einem Discounter – dem Job, den sie gleich danach antreten würde – würden alles am Laufen halten. Und sie zum Schwitzen bringen.

»Es ist keineswegs unmöglich, aber wenn Sie die Wohnung schnell loswerden wollen, müssen Sie mit dem Preis runtergehen.«

Die Worte des Maklers waren unmissverständlich gewesen. Sie konnte ihre Wohnung verkaufen, aber wahrscheinlich würde sie mit Schulden aus der Sache herausgehen. Diese Situation machte sie wirklich fertig. Sie konnte doch nicht für den Rest ihres Lebens schuften bis zum Umfallen, nur um ein Dach über dem Kopf zu haben.

Wobei der »Rest ihres Lebens« so eine Sache war. Seit Villum Grund-Löwenberg, der Leiter des Danehof Süd und Schlossherr auf Gram Slot, ihr geschworen hatte, sie zu »vernichten«, war ein deutliches Muster erkennbar geworden: Die guten Jobs wurden ihr weggenommen, die miesen durfte sie behalten. Was bedeutete, dass die dunklen Kräfte da draußen sie immer noch im Visier hatten.

Würde sie etwa für den »Rest ihres Lebens« überwacht werden? Oder würde der Danehof dieses Spiel irgendwann leid sein und seine Energie auf etwas Neues lenken?

Sie hatte auch schon über eine ganz andere Lösung nachgedacht. Hatte überlegt, Dänemark zu verlassen. Auszuwandern. Aber wohin sollte sie gehen? Und würde der Teufel sie begleiten?

In Wirklichkeit wünschte sie sich nur eins – in die Welt des PET zurückzukehren, wo sie nur leider nie wieder unterkommen würde. Aber vielleicht konnte sie es bei irgendeinem ausländischen Nachrichtendienst versuchen? Wie klopfte man dort an die Tür? Gab es da überhaupt eine realistische Chance, wenn man so nachdrücklich rausgeschmissen worden war wie sie?

Seit sie bei Gram Slot in einen Hinterhalt gelockt worden waren, hatte sie ihren ehemaligen Chef Axel Mossman weder gesehen noch gesprochen. Damals dachten sie, sie würden sich einfach spätabends auf die Lauer legen und das Treffen der drei obersten Danehof-Chefs observieren. Stattdessen waren sie ihnen in die Falle gegangen und überwältigt worden. Kurz darauf hatte Mossman seinen Posten räumen müssen. Unfreiwillig, davon war sie überzeugt, auch wenn die Justizministerin etwas anderes behauptet hatte.

Vielleicht konnte Big Mossman mit den vielen Kontakten und den guten Beziehungen zu den Schwesterorganisationen im Ausland ihr aus der Misere helfen?

»Hey, you! Wake up!«

Der kleine Mann neben ihr brüllte sie an und nickte energisch in Richtung einer Ladung Geschirr, die aus dem Himmel angekommen war, ohne dass sie es bemerkt hatte.

»*Sorry!*«

Sie nickte und lächelte.

Vielleicht war es an der Zeit, Mossman einen Besuch abzustatten. Ein bisschen mit ihm zu plaudern. Sich dabei Stück für Stück vorzutasten. Nachzufühlen, ob er einen Schlüssel in der Hand hielt, der ihr neue Möglichkeiten eröffnen konnte.

Der Gruppenleiter lächelte ihr vom anderen Ende der Spülstraße zufrieden zu, als sie sich energisch auf einen Stapel Teller stürzte. Das war also Yang. Es wäre naiv gewesen anzunehmen, dass es auch ein Yin in dieser tellerklappernden Hölle gab.

13.

Der Feuerstahl sprühte Funken, als er den Messerrücken mit Druck darüberzog. Ein Mal genügte schon. Er konnte es noch. Die Funken landeten genau da, wo er die Birkenrinde angeritzt hatte.

Er fütterte das Flämmchen mit klein geriebenen Rindenspänen, dann mit einem Büschel strohtrockenem Gras. Er blies vorsichtig, legte etwas mehr Gras auf das Rindenstück und dann etwas gröbere Späne. Birkenrinde funktionierte einfach am besten, weil sie so ölhaltig war.

Bald flackerte ein richtiges kleines Lagerfeuer auf dem Rindenstück, das er auf einer Unterlage aus trockenen Zweigen platziert hatte. Nach und nach legte er kleine Portionen Reisig in die Flammen. Und schließlich, als das Feuer ordentlich brannte, größere Holzstücke.

Die Dämmerung senkte sich über das Flusstal. Er saß an seinem alten Lagerplatz, oder an dem, was davon übrig war. Ein paar Fetzen der Plane, die ihm als Dach gedient hatte, flatterten noch immer sacht im Wind. Den Rest hatte vermutlich ein Wintersturm fortgerissen, oder aber Karin »Kajsa« Corfitzen hatte angeordnet, sein Lager zu entfernen.

Hier hatte ihn die kleine Einsatztruppe der Aalborger Polizei an jenem frühen Morgen überrumpelt. Sie hatten ihn umzingelt und zum Verhör vor ein Tribunal aus den Führungskräften von Kripo und PET geschleift. An jenem Morgen war er in die Affäre um die gehängten Hunde hineingezogen worden, obwohl er sich von der ersten Sekunde an dagegen gewehrt hatte.

Er goss kochendes Wasser in den Plastikbecher mit gefriergetrocknetem Gulasch und rührte um.

Neben ihm lag der kleine Aluminiumkoffer. Darin befanden sich ungefähr 100 000 Kronen. Er hatte die Stelle, wo er den Koffer vergraben hatte, problemlos gefunden, nachdem er sich von Mr White verabschiedet hatte. Weitere 50 000 Kronen hatte er in der Nähe der Fischzucht vergraben, und noch einmal 40 000 steckten in einem Rucksack, den Margrethe Franck für ihn aufbewahrte.

Das Geld bereitete ihm keine Freude. Es hatte für ihn nur einen praktischen Wert. Axel Mossman hatte ihn damit für seine Unterstützung bei den Ermittlungen bezahlt. Eine großzügige Summe, aber letztlich nichts anderes als Blutgeld für den toten Mr White.

Er aß das Gulasch. Er hatte wahnsinnigen Hunger. Es war ein langer Tag gewesen. Auf den eigenen Spuren zu reisen war eine schwere und kräftezehrende Aufgabe.

Inzwischen war es dunkel geworden. Er hätte tausend Kronen für eine ordentliche Tasse Kaffee gegeben, bar aus dem Koffer, aber er hatte sich so beeilt voranzukommen, dass er vergessen hatte, welchen zu kaufen.

Die Nacht würde er dicht am Lagerfeuer, auf einem Lager aus Reisig und Zweigen, in seinem Schlafsack verbringen. Kalt würde es trotzdem werden. Die Sterne blinkten schon. Er musste das Feuer irgendwie am Brennen halten.

Würde einer der Sieben auftauchen, während er schlief? Und

wenn ja, welcher? Spielte es dabei eine Rolle, dass er ausgerechnet hier übernachtete?

Es war eine halbe Ewigkeit her, dass er einen Abend mit Gras und Whisky in dieser Gegend verbracht hatte. Das letzte Mal hatte er am Ufer des Skjern Å gelegen. Kurz bevor die große Flucht losgegangen war. In der Zeit bei Tessa hatte er sich daran gewöhnt, dass es dort keine Möglichkeit gab, den Kopf mit Gras und Alkohol zu leeren, und jetzt vermisste er weder das eine noch das andere.

Er hob den Becher an den Mund und schlürfte den letzten Rest Gulasch heraus. Er liebte die rustikale Wärme eines Lagerfeuers. Nichts anderes brannte so angenehm im Gesicht. Er legte Holz nach. Sein Vorrat war groß genug, um ihn durch die Nacht zu bringen.

Von heute an diente jeder Tag der Mission seiner Befreiung, damit er nicht für immer von seinem Sohn getrennt sein würde.

Die Nachricht von der Ernennung Yssings zum Oberbefehlshaber und das Chaos, das diese Neuigkeit in seinem Kopf verursacht hatte, waren der letzte Anstoß gewesen, sich mit den Konsequenzen auseinanderzusetzen, die eine Entscheidung für Haparanda mit sich gebracht hätte.

Dort im Norden hätte er Zeit zum Nachdenken gewonnen. Aber worüber? An den Bedingungen, die ihm sein nicht existentes Leben diktierte, hätte sich nichts verändert. Haparanda wäre nichts anderes gewesen als ein frostiges Versteck.

Während er bei Tessa wohnte, hatte er alle möglichen Szenarien tausendmal in Gedanken durchgespielt. Er hatte sämtliche Risiken gründlich analysiert und war jedes Mal zu derselben Erkenntnis gelangt: Es gab nur einen Weg ins Labyrinth der dunklen Männer. Ein Weg, der mit einer Menschenjagd in England begann …

Der erste Schritt war, die Mordanklage loszuwerden. Er musste seine Bewegungsfreiheit zurückgewinnen, damit er ungehindert als Niels Oxen in Erscheinung treten konnte. Erst dann konnte er sich mit den Männern der Macht befassen.

Wenn sie erfuhren, dass er noch lebte, würden sie umgehend alle Hebel in Bewegung setzen, um ihn zum Schweigen zu bringen. Aber es war seine einzige Chance. Bei dieser Mission war er auf sich allein gestellt. Er konnte weder Axel Mossman noch Margrethe Franck noch seinen alten Freund Fritsen kontaktieren. Höchstwahrscheinlich wurden die Menschen, die ihm nahegestanden hatten, nach wie vor überwacht.

Aber er hatte dafür gesorgt, dass die Tür zum Labyrinth der Macht immer noch einen Spaltbreit offen stand, als er einen seiner Verfolger im Kuhstall bei Gram Slot niedergeschlagen und ihm das Handy abgenommen hatte. Ohne lang nachzudenken, hatte er dessen Mailkonto und Adressbuch an Fritsens Schwester geschickt, mit der Bitte, das Material an ihren Bruder weiterzuleiten. Außerdem hatte er den bewusstlosen Mann fotografiert, um ihn später identifizieren zu können. Das Bild war auf demselben Weg an Fritsen gegangen wie der Rest.

Der Pass des Mannes war sicher deutlich weniger aussagekräftig als der Inhalt seines Telefons. Er war auf den relativ anonymen Namen »Mark Johnson« ausgestellt, ein Brite, genau wie die übrigen Mitglieder der kleinen Einsatztruppe, die der Danehof angeheuert hatte, um ihn aufzuspüren und aus dem Weg zu schaffen.

Bei einer dieser Aktionen hatten die Söldner den alten Fischzüchter ermordet.

Jetzt musste er so schnell wie möglich an diese Daten herankommen. Herausfinden, wer dieser Mann war, den er in England aufspüren wollte. Ob er tatsächlich Mark Johnson hieß oder in Wirklichkeit ganz anders.

Oxen war müde geworden. Es war Zeit, schlafen zu gehen. Er rollte den neuen Schlafsack auf einer Schicht aus Reisig und Fichtenzweigen aus, um wenigstens die schlimmste Kälte von unten abzuhalten. Dann legte er Brennholz nach und kroch in sein Bett.

Er spürte, dass er schnell wegdämmern würde. Die Frage war nur, ob die Sieben ihn dann auch schlafen ließen.

Es gab über sechzig Millionen Briten, soweit er sich erinnerte. Er musste nur einen von ihnen finden – den richtigen. Und dann würde er die Zeugenaussage aus ihm herausquetschen. Mit allen Mitteln. Wer hatte den alten Johannes Fisch erstochen?

Momentan klang das ziemlich unkompliziert, aber morgen dachte er vermutlich schon anders darüber. Er plante, in aller Frühe aufzubrechen, nach Arden zu wandern und von dort irgendwie weiter nach Süden zu gelangen. Sein Ziel war die alte Fischzucht bei Brande, wo eine neue Buddel-Aufgabe auf ihn wartete.

Er blinzelte ein letztes Mal in die Flammen, schloss die Augen und genoss die Wärme im Gesicht.

14.

Die Überschrift auf der Titelseite der Tageszeitung bestand aus zwei Teilen. Oben eine Zeile mit kleineren Buchstaben: »*Angeklagt in einem gigantischen Betrugsfall*«. Und darunter in riesigen Lettern: »*Multimillionär wählt den Tod*«.

Staatsanwalt Per Eilertsen nahm sich reichlich Zeit, um die Schlagzeilen zu studieren. Sie brachten die Situation ziemlich genau auf den Punkt. Und unter dem zugehörigen Foto stand ganz klein: »*Bauunternehmer Kresten Hildmand hielt dem Druck nicht mehr stand. Platzt nun der Prozess?*«

Die Gestaltung der Titelseite war allerdings eher ungewöhnlich. Zu sehen war Hildmands alter Jaguar, mitten im Wald. Und in einer Ecke des Bildes ein Foto von Hildmands rundem Gesicht.

Der Staatsanwalt blätterte weiter zum eigentlichen Artikel. Er füllte zwei Seiten.

»*Gestern am späten Nachmittag machte eine Gruppe von Joggern während ihres Trainingslaufs eine makabre Entdeckung. Auf einer*

Lichtung in einem Waldgebiet in der Nähe von Lynge stießen sie auf eine Limousine. Ein Schlauch führte vom Auspuff ins Innere des Fahrzeugs. Hinter dem Steuer saß der größte Bauunternehmer Dänemarks, der Multimillionär Kresten Hildmand. Er war …«

Der Staatsanwalt faltete die Zeitung zusammen und legte sie beiseite. Wenn jemand über sämtliche Details dieses Promi-Selbstmords informiert war, dann er. Bereits am frühen Morgen hatte er seine Mitarbeiter zu einer Krisensitzung einbestellt.

Er wusste schon seit dem Vorabend Bescheid. Ein Beamter der Polizeidirektion Nordseeland hatte ihn gegen zwanzig Uhr angerufen. Seitdem sah die Welt ganz anders aus. Fälle, bei denen es um Kartellbildung ging, waren im Vorfeld schwer einzuschätzen, weil die Beweislage oft unklar war. Dass Kresten Hildmand beschlossen hatte, seinem Leben ein Ende zu setzen, änderte alles. Der Fall wurde kleiner, und der Prozess musste neu zugeschnitten werden. Darüber hatte er mit seinen Mitarbeitern schon diskutiert.

Der Staatsanwalt ließ die zweite Zeitung liegen. Die Schlagzeile auf der Titelseite lautete: »*Von der Staatsanwaltschaft in den Tod getrieben*«. Darunter das Bild eines strahlenden Hildmands. Das war eine drastische Verdrehung der Tatsachen, durch die den Behörden alle Schuld zugeschoben wurde. Das gefiel ihm zwar nicht, aber gegen derartige Vorwürfe war er immun.

Er nahm sich das Börsenblatt vor. Auch hier wurde gemeldet, dass Kresten Hildmand gestorben war, allerdings keine Todesursache erwähnt. In den meisten dänischen Medien galt ein Selbstmord als Privatangelegenheit. Aber da Hildmand einen bekannten Namen hatte und der Hauptangeklagte in einem großen Prozess war, der noch in diesem Jahr beginnen sollte, gab es in seinem Fall wenig Zurückhaltung.

Jetzt hatte sich alles verschoben, die Gewichtung der einzelnen Aspekte ebenso wie die Reihenfolge. Als Staatsanwalt überraschte ihn das nicht. Seine Aufgabe war es nun, den Fokus neu auszurichten, sich zu organisieren und weiterzumachen. Tote Männer konnten nicht aussagen – und auch nicht bestraft werden.

15.

Der Überlandbus aus Aabenraa fuhr rechts ran und blieb an der Haltestelle stehen. Er stieg aus und wartete, bis der Bus auf der Landstraße Richtung Sønderborg weitergefahren war. Dann entschied er sich für die schmale Straße, die direkt durch den kleinen Ort zu führen schien.

Es war schon spät und es wurde langsam dunkel, aber der Kirchturm war beleuchtet und wies ihm die Richtung, vorbei an Hecken und Häusern, bis er auf eine zweite Durchfahrtsstraße stieß. An einem überraschend kleinen Gebäude stand in weißen Buchstaben »Feuerwache«. Er war in Südjütland, wo die Freiwilligen ausrückten, wenn die Hütte brannte. Genauer gesagt, war er in Ullerup auf Sundeved, der Halbinsel zwischen Aabenraa und der Flensburger Förde.

Er überquerte die Straße und stand wenig später vor der Kirche. Der kurze Spaziergang von der Bushaltestelle bis hierher war ihm wie eine Reise in die Vergangenheit vorgekommen. Die meisten Häuser hier waren noch mit Reet gedeckt, und die weißen Fassaden schimmerten im Licht der Straßenlaternen – nur die der geschlossenen Dorfkneipe nicht, wo der Putz von den Mauern bröckelte. Vor dem Haus hatte jemand ein Autowrack abgestellt.

Auf den ersten Blick konnte er das, wonach er Ausschau hielt, allerdings nicht entdecken: das Pfarrhaus.

Die Google-Suche am Computer der Aalborger Stadtbibliothek hatte ihn hierhergeführt. Ullerup war der Ort, von dem Jan Johansen geträumt hatte. Oder zumindest der Ort, an dem er auf seiner Reise vom Militärpfarrer zum Gemeindepfarrer gelandet war. Vom Krieg zum Frieden.

»Ich will irgendwo aufs Land, Niels, dorthin, wo die Vögel zwitschern und die Leute sich noch kennen. Und vor allem will ich ein Pfarrhaus. Ich habe schon immer von einem richtigen Pfarrhaus geträumt.«

Natürlich erinnerte er sich nicht mehr an jedes einzelne Wort, aber das Wichtigste aus seiner letzten langen Unterhaltung mit Jan »Pastor« Johansen war ihm gut im Gedächtnis geblieben. Auch wenn es schon viele Jahre her war.

Sie waren 2003 zusammen in Camp Eden gewesen, dort, wo Euphrat und Tigris sich vereinten. Das dänische Bataillon hatte sein Hauptquartier in der Nähe von al-Qurna aufgeschlagen, nachdem das Parlament die dänische Armee mit einer knappen Mehrheit in einer aufsehenerregenden Entscheidung zum aktiven Kriegsdienst in den Irak geschickt hatte.

Er hatte der kleinen Einheit von Jägersoldaten angehört, die in der einleitenden Phase eingesetzt worden war. Eden war ein Ort, wo sich nicht nur Schlangen tummelten, sondern auch angebissene Äpfel. Wie geschaffen für einen Militärpfarrer.

Sie hatten im Lager im Schatten gesessen, ein paar Bier zusammen getrunken und die alten Erinnerungen vom Balkan aufgefrischt, wo sie sich 1993 in der Stabskompanie im bosnischen Kiseljak kennengelernt hatten. Damals hatte Johansen den Spitznamen »Pastor« bekommen. Der Pfarrer war auch 1995 bei der UNPROFOR-Mission dabei gewesen und hatte sich um die Kameraden der Bravo-Kompanie gekümmert, die von Bosses Tod besonders betroffen gewesen waren. Aus irgendeinem Grund waren die Bande, die auf dem Balkan geknüpft wurden, wohl besonders fest. Sie hatten sich beide gefreut, als sie sich im Irak wiederbegegnet waren.

Der Auslandseinsatz damals sollte Johansens letzter sein. Er wollte nach Hause und in einer Gemeinde Wurzeln schlagen. Und das hatte er dann auch getan. Das hier war seine Kirche, weiß, wie die meisten dänischen Kirchen, mit einem prächtigen Turm aus rotem Backstein.

Oxen hatte die Adresse des Pfarrhauses nicht extra herausgesucht. Er war davon ausgegangen, dass es sich leicht finden ließ, in einem Dorf im tiefsten Südjütland.

Ein älterer Mann schlurfte mit seinem kleinen Hund an der Leine über den Bürgersteig und musterte ihn, als wäre er in einer fliegenden Untertasse hier gelandet.

»Guten Abend«, sagte Oxen. »Können Sie mir vielleicht sagen, wo ich Pfarrer Johansen finde?«

Der Mann nickte.

»Im Pfarrhaus.«

»Das ist nicht zufällig irgendwo hier in der Nähe?«

»Doch, doch. Sie müssen nur rauf zur Landstraße und den Kreisverkehr überqueren. Dann ist es schon der zweite Hof auf der rechten Seite. Langbro heißt die Straße. Von hier aus ist das höchstens ein Kilometer.«

Er bedankte sich, marschierte zurück zur Feuerwache und weiter bis zum Kreisverkehr. Links davon war eine Tankstelle und auf der anderen Seiten ein Reifengeschäft und vier riesige Silos.

Den Schäfchen in Pastors Paradies fehlte es also weder an Benzin noch an neuen Reifen oder Futtermitteln. Aber gab es hier auch Seelenfrieden?

Er hatte viele Stunden gebraucht, um herzukommen – und nur so wenige Schritte, um den kleinen Ort hinter sich zu lassen. Er folgte dem Straßengraben in die Dunkelheit.

Ein paar Minuten später erreichte er wie beschrieben die zweite Einfahrt. Sie wurde von kleinen Lampen beleuchtet und ließ keine Fragen offen. »Pfarrhaus« stand auf einem Schild. Das alte Hofgebäude versteckte sich hinter Bäumen und Hecken, in den großen Fenstern brannte Licht.

Seit Camp Eden hatten sie sich nicht mehr gesehen. So wie bei etlichen anderen Freundschaften auch, war es Oxen nicht gelungen, Kontakt zu halten. Er hatte sich Stück für Stück zurückgezogen, ohne Spuren zu hinterlassen.

Trotzdem würde er den Pfarrer immer noch als Freund bezeichnen. Es gab keine Kluft zwischen ihnen, auch wenn der eine an Gott glaubte und der andere nur an gründliche Vorbereitung.

Als er in den schwedischen Schären überlegt hatte, an wen er sich wenden könnte, war er schnell auf Johansen gekommen. Der Pfarrer war ein Mensch, den er unbesorgt um einen Gefallen bitten konnte. Johansen würde ihn nicht verraten. Und er würde nichts dafür von ihm erwarten.

Oxen ging über die Auffahrt bis zu dem großen Vorplatz, der ebenfalls beleuchtet war. Das Hauptgebäude war groß, weiß verputzt und an den Hausecken, am Eingang und unter dem Schieferdach mit gelben Backsteinen verziert. Wenn er sich nicht völlig täuschte, war Pastor in Aarhus aufgewachsen, mitten in der Stadt. Jetzt hatte er das Zuhause gefunden, das seinem Herzen entsprach.

Würde der Gemeindepfarrer von Ullerup ihn wiedererkennen?

Als Oxen auf der obersten Treppenstufe stand und nach dem Türklopfer griff, ging sein Puls schneller. Camp Eden war lange her. Während das schmucke Pfarrhaus wie ein wahr gewordener Traum wirkte, konnte er selbst nur von Jahren berichten, die von Anfang bis Ende ein einziges Fiasko gewesen waren.

Er schlug den Klopfer zweimal gegen die solide Holztür. Dann hörte er Schritte. Zu leicht und zu schnell für Pastor und seine über hundert Kilo. Eine Frau öffnete die Tür. Sie lächelte freundlich und sah ihn fragend an.

»Guten Abend«, sagte er. »Ist Jan Johansen zu sprechen?«

Die Frau nickte und sagte: »Einen Moment.«

Er schätzte sie auf eins fünfundsechzig, sie war schlank und hatte schulterlange blonde Haare. Ihre Augen waren wach und passten zu ihrem sanften Gesicht. Johansen hatte also eine Frau gefunden. »Die Eine«, wie er es formulieren würde.

Kurz darauf hörte er andere, schwerere Schritte. Eine mächtige Silhouette tauchte in der Diele auf. Pastor hatte in den letzten Jahren noch ein paar Kilo zugelegt, und der Vollbart ließ seinen Kopf breiter wirken. Die buschigen Augenbrauen gingen fragend nach oben.

Oxen fühlte sich wie ein Pilger, der auf einen Platz im Stall hoffte.

»Guten Abend«, sagte er wieder. Sie standen ganz nah voreinander, aber er sah kein Wiedererkennen im Blick des Pfarrers.

»Du … erkennst mich nicht, oder?«

»Erkennen?« Johansen musterte sein Gesicht. »Sollte ich … Nein … aber, das gibt's doch nicht!«

Das Gesicht des Pfarrers veränderte sich schlagartig. Die Augen wurden groß, der Mund klappte auf. Seine Stimme klang ungläubig.

»Das kann doch nicht … Oxen! Ich fasse es nicht! Niels, Mann … Du bist tot! Ich habe es selbst in den Nachrichten gesehen. Vor der schwedischen Küste … Ein Unfall … haben sie gesagt.«

Er lächelte und streckte die Hand aus.

»Hallo, Pastor. Tja, ich lebe noch. Lange her, was?«

Der große Pfarrer zog ihn über die Türschwelle und umarmte ihn herzlich. Als Johansen ihn wieder losließ, klang er verwundert.

»Niels … Ich hatte ja keine Ahnung … Aber man wirft dir einen Mord vor! Du sollst einen alten Mann umgebracht haben. Mit einem Messer.«

»Deshalb bin ich hier, Pastor. Ich muss beweisen, dass ich unschuldig bin. Ich brauche deine Hilfe. Also, falls du dazu bereit bist …«

»Jetzt komm erst mal rein. Hast du heute schon was gegessen?«

Nur einen Augenblick später wurde er freundlich, aber bestimmt auf die Eckbank in der Küche geschoben. Blitzschnell stand ein Teller mit belegten Broten vor ihm auf dem Tisch, die er hungrig verdrückte und mit einem Glas Milch hinunterspülte, worum er gebeten hatte, als Johansens Frau ihn fragte, was er trinken wolle.

Johansens Frau hieß Helle. Der Pfarrer hatte ihn als »Niels, den guten alten Freund vom Balkan« vorgestellt – »der Niels, von dem ich dir erzählt habe, der mit den Orden«.

Sie hatten ihn in Ruhe essen lassen, ohne ihn mit Fragen zu bedrängen. Als er den Teller bis auf den letzten Krümel geleert hatte, kam Johansen mit zwei Bechern Kaffee.

»Hier, Niels …« Der Pfarrer ließ sich neben ihn auf einen Stuhl sinken. »Und jetzt lass hören, mein Freund.«

Oxen nahm einen großen Schluck von dem dampfenden Kaffee. Er schmeckte herrlich.

»Ich werde versuchen, alles so zusammenzufassen, dass es für dich plausibel ist und du mir glaubst. Denn …«

»Ich vertraue dir, Niels, das weißt du doch.«

»Danke … Die ganze Geschichte klingt ziemlich verrückt, und ich kann dir nur Teile davon erzählen. Es ist besser, wenn du nicht zu viel weißt.«

»Leg los.«

»Also, hör zu … Vor etwa zwei Jahren habe ich mit meinem Hund in einem Keller im Nordwestquartier von Kopenhagen gewohnt …«

Der Kaffeebecher war leer, als er seinen Bericht mit dem Aufenthalt bei Tessa in den schwedischen Schären beendete.

Johansen holte die Kanne und schenkte nach.

»Verdammt, Mann, was für eine Odyssee«, murmelte der Pfarrer, der sich nie zu heilig gewesen war, um zu schimpfen und zu fluchen. »Und was willst du jetzt machen? Was in aller Welt hast du vor?«

»Erinnerst du dich an L. T. Fritsen?«

»Der Soldat, den du aus der Una gefischt hast?«

»Ja.«

»Natürlich erinnere ich mich an ihn. Warum?«

»Würdest du für mich nach Kopenhagen fahren und etwas bei ihm abholen, das ich brauche, um weiterzumachen?«

»Natürlich. Worum geht es? Und wann?«

»Es geht um wichtige Informationen, die auf einem USB-Stick gespeichert sind, und ich brauche sie, sobald du Zeit dafür übrig hast. Ich kann es nicht selbst machen. Vermutlich wird Fritsen überwacht. Du musst einfach nur mit deinem Wagen in die Werkstatt fahren, meinen Anweisungen folgen und wieder zurückkommen.«

»Und was passiert dann?«

»Ich bin auf der Suche nach einer Tür ins Labyrinth. Und ich hoffe, dass ich diese Tür auf dem USB-Stick finde. Dann öffne ich sie und schleiche mich hinein. Das ist meine einzige Chance.«

Es gab keine Flammen, in denen er sich verlieren konnte, und kein Lagerfeuer wärmte sein Gesicht, als er sich schlafen legte. Stattdessen waren da ein Bett, eine Matratze und eine Decke. Er musste zugeben, dass er hier weit bequemer lag als auf dem Waldboden im Rold Skov, auch wenn jeder Mensch eigentlich einen funkelnden Sternenhimmel über sich haben sollte, wenn es Zeit zum Schlafen ist.

Johansens Frau hatte ihm im oberen Stock ein Zimmer hergerichtet. Pastor hatte erzählt, dass das Pfarrhaus rund fünfhundert Quadratmeter Wohnfläche hatte, es gab also reichlich Platz, und er durfte bleiben, so lange er wollte. Dieses Angebot war nicht bloß reine Höflichkeit. Was Pastor sagte, meinte er auch.

Der ehemalige Militärpfarrer hatte gleich Nägel mit Köpfen gemacht und beschlossen, schon am nächsten Tag in aller Frühe nach Kopenhagen zu fahren. Das passte ihm zeitlich am besten, denn für den Rest der Woche stand noch einiges für ihn auf dem Programm.

Beim Frühstück würde Oxen einen kurzen Brief schreiben, den

Johansen später Fritsen geben sollte, um ihn davon zu überzeugen, dass Niels Oxen am Leben war und er die Informationen ihrem alten Militärpfarrer bedenkenlos aushändigen konnte.

Außerdem würde er Fritsen in dem Brief bitten, Pastor alles zu erzählen, was er über Margrethe Franck wusste. Hatte sie die Werkstatt aufgesucht? Arbeitete sie noch für den PET? Und er musste ihm auch einschärfen, dass er wirklich niemandem erzählen durfte, dass Oxen noch am Leben war. Nicht einmal Margrethe Franck.

Wenn alles glattging, konnte er den USB-Stick schon morgen Abend an den Laptop des Pfarrers anschließen. Er würde sich hier in dieses Zimmer zurückziehen und jede noch so kleine Information auswerten, die er über den englischen Söldner finden konnte. Und dann würde er einen Plan machen.

Es war höchste Zeit, nach vorn zu schauen. Die letzten Tage hatten ihn in den Albtraum der vergangenen zwei Jahre zurückgeführt. Erst heute Morgen war er noch erschüttert über das verlassene Gelände der Fischzucht bei Brande gelaufen. Jede einzelne Erinnerung von dort steckte wie eine Nadel in seinem Körper.

Von Johannes Fischs Lebenswerk war nur noch eine Ruine übrig. Sein Haus war geplündert, mehrere Fenster eingeschlagen worden. Die Teiche lagen brach, ohne Fische, ohne Wasser, gefüllt mit Schlamm.

Sein ehemaliger Unterschlupf am Waldrand, das Mitarbeiterhaus, war abgebrannt. Es war sein Zuhause gewesen, trotz der Löcher im Dach, trotz der Ratten hinter der Wandverkleidung und trotz des nächtlichen Alarms, immer wenn sich Tiere des Waldes in die Nähe seiner Überwachungskameras verirrt hatten. Er hatte sich an diesem Ort heimisch gefühlt … Bis zu der Nacht, als die dunklen Männer ihre Hände nach ihm ausgestreckt und den alten Fisch ermordet hatten.

Es war nicht schwer gewesen, die große Lärche zu finden, und er hatte auch nicht lange gebraucht, bis er mit dem Klappspaten die beiden Kisten ausgegraben hatte. In der ersten waren die 50 000 Kronen, in der anderen das Archivmaterial des Danehof Nord: eine Liste der fünfzehn Auserwählten in den drei Ringen, die Passivliste und sämtliche Namen der kürzlich verstorbenen Mitglieder. Außerdem enthielt sie die Tagebucheinträge des toten Leiters von Nord und Schlossherrn von Nørlund Slot, Hans-Otto Corfitzen.

Irgendwo hörte er ein Knarren und eine Tür, die zugezogen wurde. Das Pfarrhaus in Ullerup war wie ein Irrgarten aus Zimmern.

Er zog die Decke bis zum Kinn hoch und drehte sich auf die Seite. Sein Körper fühlte sich schwer an. Hoffentlich konnte er schlafen.

In weniger als einem Tag würde er sich ein Bild von seinem ersten Gegner machen können.

16.

Der groß gewachsene Mann mit der Sonnenbrille saß auf einer Bank und las Zeitung. Er hatte sie vor wenigen Minuten an dem kleinen Kiosk auf der anderen Straßenseite gekauft, dort, wo die Derby Hill Road eine Rechtskurve machte.

Wenn man den Mann in der letzten halben Stunde nicht zufällig beobachtet hatte, gab es keinen Grund, daran zu zweifeln, dass er vollkommen in die Artikel des *Liverpool Echo* vertieft war. Hatte man allerdings bemerkt, wie er durch das Viertel gewandert war – die Derby Street entlang, dann die Greetby Hill hoch und zurück, in die Sackgasse Bath Springs und wieder heraus –, dann hätte man sich zu Recht gefragt, was der Mann in dieser friedlichen Gegend mit den großen Einfamilienhäusern und gepflegten Gärten zu suchen hatte.

Da sich hinter der eingezäunten Grünfläche links der Greetby Hill eine Schule befand, hätte es gute Gründe gegeben, selbst an diesem geschäftigen Donnerstagnachmittag wachsam zu sein, aber offenbar hatte niemand den Mann bemerkt.

Er warf einen verstohlenen Blick auf seine Armbanduhr, als immer mehr Autos in die Einfahrt zur Schule abbogen. Er blieb ganz ruhig mit seiner Zeitung sitzen und rührte sich auch dann nicht, als die Autos wenig später wieder zurückkamen, jetzt mit Kindern auf den Rücksitzen.

Er sah auf. Eine kleine Gruppe von Schulkindern, Jungen und Mädchen, lief an ihm vorbei, gefolgt von weiteren Grüppchen. Er wollte gerade umblättern, als etwas seine Aufmerksamkeit erregte und er die Zeitung stattdessen zusammenfaltete.

Vier Mädchen kamen auf dem Bürgersteig näher. Natürlich alle vorschriftsmäßig gekleidet, wie es die Regeln der *Ormskirk Church of England Primary School* verlangten. Sie trugen graue Röcke und weiße Strümpfe, dazu hellblaue Sweatshirts mit dem gelben Logo der Schule auf der Brust und darunter ein weißes Polohemd oder eine weiße Bluse. Eine von ihnen hatte sich das Sweatshirt um den Bauch gebunden. Ihre roten Haare glänzten in der warmen Frühlingssonne, und ihr Pferdeschwanz wippte fröhlich, als sie unvermittelt ein paar Hopser machte. Vielleicht versuchte sie, nicht auf die Linien zu treten?

Der Mann auf der Bank ließ das Mädchen mit dem Pferdeschwanz nicht aus den Augen. Dann blickte er kurz auf sein Handy, das das Bild eines rothaarigen Mädchens zeigte, und schaute wieder hoch.

Die vier liefen an ihm vorbei. Kichernde siebenjährige Kinder, jedes darauf bedacht, der Wortführer zu sein. Das Mädchen mit dem Pferdeschwanz hatte Sommersprossen.

Der Mann blieb noch einen Moment sitzen. Dann stand er auf, schob die Zeitung in die Jackentasche und schlenderte langsam hinter ihnen die Derby Street entlang. Die vier überquerten die Eisenbahnbrücke und blieben an der Straßenecke vor einem weißen Haus mit grünen Fenstersimsen wie angewurzelt stehen. In dem Haus befand sich ein Pub namens *The Railway,* und vermutlich hatte man den Mädchen eingeschärft, dass sie an dieser Stelle äußerst vorsichtig sein mussten, weil die Kreuzung so gefährlich war. Sämtliche Autos, die zur A570 wollten, wurden hier durch die Stadt geleitet, und die meisten gaben auf dem geraden Abschnitt ohne Ampel ordentlich Gas.

Erst als die Straße frei war, gab eines der Mädchen den anderen das Kommando, und zusammen rannten sie mit hüpfenden Schulranzen auf die andere Seite.

Auch der große Mann musste vor dem Pub stehen bleiben und geduldig auf eine Lücke im Verkehr warten, bevor er die Straße eilig überqueren und den Mädchen weiter folgen konnte.

Er schob seine Sonnenbrille hoch auf die Stirn, beschleunigte seinen Schritt und verringerte den Abstand zu den Kindern, bis sie nur noch gut fünfzehn Meter vor ihm waren. Doch dann bogen sie am Ende der Straße in die Moor Street ab und waren aus seinem Blickfeld verschwunden.

Zuerst hörte er es nur: ein anhaltendes Summen, unterbrochen von einzelnen Rufen. Aber als er um die Ecke bog, stand er plötzlich mittendrin. Er befand sich auf einem der ältesten Straßenmärkte des Landes.

Donnerstag war Markttag in Ormskirk, einem Städtchen dreizehn Meilen nördlich von Liverpool. So war es schon immer gewesen, seit die Mönche des nahegelegenen Burscough-Klosters die königliche Erlaubnis von Edward I. bekommen hatten, einen wöchentlichen Markt dort abzuhalten.

Auf diese Szenerie war der Mann offenbar nicht vorbereitet. Er blieb vor dem Pub an der Straßenecke stehen, dem *Golden Lion*, wo die Leute draußen saßen und Bier oder Kaffee tranken. Hatte er die vier Mädchen verloren? Nein …

Sie standen vor einem Eiswagen, der direkt vor der Statue des Earl of Beaconsfield parkte und nicht nur für die Kinder der

Schule an der Greetby Hill eine große Versuchung darstellte, sondern für jeden, der daran vorbeiging.

Vorsichtig näherte sich der Mann den vier Mädchen, die etwas verloren auf das Schild mit der großen Auswahl starrten – vermutlich fehlte ihnen das nötige Geld in den Taschen. Der Mann ging leicht in die Knie und wollte dem rothaarigen Mädchen gerade eine Hand auf die Schulter legen, als eine seiner Freundinnen einen Ständer mit Disney-T-Shirts entdeckte und sie mit sich zog.

Der Mann richtete sich wieder auf und setzte die Verfolgung fort, als wäre nichts passiert. Die Menschenmenge wurde immer dichter, je weiter sie die breite Fußgängerzone hinuntergingen. Die Moor Street war die Haupteinkaufsstraße in Ormskirk.

Jedes Mal wenn die Mädchen stehen blieben – und das war oft –, blieb auch der Mann stehen. Auf diese Weise arbeiteten sich Jäger und Beute bis zu einem kleinen Glockenturm vor, der mitten auf der Straße stand und zu den Sehenswürdigkeiten der kleinen Stadt gehörte.

Die Mädchen blieben wieder stehen, diesmal vor einem Hotdog-Wagen, der ganz ungeniert am Glockenturm parkte. Aber auch hier wiederholte sich die gleiche Szene: kein Geld, kein Hotdog … Der Mann kam wieder näher.

Rund um den Glockenturm erreichte der Markt seinen Höhepunkt. Ein pensionsreifer Straßenhändler mit Föhnfrisur und Goldkette versuchte verbissen, die umstehenden Hausfrauen davon zu überzeugen, dass sie auf keinen Fall gehen durften, ehe sie nicht seinen »*Magic Mop*« gekauft hatten, der selbst mit schwierigen Böden fertig wurde.

Wieder wichen die Mädchen ihrem Verfolger unerwartet aus, als sie auf die andere Seite des Turms rannten, wo ein weiterer älterer Herr versuchte, sein Polierwachs zu verhökern.

In derselben Sekunde, als der damit anfing, einen stumpfen Bildschirm mit einem alten Lappen zu bearbeiten, trat der Mann, der den Mädchen gefolgt war, ganz dicht an die Rothaarige heran, ging wieder leicht in die Knie und legte ihr die Hand auf die Schulter. Dann sprach er sie mit freundlicher Stimme an.

»Hallo, Kleine, bist du nicht Emily?«

»Ja, warum?«

Das Mädchen nickte misstrauisch, während es gleichzeitig fasziniert zu dem Mann mit dem Putzlappen schielte.

»Ich heiße Bryan und bin ein guter Freund von deinem Vater, also, genau genommen sind wir Kollegen. Er hat mich zu seinem Geburtstag nächste Woche eingeladen, und als ich dich eben gesehen habe, ist mir eine Idee gekommen. Weißt du … Er würde sich bestimmt unglaublich freuen, wenn ich mit meinem Handy ein Video mit einem Geburtstagsgruß von dir aufnehmen würde. Das wäre echt cool … Hast du Lust?«

Das Mädchen schaute ihm ins Gesicht.

»Aber … Ich kenne dich nicht …«

»Ich wohne hier in Ormskirk. Dein Vater hat mir schon oft Fotos von dir gezeigt. Wir beide sind uns nur noch nie begegnet. Es dauert auch nicht lange. Wir machen das Video gleich hier auf der Straße. Du gratulierst ihm – und dann winken wir ihm zusammen. Okay? Ich gebe dir zehn Pfund dafür, dann kannst du dir mit deinen Freundinnen was Leckeres kaufen.«

Das Mädchen dachte kurz nach. Dann nickte es fröhlich, vergaß den verkratzten Bildschirm und folgte ihm an eine Ecke, wo es etwas ruhiger war.

»Du kannst dich einfach dort auf die Bank am Glockenturm setzen«, sagte der Mann und zog sein Handy aus der Tasche.

»Feiert mein Papa eine richtige Party?«, fragte das Mädchen.

»Ja, aber es kommen nicht viele Gäste. Wir gehen essen, und danach trinken wir noch ein, zwei Bier zusammen. Bist du so weit?«

Das Mädchen nickte. Er hob das Handy.

»Ich zähle bis drei, und dann fängst du an. Okay? Eins, zwei, drei.«

»Hallo, Papa, ich hoffe, du hast einen supertollen Geburtstag. Mit vielen schönen Geschenken! Ich vermisse dich. Ganz doll. Wann kommst du mich denn mal wieder abholen, Papa? Ich würde so gern mal wieder was Lustiges unternehmen! Ich hab dich lieb!«

Das Mädchen schickte einen Luftkuss hinterher. Der Mann ließ die Aufnahme weiterlaufen und setzte sich neben sie.

»Und jetzt winken wir ihm«, sagte er zu ihr.

Er legte ihr einen Arm um die Schultern, streckte das Handy mit dem anderen Arm von sich, und sie winkten beide ausgelassen in die Kamera. Dann drückte er auf Stopp.

»Danke, Emily. Willst du es sehen? Hier, schau.«

Als der kurze Film zu Ende war, kicherte sie.

»Das war eine lustige Idee. Sag meinem Papa ganz viele Grüße von mir, und sag ihm auch, dass ich auf ihn warte, ja?«

»Das mache ich, Emily. Und hier hast du die versprochenen zehn Pfund. Danke, dass du mir geholfen hast.«

Der Mann drückte dem Mädchen einen Geldschein in die Hand.

»Aber das bleibt ein Geheimnis zwischen uns, ja, Emily? Es soll ja schließlich eine Überraschung werden. Und ich fürchte, deine Mutter würde verlangen, dass du mir das Geld zurückgibst, wenn du ihr davon erzählst. Okay?«

Das Mädchen nickte.

Er klopfte ihr leicht auf die Schulter, und dann sprang sie auf und rannte los, um nach ihren Freundinnen zu suchen.

Der Mann blieb mit nachdenklicher Miene sitzen.

17.

An der Rezeption saß dieselbe Frau, bei der er auch eingecheckt hatte. Sie sah aus, als käme sie aus dem Mittleren Osten, und auch ihr Akzent klang danach. Sie aß gerade irgendetwas und starrte dabei auf den kleinen Fernseher, der an der Wand hing.

Sie schenkte ihm keine große Beachtung, als er vorbeiging, aber er merkte, dass sie aus den Augenwinkeln sehr wohl überprüfte, ob er ein bekanntes Gesicht war oder nicht.

Er hatte immer noch keine Ahnung, wie sein Hotel überhaupt hieß, denn die Hälfte des Leuchtschilds über dem Eingang war zersplittert. Das Haus war klein und schäbig und lag in einer heruntergekommenen Nebenstraße, etwa eine Viertelstunde Fußmarsch von Liverpools größtem Bahnhof, der Lime Street Station, entfernt. Hier war er vor zwei Tagen am frühen Abend angekommen.

Er durfte auf keinen Fall irgendeine Form von elektronischer Spur hinterlassen. Er war nirgends registriert, bezahlte nicht mit Kreditkarte und vermied es, sich auszuweisen. Aus demselben Grund hatte er auch nicht im Voraus gebucht. Und deshalb war diese Absteige ideal.

Er hatte bar für zunächst drei Übernachtungen bezahlt. Durch die dramatischen Ereignisse des letzten Jahres hatte er sich daran gewöhnt, die Identitäten zu wechseln wie seine Hemden. Im Augenblick befand sich »Niels Oxen« ganz unten im Stapel. Dieser Name war fürs Erste tabu, ihn zu benutzen wäre lebensgefährlich.

Er hatte sich als Erik Petersen aus Dänemark ausgegeben, was mit dem Pass übereinstimmte, den die Frau nicht hatte sehen wollen.

Und dieses Hotel hatte noch einen weiteren Vorteil. Es war klein. Er wollte keine Menschen um sich haben, und hier gab es gerade mal achtzehn Zimmer.

Er ging nach oben in den zweiten Stock und schloss sich in seinem Zimmer ein. Es war kaum größer als eine Besenkammer, aber mehr brauchte er auch nicht. Er ließ sich auf sein Bett fallen, das unangenehm weich war, rollte sich auf den Rücken, breitete die Arme aus und holte ein paarmal tief Luft.

Ein überfüllter Bürgersteig verlangte ihm genauso viel ab wie eine Menschentraube am Fußgängerüberweg. Trotzdem war ihm nichts anderes übrig geblieben, als sich auf Liverpools Straßen zu begeben, nachdem ihm die Vorräte ausgegangen waren. Also hatte er Brot, Aufschnitt und Obst gekauft. Der einzige Luxus im Zimmer war ein alter Wasserkocher und drei kleine Portionsbeutel Kaffee, die er schon längst aufgebraucht hatte. Deshalb hatte er sich auch noch ein Glas Pulverkaffee besorgt.

Nach den geruhsamen Monaten auf Klöverö hatte das Tempo plötzlich mächtig angezogen, und jetzt lag er hier, schon wieder in einem neuen Bett, an einem neuen Ort.

Die lange Zugreise hatte weniger strenge Sicherheitskontrollen bedeutet, als wenn er geflogen wäre, und außerdem hatte er die Fahrt dazu nutzen können, mithilfe des Materials, das Pastor bei Fritsen abgeholt hatte, einen Plan auszuarbeiten.

Das neue Handy und den kleinen Laptop in seiner Tasche hatte er sich noch schnell vor der Abreise in Sønderborg gekauft. Beide Geräte waren entscheidend für den Erfolg seiner Mission. Das Handy war mit einer Prepaidkarte ausgestattet und hinterließ keine Spuren. Jetzt würde er einen allerletzten Blick auf den Stadtplan von Runcorn werfen und dann ein Nickerchen machen.

Wie erwartet hieß der Söldner, den er im Kuhstall bei Gram Slot niedergeschlagen hatte, nicht Mark Johnson. Der Pass war gefälscht. Der Mann war Schotte und hörte auf den Namen Alistair MacDuff. Dank der vielen Daten auf seinem Handy, vor allem SMS, E-Mails und Abrechnungsbelege, waren der Mann und sein Leben ein offenes Buch für ihn.

Unter normalen Umständen hätte die Tatsache, dass ein Gegner sein Handy erobert hatte, den Söldner ziemlich beunruhigen müssen. In diesem Fall verhielt es sich jedoch anders. Man durfte davon ausgehen, dass MacDuff die Sache ganz gelassen hingenommen und sich einfach ein neues besorgt hatte. Das Objekt seines Auftrags in Dänemark – der Kriegsveteran Niels Oxen – war schließlich tot. Mit einer Granate auf offener See direkt in die Hölle geschickt worden.

Alistair MacDuff … Auch wenn die Anspannung groß war, musste er sich ausruhen und abwarten. Das, was er vielleicht schon heute tun würde, ließ sich am besten im Dunkeln erledigen. Also würde er jetzt drei Stunden schlafen und dann aufstehen und duschen. Danach würde er mit dem Zug nach Runcorn fahren. Und dann hieß es: Alles oder nichts.

18.

Es war kurz nach drei, als der Zug auf der Fahrt nach Birmingham an Oxens Zielort stoppte. Runcorn lag am südlichen Ufer des River Mersey, nur zwanzig Minuten von Liverpool entfernt.

Er hatte gegessen. Er hatte geschlafen. Er hatte geduscht. Er fühlte sich ausgeruht. Er war bereit, die Mission zu starten, die lang und gefährlich werden würde.

Er stieg aus dem Zug, durchquerte den kleinen Wartesaal und ging, ohne zu zögern, in Richtung Stadtzentrum. Er hatte jahrelang trainiert, sich den Weg zu einem Objekt exakt einzuprägen, und genau das hatte er jetzt getan.

Er wusste, wie viel Zeit er für die Strecke ins Einsatzgebiet brauchte. Er wusste, an welchen markanten Gebäuden er vorbeigehen würde, da er die Strecke bereits mehrmals mithilfe von Google Street View abgelaufen war.

Das Einzige, was er nicht mit hundertprozentiger Sicherheit sagen konnte, war, ob er Alistair MacDuff auch tatsächlich antreffen würde. Mehrere Auskunftsdienste hatten bestätigt, dass MacDuff immer noch in der Collier Street gemeldet war, aber der Mann konnte natürlich verreist sein oder umgezogen, ohne dass die Daten in den diversen Registern aktualisiert worden waren. Dennoch war die Wahrscheinlichkeit hoch, dass Alistair MacDuff nach wie vor unten am Fluss in dem Haus mit der Nummer 11 wohnte.

In zehn Minuten wusste er mehr.

Er überquerte eine Brücke über den alten Kanal der Stadt, der genau hier wie in einer Sackgasse endete. Die kleinen Kanalboote lagen Seite an Seite nebeneinander.

Die alte Industriestadt Runcorn hatte rund 70 000 Einwohner, von denen ein Großteil in den Vorstädten lebte. Er dagegen bewegte sich im Augenblick auf den alten Stadtkern zu, und mit jedem Schritt wurde der Verfall deutlicher sichtbar.

Er ging schneller und erreichte schließlich die Mersey Road, die parallel zum Fluss verlief. Er bog nach links, und eine beeindruckende Brücke versperrte ihm den Blick nach oben. Ein Wunderwerk aus Eisen und Beton. Und darunter ein Dschungel aus Unkraut und Müll.

Als er auf der anderen Seite herauskam, folgten fünfzig Meter unter freiem Himmel, ehe er unter der Eisenbahnbrücke stand, die parallel zur Straßenbrücke über den Fluss führte.

Und dahinter war sie, die Collier Street. Sechzehn kleine, aneinandergeklebte Häuser. Manche aus Backstein, manche braun und wieder andere weiß oder beige gestrichen. Sechzehn Eingangstüren, je ein Fenster im Erdgeschoss und eins im oberen Stock, hinter einigen hingen zerschlissene Gardinen. Die Collier Street war alles andere als eine exklusive Adresse in Ufernähe.

Er wurde langsamer und schlenderte gemächlich an den Häusern vorbei. Vor der Nummer 11 ging er in die Hocke, um seinen Schuh zu binden. Auf einem Aufkleber über dem Briefschlitz stand »Alistair MacDuff«. Eine Unsicherheit weniger. Er wollte sich gerade aufrichten, als er Geräusche aus dem Haus hörte. Also zog er den Schnürsenkel des anderen Schuhs auf und band auch den neu.

Es klang wie ein Fernseher, der auf volle Lautstärke aufgedreht war. Ging es um einen Finanzminister, der Probleme kommen sah? War das ein Nachrichtensprecher? Ja … Alistair MacDuff war offensichtlich zu Hause und sah sich irgendeine Nachrichtensendung an.

Die alles entscheidende Voraussetzung war also erfüllt. Mit etwas Glück konnte er schon heute Abend zuschlagen. Er richtete sich auf und ging in aller Ruhe weiter, bog um die Kurve und besah sich die Häuser von hinten.

So identisch sie von vorn aussahen, so identisch war auch ihre Rückansicht. Durch Mauern voneinander getrennt, reihten sich die Hinterhöfe aneinander, jeweils mit einem kleinen Schuppen. Neben jedem Gartentor stand eine große Mülltonne, nur bei MacDuffs Haus versperrte sie den Zugang. Überhaupt glich sein Hinterhof einem Schrottplatz.

Jetzt hatte er alles gesehen, was er wissen musste. Als Nächstes würde er auf Position gehen.

Er kehrte zurück unter die große Brücke. Irgendjemand hatte seinen Hausmüll dort entsorgt. Eine fette Ratte schlug sich gerade den Bauch voll und zuckte nicht einmal, als er direkt an ihr vorbeiging. Ein Stück weiter hatte wohl jemand die Nacht verbracht, davon zeugten die verkohlten Reste eines Lagerfeuers, eingerahmt von leeren Flaschen und Dosen.

Er hob einen Pappkarton auf und nahm ihn mit zur Eisenbahnbrücke, wo er die ideale Stelle entdeckt hatte, von der aus er alles im Blick hatte. Er trat den Karton flach und setzte sich hin, den Rücken an die Mauer des Brückenbogens gelehnt.

Manchmal war es die beste Tarnung, aus der Not eine Tugend zu machen. Auf seinem Weg vom Bahnhof hierher hatte er zwei Bettler gesehen. Niemand in dieser Gegend würde Verdacht schöpfen, wenn eine weitere gescheiterte Existenz auf einem Stück Pappe an der Brücke herumlungerte.

Es war der perfekte Beobachtungsposten. Ein paar Büsche schützten ihn weitgehend vor neugierigen Blicken, aber er hatte trotzdem freie Sicht auf die Häuser der Collier Street. Aus der

Mülltonne vor dem hinteren Gartentor und dem Chaos im Hof hatte er gefolgert, dass Alistair MacDuff für gewöhnlich den Vordereingang benutzte. Doch selbst wenn er sich irrte, standen die Chancen gut, MacDuff zu erspähen, weil er dann vermutlich die nächste Seitenstraße entlangkommen würde. Und die war von hier aus ebenfalls gut zu sehen.

Die ersten anderthalb Stunden rührte er sich kaum auf seiner Pappe. Er hatte nur drei Beobachtungen zu verzeichnen: Eine Frau mit einem Kind im Buggy war angekommen. Ein jüngeres Pärchen war in ein Auto gestiegen und weggefahren. Und ein fetter Mann mittleren Alters hatte sein Haus zu Fuß verlassen.

Dann öffnete sich eine weiße Haustür, und eine ältere Frau bugsierte ihren Einkaufstrolley nach draußen. Beobachtung Nummer vier.

Er stand auf, um die Beine zu strecken. Auf der Straßenbrücke herrschte ziemlich reger Verkehr, Autos und Laster rauschten auf mehreren Spuren in beide Richtungen.

Er hatte die Collier Street nach wie vor im Blick. Ein ramponierter Fiat hielt an. Beobachtung fünf. Ein dünner Kerl mit schwarzem Kapuzenpulli stieg aus und verschwand in der Nummer 17.

Die Silver Jubilee Bridge war eine wichtige Verkehrsader. Sie war auffällig pastellgrün, und der mächtige Bogen, der sich über ihre ganze Länge spannte, erinnerte ihn an eine Achterbahn.

Es war Ebbe, und der Fluss führte nicht gerade viel Wasser, ganz im Gegensatz zum Kanal. Der Manchester Ship Canal war tief und breit und durch eine solide Mauer vom Fluss getrennt. Ein schnurgerades Spiegelbild des Himmels.

Der River Mersey dagegen musste sich sein eigenes geschwungenes Bett im Schlamm suchen.

Er setzte sich wieder auf seine Pappe. Zog die Knie hoch und die Kappe tief in die Stirn, ehe er zurück in den Wartemodus glitt.

Es verging eine weitere Stunde, ohne dass er ungeduldig wurde.

Beobachtung sechs war die alte Dame, die mit ihrem jetzt schwer beladenen Trolley zurückkam. Beobachtung sieben der schwarze Kapuzenpulli, der wieder wegfuhr. Beobachtung acht ein Ehepaar um die vierzig, das im Auto nach Hause kam.

Wieder verging fast eine Viertelstunde. Dann öffnete sich die Tür von Nummer 11.

Der Mann, der auf den Bürgersteig trat, war groß und muskulös, seine Haare waren raspelkurz. Er trug eine lockere olivgrüne Hose und ein blaues Sweatshirt mit Kapuze. An den Füßen hatte er weiße Sportschuhe. Er schloss seine Haustür ab und warf sich eine rote Sporttasche über die Schulter.

Das war Alistair MacDuff. Das Objekt verließ seine Wohnung zu Fuß.

Er selbst blieb reglos sitzen. MacDuff ging auf der anderen Straßenseite an ihm vorbei, ohne etwas anderes zu beachten als sein Handy.

Oxen ging in die Hocke und machte sich bereit, dem Söldner zu folgen.

19.

Alistair MacDuff ging wippend davon. Er hatte Kopfhörer in den Ohren und bewegte sich vermutlich im Takt der Musik. Er bog in eine kleine Nebenstraße ab, die Waterloo Road, blieb stehen, nahm die Kopfhörer heraus und ließ sie sich um den Hals hängen, während er sich mit einem anderen Mann unterhielt.

Oxen hielt weiterhin sicheren Abstand und achtete penibel darauf, jederzeit irgendwo in Deckung gehen zu können. Jetzt stand er gerade hinter einem Lieferwagen.

Nach fünf Minuten verabschiedeten sich die beiden voneinander, und der Söldner setzte seinen Weg auf der Church Street fort, bevor er in einem großen Supermarkt verschwand.

Oxen überquerte den Parkplatz und versteckte sich hinter einem Minibus. Es dauerte nicht lange, bis MacDuff wieder herauskam. Mit einer Plastiktüte in der Hand steuerte er auf ein schmales Gässchen auf der gegenüberliegenden Straßenseite zu und war weg …

Es war ein kritischer Moment bei der Obervierung, wenn das Objekt verschwand – auf unbekanntem Terrain, wohlgemerkt. Oxen folgte ihm. Wenn er jetzt zögerte, würde er MacDuff womöglich verlieren.

Als er wenig später in einer Art Parkanlage stand, war weit und breit kein Mann mit roter Sporttasche mehr zu sehen. Eine Fußgängerbrücke führte über den Kanal, und Oxen wollte gerade hinübergehen, als er MacDuff plötzlich doch entdeckte. Der Schotte saß auf einer Bank, umgeben von großen Büschen. Neben ihm stand ein Tetrapak Milch, und er klopfte sich rhythmisch mit der einen Hand auf den Oberschenkel. In der anderen hatte er eine Banane, die Stück für Stück in seinem Mund verschwand. Die Schale schleuderte er in den Kanal.

Neben der Sporttasche lagen noch mehr Bananen und eine rote Packung, die eindeutig nach Rosinen aussah. Jetzt wusste er, wohin der Söldner unterwegs war. Für einen Typen wie ihn gab es nur einen Grund, sich auf einer Parkbank mit Bananen und Rosinen vollzustopfen und beides mit Milch hinunterzuspülen: Alistair MacDuff wollte zum Krafttraining.

Schließlich stand der Schotte auf, packte seinen kleinen Vorrat in die Tasche, leerte den Milchkarton, den er einfach liegen ließ, und ging dann zur Fußgängerbrücke, um den Kanal zu überqueren und auf der anderen Seite eine steile Böschung hochzustapfen.

Oxen rannte los. Mit wenigen Sätzen überwand er die Böschung und sah gerade noch, wie MacDuff über eine stark befahrene mehrspurige Straße ging und zwischen einer Tankstelle und einem Starbucks abtauchte.

Er passte eine Lücke im Verkehr ab, folgte ihm und fand sich auf einem großen Parkplatz vor einem Baumarkt mit Gartencenter wieder. Daneben war ein zweites Gebäude. *»PureGym«* stand auf dem Schild über dem Eingang, und Alistair MacDuff ging gerade durch die Glastür.

Damit hatte die Observierung Pause. Oxen blieb nichts anderes übrig, als sich einen Platz zu suchen, an dem er warten konnte.

Wäre es schon dunkel gewesen, wäre er ohne Zögern in die Collier Street zurückgegangen, aber es war viel zu riskant, am helllichten Tag in MacDuffs Haus einzubrechen. Alle Rahmenbedingungen mussten stimmen. Und wenn es heute nicht klappte, dann war morgen auch noch ein Tag.

Er beschloss, in das Gartencenter zu gehen und ein paar Dinge zu besorgen, die er eventuell noch brauchen konnte – eine Rolle Gaffa-Tape und ein Paar Handschuhe.

Einen Saft, ein Sandwich und eine Tasse Kaffee. Das alles hatte er sich auf seinem Beobachtungsposten in einer Ecke des Starbucks einverleibt. Das schöne Frühlingswetter war von einer grauen Wolkendecke abgelöst worden, und eben hatte es angefangen zu regnen.

Nach 134 Minuten tauchte Alistair MacDuff endlich wieder auf, und Oxen konnte seine Observierung fortsetzen.

Ohne ein einziges Mal anzuhalten, ging der Schotte zurück zur Hauptstraße, aber statt nach links und damit nach Hause zu gehen, bog er nach rechts ab und verschwand in einer Kneipe namens *The Ferry Boat.*

Oxen warf unauffällig einen Blick durchs Fenster, als er zehn Minuten später daran vorbeischlenderte. Der Schotte saß an einem Tisch in der Nähe der Tür und blätterte in einer Zeitung. Vor ihm stand ein Pint Bier. Das Lokal war groß, und auf den ersten Blick sah es aus wie ein Mittelding aus Pub und Cafeteria. Es gab eine lange Bar mit Zapfhähnen und eine Menge Tische. Der Laden war ziemlich voll, und viele der Gäste aßen auch.

Als er nach einer Viertelstunde zum zweiten Mal an den Fenstern vorbeiging, hatte Alistair MacDuff einen großen Teller vor sich stehen und war ganz auf sein Essen konzentriert.

Der Regen hatte zugenommen, und langsam wurde es dämmrig. Die Straßenbeleuchtung brannte schon, aber richtig dunkel war es noch nicht. Er musste sich einen neuen Platz zum Warten suchen.

Sollte MacDuff direkt nach Hause gehen, wenn er mit seinem Abendessen fertig war, dann war der Tag auch für ihn selbst beendet. Er würde mit dem Zug zurück nach Liverpool fahren, sich in sein Hotelzimmer verziehen und auf eine neue, bessere Gelegenheit warten. Morgen oder übermorgen. Oder am Tag danach, oder … Alistair MacDuff war zu wichtig, um irgendetwas zu erzwingen.

Er ging zur nahegelegenen Bushaltestelle. Hier stand er im Trockenen und konnte trotzdem alles sehen. Inzwischen goss es in Strömen, und der Regen glitzerte im Lichtschein der hohen, altmodischen Straßenlaternen und der Scheinwerfer vorbeifahrender Autos. Die Leute hetzten über die Bürgersteige, stiegen hastig in Busse und Autos ein und aus, und überall wurden Regenschirme aufgespannt.

Es dauerte nicht lange, vielleicht eine Viertelstunde, dann kam Alistair MacDuff aus dem Lokal. Er ging ohne Eile los, die Sporttasche über der Schulter, und schien kaum Notiz vom Regen zu nehmen.

Kurz vor der Bridgewater Street überquerte MacDuff die Straße und verschwand in dem Pub an der Ecke. *The Clarendon* stand in goldenen Buchstaben an der Fassade.

Oxen suchte Schutz unter dem Vordach eines China-Imbisses und wartete eine ganze Weile im Fettdunst der Fritteuse, bevor er zu dem Pub hinüberging. Er hielt sich dicht an der Hausmauer, die Kappe tief in die Stirn gezogen, und warf einen kurzen Blick durch eins der Fenster.

Im Innenraum dominierte ein riesiger Fernseher an der Wand das Geschehen. Der Bildschirm war grün. Grün wie ein Fußballrasen. An den Tischen davor sah er nur eine Reihe von Hinterköpfen. MacDuff hatte seine rote Tasche auf einen leeren Stuhl gestellt, er war der Zweite von links. Biergläser wurden an die Tische gebracht. Dann tauchte der Kopf des Schiedsrichters im Bild auf und pfiff das Spiel an.

Mehr musste er nicht wissen. Gerade als er aufgeben wollte, war seine Chance doch noch gekommen.

Er brauchte nur ein paar Minuten, bis er wieder auf der Rückseite des Hauses in der Collier Street stand. Er zog sich mit den Armen an der Mauer hoch, schwang die Beine darüber und landete in MacDuffs Hinterhof.

Der Schotte hatte die wenigen Quadratmeter sehr eindrucksvoll mit allem möglichen Schrott zugemüllt, vom Fahrradwrack über Wäscheständer, eine ausrangierte Waschmaschine bis hin zum Fahrgestell eines Motorrads. Und irgendwie hatte er es geschafft, auch noch einen kleinen Plastiktisch zwischen den ganzen Krempel zu quetschen.

Oxen zog seine Handschuhe an. Die Hintertür war abgeschlossen. Er wollte gerade ein Fenster mit Gaffa-Tape präparieren, um so lautlos wie möglich die Scheibe einzuschlagen, als ihm auffiel, dass das Fenster im ersten Stock einen Spaltbreit offen stand.

Er hielt sich an der Regenrinne des Schuppens fest, stellte einen Fuß auf den Fenstersims und zog sich hoch. Nach ein paar Anläufen gelang es ihm, ein Knie auf das Schuppendach zu schieben und sich nach oben zu drücken. Vom Dach aus konnte er das Fenster im ersten Stock mühelos erreichen. Er öffnete es ganz und kletterte hinein.

Oxen fand sich in einem winzigen Schlafzimmer wieder, Kopfkissen und Decke lagen zerwühlt auf dem Bett. Der Plan sah vor, dass er sich zunächst einen Überblick über das Haus verschaffen und erst danach alles gründlich absuchen würde. Auf der anderen Seite der Treppe befand sich MacDuffs Fernsehzimmer mitsamt Schreibtisch und Computer.

Oxen ging nach unten. In der Küche stapelte sich das schmutzige Geschirr in der Spüle. Er warf einen kurzen Blick in Schränke und Schubladen. Das Bild war ziemlich eindeutig. Alistair MacDuffs Vorrat an Bier und Chips war weit größer als der an anderen Lebensmitteln.

Außer der Küche gab es unten noch eine Toilette und ein enges, vollgestelltes Wohnzimmer, wo alles von einer beträchtlichen Staubschicht bedeckt war.

Er ging wieder nach oben und nahm sich das Schlafzimmer vor. In einer Ecke lag eine zweite Sporttasche, diesmal nicht rot, sondern gelb, die mit Ausrüstung für das Krafttraining überquoll. Mehr gab es hier nicht zu entdecken.

Also weiter ins Fernsehzimmer. Schon als er vorhin einen kurzen Blick hineingeworfen hatte, war ihm klar gewesen, dass MacDuff wohl den Großteil seiner Zeit in diesem Raum verbrachte. Jetzt nahm er das Ganze genauer unter die Lupe.

An der Wand über einem Ledersofa hing ein großes rotes Banner mit der Aufschrift »*You'll never walk alone*«. Fußball interessierte ihn nicht besonders, aber bei diesem Anblick kapierte sogar er, dass Alistair MacDuff ein eingefleischter Fan des FC Liverpool war.

Auf einem kleinen Tisch daneben stand ein Teller mit Messer und Gabel. Und eine leere Bierdose. Gegenüber hing ein großer Flachbildfernseher.

Ansonsten gab es nur noch ein Regal und einen kleinen Schreibtisch mit Computer. Er schaltete den PC ein – und sofort wieder aus, als das Eingabefeld für ein Passwort auf dem Bildschirm erschien. Er öffnete nacheinander alle Schreibtischschubladen. In der untersten entdeckte er eine Pistole, eine Browning Hi-Power

9 mm, die bevorzugte Handfeuerwaffe der britischen Eliteeinheit SAS. Das leere Magazin lag daneben, zusammen mit einer Schachtel Munition.

Er zögerte. Dann füllte er das Magazin und setzte es ein. Die Zugfahrt mit einer Pistole im Gepäck anzutreten war ihm eindeutig zu riskant erschienen, und eine scharfe Waffe konnte man sich nicht so leicht beschaffen. Die schwere Browning lag gut in der Hand – auch wenn sie nicht ganz zu seinen gepunkteten Gartenhandschuhen passte. Er sicherte die Waffe und steckte sie zufrieden ein.

Er hatte eigentlich vorgehabt, MacDuff niederzuschlagen und mit ein paar Kabelbindern ruhigzustellen. Jetzt konnte er eine direkte Konfrontation riskieren, ohne viele Vorsichtsmaßnahmen beachten zu müssen.

Er sichtete das Regal. MacDuffs literarisches Interesse beschränkte sich auf Unmengen von Zeitschriften zu den Themen Fußball, Autos und nackte Frauen. Ergänzt wurde die Sammlung durch diverse Fußballbücher und VHS-Videos mit zusammengeschnittenen Torschussszenen und Pornos. Ein kurzer Blick genügte ihm.

Jetzt hatte er alles gesehen, aber außer der Pistole nichts gefunden. Tatsächlich wusste er auch gar nicht, wonach er sonst noch hätte suchen sollen. Er hatte das Terrain überprüft und sichergestellt, dass ihn hier keine unerwünschte Überraschung erwartete.

Das war es, was er gelernt hatte. Sich in feindliches Gebiet zu begeben.

Es war 23:30 Uhr. Die letzten anderthalb Stunden hatte er oben im Flur auf der Treppe gesessen. Ein paarmal war ihm schon der Gedanke gekommen, dass Alistair MacDuff womöglich gar nicht direkt vom Pub nach Hause ging.

England hatte strenge Vorgaben, was die Öffnungszeiten der Kneipen betraf. Um 23 Uhr war Schluss. Vielleicht war MacDuff noch mit zu Freunden gegangen, oder er hatte eine Freundin, die er nach einem Abend mit Fußball und Bier noch beglücken wollte.

Oxen hatte gerade beschlossen, nicht länger als bis ein Uhr zu warten, als er schwere Schritte vor der Haustür hörte.

Hastig stand er auf, nahm die Browning, zog sich hinter die Schlafzimmertür zurück und spähte vorsichtig um die Ecke.

Der Schlüssel wurde ins Schloss gesteckt. Dann ging die Haustür auf …

20.

Nur im Film oder unter Losern und Amateuren kam jemand auf die Idee, dem Gegner eine Knarre in den Nacken zu drücken. In seiner Welt hingegen ging es ums Überleben, und deshalb behandelte man Schusswaffen mit dem gebührenden Respekt. Man hielt Abstand. Achtete auf ausreichend Spielraum. Und ganz egal worauf sich der Faktor *Entfernung* konkret bezog, war er immer und in jeder Hinsicht ein wichtiges Element, das bei der Gesamtbewertung einer Situation berücksichtigt werden musste.

Hier und jetzt bedeutete das nichts anderes, als dass es vollkommen idiotisch gewesen wäre, einen extrem gut ausgebildeten Elitesoldaten in Empfang zu nehmen, indem man sich hinter der Tür versteckte, ihm die Pistole in den Rücken bohrte und »Hände hoch!« rief. Das zu tun hätte den nötigen Sicherheitsabstand gekostet.

Ursprünglich hatte er geplant, MacDuff zur Begrüßung von hinten niederzuschlagen, aber jetzt war ihm eine Pistole in die Hände gefallen und die Situation stellte sich ganz anders dar. Alles deutete darauf hin, dass dieser Mann sein Leben vor dem Fernseher verbrachte. Also würde er oben warten, bis seine Beute von allein zu ihm kam. Vorsichtig spähte er über das Treppengeländer nach unten.

Alistair MacDuff summte vor sich hin, während er die Haustür hinter sich zumachte, seinen Kapuzenpulli auszog und über den Garderobenhaken warf.

Als Nächstes ging die Toilettentür auf, und Oxen hörte, wie der Mann ganze Sturzbäche pinkelte. War er betrunken?

Die Spülung rauschte, und die Schritte bewegten sich in Richtung Küche, wo der Kühlschrank auf- und wieder zuklappte. Er sah gerade noch MacDuffs Kopf und Rücken und zog sich dann eilig ins Schlafzimmer zurück, während die knarrende Treppe verriet, dass der Bewohner des Hauses auf dem Weg in seine Höhle war. Kurz darauf ertönte ein lautes Rülpsen aus dem Fernsehzimmer, gefolgt von dem Zischen einer Bierdose, die geöffnet wurde. Wenig später vervollständigte ein Fußballkommentator die Geräuschkulisse.

Das Muster, das sich komprimiert in diesen wenigen Minuten gezeigt hatte, stimmte perfekt mit dem Eindruck überein, den er bislang von Alistair MacDuff gewonnen hatte: Er führte ein schlichtes Macho-Dasein, in dem Bier und Fußball feste Bestandteile waren.

Vorsichtig schlich Oxen über den Flur und baute sich in der Tür zum Fernsehzimmer auf. Er hielt die Pistole am ausgestreckten Arm und richtete sie auf den Schotten, der es sich gerade auf der Couch bequem gemacht hatte, eine Dose Bier auf dem Bauch.

»MacDuff! Du stehst jetzt ganz langsam auf, machst einen Schritt zur Seite und legst dich flach auf den Bauch!«

Der Söldner fuhr zusammen, und das Bier fiel zu Boden, als er sich mit einem Ruck aufrichtete.

»Los! Hoch mit dir! Und dann runter. Auf den Bauch. Verstanden?«

Er wiederholte seine Anweisung. Alistair MacDuff gehorchte mit langsamen und deutlichen Bewegungen, ohne ein einziges Wort zu sagen.

»Arme ausbreiten! Beine spreizen!«

Wieder gehorchte MacDuff, und erst jetzt beugte Oxen sich über den Mann und durchsuchte ihn. MacDuff war sauber. Oxen griff nach der Fernbedienung, die auf dem kleinen Couchtisch lag, und schaltete den Fernseher aus.

»Aufstehen, aber ganz langsam. Setz dich aufs Sofa.«

MacDuff gehorchte, und als er wieder saß und seinen ungebetenen Gast anstarrte, fragte er trotzig: »Wer zum Teufel bist du? Und was zur Hölle hast du hier zu suchen?«

MacDuff war zwar nicht sturzbetrunken, aber auch nicht nüchtern. Dazu waren seine Augen viel zu glasig.

»Erstens – wenn du sicher bist, dass deine Waffe voll funktionstüchtig ist, solltest du dich besser ruhig verhalten. Und zweitens – schau mich genau an, vielleicht fällt es dir dann ein.«

Alistair MacDuff schüttelte den Kopf.

»Nein, tut es nicht … Schicke Handschuhe. Für eine Schwuchtel wie dich.«

»Die Handschuhe habe ich aus dem Gartencenter neben dem *PureGym*, wo du deine Gewichte stemmst.«

»Was soll das? Hast du mich etwa verfolgt, du Arsch?«

Oxen nickte.

»Nenn es *Recon*… Du hast letztes Jahr einen Job in Dänemark erledigt, richtig?«

MacDuff kam ins Grübeln. Dann weiteten sich seine Augen.

»Das ist unmöglich. Das … wie …? Du bist … tot. Er hat uns gesagt, dass … Oxen, verdammt, du bist Oxen! Aber wie zur Hölle kann das sein?«

»Belassen wir es einfach dabei, dass ich nicht tot bin. Ich bin hier, weil ich wissen will, wer aus eurer Truppe den alten Mann von der Fischzucht umgebracht hat – mit meinem Messer. Da ist noch eine Rechnung bei der dänischen Justiz offen, und ich sehe nicht ein, dass ich die bezahlen soll. Also, wer war es?«

Alistair MacDuff schüttelte den Kopf und fing an zu glucksen.

»Komm schon, Mann, du willst mir doch nicht weismachen, dass du nur gekommen bist, um mich das zu fragen? Tja. Ich habe keine Ahnung, Oxen. Woher zur Hölle sollte ich das wissen? Du hast echt keinen Schimmer, wie so was abläuft, oder? Ich habe nichts gesehen. Ich war nicht da, als es passiert ist. Und die Leute melden sich ja nicht hinterher und sagen: ›So, Jungs, nur damit ihr Bescheid wisst, ich habe das mit dem Alten geregelt.‹«

»Ich frage dich noch mal: Wer war es?«

»Hast du nicht kapiert, was ich eben gesagt habe, du Idiot?«

»Ich weiß, dass ihr eine zusammengewürfelte Gruppe von acht bis zehn Mann wart. Ein paar von euch waren dabei, als der Alte umgebracht wurde. Und ich weiß auch, dass untereinander geredet wird. Deshalb zeige ich mich jetzt von meiner geduldigen Seite und frage dich noch einmal: Wer war es? Warst du es vielleicht selbst?«

»Nein, Mann, war ich nicht!«

»Ich kenne deine Identität. Ich kann dafür sorgen, dass die Polizei dich abholt und nach Dänemark ausliefert. Selbst wenn du es nicht warst, werden sie dich in die Mangel nehmen. Ist es das wert? Ich an deiner Stelle würde mich für die einfache und schnelle Variante entscheiden und jetzt den Mund aufmachen … Von mir wird niemand erfahren, woher meine Informationen stammen.«

Alistair MacDuff schwieg und schnalzte nachdenklich mit der Zunge, während er mit einem Fingernagel einen anderen säuberte. Schließlich gab er nach.

»*What the fuck* … Dann unterhalten wir uns eben, aber ich weiß nichts, was dir irgendwie weiterhelfen würde.«

»Das lass ruhig meine Sorge sein.«

»Es war einer von deinen Landsleuten, Oxen. Ein Däne …«

»Sicher?«

»Ja. Ich war noch im Wald, als es passiert ist, aber ein paar von den anderen waren dabei. Sie haben hinterher erzählt, dass einer der beiden Dänen den Alten niedergestochen hat. Eine verdammte Schweinerei, wenn du mich fragst … So was macht man nicht. Oder siehst du das anders?«

»Wir kommen der Sache schon näher. Ihr hattet also zwei Dänen im Team?«

»Ja. Wegen der Sprache, schätze ich.«

»Keine Namen, keine Details, nichts, was das Feld eingrenzen könnte, MacDuff?«

»Soweit ich mich an das Briefing erinnere, hast du nie in unserer Branche gearbeitet, obwohl du mal Jägersoldat warst, richtig?«

Oxen nickte. Es war hervorragend, dass MacDuff sich langsam warmredete. Die größte Hürde lag noch vor ihnen. Er hoffte nur, dass er die Situation richtig eingeschätzt hatte.

»Die haben dir so viele Orden und Sterne in den Hintern geschoben, dass du dir wohl zu fein bist, wie wir die Drecksarbeit zu erledigen, was, Oxen?«

Er verzichtete darauf zu antworten. Wahrscheinlich war MacDuff so betrunken, dass er den Drang verspürte, ihn zu provozieren. Der Typ war ein unsympathischer Idiot und alles andere als zimperlich. Nichts Ungewöhnliches in dieser Branche. Aber bestimmt hatte er einen wunden Punkt. Die meisten hatten einen.

»Ich frage dich noch mal: Du erinnerst dich an kein einziges Detail, das mir weiterhelfen würde?«

MacDuff schüttelte den Kopf.

»Nein. Der eine war ein echter Schrank, fast zwei Meter groß. Der andere ganz normal. Der hat es getan. Also, der Normale.«

Er hatte es schon befürchtet, und jetzt bewahrheitete es sich: Das hier war eine Sackgasse. Wenn er so nicht weiterkam, musste er zu Schritt zwei übergehen, und der würde um einiges problematischer werden.

»Willst du ein Bier, Oxen? Ich habe noch eins unten im Kühlschrank.«

»Nein, danke. Also, es ist kein Wort über die beiden gefallen?

Über ihre Vergangenheit, ihre Ausbildung, ihre Erfahrungen, Jobs oder irgendwas anderes?«

»Man hält sein Maul, schon um sich selbst zu schützen, und man hält es erst recht, wenn man neuen Gesichtern gegenübersteht. So ist das. So machen es alle. Niemand hat einen Namen. Und wenn man doch einen hat, dann kannst du sicher sein, dass er nicht echt ist.«

Sie kamen nicht vom Fleck. Gut möglich, dass Alistair MacDuff die Identität der beiden Dänen wirklich nicht kannte. Es war an der Zeit für Schritt zwei. Er zog den Schreibtischstuhl in die Mitte des Zimmers, setzte sich und legte die Hand mit der Pistole auf dem Oberschenkel ab. Vielleicht lockerte das die Atmosphäre ein wenig.

»Du bist Liverpool-Fan?« Er nickte in Richtung des roten Banners an der Wand.

»Dir macht keiner was vor, Däne, was? Und als Nächstes erzählst du mir, dass du Liverpool auch toll findest, und wir sind beste Freunde. Ha!«

Dieser Idiot fühlte sich echt unverwundbar. Aber nicht mehr lang. Er packte das heikle Thema auf den Tisch.

»Und der Kommandant? Der Typ, der das Team zusammengestellt hat, wer war das?«

MacDuff schüttelte lächelnd den Kopf.

»Da könntest du mich auch gleich bitten, eine Handgranate zu schlucken, Oxen.«

»Ich kann dir immer noch einen begleiteten Flug nach Dänemark besorgen.«

»Der Auftraggeber ist heilig und der Auftraggeber des Auftraggebers auch. Ungeschriebenes Gesetz. Du weißt schon.«

»Du willst mir also nicht erzählen, wer dich und die beiden Dänen angeheuert hat?«

»Man sollte dir glatt noch einen Orden verleihen – für herausragendes Denkvermögen. Falls dafür noch Platz in deinem Arsch ist.«

Oxen nahm die Pistole in die andere Hand, zog sich mit den Zähnen den Handschuh aus und holte sein Handy aus der Jackentasche. Er bediente es einhändig und fand, was er gesucht hatte. Dann stand er auf und reichte MacDuff das Gerät.

»Du hast bald Geburtstag, oder? Hier, du darfst selbst auf Play tippen.«

Mit gleichgültiger Miene ließ MacDuff das Handy auf seiner flachen Hand liegen, tippte dann aber doch auf das Display.

»Hallo, Papa, ich hoffe, du hast einen supertollen Geburtstag. Mit vielen schönen Geschenken! Ich vermisse dich. Ganz doll. Wann kommst du mich denn mal wieder abholen, Papa? Ich würde so gern mal wieder was Lustiges unternehmen! Ich hab dich lieb!«

Alistair MacDuff saß wie versteinert da. Dann hob er den Blick, zitternd vor Zorn.

»Was zur Hölle fällt dir ein? Du lässt deine dreckigen Finger von ihr oder ich bring dich um! Nur ein winziger Hinweis und du bist tot!«

Oxen streckte die Hand aus.

»Mein Handy – danke.«

MacDuff schubste es wütend über den Tisch, sodass es auf den Boden fiel. Oxen hob es auf und steckte es wieder ein.

»Süßes Kind, deine Emily. Und so vertrauensvoll …«

»Du mieses Schwein!«

MacDuff stand auf. Oxen tat dasselbe, hob die Waffe und zielte auf den Kopf des Söldners.

»Setz dich!«

»Ich hoffe für dich, dass du mich verstanden hast. Wenn nicht, bist du *fucking* tot«, murmelte MacDuff, aber er gehorchte.

Oxen setzte sich wieder auf den Schreibtischstuhl und legte die Pistole wie zuvor auf einem Bein ab.

»Denk in aller Ruhe nach und überleg dir, welche Optionen du hast … Emily hat noch eine lange Zukunft vor sich, aber du hast schon mindestens die Hälfte von deinem Drecksleben hinter dir.

Wollen wir unsere kleine Unterhaltung noch mal von vorn anfangen, MacDuff?«

Der Schotte starrte wortlos vor sich hin.

»Was ich weiß, bringt dich vielleicht ein kleines Stück näher«, sagte er schließlich. »Aber das, was du willst, kann ich dir nach wie vor nicht geben.«

»Ich höre.«

»Der Leiter der Mission war ein Typ, der sich John Smith nennt. Ich hab in den letzten Jahren öfter für ihn gearbeitet. Verdammt, Oxen! Das ist alles echt scheiße! In meiner Branche ist Diskretion Ehrensache. Wenn du ihn findest … Der schlitzt mich bei lebendigem Leib auf, wenn er das rausbekommt!«

»Von mir erfährt er nichts. Der Mann ist mir egal. Ich will nur den Dänen.«

»Aber vielleicht hat Smith ihm ja den Befehl erteilt, den Alten zu töten?«

»Das wird sich zeigen. Ich will nur meine eigene Unschuld beweisen. John Smith, sagst du? Wo finde ich ihn?«

»Siehst du … Das ist das Problem. Du findest ihn nicht. Er findet dich.«

Alistair MacDuff hatte mit einem Mal einen Anflug von Angst im Blick.

»Er heißt natürlich nicht John Smith«, fuhr der Schotte fort, »aber in der Branche kennt man ihn nur unter diesem Namen. Und obwohl ich schon oft für ihn gearbeitet habe, weiß ich fast nichts über ihn.«

»Wie läuft der Kontakt ab?«

»Kein Telefon, keine E-Mail, keine SMS. Er steht plötzlich vor der Tür und fragt, ob du bereit bist. Er hat einen Vertrag und alles Nötige dabei. Ich habe jedes Mal Ja gesagt. Alle Informationen werden nur mündlich weitergegeben. Auch der Treffpunkt – meistens ist es der Flughafen.«

Die nächste Sackgasse. Genau das hatte er im Vorfeld befürchtet. Dass kaum etwas zu holen war, weil man in diesem Metier grundsätzlich nur mit Minimalwissen operierte. Er hatte versucht, mit dem kleinen Geburtstagsvideo den Druck auf Alistair MacDuff zu erhöhen, und ein paar Informationen hatte er dabei herausbekommen – aber viel zu wenig.

»Hör zu, MacDuff. Ich habe keine Lust, im Gefängnis zu verschimmeln für etwas, das ich nicht getan habe. Ich habe ein großes Netzwerk aus ehemaligen Kollegen, alles Elitesoldaten wie du. Auch im Ausland. Und ich habe gute Kontakte zum Nachrichtendienst. Mit oder ohne deine Hilfe – aber ganz sicher mit ihrer Unterstützung – werde ich weitermachen, bis zum bitteren Ende. Ich garantiere dir, dass ich unterwegs eine Menge Staub aufwirbeln werde. Und eines schönen Tages … wenn du es am wenigsten erwartest … wird die Handgranate in deinen Händen hochgehen. Und dann könnte auch Emily etwas richtig Hässliches zustoßen. Deshalb musst du deine Sache hier besser machen. Viel besser.«

Das war seine letzte Chance. Noch dramatischer konnte er nicht werden.

Dieses Mal gelang es MacDuff, ruhig zu bleiben. Langsam stand der Schotte auf und zeigte zum Regal.

»Gib mir die rote Videokassette vom obersten Fach, ganz rechts, Liverpool FC Goal Show 1980 bis 1985.«

MacDuff öffnete die Hülle und holte etwas Kleines unter der alten VHS-Kassette heraus.

»Das ist das Beste, was ich habe«, sagte er und hielt einen winzigen USB-Stick zwischen zwei Fingern hoch. »Aber dafür musst du mich an den Computer lassen, Oxen.«

»Okay, setz dich, immer schön langsam.«

Oxen stand auf, schob den Stuhl zurück an den Schreibtisch und richtete die Pistole auf MacDuff.

Der Schotte nahm Platz, schaltete den Rechner an und steckte den USB-Stick ein.

»Dauert einen Moment«, sagte er. »Das, was ich dir jetzt zeige, ist so was wie eine Lebensversicherung für mich.«

Oxen musste an seine eigene Lebensversicherung denken, die so plötzlich abgelaufen war: das Video mit Justizminister Rosborg, der einen Sexualmord beging.

»Hier …«

Alistair MacDuff ließ einen Videomitschnitt laufen. In Nahaufnahme war zu sehen, wie ein Mann in hellbraunem Kampfanzug eine Gruppe dunkelhäutiger Männer mit einer Maschinenpistole niedermähte.

»Für das hier will ich verdammt noch mal nicht verantwortlich gemacht werden«, sagte MacDuff, »deshalb habe ich die Szene heimlich aufgenommen.«

»Und das ist John Smith?«

»Nein … Aber ich bin es auch nicht.«

»Siehst du – und ich will nicht für den Mord an dem Alten dran glauben müssen. Da geht es mir genau wie dir.«

MacDuff knurrte gereizt. Am Ende des Videos lagen überall Männer mit verrenkten Gliedmaßen, deren Blut im Staub versickerte.

»Warst du jemals in *fucking* Afrika, Oxen?«

»Nein.«

»Wo bist du gewesen?«

»An verschiedenen Orten, unter anderem Irak und Afghanistan.«

»Hardcore?«

Er zuckte mit den Schultern.

»Du willst nicht drüber reden, was? Weil du was Besseres bist, richtig? Dänische Eliteeinheit, Jägerkorps … Jäger? Was jagt ihr eigentlich? Rotwild? Füchse? Oder doch lieber Enten? Jäger, *my ass …*«

MacDuff schnaubte genervt. In der einen Sekunde glaubte Oxen, ganz nah an einem vernünftigen Gespräch zu sein. In der nächsten brodelte es schon wieder unter der Oberfläche. Entweder war der Mann einfach so, oder es lag daran, dass er betrunken war.

MacDuff startete ein neues Video.

»Das hier ist aus dem Irak«, sagte er, wieder einigermaßen beherrscht. »Ich habe auch für private Security-Firmen gearbeitet und als Wachmann bei der UNO. Solide Arbeit, kleines Geld … ah, hier!«

Ein nackter Mann saß an einen Stuhl gefesselt. Der Raum war kahl. Der Mann wurde von einem anderen in schwarzer Uniform verprügelt.

»Das ist aus meiner Zeit bei der Security. Wir brauchten ein paar Informationen, die Mussa, der Typ auf dem Stuhl, uns geben sollte. Dummerweise ist er dabei gestorben. Die Infos, die er hatte, hätten anderen das Leben gerettet. Deshalb fand ich es in Ordnung, dass er Prügel kassierte. Aber mitgemacht habe ich nicht.«

»Was hat das alles mit John Smith zu tun?«

»Immer mit der Ruhe. Ich zeig dir nur ein bisschen was, okay? Stell dir vor, es wären Urlaubsbilder.«

MacDuff ging die Liste der Dateien durch und öffnete den nächsten Ordner.

»Ich habe Videos und Fotos. Darunter auch Material über meine Arbeitgeber. Eine hübsche kleine Sammlung, die mir einen günstigen Ausgangspunkt für Verhandlungen verschafft, falls das eines Tages nötig werden sollte … So, da wären wir. Hier.«

MacDuff tippte mit dem Zeigefinger auf den Bildschirm. Zu sehen war ein breiter, kantiger Mann im Tarnanzug. Er stand vor einer Lehmhütte und rauchte eine Zigarette, über der Schulter ein Maschinengewehr.

MacDuff klickte mit der Maus, und ein neues Bild mit demselben Mann erschien. Eine Nahaufnahme. Offensichtlich jüngeren Datums. Diesmal war er in Zivil.

»John Smith … in Niger vor acht oder neun Jahren. Und in

Bukarest vor zwei Jahren – ein ›ziviler Auftrag‹, genau wie der in Dänemark. Ich gebe dir die beiden Bilder, dann sind wir quitt. Und wenn du auch nur in Emilys Nähe kommst, dann …«

Alistair MacDuff drehte sich um, sah ihm direkt in die Augen und fuhr sich mit der Handkante über den Hals. Er kopierte beide Bilder auf einen USB-Stick, den er aus der Schublade genommen hatte, und klickte dann noch ein paarmal mit der Maus.

»Was machst du da?«

»Ich speichere die beiden Fotos nur in der Dropbox, jetzt wo ich sie schon mal rausgesucht habe. Man kann nie vorsichtig genug sein. Hier. Und jetzt verpiss dich, Jäger«, knurrte MacDuff, während er ihm den USB-Stick reichte.

Oxen steckte ihn ein und gab ihm einen Wink mit der Pistole.

»Ich bin schon so gut wie weg. Aber zuerst setzt du dich wieder aufs Sofa.«

MacDuff gehorchte, und Oxen zog sich langsam rückwärts in den Flur zurück. An der Treppe, wo sie sich immer noch sehen konnten, nahm er das Magazin aus der Pistole, leerte es und steckte die Munition ein.

»Die hier darfst du behalten«, sagte er zu MacDuff und ließ die Waffe auf den Teppich fallen.

Er drehte sich um und wollte gerade den ersten Schritt nach unten machen, als er aus dem Augenwinkel sah, wie der Schotte über den Couchtisch hechtete und mit wütendem Gebrüll und erhobenem Arm auf ihn zustürmte. In seiner rechten Hand blitzte ein Messer.

Oxen machte einen schnellen Schritt auf ihn zu und packte MacDuffs Handgelenk, noch bevor der Schotte zustechen konnte. In dem Moment, als sie zusammenprallten, griff Oxen nach seinem Shirt, ließ sich nach hinten fallen und riss seinen Gegner mit sich. Er landete rücklings auf dem Boden, stemmte seine Füße in MacDuffs Bauch und versetzte dem Schotten einen Stoß, der ihn im hohen Bogen die Treppe hinunterbeförderte.

Es polterte. Dann war es still. Ganz still.

Oxen rollte sich auf die Seite und warf einen Blick nach unten. Alistair MacDuff lag am Fuß der Treppe, den Kopf auffallend verdreht, und rührte sich nicht. Der Söldner hatte sich bei dem Sturz offenbar das Genick gebrochen. Er war tot.

Das hatte er nicht gewollt. Vor allem für MacDuffs Tochter tat es ihm leid, die ihren Vater nicht lange erlebt hatte. Für den Rest der Welt war sein Tod kein großer Verlust. Es sah vermutlich nicht gut für den Schotten aus, wenn Petrus am Himmelstor einen Blick in sein Sündenregister warf.

Er dagegen profitierte von dem Unfall. Jetzt musste er sich keine Gedanken mehr darüber machen, ob MacDuff doch auf die Idee kommen würde auszuplaudern, dass der Däne Niels Oxen noch am Leben war.

Er stand auf und betrachtete die Szenerie. So wie MacDuff lag, konnte er ohne Weiteres im Suff gestolpert und die Treppe hinuntergestürzt sein. Das wirkte absolut plausibel.

Er konnte von Glück sagen, dass er bei seinem Einbruch keine Scheibe eingeschlagen hatte. Das hätte jeden mit gesundem Menschenverstand aufhorchen lassen, wenn die Polizei irgendwann hier auftauchen und einen kritischen Blick auf das Geschehen werfen würde.

Das Messer lag auf dem Teppich. Er hob es auf. Es war eher ein kleiner Dolch, der aussah, als gehörte er zu einer militärischen Spezialausrüstung. Die auffällige Klinge war relativ breit und zweischneidig. Der Schaft war aus demselben Stück Stahl gefräst und straff mit Fallschirmschnur umwickelt. Er hatte keine Ahnung, wo MacDuff es so plötzlich hergeholt hatte. Hatte er es beim Abtasten des Mannes etwa übersehen?

Er steckte das Messer ein, ging zurück nach oben, räumte den Couchtisch ein wenig auf, aber die Bierdose ließ er auf dem Boden liegen. Dann packte er die Pistole, die Munition und das Magazin zurück in die Schublade. Schließlich löschte er noch die beiden

Fotos vom Desktop des Computers, leerte den Papierkorb, fuhr den Rechner herunter und schaltete ihn aus.

Den USB-Stick, der in der Videokassette versteckt gewesen war, nahm er mit. Er wollte sich die restlichen Aufnahmen darauf genauer ansehen, wenn er wieder zu Hause war. Alistair MacDuff war der Letzte, der jetzt noch eine Lebensversicherung brauchte.

Oxen ging nach unten, öffnete die Eingangstür und stellte den Schnapper so ein, dass sie ins Schloss fiel, sobald er das Reihenhaus verlassen hatte.

Auf der Collier Street war weit und breit niemand zu sehen. Es hatte wieder angefangen zu regnen. Ein leichtes Nieseln, das nur kurz unterbrochen wurde, als er unter den Brücken hindurchging. Er warf das Gaffa-Tape und die Handschuhe in den nächsten Mülleimer und nahm dann die Treppen zum Fluss hinunter.

Wie eine riesige Skulptur hob sich die Silver Jubilee Bridge gegen die Dunkelheit ab, beleuchtet von unzähligen Scheinwerfern, deren Licht im steigenden Wasserspiegel des Merseys funkelte. Der Fluss hatte inzwischen ganz andere Dimensionen angenommen als noch vor einigen Stunden.

Mit aller Kraft schleuderte er MacDuffs Messer über die Mauer des Schifffahrtskanals ins Wasser.

Während er langsam zum Bahnhof zurückging, musste er sich eingestehen, dass seine Mission in England das reinste Fiasko war. In der verschwiegenen Welt, in der John Smith sich bewegte und operierte, kam man mit ein paar armseligen Fotos und einem falschen Namen nicht weit, und er ging nicht davon aus, dass er jemanden finden würde, der bereit war, ihm zu helfen.

Er war nur wenige Schritte ins Labyrinth vorgedrungen, und die Spur, der er folgte, hatte sich jetzt schon im Schlamm des Mersey-Ufers verloren.

21.

Es war kurz nach halb neun, und sein geliebtes Kopenhagen war in ein sanftes Morgenlicht getaucht, als er wie üblich zu einem kurzen Spaziergang aufbrach, bevor er seinem Tagwerk nachging.

Er hatte gut geschlafen und genoss es nun, sich zu bewegen. Er genoss es, den Kopf mit Sauerstoff zu versorgen, bevor ein langer Tag am Schreibtisch begann. Und er genoss es, seiner Stadt ordentlich Guten Morgen zu sagen.

In all den Jahren, seit er den Posten angetreten hatte, war er immer der Erste gewesen, der kam – und oft der Letzte, der ging. So gehörte es sich für ein Vorbild, an dem sich die jüngeren Mitarbeiter im Haus ein Beispiel nehmen konnten. Außerdem liebte er diese frühen, stillen Stunden, in denen man schon so viel erledigen konnte.

Er variierte seine Morgenrunde gern, und wenn er in Ruhe über ein spezielles Problem nachdenken wollte oder einfach das Bedürfnis hatte, sich die Beine mal wieder richtig zu vertreten, dehnte er sie auch gern ein wenig aus.

In letzter Zeit war er auf seinen Spaziergängen öfter in Gedanken vertieft gewesen als sonst. Gedanken, die ihn auf dem Rückweg noch genauso beschäftigten wie auf dem Hinweg. Gedanken, die in sein unsichtbares Universum gehörten. Gedanken, die ihre letzte Versammlung in Gang gesetzt hatte.

Seine Überlegungen bewegten sich auf zwei parallelen Ebenen. Da war einerseits natürlich der überraschende Frontalangriff von Nord und Süd. Und andererseits der laufende Prozess, der einer Qualifizierung seines Nachfolgers diente. Letzteres womöglich zusätzlich vorangetrieben durch Ersteres.

Und es gab noch eine dritte Sache, die momentan seine Zeit und Kraft beanspruchte: die Selbstprüfung … Ging er kritisch genug mit sich ins Gericht? War er sich seiner Sache sicher genug?

Sie hatten bei der Versammlung neulich den ganzen Abend über die Struktur und die Herausforderungen der Organisation diskutiert. Erst gegen Mitternacht hatten sie die Sitzung beendet und waren sofort schlafen gegangen. Am nächsten Morgen hatten sie in guter Stimmung gemeinsam gefrühstückt, und er hatte seine Gäste schon gegen sieben Uhr zurück aufs Festland bringen lassen, damit sie ihren üblichen Aufgaben nachgehen konnten.

Es war seine Pflicht zuzuhören – und mitzudenken. Seine beiden Kollegen waren konstruktiv gewesen, und er hatte alles getan, um ihnen entgegenzukommen. Es gehörte zu seinen Aufgaben, nach vorn und gleichzeitig auch zurückzuschauen. Zu tun, was nötig war, um ihren Kreis zu schützen. Die stolzen Traditionen zu bewahren. Aber auch, sie notfalls aufzubrechen, wenn es ihren Zielen diente. Sein Gefühl sagte ihm ganz deutlich, dass er es hier mit einer ehrlichen Revolution zu tun hatte und nicht mit Verrat.

Jetzt war es an ihm, alles zusammenzufassen, die richtigen Schlüsse daraus zu ziehen und sie umzusetzen, falls er sich tatsächlich entschied, diesen Weg einzuschlagen. Eine Tätigkeit, die jener sehr ähnlich war, die er nun schon seit vielen Jahren ganz offiziell ausübte und die jeden Tag am Ende seines Spaziergangs auf ihn wartete.

Die Position des Leiters des Danehof Ost war über Jahrhunderte hinweg definiert worden. Er und seine beiden Mitstreiter waren ebenbürtig, was das Gewicht ihrer Stimmen betraf, aber die schwerste Verantwortung lastete doch allein auf seinen Schultern.

Er musste seinen Nachfolger selbst finden und ihn vorbereiten, wie ein Gärtner, der seine Setzlinge sorgfältig auswählt und sie veredelt. Nord und Süd hingegen mussten Vorschläge abgeben, an wen sie zu gegebener Zeit ihren Staffelstab weitergeben wollten – doch Ost war es, der darüber entschied. Auf diese Weise spiegelte ihre interne Machtverteilung die Epoche wider, aus der sie stammte: eine Epoche, in der die Handfesten den Spielraum des Königs einschränkten, ohne seine Position jedoch infrage zu stellen.

Er war der König – unter Gleichen. Eine Konstruktion, die weise, aber nicht selten lästig war.

Er blieb am Højbro Plads stehen, atmete die frische Morgenluft tief ein und sog die Atmosphäre in sich auf. Er stützte sich auf das Geländer am Kanal und blickte hinüber auf Slotsholmen und Christiansborg. In ein, zwei Stunden würde dort bereits hektische Betriebsamkeit herrschen und auch der Kanal würde zum Leben erwachen.

Er drehte sich um und betrachtete wie immer die Bronzestatue Absalons, der auf seinem steigenden Ross saß, die Axt kampfbereit in der Hand. Ein prachtvolles Kunstwerk, perfekt am richtigen Ort platziert.

Er selbst verfügte natürlich auch über eine gewisse Macht, aber sie kam demütiger zum Ausdruck als die des kriegerischen Bischofs.

Diese Macht war über viele Generationen weitergereicht worden und doch immer im selben Kreis geblieben. Sie setzte nicht unbedingt eine adlige Abstammung voraus, wie einst in der Geburtsstunde des *Parlamentum*. Es ging dabei eher um die Sphären, in denen man sich bewegte. Um Stärke und Einfluss. Aber wenn man alle neumodischen Begrifflichkeiten einmal beiseiteließ, blieb am Ende die Definition in ihrer schlichten Klarheit stehen: Sie waren die besten Männer des Landes.

Bei dem Gedanken, der ihm als Nächstes durch den Kopf ging, musste er lächeln: Zu den besten Männern gehörte nun auch eine Frau. Das gefiel ihm. Es war ein Beweis dafür, dass auch er die Zeichen der Zeit respektierte.

Mit seiner Zustimmung hatte Karin »Kajsa« Corfitzen das Erbe ihres Vaters antreten können, genau wie Villum Grund-Löwenberg. Und das war nicht so selbstverständlich, wie es aussah. Ausschlaggebend waren allein ihre Qualifikationen gewesen.

Er selbst hatte auch zwei Kinder, eine Tochter und einen Sohn, und er würde jederzeit unterschreiben, dass beide intelligent und fleißig waren und über moralische Integrität verfügten. Sie meisterten ihr Leben hervorragend. Aber … keiner von ihnen hatte *das nötige Potenzial.* Sie würden niemals in seine Fußstapfen treten. Sie lebten ganz gewöhnliche Leben. Somit war er persönlich das beste Beispiel dafür, dass die höchste Macht nicht unbedingt vererbt werden sollte.

Der Tradition entsprechend, blieb es geheim, wer seine Nachfolge antreten sollte. Nicht einmal in dem Moment, in dem er Nord und Süd über seinen Rückzug informierte, würde er den Schleier lüften. »Dem, den keiner kennt, kann niemand etwas Böses tun.« Es war eine Reminiszenz an eine längst vergangene Zeit, als man sich im Kampf um die Macht nach dem Leben trachtete.

Erst bei der eigentlichen Übergabe des Amts wurde der Nachfolger präsentiert. Dann war der Betreffende selbst vor Ort, um seine beiden Kollegen kennenzulernen. Es war der einzige Zeitpunkt, an dem während einer Versammlung vier Menschen an dem runden Tisch saßen.

Heute Abend traf er sich mit seinem Protegé. Ein weiteres Treffen in einer langen Reihe, die den kommenden Leiter des Danehof Ost für seine Aufgabe rüsten sollte. Er freute sich jedes Mal auf diese Gespräche. Sie waren bereichernd und geistreich. Heute Abend würden sie über *dänische Werte* sprechen. Absalon war ein glänzender Repräsentant.

Er ging weiter. Bald war er angekommen.

22.

Es war 9:45 Uhr. Zum Glück war es trocken, denn obwohl in den frühen Morgenstunden noch strahlender Sonnenschein geherrscht hatte, waren inzwischen dunkle Wolken über Kopenhagen aufgezogen.

Sie fühlte sich ein bisschen unsicher auf dem alten Fahrrad, das sie neulich für hundert Kronen auf dem Flohmarkt erstanden hatte. Dass sie überhaupt Rad fahren konnte – und zwar richtig gut –, verdankte sie der kostbaren Spezialprothese im Wert von einer halben Million Kronen. Sie war froh, dass sie diese stattliche Summe nicht selbst hatte aufbringen müssen, sondern ihr Arbeitgeber dafür aufgekommen war.

Das Knie wurde von einem Mikroprozessor gesteuert und war nach sorgfältigen Messungen perfekt auf sie abgestimmt worden. Die Prothese funktionierte über eine sogenannte Schwungphasensteuerung und war mit einem Gyroskop und verschiedenen Sensoren ausgerüstet, die es ihr erlaubten, damit Dinge zu tun, die sie noch vor wenigen Jahren für unmöglich gehalten hätte.

Dass sie sich jetzt trotzdem unsicher fühlte, lag vor allem an ihrem Gleichgewichtssinn, der ebenso eingerostet war wie das Fahrrad. Sie fuhr durch das Tor.

»Hallo, Margrethe! Du auf einem Fahrrad? Was ist denn mit dir los?«

Die Nachbarstochter aus der Wohnung unter ihr stand winkend auf dem Bürgersteig und brachte sie aus dem Tritt, noch bevor sie richtig in Schwung gekommen war.

Ein nettes Mädchen, aber Margrethe war schon an ihr vorbeigeschwankt und hob nur kurz die Hand zum Gruß, den Blick stur geradeaus gerichtet.

Sie hatte beschlossen, den Suzuki nur noch zu nehmen, wenn es gar nicht anders ging. Oder besser gesagt: Sie versuchte, sich schon einmal an die Vorstellung zu gewöhnen, dass sie den dauerhustenden Japaner verkaufen würde, solange er noch ein paar Kröten brachte, und fortan ein autoloses Leben führen würde – auf dem Fahrrad.

Der Mini Cooper erschien ihr inzwischen wie ein lange vergangenes Idyll, in dem Geschwindigkeit und ein röhrender Auspuff die Symbole eines kosmischen Glückszustands waren.

»Pass doch auf, verdammt!«

Sie spürte, wie eine fremde Schulter ihre eigene streifte, als ein junger Mann auf seinem Mountainbike an ihr vorbeischoss und sie wütend anschnauzte. Das friedliche Miteinander auf den Fahrradwegen gehörte wohl auch der Vergangenheit an.

Heute war ein wichtiger Tag, deshalb war sie extra früh losgefahren. Vor ihr lag ein neuer »erster Arbeitstag«. Von dieser Sorte hatte es in letzter Zeit ziemlich viele gegeben. Viel zu viele.

Sie warf einen Blick auf ihre Armbanduhr. Es bestand kein Grund zur Hektik. Die wunderschöne Breitling Colt an ihrem Handgelenk war der einzige Besitz, den sie niemals hergeben würde, obwohl sie momentan prinzipiell alles als mögliche Kapitalquelle betrachtete. Sie hatte die Uhr von ihren Eltern bekommen, nachdem ihr Bein amputiert worden war. Auf der Rückseite war ein lateinischer Spruch eingraviert. »*Per aspera ad astra*« – durch schwere Zeiten zu den Sternen.

Margrethe war auf dem Weg zu Netto. Nicht um einzukaufen. Sondern um zu arbeiten.

Der erste Tag in einem weiteren Kapitel ihres Lebens. Als Kassiererin. Man konnte ihr wirklich nicht vorwerfen, dass sie sich den Herausforderungen nicht stellte.

Radfahrer strömten links und rechts an ihr vorbei. Margrethe hatte größten Respekt vor dem Job. Kaum jemand musste sich so viel Mist anhören wie die Menschen an der Supermarktkasse.

Um zehn Uhr sollte sie da sein, um sich alles Wichtige erklären zu lassen. In den ersten Stunden nach Ladenöffnung hatte dafür niemand Zeit. Sie würde die verschiedenen Arbeitsschritte erklärt bekommen und am Ende eine Weile an der Kasse sitzen, natürlich unter fachkundiger Aufsicht.

Sie konnte die Grimassen der Kunden schon vor sich sehen. Und erst die ungeduldigen Kommentare! Kassiererinnen mussten sich das unglaublichste Zeug gefallen lassen. Übrigens auch von den feinen Herrschaften, die sich kein bisschen zu fein dafür waren, nach unten zu treten.

Vielleicht war es ganz gut, dass sie schon länger keine Heckler & Koch mehr unter der linken Achsel spazieren trug. Das hätte sich womöglich nachteilig auf die Kundenzahlen ausgewirkt.

Stattdessen musste sie sich mit aller Geduld wappnen, die sie aufbringen konnte. Was genauso für den heutigen Abend galt, wenn sie zum nächsten Dienst als Galeerensklavin in der Spül-Hölle des Hotels Copenhagen Blackbird antreten musste.

Sie überholte einen unglaublich dicken Mann, der auf einem vierrädrigen Elektrogefährt saß, weil seine Beine ihn vermutlich nicht mehr tragen konnten. Das erste Überholmanöver des Tages – und zwar ein wirklich erbärmliches.

Beim Anblick des Mannes musste sie an den riesigen Axel Mossman denken. Hatte sie nicht neulich erst beim Geschirrspülen beschlossen, ihn zu kontaktieren? Sich vorsichtig zu erkundigen, ob er ihr wohl helfen konnte – und wollte? Eine Tür öffnen, die ihr eine Rückkehr in die Welt der Nachrichtendienste ermöglichte? Egal in welchem Land, egal bei welchem Arbeitgeber.

Aber sie hatte nichts in diese Richtung unternommen. Vielleicht aus gutem Grund. Mossman war der mächtige Chef des PET gewesen und sie nur seine rechte Hand. Und am Ende nicht einmal mehr das. Hier war also bestenfalls von einem einfachen Chef-Angestellten-Verhältnis die Rede. Kein Grund, sich etwas anderes einzubilden. Sie hatte ihm nicht mehr vertraut. Er hatte ihr nicht mehr vertraut. Und sie hatte nie wieder etwas von ihm gehört. Keinen Ton, seit man ihn gefeuert hatte. Big Mossman war jetzt ein ganz normaler Rentner. Sonst nichts.

Sie bog nach rechts ab und sah schon von Weitem das gelbe Supermarktschild mit der schwarzen Schrift und dem sitzenden Hund.

Sie ließ das Fahrrad das letzte Stück rollen. Dann stieg sie ab, lehnte das Rad an die Mauer, schloss es an und holte tief Luft.

Per aspera ad astra.

Mit neununddreißig als Kassen-Neuling bei Netto. An schweren Zeiten mangelte es ihr jedenfalls nicht.

Zu dumm nur, dass weit und breit kein Stern zu sehen war …

23.

Es war 9:51 Uhr. Er starrte direkt auf die leuchtend roten Ziffern des alten Radioweckers, der fünfzig Zentimeter von seiner Nase entfernt auf dem Nachttisch stand.

Er blieb reglos liegen und machte die Augen noch einmal zu. Irgendwo vor dem Fenster gurrte eine Taube. Sonst war alles still. Er drehte sich auf die Seite und öffnete die Augen wieder. Eine Dachschräge, ein Fenster und ein hellgelber Vorhang.

Er drehte sich auf den Rücken.

Schräge Linien, da er sich wieder im Giebelzimmer des Pfarrhauses befand. Natürlich. Er war erst spät in der Nacht zurückgekommen. Die lange Zugfahrt von England, unter dem Kanal hindurch und dann Richtung Norden, steckte ihm spürbar in den Knochen. Er hatte tatsächlich immer noch das Gefühl, über Schienen zu rollen – in dem breiten Bett, das fest und stabil in Ullerup stand.

Das alles hier war so weit von den Bildern auf MacDuffs USB-Stick entfernt, wie es nur sein konnte. Der Söldner hatte Fotos und Videos aufbewahrt, die sowohl banale Routinetätigkeiten als auch brutale Kampfhandlungen dokumentierten. Einige davon waren vermutlich heikle Angelegenheiten, die kein Tageslicht vertrugen. Mehrere Sequenzen zeigten einen Mann, der deutlich an John Smith erinnerte. Allerdings waren keine Nahaufnahmen darunter. Der Umgebung nach zu urteilen, stammten sämtliche Aufnahmen aus Afrika oder dem Mittleren Osten. Alles nicht zu gebrauchen.

Die Ausbeute seiner langen Reise nach England beschränkte sich auf zwei USB-Sticks: Der eine davon brachte ihn überhaupt nicht weiter. Und der zweite mit den beiden Fotos weckte bestenfalls bescheidene Hoffnungen.

Oxen war müde. Er sehnte sich nach tiefem, ungestörtem Schlaf, aber den fand er in letzter Zeit nicht oft. In dieser Nacht hatte ihn die Träne heimgesucht, oder nicht? Er erinnerte sich nur vage, aber er meinte, die Tätowierung unter dem Auge des Serben gesehen zu haben.

Er musste einen neuen Weg finden, um seine Mission fortzusetzen. Er hatte sich gerade dazu durchgerungen, aufzustehen, als es laut klopfte und die Zimmertür aufgerissen wurde.

»Guten Morgen! oder: Guten Tag! Wollte nur schauen, ob du inzwischen wach bist. Ist es gestern spät geworden?«, fragte Pastor und lehnte sich an den Türrahmen.

»Ich war gegen drei Uhr hier, und nachdem ich den Schlüssel an der vereinbarten Stelle gefunden hatte, hab ich mich auf Strümpfen ins Haus geschlichen.«

»Gute Reise gehabt?«

»Geht so …«

»In einer Viertelstunde gibt es Kaffee, Oxen.«

»Danke, ich komme gleich.«

Als er sich am Küchentisch niederließ, duftete es nach Kaffee und Brot. Pastors Frau war nicht da, bestimmt war sie arbeiten. Sie war Lehrerin. Der groß gewachsene Pfarrer schenkte ihm einen ordentlichen Becher Kaffee ein und stellte einen Teller mit getoastetem Brot auf den Tisch. Butter, Marmelade, Käse und Aufschnitt standen schon bereit.

»Milch oder Zucker?«

Oxen schüttelte den Kopf.

»Hier, bedien dich. Du bist doch bestimmt hungrig.«

Pastor schob ihm den Teller hin. Oxen nickte und strich sich gleich zwei Scheiben auf einmal. Es war etliche Stunden her, dass er zum letzten Mal etwas gegessen hatte.

Pastor setzte sich ihm gegenüber und schenkte sich selbst auch Kaffee ein. Eine Weile saßen sie schweigend da. Oxen aß wie immer schnell und nahm sich noch eine Scheibe Brot.

»Sag, ist alles in Ordnung?« Pastor musterte ihn, und sein Blick wirkte besorgt.

»Ja, warum?«

»Weil … heute Nacht gegen vier … bin ich plötzlich von lauten Schreien aufgewacht. Das Haus ist ziemlich hellhörig. Ich bin aufgestanden. Die Schreie kamen aus deinem Zimmer – eine ziemlich wilde Mischung aus Jammern und scharfen Kommandos. Das meiste war nicht zu verstehen, aber dazwischen waren auch ein paar deutlichere Worte. Ich bin einfach vor der Tür stehen geblieben, ich wusste nicht, ob … Es hat nicht lang gedauert, vielleicht eine Minute oder zwei. Deshalb frage ich mich …«

Dann hatte es ihn also nicht getäuscht, das Gefühl, mit dem er wach geworden war. Er war wieder im Fegefeuer gewesen. Er hatte wieder gesehen, wie die Frau auf den Tisch gedrückt wurde. Ihr gepeinigtes Gesicht. Wie er dem Mann, den er Träne nannte, vier Kugeln in den Bauch gejagt hatte – so wie unzählige Male zuvor.

»Mir geht es gut, ich schlage mich nur manchmal mit hässlichen Träumen herum.«

»Und das ist alles?«

»Ja.«

Wieder schwiegen sie einen Augenblick, und er machte sich noch ein Brot.

»Es ist schön hier. Und friedlich«, sagte er dann. »Ist das der Ort, an dem du bleiben willst?«

Pastor zuckte mit den Schultern.

»Man soll ja niemals nie sagen, aber es fühlt sich richtig an. Ich mag die Gemeinde, ich mag meine Kirche und ich liebe dieses Haus. Hier bekommt man ein gesundes Bewusstsein dafür, wie klein man eigentlich ist. Dieses Pfarrhaus ist gelebte dänische Geschichte, ein Lehrstück über Krieg und Frieden. Und ich mittendrin.«

»Wie meinst du das?«

»Im Februar 1864 wurde das Pfarrhaus von preußischen Truppen besetzt. Der Oberkommandant war ein gewisser General August von Goeben. Ein angesehener Soldat, der auch schon in anderen Ländern gekämpft hatte. Der damalige Pfarrer hieß Nikolaj Laurentius Feilberg. Er und der General waren Todfeinde. Nimm deinen Kaffee und komm mal mit …«

Der Pfarrer stand auf und winkte ihn mit sich in die Diele. Er öffnete die linke Tür, die in ein großes Zimmer mit stuckverzierter Decke führte. Sie gingen hinein.

»Das hier ist das Generalszimmer. Hier plante von Goeben seinen Angriff auf die Insel Als. Und schau …« Pastor zeigte zu einem Nagel im Türrahmen. »Hier pflegte er seinen Säbel aufzuhängen. Das zu wissen und hier zu leben und zu atmen, macht mich demütig. Gegenüber der Geschichte. Und der Bedeutung meines eigenen Wirkens. Es verändert den Blick auf die Dinge. Nur ein kleiner Nagel. Verstehst du, was ich meine?«

Er nickte. Manches konnte er nachvollziehen. Manches nicht.

»Aber das ist noch nicht alles«, fuhr Pastor fort. »Der Pfarrer und der General wurden Freunde. Es heißt, die beiden habe eine tiefe Freundschaft verbunden, begründet auf gegenseitigem Respekt – trotz aller äußeren Umstände und obwohl sogar zwei Söhne des Pfarrers als Soldaten im fünften Regiment des dänischen Heers dienten, das auf Als den Angriff der Preußen erwartete. Als dieser Zeitpunkt am 29. Juni gekommen war, saß der General hier draußen, in meinem Hof, auf seinem Pferd und trank um vier Uhr morgens eine Tasse Tee. Feilberg sagte zu ihm: ›Möge Ihr Vorhaben misslingen. Aber möge Gott Sie schützen.‹ Die Preußen brauchten nicht lange, um die Dänen zu besiegen. Von Goeben tat alles, um Nachricht über Feilbergs Söhne zu bekommen. Der eine wurde als gefallen gemeldet, aber später stellte sich heraus, dass die deutsche Kugel an der Pfeife unter seiner Jacke abgeprallt war. *Das* ist Geschichte, Niels.«

Sie gingen zurück in die Küche und setzten sich wieder. Pastor schenkte Kaffee nach.

»Ich denke, dass so etwas nur möglich war, weil sie beide kluge, verständige Menschen waren. Weil ihre Freundschaft hier in Gottes Haus entstand, wo Unterschiede keine Rolle spielen. Wo die Sache und der Mensch getrennt voneinander betrachtet werden können, zugunsten von etwas viel Größerem. Es *ist* möglich, Brücken zu bauen … Mehr Brot?«

Oxen schüttelte den Kopf.

»Manche Brücken kann man nicht bauen, Pastor. Denk an den Balkan zurück. Sie waren ehemalige Nachbarn.«

»Man darf den Glauben daran nicht verlieren, dass das Gute am Ende siegen wird. Dass das Wort und der Dialog weiter reichen als das Schwert.«

»Ich glaube nicht an edle Feinde. Krieg hat keinen geistigen Überbau. Ich glaube an Blut und einen schmerzhaften Tod.«

»Du hast *ihn* also nicht gefunden, Niels?«

»Ich habe niemanden gefunden.«

»Der Tag wird kommen. Das weiß ich. Neulich, als du hier aufgetaucht bist … In der Nacht lag ich wach und dachte, dass die Geschichte sich wiederholt. Dass wieder einer der tapfersten Kämpfer hierher nach Ullerup gekommen ist. Mehr als hundertfünfzig Jahre später … Was ist in England passiert? Und wie geht es jetzt weiter?«

Die Sorge in Pastors Blick war zurückgekehrt.

»Ich konnte erledigen, was ich mir vorgenommen hatte, aber es hat sich als Sackgasse erwiesen. Ich muss einen anderen Weg finden, um weiterzukommen.«

»Einen anderen Weg? Hier in Dänemark?« Pastor war vorsichtig mit allzu konkreten Fragen.

»Hoffentlich, ja. Ich muss nach Kopenhagen.«

»Du kannst mein Auto nehmen, ich brauche es normalerweise nicht. Und falls doch, warte ich einfach, bis meine Frau nach Hause kommt, und fahre mit ihrem.«

»Das kann ich nicht annehmen.«

»Doch, es ist wirklich kein Problem.«

»Lass mich wenigstens dafür bezahlen.«

»Nein.«

»Ich habe genug Geld, auch wenn es vielleicht nicht so aussieht«,. murmelte er und lächelte seinen großen hilfsbereiten Freund an.

»Wirst du Fritsen besuchen? Er hat sich sehr gefreut, als er gehört hat, dass du noch lebst. Mehr als das. Er hat geweint ...«

»Diese Sache mit der Una, darüber ist er nie hinweggekommen.«

»Das ist es nicht, Niels. Du bist ihm wichtig. Fährst du zu ihm?«

»Ich würde gern, aber das ist kompliziert.«

Er konnte Pastor ansehen, dass er noch mehr auf dem Herzen hatte.

»Und was ist mit dieser Margrethe Franck? Fritsen sagte, dass sie über deinen angeblichen Tod wohl sehr traurig war. Wie jemand, der einen großen Verlust erlitten hat ...«

Pastor war ein zurückhaltender Mensch. Deutlicher würde er nicht werden.

»Für sie gilt dasselbe wie für Fritsen. Das Risiko ist zu groß. Aber ich verspreche dir – wenn alles gut geht, besuche ich natürlich beide.«

Er war zu dem Entschluss gekommen, dass er Pastor nicht noch mehr zu dem Thema sagen durfte. Doch in Wahrheit musste er Margrethe Franck so schnell wie möglich aufsuchen, ihm blieb gar nichts anderes übrig.

Er hoffte, dass es ihm schon heute Abend gelingen würde, sich ihr vorsichtig zu nähern.

24.

Eine Sache wunderte ihn: In Margrethe Francks Wohnung brannte Licht, aber der schwarz-weiße Mini Cooper war nicht da.

Als er vor einer knappen Stunde angekommen war, hatte er sich zuerst im Hof hinter dem Haus umgesehen. Kein Mini. Kein verdächtiger Transporter. Nirgends eine Menschenseele.

Seitdem saß er in Pastors Wagen, den er ein Stück die Straße hinunter geparkt hatte. Von hier aus hatte er sowohl die Hofeinfahrt als auch die Haustür im Blick.

Er hatte das Gelände äußerst sorgfältig sondiert und nicht das geringste Anzeichen dafür gefunden, dass Franck beschattet wurde. Wenn doch, dann höchstens von einer der gegenüberliegenden Wohnungen aus, und falls es so war, hatte er keine Chance, die Akteure zu Gesicht zu bekommen. Überwachung gab es in vielen Formen. Möglicherweise waren kleine Kameras oder Abhörgeräte bei ihr zu Hause installiert worden.

Unter keinen Umständen konnte er einfach zur Tür spazieren, auf die Klingel drücken und hineingehen. Den ganzen Abend hier zu warten, konnte er sich allerdings auch nicht leisten. Es musste endlich Bewegung in die Sache kommen. Deshalb saß er hier und zerbrach sich den Kopf über seinen nächsten Schritt. Sollte er gegen Mitternacht in den Hinterhof schleichen, eine Scheibe einschlagen und durch einen Lichtschacht ins Haus einbrechen, oder war es besser, eine Kellertür aufzustemmen und die Hintertreppe zu nehmen?

Das mit dem Licht und dem fehlenden Auto passte einfach nicht. Hatte sie vielleicht …?

Der Gedanke riss ab, als eine Gestalt in der Hofeinfahrt auftauchte. Der Statur nach war es eindeutig eine Frau. Sie schob ein Fahrrad. Jetzt blieb sie stehen, beugte sich kurz nach vorn, und dann leuchtete das Rücklicht auf, das sie offenbar gerade eingeschaltet hatte.

Es war verdammt schwierig, aus dieser Entfernung und noch

dazu im Dunkeln irgendetwas zu erkennen, aber die aufrechte Haltung und die Bewegungen kamen ihm bekannt vor. Andererseits hatte die Frau dort drüben eher braune Haare. Margrethe Francks waren gebleicht und blondiert.

Die Frau stieg ohne erkennbare Schwierigkeiten auf und radelte los. Oder war da doch etwas mit ihrem einen Bein? Trat sie mit dem rechten nicht ganz so fest und gleichmäßig? Weil die Prothese störte? Er zögerte. Nein … Die Frau fuhr mit beiden Beinen ganz normal. Trotzdem sagte ihm sein Gefühl, dass sie es sein könnte.

Oxen ließ den Wagen an und folgte der Frau. Er fuhr langsam, aber ihr Vorsprung wurde dennoch schnell kleiner. Als er sah, dass die Ampel auf Rot sprang und die Frau stehen bleiben musste, bremste er ab und fuhr rechts ran. Er wollte auf keinen Fall plötzlich direkt neben ihr an der Kreuzung stehen.

Er rollte langsam vorwärts und verringerte den Abstand, bis er etwa dreißig, vierzig Meter hinter ihr war, als die Ampel wieder grün wurde. Bald würde er sie überholen müssen. Er machte sich bereit und duckte sich ein wenig, damit er sie besser durchs Fenster sehen konnte.

Der erste Eindruck: weiße Turnschuhe, verwaschene Jeans und eine dunkelblaue Jacke. Der zweite: Die Haare waren hellbraun und reichten ihr fast bis zur Schulter. Weiter entfernt von Francks Avantgarde-Frisur konnte ein Haarschnitt nicht sein. Der Gegenwind blies ihr die Strähnen aus dem Gesicht. Der dritte Eindruck: das Gesicht … Jetzt war er genau auf ihrer Höhe. Blasse Wangen und …

Schnell drehte er den Kopf weg.

Sie war es. Das war Franck. Oder zumindest eine Frau, die ihr sehr ähnlich sah. Er bog bei der nächsten Gelegenheit rechts ab und hielt an, drehte sich im Sitz um und spähte durch die Heckscheibe. Da fuhr sie auf dem Fahrradweg vorbei.

Jetzt war er ganz sicher. Fein geschnittene Züge, gerade Nase und ein energischer Mund mit Lippen, die genauso blass waren wie ihre Haut. Oder jedenfalls nicht mehr so markant und rot wie früher.

Er wendete das Auto, fuhr zurück auf die ursprüngliche Straße und folgte ihr weiter in einigem Abstand.

Diese Frau *war* Margrethe Franck vom PET. Wenn auch eine schockierend gewöhnliche Version von ihr. Als hätte man sie mit einem nationalen Standardisierungsprogramm gewaschen, gespült und getrocknet, bis sie aussah wie jede x-beliebige Durchschnittsdänin. Aus der Rebellin war eine graue Maus geworden und der Mini Cooper durch einen alten Drahtesel ersetzt.

Hier musste etwas ganz gewaltig schiefgelaufen sein.

Er blieb ein Stück hinter ihr, fuhr ein paarmal rechts ran, ließ andere Autos zwischen sie und sorgte auf diese Weise dafür, dass sie nicht nebeneinander bei Rot zum Stehen kamen.

Margrethe auf dem Fahrrad – um diese Tageszeit? Wohin wollte sie? Er konnte ja leider nicht einfach das Fenster herunterlassen und »Hallo, Franck, ich bin übrigens doch nicht tot!« rufen, sondern musste ihr folgen und darauf hoffen, dass sich irgendwo eine Möglichkeit ergab, sie diskret anzusprechen.

Er hatte keine Ahnung, wie lange er ihr schon nachfuhr, aber langsam füllten sich die Bürgersteige mit Menschen, und die Straßen wurden enger, da die Zahl parkender Autos stieg. Auch die Straßennamen hier sagten ihm nicht viel, ihm war nur klar, dass sie sich mittlerweile im Zentrum befanden.

Franck war gut fünfzig Meter vor ihm, als sie bremste, am Randstein anhielt und abstieg. Er konnte nichts Auffälliges entdecken, höchstens das große Leuchtschild mit schön geschwungenen Buchstaben drei Häuser weiter. Hotel Copenhagen Blackbird. Das Gebäude sah aus wie ein cremefarbener Palast mit einer von oben bis unten mit Stuck und Gesimsen verzierten Fassade. Der Bürgersteig vor dem Eingang war überdacht, und vor der Tür stand ein Mann in weißer Uniform.

Franck schob ihr Fahrrad in die nächste Hofeinfahrt und war weg. Er stellte den Wagen ab und lief ihr nach.

Er hatte das Gefühl, eine andere Welt zu betreten. Eben noch in einer engen Straße, fand er sich plötzlich auf einem großen offenen Gelände wieder. Vor ihm lagen Parkplätze, Grünflächen mit Bäumen und ein Spielplatz, umgeben von etlichen Stockwerken mit beleuchteten Fenstern.

Er sah gerade noch, wie Francks Rücklicht in einem weiteren Durchgang verschwand, der auf der Rückseite des Häuserblocks in den nächsten Innenhof führte. Da war es wieder, das Namensschild an der Wand, diesmal deutlich kleiner, von einem einfachen Strahler beleuchtet: »*Hotel Copenhagen Blackbird* – Personal – Warenannahme«. Er folgte ihr und versteckte sich in der nächsten Ecke, wo das Licht ihn nicht erreichte.

Hier gab es Parkplätze, und vor der hinteren Mauer stand eine Reihe von Müllcontainern. Ein Teil des Hofs war überdacht, dort waren viele Fahrräder und Mopeds abgestellt, rechts davon befand sich eine Laderampe. Auch Franck hatte eben hier ihr Rad abgeschlossen. Jetzt stand sie vor dem beleuchteten Personaleingang, wo sie entweder gerade einen Schlüssel benutzte oder einen Code eintippte – jedenfalls konnte sie kurz darauf die schwere Tür aufdrücken und ins Haus gehen.

Ein Hotel und Margrethe Franck. Das waren zwei Dinge, die in seinen Augen nicht zusammenpassten. Aber wenn man Zutritt zum Personaleingang hatte, dann vermutlich, weil man zum Personal gehörte. Er beschloss, umzukehren und sich das Hotel zunächst von außen anzuschauen, bevor er hineingehen und ein wenig im Foyer herumschnüffeln würde – vielleicht konnte er sie ja irgendwo sehen.

Es war eine gute Stunde vergangen, als er unverrichteter Dinge in den Hinterhof des Hotels zurückkehrte. Er hatte sich diskret, aber systematisch im Foyer umgesehen, hatte eine Runde um die Rezeption und durch das Restaurant gedreht und war an der Bar gewesen – ohne Ergebnis.

Margrethe Franck war nirgends zu finden. Schließlich hatte er sogar an der Rezeption nach ihr gefragt, aber auch das umsonst.

Er musste etwas übersehen haben, immerhin hatte er mit eigenen Augen beobachtet, wie sie ins Hotel gegangen war. Ihm blieb nichts anderes übrig, als zum Ausgangspunkt zurückzukehren.

Hinter einigen Fenstern zum Hof brannte Licht. Er beschloss, am Ende der Reihe anzufangen. Die ersten drei befanden sich weit oben. Er holte sich eins der Fahrräder, stellte es an der Mauer ab, stieg auf den Gepäckträger und blickte in einen Lagerraum für Bettwäsche. Meterweise Regale mit Deckenbezügen und Leintüchern. Auch das vierte Fenster ein Stück weiter war ziemlich weit oben. Dahinter lag ein Raum mit Putzmitteln. Das nächste Fenster befand sich etwas tiefer. Die Scheibe war aus Milchglas. Vielleicht eine Toilette? Er wandte sich den Kellerfenstern zu.

Die Lichtschächte waren mit Metallgittern abgedeckt. Das erste gab nicht nach, aber das zweite konnte er anheben und ein Stück beiseiteschieben. Er kniete sich hin und steckte den Kopf in den Schacht.

Das Licht da unten war grell, Boden und Wände waren gefliest, und es wimmelte nur so von geschäftigen Menschen. Es war die Spülküche des Hotels. Der Boden glänzte nass. Er schaute genauer hin. Verschiedene Hautfarben und Gesichter, viele Asiaten, aber auch einige Schwarze und … Sein Blick fiel auf eine Frau ziemlich weit hinten. Sie erinnerte tatsächlich an … Der Nacken, die aufrechte Haltung, die blasse Haut. Sie stand mit dem Rücken zu ihm an der Spülstraße. Jetzt drehte sie sich ein wenig zur Seite. Ja!

Margrethe Franck. Ihr Mund war nicht mehr als ein schmaler Strich. Ihre Bewegungen waren schnell, fast fahrig. Das helle Deckenlicht bestätigte, was er schon im Auto vermutet hatte: Ihre Haare sahen vollkommen anders aus. Sowohl die Farbe als auch die Frisur.

Franck – auf einem Fahrrad – in der Spülküche eines Hotels. Das alles ergab keinen Sinn.

Er stand auf und schob das Gitter zurück an seinen Platz. Franck arbeitete nicht mehr für den PET. Das war keine Überlegung, das war eine Feststellung. Sonst würde sie nicht da unten Teller waschen. Es sein denn …? War es vielleicht ein Undercover-Job?

Es gab nur einen Weg, eine Antwort auf diese Frage zu bekommen und sein eigenes Anliegen loszuwerden. Er musste hier warten. Und eigentlich war ein dunkler Hinterhof doch ein angemessener Ort, um von den Toten aufzuerstehen.

Er ging zu den Müllcontainern und fand zwei Pappkartons, die er flach trat und ein paarmal faltete. Genau wie unter der Brücke am Mersey. Einen für den Rücken und einen zum Sitzen. Das würde die Kälte eine Weile fernhalten.

Er setzte sich so, dass der vordere Müllcontainer ihn vor neugierigen Blicken schützte und er trotzdem den Personaleingang und einen Großteil des Fahrradschuppens beobachten konnte. Er zog die Beine an, schlang die Arme um die Knie, legte die Stirn darauf und schloss die Augen. Er schlief nicht ein. Alle Geräusche wurden weiter empfangen und zugeordnet. Er ging auf Stand-by.

Vier Stunden … Die Ziffern auf seiner Uhr leuchteten für einen kurzen Moment auf, als er auf den Knopf drückte. So lang hatte er schon hier gesessen und gewartet, als plötzlich etwas Merkwürdiges passierte. Zwei dunkle Gestalten tauchten im Hinterhof auf.

Die Männer überquerten den Hof, und im Lichtschein, der aus den Fenstern fiel, konnte er sie besser erkennen. Sie waren etwa gleich groß, kompakt gebaut, und ihre Arme standen auf charakteristische Weise von den starren Oberkörpern ab. Eindeutig Bodybuilder von der harten Sorte.

Oxen stand vorsichtig auf, nahm die Pappen weg und zog sich ganz hinter den Container zurück. Die zwei Männer bezogen in der dunkelsten Ecke des Fahrradschuppens ihren Posten. Er hörte sie leise reden, aber verstehen konnte er nichts. Kurz darauf leuchtete die Glut von zwei Zigaretten auf. Und nach einer Weile eine Feuerzeugflamme und wieder zwei Glutpunkte. Diese Männer warteten – nur auf was oder wen?

Nach einer Viertelstunde kamen die ersten Leute aus dem Personaleingang. Gut möglich, dass er einige von ihnen in der Spülküche gesehen hatte, kleine, hagere Männer. Einer von ihnen holte sein Fahrrad, der Rest verschwand zu Fuß.

Dann ging die Tür erneut auf. Sie war es. Margrethe Franck. Ihr blasses Gesicht leuchtete geradezu im Lichtschein, der durch die Tür fiel. Sie wurde von einem kleinen Typen begleitet. Zusammen gingen sie zielstrebig auf den Fahrradschuppen zu. Die beiden Männer sprangen aus dem Dunklen und packten Margrethe.

»*Fuck off, monkey!*«, dröhnte es über den Hinterhof, und Francks Begleiter rannte eingeschüchtert in Richtung Hoftor los.

Margrethe wehrte sich heftig. Sie rief um Hilfe.

»Halt's Maul, du Schlampe!«

Ihr Rufen erstickte, als eine Faust in ihrem Magen landete. Sie sackte zusammen, aber die Männer packten sie an den Armen und schleiften sie in die hinterste Ecke des Hofs, wo die Container standen. Vorsichtig schlich Oxen näher.

Einer der Kerle stand jetzt hinter Franck und hielt ihre Arme fest. Der andere hatte sich vor ihr aufgebaut, als hätte er eine persönliche Rechnung mit ihr zu begleichen.

»Du miese, kleine Hure, jetzt wirst du bezahlen.«

»Du Schwein!«, fauchte Franck und schnappte nach Luft.

»Du hast mein Geld gestohlen! Aber mich bestiehlt man nicht, Bitch! Schon gar nicht eine wie du. Deshalb wirst du mir jetzt alles zurückzahlen. Jede verdammte Krone.«

Der Mann machte einen schnellen Schritt auf Franck zu und wehrte ihren Tritt mit dem Unterarm ab. Er griff nach ihrer Brust und tastete ihre Jacke ab. Dann trat er zurück und hielt triumphierend ein rotes Portemonnaie in die Luft.

»Das hier mache ich leer. Aber zuerst leere ich noch was ganz anderes. Und hinterher ist mein Kumpel hier dran. Du bekommst so viel, dass du uns nie wieder vergessen wirst. Nicht mal nachts, wenn du schläfst …«

Der Mann grunzte und zog den Reißverschluss seiner Hose herunter.

25.

Die Unruhe in seinem durchtrainierten Körper war genauso heftig wie neu für ihn. Er fühlte sich, als wäre eine ganze Armee Waldameisen in seine Blutbahn eingedrungen und hätte ihre Truppen bis in die Fingerspitzen und den allerletzten Zeh geschickt.

Es war eine ungewohnte Situation für Per Eilertsen, den leitenden Staatsanwalt im Bereich Wirtschaftskriminalität.

Er hatte nur eine Stunde geschlafen, dann hatten die Ameisen ihn geweckt. Er hatte sich hin und her gewälzt, in der Hoffnung, irgendwie wieder zur Ruhe zu kommen, aber ohne Erfolg. Mitten in der Nacht hatte er sich dann geschlagen gegeben und war aufgestanden.

Nachdem er ein Glas Milch getrunken hatte, war er barfuß durch das stille Haus gegangen, hatte vorsichtig die Kinderzimmertür einen Spaltbreit aufgeschoben und nach den Mädchen gesehen und war schließlich in das Arbeitszimmer gegangen, das er sich mit seiner Frau teilte.

Jetzt saß er auf dem Lederstuhl mit der hohen Lehne, zog die oberste Schreibtischschublade auf und nahm die Akten zu dem Fall heraus, der für diese nagende Unruhe in erster Linie verantwortlich war: die ganze Affäre rund um den Großunternehmer Kresten Hildmand und dessen Selbstmord, der so viele Stunden an Vorarbeit zunichtegemacht hatte.

Ganz oben lag der Bericht der Rechtsmedizin. Darunter befand sich eine Mappe mit den gesamten Ermittlungsergebnissen der Polizei. Er blätterte den Obduktionsbericht noch einmal durch und hielt nach Schwachstellen Ausschau – oder zumindest nach vagen Anzeichen, die sich zu einem soliden Verdacht entwickeln könnten.

Im Innersten wusste er es schon. Hier gab es nichts zu finden. Das Bild war eindeutig. Kresten Hildmand hatte den Notausgang genommen. Er hatte sich im Wald Mut angetrunken und seinem in so vieler Hinsicht armseligen Luxusleben ein Ende gesetzt.

Der Mann hatte riesige Mengen Alkohol im Blut gehabt und genauso viel Kohlenmonoxid aus dem Auspuffrohr des Wagens eingeatmet. Ein fataler Cocktail.

Die Polizei war ausgesprochen gründlich gewesen und hatte eine lückenlose Ermittlungsarbeit vorgelegt. Am Fundort war buchstäblich jedes Blatt umgedreht worden. Allerdings war Hildmand von einer Gruppe Jogger entdeckt worden, die überall durchgetrampelt waren. Die Kollegen hatten nichts gefunden. Auch nicht in einem deutlich erweiterten Radius.

Es lagen jede Menge Protokolle von Befragungen der Familie und enger Mitarbeiter vor, und die Schilderungen stimmten weitgehend überein. Der bevorstehende Prozess wegen des Verdachts auf Kartellbildung hatte Kresten Hildmand schwer zugesetzt. Das hatte auch seine Ehefrau bestätigt, deren Trauer über den Verlust des Gatten sich spürbar in Grenzen hielt.

»Wie Hund und Katze.« So hatte ihr Sohn das Zusammenleben seiner Eltern umschrieben und angemerkt, dass ihre Ehe wohl vor allem praktischer Natur gewesen sei. Vermutlich hatte keiner der beiden das Bedürfnis verspürt, die Grundlage ihres komfortablen Lebens im fortgeschrittenen Alter zu zerstören.

Nichts Neues, nicht für seine übernächtigten Augen. Der Staatsanwalt lehnte sich zurück und schnalzte nachdenklich mit der Zunge.

Fakt war, dass sie nun nicht mehr in der Lage waren, den enormen Betrug mit all seinen Verstrickungen ans Tageslicht zu bringen. Rund um den Fall hatte sich eine Mauer des Schweigens gebildet. Jegliche Kooperationsbereitschaft war schlagartig erloschen, als Kresten Hildmands Tod publik geworden war. Als potenzieller Kronzeuge war er das Damoklesschwert über den Köpfen aller Beteiligten gewesen. Diese Bedrohung existierte nun nicht mehr.

Er hatte sich bemüht, seine Mitarbeiter nach dem Schock wieder aufzubauen. Sie sollten einfach dranbleiben, dann würde sich schon eine Lösung finden – auch ohne Hildmand. Das war natürlich Unsinn. Aber sie durften sich jetzt nicht unterkriegen lassen. Wenn sie zu schnell aufgaben, würde das ihre ganze Abteilung in ein schlechtes Licht rücken. Es würde so aussehen, als wäre ihre langwierige, umfassende Vorarbeit einfach nicht gründlich genug gewesen, weil sie sich von einer einzigen Person abhängig gemacht hatten. Vielleicht wäre es taktisch klug, etwas Ungewöhnliches zu wagen: beispielsweise, sich direkt an die oberste Dienstherrin zu wenden, an die Justizministerin Helene Kiss Hassing, und sie um ein persönliches Gespräch zu bitten.

Sie hatte den bevorstehenden Prozess als Symbol für die geplante moralische Aufrüstung der Regierung präsentiert, als Beweis dafür, dass sie zum Angriff auf unethisches Handeln blies und der Vetternwirtschaft genauso den Kampf erklärte wie dem allgemeinen Verfall der Sitten und dem geradezu verbrecherischen Verhalten quer durch alle gesellschaftlichen Schichten. Mit Kritik aus ihrer Richtung würde also zweifellos zu rechnen sein, aber wenn er ihr zuvorkam, konnte er ihr vielleicht den Wind aus den Segeln nehmen.

Eine Menge Leute, nicht nur innerhalb der Behörden, sondern auch unter Politikern und Journalisten, hatten sich munter auf Hassings Kosten amüsiert, als sie das Amt übernommen hatte, nachdem ihr Vorgänger bei einem Angelausflug ertrunken war.

Kiss oder Kiss-Kiss, beides mit einem überdeutlichen s-Laut gesprochen, war nur eine von vielen Varianten, durch die der mangelnde Respekt zum Ausdruck gebracht wurde. Ihr Spitzname »*Boobs*« war eine weitere, noch dämlichere.

Er selbst ließ sich nicht täuschen. Und im Übrigen war es unter seiner Würde, sich auf dieses Niveau zu begeben. In Wahrheit war Helene Kiss Hassing eine ausgesprochen intelligente und attraktive Frau. Sie hatte Politikwissenschaften studiert, und allein die Tatsache, dass sie ihr Studium im Gegensatz zu vielen ihrer Kollegen in Christiansborg tatsächlich abgeschlossen hatte, verdiente Anerkennung.

Langsam erkannten auch andere die Qualitäten Hassings. Er erinnerte sich noch gut an die Titelseite des *Ekstra Bladet*, als Hassing ihren Staatssekretär wegen Illoyalität gefeuert hatte.

»Kiss des Todes« hatte in großen Lettern über einem Foto des Staatssekretärs gestanden, und der Layouter der Zeitung hatte sich den Spaß erlaubt, dem Beamten einen großen roten Kussmund auf die Denkerstirn zu drücken.

Kiss Hassing war im Begriff, aus ihrem eigenen, wohlgeformten Schatten zu treten und sich als effektive, geradlinige Politikerin zu etablieren.

Je länger er über die Idee nachdachte, direkt mit ihr in Kontakt zu treten, umso überzeugter war er, dass es ein kluger Schachzug wäre. Außerdem bekam er damit auch gleich die Gelegenheit, sich persönlich ein Bild von ihren intellektuellen Fähigkeiten zu machen.

Der Staatsanwalt stand auf, ging in die Küche und schenkte sich ein Glas Milch ein. Gleich morgen früh würde er alles für ein Treffen mit der Justizministerin in die Wege leiten.

Höchste Zeit, wieder schlafen zu gehen.

26.

Der Mann, der sich vor Margrethe Franck aufgebaut hatte, schien zu überlegen, ob er sie erst mit einem zweiten rechten Haken in die Magengrube unschädlich machen oder gleich vergewaltigen sollte. Er verlagerte das Gewicht auf den linken Fuß und holte mit dem rechten Arm aus. Jeden Moment würde er zuschlagen.

»He! Was ist hier los?«

Niels Oxen trat aus seinem Versteck. Stand entspannt da, ließ beide Arme locker hängen. Sein Tonfall war scharf, aber beherrscht.

Die Männer drehten sofort die Köpfe. Er konnte ihre Gesichter erahnen. Sie waren überrascht, aber viel zu selbstsicher, um erschrocken zu sein.

Der Kerl hinter Franck hielt sie weiter fest wie im Schraubstock. Der andere zögerte erst, aber dann wandte er sich ganz dem Störenfried zu, der ihnen in die Quere gekommen war.

»Verzieh dich, du Idiot! Und zwar schnell!« Der Muskelberg hob drohend eine Faust und machte einen Schritt auf ihn zu. »Hörst du schlecht? Du sollst verschwinden!«

»Niels! Niels? Bist du es?«

Margrethe Francks Ausruf klang ungläubig – und vielleicht auch hoffnungsvoll. Er konnte nicht darauf eingehen.

»Immer hübsch mit der Ruhe«, sagte er und machte sich bereit.

Instinktiv ging er leicht in die Knie, presste die Oberschenkel zusammen, um den Schritt zu schützen, und drehte sich zur Seite, sodass die Angriffsfläche möglichst klein war. Er hob den linken Arm, um einen Schlag parieren zu können, ballte die rechte Hand und drückte sie fest an die Hüfte, den Daumen nach innen, damit er keinen Schaden nahm, wenn er die Attacke beantwortete.

Über die Jahre hatte er viele verschiedene Kampftechniken trainiert. Jetzt hatte er eine abwartende Position aus dem Shotokan Karate eingenommen, dessen Bewegungsabläufe durch tausendfache Wiederholungen wie selbstverständlich in seinem Körper gespeichert waren.

Er achtete genau auf die Körpersprache des Mannes. Eine einzige Provokation würde den Angriff auslösen.

»Ihr geht jetzt besser nach Hause, Mädels«, sagte er. »Sonst wird es hässlich für euch.«

Mit einem Satz stürzte der Kerl sich auf ihn. Er holte mit der Faust aus, aber Oxen wehrte den Schlag mit dem linken Unterarm ab, drehte im Bruchteil einer Sekunde die Hüfte und schlug mit der geballten Rechten heftig zu. Der Treffer landete hart im Solarplexus seines Gegners.

Während der Mann noch mit offenem Mund vor ihm stand und nach Luft schnappte, holte Oxen zum *Mawashi-Geri* aus, einem äußerst wirkungsvollen Halbkreisfußtritt, traf präzise das Kinn des Idioten und schickte ihn zu Boden.

Oxen drehte sich zu dem zweiten Mann um, der Margrethe im selben Moment von sich stieß, sodass sie stürzte und über den Asphalt schlitterte.

»Dann wollen wir doch mal sehen, ob du noch mehr draufhast«, zischte der Mann.

Stahl blitzte auf, als er mit einer schnellen Handbewegung ein ansehnliches Messer aus der Jackentasche zog und ausklappte. Kein echtes Kampfmesser, aber vermutlich scharf wie eine Rasierklinge.

Er machte zwei Schritte auf Oxen zu. Seine Bewegungen waren schwer und ungelenk, aber mit dem Messer war er trotzdem gefährlich.

»Nach hinten!«

Aus dem Augenwinkel hatte er gesehen, dass Franck mühsam auf die Beine gekommen war. Sie verzog sich zur Mauer und hielt sich hinter ihm, wie befohlen.

»Warte nur, du Schlampe, um dich kümmere ich mich später auch noch …«

Langsam kam der Mann näher, unternahm einige wilde Scheinattacken mit dem Messer und drängte ihn damit weiter zurück.

Der Typ war ein echter Schrank und noch breiter als sein Kumpel, der weiterhin zusammengekrümmt auf dem Pflaster lag. Durch die Muskelberge waren seine Bewegungen verhältnismäßig schwerfällig und leicht vorhersehbar. Oxen wusste, dass seine Chance gekommen war, sobald sich der Abstand zwischen ihnen noch ein wenig verringert hatte.

Dann war der Mann nah genug. Perfekt.

Der Typ zielte mit dem Messer auf Oxens Kopf. Seine Attacke verfehlte ihn nur um dreißig, vierzig Zentimeter, direkt gefolgt von einer weiteren. Als die Messerklinge zum zweiten Mal an seinem Gesicht vorbeischnellte, machte Oxen blitzartig einen Schritt auf seinen Gegner zu und packte mit beiden Händen das Handgelenk des Mannes.

Ab jetzt war alles Weitere ohne großes Risiko. Oxen drückte den Arm seines Widersachers mit einem kräftigen Ruck weit nach oben. Der Muskelprotz schrie auf, als die Sehne riss und die Schulter mit einem lauten Knacken aus dem Gelenk sprang. Ohne etwas dagegen tun zu können, flog er durch die Luft und knallte unsanft mit dem Rücken auf den Asphalt.

Zum Schluss versetzte Oxen ihm einen kräftigen Tritt in die Magengrube. Die beiden würden so schnell keinen Ärger mehr machen.

»Ist bei dir alles okay?«

Er drehte sich zu Margrethe Franck.

Der große schlanke Mann stand seelenruhig vor ihr. Ein schwacher Lichtschein fiel durch die Fenster auf sein Gesicht. Er war es wirklich. Niels Oxen. Oder?

Sie musterte ihn von oben bis unten. Kein Zweifel. Dieser Mann *war* Niels. Von den Toten auferstanden. War das überhaupt möglich? Und dann ausgerechnet hier …

Sie nickte und schüttelte den Kopf zugleich. Sie kapierte gar nichts mehr.

»Mir geht es gut … Aber Niels … verdammt … Ich verstehe … das nicht.«

Die Worte sträubten sich. Ihre Stimme fühlte sich zäh und belegt an. Verwirrt nahm sie einen neuen Anlauf.

»Ich dachte, du wärst … Alle dachten, du wärst …«

»Nein. Bin ich nicht. Noch nicht. Wer sind diese Idioten?«

»Was machst du … hier? Und woher …?«

»Ich bin dir gefolgt, als du mit dem Fahrrad hergefahren bist. Ich habe hier im Hof gesessen und auf dich gewartet. Wer sind die zwei?«

Niels Oxen wiederholte seine Frage und nickte zu den Männern, die sich immer noch auf dem Boden wanden. Margrethe hatte keine Ahnung, wo sie anfangen und wo sie aufhören sollte. Aber in Anbetracht der Tatsache, dass sie gerade das Unmögliche erlebt hatte – die Wiederauferstehung des hochdekorierten Kriegsveteranen –, waren die beiden ihr ziemlich egal.

Sie zuckte mit den Schultern.

»Der da drüben ist der Chef einer Putzfirma, für die ich kurzzeitig gearbeitet habe. Als wir an einem Abend zusammen Schicht hatten, ist er zudringlich geworden. Ist noch gar nicht lange her. Ich habe ihn mit einer Kopfnuss k. o. geschlagen, hab mir meinen Lohn genommen und bin gegangen. Das hat ihn wohl geärgert, den Wichser … Den anderen kenne ich nicht. Irgendein Kumpel vermutlich.«

Der Schrank, der Niels Oxen mit dem Messer angegriffen hatte, war auf die Beine gekommen und schleppte sich stöhnend zur Hofeinfahrt, sein Arm hing schlaff nach unten.

»Lass ihn gehen. Ich schätze, der wird dich in Zukunft in Frieden lassen.«

Margrethe nickte. Langsam ging sie auf das Phantom zu. Erst einen Schritt, dann noch einen. Jetzt stand sie ganz dicht vor ihm.

Das alles war so unwirklich. Nicht nur, dass er da war. Er hatte sich genau in dem Moment materialisiert, als sie ihn am dringendsten brauchte. Die beiden Männer hätten ihren Plan garantiert in die Tat umgesetzt, gnadenlos und brutal … Der Gedanke, haarscharf einer Vergewaltigung entgangen zu sein, durchfuhr sie wie ein eisiger Schauer.

Sie machte den letzten Schritt und umarmte ihn. Drückte ihn. Hielt ihn fest. Und merkte, wie er für einen kurzen Moment erstarrte, bis er schließlich einen Arm um sie legte und ihr ein paarmal leicht auf den Rücken klopfte.

»Hallo«, sagte sie und ließ ihn los.

»Hallo.«

»Und danke …«

Niels Oxen lächelte sein schiefes Lächeln.

»Ach was, das war keine große Sache.«

»Doch, das war es. Und in letzter Sekunde. Ohne dich wäre es übel für mich ausgegangen. Ziemlich übel. Danke.«

Sie streichelte leicht seinen Arm. Vielleicht vor allem, um ganz sicherzugehen, dass er wirklich kein Gespenst war und sie vom vielen Tellerspülen inzwischen nicht doch den Verstand verloren hatte.

»Du hast gesagt, du hättest gewartet. Auf mich. Hier? Warum, Niels?«

»Ich wusste nicht, ob sie dich überwachen. Deshalb bin ich dir heimlich gefolgt. Ich brauche deine Hilfe.«

Ihr ehemaliger Chef kämpfte sich auf alle viere hoch. Sie nahm Anlauf und trat ihm mit aller Kraft in die Magengegend, sodass er sofort wieder zusammenklappte. Sie beugte sich über ihn und packte seinen Jackenkragen.

»Hör mir gut zu, du Dreckskerl! Ein zweites Mal kommst du nicht so billig davon, also lass dich nie wieder in meiner Nähe blicken. Hast du das verstanden?«

Er stöhnte.

»Ob du mich verstanden hast?«

»Ja, ist angekommen …«

»Dann beweg deinen Arsch und verschwinde.«

Er kam auf die Füße und stolperte zusammengekrümmt über den Hinterhof zur Einfahrt.

Margrethe drehte sich zu Niels Oxen.

»Du brauchst Hilfe, hast du gesagt … Von mir? Du kannst das natürlich nicht wissen, aber es hat sich eine Menge geändert. *Alles* hat sich geändert. Ich bin nicht mehr beim PET. Genau genommen bin ich nirgendwo. Ich versuche, mich mit kleinen Jobs über Wasser zu halten. Heute habe ich als Kassiererin bei Netto angefangen, und seit ein paar Wochen arbeite ich hier in der Spülküche. Hilfe? Wobei, Niels?«

27.

Margrethe Franck hatte fast die ganze Zeit schweigend zugehört, während er ihr schilderte, wie er es geschafft hatte, tot und lebendig zugleich zu sein. Sie saß mit angezogenen Beinen auf einem Wäschetrockner.

Sie befanden sich im Waschkeller ihres Wohnhauses in Østerbro. Das war ihre Antwort auf die Frage gewesen, wo sie ungestört reden konnten. Der Keller war groß und hatte einen nackten Betonboden. Drei Leuchtstoffröhren warfen ihr kaltes Licht über eine Reihe Waschmaschinen an der einen und eine Reihe Trockner an der anderen Wand.

Er selbst saß auf einem Tisch, der eigentlich dazu gedacht war, dass man darauf Wäsche zusammenlegte. Er sprach mit gedämpfter Stimme, es war mitten in der Nacht und im ganzen Haus herrschte Stille.

»Du hast also *doch* neun Leben …«

»Ich fürchte, bald habe ich alle aufgebraucht. Und du? Putzen, Netto und Spülküche? Und alles mit dem Fahrrad?«

Franck lächelte und seufzte tief.

»Der Mini ist weg. Draußen im Hof steht jetzt ein kaputter alter Suzuki. Das Fahrrad habe ich mir gerade erst auf dem Flohmarkt gekauft. So sieht mein Leben momentan aus.«

»Danehof?«

Sie nickte.

»Als Villum Grund-Löwenberg Christian Sonne und mich in dieser Nacht in Gram laufen ließ, hat er gesagt, dass wir dafür bezahlen würden und dass er uns vernichten würde. Tja, das war keine leere Drohung.«

»Und Sonne?«

Sie zuckte mit den Schultern. Ihr Polizeikollege aus Aarhus war mit in den Strudel hineingezogen worden, weil er seine Freizeit geopfert hatte, um seinem Onkel Axel Mossman zu helfen.

»Mossman konnte nichts für ihn tun. Sonne wurde gefeuert. Ich habe ihn nur ein einziges Mal angerufen. Und mir wurde vom PET auch gekündigt ...«

»Mit welcher Begründung?« Oxen sah sie mit hochgezogenen Augenbrauen an.

»Weil ich Informationen zurückgehalten und mit einem landesweit gesuchten Mordverdächtigen zusammengearbeitet habe – mit dir. Tatsächlich hatte ich sehr schnell wieder einen interessanten neuen Job mit supergutem Gehalt. In einer international tätigen Firma für Sicherheitsconsulting. Gebäudeschutz, Räumungen, Geiselnahmen, Analysen und solche Sachen. Drei Monate Probezeit. Aber nach einem Monat haben sie mir gekündigt. ›Konjunkturbedingte Anpassung der Personalstärke‹. Blödsinn. Da hat jemand ein paar Fäden gezogen.«

»Dann stehst du seit Gram unter Beobachtung?«

»Ich habe sie nie dabei ertappt, nie jemanden bemerkt.«

»Wirst du abgehört?«

»Ich habe die Wohnung mehrfach mit dem Bugsweeper abgesucht. Nichts.«

»Sie werden dich wohl kaum rund um die Uhr überwachen, das wäre viel zu aufwendig und teuer, sogar für den Danehof.«

»Ich nehme an, dass sie in regelmäßigen Abständen eine Überprüfung vornehmen. Dasselbe ist nämlich wieder passiert, nachdem ich einen Schreibtischjob bei einem dänischen Sicherheitsdienst angenommen hatte. Da hieß es allerdings ›Probleme mit der Zusammenarbeit‹. Drei Wochen, dann war Schluss. Genauso lief es auch bei meinem dritten Job als Teamleiterin bei einer kleinen Wachfirma. Da war ich ganze zwei Wochen. Offenbar darf ich nur die ganz einfachen Normalo-Jobs behalten. Ich muss mich ziemlich abstrampeln, um meine Brötchen zu verdienen. Aber durch das Bein sind meine Möglichkeiten begrenzt … Ich habe meine Wohnung gekauft, als die Immobilienpreise so hoch waren wie nie, und der Mini war auch teuer. Ich hatte den besten Job der Welt beim PET. Ich wäre nie auf die Idee gekommen, dass ich mal so tief sinken könnte …«

Franck hob frustriert die Hände und schüttelte den Kopf.

Für einen Moment schwiegen sie. Musterten sich unauffällig und suchten nach Spuren, die das Erlebte beim anderen hinterlassen hatte. Margrethe Francks Äußeres spiegelte ihren Abstieg mehr als deutlich wider.

Die rebellische, punkige Frisur, der Lippenstift und die zurückhaltende Coolness unter der schwarzen Lederjacke waren nur noch eine Fata Morgana seiner Erinnerung.

Unvorstellbar, dass diese Frau mit den halblangen, straßenköterblonden Haaren, die in Windjacke und Leinenhose hier vor ihm auf dem Wäschetrockner saß, einmal eine Silberschlange am Ohr getragen haben sollte. Doch er hatte es mit eigenen Augen gesehen.

Sie hatte eine krasse Veränderung durchgemacht. Gnadenlos offenbarte das weiße Licht der Leuchtstoffröhren die dunklen Ringe unter ihren verquollenen, müden Augen.

»Es tut mir leid, Franck. Das ist alles meine Schuld, ich habe dich da reingezogen. Ich hoffe, sie geben eines Tages auf und lassen dich in Ruhe.«

Franck rieb sich das Gesicht und lachte dann.

»Warum zur Hölle musstest du dich auch unbedingt im Rold Skov herumtreiben?«

»Wie sieht deine Zukunft aus? Wie soll es für dich weitergehen, hast du Pläne?«

»Zukunft? Ich habe keine Zukunft. Mein Leben, meine Chancen … Manchmal stelle ich mir vor, dass das Leben eine Flamme ist, weißt du, was ich meine? Wenn sie ausgeht, stirbt man. Fertig. Und das ist in Ordnung. Aber meine Flamme ist nicht ausgegangen. Sie ist eingefroren. Ich bin eine lebende Tote. So kommt es mir vor. Ich habe mit dem Gedanken gespielt wegzugehen. Ins Ausland. Auszuwandern. Irgendwo neu anzufangen. Kannst du das verstehen?«

Er nickte langsam. Vielleicht sollte er sein Anliegen einfach für sich behalten. Er hatte die Situation unterschätzt, in die ihr Versuch, den Danehof herauszufordern, Margrethe gebracht hatte. Er hatte sich vorgestellt, sie als Mittelsfrau einzusetzen, ihre Kontakte zu nutzen. Aber die Franck, die ihm jetzt gegenübersaß, war nicht länger die rechte Hand des Geheimdienstchefs. Sie war …

»Und wobei sollte ich dir helfen?«

Er traf einen Entschluss. Er zog die beiden Fotos, die er in einem Fotogeschäft in Sønderborg hatte ausdrucken lassen, aus der Innentasche seiner Jacke und gab sie ihr.

»Wer ist das?«, fragte sie nach einem kurzen Blick auf die Bilder.

»Das ist der Mann, der dafür gesorgt hat, dass der Justizminister gestorben ist. Derselbe Mann, der auch hinter den Anstrengungen steckt, mich zu töten. Der Mann, dem es gelungen ist, mir den Mord an Johannes Fisch anzuhängen, und der dafür verantwortlich ist, dass sie dich und Sonne in Gram geschnappt haben. Er ist ein professioneller Söldner und ehemaliges Mitglied der SAS-Truppe. Er nennt sich John Smith. Ich weiß nichts über ihn, aber ich muss ihn finden. Ich muss meine Unschuld beweisen.«

»Du wirst wohl kaum an ihn rankommen, ohne dabei den Danehof zu alarmieren. Und wenn du deine Unschuld beweisen willst, bleibt dir nichts anderes übrig, als dich zu erkennen zu geben. Aber sobald du das tust, bist du tot …«

»Ich werde versuchen, mich so gut es geht abzusichern. Einen anderen Weg gibt es nicht.«

Franck schaute skeptisch; auf ihrer Stirn hatten sich tiefe Falten gebildet.

»Aus der Nummer kommst du nicht lebend raus, Niels. Lass es bleiben.«

»Du hast es eben selbst gesagt: Die Flamme ist eingefroren. Ich lebe, aber ich habe kein Leben mehr. Ich kann Magnus nicht sehen. Sobald ich auf der Bildfläche erscheine, werden sie die Jagd eröffnen. Ich habe keine andere Wahl.«

»Ich kann dir nicht helfen. Schau mich an. Herrgott, ich spüle Teller im *fucking* Copenhagen Blackbird.«

Sie schwiegen eine Weile, dann hob Margrethe den Kopf.

»Wie bist du überhaupt so weit gekommen? Ich meine … die Fotos?«, fragte sie.

»In der Nacht in Gram habe ich einem Typen aus Smiths Team das Handy abgenommen und alle Daten an Fritsen geschickt.«

»Was ist mit dem Besitzer des Handys? Vielleicht bringt der dich weiter?«

»Er ist tot.«

Franck zog die Augenbrauen hoch.

»Nein, ich war es nicht. Er hat mich angegriffen, als ich gerade sein Haus verlassen wollte, und ist dabei die Treppe hinuntergefallen. Er hat sich das Genick gebrochen.«

»Hmm … Weiß Fritsen, dass du am Leben bist?«

»Ja, inzwischen schon. Ich hatte jemanden gebeten, einen USB-

Stick mit Informationen bei ihm abzuholen. Ich kann ja nicht in seine Nähe. Womöglich wird er überwacht.«

»Ich habe ihn in seiner Werkstatt besucht. Die ganze Sache mit dir hat ihm schwer zu schaffen gemacht …«

Oxen begnügte sich mit einem Nicken.

»Dann weißt du auch, dass deine Mutter gestorben ist?«

»Ja.«

»Mein Beileid.«

»Du kennst die … Situation … Wir standen uns nie besonders nahe.«

»Und die Orden? Hat Fritsen sie noch?«

»Ja.«

»Das ist ein komischer Gedanke. Es ist noch nicht lange her, da saß ich bei ihm, und wir haben uns darüber unterhalten, wann und wie Magnus die Orden bekommen soll. Und ich habe immer noch deinen Rucksack mit dem Geld und dem Foto von Magnus.«

»Behalt das Geld. Es gehört dir. Betrachte es als eine Art Entschädigung.«

»Kommt nicht infrage! Ich will keine Entschädigung.«

»So war es nicht gemeint, aber ich habe genug Geld. Ich brauche es nicht, also …«

»Danke, nein.«

»Das Foto von Magnus, das würde ich gern mitnehmen.«

»Natürlich. Aber die Identifikation dieses Söldners über ein einziges Foto … Das, was du von mir verlangst … das kann ich nicht mehr … Für so was braucht man verdammt gute Verbindungen nach England. Ich bin in Søborg nicht mehr erwünscht. Wenn man von einer Karriere beim PET träumt, sollte man sich besser nicht mit mir blicken lassen.«

»Schon klar. Ich wusste nur bis eben nicht, dass das alles dermaßen schiefgelaufen ist.«

Er schwieg. Er hatte versucht, sich verschiedene Szenarien vorzustellen. In Wirklichkeit führten nur zwei Brücken über den

Fluss. Und die eine war gerade abgebrannt. Margrethe Franck war ein gefallener Engel auf dem Wäschetrockner. Wie weit konnte er gehen? Zögernd nahm er einen neuen Anlauf.

»Was wäre, wenn …? Ich dachte … Könntest du eventuell einen Kontakt zu Mossman herstellen? Das Geld im Rucksack wäre eine Art Bezahlung dafür.«

»Mossman? Oh, das habe ich ja noch gar nicht erzählt. Axel Mossman ist genauso Persona non grata wie ich. Und kapier es endlich: Ich will dein Geld nicht.«

»Persona non grata? Wieso?«

»Er ist nicht mehr der Chef. Sie haben ihn rausgeworfen – am selben Tag wie mich. Also, offiziell hat er natürlich selbst sein Abschiedsgesuch eingereicht, aus gesundheitlichen Gründen. Die Justizministerin hat seine Entscheidung selbstverständlich *sehr* bedauert.«

»Das darf doch nicht wahr sein! Hast du seitdem irgendwas von ihm gehört oder ihn gesehen?«

»Nein, weder noch. Mossman ist nicht der Typ, bei dem man spontan reinschneit. Aber ich habe oft an ihn gedacht.«

»Wir sind nicht gerade die besten Freunde, er und ich, aber er ist meine einzige Chance. Glaubst du …?«

»Vielleicht. Wenn jemand so enge, persönliche Beziehungen nach ganz oben hat, dass er nur mit einem Foto wedeln muss, dann Big Mossman. Aber ob er dazu bereit ist? Keine Ahnung.«

Franck zuckte mit den Schultern. Sie schien intensiv nachzudenken.

»Eigentlich«, sagte sie schließlich zögernd, »habe ich selbst auch schon überlegt, ob er mir helfen könnte, einen Job im Ausland zu finden. Ich würde dich gern zu ihm begleiten. Dann bitten wir ihn am besten gemeinsam um eine Audienz. Es ist schwer, sich an den Gedanken zu gewöhnen, dass er ein einfacher Rentner ist.«

»Lass es uns versuchen.«

»Den Rest musst du dann allein schaffen. Mein Bedarf ist gedeckt. Nie wieder Danehof …«

Der gefallene Engel legte das Kinn auf die Knie.

28.

Ein Spaziergänger, der die milde Frühlingsluft genießen wollte, oder einer, der den Botanischen Garten nur als schnelle Abkürzung nutzte, hätte das Paar auf der Bank wahrscheinlich gar nicht beachtet.

Kaum jemand hätte die Frau erkannt, die sich hinter einer großen dunklen Sonnenbrille versteckte und die langen blonden Haare ausnahmsweise offen wallen ließ, so gut es unter dem karierten Burberry-Hut eben ging.

Es war Dänemarks Justizministerin, Helene Kiss Hassing, die dem Mann neben sich eine gute halbe Stunde ihres vollgepackten Nachmittags eingeräumt hatte, obwohl diese eigentlich für einige dringende private Angelegenheiten reserviert gewesen war.

Der Mann dagegen hatte es nicht nötig, sich zu tarnen. Auch wenn Staatsanwalt Per Eilertsen, zuständig für Korruption und Wirtschaftskriminalität, eine einflussreiche Persönlichkeit in den höchsten juristischen Kreisen war – sein gepflegtes Gesicht war dem Durchschnittsbürger vollkommen unbekannt.

Er hatte seine Wildlederjacke ausgezogen, saß in einem hellblauen Hemd mit gelockerter Krawatte da und genoss die Sonne. Sein entspanntes Auftreten ließ darauf schließen, dass das informelle Treffen sich dem Ende näherte. Zuvor hatte der Staatsanwalt noch ganz vorn auf der Kante der Bank gesessen und heftig gestikuliert, um den Ernst und die Komplexität seines Anliegens zu unterstreichen.

Er lächelte schief, sagte irgendetwas und zuckte mit den Schultern. Die Justizministerin lachte und schüttelte leicht den Kopf über seine Bemerkung. Das Paar blieb noch ein paar Minuten sitzen und plauderte offenbar ganz freundschaftlich, dann warf die Ministerin einen Blick auf ihre Armbanduhr und stand auf. Die beiden verabschiedeten sich mit einem Händedruck, und die Justizministerin wirbelte eilig davon, während sich der Oberstaatsanwalt wieder zurücklehnte und die Augen schloss.

Ein gutes Gespräch, ja wirklich, ein richtig gutes Gespräch. Und ein ausgezeichneter erster Eindruck von dieser Frau, über die jeder so schnell eine Meinung hatte.

Er blinzelte in die Sonne und sah gerade noch den Rücken der Ministerin, die den Kiesweg hinuntergeeilt war und im nächsten Augenblick hinter einem großen, immergrünen Busch verschwand.

Seine Bitte um ein Gespräch auf neutralem Boden war ebenso ungewöhnlich gewesen wie die sofortige Zusage der Ministerin. Helene Kiss Hassing war ein direkter Mensch. Sie hatten sich kaum begrüßt, als sie schon nach dem Grund ihres Treffens fragte.

Er hatte ihr die Situation kurz geschildert: dass sie mit der Kartellsache ins Schleudern geraten waren. Und ihr auch erklärt, warum. Die Ministerin hatte ihn mit ihrem umfangreichen Detailwissen überrascht und mit ihrer Unzufriedenheit nicht hinterm Berg gehalten. Aber sie hatte vor allem zugehört, mitgedacht und während ihrer Unterhaltung auf der Bank messerscharf ihre Schlüsse gezogen.

Und nachdem er ihr aufgelistet hatte, welche vielversprechenden Fälle sie außerdem noch bearbeiteten, war seine oberste Dienstherrin wieder besänftigt gewesen. Zum Abschluss ihres Gesprächs hatten sie sich noch ein paar Minuten über private Dinge unterhalten, unter anderem über ihre Kinder. Er spürte, dass sie beide auf einer Wellenlänge waren, auch wenn die Grundlage für diese Annahme natürlich noch ziemlich dünn war.

Nur die wenigsten kamen ohne ein gutes Netzwerk im Leben voran. Aber Netzwerke waren *eine* Sache – enge, persönliche Beziehungen eine ganz andere. Die waren Gold wert.

Sein Gefühl sagte ihm, dass Helene Kiss Hassing in dieser oft turbulenten Welt der Politik eine stabile und starke Verbündete wäre, wenn es ihm gelänge, ihr Vertrauen zu gewinnen.

Jetzt hieß es, nach vorn zu schauen, gegen alle Widerstände einen letzten, energischen Versuch zu unternehmen, den Kartellprozess doch noch voranzubringen, ohne dabei die anderen Fälle auf seinem Schreibtisch aus dem Auge zu verlieren.

Zu gegebener Zeit, wenn es ihm passend erschien, würde er seine heutige, so erfolgreiche Strategie wiederholen und sich wieder direkt an die Ministerin wenden.

29.

Der Hund tauchte lange vor seinem Besitzer aus der Dunkelheit auf. Als er im Lichtschein der Straßenlaterne angekommen war, hatte er sich von einem schwarzen, undefinierbaren Etwas in einen aufgeregt schnüffelnden Golden Retriever verwandelt.

Der Hund war angeleint, aber die Leine war so lang, dass sie irgendwo hinter den Büschen im Dunkeln verschwand, wo sich folgerichtig also auch der Hundebesitzer befinden musste.

Oxen warf einen Blick auf seine Uhr. Es war 22:35 Uhr. Sie warteten seit einer knappen halben Stunde.

Sie hatten an dem großen Einfamilienhaus in der Nähe der Lange-Müllers-Allé geklingelt. Es stand in einer Sackgasse am Rand der Felder. Die Ehefrau hatte ihnen geöffnet und ihnen beschrieben, wo sie ihren Mann am besten abpassen konnten. Nämlich an dem Weg, der zwischen Wald und Golfplatz in Richtung Kokkedal Slot führte. Das Schloss hob sich strahlend weiß gegen den Nachthimmel ab, und in seinen zahlreichen Fenstern brannte Licht, als wäre es einem Märchen entsprungen und behutsam auf dem Fairway abgestellt worden.

Die Frau hatte ihnen erzählt, dass es rund um das Schloss ein ganzes Netz von Spazierwegen gebe, und war sich ziemlich sicher gewesen, dass er die rot markierte Route genommen habe.

Sie hatte recht gehabt. Zum Glück. Das war der richtige Hund, und das dazugehörige Herrchen würde jeden Moment auftauchen.

»Da kommt er, Niels …«

Noch während Margrethe Franck ihm den Ellenbogen in die Seite stieß, stutzte er. Irgendetwas stimmte nicht. Irgendetwas war anders, als er erwartet hatte.

Der Mann mit der Hundeleine war jetzt immer deutlicher zu erkennen. Aber er bewegte sich viel schneller, und seine Schritte wirkten viel energischer als früher. Auch seine Statur kam ihm schmächtiger vor, als er sie in Erinnerung hatte.

Dann erreichte der Mann das Licht der Straßenlaterne. Er hatte sich wirklich markant verändert. Sein Gang war lange nicht mehr so plump und rollend wie der eines Seemanns. Seine ganze Erscheinung wirkte überraschend geschmeidig. Aber – er war es.

Es war Axel Mossman, der jahrzehntelange Herrscher über den PET. Big Mossman, wenn auch längst nicht mehr so *big* wie noch vor einem Jahr.

Sie kamen aus ihrer Deckung zwischen den Bäumen und traten auf den Weg. Mossman blieb überrumpelt stehen. Der Hund sprang neugierig um sie herum.

»Was zur Hölle soll …?«

Mossmans Stimme polterte mit alter Stärke los, aber weiter kam er nicht. Wie angewurzelt stand er da und starrte sie an.

»Ja, aber, seid ihr …?«

Seine Stimme drosselte sich um etliche Dezibel.

»Ja, sind wir«, antwortete Franck. »Guten Abend, Mossman.«

»Margrethe … und … aber … Oxen, *oh my God* … Sind Sie nicht …? Ich meine … Sie sind doch … tot!«

Selten hatte Mossman so viel Unzusammenhängendes von sich gegeben. Selten hatte er so überrascht ausgesehen, der Mann, für den der Umgang mit dem Unerwarteten und Trügerischen ein halbes Leben lang Alltag gewesen war.

»Tot? Na ja …«

Oxen näherte sich und reichte Axel Mossman die Hand, während ihm der Gedanke durch den Kopf schoss, ob es ein Verrat an Mr White war, seinem Mörder gegenüber Höflichkeit zu zeigen. Franck folgte seinem Beispiel.

»*Well* … Damit hatten wir sicher nicht gerechnet, als wir zu unserer Abendrunde losgegangen sind, was, Bonnie?«

Mossman strahlte geradezu und drückte ihnen abwechselnd die Hand.

»Wie komme ich zu diesem ehrwürdigen Besuch mitten in der Nacht? Und – wenn ich so frei sein darf – wie kommt es, dass Sie noch unter den Lebenden weilen, mein lieber Soldat?«

Oxen musterte Big Mossmans Gesicht. Auch wenn er deutlich abgenommen hatte, war er immer noch groß und erinnerte nach wie vor an einen Bluthund. Vielleicht sogar noch mehr als früher, weil seine Haut jetzt faltiger war. Jedenfalls war Mossman ein Bluthund, der sich offenbar aufrichtig freute, sie beide zu sehen.

Oxen gab dem ehemaligen PET-Chef eine kurze Zusammenfassung des Schiffbruchs und seiner Rettung und wie es dazu gekommen war, dass er den Gedanken an Haparanda und die ewige Flucht verworfen hatte.

»Eine bemerkenswerte Geschichte, Oxen, die tatsächlich ganz hervorragend zu einem bemerkenswerten Menschen wie Ihnen passt.«

War das nicht der Zeitpunkt, an dem Margrethe Franck gemäß ihrer Absprache übernehmen wollte? Sie blieb still. Aber gerade als er ansetzen wollte, Mossman sein Anliegen vorzutragen, unterbrach sie ihn doch.

Niels Oxen hatte gezögert. Nicht nur, als er Mossman die Hand gegeben hatte, sondern auch jetzt, als er zum Punkt kommen wollte.

Sie kannte ihn mittlerweile wirklich gut. Sie wusste, wie zerrissen der Veteran innerlich war. Einerseits wegen Mossmans Verbrechen an seinem Hund, aber auch, weil Oxen bei jeder Bewegung und jedem Wort, das aus Mossmans Mund kam, auf der Hut war.

Das Ganze konnte innerhalb von Sekundenbruchteilen kippen und in einer Auseinandersetzung enden. Die wollte jetzt keiner. Hier war Diplomatie gefragt. Das war ihr Part.

»Wir sind gekommen, um Sie um Hilfe zu bitten, Mossman. Wir wussten nicht, ob Sie überwacht werden, deshalb die späte Uhrzeit. Ihre Frau hat mich wiedererkannt und uns gesagt, dass Sie auf Ihrer üblichen Abendrunde sind und wo wir Sie am ehesten finden würden. Unser Auto parkt oben am Schloss.«

»Ich werde nicht überwacht. Das habe ich immer wieder kontrolliert. Aber was gibt es bei mir schon zu überwachen? Nichts … Sie wollen Hilfe, sagen Sie, Margrethe? *Well,* ob ich überhaupt noch in der Lage bin, irgendjemandem bei irgendetwas zu helfen, ist äußerst fraglich.«

Was war das? Ein Anflug von Melancholie? Verbitterung? Und ein Ausdruck von Bedauern im Blick? Oder überinterpretierte sie gerade?

Mossman hatte wahnsinnig abgenommen. Sie hatte ihn noch nie in einer solchen Verfassung gesehen. Seine Kleider waren zu groß. Seine Haut war zu groß. Er wog mindestens dreißig, vierzig Kilo weniger. Krankheit. Anders konnte sie es sich nicht erklären. Big Mossman war krank.

Und jetzt war es Oxen, der sich einmischte, gerade als ihr alle möglichen Gedanken im Kopf herumschwirrten. Warum sie als Erstes an Krebs gedacht hatte, konnte sie nicht genau sagen. Das war es wohl, wenn jemand so plötzlich abmagerte.

»Ich brauche jemanden, der mir hilft, einen Mann in England zu identifizieren. Ich habe nur ein paar Bilder von ihm, aber keinen Namen. Es geht um den Mann, den der Danehof angeheuert hat, um mich auszuschalten. Er ist ein ehemaliger Soldat des SAS.«

»Und wenn Sie ihn finden, was dann?«

Sie glaubte, eine Veränderung in Mossmans Blick wahrzunehmen. Aber vielleicht sah sie momentan auch nur überall Gespenster. Welche Art von Krebs mochte es sein?

»Dann bringe ich ihn dazu, mir zu sagen, wer den alten Fischzüchter umgebracht hat«, antwortete Oxen. »Ein inzwischen verstorbener Zeuge – ein Söldner, der ebenfalls an der Mission beteiligt war – hat mir erzählt, dass es ein Däne war. Ich will meine Unschuld beweisen. Das ist alles.«

Mossman kraulte seinen Hund hinter den Ohren und dachte nach. Sein Gesicht war nur zur Hälfte im Licht, die andere Hälfte lag im Schatten. Und plötzlich war er wieder der Alte. Der Teufel, der im Begriff war, Ränke zu schmieden. Es war bestimmt Krebs. Auf jeden Fall irgendetwas im Magen-Darm-Trakt.

»Erstens: Den Mann zu finden wird schwer sein. Es gibt eine Menge Briten in dieser Branche. Zweitens: Ihn zum Reden zu bringen wird ebenfalls schwer sein – keiner von denen packt freiwillig aus. Drittens: Sobald Sie ihn am Kragen haben, stehen Sie selbst im Scheinwerferlicht. Und dann geht die Jagd von vorn los.«

Axel Mossman machte eine kurze Kunstpause, als wollte er die Botschaft unterstreichen. Dann fuhr er fort.

»*Well*, das sieht aus wie ein *looser's game* … Ein Mann von Ihrem Kaliber, Oxen, sollte wissen, dass dieser Weg aussichtslos ist.«

Der ehemalige Jägersoldat zuckte mit den Schultern.

»Einen anderen gibt es nicht.«

Margrethe schaute von einem zum anderen.

»Aber Axel …«, sagte sie dann. Seinen Vornamen zu benutzen kam einem Kniefall gleich. »Können Sie es nicht wenigstens versuchen? Niemand sonst hat so gute Kontakte nach England wie Sie … Sie könnten die Bilder den richtigen Leuten zeigen. Ihnen würde jeder äußerste Diskretion zusichern.«

Mossman drehte sich zu ihr. Jetzt, wo sein Gesicht in Licht getaucht war, sah er wieder eher traurig als diabolisch aus.

»Sie bitten mich, dafür zu sorgen, dass Ihr Freund hier umgebracht wird?«, fragte er seufzend.

»Ich kenne die Risiken«, warf Oxen ein. »Ich bin mit allem einverstanden.«

Axel Mossman schüttelte sacht den Kopf und seufzte noch einmal tief.

»Also gut. Ich schulde Ihnen etwas, Oxen. Aber nur unter einer Bedingung!«

Sie sahen ihn aufmerksam an.

»Sollte ich auch nur den leisesten Eindruck bekommen, dass die Sache in die falsche Richtung läuft oder dass Sie hinter meinem Rücken andere Ziele verfolgen … dann ziehe ich meine Zusage zurück und lasse die ganze Angelegenheit fallen. Kommentarlos. Die Bilder?«

Oxen zog die Fotos aus der Jackentasche und reichte sie ihm.

»Einverstanden. Danke. Das hier ist der Typ. Und hier ist ein USB-Stick mit verschiedenen Videos. Ich glaube, er ist auf einigen zu sehen, aber ganz sicher bin ich mir nicht. Keine Ahnung, ob die Filme überhaupt nützlich sind.«

Oxen klang sehr beherrscht. Wenn er sich über Mossmans ausgestreckte Hand freute, ließ er es sich jedenfalls nicht anmerken.

Er warf einen schnellen Blick auf die Bilder, die Oxen ihm gegeben hatte, und steckte sie dann in seine Manteltasche. Das Gesicht sagte ihm erwartungsgemäß gar nichts. Sobald er bei seinen alten Kollegen und Freunden in London an die Tür klopfte, würde ein gefährliches Spiel beginnen.

»Glauben Sie mir, Soldat«, sagte er und sah Oxen in die Augen, »Sie haben *keinen* Grund, mir zu danken.«

Der Kriegsveteran wich seinem Blick nicht aus. Oxen wirkte ruhig und abgeklärt. Vielleicht war Niels Oxen nie so kühl, nie so perfekt im Gleichgewicht wie in den Momenten, wenn er sich fokussierte, sich bereit machte für eine neue Mission. Genau jetzt, genau hier schien es schwer vorstellbar, dass der Kriegsheld schweißgebadet aus Albträumen erwachte und von blutigen Flashbacks gequält wurde.

Er wandte sich an seine ehemalige Mitarbeiterin und frühere rechte Hand. Es gab einen Grund dafür, dass er sie nicht sofort wiedererkannt hatte. Genau genommen waren es sogar mehrere Gründe. Die Haare. Das Gesicht. Ihre Kleidung. Die ganze Erscheinung. Diese in jeder Hinsicht außergewöhnliche Frau sah inzwischen … äußerst gewöhnlich aus.

»Und Sie, Margrethe, geht es Ihnen gut? Mein Neffe hat mir erzählt, dass Sie auch gefeuert wurden.«

»Stimmt. Aber ja, mir geht es gut. Ich komme zurecht. Und Sie? Wie geht es Ihnen? Sie haben … abgenommen.«

Er überlegte den nächsten Zug. Sollte er der Einfachheit halber schwindeln?

»*Well,* mein Gewichtsverlust kann sich sehen lassen, es sind exakt dreiundvierzig Kilo. Ich esse weniger und drehe jeden Tag drei ausgiebige Runden mit meiner Bonnie. Da kommen einige Kilometer zusammen. Es war keine bewusste Entscheidung. Ich bin einfach rastlos … Um ehrlich zu sein, hasse ich mein Rentnerdasein.«

»Und damit schlagen Sie die Zeit tot? Sie laufen und laufen …?«

Er war überzeugt davon, einen skeptischen Unterton herauszuhören.

»Ganz genau, liebe Margrethe. Ich sehe es schon kommen, dass der arme Hund irgendwann streiken wird. Ich lebe in einem Vakuum. Morgens küsse ich meine Frau zum Abschied, und abends küsse ich sie, wenn sie nach Hause kommt. Und dazwischen passiert nichts. Das Telefon klingelt nicht. Es klingelt auch niemand an der Tür. Niemand braucht mich. Niemand weiß, dass ich existiere. Dabei ist es nicht mal ein Jahr her, dass ich den polizeilichen Nachrichtendienst geleitet habe. Da wollte mich jeder sprechen. Das Telefon klingelte ständig. Meine Frau ist der Ansicht, ich sei depressiv. Sie hat mir Pillen verschrieben. Sie sagt, die Depression sei eine ganz natürliche Reaktion und ich solle mir von der Medizin helfen lassen. Aber ich nehme dieses Teufelszeug nie. Das weiß sie nur nicht.«

»Dann sind Sie nicht krank?«

In Francks Frage schwang keine erkennbare Erleichterung mit. Seit der Affäre um die gehängten Hunde waren sie sich ein paarmal ins Gehege gekommen. Misstrauen war wie Wasser – es drang ins Mauerwerk und hinterließ Frostschäden, wenn der Winter vorüber war.

Er hatte gern mit ihr zusammengearbeitet. Obwohl er ihr Vorgesetzter gewesen war, hatte sie ihn herausgefordert. Manchmal war sie bis an die Grenze gegangen und manchmal zu weit. Genau das, was ein Chef brauchte.

So wie sie jetzt vor ihm stand, blass, mit braunen zerzausten Haaren und einer armseligen Windjacke, erinnerte sie ihn an ein erschöpftes kleines Vogelküken, das aus dem Nest gefallen war. Ihr Anblick schmerzte ihn.

Er betrachtete sie eingehend und legte seine Stirn in Falten. Um Zeit zu gewinnen.

In Wahrheit war sie die einzige Mitarbeiterin, an die er manchmal dachte, seit er seinen Schreibtisch geräumt hatte. Sein Neffe hatte ihm berichtet, dass die unsichtbaren Kräfte für ihren Abstieg gesorgt hatten. Hatte er sich tief in seinem Inneren genau davor gefürchtet? Vor dem Ergebnis …?

Er selbst hatte Margrethe Franck erschaffen. Sie war der lebende Beweis dafür, dass er einen Riecher für Potenzial hatte. Dass er sein Metier beherrschte. Er hatte nie an ihr gezweifelt. Auch nicht, als sie zum ersten Mal mit der neuen Prothese in seinem Büro vor ihm stand – und einem Selbstvertrauen, das genauso unecht wirkte wie das Bein.

Franck gehörte zu seinen größten Erfolgen. Er hatte sie aufgebaut. Und er hatte beträchtlich dazu beigetragen, sie zu vernichten. Er hatte nichts als Ruinen hinterlassen.

»Krank? Ich war seit meiner Lungenentzündung 2006 nicht mehr krank. Ich denke nur nach. Ich wandere durch meine kleine Welt hier und zermartere mir den Kopf. Das ist keine Krankheit. Wäre ich nicht nachdenklich und ein bisschen traurig, dann wäre ich ein schlechter Mensch, Margrethe. Sich selbst zu hinterfragen ist wichtig. Hätte ich etwas anders machen können? Hätte ich es verhindern können?« Er hob resigniert die Hände und schüttelte den Kopf. »Ich habe in all den Jahren viel erlebt. Und einiges davon sollte wirklich besser nie ans Licht kommen. Auch Katastrophen hat es immer gegeben. Aber diese hier … Ich allein trage die Verantwortung dafür, dass meine beiden Helfer und Museumsdirektor Malte Bulbjerg ermordet wurden. Und dann Bulbjergs Frau. Auch meine Schuld. Nicht die eines ganzen Stabs. Ganz allein meine.«

Margrethe und Oxen hörten ihm konzentriert zu. Sie sahen ihn an. Oxen schwieg, verlagerte nur das Gewicht von einem Bein auf das andere. Franck rümpfte die Nase. Sie in dieser Verfassung zu sehen fühlte sich an, als hielte jemand seinem Gewissen den Spiegel vor.

Pillen? Vielleicht hatte Mossmans Frau recht. Sie war Ärztin. Sie sollte es eigentlich am besten wissen.

Es kam ihr vor, als wäre ihr einst so mächtiger Chef ein wenig geistesabwesend, während er sie mit einem diskreten Blick musterte. Sie hatte ihn fragen wollen, ob er irgendeine Chance für sie sehe, und sei sie auch noch so gering, dass einer seiner ausländischen Freunde sie für einen Job in Betracht ziehen könne. Ob er ihr einen Tipp geben könne. Aber das hier war absolut nicht der Mossman, den sie erwartet hatte.

Jetzt erschien es ihr geradezu absurd, ihn zu bitten, ihre

Möglichkeiten bei einem der anderen Geheimdienste zu sondieren.

Ein verlegenes Schweigen machte sich breit. Der Retriever zog ungeduldig an der Leine. Mossman zuckte resigniert mit den Schultern.

Vielleicht war das die neue Weltordnung? Axel Mossman, der einst so unverwundbare Meister der Intrige, lebte in seiner ganz persönlichen kleinen Blase aus Selbstmitleid. Daneben Niels Oxen, der am höchsten dekorierte Soldat, den die Nation je gesehen hatte – gefangen in der Vorhölle. Tot, sobald er lebte. Und sie selbst … stand rund um die Uhr mit dem Rücken zur Wand.

»Hmm …« Axel Mossman begann, dem Drängeln an der Leine nachzugeben. Er lächelte. »Es hat mich wirklich gefreut, Sie beide wiederzusehen. Ich bin erleichtert, dass Sie noch unter uns weilen, Oxen, sehr erleichtert.«

Margrethe verabschiedete sich. Oxen beließ es bei einem stummen Händedruck.

»Und was ihn hier betrifft …«, Mossman klopfte sich auf die Jackentasche mit den Fotos, »… werde ich alles tun, was in meiner Macht steht. Aber Sie ziehen solange den Kopf ein und halten die Füße still, Soldat.«

Mossman nickte ihnen zu und ging los. Die Dunkelheit, die sich wie ein Ring um die Straßenlaterne schloss, hatte den Retriever schon fast verschluckt.

Doch nach wenigen Metern schien Mossman langsamer zu werden. Dann zog er die Hundeleine zurück. Schließlich blieb er ganz stehen und drehte sich um.

Zwischen ihnen lagen zwanzig Meter knisternde Stille.

»Es gäbe da noch eine andere Möglichkeit …«, rief der ehemalige Geheimdienstchef und verstummte.

Sie standen reglos da.

Dann polterte die Stimme aus der Dunkelheit von Neuem los.

»Wir könnten den Weg gemeinsam gehen. Seite an Seite bis ans *Gate of Hell* …«

30.

An der Wand hingen Landkarten, daneben Fotos, Klebezettel, ausgedruckte Listen und handschriftliche Notizen.

Man fühlte sich, als hätte man eine geheime Welt betreten, aber wer, wenn nicht ein ehemaliger Geheimdienstchef, sollte eine geheime Welt sein Eigen nennen?

Seit ein paar Minuten waren sie nun in dem großen Kellerraum unter Axel Mossmans Einfamilienhaus in Kokkedal. Oxen saß schweigend auf einem Stuhl und sah sich um. Mossman hatte die Kaffeemaschine angeschaltet, die auf einem kleinen Tisch in der Ecke stand, und war jetzt damit beschäftigt, irgendwelche Unterlagen aus einem Archivschrank herauszusuchen.

Die radikale Veränderung, die ihr ehemaliger Chef auf dem Weg von der Straße in den Keller durchgemacht hatte, war nicht zu übersehen: Die resignierte Gestalt von vorhin hatte auf einmal einen äußerst entschlossenen Blick.

Mossman mochte Stunde für Stunde, Tag für Tag und Woche für Woche mit seinem Hund endlose Runden gedreht haben – aber er hatte seine Zeit auch noch für einiges mehr genutzt.

Als er ihnen draußen in der Dunkelheit mit einem ausgeprägten Gespür für Dramatik das Angebot entgegengeschleudert hatte, gemeinsam ans Tor zur Hölle zu gehen, konnten sie gar nicht anders, als ihm zu gehorchen. Sie hatten eingewilligt, ihn zu begleiten und sich seinen Keller anzusehen.

Wie schon früher an diesem Abend, als sie bei Mossman geklingelt und mit seiner Frau gesprochen hatten, parkten sie den Wagen ein paar Straßen weiter und schlichen sich in Mossmans Garten, wo er sie in Empfang nahm und durch die Terrassentür ins Haus ließ. Es war spät, und seine Frau war bereits schlafen gegangen.

Er hatte Margrethe und Oxen in den Keller geführt, eine Brandschutztür aufgeschlossen und ihnen seine Werkstatt präsentiert.

»Hier findet sich von allem ein bisschen. Was sich in einem langen Leben im Dienst so ansammelt, darunter auch streng geheimes Material, das ich hier zu Hause kopiert habe. Ich war schon immer der Ansicht, dass es vernünftig ist, sich ein kleines privates Archiv anzulegen. Meine Frau war noch nie hier unten, und daran wird sich auch nichts ändern. Das ist eine Art stillschweigende Übereinkunft zwischen uns beiden.«

So hatte er die Existenz dieses Refugiums erklärt und sich dann dafür entschuldigt, dass an den Wänden immer noch die Jutetapete klebte, die aus der Zeit stammte, als sie das Haus gekauft hatten. Was, wie er sagte, andererseits unheimlich praktisch war, denn so konnte man die gesamte Fläche als Pinnwand nutzen.

Sie warteten nur darauf, dass er, ganz Chef, das Wort ergreifen und sie in diese eigentümliche Welt der Ermittlungen einweisen würde, die sich vor ihren Augen aufgetan hatte. Und schon legte er los.

»Nun – und warum das alles?«, ertönte Mossmans rhetorische Frage, und mit sorgsam gewählten Worten gab er selbst die Antwort.

»Rachegefühle, vermutlich. In ihrer Grundform eine Urkraft, die in uns allen steckt, nicht wahr? Der Wunsch, zurückzuschlagen. Etwas heimzuzahlen. Rache hat zwei Dimensionen. Eine negative und eine positive. Sie kann einen blind machen und das rationale Denken beeinträchtigen. Aber sie kann auch eine vorzügliche Motivation sein.«

Mossman sah sie abwechselnd an, dann zeigte er mit beiden Händen auf seine Wand und fuhr fort:

»Und was sehen Sie hier? Den Stand meiner Vorarbeiten. Ich bin dabei, alles zu sortieren und das Feld der möglichen Kandidaten einzugrenzen, um den Leiter des Danehof zu identifizieren. Meine These ist, dass der oberste Führer des Danehof Ost seinen Sitz auf einem Herrenhof hat, einem alten Gutshof oder Schloss, genau wie seine beiden Verbündeten, Karin ›Kajsa‹ Corfitzen auf Nørlund Slot im Norden und Villum Grund-Löwenberg auf Gram Slot im Süden. Der Danehof hat seine historischen Wurzeln im Machtzentrum des Mittelalters – dem Adel. Ein Schloss ist also naheliegend. In unserem Fall dürfte sich die Bezeichnung ›Ost‹ auf Fünen und Seeland mit den diversen Inseln beziehen. Die Markierungen auf dieser Karte hier zeigen Herrenhöfe, Güter und Schlösser an. Ich war überrascht, wie viele es in einem kleinen Land wie unserem davon gibt. Fünfundsechzig auf Fünen und den Inseln, fünfundachtzig auf Seeland und fünfunddreißig auf Lolland-Falster und Møn. Eine beträchtliche Ermittlungsarbeit, auf die ich meine Zeit verwende – wenn ich nicht gerade mit Bonnie spazieren gehe.«

Axel Mossman lächelte. Hautfalten hatten sich über seine Augenlider gelegt, und auch die Haut unter seinem Kinn war schlaffer geworden. Er war immer noch ein riesiger Mann, aber hier im erleuchteten Keller war ihm der Gewichtsverlust deutlicher anzusehen als draußen im Dunkeln.

»Was sind Ihre Ausschlusskriterien?« Oxen fragte, ohne den Blick von der Wand zu lösen.

»Im ersten Durchgang die Eigentümer. Einige der Anwesen sind im Besitz von Gemeinden oder Regionen, andere werden beispielsweise von Stiftungen bewirtschaftet. Nehmen wir zum Beispiel Corselitze auf Falster und Fuglsang auf Lolland. Alle beide gehören einer über zweihundert Jahre alten gemeinnützigen Stiftung. Solche Häuser nehme ich sofort beiseite. Die sind uninteressant. Ich suche nach echten Eigentümern mit einer starken Persönlichkeit.«

Margrethe schaute zu Oxen, der immer noch auf die Karte blickte, während er Mossmans Erklärung aufgriff.

»Sie haben also mit 185 Objekten begonnen, wenn ich richtig gezählt habe … Da reichen die Besitzverhältnisse als Kriterium ja wohl kaum aus.«

»Natürlich nicht, Soldat … Im zweiten Durchgang habe ich mich auf die Bewirtschaftung konzentriert. Ich habe die aussortiert, deren Hauptgeschäft im Bereich Service und Tourismus angesiedelt ist. Also Tagungsräume, Hotelbetriebe, Restaurants, Museen, Erlebnisparks und ähnliche Einrichtungen mit Publikumsverkehr. Solche Dinge passen schlecht zu dem Profil, das ich für den Danehof Ost ausgearbeitet habe. Ich glaube …«

»Warum nicht?«

Mossman reagierte mit einem Nicken auf ihren Einwurf.

»*Well,* weil all diese Geschäftsmodelle entwickelt wurden, um den Eigentümern aus einer finanziellen Schieflage herauszuhelfen und ihr Überleben zu sichern. Der Leiter des Danehof Ost besitzt abgesehen von seinem enormen Einfluss mit Sicherheit auch große ökonomische Macht und verwaltet darüber hinaus sämtliche Mittel, mit denen die Belange der Organisation finanziert werden. Er ist nicht tagsüber Hotelportier und nachts, wenn die Gäste schlafen, Fürst der Dunkelheit. Deshalb, Margrethe.«

»Aber von 185 bis zu einer überschaubaren Anzahl ist es immer noch ein weiter Weg …« Oxen musterte Mossman skeptisch.

»Im Moment bin ich gerade dabei, alle nach einem dritten Kriterium auszusieben: die Persönlichkeit des Eigentümers. Familiärer Hintergrund, Kindheit, Ausbildung und Netzwerk. Außerdem der Wohnsitz. Es gibt tatsächlich eine ganze Reihe Schlösser, die nicht von ihren Besitzern bewohnt werden. Ich gehe davon aus, dass sich unser Mann ähnlich wie Villum Grund-Löwenberg zumindest zeitweise dort aufhält. Wobei ein permanenter Wohnsitz am besten zu dem Profil und der Kontinuität passen würde, die für die Administration des Danehof nötig ist. In dieser Runde sind viele rausgeflogen, aber es liegt trotzdem noch ein langer Weg vor uns, Oxen.«

»Wie weit sind Sie bis jetzt gekommen?«, fragte Margrethe.

»Etwas mehr als die Hälfte sind schon weggefallen, aber mit dem dritten Durchgang bin ich erst ziemlich am Anfang.«

»Selbst wenn Sie die Liste am Ende auf vierzig oder fünfzig mögliche Herrensitze zusammengestrichen haben, sind es immer noch viel zu viele«, gab Oxen zu bedenken.

»Ich hoffe auf eine vierte Runde, aber so weit bin ich noch nicht. Ich würde die verbliebenen Kandidaten gern mit den Daten des Danehof-Thinktanks Consilium abgleichen. Denkbar wären da etwa die Gästelisten ihrer Promi-Events oder die Teilnehmer von Podiumsdiskussionen und Arbeitsgruppen. Ost steht sicher irgendwie mit diesen Veranstaltungen in Verbindung.«

»Aber«, wandte Franck ein, »das gilt doch für viele andere aus Ihrem Pool genauso – Einfluss trifft Einfluss, oder nicht?«

Mossman nickte.

»Natürlich, nur am Ende wird sich die Zahl möglicher Kandidaten in einer Größenordnung bewegen, die zu bewältigen ist. Vorläufig habe ich allerdings noch keine Idee, wie ich mir Zugang zum Consilium verschaffen kann. Für so etwas hatte ich früher meine Leute.«

Sie warf Oxen einen verstohlenen Blick zu. Auf seiner Stirn hatten sich tiefe Falten gebildet. Er versuchte wie sie, Mossmans Ansatz für sich zu bewerten, während ihr ehemaliger Boss danebensaß und ihnen Zeit zum Nachdenken ließ.

»Eingangs sagte ich, ›Rachegefühle‹ wären der Motor ...« Mossman durchbrach die Stille. »Das war nicht ganz korrekt ausgedrückt. Offen gestanden sollte ich auch noch ›Eitelkeit‹ ergänzen. Sehen Sie die Umzugskisten dort drüben?« Mossman deutete mit dem Kopf zu zwei großen Pappkartons. Sie waren bis oben hin mit Aktenordnern gefüllt, die eine Hälfte weiß, die andere schwarz. »Über den Fall Ryttinger wissen Sie beide ja Bescheid, aber erinnern Sie sich, dass ich Ihnen von der Ehefrau des Sozialdemokraten Gunnar Gregersen erzählt habe?«

Sie nickten. Beide Fälle waren bis heute ungelöst. Der Mord an Ryttinger stammte noch aus Mossmans Anfangszeit bei der Kriminalpolizei.

Ryttinger war der Großvater des Museumsdirektors Malte Bulbjerg gewesen. Der alternde Geschäftsmann hatte vor siebenundzwanzig Jahren mit letzter Kraft das Wort »Danehof« mit seinem eigenen Blut auf den Boden geschrieben. Er war aus nächster Nähe erschossen worden. Nach diesem Mord wurde die ganze Familie sukzessive ausgelöscht. Zuletzt Malte Bulbjerg und seine Ehefrau. Die einzige Überlebende war eine Tochter Ryttingers, die in Odder lebte, Benedicte Bjørk, die Margrethe während ihrer Ermittlungen im letzten Jahr aufgesucht hatte. Genau genommen würden sie in dieser Sekunde nicht in Mossmans Keller sitzen, wäre der alte Ryttinger seinerzeit nicht ermordet worden. Alles hing zusammen. Und doch fehlte der Zusammenhang.

Gregersen war ein herausragendes politisches Talent gewesen – und manisch-depressiv. Er hatte Selbstmord begangen. Seine Frau angeblich auch.

»Gregersen? Da war irgendwas mit einem Umschlag, oder?« Margrethe sah Mossman fragend an. Sie konnte sich nicht mehr an die Details erinnern.

»Genau. Eines Abends rief seine Witwe mich an, zutiefst unglücklich und ziemlich betrunken. Das ist jetzt dreizehn Jahre her … Damals war ich schon Chef des PET. Sie hatte einen Umschlag gefunden, den ihr Mann hinterlassen hatte. Mein Name stand darauf. Sie hatte hineingeschaut und festgestellt, dass es irgendwelche Unterlagen über einen gewissen ›Danehof Ost‹ waren. Ich bin sofort wie ein Verrückter nach Valby gerast, aber als ich ankam, lag die Witwe schon auf dem Bürgersteig. Ihre Wohnung befand sich im fünften Stock. Und ein Umschlag war nirgends zu finden …«

Mossman nickte wieder in Richtung der Umzugskisten.

»In den weißen Ordnern ist alles über Gregersen und seine Frau. In den schwarzen über Ryttinger. Die ganze Sache nagt an mir. Die pflanzen mir einen GPS-Sender ein, damit ich sie nichts ahnend auf die richtige Spur führe und meine eigenen Leute verrate. Sie demütigen mich und sorgen dafür, dass ich bis ans Ende meiner Tage Schuldgefühle habe. *Dammit* … Der Danehof muss brennen, bevor ich bereit bin, den Styx zu überqueren.«

Mossman ballte die Fäuste, und seine Knöchel wurden weiß. Margrethe hatte sich von dem Gewichtsverlust täuschen lassen. Hatte geglaubt, er wäre in schlechter Verfassung. Dabei bereitete Big Mossman hier im stillen Kämmerchen den Gegenschlag vor. Sie spürte, wie sie ein Schauer durchfuhr. Sie fürchtete ihn immer noch. Sie war immer noch das kleine Mädchen auf der anderen Seite des Schachbretts, das ehrfürchtig den Großmeister beobachtete.

Er ließ den Blick über die Landkarte mit den vielen roten Kreuzen wandern, hin und her und wieder zurück, dann zu Mossman und weiter zu Margrethe Franck, die in ihre Gedanken vertieft zu sein schien.

Draußen unter der Straßenlaterne hatte er sich täuschen lassen. Er hatte den Eindruck gehabt, dass sie mit einem Menschen sprachen, der einer Niederlage ins Auge sah und nun versuchte, seinen Frieden damit zu machen.

Das Gegenteil war der Fall.

Denn natürlich spielte dieses korpulente Energiebündel, das neben ihm auf einem alten Stuhl saß und ihm schon immer das quälende Gefühl gegeben hatte, ihm geistig unterlegen zu sein, ein doppeltes Spiel.

Nach außen hin führte er seinen Hund und seine Depressionen Gassi und schluckte treuherzig die Pillen, die seine Frau ihm verabreichte.

Doch im Verborgenen vertiefte er sich in seine Ermittlungen und suchte nach dem schmalen Pfad zum Tor der Hölle.

Man hatte sein Ego mit Füßen getreten. Sein Abgang von der öffentlichen Bühne war nur eine weitere Demütigung neben vielen anderen gewesen: die Verkündung einer angeschlagenen Gesundheit und nicht der ehrenvolle Rückzug, den er selbst geplant hatte.

Geheime Kräfte in genau jener Demokratie, die Mossman über Jahre hinweg gegen alles Böse verteidigt hatte, hatten sein Vermächtnis zerstört. Vor seinem inneren Auge hatte er ein Denkmal gesehen, doch stattdessen hielt er nichts als Staub in den Händen. Genau das machte Axel Mossman so gefährlich wie nie.

»Und wenn Sie Ost identifiziert haben, was passiert dann?« Oxen sah dem ehemaligen PET-Chef in die Augen und fuhr fort: »Wir kennen Nord und Süd, aber wir kommen trotzdem nicht an sie heran. Was macht Sie so sicher, dass es mit Ost anders wäre? Noch dazu, wo er der oberste Leiter ist.«

»Ich kann Ihnen keinen detaillierten Plan liefern. Den kann ich erst ausarbeiten, wenn ich weiß, wer mein Gegner ist. Aber eins kann ich Ihnen sagen, Oxen: Es ist mehr als nur eine leere Floskel, dass man auf den Kopf der Schlange zielen soll. Wir haben mit dem Schwanz begonnen. Und schauen Sie sich an, wohin uns das gebracht hat.«

Margrethe Franck schien immer noch völlig in Gedanken versunken zu sein. Das sah ihr gar nicht ähnlich, in einer Situation wie dieser.

»Gut. Jetzt sind wir also hier. Wir haben von Ihren Ermittlungen erfahren, und Sie schlagen vor, dass wir gemeinsam weitermachen«, fasste er zusammen.

»Korrekt. Im Team sind wir am stärksten. Wir können uns bei den Nachforschungen und beim Sichten gegenseitig helfen. Und vor allem können wir unsere Ergebnisse diskutieren, einander herausfordern und das Ganze unter neuen Blickwinkeln betrachten. Jede Ermittlung profitiert von unterschiedlichen Blickwinkeln. Das ist es, was Franck und ich beherrschen. Und Sie sind unsere *Taskforce*, Oxen. Sie sind unser *Black Knight in Shining Armour*, wiederauferstanden von den Toten.«

Trotz seiner dramatischen Wortwahl verzog Axel Mossman keine Miene. Mittlerweile kannte er diesen besonderen Tonfall mit dem anglofonen Einschlag. Der Mann redete immer so.

»Sie sind in Glumsø geboren, richtig, Oxen?«

Er nickte. Das stimmte, woher auch immer Mossman dieses Detail wusste.

»Allerdings haben wir nicht lange dort gewohnt.«

»Das spielt keine Rolle. Sie fallen damit trotzdem unter die Zuständigkeit des Danehof Ost. Von Bulbjerg weiß ich, dass Personen vom Danehof nach ihrem Geburtsort verwaltet werden. An dem Tag, an dem wir das Archiv von Ost geknackt haben … werden Sie ein paar hübsche Dinge über sich selbst lesen können, Soldat.«

Er antwortete nicht, sondern dachte nur im Stillen, dass Mossman womöglich recht hatte. Wahrscheinlich würde er dort Antworten auf viele seiner Fragen finden. Erfahren, wer der Söldner John Smith in Wirklichkeit war und wie der Danehof mit ihm in Kontakt trat. Es musste irgendwo eine Übersicht der Kommandowege und Abläufe geben.

»Mir geht es in Wahrheit vor allem um die Archive von Nord, Süd und Ost«, fuhr Mossman fort. »Aber um sie zu finden, brauchen wir zuerst den Mann in der Mitte. In diesen drei Archiven lagert alles, was nötig ist, um zu beweisen, dass das, was andere für Verfolgungswahn und Hirngespinste halten, bittere Realität ist. Dort findet sich alles, was wir brauchen, um vor Gericht zu gehen. Was sagen Sie? War das überzeugend genug? Gehen wir den Weg zusammen?"

Die Stille im Keller war geradezu ohrenbetäubend. Axel Mossman sah Franck und Oxen abwechselnd an, faltete seine großen Hände um sein Knie und wartete.

Es gab zwei Möglichkeiten. Oxen ließ sich reichlich Zeit, beide zu überdenken. Er versuchte, sich die Szenarien vorzustellen und weiterzuspinnen: 1. Er war allein und musste darauf hoffen, dass er eine positive Antwort im Zusammenhang mit den Fotos von John Smith bekam. 2. Er ließ sich auf Mossmans Vorschlag ein und vergrößerte seine Chancen, indem sie den Fokus erweiterten.

Allein. Oder gemeinsam. Für ihn allein war die Sache überschaubar. Mit Mossman zu gehen kam einem Pakt mit dem Teufel gleich. Aber war das manchmal nicht unvermeidlich? Brauchte es nicht einen Teufel, um den Teufel zu fangen? Er kannte die Antwort.

»Ich bin dabei.«

Mossman sah ihm in die Augen und nickte zufrieden.

»Aber unter einer Bedingung«, fuhr er fort.

Mossman hob eine Augenbraue.

»Ja?«

»Sie kümmern sich trotzdem um die Bilder von John Smith. Wie vereinbart.«

»Natürlich … Obwohl ich anmerken möchte, dass das gewisse Risiken mit sich bringt. Aber seien Sie beruhigt – ich werde sobald wie möglich nach London reisen.«

Mossman nickte ihm zu und sah zu seiner ehemaligen Assistentin hinüber. Sie schien immer noch nicht bei der Sache zu sein. An dem Abend im Waschkeller hatte sie Oxen unmissverständlich klargemacht, dass sie nie wieder mit dem Danehof zu tun haben wolle. Jetzt zog sie langsam ihre Armbanduhr aus und nestelte daran herum. Drehte die Uhr und starrte auf die Rückseite.

»Margrethe?«

Mossman machte einen vorsichtigen Versuch. Und noch einen.

»Margrethe?«

Sie saß nach wie vor da, ihren kostbarsten Besitz in der Hand, und wandte den Blick auch dann nicht davon ab, als sie nach einer halben Ewigkeit antwortete.

»Ich bin dabei …«, flüsterte sie. »Natürlich bin ich dabei …«

Mossmans Gesicht hellte sich auf.

»Ich habe vollstes Verständnis dafür, dass Sie Bedenken haben. Ich ahne, wie hoch der Preis für Sie jetzt schon gewesen ist. Aber es ist die richtige Entscheidung, Margrethe. Ein Mensch wie Sie kann sich nicht einfach umdrehen und damit leben. Ich verspreche es Ihnen. Wir werden sie vernichten.«

Franck blieb sitzen, die Uhr in der Hand und tiefe Falten auf der Stirn.

»Aber wie?«, fragte sie. »Vielleicht werden wir immer noch überwacht. Wir haben keine Ahnung, was hinter unserem Rücken passiert. Wir haben kein bisschen Bewegungsfreiheit. Wie sollen wir vernünftig ermitteln, wenn wir uns kaum rühren können?«

»So sind nun mal die Bedingungen. Es wird eine Geduldsprobe werden. Es kann Monate dauern, alles zu sichten und das Material so weit einzugrenzen, dass wir unsere Energie auf einen bestimmten Bereich konzentrieren können. Aber damit müssen wir leben.«

Franck seufzte.

»Ja … nur arbeite ich tagsüber bei Netto und stehe abends in der Spülküche eines Hotels und kann auf das Geld nicht verzichten. *Das* ist meine momentane Situation. Alles in allem komme ich nicht mal auf eine Stunde am Tag, die ich in Nachforschungen investieren könnte. Ich brauche Geld, um meine Raten zu bezahlen. Oder ich muss verkaufen, vermutlich mit Verlust. Und ausziehen. Aber wohin?«

Mossman war sichtlich überrascht, wie übel es für Franck tatsächlich aussah.

»Jedes Mal wenn ich einen guten Job an Land gezogen hatte, wurde ich im Nullkommanichts wieder gefeuert«, fuhr sie fort.

Mossman rieb sich das Kinn und ließ sich reichlich Zeit.

»Ich habe Geld«, sagte er schließlich. »Ersparnisse. Ich kann Sie über Wasser halten, solange wir arbeiten.«

»Das kann ich nicht annehmen.«

»Wenn Sie nicht ausgeruht sind, können Sie nicht vernünftig ermitteln. Sie müssen zwischendurch auch mal Pause machen. Sagen Sie Ja.«

Franck schien abzuwägen. Oxens Angebot, ihr unter die Arme zu greifen, hatte sie abgelehnt.

»Sie haben recht. Ich bin einverstanden – und spare mir das Tellerwaschen. Sobald wir in dem Laden aufgeräumt haben, zahle ich Ihnen alles zurück. Sollte ich bis dahin allerdings krepieren, werden Sie das Geld leider abschreiben müssen.«

»*Well,* einverstanden. Und Sie, Oxen, verfügen Sie über genügend Mittel, um mitzumachen?«

Er nickte.

»Und haben Sie auch eine Unterkunft?«

Er konnte Pastors Gastfreundschaft nicht mehr allzu lange strapazieren.

»Ich habe noch für eine oder zwei Wochen ein Zimmer, aber dann ist Schluss.«

»Ich werde mich nach einer Lösung umsehen«, sagte Axel Mossman. »Aber bevor wir zum Ende kommen, lassen Sie mich noch kurz unser Vorgehen skizzieren.«

Nun kam er doch noch zum Vorschein, der ehemalige Geheimdienstchef. Er setzte gerade an, als Franck ihm zuvorkam.

»Was ist mit Sonne?«

Mossman verzog das Gesicht.

»Ich glaube, mein lieber Neffe hat genug … Wir könnten seine Hilfe gut gebrauchen und können auch gern versuchen, ihn ins Boot zu holen, aber ich fürchte, ich kenne die Antwort. Er hat es nicht leicht. *Auch* nicht leicht«, korrigierte Mossman sich selbst und nickte vielsagend in Francks Richtung. »Lassen Sie uns, bevor Sie gehen, die Aufgaben gleich unter uns aufteilen. Alles liegt in elektronischer Form vor. Auch die alten Fälle. Ich habe alles eingescannt. Die Regeln für den Kontakt: so wenig wie möglich und ausschließlich über Handys mit Prepaidkarten, denken Sie daran.

Sie, Margrethe, spülen noch ein paar Tage weiter Geschirr, bevor Sie kündigen, und auch sonst verhalten Sie sich exakt so wie bisher.«

»Ich würde gern versuchen, Sonne zu überzeugen«, sagte sie.

Mossman nickte.

»Okay, fragen Sie ihn. Eine Sache, die ich wissen muss – haben Sie die Videoaufnahme noch, die Sie letztes Jahr mit Ihrem Handy vom Dach aus gemacht haben? Mit Kajsa Corfitzen und Villum Grund-Löwenberg in einem … intimen … Moment?«

»Selbstverständlich. In mehreren Kopien, die ich an unterschiedlichen Orten aufbewahre.«

»Es könnte durchaus zu einer Situation kommen, in der das pikante Filmchen plötzlich rasant im Wert steigt. Die Russen waren früher Meister dieses Fachs. Im Übrigen auch darin, solche kompromittierenden Situationen zu inszenieren. Und nur weil die beiden uns das letzte Mal geschlagen haben, sind sie noch lange nicht aus dem Schneider. Ich brauche bloß ein wenig Zeit, um herauszufinden, wie wir diese Sache am besten angehen. Bringen Sie mir eine der Kopien mit.«

Mossman kniff die Augen zusammen und sah aus, als würde er bereits verschiedene Szenarien im Kopf durchspielen. Dann fiel ihm offenbar wieder ein, dass er gerade dabei gewesen war, ihren gemeinsamen Plan abzustecken.

»Und Ihre Aufgabe, Oxen«, sagte der alte PET-Boss, während er ihm eine Hand auf die Schulter legte, »Ihre Aufgabe wird vor allem darin bestehen, weiterhin *nicht* unter uns zu weilen … Ich selbst werde in der Zwischenzeit meinen Hund durch die Felder scheuchen. In vierzehn Tagen sehen wir uns zum Statusbericht wieder, hier im Keller, Punkt 22 Uhr. Danke. Vielen Dank.«

31.

Die Frau, die vor dem Gebäude des Jachtklubs am Tuborg Havn aus dem Taxi stieg, trug einen eleganten schwarzen Hosenanzug und eine cremefarbene Bluse. Ihre dunklen Haare waren am Hinterkopf mit einer silbernen Spange hochgesteckt.

Sie hatte den Fahrer bar bezahlt und ihm ein ordentliches Trinkgeld gegeben, weil sie froh darüber war, dass er seinen Mund gehalten und sie sicher und schnell durch die Stadt gebracht hatte.

Sie blieb mit ihrem Trolley stehen und wartete, bis das Taxi gewendet hatte und das mondäne Hafenviertel verließ.

Es war schon fast Mitternacht. Die Brasserie, die in dem schicken Klubhaus der Jachteigner untergebracht war, hatte längst geschlossen. Das auffällige Gebäude war der Versuch eines Architekten, eine moderne Version des Langelinie Pavillon zu erschaffen, in dem der Jachtklub früher residiert hatte.

Die Frau war mit dem späten Flug aus Heathrow in Kopenhagen gelandet. Über dem linken Arm trug sie einen hellen Trenchcoat. Sie drehte sich um und warf einen Blick nach oben zum Penthouse des letzten Hauses in der Reihe. Die große Fensterfront, die vom Boden bis zur Decke reichte, war beleuchtet wie die Kommandobrücke eines Schiffes, das durch die Dunkelheit glitt.

Langsam ging sie auf den Eingang des Gebäudes zu, mit sicheren Schritten, trotz der hohen Absätze und obwohl der Bürgersteig mit Kopfsteinen gepflastert war.

Da sie im Flieger ein wenig geschlafen hatte, fühlte sie sich ziemlich fit – dafür dass sie einen anstrengenden Tag mit diversen Geschäftsterminen in London hinter sich hatte.

»V. Grund-Löwenberg« stand ganz oben auf dem beleuchteten Klingelschild. Eine warme Welle durchströmte ihren Schoß, genau wie im Flugzeug, als sie beim Einschlafen an ihn gedacht hatte.

Sie drückte auf den Klingelknopf.

»Ich bin es«, antwortete sie, nachdem sich eine Stimme mit »Ja?« gemeldet hatte.

Ein kurzes Klicken, und sie drückte die Tür auf. Die Fahrt mit dem Aufzug dauerte nur ein paar Sekunden, aber es kam ihr vor wie eine Ewigkeit.

Die Wohnungstür war nur angelehnt. Ganz selbstverständlich betrat sie den Flur, stellte den Trolley ab und hängte ihren Mantel auf einen Kleiderbügel, als Villum in der Tür zum Wohnzimmer erschien.

»Kajsa, Honey«, sagte er lächelnd.

Er zog sie an sich, und sie küsste ihn. Innig und gierig zugleich. Sie schob ihn rückwärts vor sich her zu dem weißen Ledersofa. Immer auf dem weißen Ledersofa. Zum Auftakt. Allein der Gedanke daran …

»Hier …«

Sie hatte ihren roten Slip schon im Flugzeug auf der Toilette ausgezogen. Jetzt angelte sie ihn aus der Tasche und liebkoste damit seine Wange, während sie mit der anderen Hand seine Hose aufknöpfte und den Reißverschluss nach unten zog.

Nur noch ein paar Schritte, dann waren sie am Ziel. Er öffnete auch ihre Hose. Der weiche Stoff glitt an ihren Beinen hinab und legte sich um ihre hohen Absätze. Sie packte ihn am Hemd und stieß ihn kraftvoll nach hinten, sodass er auf dem Sofa landete.

Sie registrierte gerade noch, dass er etwas zu trinken auf dem Couchtisch bereitgestellt hatte. Wie immer. Es gab nur zwei Möglichkeiten. Champagner oder Gin Tonic mit einem ordentlichen Schuss Limettensaft. Dieses Mal hatte er sich für GT entschieden. Sie setzte sich rittlings auf seinen Schoß.

Er hatte zwei Teller mit russischem Kaviar, Krabben, Zitrone und etwas Brot vorbereitet und in den Kühlschrank gestellt.

Jetzt saß er am einen Ende der weißen Ledercouch und naschte von den letzten Krabben. Er hatte sich seinen seidenen Morgenmantel um die Schultern gelegt. Sie saß nackt am anderen Ende und hielt ein Weißweinglas in der Hand, den Teller auf ihren weichen Schenkeln.

Diese kleinen Auszeiten mit ihr waren so unglaublich kostbar. Ihm war bewusst, dass sich ihr Verhältnis verändert hatte. Von purem, aufregendem Sex – schon allein die Vorfreude darauf verschaffte ihm den ganzen Tag ungeahnte Energie und konnte ihn gleichzeitig völlig paralysieren – hin zu einem tieferen Gefühl der Verbundenheit. Letzteres war keine Selbstverständlichkeit, auch wenn man ihnen von Kindesbeinen an denselben Kurs vorgegeben hatte und ihre Ausbildung auf denselben Grundüberzeugungen beruhte.

Karin »Kajsa« Corfitzen war die erste Frau, die ihm das Gefühl vermittelte, dass er nicht alles unter Kontrolle hatte.

Gerade jetzt hielt sie ihr Weinglas so, dass es ihre Brustwarze vergrößerte, die sich verführerisch der Form des Glases anpasste. Sie würden es noch einmal tun, bevor sich morgen Vormittag ihre Wege am Flughafen trennten. Für ihn ging es zurück nach Zürich, für sie zuerst nach Nørlund Slot und später wieder nach London.

Ihre Zielorte waren ebenso eingespielt wie ihre Wiedersehen. Entweder nahm sie ihn auf dem Sofa oder sie wollte von ihm genommen werden, und hinterher saßen sie sich gegenüber und diskutierten über Gott und die Welt.

In der Mitte der Couch berührten sich ihre Zehen. Schon morgen würden sie wieder für eine ganze Weile getrennt sein. Dann konnte der Gedanke an das nächste Treffen die Glut erneut entfachen.

»Ich bin heute einen Schritt näher an Janet Yellen herangekommen«, sagte sie und nahm einen Löffel Kaviar.

Er zog die Augenbrauen hoch.

»Hmm?«

»Wir haben ein *global economics lunch-update* in der Stadt ausgerichtet, für einige Mitarbeiter der *Bank of England,* die ein paar amerikanische Gäste und Kollegen mitgebracht haben. Die Leiterin dieser US-Delegation war eine der engsten Mitarbeiterinnen von Yellen. Ich habe die Gelegenheit genutzt und schon mal ein bisschen Vorarbeit geleistet.«

»Das wäre ein *Scoop*, Kajsa, ein *Mega-Scoop*.«

»Mit dieser Meldung würde das Consilium weltweit in den Medien auftauchen: Die FED-Chefin Janet Yellen spricht im Hotel d'Angleterre in Kopenhagen, eingeladen vom dänischen Thinktank Consilium. Wir wären auf CNN, BBC … *the shit*.«

Das würde den liberalen Thinktank und geistigen Überbau ihrer jahrhundertealten Organisation tatsächlich in die öffentliche Wahrnehmung rücken wie nie zuvor.

Das Consilium, das Kajsa Corfitzen von seinem Stifter, ihrem Vater, geerbt hatte, hatte der dänischen Elite auch früher schon echte Kapazitäten im Hotel d'Angleterre präsentieren können, aber ein Großteil der Redner war längst nicht mehr in Amt und Würden gewesen oder hatte keinen großen Einfluss mehr besessen. Janet Yellen dagegen, die Leiterin der amerikanischen Zentralbank *Federal Reserve System*, stand im Zenit ihrer Macht. Nur wenige Worte aus ihrem Mund – oder auch Worte, die sie *nicht* sagte – konnten die Aktienkurse weltweit ins Wanken bringen.

»Wie dicht bist du dran?«

Sie schnitt eine Grimasse.

»Dicht, aber noch nicht dicht genug. Ich lasse die Anfrage noch ein wenig liegen und nehme in ein paar Wochen einen neuen Anlauf.«

Er nickte. Für einen Augenblick schwiegen sie. Er stellte seinen leeren Teller auf den Boden. Sie lehnte sich in die Kissen zurück, schloss die Augen und lauschte Schuberts *Rondeau brillant* für Klavier und Violine.

»Ich bin gespannt auf die dritte Versammlung«, sagte sie, ohne die Augen zu öffnen. »Hat er sich bei dir gemeldet?«

Er schüttelte den Kopf.

»Nein. Warum auch? Ich sehe keinen Anlass für eine außerplanmäßige Versammlung. Hildmand, dieser Idiot, war hoffentlich der letzte Stein, den wir aus dem Weg räumen mussten. Niels Oxen und seine Leute haben wir vor über einem Jahr ins Grab geschickt oder auf Eis gelegt. Ich glaube fest an ruhigere Zeiten«, sagte er.

»Was für eine Verschwendung …« Sie öffnete die Augen wieder.

»Was meinst du?«

»Oxen … Er war wirklich … außergewöhnlich. Wie sagt man noch gleich? Aus ganz besonderem Holz geschnitzt, nicht wahr?«

»Du erwähnst ihn nicht zum ersten Mal. Müsste ich mir etwa Sorgen machen, wenn er noch am Leben wäre?«

Er lachte kurz auf und lächelte sie dann an. Das Gefühl war irrational, aber es überrollte ihn immer wieder mit geradezu kindischer Macht. Niels Oxen war wie ein reich geschmückter Weihnachtsbaum gewesen, den man bei festlichen Anlässen präsentieren konnte. Darüber hinaus war er viel zu unberechenbar, um auch nur irgendwie nützlich zu sein.

»Du spielst in einer anderen Liga, Villum. Aber vielleicht habt – hattet – ihr tatsächlich ein paar Gemeinsamkeiten.«

»In Wirklichkeit kanntest du ihn doch gar nicht. Herrgott, Kajsa … Der Mann war psychisch krank, und soweit ich gehört habe, zeigte er wohl auch psychopathische Züge.«

»Das ist sicher übertrieben, aber lassen wir das. Denkst du, Ost wird uns bei unserem nächsten Treffen ein paar Zugeständnisse machen?«

»Er ist ein kluger Mann, auch wenn wir beide wissen, dass er in einer längst vergangenen Zeit lebt. Ich bin sicher, dass er über unsere Kritik nachgedacht hat, und vielleicht kommt er uns entgegen. Wir sind untrennbar miteinander verbunden. Das weiß er. Nord, Süd und Ost. Ohne Einigkeit kein Mandat. Noch etwas Wein?«

Sie streckte ihm das Glas hin, und er schenkte ihr nach. Schubert erfüllte gedämpft den großen, offenen Raum, dessen einziger Vorhang die Dunkelheit vor den Fenstern war.

»Wir sind uns so ähnlich, du und ich. Prost, Liebling!«, sagte sie und hob ihr Glas.

»Nur im Geiste oder auch sonst?«

»In vielen Bereichen. Und nicht zuletzt, weil wir beide ein Erbe fortführen, nicht wahr? Du hast Gram Slot übernommen. Ich Nørlund. Haben wir uns als würdig erwiesen? Nein, das haben wir noch nicht. *Das* ist unsere Aufgabe – dieses Erbe anzutreten und die Visionen zu verwirklichen, die damit verbunden sind. Es ist unsere Pflicht, für das Wohl des Danehof diesen Machtkampf mit Ost aufzunehmen und die Organisation in ein neues Zeitalter zu führen. Am einfachsten wäre es, alles beim Alten zu lassen. Aber wenn wir stillhalten, haben wir unser Erbe nicht verdient. Also ganz egal, wie das nächste Treffen verläuft – wir müssen weitermachen, Villum.«

»Natürlich machen wir weiter. Schon allein die Pensionskosten werden uns irgendwann das Genick brechen.«

»Wenn die praktischen Änderungen abgehakt sind, müssen wir über Werte diskutieren. Unsere Grundlage ist völlig antiquiert.«

Er fand, sie hatte recht. In fast allen Punkten. Auch das mit den Werten hatte sie schon öfter angesprochen. Mit der Zeit hatten sie sich immer tiefer in solche Fragen eingearbeitet. Hatten sich, im Schutz der ersten Leidenschaft, gegenseitig auf die Probe gestellt.

»Denk nur an diese ganze Sache mit dem Oberbefehlshaber. Die Vorbereitung darauf hat Jahre gedauert. Eine simple Kosten-Nutzen-Rechnung hätte sofort ergeben, dass wir dabei jede Menge Geld und Energie aus dem Fenster werfen. Das dänische Heer zu leiten hat doch heute überhaupt keine Relevanz mehr für uns. Null. Der Mann ist nur eine Marionette, die nach der Pfeife der Regierung tanzt. Aber Ost ist so stolz darauf, dass es uns gelungen ist, diesen Posten zu erobern, dass er überhaupt nicht darüber nachdenkt, wie teuer das Manöver war.«

Der Oberbefehlshaber war ein weiteres Thema, das sie immer wieder beschäftigte, aber bisher hatte sie ihre Meinung dazu noch nicht bei einer Versammlung geäußert. Wie sie ihm erklärt hatte, hielt sie sich aber nur zurück, weil die Sache längst gelaufen war, als sie beide an den runden Tisch aufgerückt waren. Jeder Einspruch wäre umsonst gewesen – und davon abgesehen, wäre es für die zukünftige Zusammenarbeit sicher nicht förderlich gewesen, gleich einen harten Kurs einzuschlagen.

»Die Organisation muss kräftig zurückgestutzt werden. Den ersten Schritt haben wir jetzt gemacht. Mal sehen, wie es weitergeht … Wie lange bleibst du auf Nørlund?«

Sie zuckte mit den Schultern.

»Ich habe eine Woche frei. Also fünf, sechs Tage, denke ich. Ich muss den ganzen Betrieb überprüfen und mir ein Bild vom Gesamtzustand machen. Mir fehlt ein zuverlässiger Mann, der sich ums tägliche Geschäft kümmert. Wäre das was für dich?«

»Schlösser und alleinstehende Frauen über vierzig? Nein, zu gefährlich.«

Sie lächelte über seine Bemerkung, dann wurde sie wieder ernst.

»Ehrlich gesagt, denke ich seit einiger Zeit darüber nach, ob ich London gegen den Rold Skov und Nørlund eintauschen sollte – *for good*. Ich könnte mich viel besser um die Belange des Schlosses kümmern, das Consilium, den Danehof und …«

»Mich?«

Er versuchte, seine Zehen mit ihren zu verschränken.

»Du bist ja doch nie zu Hause. Wie lange bleibst du in Zürich?«

»Fünf Tage. Übermorgen ist eine große Strategierunde und am Tag danach Vorstandssitzung.«

Er schüttelte sacht den Kopf, dann fuhr er zögernd fort:

»Manchmal ertappe ich mich bei dem Gedanken, dass …«

Sie sah ihn fragend an.

»… dass ich schon längst keine Firma mehr hätte, wenn ich sie so führen würde, wie der Danehof geführt wird. Und dann frage ich mich, was eigentlich passiert, sollte Ost eines Tages unerwartet abtreten. Dann müssten wir, Nord und Süd, die Organisation übernehmen und die Benennung eines dritten Leiters vorbereiten.«

Sie ließ ihr Weinglas sinken.

»Was meinst du mit ›abtreten‹?«

»Keine Ahnung. Er könnte einen Verkehrsunfall haben. Er geht auf die siebzig zu. Vielleicht hat er einen Herzinfarkt. Oder sein Boot kentert. Es kann so viel passieren.«

32.

Die Schlange vor der Kasse war nicht besonders lang, aber lang genug, dass sich Unruhe unter den Kunden breitmachte. Es war wie bei einer Herde Kühe, die jeden Moment durchzugehen drohte. Die Eskalation würde nicht mehr lange auf sich warten lassen. So viel hatte sie in der kurzen Zeit schon gelernt.

»Ich hätte gern noch zweihundert in bar. Einen Hunderter und zwei Fünfziger, bitte.«

Der Mittvierziger mit der schmuddeligen Mütze hielt sie offenbar für einen Geldautomaten.

Sie gab ihm den gewünschten Betrag, aber es kam kein Dank zurück. Aus den Augenwinkeln registrierte sie, wie der nächste Kunde seine Waren auftürmte. Wenn das Laufband gleich völlig entfesselt losraste, würde das alles auf sie herunterprasseln und sie vom Stuhl reißen, und wenn sie erst auf dem Boden lag, zwischen Tubenkaviar, Remoulade, Roggenbrot und fettarmer Milch, noch ganz benommen von dem Rinderfilet, das ihr auf den Kopf gefallen war, würde eine Flasche Olivenöl *extra vergine* den Rest erledigen und ihr das Licht ausknipsen, während das Laufband weiter und weiter lief und sie unter immer neuen Waren begrub, bis man sie in dreihundert Jahren bei archäologischen Ausgrabungen wiederfinden würde.

»Hallo, Fräulein! Können Sie nicht eine zweite Kasse aufmachen?«

Sie hatte miserabel geschlafen. Der Besuch in Axel Mossmans Keller hatte einiges in ihr ausgelöst. Eine innere, vulkanische Aktivität, die nicht zur Ruhe kommen wollte. Nackte Angst, schwelende Panik und ein ausgeprägter Selbsterhaltungstrieb ergaben eine explosive Mischung, die jederzeit hochgehen konnte.

Es hatte angefangen, als sie nach dem Besuch bei Mossman in ihre Wohnung gekommen war und den USB-Stick in den Computer gesteckt hatte, um einen ersten Blick auf das alte Material zu werfen. Eine unfassbar dämliche Idee, denn eigentlich hätte sie wissen müssen, wozu das führen würde – und sie brauchte ihren Schlaf, um an der Kasse bei Netto zu überleben.

»Oh *shit!* Ist das echt so teuer? Dann muss ich irgendwas hierlassen. Das und das und das da, oder?«

Das schmächtige Teenie-Mädchen fing an, seine Sachen in den Arm zu stapeln, während es fieberhaft rückwärtsrechnete.

»Und jetzt? Wie viel ist es noch?«

»185,50.«

Mossman hatte tatsächlich das gesamte Material eingescannt, chronologisch sortiert und in verschiedenen Dateiordnern abgelegt. Ihr ehemaliger Chef wollte, dass ein paar ungetrübte Augen einen neuen Blick auf die alten Fälle warfen, die ihn quälten.

Fälle, die vielleicht eine Tür, eine kleine Luke oder einen anderen versteckten Zugang in die Unterwelt des Danehof aufstoßen konnten. Fälle, die Mossman schon vor vielen Jahren um den Schlaf gebracht hatten, weil er die vagen Konturen eines mächtigen Netzwerks gesehen hatte, ohne danach greifen und sie festhalten zu können. Es war ihm nicht gelungen, die beiden Fälle zu knacken.

»Denken Sie dran, dass die hier im Angebot sind, wenn man drei davon nimmt«, sagte eine Frau und fuchtelte ihr mit ein paar Dosen Chilibohnen vor der Nase herum.

»Das macht die Kasse automatisch«, antwortete sie, während der Blick der Frau unverwandt am Kassendisplay klebte.

»Macht 347,50.«

Es fühlte sich höllisch gut an, Widerstand zu leisten. Aufzubegehren. Sich auf die Hinterbeine zu stellen. Sie würde endlich wieder ermitteln. Das tun, was sie am besten konnte. Die Fälle schrien förmlich nach ihr.

»Hier, Ihr Bon, bitte sehr. Schönen Tag noch.«

Per aspera ad astra. Sie würde die Eiskappen sprengen. Die Flammen befreien. Sich das Leben zurückholen.

Am frühen Nachmittag schloss sie ihre Wohnungstür auf und drückte sie mit dem Absatz hinter sich zu. Für heute war der Halbtagsjob an der Kasse überstanden, aber später warteten noch vier Stunden Schicht in der Spülküche des Hotels auf sie. Bis dahin gab es jede Menge zu erledigen.

Sie ließ ihre Einkäufe mitten im Zimmer auf den Boden fallen – diverse Schachteln in zwei verschiedenen Farben: Gelb für den Ryttinger-Fall, Grau für Gregersen. Dazu eine Rolle Klebeband, ein einfacher Schreibblock, Reißzwecken, zwei dicke schwarze Edding-Stifte und dann noch einer in Rot und einer in Grün.

Sie ging in die Küche, kochte Kaffee, füllte ihn in eine Kanne und stellte sie zusammen mit einem Becher auf den Couchtisch im Wohnzimmer. Dann schmierte sie sich ein paar Brote, die sie hastig aß, bevor sie ins Bad ging, wo sie die Prothese abschnallte und genau wie ihre Klamotten auf den Boden fallen ließ.

Was sie jetzt brauchte, war eine kurze Dusche, um wieder wach zu werden. Erst mit warmem Wasser und zum Abschluss noch ein kalter Schauer. Dann hüpfte sie eilig ins Schlafzimmer.

Zum Gott weiß wie vielten Mal betrachtete sie sich selbst in dem hohen Spiegel an der Schranktür und fragte sich, wer um alles in der Welt diese Person war, die sie da anstarrte.

Ihre nassen Haare klebten wie eine überdimensionierte Badekappe an ihrem Kopf. Man konnte richtig sehen, wie ihr Oberkörper eingesunken war. Von den Muskeln, die sich früher an Schultern und Oberarmen abgezeichnet hatten, war nicht mehr viel übrig, seit sie den teuren Dauerauftrag für das Fitnessstudio hatte kündigen müssen. Und ihr Bauch schien auch runder geworden zu sein.

Früher war es ein fester Bestandteil ihrer täglichen Körperpflege gewesen, sich unten herum zu rasieren, aber inzwischen wucherte ein dunkles Dreieck zwischen ihren Schenkeln, und die ganze Region war so unberührt wie das Innere Papua-Neuguineas.

Irgendwann, wenn sie das alles hinter sich gelassen hatte, würde sie sich einen Daueraufenthalt in einem Wellness-Hotel genehmigen und so lange dortbleiben, bis dieses Spiegelbild wieder perfekt war.

Sie zog sich ein sauberes T-Shirt über den Kopf, wickelte sich ein trockenes Handtuch um die Hüfte und hüpfte zurück ins Wohnzimmer. Dort machte sie es sich bequem und schenkte sich den dampfenden Kaffee ein.

Jetzt war sie bereit.

Sie hatte vor, sich beide Fälle zunächst schnell durchzulesen und währenddessen ein paar Notizen zu machen. Danach würde sie mit der eigentlichen Arbeit beginnen und sich als Erstes in den Ryttinger-Fall vertiefen. Der war älter und umfangreicher, mit einem ganzen Rattenschwanz aus angehängten Verhörprotokollen und Untersuchungen.

Sie nahm ihren Laptop auf den Schoß, steckte den USB-Stick ein und öffnete eine Datei mit der Zusammenfassung des Falls. Die Informationen waren offenbar auf dem neuesten Stand, denn sie beinhalteten auch Mossmans eigene katastrophale Niederlage – sein Unvermögen, den Museumsdirektor Malte Bulbjerg zu beschützen.

Karl-Erik Ryttinger war neunundachtzig Jahre alt und bereits an Demenz erkrankt gewesen, als er an einem späten Oktoberabend bei einem Einbruch in seine Villa in Kopenhagen mit einem Schuss ins Herz getötet worden war.

Sein ganzes Leben hatte er dafür gearbeitet, einen mächtigen Stahlkonzern aufzubauen, und war über viele Jahre ein echtes Schwergewicht der dänischen Wirtschaft gewesen.

Es war nur ein einziger Schuss gefallen, ein Neun-Millimeter-Projektil, das man in Ryttingers Körper gefunden hatte.

Kostbare Gegenstände waren gestohlen worden, wie zum Beispiel drei Kerzenleuchter – doch andere erkennbar wertvolle Dinge, darunter der Schmuck der verstorbenen Ehefrau, hatte der Täter liegen lassen oder gar nicht weiter gesucht. Das Haus war zwar durchwühlt worden, aber nicht gerade gründlich.

Das war jetzt siebenundzwanzig Jahre her. Ryttinger hatte mit letzter Kraft und mit seinem eigenen Blut das Wort »Danehof« auf den Parkettboden geschrieben und sich damit unauslöschlich in das Gedächtnis des jungen Chefermittlers Axel Mossman gebrannt.

Ryttinger hatte zwei Töchter gehabt: Sigrid und Benedicte. Sigrid fing an, die Einbruchstheorie infrage zu stellen, als man bei Renovierungsarbeiten im Sommerhaus der Familie in Skagen eine Reihe Aufzeichnungen und Tagebucheinträge entdeckte, die der alte Ryttinger dort versteckt hatte. Darin beschrieb er in unterschiedlichen Formulierungen seine Verbindung zu einem bestimmten Kreis von Menschen. Menschen mit großem Einfluss. Aber er erwähnte auch seine Zweifel an diesem Kreis und an der Rolle, die er selbst darin spielte. Nur das Wort »Danehof« fiel an keiner Stelle.

Als die studierte Historikerin Sigrid schließlich in den Ruhestand ging und sich mit ihrem Mann in Spanien niederließ, stürzte sie sich mit großer Energie in Nachforschungen. Sie wollte ihre Theorie beweisen, dass der Danehof den Tod ihres Vaters veranlasst hatte, weil er ein Zweifler war und seine beginnende Demenz eine Bedrohung darstellte.

Margrethe griff nach ihrem Kaffeebecher und trank einen Schluck. Das meiste war ihr bekannt. Die Zusammenfassung lieferte natürlich nur einen groben Überblick, aber es war gut, die Erinnerungen kurz aufzufrischen, bevor sie sich ernsthaft an die Arbeit machte.

Sigrid und ihr Mann waren in Dänemark zu Besuch gewesen, als sie bei einem Unfall auf eisglatter Autobahn in Südjütland ums Leben kamen. Das war elf Jahre her.

So setzten sich der Verdacht und die Unfälle fort.

Zusammen mit Oxen hatte sie später herausgefunden, dass der Museumsdirektor von Nyborg Slot, der Danehof-Experte Malte Bulbjerg, ursprünglich einen Mittelnamen gehabt hatte, den er stillschweigend abgelegt hatte: Ryttinger.

Malte war Sigrids Sohn. Wie seine Mutter war er von dem Gedanken besessen gewesen, die Mörder seines geliebten Großvaters zur Rechenschaft zu ziehen und die Machtelite zu enttarnen. Er wollte in das Netzwerk des Danehof vordringen und die Männer finden, die auch seine Mutter auf dem Gewissen hatten. Malte war davon überzeugt gewesen, dass der Unfall, bei dem seine Eltern gestorben waren, kein echter war.

Diesen Verdacht hatte er am Ende mit dem Leben bezahlt. Er hatte sich mit Mossman zusammengetan – dem es nie gelungen war, den Mörder von Bulbjergs Großvater zu fassen –, doch der Danehof hatte ihre Pläne durchschaut.

Ein eisiger Schauer lief ihr den Rücken hinunter, als sie sich für einen kurzen Moment an den schrecklichen Anblick erinnerte, der sich ihnen in dem Ferienhaus auf Tåsinge geboten hatte: Malte Bulbjerg, liquidiert. Zwei von Mossmans Männern ebenfalls tot.

Mossman verletzt. Und überall Blut. Blut, gemischt mit einer erdrückenden Stille.

Später war auch die Ehefrau des Museumsdirektors erschossen aufgefunden worden, in ihrem gemeinsamen Wohnhaus in Nyborg.

Margrethes Blick wanderte vom Bildschirm an die Wand über dem Sessel. Das wäre ein hervorragender Platz für eine Pinnwand à la Mossmans Jutetapete. Sie musste sich einen Überblick in Panoramagröße verschaffen, sich auf die Schnittpunkte konzentrieren, Personen verbinden, Kreise einzeichnen, Linien ziehen, dabei immer alles vor Augen haben und versuchen, das Unsichtbare zu sehen.

Ihr Blick wanderte weiter, nach draußen, in den Himmel vor dem großen Wohnzimmerfenster. Es war ziemlich bewölkt.

Einer nach dem anderen war gestorben. Nur Benedicte war noch übrig. Margrethe erinnerte sich gut an ihren Besuch bei dieser eleganten Dame in Odder. Der Verlust ihres Neffen hatte Benedicte Bjørk tief getroffen. Nach Sigrids Tod war sie wie eine Mutter für Malte gewesen.

An jenem Tag hatte Benedicte ihr von den Papieren im Ferienhaus erzählt, von Sigrids Verdacht, von Maltes Verdacht und von ihren eigenen Zweifeln und Ängsten. Nach einem langen Leben waren sie und ihr Mann plötzlich allein gewesen. Das Ehepaar Bjørk hatte nie eigene Kinder bekommen.

»Benedicte Bjørk, geborene Ryttinger, wohnhaft in Odder (verhört im Zshg. mit dem Tod des Vaters, s. Ordner mit Zeugenaussagen). Soweit bekannt, nie aktiv eingebunden in private Untersuchungen bezüglich der Todesfälle ihres Vaters und ihrer Schwester. / A. M.«

Die Zusammenfassung endete nüchtern mit Axel Mossmans persönlichem Kürzel.

Womöglich würde ihre Durchsicht der Ryttinger-Akten letztlich auch nur zu der Erkenntnis führen, dass wirklich alle Türen verschlossen waren. Dass niemand etwas übersehen hatte. Aber zumindest eins wusste sie jetzt schon mit Sicherheit: Sie musste Benedicte Bjørk erneut in Odder besuchen.

An dieser Stelle endete die Familientragödie. Seit Bulbjergs Tod war fast ein Jahr vergangen. Da konnte viel passiert sein. Schwermütige Gedanken und Grübeleien … Nach ihrer Erfahrung war die Zeit ein Faktor, vor dem man als Ermittler allergrößten Respekt haben sollte.

Ihr Kaffee war längst kalt geworden, aber sie trank ihn trotzdem, während sie die Datei mit der Zusammenfassung des Gregersen-Falls öffnete, der etwas überschaubarer zu sein schien. Allerdings war es auch der Fall, über den sie bisher am wenigsten wusste. Die Sache lag dreizehn Jahre zurück und fiel bereits unter Mossmans Ägide beim PET.

Der Sozialdemokrat Gunnar Gregersen war damals dreiundvierzig Jahre alt gewesen und auserkoren, eines Tages eine Hauptrolle in der dänischen Politik zu übernehmen. Er war beeindruckend intelligent, arbeitete hart, und er war überaus telegen, was in diesem Beruf nicht ganz unwichtig war.

Sie konnte sich gut an ihn erinnern. Gregersen sprach so, dass die Leute ihn verstehen konnten. Er strahlte Glaubwürdigkeit aus, wenn er seine Botschaften übermittelte. Und noch dazu hatte der Mann Sinn für Humor.

Was sie damals nicht gewusst hatte – und wovon auch sonst kaum jemand etwas ahnte –, war, dass Gunnar Gregersen manischdepressiv gewesen war und sich während seiner gesamten Zeit in der Politik in medizinischer Behandlung befunden hatte.

Mossman hatte diverse Arztberichte beigefügt, auf die er in seiner Zusammenfassung verwies. Gregersens Krankheit war eindeutig diagnostiziert und nicht wegzudiskutieren.

Gregersen war mit Yvonn verheiratet gewesen, einer einundvierzigjährigen Schulleiterin. Das Paar lebte in einer großen Wohnung im fünften Stock in Valby. Nicht gerade eine angesagte

Adresse für einen Spitzenpolitiker, aber sie passte zu Gregersens Auftreten. Das Paar hatte keine Kinder.

Obwohl beide eingefleischte Kopenhagener waren, hatten sie sich ein Ferienhaus auf Fanø gekauft, wohin Gunnar Gregersen sich von Zeit zu Zeit zurückzog, wenn er sich auf eine größere politische Aufgabe konzentrieren musste.

Ein paar deutsche Touristen hatten ihn an einem frühen April-Morgen an der Westküste der Insel aufgefunden. Er saß leblos hinter dem Steuer seines Autos, das bis zu den Radkappen im Wasser stand. Ein Schlauch führte vom Auspuff ins Fahrzeuginnere. Auf dem Boden lag eine leere Flasche Cognac. Eine klassische Methode, sich aus dem Leben zu verabschieden.

Das alles erinnerte sie an eine Meldung, die sie erst vor Kurzem gelesen hatte. Entweder in der Zeitung oder im Internet. Irgendeine Geschichte mit einem bekannten Unternehmer, dessen Name ihr nicht mehr einfiel und der dasselbe Ticket gelöst hatte – nur nicht am Strand, sondern im Wald. Es war fast immer ein Wald, aus nachvollziehbaren Gründen.

Gregersen hatte nur das dunkle Meer vor sich gesehen, als er den Stecker zog. Er sei extrem überarbeitet gewesen, hieß es.

Der nachgewiesene Blutalkoholgehalt war astronomisch – 3,35 Promille. Was Mossman dazu bewogen hatte, gleich mehrere Ausrufezeichen hinter diese Zahl zu setzen, war die Tatsache, dass Gregersen gar keinen harten Alkohol mochte. Seltsam war auch, dass aus dem Obduktionsbericht eindeutig hervorging, dass er seine Medikamente genau nach Vorschrift eingenommen hatte.

Aber die Kriminaltechniker hatten nichts Verdächtiges gefunden, und selbst wenn am Strand weitere Spuren gewesen waren, hatte die Flut sie längst mitgenommen.

Gregersens Frau hatte sich umgehend von ihrem Job beurlauben lassen. Der Selbstmord ihres Mannes warf sie völlig aus der Bahn, und sie schaffte es nicht, danach in ein geregeltes Leben zurückzukehren.

Ein paar Monate später rief sie eines Abends spät bei Mossman an, der noch im Hauptquartier des PET war.

»*Yvonn Gregersen sagte mir (Zitat): Der Umschlag ist an Sie adressiert. Ich habe einen Blick hineingeworfen, ja, es tut mir leid. Es handelt sich um Unterlagen über einen gewissen Danehof … Genauer gesagt, Danehof Ost. Keine Ahnung, was es damit auf sich hat. Mir wäre es am liebsten, wenn Sie herkommen und die Sachen abholen könnten, am besten sofort, geht das? / A. M.*«

Als Mossman bei der Adresse in Valby ankam, waren die Leute vom Rettungsdienst gerade dabei, Yvonn Gregersen vom Bürgersteig zu kratzen. Die Obduktion ergab, dass sie 1,83 Promille im Blut hatte. Sie war aus dem fünften Stock gestürzt und hatte sich beim Aufprall den Schädel gebrochen.

Mossman fand weder einen Umschlag noch sonst irgendwelche Informationen über den Danehof.

»*Gunnar Gregersen (G. G.) war offenbar der Ansicht, dass das Material in meinen Händen am besten aufgehoben wäre. Ich möchte betonen, dass ich zum damaligen Zeitpunkt nur peripher mit Gregersen zu tun hatte. Wir waren uns zwei oder drei Mal im Zusammenhang mit seiner Funktion im Kontrollgremium der Geheimdienste begegnet. / A. M.*«

Hier endete die Zusammenfassung. Sie machte sich ein paar Notizen dazu und beschloss, noch ein kurzes Nickerchen einzulegen, bevor sie sich in die Arbeit stürzte.

Sie lehnte sich zurück und machte die Augen zu. Man konnte Mossmans Anspannung in seinen Zeilen über Gregersen förmlich spüren. So nah dran am Danehof. Und doch so weit entfernt.

33.

Euston Station war ein einziges Gewühl und Gewimmel, aber so war es eben am geschäftigsten Verkehrsknotenpunkt Londons. Die einen hasteten auf dem schnellsten

Weg zur *Tube* oder kamen von dort, die anderen gingen oberirdisch auf Reisen. Jetzt am Nachmittag waren vor allem Letztere unterwegs.

Die Reisenden, die eine längere Fahrt in die West Midlands, nach Nordwestengland, Wales, Schottland oder Irland antreten wollten, bildeten einen schwirrenden Pulk in der großen Ankunftshalle.

In regelmäßigen Abständen hoben sie die Köpfe, um dem Strom von Informationen auf der riesigen Anzeigetafel zu folgen. Je weiter der jeweilige Zug nach links rutschte, umso näher rückte der Abschied von der Hauptstadt. Erst zwanzig Minuten vor Abfahrt wurde die Gleisnummer angezeigt, und entsprechend groß war die Aufmerksamkeit im Niemandsland.

Von dem muskulösen Mann mit der schwarzen Lederjacke über der Schulter, der sich gerade seinen Weg durch die Menge bahnte, nahm dagegen kaum jemand Notiz. Männer seiner Statur gab es hier viele. Darunter einige, die beinahe gleich aussahen: Mitte vierzig, kräftiger Nacken und dicke Oberarme, über denen das T-Shirt spannte.

Betrachtete man ihn aus der Nähe, gab es aber doch etwas, das ihn von den anderen in der Bahnhofshalle unterschied. Sein Blick war ruhig und wachsam. Er bewegte sich mit sicheren Schritten durch die lebhafte Menschenmenge, ohne auf die Anzeigetafel mit den roten Buchstaben und Zahlen zu achten.

Nur ein einziges Mal wanderte sein Blick nach oben, um die Ankunftszeiten zu überprüfen. Dann verschwand er in einem Geschäft direkt am Ausgang, das nicht nur Zeitungen, Magazine und Bücher verkaufte, sondern in einem kleinen Extrabereich auch Kaffee und Snacks anbot.

Nachdem er sich einen Überblick über die Kaffeesorten verschafft hatte, gab er bei dem jungen, schwarz gekleideten Barista seine Bestellung auf. Einen Kaffee, mittelgroß, und ein Croissant.

Auf dem Vorplatz der Euston Station – oder London Euston,

wie viele den Bahnhof auch nannten – genossen die Menschen den Frühling. Viele Tische waren besetzt. Man trank Kaffee, Limonade und Bier, und die Stimmung war wesentlich entspannter als drinnen vor der Anzeigetafel. Es war ein milder Nachmittag mit vielen hochgekrempelten Hemdsärmeln.

Er hatte sich bewusst einen Tisch ausgesucht, an dem er den Bahnhofsvorplatz und die vielen Menschen im Blick hatte. Er achtete immer darauf, sich den Rücken freizuhalten.

Er war zu Fuß von King's Cross gekommen. Er stand nicht gern mit anderen zusammengedrängt wie die Ölsardinen in der stickigen Luft der U-Bahn.

Jetzt biss er in sein Croissant und nippte an seinem Becher. Mittlerweile war es eine richtige Wissenschaft geworden, sich einen Kaffee zu bestellen. Man musste allen Ernstes entscheiden, aus welchem Land die Bohnen kommen sollten, wie stark man den Kaffee gern hätte, wie aromatisch, mit Sirup oder ohne – und wie viele Milliliter man davon haben wollte. Wahrscheinlich fragten sie einen demnächst auch noch, wer einem die Scheißbohnen pflücken sollte. María, Mario oder José? Was für ein Schwachsinn … Er wollte einfach nur schwarzen Kaffee, so schwarz wie der schwärzeste Schwarze im schwärzesten Dreckskaff in Afrika bei Nacht.

Er warf einen schnellen Blick auf die Armbanduhr. Es konnte eigentlich nicht mehr lang dauern. Er hatte sich Euston Station nicht zum ersten Mal als Treffpunkt ausgesucht – günstig gelegen, wenn man von Norden kam, aber vor allem anonym.

Vielleicht sprang heute ein neuer Job für ihn heraus. Geld hatte er genug, aber er merkte, dass er immer rastloser wurde. Seit dem letzten großen Auftrag in Dänemark hatte er nur einen einzigen, kurzen Job angenommen. Normalerweise war er der Arbeitgeber und rekrutierte Mitarbeiter, aber diesmal stand er vor der Entscheidung, ob er sich selbst anheuern lassen wollte oder nicht.

Worum es ging, würde Stanley Mullender ihm gleich verraten. Sie kannten sich aus ihrer gemeinsamen Zeit bei der Spezialeinheit SAS. Sein ehemaliger Kamerad kam mit dem Zug aus Manchester und sollte eigentlich jeden Moment hier auftauchen. Nach ihrem Treffen wollte Stan dann noch in die Stadt, um weitere Gespräche zu führen.

Er trank einen Schluck. Angeblich kam der Kaffee aus Guatemala, aus dem Huehuetenango-Gebiet, und war ein »*strictly hard bean*«, was in der Sprache dieser Kaffee-Spinner wohl hieß, dass er auf zweitausend Metern Höhe geerntet worden war. Er nahm noch einen Schluck. Der Kaffee schmeckte eindeutig nach … Kaffee.

Ein großer, athletischer Mann im dunklen Anzug trat aus dem Dunkel des Bahnhofs nach draußen in die Sonne. Er blieb stehen, setzte seine Sonnenbrille auf, sah sich ohne Eile um und steuerte dann mit einem schwarzen Aktenkoffer in der Hand zielstrebig auf seinen Tisch zu. Stanley Mullender sah aus wie ein Geschäftsmann, was er im Grunde ja auch war.

»Hi, Stan.«

»Hi, Eric.«

Sie gaben sich die Hand. An die vertauschten Rollen musste er sich noch gewöhnen. Derjenige zu sein, der auf ein Angebot wartete. Normalerweise war er *John Smith* – der Mann, der Leute anwarb und ihnen einen Vertrag auf den Tisch knallte. Aber mit Stan ging das in Ordnung. Sie kannten sich schon seit einer Ewigkeit, Decknamen waren überflüssig.

»Willst du auch einen Kaffee? Ich trinke hier gerade eine erlesene Brühe. Aus Guatemala. Hugo-Bugo-Provinz, in zwei Kilometern Höhe von einem Kaffeebauern namens Gonzales gepflückt. *Who gives a fuck?*«

Stan lachte.

»Die Barista-Apokalypse ist nah. Aber nein, danke, ich trinke nur Tee, und das habe ich im Zug schon getan. Alles gut bei dir, Kumpel?«

»Alles bestens, und bei dir?«

»Auch. Ich war jetzt ein halbes Jahr zu Hause und hatte etwas Zeit, mich um alles zu kümmern, die Kinder und so … Ich bin seit zwei Jahren geschieden. Bist du eigentlich verheiratet, Eric?«

»Verheiratet? Hast du Fieber?«

»Sei froh. So eine Scheidung ist echt beschissen. Wir waren uns einig, dass es das Beste ist, aber die Kinder … Das ist echt nicht einfach. Na ja, genug davon. Du bist im Augenblick arbeitslos, wenn ich dich richtig verstanden habe?«

Er nickte. »Arbeitslos« war korrekt, aber der Zustand war selbst gewählt. Seit dem Job in Dänemark hatte er einige miese Angebote abgelehnt. Er konnte es sich erlauben. Auf seinem Bankkonto blinkte fast eine Million Pfund. Das hieß, alles zusammengenommen ergab rund eine Million, denn er hatte das Geld breit angelegt, und nur ein kleiner Teil der Summe stand bar zur Verfügung.

»Wenn der Job stimmt, bin ich dabei. Lass hören.«

»Okay. Es geht nach Afrika. Ich glaube … Ach, sag mal, kennst du eigentlich Alistair MacDuff?«, fragte Stan und schob sich die Sonnenbrille auf die Stirn.

»Kennen wäre zu viel gesagt. Ich hatte ein paarmal mit ihm zu tun. Warum?«

»Wusstest du, dass er tot ist?«

Er sah seinen alten Kollegen überrascht an.

»Tot? Nein. Wie ist das passiert?«

»Ich habe es von einem alten Kameraden aus Liverpool erfahren, der öfter mit MacDuff bei Spielen im Anfield war. Sie haben ihn in seinem Haus in Runcorn gefunden. Er ist wohl im Suff die Treppe runtergefallen und hat sich das Genick gebrochen.«

»Das ist heftig. Was für eine armselige Art zu verrecken, wenn man bedenkt, wo der Mann schon überall im Einsatz war und heil davongekommen ist. Weißt du mehr darüber?«

»Nur, dass er an dem Abend in irgendeiner Kneipe war. Aber

egal, das nur nebenbei. Der Job, den ich dir anbieten kann, ist in Sierra Leone. Und er ist vollkommen legal.«

Stanley Mullender machte eine Pause, als hätte er mit einer sofortigen Reaktion gerechnet, vielleicht auf die Ortsangabe.

»Sierra Leone, hmm, erzähl weiter.«

»Wir haben immer noch Jungs da unten, auch wenn in letzter Zeit viele abgezogen und nach Hause geholt wurden. Aber die, die noch dort sind, haben mächtig zu tun. Unter anderem haben sie bei dem großen Ebola-Ausbruch geholfen. Sie sind Teil einer Mission, die IMAT SL heißt – *International Military Advisory & Training*. Das Hauptquartier befindet sich im Süden von Freetown. Bei dem Job geht es darum, das sierra-leonische Militär zu unterstützen und auszubilden, um eine moderne und effektive Armee daraus zu machen, auf die sich die neue Demokratie verlassen kann.«

»Das ist ja mal ganz was Neues.«

Immer wieder das alte Lied. Wegen verschiedener Umstände sah man sich genötigt einzugreifen und stürmte ins Land. Kaum war man da, bestand die Herausforderung eigentlich nur noch darin, sich möglichst schnell wieder vom Acker zu machen. Alistair MacDuff tot? Eine Treppe heruntergefallen? Das Leben war wirklich launisch …

Stanley Mullender sah ihn an.

»Stimmt«, erwiderte er. »Aber der Job ist eine solide Sache. Nenn es von mir aus Outsourcing. Zwölf Monate Arbeit für eine demokratisch gewählte Regierung, mit ein paar Spezialaufgaben. In erster Linie geht es um den Schutz, aber auch um die Ausbildung von gezielt ausgewählten Soldaten aus ihren eigenen Reihen.«

»Freetown ist am Arsch der Welt. Zumindest einem davon.«

»*Sure is* … Aber ich könnte dir noch viel schlimmere Orte aufzählen.«

Er nickte. Die Aufgabe klang harmlos. Was vermutlich auch auf die Bezahlung zutraf.

»Und was springt dabei raus?«

»Da der Vertrag über unsere Leute läuft, ist es nicht die Welt. Aber es gibt einen Haufen Zulagen, über die ich momentan mit dem Regierungsvertreter verhandele. Ich gehe davon aus, dass es am Ende ein wirklich attraktiver Job ist. Legal – und weitgehend ungefährlich.«

Er nickte wieder nachdenklich. Vielleicht nicht die schlechteste Art, ein Jahr herumzubringen.

»Bis wann brauchst du meine Entscheidung, Stan?«

»Das eilt nicht. In drei, vier Wochen.«

»Wie viele sind wir?«

»Sechzehn Mann.«

»Und wer hat das Kommando?«

»Ich«, sagte der Esel, »und dann du, wenn du mitmachst. Dritter ist der große MacKendrick aus Glasgow.«

»Okay. Das hört sich nicht schlecht an, aber für die endgültige Antwort brauche ich noch Zeit. Das mit Alistair MacDuff … Das ist wirklich verrückt.«

»Zu Hause lebt man am gefährlichsten, Eric, sagt man doch so, oder? Und sei es nur, weil die Ehefrau da ist.«

»Eine Treppe. Ich fasse es nicht …«

34.

Ein eisiger Wind fegte von den Gipfeln herunter und wirbelte roten Staub über den Gebirgspass. Der Felsvorsprung bot wenig Schutz, aber es war der perfekte Ort.

Der Staub knirschte zwischen den Zähnen. Legte sich wie ein dünner Film über die Schutzbrille. Fein wie Mehl kroch er in jede Falte der Kleidung und bildete Flecken, die aussahen wie geronnenes Blut. Es würde beim Scheißen stauben. Und es würde stauben, wenn sie die Scheiße in Plastiktüten packten, um sie wieder mitzunehmen, sobald sie die Gegend verließen.

Er schwenkte das große Fernglas. Unten auf dem Pass war alles ruhig. Die Bewohner der Siedlung, die von einer schützenden Steinmauer umgeben war, hatten sich schon lange in ihren Häusern vor dem Staub in Sicherheit gebracht. Vor einer halben Stunde hatte sich die letzte Tür geschlossen.

Dreiundachtzig Stunden ohne auch nur den Schatten eines Taliban. Der vierte Tag. Immer noch *two more to go* – zwei weitere Tage, um den Verdacht zu bestätigen, dass diese kleine Ansammlung von Häusern der Knotenpunkt war, wo der feindliche Verkehr über den Pass zusammenlief. Er bewegte das Fernglas auf und ab. In den Staubwolken rührte sich absolut nichts. Aber ein Unwetter bedeutete keine Pause für sie. Im Gegenteil. Ein Unwetter konnte eine goldene Gelegenheit sein, ein zusätzlicher Schutz auf ihrem Marsch.

> »Foxtrott 17, hier ist Foxtrott 60. Lagebericht durchgeben. Kommen.«
»Foxtrott 17. Lage unverändert. Immer noch keine Beobachtungen von Tango-Bravo. Keine Bewegung in *compound S3M8*. Die haben alles dicht gemacht. Der Wind wird stärker. Erbitte Wettermeldung.«
»Foxtrott 60. Im Gebiet zieht Sturm auf. Wind aus Richtung Nordost. Erwarteter Höhepunkt: 14:30 *Juliet*. Ende.« <

Der Sprühregen bildete eine dünne Schicht auf der Windschutzscheibe. Sobald die Schicht dick genug war, brachen einige Tropfen aus und hinterließen eine klare Spur auf ihrem Weg zur Kühlerhaube. Auf der linken Seite sah er einen roten Regenschirm, der sich auf die Skovshoved Kirke an der Straßenecke zubewegte. Ein gelber Schulbus rauschte vorbei.

Lieber Regen als Staub. Seit drei Stunden war die Schule zu Ende, und genauso lange parkte er schon am Straßenrand. Umsonst. In der Hand hielt er das kleine laminierte Foto. Kriege und Jahre waren an ihm vorbeigezogen. Gnadenlos wurde sein Leben auf die Scheibe des Hyundai projiziert.

Er hatte einen kleinen Spaziergang gemacht, war ein Stück die Straße hinuntergegangen und wieder zurück. Auf dem Briefkasten stand immer noch »Birgitte und Lars Engström« – und darüber »Magnus«, ohne Nachnamen. Alles war genau wie beim letzten Mal, als er auf der Bank vor der Kirche gesessen hatte, um ihn wenigstens kurz zu sehen.

Aber diesmal hatte er kein Glück. Kein Fahrrad in der Einfahrt. Kein Junge im Fußballtrikot. Kein Hund an der Leine. Nichts. Nur das kleine Foto in der schützenden Plastikhülle. Er sah es an, und ein Gefühl der Wärme durchströmte ihn, während ihn gleichzeitig die Mörsergranate der Sehnsucht zerfetzte und eine riesige Wunde hinterließ.

Heute würde es kein unbemerktes Wiedersehen geben. Auch morgen nicht und vielleicht nie mehr. Er drehte den Zündschlüssel, ließ den Motor an und fuhr im Schneckentempo an dem Haus mit dem doppelten Carport vorbei.

Ob er wohl jemals dort auf der Treppe stehen und klingeln würde, um unter Birgittes kühlem Blick zu fragen, ob Magnus schon fertig war? Oder würde er lange davor zugrunde gehen?

Er setzte den Blinker und bog in den Krøyersvej ab. Vor ihm lag eine lange Fahrt zurück nach Ullerup. Dort würde er Pastor vorsichtig fragen, ob er noch ein bisschen länger im Pfarrhaus bleiben dürfe, um sich mit Mossmans Material zu befassen.

Sie hatten die Arbeit gestern Abend im Keller aufgeteilt. Er würde Mossman dabei unterstützen, die infrage kommenden Herrensitze über die Eigentümer und die Besitzverhältnisse weiter einzugrenzen.

Er hatte Mossman erzählt, dass er eine Liste besaß, die die Namen sämtlicher Mitglieder des Danehof Nord enthielt, und dass er überprüfen werde, ob sich interessante Querverbindungen zu den Ergebnissen seiner Nachforschungen herstellen ließen.

Axel Mossman wollte sich die Liste gern ansehen, aber er hielt diese Informationen zum gegenwärtigen Zeitpunkt für wenig hilfreich.

»Klingeln wir an einer Tür, klingeln wir auch an allen anderen«, hatte es der ehemalige PET-Chef formuliert. Und das war natürlich richtig. Die Namenslisten waren wertvoll, aber nichts, was sie unmittelbar einsetzen konnten oder sie weiterbrachte.

Das alles war ihm die ganze Nacht im Kopf herumgespukt – es war eine der schlimmsten Nächte seit Langem gewesen. (Er hatte im Danhostel in Lyngby geschlafen.) Irgendwann war der Kuhmann aus dem Nebel getreten. Mit seinem verschlagenen Grinsen und seinen fauligen Zähnen hatte der Dämon ihn zu Tode erschreckt, obwohl er ihn schon so lange kannte.

Am Vormittag war er auf dem Kastell gewesen, wie sonst immer am 4. August, an Bosses Todestag. Es war nicht August, aber vielleicht würde es auch nie mehr August werden.

Bei strömendem Regen und mit der Kapuze über dem Kopf hatte er sich sicher genug gefühlt. Er war auf die Prinzessinnen-Bastion gegangen, hatte vor dem Denkmal für die Gefallenen gestanden und wieder das fröhliche Gesicht vor sich gesehen, als sein Blick die Zeile erreichte, in der »Bo Hansen« stand. 1995 war lange her.

Normalerweise wäre er danach weiter zu Bosses Grab gefahren. Auf dem Friedhof in Høng hatte Margrethe Franck ihn das letzte Mal heimlich beobachtet, während sie wiederum von Mossman beobachtet worden war. Und am Ende der Nahrungskette saßen die dunklen Männer, die auf perfide Weise ihrerseits Mossman beobachtet hatten.

Er fuhr auf die Autobahn und beschleunigte den Wagen.

Das Gefühl, einem bösen Omen gegenüberzustehen, dem eigenen Untergang in die Augen zu schauen, war mit Händen zu greifen gewesen, als der PET-Chef an jenem Abend, mitten in einem Unwetter, bei der Fischzucht aufgetaucht war.

Heute fuhr er nicht nach Høng. Er musste zurück. Er musste

rund um die Uhr arbeiten und nachdenken, während er darauf hoffte, dass Mossmans Reise nach London zu einem positiven Ergebnis führen würde.

Der Verkehr wurde immer dichter. Er musste an die Felswände denken, die sich im Albrektsunds Kanal um einen schlossen – und an Tessa.

Dank ihr hatte er den Untergang überlebt. Aber würde er irgendwann wieder *leben*?

Er steckte das kleine laminierte Foto in den Lüftungsschlitz über dem Autoradio. Magnus sah zu ihm auf.

35.

Nach einem langen Tag im Büro war der leichte Regen ganz erfrischend. Er hatte nicht mit Niederschlag gerechnet, als er heute Morgen das Haus verlassen hatte. Sein dünner Mantel war jetzt schon durchnässt, aber er fror zum Glück nicht. Nur sein Kopf war kalt wie Eis, was dem Wind geschuldet war, der durch Kopenhagens Straßen fegte.

Es war ein Tag im Klammergriff der Routine gewesen. Ständig am Schreibtisch, keine Konferenzen, aber wenigstens eine gemütliche Kaffeepause und ein Stück Kuchen am frühen Nachmittag. Er hatte Zeit gehabt, sich über die Stiftung Gedanken zu machen und über einige anstehende Investitionen, die sicherstellen sollten, dass ihr Portfolio die Markttrends widerspiegelte.

Er ging zügig über die Stormbro. Bald war er zu Hause. Dann würde er sich mit einer Tasse Tee hinsetzen und sich auf das am Abend bevorstehende Treffen mit seinem Protegé vorbereiten. Das letzte Mal hatten sie über dänische Werte gesprochen. Diesmal sollte es um die dänische Flüchtlingspolitik gehen. Sein Nachfolger hatte dieses interessante Thema ausgewählt, das hochaktuell war und es vermutlich auch in den kommenden Jahren bleiben würde.

Es war ungeheuer wichtig, dass der Danehof eine klare Haltung einnahm, was den Druck auf die dänischen – und europäischen – Grenzen betraf. Bei ihrer nächsten Sitzung musste er Nord unbedingt darauf ansprechen, ob es nicht langsam an der Zeit sei, dass sich das Consilium in dieser Debatte zu Wort melde.

Er blieb vor der Haustür stehen und kramte den Schlüssel aus seiner Manteltasche. Automatisch richtete er dabei den Blick rechts unten auf den Türrahmen. Ganz am Rand war ein kleiner waagrechter Kreidestrich, nur etwa anderthalb Zentimeter lang. Er bückte sich und wischte ihn weg.

Nielsen hatte Post gebracht.

Er steckte den Schlüssel ins Schloss und öffnete die Tür. Statt hinaufzugehen und seine nassen Sachen auszuziehen, ging er direkt nach unten. Jede Partei in dem exklusiven Wohnhaus besaß einen eigenen, großen Kellerraum. Er schloss die Stahltür auf, knipste die Deckenlampe an und ging zu dem alten Büroschrank an der Wand. Er öffnete eine der Schiebetüren und gab den sechsstelligen Code ein, mit dem sich der Safe öffnen ließ, der in die Mauer eingelassen war. Er nahm ein großes Kuvert heraus, das wie üblich im oberen Fach deponiert worden war.

Er leitete eine Organisation, deren Wurzeln bis ins Mittelalter zurückreichten, und war ein überzeugter Verfechter der alten Tugenden. Deshalb gab es keinen telefonischen Kontakt zwischen den drei Leitern – nur eine Notfallnummer, die bei absoluten Katastrophen verwendet werden durfte. Und man pflegte auch keine elektronische Kommunikation, ganz zu schweigen von einem Datenarchiv, das auf irgendeinem Server gespeichert war.

Weder ein Computervirus noch irgendeine raffinierte Malware konnte ihnen gefährlich werden. Dafür gab es Papier. Papier konnte man schreddern oder verbrennen. So war es schon immer gewesen, und so würde es auch in Zukunft sein.

Also lieferte sein treuer Knappe Nielsen in vierzehntägigem

Rhythmus seinen obligatorischen Statusbericht über den Zustand des Landes und hinterließ einen waagerechten Kreidestrich als Signal. So funktionierte die Kommunikation in ruhigen Zeiten, und zwar so lange, bis etwas anderes vereinbart wurde.

Er zog seinen nassen Mantel aus und legte ihn auf eine Kommode. Dann machte er es sich in dem Sessel bequem, in den er sich immer setzte, wenn er den Bericht zum Lesen nicht mit in die Wohnung nahm. Er holte seine Brille aus der Tasche, öffnete den Umschlag und überflog den Inhalt. Es war nicht viel.

Den Anfang bildete ein Zwischenbericht über die zwei laufenden Operationen. Sie hatten auf der letzten Sitzung gemeinsam beschlossen, diese Projekte deutlich zurückzufahren.

Auf der ersten Seite ging es um die ehemalige PET-Mitarbeiterin Margrethe Franck. Die letzte Kontrolle war vier Tage alt.

»Status M. F.: Keine nennenswerten Beobachtungen. M. F. arbeitet in Teilzeit bei Netto und als Spülkraft im Hotel Copenhagen Blackbird. M. F. wohnt weiterhin in Østerbro, ihre finanzielle Situation ist nach wie vor stark angespannt.«

Die zweite Seite betraf einen gewissen Christian Sonne – ein ehemaliger Polizist aus Aarhus und Neffe des früheren PET-Chefs Axel Mossman.

»Status C. S.: Keine nennenswerten Beobachtungen. C. S. arbeitet wie schon beim letzten Status in Teilzeit als Lagerarbeiter in einem Baumarkt und als Servicemitarbeiter an einer Tankstelle. Sein Haus wird zwangsversteigert, der Termin ist für kommenden Mittwoch anberaumt worden.«

Nielsen bat um Bestätigung, dass die beiden Operationen umgehend herabgestuft werden sollten. Und die sollte er auch bekommen. Die Arbeit wurde von externen Kräften ausgeführt, was eine kostspielige Angelegenheit war.

Seit jener Nacht vor einem Jahr, als Villum Grund-Löwenberg in Gram entschieden hatte, wie sie mit den involvierten Personen verfahren würden, hatten sie eine monatliche Kontrolle durchgeführt, was jedes Mal zwei volle Tage Rundum-Überwachung bedeutete.

Inzwischen stellten die beiden Beteiligten keine Bedrohung mehr dar. Sie waren gebrochen. Die Organisation hatte mehrfach eingegriffen und dafür gesorgt, dass sie ihre neuen Jobs umgehend wieder verloren.

Er würde Nielsen bitten, auch weiterhin Überprüfungen vorzunehmen – aber nur noch in dreimonatigen Abständen und nur noch jeweils einen Tag lang.

Die folgenden Seiten lieferten eine kurze Zusammenfassung der restlichen Aktivitäten.

Andere laufende Operationen gab es gegenwärtig nicht, aber auf ihrer Agenda standen immerhin sechs Personen, die aus dem ein oder anderen Grund das Interesse ihrer Organisation geweckt hatten und nun auf Herz und Nieren überprüft wurden.

Es handelte sich um drei jüngere Politiker, allesamt Parlamentarier, die mit großem Talent und Potenzial für einen Ministerposten gesegnet waren, sowie drei Manager, deren Firmen sich äußerst vielversprechend entwickelten.

Jeder von ihnen musste akribisch durchleuchtet werden, von seiner Kindheit bis zum heutigen Tag. Eine umfangreiche Aufgabe, deren Ergebnis die Beschlussgrundlage dafür bilden würde, ob sie in eine oder mehrere dieser Personen künftig investieren würden.

Er legte die Unterlagen zurück in den Safe, klappte ihn zu und schloss die Schiebetür. Jetzt würde er nach oben gehen, sich endlich eine Tasse Tee kochen und sich auf die Begegnung am Abend vorbereiten.

Er freute sich – wie immer – darauf, seinen Kandidaten zu treffen. Er hatte nie an dessen Intelligenz, seinen analytischen Fähigkeiten oder anderen Begabungen gezweifelt – vor allem aber begeisterte ihn sein außergewöhnlicher Esprit.

Noch hatte er nicht endgültig entschieden, wann er ihn seinen beiden Kollegen am runden Tisch präsentieren würde. Zunächst wollte er noch ein paar weitere Gespräche führen, aber er war felsenfest davon überzeugt, dass er seinen Nachfolger gefunden hatte.

36.

Linie 14 hatte nur knapp zehn Minuten gebraucht, um sie vom Bahnhof in Aarhus in die Vergangenheit zu transportieren. Sie blieb auf dem Bürgersteig stehen und sah sich um. Fast sieben Jahre war es her, dass sie das letzte Mal auf dem Viby Torv gestanden hatte. Sie war ein seltener Gast in der zweitgrößten Stadt des Landes.

Damals hatte sie an einer zweitägigen nordischen Konferenz zum Thema Radikalisierung teilgenommen, lange bevor die umstrittene Grimhøj-Moschee in die Schlagzeilen gekommen war, weil sie den IS unterstützte und offenbar äußerst erfolgreich Syrienkämpfer rekrutierte.

Zuletzt hatten geheime Aufnahmen belegt, dass der Imam hinter verschlossenen Türen predigte, Auspeitschen, Steinigung und die Züchtigung von Frauen und Kindern seien gesunde Maßnahmen einer rechtgläubigen Gesellschaft, woraufhin der Bürgermeister die Pläne für den Bau einer Großmoschee auf Eis gelegt hatte.

Grimhøj stellte immer noch eine echte Herausforderung für ihre ehemaligen Kollegen beim PET dar, die viel Zeit und Energie investierten, um die Akteure im Umfeld der Moschee zu überwachen.

Die Konferenz hatte damals im Hotel Mercur stattgefunden, das wie ein riesiger weißer Klotz vor ihr in den Himmel ragte. Ihr Blick fiel auf das Schild über dem Eingang. Das Hotel, das jahrzehntelang eine Art Synonym für den Viby Torv gewesen war, hieß jetzt tatsächlich Zleep Hotel Aarhus.

Aber der Vormarsch des »z« war ihr egal, und auch der gewaltige Irrweg der Imame interessierte sie im Augenblick nicht. Ihre Kapazitäten reichten nur für eine Sache. Und wegen dieser einen Sache stand sie jetzt hier auf dem Viby Torv.

Sie war mit Zug und Bus gekommen. Einerseits, weil der Suzuki ein unberechenbares Biest war, aber vor allem, weil sie in den öffentlichen Verkehrsmitteln viel leichter feststellen konnte, ob sie beschattet wurde. Ihr war niemand gefolgt.

Langsam ging sie los. An einem Sonntagnachmittag wie heute herrschte nur wenig Verkehr. Morgen früh, wenn sie selbst schon wieder auf dem Weg zu ihrem Job im Supermarkt war, würden sich die Autos Stoßstange an Stoßstange den Viby Ringvej hinunterquälen.

Sie blieb ein paar hundert Meter weiter am Fußgängerüberweg stehen. Auf der anderen Straßenseite, wo der Ormslevvej in den Stadtring mündete, war eine Tankstelle. Sie musste ein wenig grinsen, als sie bei Grün die Straße überquerte: Das war das erste Mal, dass sie zweihundert Kilometer zurückgelegt hatte, um eine Tankstelle zu besuchen – und das ohne Auto.

Sie blieb stehen. Die Tankstelle hier an der Ringstraße hatte rund um die Uhr geöffnet, und der Verkaufsraum der Tankstelle besaß fast schon die Ausmaße eines kleinen Supermarkts. Durch die Scheibe sah sie eine junge Frau hinter dem Tresen stehen.

Vor ein paar Tagen hatte sie angerufen. Die Frau am Telefon hatte nach einigem Zögern einen Blick in den Dienstplan geworfen und ihr die Information gegeben, um die sie gebeten hatte: Wann arbeitete Christian Sonne? – Vor allem abends und nachts, aber manchmal auch am Sonntagnachmittag, wie heute.

Kurz darauf tauchte hinter einem Regal ein Kopf auf und verschwand durch eine Tür in den hinteren Bereich der Tankstelle. Sie war nicht umsonst gekommen … Dieser Haarschopf gehörte eindeutig Mossmans Neffen.

Sie ging in den Kassenraum und behielt diskret die hintere Tür im Auge, aber nach ein paar Minuten gab sie auf. Es konnte lange dauern, bis Sonne zurück in den Laden kam.

»Hallo, ich würde gern mit Christian reden. Ist er da?«

Die junge Frau an der Kasse nickte.

»Er ist hinten«, sagte sie freundlich. »Ich glaube, er macht gerade die Toiletten sauber. Soll ich ihn holen?«

»Ich finde ihn schon selbst, danke«, sagte sie und folgte dem Wegweiser zu den WCs. Wenig später stand sie in einem kurzen Gang, von dem zwei Türen abgingen, eine links, die geöffnet war, und eine am Ende.

Sie hörte Geklapper und trat näher. Ein Mann stand über die Kloschüssel gebeugt. Sie klopfte an den Türrahmen.

Der Mann drehte sich hastig um. Er trug einen Overall aus dünnem weißem Plastik und Einweghandschuhe. In der Hand hielt er eine Klobürste, als wäre sie ein Schraubenschlüssel.

»Hallo, Sonne.«

Sie sah an seinem Blick, dass er sie nicht erkannte. Als wäre sie in einem knappen Jahr ein völlig anderer Mensch geworden. Dann hellte sich sein Gesicht auf.

»Margrethe! Entschuldige, ich habe dich nicht gleich … Die Haare … und … Was zur Hölle machst du hier?«

»Ich würde gern mit dir reden, aber es war mir zu riskant, dich vorher zu kontaktieren. Wirst du überwacht?«

»Was? Nein, nicht mehr. Glaube ich jedenfalls.«

»Hast du einen Moment Zeit?«

»Natürlich. Ich muss das hier nur schnell fertig machen. Du kannst dich solange in den Personalraum setzen und eine Tasse Kaffee trinken. Drei Minuten, dann bin ich bei dir.«

Sie ging durch die hintere Tür in das kleine Zimmer, wo ein Tisch und vier Stühle standen. Sie schenkte sich einen Becher Kaffee aus der Thermoskanne ein und setzte sich.

Auf dem Boden lagen jede Menge Kartons mit Waren herum, und gebündelte Zeitschriften und Zeitungen waren zu kleinen

Türmen aufgestapelt. Christian Sonne ging mit Eimer, Besen und Putzmitteln durch den Raum und verschwand hinter einer weiteren Tür. Als er kurz darauf zurückkam, hatte er Handschuhe und Overall ausgezogen.

»Da bin ich«, sagte er und wusch sich die Hände, bevor er sie richtig begrüßte und sich mit einem Seufzen zu ihr setzte.

»Lange her«, sagte er und lächelte sie an.

»Ja, das stimmt. Wie geht es dir, Sonne?«

»Passt schon. Wie du siehst, putze ich jetzt Klos. Irgendjemand muss es ja tun. Und du?«

»So ähnlich. Ich habe zwischenzeitlich auch geputzt und Toiletten geschrubbt. Im Augenblick arbeite ich bei Netto an der Kasse und als Spülkraft in einem Hotel. Anfangs konnte ich noch ein paar ganz passable Jobs an Land ziehen – aber ich wurde jedes Mal schon nach kurzer Zeit rausgeschmissen. Sobald die mitbekamen, dass ich eine vernünftige Arbeit habe, haben sie eingegriffen …«

»Bei mir auch«, sagte Christian Sonne. »Ich hatte einen super Job in einer Wachfirma. Einen Monat, dann wurde ich gefeuert. Danach fand ich eine Anstellung als Nachtwächter. Das dauerte nur drei Wochen. Dann eine Stelle als Fahrer für Werttransporte. Wieder drei Wochen … Und ein neuer Wachjob – weniger als drei Wochen. Irgendwann habe ich aufgegeben. Seitdem mache ich nur noch wechselnde Minijobs, die darf ich anscheinend behalten. Am Mittwoch kommt mein Haus unter den Hammer, Zwangsversteigerung. Die Bank kapiert natürlich nicht, warum ich keine ordentliche Arbeit finde. Also haben sie mir den Hahn zugedreht. Was sollte ich dagegen tun? Meinem Bankberater vom Danehof erzählen? Die stecken mich doch sofort in die Klapse.«

Christian Sonne lächelte gequält und fuhr sich durch die Haare, die nicht so aussahen, als wären sie in letzter Zeit mit Shampoo in Berührung gekommen.

»Tja, und jetzt bin ich hier an der Tankstelle«, fuhr er fort. »Meistens abends oder nachts, wenn sie einen Mann für die

Schicht brauchen, und daneben jobbe ich als Lagerarbeiter in einem Baumarkt, auch hier in Viby. Worüber wolltest du mit mir reden?«

»Ich wollte dich fragen, ob du noch mal mit uns in den Ring steigen würdest.«

»In den Ring steigen? Gegen *die*?«

Sie nickte.

»Bist du verrückt geworden?«

»Vielleicht, aber genau das haben wir vor: Wir schlagen zurück. Oder soll es für den Rest unseres Lebens so weitergehen wie jetzt?«

»Na ja … wenigstens haben wir noch ein Leben, Margrethe.«

»Das stimmt – sofern man das noch als Leben bezeichnen kann.«

»Natürlich ist das nicht toll, aber besser als nichts. Was habt ihr für Pläne? Und wie wollt ihr das zu zweit schaffen?«

»Zu dritt.«

»Du und mein Onkel, und wer noch?«

»Niels Oxen.«

Christian Sonne erstarrte, und sein Mund klappte auf.

»Oxen?«

»Niels ist nicht tot. Er ist vor ein paar Tagen bei mir aufgetaucht. Ganz plötzlich. Eine schwedische Ärztin hat ihn in den Schären aus dem Wasser gefischt. Sie hat ihn mit nach Hause genommen und gesund gepflegt.«

»Und … geht es ihm gut?«

»Sieht so aus. Körperlich auf jeden Fall.«

»Und das andere?«

»Darüber haben wir nicht gesprochen. Ich kann mir nicht vorstellen, dass sich viel daran geändert hat. Traumata lösen sich nicht einfach in Luft auf.«

»Das ist total irre. Es freut mich wahnsinnig, das zu hören. Als ich von seinem Tod erfahren habe, hatte ich das Gefühl, in ein dunkles Loch zu fallen. Denn wenn einer wie Oxen stirbt, wie sollen wir anderen es dann schaffen?«

Sonne schien richtig aufzublühen. Vielleicht hatten Oxen und er sich viel besser verstanden, als sie geahnt hatte?

»Wir müssen vorsichtig vorgehen«, sagte sie. »Im Augenblick geht es nur um Ost und um niemanden sonst. Wir wühlen uns durch die alten Fälle deines Onkels. Die Ryttinger-Sache und das mit Gregersen und seiner Frau, die vom Balkon gefallen ist. Erinnerst du dich?«

»Nicht im Detail.«

»Das ist auch nicht wichtig. Wir suchen nach kleinen Lücken, Angriffspunkten. Dein Onkel hat schon vor einiger Zeit damit angefangen, sämtliche Herrenhöfe und Schlösser außerhalb Jütlands unter die Lupe zu nehmen.«

»Warum?«

»Weil es ein Muster gibt. Die Macht reproduziert sich selbst. Er hat die Theorie aufgestellt, dass Ost einen Herrenhof, einen Gutshof oder ein Schloss im östlichen Dänemark besitzt.«

»Und wenn ihr Ost findet, was dann? Die bringen euch um. Ohne mit der Wimper zu zucken.«

»Unsere Strategie wird sich danach ausrichten, mit wem wir es zu tun haben. Vorläufig machen wir nach außen hin alles weiter wie bisher: Dein Onkel dreht seine Hunderunden, und ich schufte mir einen Wolf.«

»Und Oxen?«

»Der ist untergetaucht.«

»Und wieso wollt ihr mich dabeihaben? Ich bin kein Supermann, ganz im Gegenteil. Ich hatte eine Scheißangst in dieser Nacht in Gram. Und ganz ehrlich: Ich würde am liebsten die Zeit zurückdrehen.«

»Es geht nicht darum, keine Angst zu haben. Es geht darum, nicht klein beizugeben. Und deine Arbeitskraft wäre eine richtig große Hilfe. Deshalb.«

Sie saßen sich eine Weile schweigend gegenüber, die Kaffeebecher in den Händen. Sie sah ihn an. Er biss sich auf die Lippe und starrte gedankenverloren auf die Tischplatte.

Sie nahm ihre Armbanduhr ab und legte sie vor ihn hin. Er schaute sie fragend an.

»Sieh dir die Rückseite an«, sagte sie.

Sonne drehte die Uhr um.

»*Per aspera ad astra*. Und was bedeutet das?«

»Das ist Latein. Frei übersetzt heißt es, dass man schwere Zeiten durchmachen muss, um die Sterne zu erreichen.«

»Solche Sprüche sind doch nur leere Floskeln. Jeder kleinkriminelle Arsch lässt sich heutzutage so etwas tätowieren. Oder von mir aus ein Fußballspieler. Die sehen inzwischen doch alle aus wie Blümchentapeten.«

»Kann sein. Aber für mich ist es gebündelte Weisheit. Ein kleiner Satz – der etwas Großes auf den Punkt bringt. Von mir aus können sich deine Fußballer das quer über den Hintern tätowieren lassen. Das macht die Worte nicht weniger klug.«

»Und wieso steht das auf deiner Uhr?«

Sonne gab sie ihr zurück.

»Ich habe sie von meinen Eltern bekommen, als ich nach der Beinamputation die Augen geöffnet habe. Es ist eine echt teure Breitling. Für meine Eltern war das wirklich viel Geld. Am Anfang dachte ich genau wie du: *Fuck*, es ist ein lateinischer Spruch, na und? Davon bekomme ich mein Bein nicht zurück. Ich bin fertig. Mein Leben ist kaputt. Polizeidienst ade. Aber allmählich habe ich die Botschaft verstanden. Ich war auch davon überzeugt, dass ich mich nie wieder gegen den Danehof auflehnen würde. Dass sie zu groß sind. Zu stark. Zu unsichtbar. Aber dann habe ich zurückgefunden. *Per aspera ad astra,* das ist Blut, Kotze, Rotz und Tränen. Es ist der nackte Kampf ums Überleben …«

Sonne schüttelte langsam den Kopf.

»Ich weiß nicht … Selbst wenn ich wollte – ich kann nicht. Ich habe zwei kleine Töchter. Sie lieben ihren Vater. Ich will an Altersschwäche sterben. Sorry.«

37.

Das kleine Zimmer im Pfarrhaus sah aus, als wäre ein Tornado hindurchgefegt. Jeder Quadratzentimeter des Teppichbodens war mit Papieren bedeckt – kleine Stapel und handschriftliche Notizen, ausgebreitet und thematisch sortiert.

Es war still im Haus. Sonntagsstill. Er hatte vor ein paar Stunden mit Pastor und seiner Frau gefrühstückt, bevor der Gemeindepfarrer in einen arbeitsreichen Tag gestartet war.

Pastor musste seinen eigenen Gottesdienst halten und hatte sich bereit erklärt, zusätzlich in der Nachbargemeinde einzuspringen, weil sein Kollege wegen Krankheit ausfiel.

Oxen hörte das Glockenläuten und stellte sich vor, wie Pastor auf der Kanzel stand und seinen Blick über eine sicher ziemlich überschaubare Anzahl von Schäfchen schweifen ließ. Seine tiefe, sanfte Stimme passte bestimmt gut zur Akustik eines großen Raums.

Er saß auf dem Bett, ein Kissen im Rücken und den Laptop auf dem Schoß. Er starrte die Wand an. Er hatte dickes braunes Papier aufgehängt, das man normalerweise zum Abdecken bei Malerarbeiten verwendete. Pastor hatte noch eine ganze Rolle davon in seinem Werkstattschuppen gehabt und es ihm noch am selben Abend gegeben, als er aus Kopenhagen zurückgekommen war.

Genau wie Mossman blieb ihm gar nichts anderes übrig, als die Wand und den Boden mit einzubeziehen, um eine Systematik in die Unterlagen zu bekommen und den Überblick zu behalten.

Damit hatte er die letzten Tage verbracht, nur unterbrochen von den Mahlzeiten und unruhigem Schlaf. Er hatte wieder mit Yoga-Übungen angefangen, wie auf Klöverö, aber ohne Erfolg. In der letzten Nacht hatte er nicht das Läuten der Kirchenglocken gehört, sondern einen Granateneinschlag nach dem anderen.

Die Wand war gespickt mit Namen und Notizen, mit dickem schwarzem Edding auf selbstklebende Zettel geschrieben, in Gelb, Grün und Orange.

Seine Aufgabe war so simpel wie schwierig. Mossman und er hatten den ganzen Packen gleichmäßig untereinander aufgeteilt. Zweiundvierzig Güter, Herrenhöfe und Schlösser für jeden von ihnen, die sich alle in der Region befanden, die Mossman dem östlichen Dänemark zugeordnet hatte. Jetzt ging es darum, sämtliche Standorte sorgfältig auf Kriterium Nummer drei abzuklopfen: auf den Hintergrund des Eigentümers. Ein umfangreicher Aspekt, der sich von der Kindheit über die Ausbildung, Familie und Freunde bis zu beruflichen Netzwerken erstreckte.

Bis jetzt war es ihm gelungen, sieben Objekte auszuschließen, alle aufgrund der persönlichen Lebensgeschichte.

Mossman hatte ihm eine Reihe von Arbeitsmitteln zur Verfügung gestellt. Seine erste Informationsquelle waren die Daten des Wirtschaftsministeriums, darunter das zentrale Firmenregister. Hier fanden sich für jeden zugänglich Abrechnungen und andere Details über die jeweilige Firma, den oder die Eigentümer, die Verwaltung und die jeweilige Rechtsform.

Ergänzt wurde das Ganze durch eine weitere Datenbank, die ebenfalls brauchbare Informationen lieferte: eine Übersicht über die Eigentümer verschiedener Gebäude und Wohnungen. Das alles lag auf einem öffentlich zugänglichen Server und konnte mit Grundbucheinträgen und dem Gebäude- und Wohnraumregister abgeglichen werden.

Nach einigen Stunden konzentrierter Arbeit klopfte es. Er sagte »Ja!«. Pastor öffnete die Tür und blieb überrascht stehen.

»Keine Sorge, ich bin nicht General von Goeben und ich plane auch keinen Angriff auf Als … Ich versuche nur, einen Weg zurückzufinden«, erklärte er und nickte zur Wand. »Ich und ein paar andere. Keine einfache Angelegenheit. Das muss man systematisch angehen.«

Pastor nickte stumm.

»Wie gesagt, Pastor … Es geht nicht darum, dass ich dir und Helle nichts erzählen will. Es ist nur besser, wenn ihr nicht zu viel wisst. Waren die Gottesdienste gut?«

»Ich denke schon, aber in der Kirche wird ja nicht applaudiert. Egal was du da machst, Oxen, pass gut auf dich auf, ja? Und meine Holde lässt ausrichten, dass es um halb sieben Essen gibt.«

»Danke.«

Er widmete sich wieder dem Laptop auf seinem Schoß. Er hatte seine Nachforschungen über den Eigentümer von Borreby Slot bei Skælsør zur Hälfte abgeschlossen. Das Schloss befand sich seit 1727 in Familienbesitz, und dazu gehörte auch eine große, gut gehende Landwirtschaft, aber es lagen noch immer viele Arbeitsstunden vor ihm, bevor er sicher sein konnte, ob der Gutsherr auf die Kandidatenliste gehörte oder nicht.

38.

Über der Gegend lag typischer Sonntagsfrieden. Kein Lärm aus den Gärten, nur stilles Werkeln, Kaffee im Wintergarten und Gassirunden im Sonntagsstaat. Als gäbe es immer noch einen antiquierten Ruhetag, den es einzuhalten galt.

Das ganze Viertel sah gepflegt aus. Aber im Unterschied zum letzten Mal standen die Gärten jetzt nicht in voller Blüte, und es war eine ganze Ecke kälter.

Sie war schon ein paar Häuser weiter vorn aus dem Taxi gestiegen, aber jetzt näherte sie sich der großen Villa im Møllebakken in Odder. Sie musste sich langsam herantasten. Zu Fuß. Ein Gefühl für die Atmosphäre bekommen und sich zunächst einen Eindruck von dem Haus machen.

Während der Fahrt mit dem Überlandbus von Højberg nach

Odder hatte sie vor allem an Christian Sonnes bedrücktes Gesicht gedacht. Sonne blieb bei seinem Job an der Tankstelle. Vielleicht konnte er nicht anders. Vielleicht traute er sich nicht. Es stand ihr nicht zu, darüber zu urteilen. Sie selbst hatte keine Kinder.

»Benedicte & Kurt Bjørk« stand am Briefkasten an der Straße. So weit, so gut. Sie ging die Einfahrt hoch. Der Kies war auch heute sorgfältig geharkt, und wie beim letzten Mal parkte das Auto in dem offenen Carport. Es wäre eine herbe Enttäuschung, wenn jetzt niemand zu Hause war, aber dieses Risiko hatte sie eingehen müssen. Nur noch wenige Schritte, dann würde sie Benedicte Bjørk hoffentlich wiedersehen.

Aber diese Begegnung heute sollte anders verlaufen als die letzte, sie wollte unangemeldet in die Sonntagsidylle platzen. Benedicte Bjørk war eine kontrollierte Frau, eine langjährige Chefsekretärin und für gewöhnlich gut vorbereitet. Sie wollte sie überrumpeln, ihr keine Gelegenheit geben, sich zu wappnen.

Alles hier war ordentlich und hübsch. Rote Backsteine und dunkelgrüne Holzbalken am Giebel, dieselbe Farbe für den Carport.

Sie drückte auf die Klingel, und wenig später hörte sie Schritte. Das Glück war auf ihrer Seite. Herr Bjørk öffnete die Tür. Er trug ein hellblaues Hemd, eine Strickjacke und Hausschuhe. Er sah sie fragend an.

»Guten Tag, mein Name ist Margrethe Franck. Ich würde gern mit Benedicte Bjørk sprechen.«

»Einen Moment, bitte …«

Der Mann verschwand wieder. Sie hörte, wie er sagte, dass »Besuch« gekommen sei. Kurz darauf tauchte seine Frau auf. Sie kam an die Tür und musterte sie genauso fragend wie ihr Mann.

Margrethe streckte ihr die Hand entgegen.

»Guten Tag, mein Name ist Margrethe Franck, vielleicht erinnern Sie sich an mich?«

Benedicte Bjørk zog die Augenbrauen hoch. Sie war immer

noch eine ausgesprochen elegante Erscheinung. Aber als sie nach vorn trat, um Margrethe die Hand zu geben, fiel das helle Tageslicht unerbittlich auf ihr Gesicht.

Møllebakken: Mauerwerk, Fachwerk – und Blendwerk. Benedicte Bjørk war erschreckend gealtert, darüber konnten weder Kleidung, Frisur noch Make-up hinwegtäuschen. Im Laufe nicht einmal eines ganzen Jahres war sie grau geworden, so blass und eingefallen, als wäre ihr um Mitternacht ein kettenrasselndes Schlossgespenst begegnet.

»Ich bin vom polizeilichen Nachrichtendienst – das heißt, ich *war* beim PET. Wir haben uns letztes Jahr unterhalten. Ich …«

»Natürlich«, fiel Frau Bjørk ihr ins Wort. »Jetzt erinnere ich mich an Sie. Ich habe Sie nur nicht gleich erkannt. Hatten Sie nicht …?«

Das war schon das zweite Mal in weniger als zwei Stunden. Vielleicht war die wahre Margrethe Franck mit der Haarfarbe fortgespült worden. Von einer undefinierbaren Frisur ausradiert, die in Wahrheit gar keine Frisur war. Nur Haare, die wuchsen und, so gut es eben ging, in Form gebracht wurden.

Oder es verhielt sich genau andersherum: Die alte Franck war die falsche, und die richtige war erst jetzt zum Vorschein gekommen. Die, die niemand kannte. So interessant und farbenfroh wie Leberwurst.

»Was kann ich …? Was führt Sie …?«

Benedicte Bjørk klang, als würde sie ihren eigenen Augen immer noch nicht trauen. Die ältere Dame hatte sich nicht nur äußerlich verändert. Sie wirkte auch viel zögerlicher und unsicherer als beim letzten Mal. Aber genau darum war es Margrethe gegangen – sie in einem unbedachten Moment zu erwischen.

»Bitte entschuldigen Sie, dass ich hier so unangemeldet hereinschneie, aber ich war gerade zufällig in Aarhus, und da kam mir der Gedanke, Sie spontan zu besuchen.«

»Ach, und da sind Sie zu Fuß gekommen? Ich erinnere mich noch gut an Ihren Wagen, einen schwarzen Mini.«

Völlig unerwartet ging der erste Punkt an Frau Bjørk.

»Den Mini habe ich nicht mehr«, antwortete Margrethe Franck mit einem Lächeln. »Ich bin mit dem Bus gekommen – und dem Taxi. Dürfte ich vielleicht reinkommen? Ich würde Ihnen gern ein paar Fragen stellen.«

»Noch mehr Fragen?« Die grauhaarige Dame seufzte.

»Ja, leider …«

Frau Bjørk führte sie in den Wintergarten, wo sie auch bei ihrem letzten Besuch gesessen hatten. Dann verschwand sie in die Küche, um Tassen zu holen. Margrethe sah sich um. Dieselben schönen Möbel aus dunklem Tropenholz, dieselben exotischen Pflanzen und der glänzende Glastisch. Und doch war etwas anders. Es dauerte einen Augenblick, bis sie herausgefunden hatte, was es war. Die Luft. Es roch nicht frisch, sondern muffig und ein wenig nach alten Menschen.

Benedicte Bjørk kam mit zwei Tassen und einer Thermoskanne zurück.

»Ich habe nach dem Mittagessen eine ganze Kanne gekocht«, sagte sie entschuldigend, stellte die Tassen auf den Tisch und schenkte sich und ihrem unerwarteten Gast Kaffee ein.

Wenn sie sich richtig erinnerte, war Frau Bjørk sechzig oder einundsechzig. Jetzt sah sie aus wie eine Siebzigjährige, die einen lauwarmen Kaffeerest servierte, den sie im letzten Jahr noch in die Spüle gekippt hätte.

Sie entschied sich, vorsichtig anzufangen und als Erstes etwas zu fragen, was sie schon wusste:

»Sie arbeiten als Chefsekretärin, wenn ich mich recht erinnere?«

Die grauhaarige Frau schüttelte den Kopf.

»Sie erinnern sich richtig, aber ich arbeite nicht mehr. Zum Jahreswechsel habe ich aufgehört. Ich bin im Vorruhestand.«

Mit dieser Antwort hatte sie nicht gerechnet. Daran musste dieses Gespenst in Frau Bjørks Leben schuld sein.

»Aber Sie haben doch noch ein paar Jahre bis zur Rente.«

»Ich bin erst einundsechzig. Aber ich … konnte nicht mehr. Ich habe Maltes Tod und den seiner Frau nicht verkraftet. Er war mein … Junge … Seit dem Unfall seiner Mutter … meiner wundervollen Schwester … Ich konnte mich bei der Arbeit einfach nicht mehr konzentrieren. Immerzu war ich mit den Gedanken woanders. Ich war überhaupt nicht mehr der fröhliche, aktive Mensch, der ich eigentlich bin. Am Ende war es eine einzige Quälerei, mich jeden Morgen aus dem Haus zu schleppen. Da habe ich einen Schlussstrich gezogen. Ich konnte den Anforderungen einfach nicht mehr gerecht werden.«

»Es tut mir leid, das zu hören.«

»Ich erhole mich nur sehr langsam. Mein Mann hat mich zu einer Psychologin geschickt. Mir erscheint einfach alles so hoffnungslos. Was wollten Sie mich fragen? Sie sind nicht mehr beim PET, sagten Sie?«

Die Ereignisse hatten Benedicte Bjørk sichtlich mitgenommen. Diese reife, selbstsichere Frau, die rechte Hand der Direktion eines großen Aarhuser Unternehmens, war gestürzt und auf dem Boden zerschellt wie Porzellan.

»Ich wurde letztes Jahr wegen eines Vorfalls gefeuert, der mit den Ermittlungen rund um den Mord an Ihrem Neffen zusammenhing.«

»Ich kann mich erinnern, dass in der Zeitung stand, Axel Mossman habe sich aus gesundheitlichen Gründen zurückziehen müssen.«

»Das war die offizielle Begründung. Die Wahrheit ist, dass man ihn vor die Wahl gestellt hat, freiwillig zu gehen – oder entlassen zu werden.«

»Auch wegen Malte und dem Danehof?«

Margrethe nickte.

»Außer uns beiden war noch eine dritte Person beteiligt, Mossmans Neffe. Er wurde ebenfalls rausgeschmissen«, fuhr sie fort.

Benedicte Bjørk nippte an ihrem Kaffee. Ihre Hände zitterten leicht. Ihr Blick war nicht mehr scharf und wach, sondern müde.

»Aber wenn Sie keine PET-Ermittlerin mehr sind, was sind Sie dann?«

Margrethe lehnte sich auf dem Stuhl zurück und zuckte mit den Schultern. Frau Bjørk hatte schon wieder einen Treffer gelandet – ohne es zu merken.

»Ich bin … nichts. Das heißt, nein, ich habe mich wieder mit Mossman zusammengetan. Wir wollen die Schuldigen zur Strecke bringen. Deshalb bin ich hier. Ich möchte Sie bitten, noch einmal zu versuchen, sich zu erinnern.«

»Aber Sie kennen meine Antwort bereits. Ich weiß nicht das Geringste.«

Das Gespräch verlief überhaupt nicht wie erwartet. Sie hatte mit einer anderen Form von Widerstand gerechnet.

»Diese Unterlagen, die Sie in dem Ferienhaus in Skagen gefunden haben – ist Ihnen nach meinem letzten Besuch vielleicht wieder eingefallen, wo sie sein könnten?«

»Nein, meine Antwort ist immer noch dieselbe. Ich habe keine Ahnung.«

»Hat Malte die Sachen vielleicht an sich genommen?«

»Nein, ich bin mir ganz sicher, dass sie bei Sigrid waren.«

»Und Sie haben keine Idee, wo Ihre Schwester die Dokumente versteckt haben könnte?«

Frau Bjørk schüttelte den Kopf.

»Können wir ein Stück in die Vergangenheit zurückgehen? Das letzte Gespräch, das Sie mit Ihrer Schwester geführt haben, an Weihnachten, in dem Jahr, als der Unfall passiert ist … Worüber haben Sie da geredet? Gab es etwas, das Ihre Schwester besonders beschäftigt hat? Lassen Sie sich ruhig Zeit.«

Benedicte Bjørk schüttelte immer verzweifelter den Kopf.

»Verstehen Sie doch, ich *habe* es versucht. Ich versuche es andauernd. Ich kann es nicht. Ich kann mich nicht konzentrieren. Ich kann nicht klar denken. Sie hat ständig vom Danehof und dem Mord an unserem Vater gesprochen. Ich konnte es schon lange nicht mehr hören. Ich wollte endlich Frieden, ich wollte die Vergangenheit ruhen lassen. Und was ist passiert? Malte folgte dem Beispiel seiner Mutter. Und dann ereilte ihn dasselbe Schicksal. Ich kann selbst nicht mehr unterscheiden, was sie an diesem Tag wirklich gesagt hat und was ich mir nur einbilde.«

»Es war der zweite Weihnachtsfeiertag, nicht wahr?«

»Ja. Sigrid und mein Schwager sind am Vormittag nach Südjütland aufgebrochen. Wir hatten Heiligabend gemeinsam hier gefeiert, Malte und Anna-Clara waren auch dabei. Sie war damals noch seine Freundin. Seine Eltern wollten zum Familienbrunch nach Haderslev. Und am Tag darauf ging ihr Flieger zurück nach Spanien.«

»Wie haben Sie den Weihnachtsabend und den ersten Feiertag verbracht?«

»Ganz normal. Wir waren im Gottesdienst, haben uns unterhalten und gegessen. Am ersten Feiertag hatten wir Freunde zum Weihnachtsfrühstück eingeladen.«

»Und zu keinem Zeitpunkt, nicht mal für einen winzigen Augenblick, hat Ihre Schwester Sie beiseitegenommen, um Sie in etwas einzuweihen? Sich Ihnen anzuvertrauen?«

Benedicte Bjørk stand die Verzweiflung ins Gesicht geschrieben.

»Nein! Ich erinnere mich nicht daran.«

Für einen Moment schwiegen sie beide und tranken einen Schluck Kaffee. Margrethe musste jetzt hart und gnadenlos zustoßen – ganz egal wie zerbrechlich Frau Bjørk wirkte. Sie richtete sich ein wenig auf, stellte ihre Tasse ab und holte tief Luft.

»Eine Sache wundert mich …«, setzte sie an. »Wie kann es sein, dass Sie kein bisschen weitergekommen sind? Ihr Vater wurde ermordet. Vom Danehof – vermutlich. Ihre Schwester und deren Mann wurden ermordet. Vom Danehof – vermutlich. Außerdem Ihr geliebter Neffe Malte und seine Frau. Vom Danehof – ohne jeglichen Zweifel. Und trotzdem haben Sie nicht die geringste Ahnung von irgendwas. Genau wie bei meinem letzten Besuch wollen Sie am liebsten alles auf sich beruhen lassen. Aber sie sind tot, Frau Bjørk! Die Menschen, die Ihnen am nächsten standen! Ermordet! Was haben Sie zu verlieren? Wollen Sie nicht, dass die Schuldigen dafür zur Rechenschaft gezogen werden? Sie sind nicht mehr jung. Sie haben keine Kinder. Was können die Ihnen noch antun, was sie Ihnen nicht schon längst angetan haben? Diese Menschen haben Ihnen *alles* genommen …«

Mit wenigen, großen Schritten eilte ihr Mann herbei. Er hatte ihr Gespräch wohl heimlich mitangehört.

»Das reicht!«, sagte er aufgebracht. »Meine Frau verkraftet so etwas nicht. Nicht mehr. Ich muss Sie bitten zu gehen!«

Margrethe stand sofort auf und signalisierte ihr Bedauern, obwohl sie in Wahrheit nicht das Geringste bereute.

»Entschuldigen Sie. Ich bin zu weit gegangen. Es tut mir leid … Aber versuchen Sie, mich zu verstehen. Wir riskieren alles, auch wenn es unendlich schwer ist, ein Loch in die Mauer zu schlagen, die den Danehof umgibt. Da habe ich die Beherrschung verloren.«

Ihr Mann hatte schützend die Hand auf Frau Bjørks Schulter gelegt. Sie schob sie energisch beiseite.

»Sie müssen sich nicht entschuldigen. Ich kann Ihnen nur leider nicht helfen. Ich bin nicht gesund.«

»Sollte Ihnen trotzdem noch etwas einfallen, rufen Sie mich unter dieser Nummer hier an«, sagte Margrethe und kritzelte ihre Handynummer auf die Rückseite eines Kassenbons von Netto.

»Ganz egal was es ist, rufen Sie mich einfach an. Auf Wiedersehen.«

Sie fand allein nach draußen und zog vorsichtig die Haustür

hinter sich zu. Falls es so etwas wie eine melancholische Sonntagsharmonie im Hause Bjørk gegeben hatte, dann war davon jetzt nicht mehr viel übrig. Aber das war unvermeidlich gewesen.

39.

Ewige Liebe? Gab es in Liverpool eigentlich nur Idioten? Den unzähligen Vorhängeschlössern am Geländer der Uferpromenade nach zu urteilen, konnte die Antwort nur Ja lauten.

Er setzte sich auf eine der vielen Bänke am Kai. An einem gewöhnlichen Wochentag wie heute waren vormittags nicht viele Leute auf dem Albert Dock unterwegs. Das letzte Mal war er vor ein paar Jahren an einem sonnigen Augustsonntag hier gewesen. Damals hatte es nur so von Menschen gewimmelt.

Er ließ den Blick langsam über das Wasser schweifen. Hier in der Nähe der Mündung war der Mersey ziemlich breit. Ein paar Frachtschiffe und kleinere Motorboote fuhren auf dem Fluss.

Er zog den Ärmel hoch und sah auf die Uhr. In fünf Sekunden war es Punkt elf. So langsam sollte er mal auftauchen, der Herr Polizist …

Sein Blick wanderte zurück zum Geländer. Tausende von Vorhängeschlössern hingen an den Querstreben, so weit das Auge reichte. Eigentlich sollte die Stadtverwaltung einen Arbeitstrupp herschicken und den ganzen Dreck runterflexen lassen. Die Hälfte dieser Liebesschwüre war doch sowieso längst Geschichte oder würde es bald sein.

Er musste an Tintin denken, einen tüchtigen belgischen Soldaten, den er ein paarmal für seine Truppe angeheuert hatte. Tintin war viermal geschieden. Wenn er sich nicht irrte, lag die Scheidungsrate in Belgien bei rund siebzig Prozent. Ein Belgier, der so ein Schloss aufhängte, war also noch blauäugiger als ein Brite.

Er schaute wieder auf die Uhr. Es war jetzt kurz nach elf. Er verabscheute mangelnde Präzision. Jede Mission folgte einem festen Zeitplan. Und den hatte man einzuhalten.

Er selbst war nie verheiratet gewesen. Jugendliebe, ja. Vorhängeschloss, nein. Er hatte auch nicht die Absicht, daran etwas zu ändern. Nicht mit seinem Job. Eine Frau wäre nur im Weg. Ein Leben in Freiheit war einfach am besten. Er hatte zwei, drei lockere Freundinnen in London und damit immer eine Muschi in Reichweite. Und falls es doch mal nicht klappte, konnte man sich die auch kaufen. Vielleicht wäre es mal wieder an der Zeit, sich …

»John Smith?«

Er drehte sich blitzschnell um. Ein etwa vierzigjähriger Mann streckte ihm die Hand entgegen.

Verflucht seien die lautlosen Kreppsohlen der Polizeischuhe. Vor lauter Vorhängeschlössern hatte er ihn nicht kommen hören. Er erwiderte den Händedruck und nickte.

»Ja, der bin ich.«

»Riley«, sagte der Mann und setzte sich.

Der Nachname war ausreichend. Ein gemeinsamer Bekannter hatte als Mittelsmann fungiert und dieses Treffen arrangiert. Mit großer Wahrscheinlichkeit würden sie sich danach nie wiedersehen.

»Wenn ich das richtig verstanden habe, kommen Sie von dahinten?«, sagte er und unterstrich seine Frage mit der entsprechenden Kopfbewegung.

»Dahinten« bezog sich auf das Hauptquartier der Merseyside Police, das sich ein paar hundert Meter Luftlinie hinter ihnen befand. Ein riesiger, düsterer Kasten aus dunkelbraunem Backstein, der den Großteil der städtischen Bullen beherbergte.

»Jep, Bandenkriminalität … Sie wissen etwas über diese Sache in Runcorn?«

Riley war offenbar eher der direkte Typ. Das kam ihm sehr entgegen.

»Korrekt. Ein gewisser Alistair MacDuff.«

»Gut, hören Sie zu. Der Fall liegt nicht in unserer Zuständigkeit, sondern bei der Cheshire Police, aber ich kenne einen Kollegen aus dem Revier in Runcorn. Er sagt, dass sie die Angelegenheit gründlich überprüft und den Fall abgeschlossen haben, ohne die Kollegen aus dem zentralen Morddezernat in Winsford hinzuzuziehen. Das bedeutet, dass es ein Fall wie aus dem Lehrbuch war. Eine simple Geschichte, ohne Zweifel oder Hinweise auf ein Verbrechen. Sonst hätte Winsford übernommen.«

»Hatte er getrunken?«

»1,9 Promille. An dem Abend hatte Liverpool ein Auswärtsspiel. Er hat sich das Spiel im *The Clarendon* angesehen, einem Pub, der nur ein paar hundert Meter von seiner Wohnung entfernt ist. Natürlich haben die Kollegen die Angestellten dort befragt.«

»1,9 Promille? Der Mann war groß und kräftig.«

»Man kann auch nach ein oder zwei Bier die Treppe hinunterfallen – oder nach zwei Glas Limo. Wenn man so unglücklich aufkommt wie er, dann passiert so was eben. Er war auf der Stelle tot.«

»Irgendwelche Anzeichen für einen Einbruch oder andere Auffälligkeiten? Ich frage, weil …«

Riley hob abwehrend beide Handflächen.

»Ich will nichts wissen, und es ist mir auch egal. Okay?«

Er nickte. Riley fuhr fort:

»Aber nein, nichts. Alle Türen waren verschlossen, alle Fenster zu.«

»Ich gehe davon aus, dass er einen Computer hatte?«

»Keine Ahnung.«

»Wenn er einen gehabt hätte, wäre der dann überprüft worden?«

»Nur wenn es ein Fall für Winsford gewesen wäre, aber das war es ja nicht.«

»Sonst irgendwas von Interesse?«

»Das ist so ziemlich alles, was ich weiß. Seine *whereabouts* wurden alle gecheckt. So wie es aussieht, war es ein ganz normaler Tag für einen Typen wie ihn. Am späten Nachmittag hat er ein paar Gewichte gestemmt, unterwegs gegessen, dann Fußball – und dann ist er nach Hause gegangen und hat sich das Genick gebrochen. Ein übles Subjekt, laut meinem Kollegen. Der Kerl war kein Unbekannter.«

»Aber er war sauber, oder nicht?«

»Sauber – und trotzdem schmutzig. Er war wohl eine Art Söldner …«

»Hm, das genügt mir. Hier.«

Er zog die Rolle mit den Fünfzigpfundnoten aus seiner Tasche und legte sie in Rileys Hand. Der Polizist zählte nicht nach, sondern ließ sie diskret in der Jacke verschwinden.

»Danke. Wenn Sie trotzdem noch weiterrecherchieren wollen, kann ich ein Treffen mit dem Kollegen aus Runcorn einfädeln. Er ist zuverlässig und gründlich, kein leeres Geschwätz. Aber der Kontakt läuft nur über mich. Hier …«

Riley gab ihm seine Visitenkarte. Sein Vorname war Eddy. Er steckte sie in die Innentasche. Sie verabschiedeten sich, und schon war der Bulle auf seinen weichen Kreppsohlen wieder weg.

Er blieb sitzen und starrte auf die graue Oberfläche des Merseys.

Sie hätten Alistair MacDuff seinetwegen auch mit einer Rakete im Arsch finden können. Es war ihm egal. Aber ein so unerwartetes Ereignis durfte er keinesfalls ignorieren, wenn auch nur die entfernteste Verbindung zu ihm und seiner Arbeit bestand. In seiner Branche konnte man nicht vorsichtig genug sein.

Jeder konnte stolpern. Trotzdem schrillten bei ihm sämtliche Alarmglocken, wenn MacDuff, ein routinierter Profi, der mehr als eine heikle Situation in fremden Landstrichen überlebt hatte, ausgerechnet zu Hause gestürzt und dabei gestorben war.

Andererseits war Rileys Schilderung eindeutig gewesen. Da

war nichts zu holen. Vielleicht sollte er sein ewiges Misstrauen vergessen und die Geschichte um Alistair MacDuff einfach hinnehmen – eine Geschichte, die ihr ganz eigenes, bizarres Ende genommen hatte.

40.

Auf dem Friedhof in Hellerup stand man selbst im Tod noch aufrecht. Ein beeindruckendes Grabmal nach dem anderen flimmerte an ihr vorbei, als sie die langen Wege entlanghastete, so schnell ihr Bein es erlaubte.

Der Alto war mitten auf einer Ampelkreuzung liegen geblieben, obwohl das Wetter trocken war und sich sogar zwischendurch die Sonne blicken ließ. Ein paar freundliche Seelen hatten sich ihrer erbarmt und den Wagen angeschoben, aber trotzdem war die Zeit knapp geworden. Dabei wollte sie gerade bei dieser Verabredung unbedingt pünktlich sein.

Am Vorabend gegen zehn hatte sie eine SMS erhalten. »Kommen Sie morgen um 14 Uhr zu unserem Familiengrab auf dem Friedhof in Hellerup, mfG Benedicte Bjørk.«

Zum Glück hatte sie ihren Job in der Spülküche gerade gekündigt, denn die SMS hatte eine ganze Reihe von Spekulationen bei ihr ausgelöst und sie am Einschlafen gehindert.

Sie warf einen schnellen Blick auf ihre Armbanduhr. Ein paar Minuten blieben ihr noch. Sie lief auf eine Gruppe Buchen zu, und als sie hinter ein paar Büschen abbog, sah sie die beiden. Sie saßen auf einer Bank ein Stück den Weg hinunter. Herr und Frau Bjørk aus Odder.

»Guten Tag … Margrethe«, sagte Frau Bjørk und klang, als hätte sie sich ganz bewusst entschieden, sie mit Vornamen anzusprechen.

Benedicte Bjørk sah bedeutend besser aus als vor ein paar Tagen, als sie ihr im Møllebakken die Haustür geöffnet hatte. Sie lächelte, und ihr Gesicht wirkte längst nicht mehr so düster und nervös.

»Setzen Sie sich doch«, sagte sie und klopfte neben sich auf die Bank.

Margrethe nahm abwartend Platz. Nach ihrer Suada beim letzten Mal kam es heute wirklich darauf an, sich geduldig und respektvoll zu verhalten.

Gegenüber der Bank war eine große Grabstätte, die von einem grün gestrichenen schmiedeeisernen Zaun mit geschwungenen Spitzen und kleinen Kugeln eingefasst wurde. Das Grabmal, das in der Mitte stand, war aus schwarzem und grauem Marmor und über zwei Meter hoch. Selbst aus mehreren Metern Entfernung war der Name Ryttinger zu lesen, der in großen goldenen Buchstaben eingraviert war.

Rechts und links davon befanden sich zwei weitere – gewöhnliche – Grabsteine, und vor allen standen frische Blumen.

»Wissen Sie … Nach Ihrem Besuch neulich haben wir das alles zu Hause durchdiskutiert«, setzte Herr Bjørk leise an. »Und da es ohnehin Zeit für einen Besuch auf dem Friedhof war …« Er nickte zum Grab.

»Es war *meine* Entscheidung«, sagte Frau Bjørk und sah sie an. »Ich allein wollte es so. Und es ist ein gutes Gefühl, diese Entscheidung getroffen zu haben.«

Die elegante Dame neben ihr verstummte, ihr Blick ruhte auf dem Grab. Nach einer ganzen Weile fuhr sie fort.

»Ich hätte das schon vor langer Zeit tun sollen, aber ich konnte mich nicht dazu durchringen. Sie denken jetzt vielleicht: ›Was soll das alles? Was wollen diese Leute von mir?‹ Lassen Sie es mich erklären. Wissen Sie … Ich hatte nie so viel Mut und Willenskraft wie meine Schwester. Schon als wir noch ganz klein waren, war ich zurückhaltend und vorsichtig, während Sigrid einfach losstürmte. Vielleicht hat sie sich deshalb auch in ihre eigenen Nachforschungen gestürzt. Der Tod unseres Vaters hat uns immer gequält.« Frau Bjørk nickte zum Grab. »Heutzutage wirkt so ein Grabmal ein wenig … eitel … Finden Sie nicht?«

Margrethe zuckte die Schultern und antwortete leise:

»Vielleicht nicht mehr ganz zeitgemäß, aber damals war es bestimmt kein ungewöhnlicher Anblick.«

»Sie haben recht. Es war wohl die Zeit. Hier auf dem Friedhof sieht man viele Gräber dieser Art. Vater hat das Familiengrab selbst gestaltet. Unsere Mutter ist vierundzwanzig Jahre vor ihm gestorben. Der Stein wurde nach seinem Entwurf gefertigt. Er hat ein Vermögen gekostet. Vater sagte damals, dass er seine Familie um sich herum versammelt haben will. Wir sollten für immer zusammen sein, egal wohin die Reise geht. Dort links liegen Sigrid und ihr Mann – und Malte und seine Frau rechts. Als wir sie letztes Jahr beerdigt haben, ist etwas in mir kaputtgegangen … Den Rest kennen Sie.«

Margrethe nickte stumm. Das Eis war gebrochen. Gleich würde mehr kommen.

»Ich war völlig überrumpelt, als Sie plötzlich vor der Tür standen und mir Ihren Namen nannten. Ich habe Sie zuerst gar nicht erkannt. Und dann fing mein Herz wie wild an zu klopfen. Ich hatte das Gefühl, alles würde wieder über mich hereinbrechen. Es war richtig, dass Sie wütend geworden sind und mit mir geschimpft haben. Ich hatte es verdient.«

Frau Bjørk drehte sich zur Seite und griff nach einer großen Einkaufstasche.

Margrethe hatte sie gar nicht registriert. Sie hatte zwischen dem Ehepaar auf der Bank gestanden.

»Hier, das möchte ich Ihnen geben.«

Frau Bjørk stellte ihr die Tasche auf den Schoß. Darin waren zwei Pappkartons.

»Das sind zwei Schuhschachteln mit sämtlichen Briefen, die Sigrid mir aus Spanien geschrieben hat, chronologisch geordnet und gebündelt. Sie hat fast zehn Jahre dort unten gelebt. Alle drei

Monate hat sie mir einen Brief geschickt. Insgesamt neununddreißig Stück. Nur in dem Jahr, in dem sie gestorben ist, habe ich keinen Brief zu Weihnachten bekommen, denn da wollten sie uns ja besuchen und mit uns feiern.«

»So viele Briefe? Keine E-Mails?«

Frau Bjørk schüttelte den Kopf.

»In diesem Punkt war sie viel konservativer als ich. Sie schrieb ziemlich lange Briefe von Hand und nie etwas anderes. Dabei gab es ja schon Facebook und all diese Dinge. Sie haben mich letztes Mal gefragt, ob Sigrid wirklich nie etwas erwähnt oder angedeutet habe … Die richtige Antwort ist ›doch‹. Als ich einmal allein bei ihr in Spanien war, sagte sie, dass ich auf ihre Briefe aufpassen soll – dass ich *gut* darauf aufpassen soll.«

Frau Bjørk verstummte und blickte einen Moment lang voller Trauer auf die Tasche mit den Briefen, dann erzählte sie weiter.

»Sie sagte: ›Benedicte, wenn du eines Tages nach Antworten suchst, wirst du sie in meinen Briefen finden. Meine Briefe sind mein Leben.‹ Ich habe nicht weiter darüber nachgedacht. Sigrid konnte sehr gut schreiben. Sie werden sehen – ihre Sprache ist manchmal unglaublich malerisch und fast dramatisch. Erst nach ihrem Tod kam mir der Gedanke, dass sie vielleicht in einem oder mehreren Briefen etwas versteckt haben könnte. Eine Nachricht, die ich hätte erkennen müssen. Malte fragte mich dasselbe wie Sie – mehrfach. Ob seine Mutter mich nicht gebeten hätte, irgendetwas für sie aufzubewahren? Ob sie mir nichts erzählt habe, ein Geheimnis anvertraut? Aber wissen Sie … Ich hatte so schreckliche Angst, ihn auch noch zu verlieren. Er war wie besessen vom Danehof, genau wie seine Mutter. Deshalb habe ich ihm nie von den Briefen erzählt. Ich habe mich nicht getraut. Ich wollte ihn beschützen. Ich wollte ihn behalten. Und dann haben sie ihn mir trotzdem genommen. Sie hatten recht, Margrethe, alle sind tot. Ich habe nichts mehr zu verlieren. Ich kann nicht so weitermachen und für immer ein Feigling sein.«

»Benedicte hat sich heftige Vorwürfe gemacht«, warf ihr Mann ein. »Ich habe versucht, ihr klarzumachen, dass es nicht ihre Schuld ist. Dass sie nichts von alldem hätte verhindern können.«

Margrethe stellte die Einkaufstasche auf den Boden und legte eine Hand auf Frau Bjørks Arm.

»Man ist nicht feige, wenn man jemanden beschützen will, den man liebt.«

»Hmm. Danke. Und was diese Aufzeichnungen aus dem Ferienhaus betrifft ... Auch wenn er es nicht direkt ausgesprochen hat, deutet doch manches darauf hin, dass unser Vater in den Danehof involviert war. In meinen Augen war er ein guter, liebevoller Mensch, auch wenn er den Ruf hatte, ein beinharter Geschäftsmann zu sein. Vielleicht sogar brutal. Ich habe ihn nie so erlebt. Es wäre furchtbar für mich, falls er wirklich einer von ihnen gewesen sein sollte ... Falls er wirklich an all dem Bösen beteiligt war ...«

»Wir werden sehen, ob die Briefe uns weiterbringen.«

»Auf jeden Fall möchte ich Ihnen danken – Ihnen und Mossman –, dass Sie es versuchen. Sie setzen Ihr Leben aufs Spiel. Das ist mir sehr bewusst. Der Gedanke macht mir ein schlechtes Gewissen. Ich fühle mich schäbig. Ich würde gern ...«

»Sie müssen sich wirklich keine Vorwürfe machen«, fiel Margrethe ihr ins Wort und legte wieder eine Hand auf ihren Arm. »Im Rückblick sieht immer alles anders aus. Ist Ihnen in den Briefen denn etwas aufgefallen? Etwas, worauf ich besonders achten sollte?«

»Ich habe vor allem die aus den letzten drei, vier Jahren immer wieder gelesen. Und ja ... Vielleicht sind da ein paar Dinge, die ein Hinweis oder Fingerzeig sein könnten. Womöglich geht aber auch nur meine Fantasie mit mir durch. Ich denke, Sie sollten von vorn anfangen zu lesen und selbst suchen, ohne dass ich Sie im Vorfeld beeinflusse.«

»Einverstanden.«

»Wenn Sie damit fertig sind und die Briefe nicht mehr benötigen, hätte ich sie gern zurück.«

»Selbstverständlich.«

Dann saßen sie alle drei schweigend nebeneinander. Am liebsten hätte sie sofort mit der Lektüre angefangen, aber es gab auch noch andere Informationen, die sich als relevant erweisen konnten.

»Können Sie mir vielleicht ein bisschen mehr darüber erzählen, mit wem Ihre Schwester und ihr Mann in Spanien zu tun hatten? Sie hatten ein Haus an der Costa del Sol, nicht wahr?«

»Ja, in Fuengirola, südlich von Málaga. Dort unten wohnen viele Dänen, überhaupt viele Ausländer. Die beiden haben sich damals eine Villa in den Bergen gekauft. Durch den Verkauf des Unternehmens hatten sie finanziell ausgesorgt. Sie waren sehr aktiv in der dänischen Gemeinschaft dort, dem *Club Danés*, der sich in der *Casa Danesa* trifft, dem dänischen Haus, das auch ein Restaurant ist. Ich war zweimal allein in Fuengirola zu Besuch und zweimal mit meinem Mann. Und jedes Mal waren wir in der *Casa Danesa*. Ich dachte mir schon, dass Sie danach fragen würden, und habe Ihnen eine Liste zusammengestellt, hier, bitte.«

Frau Bjørk zog ein kleines Kuvert aus der Tasche und reichte es ihr. Darin war ein Blatt Papier, beschrieben mit einer zierlichen Handschrift. Es war eine Übersicht über die besten Freunde des Paares. Margrethe ließ den Blick über die Liste gleiten. Lauter Nachbarn und Freunde aus der dänischen Gemeinschaft, darunter auch ein schwedisches und ein englisches Paar. Neben mehreren Namen stand das Wort »Golf«. Die Liste endete mit der Putzfrau der Schwester und ihrem Gärtner.

»Das ist toll, vielen Dank. Dann haben die beiden wohl oft Golf gespielt?«

»Ständig«, brummte Herr Bjørk.

»Sigrid hat erst nach dem Umzug damit angefangen. Ihr Mann hat vorher schon ab und zu gespielt. Ich glaube, es wurde immer mehr, weil sie etwas gemeinsam machen wollten und weil man beim Golfen viele Kontakte knüpfen kann. Sie waren total versessen darauf. Sogar als ich zu Besuch dort war, sind sie zum Golfspielen gegangen. Nun, da habe ich mich eben mit einem Buch in die Sonne gelegt.«

Margrethe faltete die Liste zusammen und steckte sie zurück in den Umschlag.

»Abgesehen von den Namen, die Sie hier aufgeschrieben haben – gab es noch andere?«

»Sie hatten einen großen Bekanntenkreis, hauptsächlich in der dänischen Gemeinschaft und dem Golfklub. Wir haben uns bemüht, die wichtigsten aufzuführen. Einige von ihnen werden auch in den Briefen erwähnt, aber das sehen Sie dann ja alles selbst. Falls irgendwelche Fragen auftauchen, rufen Sie mich einfach an.«

»Tausend Dank, Frau Bjørk. Ich bin sehr froh, dass Sie mir die Briefe zur Verfügung stellen.«

»Es ist lange her, dass ich darin gelesen habe. Nachdem ich krank wurde, hatte ich nicht mehr die Kraft dazu. Jedes Mal, wenn ich sie in die Hand nehme, höre ich Sigrids Stimme. Und dann werde ich traurig. Sie hatte eine wunderbare Stimme, sanft und warm. Ich hoffe so sehr, dass Sie etwas finden, Margrethe.«

»Ich werde mein Bestes tun. Und jetzt sehe ich zu, dass ich nach Hause komme und mich an die Arbeit mache.«

»Wir bleiben noch ein wenig. Wir kommen nicht mehr so oft hierher.«

Frau Bjørk lächelte blass.

Margrethe verabschiedete sich, nahm die Einkaufstasche und ging zurück zum Parkplatz.

Sie wollte nach Hause. So schnell wie möglich. Nach Hause und lesen. Schon in ein paar Tagen würden sie sich wieder in Axel Mossmans Keller treffen und Bericht erstatten. Sie musste sich bei Netto krankmelden, sich mit einem Stapel Tiefkühlgerichte eindecken und die nächsten Tage in ihrer Wohnung verschanzen, um herauszufinden, ob sich in Sigrids Zeilen irgendeine Nachricht verbarg. Oder vielleicht dazwischen.

41.

Ormskirk? Wie zur Hölle kam man auf die Idee, eine Stadt Ormskirk zu nennen? Aber gut, wahrscheinlich hatte es mit irgendeinem Wikinger-Quatsch zu tun.

Er blieb vor der Nummer 24 in der Calder Ave stehen. Es war eine Doppelhaushälfte wie so viele in dieser Straße. Das Haus, in dem Kate MacDuff mit ihrer kleinen Tochter wohnte, sah ein wenig heruntergekommen aus – aber nicht schlimm.

Wie die anderen Häuser hier hatte es einen kleinen Garten, der an die Bahngleise grenzte. Für eine alleinerziehende Mutter war es bestimmt nicht das Schlechteste, so viel Platz zu haben.

Seine ewige Skepsis hatte ihn hierhergeführt, in diese Kleinstadt nördlich von Liverpool, an der außer dem Namen überhaupt nichts exotisch war. Ormskirk war eine Stadt wie jede andere.

Er ging zur Haustür und klingelte. Auf einem Zettel über dem Briefschlitz stand »Kate und Emily MacDuff«. Das Weib hatte es nicht einmal für nötig befunden, ihren Nachnamen zu wechseln. Soweit er wusste, lag die Scheidung schon fünf oder sechs Jahre zurück.

Er hoffte, dass die beiden trotzdem noch Kontakt gehabt hatten. Schließlich gab es ja die gemeinsame Tochter, falls das für MacDuff noch ein Thema gewesen war. Er meinte sich zu erinnern, dass er immer ein Foto von ihr bei sich gehabt hatte.

Endlich hörte er Schritte im Haus. Die Tür ging auf und eine Frau Anfang vierzig sah ihn fragend an. Sie sah ziemlich heiß aus, mit blondierten Locken und großen Ohrringen.

»Hallo. Mein Name ist John Smith. Ich bin ein Kollege von

Ihrem Exmann Alistair. Könnte ich vielleicht kurz reinkommen?«

»Er ist tot. Was wollen Sie?«

»Genau deshalb würde ich gern mit Ihnen sprechen. Also, weil er gestorben ist … Ich würde Ihnen gern ein paar Fragen stellen.«

Kate MacDuff zögerte und musterte ihn von oben bis unten, und zwar ziemlich offensichtlich. Dann machte sie eine Kopfbewegung, trat einen Schritt zur Seite und ließ ihn in den Flur.

»Emily ist im Wohnzimmer und schaut fern. Wir setzen uns in die Küche.«

Sie zog zwei Stühle unter einem kleinen Tisch hervor.

»Ich habe nicht viel Zeit, also machen Sie schnell.«

Er nickte. Unter der blonden Mähne, die von einer schwarzen Schleife gebändigt wurde, schien sich eine Frau zu verstecken, die man besser nicht unterschätzen sollte.

»Er hat mir nie erzählt … Was machen Sie eigentlich beruflich?«

»Friseurin. Kommen Sie bitte zur Sache, ja?«

»Gut. Ich finde es seltsam, dass ein Typ wie Alistair, der genug Körpermasse hat, um ein paar läppische Bier wegzustecken, zu Hause die Treppe runterknallt und sich das Genick bricht. Also dachte ich mir, ich schaue mal bei Ihnen vorbei und frage Sie, ob Ihnen in letzter Zeit irgendwas aufgefallen ist. Hat er irgendwas erzählt? War irgendetwas anders?«

Kate MacDuff schnaubte.

»Sagen Sie mal, denken Sie wirklich, wir hätten einen auf glücklich geschieden gemacht und uns regelmäßig getroffen? Dann kennen Sie Alistair schlecht. Er war ein mieses Schwein. Er hat zwar immer behauptet, er würde Emily lieben und sich wahnsinnig für sie interessieren, aber vorbeigekommen ist er so gut wie nie. Ein paarmal hat er sie einfach versetzt. Mir ist es scheißegal, dass er tot ist. Nur damit wir uns richtig verstehen.«

Mit diesen Worten begrub die Friseurin in Sekundenschnelle

alle seine Hoffnungen, obwohl es ihn kein bisschen überraschte. Er hatte schon immer den Eindruck gehabt, dass Alistair die Geschichte vom treusorgenden Vater besser gefiel, als tatsächlich einer zu sein. Mieses Schwein? Tja, da hatte Kate MacDuff sicher recht.

»Dann entschuldigen Sie. Ich dachte, Sie hätten mehr miteinander zu tun gehabt.«

Er stand auf.

»Nein, mehr war es nicht. In den letzten zwölf Monaten hat er Emily vielleicht vier Mal abgeholt. Hat sie mit Eis abgefüllt und schon Sonntagmittag wieder hier an der Treppe abgeliefert, weil er zum Fußball wollte.«

Er nickte und trat zurück in den Flur. Sie schien nichts dagegen zu haben, dass er gleich wieder ging, aber als er die Hand schon auf der Klinke hatte, fiel ihr plötzlich etwas ein.

»Moment! Doch, da war etwas.«

Er drehte sich um und sah sie fragend an.

»Emily hat es mir erzählt. Einen Tag nachdem sie von seinem Tod erfahren hat … Neulich in der Fußgängerzone hat sie ein fremder Mann angesprochen, oben beim Glockenturm, und sie gefragt, ob sie Lust hätte, eine Videobotschaft für ihren Vater aufzunehmen. Sie hat einen Geburtstagsgruß in sein Handy gesprochen, und zum Abschluss haben sie und der Mann noch zusammen gewunken. Das fand ich komisch. Aber wahrscheinlich hat es gar nichts mit seinem Tod zu tun. Und wie gesagt: Es ist mir so was von egal. Aber nachdem Sie hier aufgekreuzt sind und fragen – jetzt wissen Sie es. Es ist nicht meine Art, etwas zu verschweigen.«

Er stutzte. Kate MacDuff hatte die Hände in die Seiten gestemmt und wartete darauf, dass er sich endlich vom Acker machte.

»Weiß die Polizei davon?«

»Nein, wieso auch? Die haben nur angerufen und mir mitgeteilt, dass mein Exmann tot ist.«

»Eine Frage noch … Dieser Typ, der das Video machen wollte, hat der seinen Namen gesagt?«

»Bryan. Er hat ihr gesagt, sein Name sei Bryan. Und dass er hier in der Stadt wohne. Er sei ein Kollege, und Alistair habe ihn auf seinen Geburtstag eingeladen. Deshalb der Spaß mit dem Video. Als eine Art Geschenk.«

»Hmm, wie sah er aus?«

»Normal, sagt Emily. Groß, schwarze Kappe, nett. Er hat ihr Geld für ein Eis gegeben. Und er hat anders gesprochen als die Leute hier in der Stadt, sagt sie.«

»Was war das für ein Akzent?«

»Hören Sie, das ist alles. Von jetzt an können Sie fragen, bis Sie umfallen. Mehr weiß ich nicht. Emily hat alles erzählt, was sie wusste. Und damit Schluss. Sie muss sich damit abfinden, dass er tot ist. Und das sollten Sie auch. Kommen Sie nicht wieder her. Ich kenne solche Typen wie Sie … Ich war ehrlich. Ich bin immer ehrlich. Und mehr habe ich dazu nicht zu sagen.«

»Okay, verstehe … Danke.«

Sie nickte kurz, und er zog die Tür hinter sich zu.

Man sollte sich von Kate MacDuffs Aussehen nicht täuschen lassen. Sie war ein ziemlich heißer Feger, aber auch messerscharf. Man konnte sich schnell schneiden, wenn man ihr an den Hintern wollte. Vielleicht war Alistair ihr nicht gewachsen gewesen? Er konnte sich gut vorstellen, dass er an einem anderen Ort und zu einer anderen Zeit einen ernsthaften Versuch gestartet hätte, ihr an die Wäsche zu gehen. Jetzt musste er sich damit abfinden, vom Hof gejagt zu werden.

Nachdenklich ging er zurück zur Straße. Irgendetwas an dieser Geschichte stimmte nicht. Ein Mann, der Alistairs Tochter anquatschte, um mit ihr eine Videobotschaft aufzunehmen? Ein Mann, der anders redete als die Leute in der Stadt?

Verdammt! Er machte auf dem Absatz kehrt, hastete zurück und klingelte.

Diesmal machte sie sofort auf, aber ihr Blick sprach Bände.

»Tut mir leid. Nur eine Frage noch. War der Mann schwarz oder weiß?«

»Weiß.«

»Danke.«

Dieses Mal nickte sie nicht. Sie knallte nur die Tür zu.

Als er wieder auf den Bürgersteig trat, war ihm klar, dass er der Sache auf jeden Fall weiter nachgehen musste, und das nervte ihn gewaltig. Er hatte weiß Gott genug anderes zu tun.

42.

Sie war gerade erst aufgewacht. Es war schon fast Mittag. Sie hatte ihren Schlafanzug an. Das eine Hosenbein war auf Höhe des Oberschenkelstumpfs abgeschnitten. Die Prothese lag auf der Türschwelle zum Flur, noch genau da, wo sie sie vor knapp drei Tagen hatte fallen lassen.

Sie musste irgendwann gegen Morgen auf dem Fußboden eingeschlafen sein. Jedenfalls lag da ein Kissen, und sie war offenbar vorausschauend genug gewesen, sich die Decke vom Sofa zu ziehen.

Sie fühlte sich gut, ausgeruht und wach. Sie war fertig. Sie hatte es geschafft. Heute Abend würden sie sich in Axel Mossmans Keller treffen.

Der Fußboden im Wohnzimmer war mit Briefen übersät, die sie nach unterschiedlichen Kriterien sortiert hatte. Neununddreißig Briefe von Schwester zu Schwester, von Sigrid in Spanien an Benedicte in Odder. Achtunddreißig lagen auf dem Teppich. Einer lag auf dem Couchtisch.

Es war ein anstrengender Haufen Arbeit gewesen, der ihre volle Konzentration erfordert hatte. Sie hatte sämtliche Briefe zweimal gelesen, in chronologischer Reihenfolge.

Der erste Durchgang war nötig gewesen, um sich einen Überblick über die Zusammenhänge zu verschaffen, Sigrids Stimme kennenzulernen und ein Gefühl für das wechselseitige Verhältnis der beiden Schwestern zu bekommen. Beim zweiten Durchgang hatte sie sich vollkommen darauf konzentriert, sich Notizen zu machen und das Unsichtbare zu sehen.

Sie war systematisch vorgegangen und hatte die Briefe nach Gruppen geordnet. In Gruppe eins waren die ganz frühen, alle im ersten Jahr geschrieben, nachdem Sigrid und ihr Mann, Frederik Bulbjerg, nach Fuengirola gezogen waren. Der Mann hatte das Familienunternehmen *Bulbjerg Transmissions* verkauft, das Getriebe für Windkraftanlagen herstellte, und dabei einen *»dreistelligen Millionenbetrag«* erzielt, wie Sigrid ihrer Schwester anvertraut hatte.

»Nun müssen wir uns für den Rest unseres Lebens keine Gedanken mehr über unsere Finanzen machen, liebste Bene, aber andere Sorgen bleiben uns dennoch nicht erspart. Ich fühle mich nicht glücklicher als früher, aber zumindest freier …«

Sie erinnerte sich genau an den Wortlaut. Sigrid nannte ihre ältere Schwester gelegentlich »Bene«, vor allem in vertrauten Momenten, falls es so etwas in Briefform gab. Vielleicht auch, weil »bene« aus dem Lateinischen kam und so viel wie »gut« bedeutete, wenn sie nicht alles täuschte.

Also war Bene in ihren Augen vielleicht »die gute Schwester«. Nach neununddreißig Briefen war jedenfalls klar, dass Sigrid ihre Schwester für die vorsichtigere und ängstlichere von ihnen hielt. Das deckte sich gut mit Benedictes eigener Einschätzung.

Es ließ sich nicht eindeutig herausfiltern, wann genau Sigrid ernsthaft damit begonnen hatte, sich mit den verschiedenen Dokumenten zu beschäftigen, die ihr Vater im Sommerhaus der Familie in Skagen versteckt hatte. Allerdings wurde sehr deutlich, dass Karl-Erik Ryttingers kleine Schatzkiste mit Sitzungsprotokollen, Kalenderblättern, Gedächtnisnotizen und Tagebucheinträgen Gegenstand heftiger Diskussionen zwischen den Schwestern gewesen war und dass Sigrid sehr vorsichtig um den heißen Brei herumschlich.

Erst im neunten Brief wurde sie konkret: »*Ich habe nun doch mit meinen eigenen Nachforschungen begonnen, Bene. Ich weiß, Du hältst nicht viel davon, und ich erspare dir die Details, aber ich wollte, dass Du es erfährst.*«

In einer ganzen Reihe von Briefen wurde das Thema nicht einmal mehr gestreift. Sigrid schilderte ihren Alltag, mit wem sie sich trafen, was sie sonst unternahmen und was sie über dieses oder jenes dachte – über Religion, Extremismus, Probleme mit ihrem Drive und Loch 7, das nie so wollte wie sie. Und sie konnte von ihren Gedanken über das Dänisch-Sein im Ausland fließend zu ihrer Freude über den Stolz ihres Gartens, ihren neuen Jasmin, überleiten.

Benedicte Bjørk hatte recht damit gehabt, dass ihre Schwester lebendig und bildhaft schrieb, wobei die Familientragödie oft unter der Oberfläche mitschwang.

»*Mit der Sicherheit ist es so eine Sache, liebe Schwester. Du findest sie in Deiner Ruhe und Deinem geregelten Umfeld. So geht es mir auch. Aber manchmal spüre ich den Vulkan in meinem Inneren. Erst brodelt er eine Weile. Dann schießt die Asche in den Himmel und die Lava fließt. Ist das mein Drang, endlich zu rebellieren? Wir haben beide ja nie den Aufstand geprobt wie andere Jugendliche. Vater war viel zu groß und mächtig – zu scharfsinnig und liebenswert. Rumort es deshalb in mir? Weil er so viel Raum eingenommen hat? Weil er uns so plötzlich entrissen wurde? Ist es mein Zorn? Oder liegt es daran, dass dieses sorgenfreie Leben hier im Süden, nenn es Glück oder Sicherheit, in Wahrheit eine unerträgliche Zwangsjacke ist? Ich weiß es nicht. Ich weiß nur, dass Frederik mir aus dem Weg geht, wenn es anfängt zu brodeln. Vielleicht hält er mich für undankbar. Aber das bin ich nicht. Ich bin nur ein schlummernder Vulkan – der von Zeit zu Zeit erwacht.*«

In dieser Richtung ging es noch weiter. Sie konnte es nicht Wort für Wort wiedergeben, aber das meiste war ihr im Gedächtnis geblieben. Es war Brief Nummer vierzehn, sie hatte ihn den »Vulkanbrief« getauft. Er lag in Gruppe zwei bei den Briefen, in denen

Sigrid Bulbjerg erstmals konkret geworden war. In einem Nebensatz erwähnte sie beispielsweise, dass sie »*eine Person mit Verbindungen zu unserem Vater*« aufgesucht habe.

In Gruppe zwei fanden sich noch mehr vage Spuren. »*Vater hörte ja auf die Menschen, vor denen er Respekt hatte.*« Oder: »*Ich habe versucht nachzudenken, mir alles ins Gedächtnis zu rufen. Unser Vater hatte schließlich auch Feinde.*«

Gruppe drei bestand aus einigen jüngeren Briefen. Abgesehen von der Datierung hatten sie alle gemeinsam, dass Sigrid Bulbjerg darin ein paarmal einen Schritt weiter ging. Margrethe blätterte in ihren Notizen. In den Briefen standen Sätze wie: »*Heute wurde ich zurückgewiesen, wo ich eigentlich erwartet hätte, auf so etwas wie Verständnis zu stoßen.*«

Wo oder von wem sie zurückgewiesen worden war, ging allerdings nicht aus dem Schreiben hervor. Es schien, als hätte Sigrid im Grunde genau gewusst, dass ihre Schwester am liebsten gar nichts über dieses Thema lesen wollte.

Zu Gruppe drei gehörte auch der Brief, den Margrethe sofort den »Mondbrief« genannt hatte. Sie krabbelte über den Boden und streckte sich nach dem weißen Umschlag, den sie mit einem gelben Post-it-Zettel markiert hatte. Der »Mondbrief« war Nummer einunddreißig.

»*Manchmal sitze ich nachts allein da, Bene, und denke und denke und denke. Dann versuche ich, einen neuen Blickwinkel zu finden. Einen neuen Ansatz, mich der Sache zu nähern. Die Nächte hier unten sind angenehm still. Frederik geht immer schon gegen elf ins Bett. So sieht er wenigstens nicht, was ich tue. Er macht sich Sorgen. Ein bisschen wie Du … Manchmal gehe ich in den Garten und setze mich draußen auf eine Bank. Der Mond ist mein Vertrauter. Der weiße Mond, wie fern er auch sein mag, ist mein Freund. Er hört mir zu. Er fragt. Er versteht meine Sprache. Er respektiert meine Aufgabe. Begreift, dass es nicht anders sein kann. Ist es nicht unglaublich, dass ich dem Mond erst hier unten begegnet bin –*

wirklich begegnet? So verschieden wir sind, so einzigartig ist unsere Freundschaft. Frag den Mond, er weiß es besser als jeder andere.«

Ein weiterer Brief in Gruppe drei sprach aus, was vermutlich immer ungesagt geblieben war. Es war nur ein kurzer Abschnitt, aber ein wichtiger:

»Der Mord an unserem Vater war all die Jahre ein großes Tabu und für meinen Malte ein unermesslicher Schmerz. Immer wieder hat diese brutale Tat für Streit zwischen Dir und mir gesorgt. Aber wir müssen der Tatsache ins Auge sehen, Bene, dass unser geliebter Vater vielleicht an etwas beteiligt war, das uns mit Abscheu erfüllt und mit dem wir nichts zu tun haben wollen. Wir leugnen es, weil wir das Bild nicht zerstören wollen, das sich in unsere Netzhaut und unser Herz eingebrannt hat. Aber manchmal ist Konfrontation der einzige Weg.«

Im nächsten Abschnitt kehrte Sigrid zurück zu der spannenden Frage, wie ihre neuen Nachbarn wohl sein würden. So machte sie es oft – sie sprach das Unaussprechliche an, nur um sofort wieder das Thema zu wechseln.

Gruppe vier bestand aus den letzten vier Briefen. Sie hatten ihren eigenen Stapel bekommen, weil sie die aktuellsten waren. Fand sich darin irgendetwas, das Aufschluss über das letzte Jahr vor Sigrids Tod gab?

In diesem Stapel lag auch der »Sternebrief«. Darin schrieb Sigrid sehr poetisch über die Sterne am Himmelszelt. Sie waren nicht ihre Vertrauten wie der Mond, sondern blinkten in der schwarzen Nacht und gaben ihr das Gefühl, klein und unbedeutend zu sein. Aber gerade das weckte in ihr den Wunsch, sich für etwas einzusetzen, das wirklich wichtig war: *»Die Vergangenheit aufzuklären, Benedicte.«*

Gruppe fünf lag kreuz und quer unter dem Fenster verstreut. Diese Briefe waren komplett uninteressant und ohne jede Spur oder nennenswerte Substanz. Solche Briefe hatte sie also auch geschrieben.

Margrethe sah sich suchend nach ihrem Handy um und wischte einen Haufen zerknüllter Notizzettel beiseite, aber darunter war es nicht. Sie stemmte sich auf die Hände und kroch auf ihre eigene, etwas ungelenke Art zurück zu der Stelle, wo sie aufgewacht war. Nachdem sie das Telefon schließlich unter der Sofadecke entdeckt hatte, robbte sie zurück zum Couchtisch und griff nach dem Notizblock, auf dem die Nummer stand. Sie drückte die sechs Ziffern, nahm den Brief, den sie in die Mitte des Tischs gelegt hatte, und wartete.

»Benedicte Bjørk«, sagte eine zaghafte Stimme am anderen Ende der Leitung.

»Hier ist Margrethe Franck. Ich glaube, ich habe es gefunden …«

43.

Der Fußmarsch vom Bahnhof Kokkedal zu Axel Mossmans Haus in einer Nebenstraße der Lange-Müllers-Allé fand im Dunkeln und über einen nahezu menschenleeren Bürgersteig statt. Er hätte noch Stunden so weiterlaufen können, aber so weit war der Weg leider nicht. Selbst wenn er das labyrinthartige Wohngebiet mied und einen Umweg wählte, waren es höchstens vier oder fünf Kilometer.

Das Wiedersehen mit Kopenhagen war ein notwendiges Übel. Er verabscheute Menschenmengen, und sein ganzer Körper reagierte darauf, dass ständig irgendjemand direkt hinter ihm ging.

Es war so lange her … Und in den Monaten bei Tessa in dem kleinen weißen Haus auf Klöverö war es so still gewesen. Vielleicht hatte sein Kopf es verdrängt. Vielleicht auch sein Körper. Das Gefühl war nicht langsam erwacht wie ein schlummernder Dämon, es war wie mit einem Fingerschnipsen da gewesen.

Die Strecke vom Bahnsteig die Rolltreppe hoch und dann mitten durch das Gewimmel am Hauptbahnhof hatte sein Zentralnervensystem sofort in Alarmbereitschaft versetzt. Es gehörte so wenig dazu. Er hatte es erlebt. Und nicht nur einmal, sondern leider immer wieder. Eine Weste, vollgepackt mit Sprengstoff, und ein Einzelner, der bereit war, sich zu opfern.

Und dann nur noch abgetrennte Gliedmaßen und Blut. Und die Schreie, die noch tagelang im Trommelfell widerhallten.

Kokkedal am späten Abend war ein wundersamer Gegensatz dazu. Es war befreiend, sich für einen Moment vorzustellen, das Treffen einfach ausfallen zu lassen und stattdessen immer weiterzugehen. Nur noch dem Asphalt zu folgen und sich alles aus dem Körper zu laufen.

Aber das war nur ein flüchtiger Gedanke. Diese Option war ausdiskutiert. Keine Straße dieser Welt konnte ihn wirklich wegbringen. Und weil das so war, würde er sich gleich durch eine Hecke in Mossmans Garten schieben, wo der Fuchs schon bereitstand, um seine Gänse in Empfang zu nehmen.

Er ging den langen Bolbrovej hinunter, über die Eisenbahnbrücke und weiter an Hecken und Villen vorbei.

Pastor, dieser warmherzige Bote Gottes, hatte kurz feuchte Augen bekommen, als sie sich am Zug verabschiedet hatten. Aber alles andere wäre nicht gegangen. Er hatte die Gastfreundschaft des Pfarrhauses in Ullerup schon viel zu lange strapaziert. Auch Pastors Frau schien der bevorstehende Abschied nicht kaltzulassen, als er am Küchentisch verkündete, dass er weiterziehen würde.

Er hatte den beiden hoch und heilig versprechen müssen, dass er ein Lebenszeichen von sich geben würde, sobald er am Ende seiner langen Wanderung angekommen war. Falls er dann überhaupt noch in der Lage war, sich zu melden.

Er hatte sich im Cabinn Hotel in der Nähe des Polizeipräsidiums einquartiert. Das hatte den Vorteil, dass der Fußweg mit dem Rucksack vom Hauptbahnhof nur ein paar hundert Meter lang war. Außerdem war es ein Billighotel ohne Lobby, Bar, Restaurant oder sonstigen Schnickschnack. Also auch ohne Gedränge und neugierige Blicke aus bequemen Sitzgruppen. Dass die Polizei sein nächster Nachbar sein würde, störte ihn nicht weiter. Nach Toten wurde nicht gefahndet.

Er ging an einigen kleinen Geschäften vorbei. Hinter den Fenstern einer Pizzeria brannte Licht, aber es war niemand zu sehen. Er warf noch einen Blick über die Schulter. Hinter ihm war auch niemand. Er hatte die ganze Zeit nichts Verdächtiges gesehen, weder zu Fuß noch auf zwei oder vier Rädern. Aber er konnte einfach nicht anders.

Die vielen Tage, an denen er sich in dem kleinen Zimmer des Pfarrhauses mit den Gutshöfen und Herrenhäusern auf Mossmans Liste befasst hatte, waren eine klaustrophobische Erfahrung gewesen. Diese Recherche war langwierig und mühsam, und obwohl er eine ganze Reihe von Anwesen und Eigentümern hatte ausschließen können, waren immer noch viele übrig, die als Standort von Ost infrage kamen. Viel zu viele.

Axel Mossman hatte Erfahrung mit dieser Art von Fleißarbeit, und wenn der Großmeister des PET davon überzeugt war, dann konnte er selbst nicht von dieser Methode abweichen, auch wenn es eine echte Geduldsprobe für ihn war.

Jetzt war es nicht mehr weit. Nur noch das letzte Stück den Sophienbergvej hoch, dann nach rechts in die Lange-Müllers-Allé und gleich wieder links in die kleine Sackgasse.

Er blickte ein letztes Mal über die Schulter, machte dann ein paar schnelle Schritte zur Seite und schob sich zwischen Hecke und Garagenmauer. Er überquerte die Wiese und trat auf die überdachte Terrasse.

»Guten Abend, Soldat.«

Eine dunkle Gestalt saß auf einem Gartenstuhl und erwartete ihn bereits.

Axel Mossman stand auf und gab ihm die Hand.

»Kommen Sie herein, Oxen. Franck ist auch gerade eingetroffen.«

Mossman führte ihn durch die Terrassentür ins Haus und weiter zur Kellertreppe.

»Und Ihre Frau? Weiß sie Bescheid?«

Der ehemalige PET-Chef schüttelte den Kopf.

»Ihr geht es am besten, wenn ich meine Depressionen pflege ... Sie hat heute Nachtschicht. Kommen Sie.«

Mossman ließ ihm auf der Treppe den Vortritt. Margrethe Franck saß schon auf demselben Stuhl wie beim letzten Mal und hielt einen Becher Kaffee in den Händen. Ihr Gesicht hellte sich auf, als er ins Zimmer kam.

»Niels, schön, dich zu sehen«, sagte sie lächelnd.

Sie umarmte ihn kurz, aber lang genug, dass er den dezenten Duft von Parfüm bemerkte. Beim letzten Mal war ihm das nicht aufgefallen, aber abgesehen davon war sie ganz die Alte – also die neue Alte.

Für einen kurzen Moment rief er sich die Franck von früher ins Gedächtnis. Die Frau, der er zum allerersten Mal auf dem Präsidium in Aalborg begegnet war. Damals hing ihr eine lange, gelockte Strähne in die Stirn, als sie ihn mit kühlem Blick gemustert hatte, während sich eine silberne Schlange ihr Ohr hinaufwand.

An diesem Tag hatten sie ihn gerade überrumpelt und aus dem Wald gezerrt. Weder für Margrethe noch für ihn war es seither bergauf gegangen. Aus ihr war eine ganz gewöhnliche Sterbliche geworden – und er selbst war eine lebende Leiche.

»Alles okay?«, fragte er und setzte sich.

Franck nickte. Vielleicht hatte sich doch etwas verändert? Hatten ihre sonst so blassen Wangen etwas Farbe bekommen?

»Schön, dass Sie beide da sind«, sagte Mossman und reichte auch Oxen einen dampfenden Kaffeebecher. »Lassen Sie uns am besten gleich loslegen. Margrethe hat darum gebeten, dass sie den Anfang machen darf.«

War das der Grund für den Anflug von Röte? Franck war ausgesprochen geschickt im Recherchieren. Wo andere nur Staub und Steine fanden, grub sie Gold aus. Das hatte er selbst schon mehrfach erlebt. Aber trotzdem war eine Sache wichtiger als alles andere.

»London?«

Er beschränkte sich auf dieses Wort und sah Axel Mossman fragend an.

»Entschuldigung, Oxen, natürlich … Wir beginnen mit London.«

Der alte Bluthund nickte, sodass die faltige Haut unter seinem Kinn wackelte. Als er fortfuhr, wählte er jedes seiner Worte mit Bedacht:

»*Well,* ich will Ihnen keine falschen Hoffnungen machen, Soldat. Ich war zwei Tage in London, vorgestern bin ich wieder nach Hause gekommen. Lassen Sie es mich vorsichtig formulieren – der *Prozess* läuft. Ich habe die Kollegen auf beiden Seiten der Themse besucht, und ich würde gern …«

Oxeus hochgezogene Augenbrauen brachten Franck dazu, sich einzuschalten.

»›Auf beiden Seiten der Themse‹ bedeutet MI5 *und* MI6, Inlands- und Auslandsgeheimdienst.«

Mossman nickte und griff seinen Faden wieder auf.

»Ich habe keine Kontakte zur britischen Armee, deshalb erschien es mir naheliegend, zuerst *Six* aufzusuchen. Da ich die Netze aber möglichst breit auslegen wollte, habe ich auch noch bei *Five* an die Tür geklopft. Kontakte, Gefallen und Gegengefallen … So was verteilt sich in der ganzen Familie. Also, ich habe die Fotos gezeigt, und es wurden ein paar Kopien davon gemacht, unter der Bedingung, dass die Angelegenheit mit absoluter Diskretion zu behandeln ist. Daran hält man sich da drüben für gewöhnlich. Nach so vielen Jahren habe ich gute Verbindungen. Warten wir ab, ob sie sich auszahlen.«

»Keine einzige spontane Reaktion?«

»Nein, Oxen. Es hat bei niemandem geklingelt. Ich werde Sie sofort kontaktieren, wenn ich etwas höre. Reicht Ihnen das?«

Oxen nickte. Mehr war nicht zu machen. Mossman hatte an beiden Ufern der Themse gefischt. Ihm selbst fehlte das nötige Insiderwissen, um die Chancen für einen Fang einzuschätzen.

»Wollen wir dann weitermachen und hören, was Margrethe zu sagen hat?«, fragte Mossman.

Er sah zu ihr hinüber. Doch, eindeutig. Ihre Wangen hatten Farbe bekommen. Franck hatte etwas gefunden.

Sie merkte, dass Oxen sie heimlich beobachtete, als sie ihre Notizen aus der Tasche nahm und sich auf ihren Bericht vorbereitete. Sie wollte gern den Anfang machen, denn ihr Bauchgefühl sagte ihr, dass sie die Erste in ihrem Dreierbund war, die eine echte Entdeckung zu verkünden hatte. Außerdem konnten die anderen sich dann direkt im Anschluss zu ihrem Vorschlag äußern.

Sie fing an.

»Zunächst muss ich leider bestätigen, dass wir auch weiterhin ohne Ihren Neffen auskommen müssen, Mossman. Ich habe Christian Sonne in Aarhus besucht, und er lässt alle schön grüßen. Seine Antwort war eindeutig: Er möchte nicht mitmachen.«

»Irgendwelche besonderen Gründe?«, fragte Mossman.

»Die Sorge um seine Töchter …«

Mossman nickte.

»Von Aarhus bin ich nach Odder weitergefahren und habe Malte Bulbjergs Tante, Benedicte Bjørk, aufgesucht, mit der ich schon letztes Jahr im Zusammenhang mit unseren Ermittlungen gesprochen habe.«

Sie fuhr mit einer detaillierten Beschreibung von Frau Bjørks Zustand fort, der nicht unwichtig war für das, worauf sie hinauswollte. Und genauso relevant war es, die Beziehung der beiden Schwestern zu umreißen, die stark vom dramatischen Tod des Vaters geprägt gewesen war.

Schließlich vervollständigte sie ihren einleitenden Bericht mit der SMS von Benedicte Bjørk und ihrem Treffen am Familiengrab auf dem Friedhof in Hellerup, von dem sie mit zwei Schuhkartons voller alter Briefe zurückgekommen war. Neununddreißig Stück, um genau zu sein.

»Ich habe mich die letzten Tage bei meiner Arbeit krankgemeldet, um genug Zeit zu haben, jeden Brief mehrmals zu lesen. Und um gründlich recherchieren zu können«, erklärte sie.

Sie schaute abwechselnd zu Mossman und Oxen. Die beiden lauschten konzentriert.

»Und ich habe tatsächlich etwas gefunden«, sagte sie. »Etwas, von dem ich felsenfest überzeugt bin …«

Sie blätterte in ihren Unterlagen, fand den richtigen Brief und zog ihn aus dem Kuvert.

»Mein Hauptaugenmerk galt Sigrids späteren Briefen. Ich ging davon aus, dass sie ihrer Schwester mit Sicherheit einen Hinweis gegeben hat, falls sie auf irgendetwas gestoßen ist und falls sie wusste, dass sie sich möglicherweise in Gefahr befand, weil sie an den alten Geschichten rührte. Natürlich hätte sie auf irgendeine Weise sichergestellt, dass die Ergebnisse ihrer Arbeit nicht verloren gingen. Auch wenn sie wusste, dass Benedicte nur in Frieden leben wollte. Diesen Brief hier hat Sigrid anderthalb Jahre vor ihrem tödlichen Unfall geschrieben:

›*Mein neuer Jasmin, von dem ich Dir schon erzählt habe, sieht einfach wunderschön aus. Er hat kräftige Wurzeln geschlagen und ist ordentlich gewachsen. Er steht in einer Ecke unseres Gartens, sodass man ihn von der Terrasse aus sehen kann. Und weißt Du, was? Man mag es kaum glauben, aber wir haben hier den schönsten Regenbogen erlebt, den man sich vorstellen kann. Er war ganz deutlich zu sehen und die Farben unglaublich klar. Er reichte vom Meer genau bis zu uns nach La Sierrezuela. Wir waren gerade auf dem Weg in den Klub, und Frederik hielt sogar am Straßenrand an, damit wir ihn besser betrachten konnten. Ich schwöre dir, Benedicte, der Regenbogen endete genau am Fuß meines Jasmins. Als wollte sich die eine Schönheit in ihrer Vergänglichkeit die Zeit nehmen, die andere zu grüßen, bevor sie wieder verschwand. Erinnerst Du Dich noch, wie Vater uns immer in den herrlichsten Farben vom Schatz am Ende des Regenbogens erzählt hat? Ich höre immer noch seine Stimme, Bene …*›«

Margrethe hielt inne und faltete den Brief zusammen.

Die Passage hatte ihre Wirkung nicht verfehlt. Oxen und Mossman saßen schweigend da und ließen das Gehörte sacken. Oxen äußerte sich als Erster.

»Und was, glaubst du, wirst du am Fuß dieses Jasmins finden? Beweise? Oder was?«

»Vielleicht nicht unbedingt hieb- und stichfeste Beweise, aber eine Art Zwischenstand, wie weit sie mit ihren Nachforschungen gekommen ist. Oder zumindest die Unterlagen, die der alte Ryttinger in dem Ferienhaus in Skagen versteckt hatte. Die sind bis heute nicht wieder aufgetaucht. Nicht einmal Malte hat sie gefunden. Seine Tante hat diese Briefe vor ihm geheim gehalten, um ihn zu schützen. Sie hat ihren Vater verloren und ihre Schwester. Nichts auf dieser Welt hätte sie dazu gebracht, dem Danehof auch noch ihren geliebten Neffen in die Arme zu treiben.«

Als sie Malte erwähnte, zog ein schwarzer Schatten über Axel Mossmans Gesicht, und er schwieg, obwohl er ganz vorn auf der Stuhlkante saß und offenbar etwas fragen wollte.

»Einige ihrer Briefe sind etwas weitschweifig, schön zu lesen, aber unergiebig, manches ist banale Alltagsphilosophie und was man eben so schreibt. Ich bin mir absolut sicher, dass Sigrid etwas unter ihrem geliebten Jasmin vergraben hat. Tabuthema oder nicht – natürlich hat sie dafür gesorgt, dass ihre Arbeit nicht umsonst war. Mag sein, dass das nicht besonders subtil ist, aber sie konnte ja schließlich kein Rätsel konstruieren, das Benedicte niemals lösen würde.«

»Was sagt Frau Bjørk dazu? Haben Sie schon mit ihr gesprochen?«, fragte Mossman.

»Sie denkt, dass ich recht habe. Sie ist vor langer Zeit selbst darüber gestolpert. Sie wollte dem Hinweis nur nie nachgehen. Hat ihn bewusst ›übersehen‹, wenn man so will. Wie gesagt … ihr ging es um Malte.«

Mossman mischte sich unvermittelt ein.

»Wann sind Sie reisebereit, Margrethe?«

»Morgen.«

Sie blickte fragend zu Oxen. Er machte ein nachdenkliches Gesicht. Dann schüttelte er den Kopf.

»Ich würde gern mitkommen«, sagte er. »Aber das wäre nicht klug. Ich habe zwar einen falschen Pass, nur …«

»Nein. Ausgeschlossen«, fiel Mossman ihm ins Wort, und seinem Ton war deutlich anzumerken, dass der alte Hüne ganz vergessen hatte, dass er nur noch ein einfacher Rentner war. »Es ist vollkommen ausgeschlossen, dass Sie sich dem Risiko aussetzen, kontrolliert und womöglich erkannt zu werden. Sie sind tot, und das bleiben Sie auch. Es wäre unserer Sache alles andere als dienlich, wenn das Gegenteil publik würde.«

Mossman hatte sich zu Oxen gedreht, der schweigend und ruhig nickte. Dann wendete er sich wieder Franck zu.

»Abgesehen davon ist es eine einfache Aufgabe, die kein Backup erfordert, Margrethe.«

»Ja, das sehe ich genauso«, antwortete sie.

»Ich habe einen guten Bekannten im *Centro Nacional de Inteligencia*. Ich werde ihn gleich morgen früh kontaktieren. Vielleicht kann er uns helfen und Ihnen vor Ort einen Kollegen an die Seite stellen. Sie können ja nicht einfach einen Spaten schultern, zu dem Haus marschieren und fragen, ob Sie den Garten umgraben dürfen.«

Axel Mossman gluckste. Der düstere Schatten in seinem Gesicht war wie weggeblasen. Er wirkte zufrieden und ungeduldig. Vor allem ungeduldig. So wie sie ihn aus der Zeit kannte, als er noch ihr Chef und Alleinherrscher über den PET gewesen war.

»Und, Margrethe … verdammt gute Arbeit.«

Der ehemalige PET-Chef nickte anerkennend. Oxen auch.

»Ich sehe zu, dass ich so früh wie möglich runterfliege. Ich muss nur vorher noch meine Krankmeldung verlängern.«

Er sah auf die Uhr. Es waren fast drei Stunden vergangen, und langsam näherten sie sich dem Ende. Er sehnte sich nach frischer Luft, er wollte raus aus dem Keller, raus in die Dunkelheit. Er fragte sich, was Pastor und seine Frau wohl gerade im Pfarrhaus machten. Saßen sie vielleicht zusammen und unterhielten sich darüber, wie es ihrem Gast ergangen sein mochte, den sie nicht zum Bleiben hatten überreden können?

Margrethe Franck hatte Axel Mossman einige Fragen gestellt, die seine beiden alten Fälle betrafen, Gregersen und Ryttinger. Nachdem die neununddreißig Briefe so unerwartet aufgetaucht waren, hatte sie nicht genug Zeit gehabt, um sich ausführlich mit den alten Akten zu befassen, sich aber dennoch etliche Fragen dazu notiert. Sie hatten alle eher klärenden Charakter.

Unter anderem ging es darum, wer zum Zeitpunkt von Gunnar Gregersens Selbstmord noch Mitglied der sozialdemokratischen Fraktion im Parlament gewesen war und wer diversen Kommissionen angehört hatte. Aber sie hatte auch Fragen zu verschiedenen Personen aus der Wirtschaft und wollte wissen, wer seinerzeit im Vorstand von *Ryttinger Eisen* saß, wer von diesen Leuten verhört worden war und warum.

Das alles machte einen äußerst durchdachten Eindruck. So arbeitete Margrethe Franck. Verbissen und mit einem scharfen Blick für Details.

Er hatte nicht die ganze Zeit zugehört, sondern vor allem darüber spekuliert, was sie am Ende des spanischen Regenbogens womöglich finden würde. Ob es eine Spur sein würde, mit der sie weiterarbeiten konnten. Und natürlich fragte er sich, ob die Fotos von John Smith wohl mittlerweile diskret in den Londoner Clubs herumgereicht wurden, wo sich die Geheimdienstleute auf einen Drink an der Bar versammelten.

Mossman und er hatten jeder, Punkt für Punkt, eine kompakte Zusammenfassung ihrer Arbeit geliefert. Wen hatten sie von der Liste gestrichen? Und warum? Und gab es jemanden, der ihre besondere Aufmerksamkeit geweckt hatte?

Sie hatten jeweils zweiundvierzig Anwesen recherchiert. Mossman hatte intensiv gearbeitet – und natürlich viel routinierter als er selbst. Der ehemalige PET-Chef hatte ganze achtzehn Namen von seiner Liste streichen können, er selbst hatte nur vierzehn geschafft. Blieben noch zweiundfünfzig.

Mossman schien dennoch zufrieden mit dem Ergebnis ihres ersten Arbeitseinsatzes zu sein.

»Wenn nichts mehr anliegt, dann würde ich mich jetzt auf den Heimweg machen«, sagte Franck und stand auf. »Ich habe morgen früh eine ganze Menge zu erledigen. Melden Sie sich bei mir, wenn Sie mit Ihrem Kontaktmann in Spanien gesprochen haben, Mossman?«

»Nein. Schicken Sie mir einfach eine SMS mit Ihrer Ankunftszeit in Málaga. Mehr ist nicht nötig. Ich sorge dafür, dass Sie am Flughafen abgeholt werden. Eine Sache noch … Haben Sie mittlerweile eine neue Bleibe gefunden, Oxen?«

Er schüttelte den Kopf.

»Ich habe Ihnen ja neulich schon gesagt, dass ich vielleicht etwas für Sie tun kann. Hier ist die Adresse einer alten Dame. Wir begegnen uns fast jeden Tag, wenn ich mit dem Hund draußen bin. Wir drehen dieselbe Runde. Sie ist Witwe und hat ein Zimmer im Keller. Wenn Sie wollen, können Sie schon morgen dort einziehen.«

Axel Mossman drückte ihm einen Zettel in die Hand, auf dem ein Name und eine Adresse standen.

»Und zu allerletzt – das hier.«

Mossman griff nach einer schwarzen Schachtel, die auf dem Tisch lag, und gab sie ihm. Sie war ungefähr so groß wie eine Brotdose.

»Ein kleines Präsent von meinem alten Bekannten beim MI5. Ein kompletter Satz Wanzen, klitzekleine Ohren, Oxen, sofort einsatzbereit. Machen Sie auf«, sagte Mossman.

Die relativ kleine Schachtel war überraschend schwer. Er drückte auf einen Knopf, und der Deckel sprang auf. Geschützt von einer dicken Schicht Schaumstoff lagen darin vier winzige Dinger, jedes in einer Kuhle, und daneben ein längliches schwarzes Plastikkästchen. Er nahm eins der kleinen Mikrofone heraus und legte es sich auf die Handfläche. Es war rund und nicht größer als der halbe Nagel seines kleinen Fingers.

»Ist eine Anleitung dabei?«, fragte er.

»Ganz unten in der Schachtel. Unter dem Schaumstoff. Schick, nicht wahr? Das Besondere an diesen vier kleinen Biestern ist, dass man sie an Glas befestigen kann. An der Außenseite, versteht sich. Es sind Spezialgeräte, falls man sich keinen Zugang zu einem Gebäude verschaffen kann oder möchte. Die Qualität dieser Mikrofone ist einzigartig. Sie sind so empfindlich, dass sie sogar das Rülpsen eines Holzkäfers registrieren … Und das schwarze Ding hier ist eine Kombination aus Empfänger und Festplatte mit einem Terabyte Speicherplatz. Das Set ist mit leistungsstarken Batterien ausgestattet, die eine Laufzeit von etwa vier Wochen haben. Eine echte Kostbarkeit, soll ich ausrichten …«

Er legte das kleine Wunderwerk zurück und klappte den Deckel zu. Mossman fuhr fort.

»Es wird Ihre Aufgabe sein, die Wanzen an den Fenstern von Villum Grund-Löwenbergs Penthouse anzubringen und den Empfänger gut zu verstecken. Schaffen Sie das in einer dunklen Nacht, Soldat?«

44. Es dauerte eine Ewigkeit, bis die Baustellenampel auf Grün umschaltete. In der Wartezeit hatte er ganze vier leere Lastwagen gezählt, die aus der Gegenrichtung an ihm vorbeigerumpelt waren. Was in aller Welt hatte eine Ampel an einer derart unwichtigen Nebenstraße zu suchen?

Er bekam die Antwort, als er kurz darauf den Manchester Kanal überquerte. Die Brücke war nämlich so schmal, dass keine zwei Fahrzeuge aneinander vorbeipassten.

Er fuhr langsam weiter, knapp hundert Meter, und bog dann nach links ab. Am Straßenrand gab es einen Parkplatz mit einer Informationstafel, und dahinter lag eine Wiese mit Bänken. Hier waren sie verabredet.

Er stieg aus dem Wagen. Jetzt konnte er sehen, was der Grund für den Schwerlastverkehr und die Ampelregelung war: Ein Stück flussaufwärts waren sie gerade dabei, die Fundamente für zwei Betonpfeiler zu legen, die später eine neue, riesige Brücke über den Fluss tragen sollten. Er hatte von den Bauarbeiten gehört.

Er setzte sich auf eine der Bänke. So nah an der Mündung war der Mersey beeindruckend breit. Schlamm, so weit das Auge reichte. Viel mehr Schlamm als Wasser. Zwei Laster beschleunigten hinter seinem Rücken auf dem Weg zum Brückenkopf und hüllten ihn in eine stinkende Abgaswolke. Was für ein beschissener Treffpunkt.

Er warf einen Blick auf die Uhr. Der Idiot sollte eigentlich längst hier sein. Wieso konnten die Leute nicht mal eine einfache Verabredung einhalten?

Er hatte sich an die Abmachung gehalten, die sie bei ihrem kurzen Gespräch am Dock in Liverpool getroffen hatten, und es Eddy Riley überlassen, den Kontakt zu dem Typen herzustellen, auf den er jetzt wartete. Jimmy Marsh arbeitete bei der Polizei in Runcorn. Ein Kleinstadtbulle mit Fistelstimme. Er hatte mit ihm telefoniert, ihm sein Anliegen erklärt und das Treffen vereinbart.

Zum Glück hatte er noch Zeit, ehe er sich festlegen musste, ob er den Job in Sierra Leone annehmen wollte oder nicht. Zeit, um dem unguten Bauchgefühl nachzugehen, das MacDuffs Tod bei ihm ausgelöst hatte.

Sierra Leone? Man müsste bloß eine Handvoll Flusspferde hier aussetzen, ein paar verschlafene Zebras ans Ufer stellen und einen Schwarm Flamingos in die Priele scheuchen, dann würde das schlickige Flussbett da unten glatt als *fucking* Afrika durchgehen.

Fehlten nur noch die tiefen Krokodilspuren in dem glänzenden Schlamm. Oder waren da welche? Er musste herausfinden, ob nicht doch ein hinterhältiges Krokodil in der Gegend sein Unwesen trieb, dem Alistair MacDuff zum Opfer gefallen war. Vorher fand er keine Ruhe.

Er hörte eine Autotür und drehte sich um. Sein Kontaktmann war da. Der Runcorn-Bulle war zaghafter als sein Kollege aus dem Hauptquartier in Liverpool. Der Kerl kroch ja förmlich näher.

»John Smith. Sind Sie Jimmy?«

Der Polizist, der etwa Anfang dreißig war, nickte, gab ihm die Hand und setzte sich.

»Haben Sie den Computer mitgebracht?«

Der Polizist schüttelte den Kopf und rieb nervös seine Handflächen an den Hosenbeinen.

»Nein. Ich hab's mir anders überlegt. Ich stehle nicht. Das mache ich einfach nicht. Ich will ...«

»Verdammt, Mann, wir hatten eine Abmachung! Denken Sie, ich sitze hier zum Spaß?«

»Hören Sie ...« Jimmy Marsh schob eine Hand in die Hosentasche. »Hier. Der hier ist für die Hintertür.«

Er drückte ihm einen Schlüssel in die Hand.

»Und was soll ich damit?«

Die Fistelstimme räusperte sich.

»Warten Sie, bis es dunkel ist, schließen Sie auf, gehen Sie rein, schauen Sie sich um, machen Sie, was Sie wollen – nehmen Sie sich den Computer, nehmen Sie von mir aus alles, was Sie brauchen. Aber nehmen Sie auch den Bildschirm mit. Es sieht idiotisch aus, wenn da ein Bildschirm rumsteht, aber kein Rechner. Nur falls sich eines Tages doch noch mal jemand für den Unfall interessieren sollte.«

Er saß schweigend da und starrte den Schlüssel in seiner Hand an. Der Runcorn-Bulle rutschte unruhig hin und her.

»Ich soll also selbst einbrechen und mir holen, was ich haben will. Korrekt?«

»Korrekt. Ich will einfach nichts da rausschleppen, aber ich helfe Ihnen dabei. Das habe ich auch Eddy gesagt. Wenn Sie den Schlüssel nicht wollen, dann geben Sie ihn mir zurück.«

Jimmy Marsh streckte die Hand aus, um doch noch etwas wie Männlichkeit zu demonstrieren. Es führte also kein Weg daran vorbei.

»Ich kann echt nicht sehen, wo der große Unterschied sein soll – ob Sie den Computer in den Kofferraum laden oder mir den Schlüssel geben, ist ja eigentlich egal. Aber okay, dann eben so … Ich hole die Kiste selbst.«

»MacDuffs Hinterhof sieht aus wie ein Schrottplatz. Legen Sie den Schlüssel unter die Gießkanne neben dem Gartentor, wenn Sie gehen. Okay?«

»Okay. Und Sie haben an dem Fall gearbeitet?«

Marsh nickte.

»Ja, zusammen mit ein paar anderen. Wir haben uns abgewechselt.«

»Es gab nichts Verdächtiges?«

»Nichts. Auch keinen Hinweis darauf, dass außer MacDuff noch jemand im Haus war. Und zu einem Mord gehören bekanntlich mindestens zwei, falls Sie darauf hinauswollen.«

Er ignorierte die Belehrung, nickte und hakte dann nach.

»Und Sie haben den Fall nicht mit Ihren eigenen Experten besprochen? Ein erfahrener Soldat fällt die Treppe runter und bricht sich das Genick. Da könnte man doch hellhörig werden, oder nicht?«

»Nein, überhaupt nicht. Wissen Sie, wie oft wir irgendwelche Leute tot in ihren Wohnungen finden? Ziemlich oft. Wir hatten zum Beispiel mal eine alte Dame, die in ihrer Küche gestürzt ist. Sie hat sich im Fallen eine Fleischgabel in den Bauch gerammt und ist daran gestorben.«

»Wäre es nicht möglich, sich die Sache noch mal anzuschauen?«

Jimmy Marsh warf ihm einen abschätzigen Blick zu.

»Glauben Sie ernsthaft, Winsford kommt mit Blaulicht angerast, weil irgendjemand sagt, er hat ein komisches Bauchgefühl? So läuft das nicht. Die Mordkommission schaltet sich nur ein, wenn es einen konkreten Hinweis darauf gibt, dass wirklich etwas faul ist. Wir haben keine Zeit, um irgendwelchen *Gefühlen* nachzugehen.«

Die Fistelstimme klang so barsch, wie solche Stimmchen eben manchmal klangen. Marsh rieb sich wieder die Handflächen an den Hosenbeinen.

»Gut. Ich erledige das heute Abend und lege den Schlüssel dann an den besagten Platz.«

»Sie können alles durchsuchen, aber machen Sie keine Unordnung.«

Er nickte und zog ein Bündel Geldscheine aus der Tasche. Tausend Pfund auf einmal war eine Menge Kohle – aber andererseits auch wieder nicht. Was er im Gegenzug dafür erhielt, war schließlich nichts Alltägliches. Er hatte sich Zugang zu einem Sperrgebiet erkauft. Und für die Vermittlung musste Marsh einen Teil des Geldes an Riley abtreten.

Er reichte dem jungen Polizisten das Bündel.

»Hier. Der vereinbarte Betrag.«

45. Es war einer dieser Tage, an denen sie normalerweise Shorts angezogen hätte, wäre da nicht das Bein gewesen, das sie nicht hatte.

Obwohl es noch früh am Vormittag war, war es ziemlich warm. Es würde ein heißer Tag an der Costa del Sol werden, wo selbst das Frühjahr schon hohe Temperaturen zu bieten hatte.

Von der Amputation bis hierher war es ein weiter Weg gewesen. Aber sie hatte sich dem posttraumatischen Stress gestellt. Diese innere Reise war längst abgeschlossen und der schwere Koffer ganz unten im Schrank verstaut. Vereinzelt gab es noch ein paar Überreste der Flashbacks, doch sie hatte gelernt, damit zu leben.

Es hatte sich viel verändert. Die Krise hatte sie stärker gemacht, ihre Perspektiven geschärft, aber de facto war sie behindert, ganz egal wie fortschrittlich ihre Prothese auch war und wie oft sie sich selbst das Gegenteil bewies. Und zu einer Sache hatte sie sich bis heute nicht überwinden können: Seit sie im Krankenhausbett aufgewacht war und die Decke zurückgeschlagen hatte, hatte sie keine Shorts mehr getragen.

Sie saß auf der Terrasse vor dem Eingang und genoss die erste Tasse Kaffee des Tages. Das Casa Consistorial war ein hübsches, kleines Hotel im klassischen spanischen Stil, mit weißen Fensterbänken, Balkonen und Ecktürmen. Es lag direkt an einem kleinen Platz, umgeben von Bäumen, eine friedliche Oase mitten in der Altstadt von Fuengirola, die nach der Nacht zu neuem Leben erwachte.

Sie atmete tief durch. Der Netto war weit weg und die Tellerstapel in den Hotel-Katakomben noch viel weiter. Sie nippte am Kaffee. Er schmeckte herrlich.

Hier und jetzt spürte sie das Leben bis in die Fingerspitzen. Sie hatte die Kontrolle. Es lohnte sich zu kämpfen. Und es lag in ihrer Hand, ob dieses Gefühl länger anhalten würde als nur für ein paar flüchtige südspanische Tage. Die Antwort befand sich am Ende des Regenbogens. Es sei denn, sie scheiterte. Dann wartete die Antwort am Ende des Kassenbandes.

Sie hielt Ausschau nach Jesús Molina, der den Auftrag bekommen hatte, ihr jeden noch so kleinen Stein aus dem Weg zu räumen. Der Mann war vermutlich Mitte vierzig, arbeitete beim Geheimdienst und hatte sie am Vortag am Flughafen empfangen.

Der wettergegerbte Jesús hatte auf der Fahrt nur ein paar kurze Sätze von sich gegeben, obwohl sie sich mit ihrem Spanisch von der Begrüßung an respektabel geschlagen hatte, auch wenn es zugegebenermaßen ein wenig eingerostet war.

Als sie ihm im Detail erklären wollte, was ihre Aufgabe sein würde, hatte er sie nachsichtig angelächelt. »Kein Problem, ich weiß Bescheid …«

Molina hatte sie vor dem Hotel abgesetzt mit der Ankündigung, dass er sie am nächsten Tag um zehn Uhr morgens wieder abholen würde.

Sie wollte gerade sarkastische Spekulationen anstellen, wie viel zusätzliche Wartezeit sie wohl einplanen sollte oder ob zu befürchten stand, dass der superinformierte Jesús mit seiner südländischen Mentalität das ganze Unterfangen an die Wand fahren würde, als ihr Helfer sich über das Verbotsschild hinwegsetzte und mit seinem ramponierten Seat vor dem Haupteingang hielt.

Sie schaute auf ihre Armbanduhr. Es war noch nicht mal zehn. Er war überpünktlich.

»*Buenos días,* Señora Franck.«

Der Spanier stieg aus, gab ihr die Hand und lächelte gut gelaunt. Er hatte dieselbe speckige Lederjacke an wie am Tag zuvor, aber das Hemd war frisch. Er winkte sie zu sich und klappte den Kofferraum auf. Darin lagen zwei Spaten, zwei Paar Gummistiefel, eine Thermoskanne und zwei große Flaschen Wasser.

»Sie können beruhigt sein, Señora Franck, ich habe unseren Besuch bei den Hausbesitzern angemeldet«, sagte Molina.

»Hervorragend. Nennen Sie mich einfach Margrethe.«

Sie schämte sich für ihre gehässigen Gedanken und schwor sich, nie wieder voreilige Schlüsse zu ziehen. Hatte sie nicht auch neulich erst gehört, dass die Züge hier pünktlich waren und die Spanier im Gegensatz zu den Dänen ihr Gesundheitswesen im Griff hatten? Außerdem hielten sie ihre Straßen instand, kümmerten sich um ihre Alten und erzogen ihre Kinder vernünftig. In Spanien soff die Jugend sich jedenfalls nicht jedes Wochenende ins Koma und pinkelte einfach überallhin.

Sie war kurz davor, etwas besonders Freundliches zu ihrem Begleiter zu sagen, aber er wusste ja nichts von ihren gemeinen Gedanken.

»Dann kann's ja losgehen«, murmelte Jesús Molina, nachdem sie eingestiegen waren. »Die Stiefel gehören meiner Frau. Ich hoffe, sie passen.«

Routiniert lenkte Molina den Wagen durch das Labyrinth aus engen Gassen, die nach und nach breiter und irgendwann zu richtigen Straßen wurden, je weiter sie ins Hinterland kamen.

»Sie kennen sich gut aus hier, oder, Jesús?«

»*Sí, sí* … Ich bin in der Altstadt geboren und aufgewachsen. Inzwischen wohne ich mit meiner Familie in Málaga. Da ist auch unsere Abteilung.«

»Kommen Sie oft nach Fuengirola? Leben Ihre Eltern hier?« Ein wenig Interesse war sie Molina auf jeden Fall schuldig.

»Mein Vater ist vor einigen Jahren gestorben, und meine Mutter wohnt inzwischen bei uns, aber ich habe immer noch Familie hier.«

Sie nickte und lächelte.

Der Weg führte sie immer weiter bergauf, und die Hänge wurden immer steiler. Sie hatte sich vorbereitet und wusste, in welcher Gegend sich die Adresse befand. Der Ort hieß Mijas Costa, aber tatsächlich war er mit Fuengirola mehr oder weniger zusammengewachsen. Was hier offenbar für alle Orte galt.

»Wir sind gleich da«, sagte Molina. Er hielt kurz an und nickte nach rechts.

Neben der Straße stand eine Art Ortsschild. Eigentlich war es eher ein kleines Denkmal aus Backsteinen mit einem Ziegeldach. Oben in der Mitte war ein Wappen angebracht, zusammengesetzt aus bunten Kacheln, und darunter stand in großen Buchstaben *»La Sierrezuela«* und etwas kleiner die Namen *»Las Mercedes«*, *»Sierrezuela Park«*, *»Los Reyes«* und *»Hill Club«*.

Jesús Molina tippte die Adresse in sein Handy ein und folgte das letzte Stück seinem Navigationssystem.

»Ziemlich mondäne Gegend hier oben, kein echter Luxus, aber wirklich schön. Es gibt einige normale Wohnhäuser, aber das meiste sind Villen. Je weiter oben, desto teurer. Zumindest auf der Meerseite«, erklärte Jesús Molina und gab wieder Gas.

Sie schlängelten sich weiter den Hang hinauf, aber weitläufige Gärten und hohe Mauern, die direkt an die schmalen Straßen grenzten, versperrten jede Aussicht auf die Stadt im Tal.

Das Navi lotste sie über die nächsten Kreuzungen, und ein paar Minuten später bog Molina nach rechts ab, nickte zur Hausnummer an der Mauer und fuhr die gepflasterte Einfahrt hinauf.

»Herr und Frau Stewart. Engländer … Wussten Sie das?«

Sie schüttelte den Kopf.

»Ich hatte keine Zeit mehr, das zu überprüfen, ich habe nur die Anschrift«, antwortete sie.

»Nach den dänischen Besitzern hat hier zuerst noch ein anderes Ehepaar gewohnt«, sagte Molina. »Norweger. Sie haben das Haus aber schon nach drei Jahren wieder verkauft. An die Stewarts.«

Jesús Molina überraschte sie schon wieder. Axel Mossman hatte klare Angaben gemacht, was er von dieser kleinen, informellen Zusammenarbeit erwartete, aber sie hätte auf eine solide Assistenz wie diese niemals zu hoffen gewagt.

Molina parkte den Wagen vor dem Haus. Sie stiegen aus und sahen sich um. Unter ihnen schimmerte das Mittelmeer wie ein schmaler blauer Teppich im Dunst. Der Garten war groß und von einer ockergelben Mauer umgeben, die fast vollständig hinter Büschen, niedrigen Palmen und anderen exotischen Gewächsen verschwand.

Der Rasen erinnerte stark an einen Golfplatz, die Kanten waren messerscharf geschnitten. Sie drehte sich um. Das Haus hatte die gleiche gelbe Farbe wie die Mauer. Es war groß und erstreckte sich über zwei Etagen. Der Balkon im ersten Stock hatte ein hübsches weißes Geländer. Auch die Fenster waren weiß, mit den typischen dunkelgrünen Läden.

Sie ließ den Blick über die Pflanzen und Beete entlang der Mauer schweifen. Sie hatte sich die entsprechenden Fotos im Internet vorab angesehen und gründlich eingeprägt. Auf dieser Seite des Hauses wuchs jedenfalls kein Jasmin. Sie wagte es nicht, den Gedanken zu Ende zu denken. Falls die Norweger oder die Engländer den Garten grundlegend umgestaltet hatten, war es für sie gelaufen.

Die Haustür ging auf, und das Ehepaar Stewart kam ihnen freundlich lächelnd entgegen. Sie schätzte die beiden auf Ende sechzig. Sie waren sonnengebräunt und trugen weiße Shorts und Polohemden. Sie begrüßten sich, und Molina stellte sich vor.

»Wir wissen, dass es sich um eine Art Ermittlung in unserem Garten handelt«, sagte der Mann, der Paul hieß. »Aber über mehr wurden wir bisher nicht informiert.«

Margrethe erklärte, dass sie im Auftrag einer engen Verwandten der ehemaligen Eigentümer dieses Hauses hergekommen sei. Und dass der begründete Verdacht bestehe, dass die Dänin, die hier etwa zehn Jahre lang mit ihrem Mann gewohnt habe, bevor sie bei einem Verkehrsunfall umgekommen sei, etwas in dem Garten vergraben habe, wonach die Angehörigen jetzt suchten.

»Der Garten ist aber wirklich sehr groß«, wandte die Frau ein.

»Wir wissen immerhin, dass wir unter einem Jasmin graben müssen«, erwiderte Margrethe.

»Jasmin? Na dann, den haben wir! Er ist herrlich und duftet wunderbar. Kommen Sie. Wir müssen auf die andere Seite des Hauses«, verkündete die Engländerin enthusiastisch.

Molina holte die Ausrüstung aus dem Kofferraum, und sie begleiteten das Ehepaar in einen zweiten, kleineren Teil des Gartens. Vor einer Doppelflügeltür war eine große Terrasse mit einem kleinen Gartentisch aus dunklem Holz und einigen Stühlen. Daneben stand eine breite weiße Bank vor der Mauer.

»Hier ist er«, sagte Alice Stewart und zeigte stolz auf einen prächtigen Busch.

Der Jasmin wuchs vor der Gartenmauer, er war wirklich groß und üppig. Jetzt ergab auch alles auf einmal Sinn. Vielleicht hatte Sigrid Ryttinger Bulbjerg in den späten Abendstunden genau hier auf dieser weißen Bank gesessen, die Briefe an ihre Schwester geschrieben und sich unter den Sternen ganz klein gefühlt.

»Wir werden leider graben müssen«, sagte Margrethe. »Aber ich verspreche Ihnen, dass wir gut auf die Wurzeln aufpassen und danach auf jeden Fall alles wieder in Ordnung bringen.«

Paul Stewart winkte ab.

»Ach, das ist nicht nötig. Solange Sie mir nicht den Rasen umgraben … Darf man fragen, wonach Sie hier suchen?«

»Nach etwas, das möglicherweise mit dem Tod der beiden Dänen in Zusammenhang steht«, sagte Molina leise.

»Und deshalb sind Sie vom Geheimdienst dabei?« Alice Stewart war aufgeregt.

Molina beließ es bei einem bedeutungsvollen Nicken und erstickte damit jede weitere Diskussion im Keim. Dann zog er seine abgewetzte Lederjacke aus, drückte Margrethe einen Spaten in die Hand und zwinkerte ihr zu, als das englische Paar es gerade nicht sehen konnte.

Jesús Molina gehörte eindeutig nicht zur Abteilung Action &

Muskelkraft, aber er hatte eine unvergleichlich gelassene Art, die Dinge anzugehen. Und er war perfekt vorbereitet.

Molina setzte den ersten Spatenstich unter dem Jasmin, und sie fing auf der anderen Seite an. Alice und Paul Stewart machten keinerlei Anstalten, sich zurückzuziehen.

Molina stützte sich auf den Spaten und sah die beiden an.

»Ich denke, es würde alles etwas weniger kompliziert machen, wenn Sie so freundlich wären …« Er nickte in Richtung der Terrasse. »Keiner weiß, was wir hier finden werden. Es wäre also wirklich besser …«

»Natürlich«, sagte Alice Stewart und zog ihren Mann an seinen Shorts mit sich.

»Herrlich, ohne neugierige Blicke«, sagte Margrethe und lächelte Molina an.

»Ja, Señora Franck, das Graben wird schon anstrengend genug. Wenn dann auch noch die beiden hier herumstehen …«

»Margrethe …«

Jesús Molina nickte, lächelte und rammte den Spaten in die Erde.

Sie hatten anderthalb Stunden gegraben. Einen Ring von über einem Meter Breite, etwa vierzig Zentimeter tief und in einem großen Halbkreis von der Mauer aus rund um den Busch.

Währenddessen hatte sie Molina erzählt, was Sigrid an ihre Schwester in Dänemark geschrieben hatte. Dass der Schatz am Ende des Regenbogens lag. Und dass der Regenbogen hier in Sigrids Garten endete, genau unter ihrem Jasmin.

»Mist, Mist, Mist!«

Zornig schleuderte sie den Spaten auf den Boden und setzte sich ins Gras. Sie schwitzte aus jeder Pore. Molina hatte schon längst sein Hemd ausgezogen. Er folgte ihrem Beispiel und setzte sich zu ihr.

Die Stewarts spähten heimlich vom Balkon zu ihnen herunter.

Schon die ganze Zeit waren sie immer wieder nach draußen gekommen, um die Schatzsucher zu beobachten, die ständig neue Erdhügel aufhäuften.

Hier war nichts – absolut gar nichts – vergraben, nicht unter dem Jasmin und auch nicht am Ende eines bescheuerten Regenbogens.

Sie war gescheitert. Sie hatte sich geirrt.

Gerade als sie den Sieg schon fest vor Augen hatten, endete das Ganze in einem schallenden Fiasko. Und all ihre Hoffnung fuhr auf dem Kassenband davon. Sie hatte die ganz große Chance auf den Gewinn verpasst.

»Wir haben alles abgesucht, wir werden nichts finden, Margrethe«, sagte Jesús vorsichtig.

Sie hob frustriert die Hände und schüttelte den Kopf.

»Tut mir leid … Ich habe mich geirrt. Dabei war ich mir absolut sicher …«

»Was machen wir jetzt?« Molina seufzte.

»Ehrlich gesagt war ich mir so sicher, dass ich nicht mal einen Plan B habe. Ich habe nur noch eine Liste mit den engsten Freunden der Bulbjergs dabei. Mit denen würde ich gern reden. Das könnten wir ja versuchen, wo wir schon mal hier sind.«

Paul Stewart kam mit zwei Flaschen eiskaltem Wasser zu ihnen.

»Hier, bitte sehr. Haben Sie aufgegeben? Kein geheimer Schatz?«

Margrethe schüttelte den Kopf und trank fast das ganze Wasser in einem Zug.

»Kein Schatz, wir hören auf.«

»Ich schicke Ihnen jemanden, der nach uns aufräumt«, sagte Molina. »Vielleicht kann mein Onkel das für uns erledigen. Er wohnt nur zehn Minuten die Küste hoch.«

»Ich habe eben noch mit meiner Frau über eine Sache gesprochen …«, sagte der Engländer.

Margrethe und Molina hoben den Blick.

»Also, wir haben noch lockeren Kontakt zu dem norwegischen

Paar, von dem wir dieses Haus gekauft haben. Sie waren traurig, weil sie es verkaufen mussten, aber sie hatten Heimweh. Wir schreiben uns ein Mal im Jahr – eine Postkarte zu Weihnachten. Dabei versichern wir ihnen immer, dass es dem Haus gut geht, und sie schreiben, wie sehr sie das schöne Wetter vermissen. Jedes Jahr ... Na ja, jedenfalls habe ich ihre Adresse. Wir wissen nicht, ob sie den Garten neu gestaltet haben. Vielleicht haben sie ja einen Jasmin entfernt – oder umgesetzt. Wenn es für den Geheimdienst wichtig ist, könnte ich gern in Norwegen anrufen und nachfragen?«

Molina sah Margrethe an. Sie nickte energisch.

»Ja, das wäre sehr gut«, antwortete Molina.

»Die Idee ist nicht schlecht. Aber ich mache mir keine großen Hoffnungen«, sagte sie, als Herr Stewart gegangen war.

»Also doch die Liste?«

Sie nickte wieder und leerte die Wasserflasche.

»Ich helfe Ihnen, die Leute ausfindig zu machen«, sagte Molina.

»Ein paar von ihnen wohnen hier in diesem Viertel, zwei sind sogar Nachbarn. Am besten, wir machen einen Termin mit ihnen aus und fahren erst mal ins Hotel zurück. Ich brauche dringend eine Dusche und trockene Klamotten.«

»Das klingt gut. Ich dusche dann bei meinem Onkel.«

Sie schwiegen und starrten die rotbraunen Erdhaufen an. Wenigstens mussten sie nicht alles zurückschaufeln. Ihr Hosenbein war etwas nach oben gerutscht und legte ein Stück des schweineteuren Leichtmetalls an ihrem Unterschenkel frei. Sie merkte, dass Molina es gesehen hatte, aber er sprach sie nicht darauf an.

Im Hotel würde sie auch endlich den Stumpfstrumpf wechseln. Das Ding war zum Auswringen nass, und durch die ungünstige Arbeitshaltung und die Hitze scheuerte der Prothesenschaft mittlerweile unangenehm.

Eine lange Dusche, anfangs eiskalt, würde hoffentlich auch ihr

Gehirn wieder in Schwung bringen. Die Briefe hatte sie zum Glück alle mitgenommen. Sie würde sie heute Abend noch einmal durchsehen.

Paul Stewart tauchte auf der Terrasse auf. Sie versuchte, sein Gesicht zu lesen. Gab es Anlass zur Hoffnung? Der Engländer kam zu ihnen und setzte sich ins Gras.

»Tut mir leid … Ich habe mit Gunnar gesprochen, und er hat auch seine Frau gefragt, um ganz sicher zu sein. In der Zeit, als ihnen das Haus gehörte, haben sie im Garten nichts verändert. Sie erinnern sich beide an den Jasmin … Sie waren ganz verrückt danach.«

46.

Wie eine weiße Flotte reihten sich die modernen Wohnblöcke im Tuborg Havn aneinander. Auf der rechten Seite der Stichstraße lagen die fünf größten Fregatten. Drei davon standen längs der Straße, die vierte asymmetrisch, beinahe quer, und die fünfte zeigte wie zum Aufbruch bereit mit dem Bug zum Wasser.

Ein Gärtner war damit beschäftigt, Unkraut aus einem Hochbeet neben dem hintersten Hauseingang zu zupfen. Er war groß und schlank, trug grüne Arbeitshosen, eine grüne Jacke und ein grünes Käppi. Er arbeitete ruhig und ohne erkennbare Eile.

Wahrscheinlich wäre nur den wenigsten aufgefallen, dass kein Firmenname auf dem Rücken seiner Arbeitsjacke stand, denn die Leute waren an die Farbe seiner Kleidung gewöhnt.

Er hatte eine Hacke zum Jäten, einen Besen und eine Schubkarre dabei und außerdem eine kleine Schultertasche mit einer Brotdose und eine Thermoskanne mit Kaffee. Die Tasche hing jetzt an der Schubkarre.

Vor einer knappen Stunde war er in der luxuriösen Wohnanlage am Hafen angekommen, in einem Transporter, auf dem ebenfalls kein Firmenname stand. Den Wagen hatte er auf einem Parkplatz am Anfang der Straße abgestellt und war dann mit seiner Schubkarre in Richtung Wasser marschiert.

Es war fast halb zwölf. Rundherum war kaum ein Mensch unterwegs.

Das elektronische Türschloss war technisch auf dem allerneuesten Stand. Unmöglich, es zu überlisten. Er erinnerte sich, dass Margrethe Franck letztes Jahr nur ins Haus gelangt war, indem sie einen älteren Herrn um den Finger gewickelt hatte. Sie war, sorgsam geplant und wie zufällig, zeitgleich mit ihm vor der Tür aufgetaucht. Damals hatte sie sich auf das Dach gelegt und ihr Handy an einem Streifen Gaffa-Tape nach unten abgeseilt.

Mit solchen Tricks kam man als Mann nicht durch. Schon gar nicht um diese Uhrzeit. Er hatte etliche Stunden damit zugebracht, sich über die Wohngegend zu informieren. In den letzten Monaten hatte es gleich mehrere Diebstähle und Kellereinbrüche in der Nachbarschaft gegeben. Eine Videokamera hatte dokumentiert, wie die Einbrecher hastig unter dem automatischen Tor der Tiefgarage hindurchgeschlüpft waren, während ein Bewohner nach unten gefahren war, um seinen Wagen abzustellen.

Die Eigentümergemeinschaft hatte alle darum gebeten, wachsam zu sein und Alarm zu schlagen, sobald verdächtige Personen in der Umgebung auftauchten. Ein grün gekleideter Gärtner war niemandem suspekt. Zumindest war das seine Überlegung gewesen.

Inzwischen hatte er sich das Türschloss aus nächster Nähe angesehen und festgestellt, dass er sich auf diesem Weg definitiv keinen Zutritt zum Haus verschaffen konnte, um die vier winzigen Mikrofone an den Fenstern von Villum Grund-Löwenbergs Penthouse im sechsten Stock zu befestigen.

Die Mission des heutigen Tages bestand also darin, ausstaffiert mit Jäthacke und Schubkarre, sämtliche Optionen auszukundschaften, die sich rund um den letzten Wohnblock finden ließen. Wie kam er aufs Dach? Und welcher Weg barg die wenigsten Risiken?

Er machte das Beet fertig und trottete mit seinen Sachen weiter zur Schmalseite des Gebäudes, um nachzusehen, ob eine Klettertour infrage kam, von Balkon zu Balkon, bis ganz nach oben.

Außerdem wollte er später noch prüfen, ob es vielleicht doch einen Weg durch den Keller gab. Im Augenblick versprach das alles ziemlich schwierig zu werden.

Trotzdem würde er morgen zur Tat schreiten. Wenn ein kleines Ding, platziert an einem großen Fenster, ihm dabei helfen konnte, sein Leben zurückzubekommen, wieso dann abwarten?

47.

Das dritte Ehepaar auf Benedicte Bjørks Liste würde das letzte Gespräch des Tages sein. Mehr waren nicht zu schaffen. Es war schon spät. Sie klingelte an der weißen Villa.

Die Schweden Lilly und Mats Johansson wohnten ein Stück die Straße hinunter. Sie hatten sich mit ihnen verabredet, bevor sie nach Fuengirola zurückgefahren waren, um zunächst zu duschen und sich umzuziehen.

Trotzdem sah man ihr die harte Arbeit mit dem Spaten immer noch an, und ihr Bein schmerzte, sobald sie das Gewicht auf die Prothese verlagerte. Jesús Molina stand ruhig hinter ihr. Er hatte sich bei seinem Onkel umgezogen und trug jetzt ein hellblaues Hemd, das eindeutig ein paar Nummern zu groß war. Sein ältester Sohn hatte heute Geburtstag, und er wurde von seiner Familie zum Feiern erwartet.

Die Schwedin machte ihnen auf und führte sie durchs Haus zu einer überdachten Terrasse.

»Wir lieben das Klima hier unten, aber ohne Schatten würden

wir es nicht aushalten«, sagte Mats schmunzelnd, ein fülliger Herr um die siebzig.

Als sie das Treffen vereinbart hatten, hatte Margrethe den beiden kurz erklärt, dass sie mit ihnen über ihre dänischen Freunde sprechen wollte, die vor vielen Jahren bei einem Autounfall ums Leben gekommen waren.

Die ersten Gespräche des Nachmittags waren viel zu lang und unergiebig gewesen. Es war schwierig, die richtigen Fragen zu stellen, wenn man selbst fast nichts über das Thema wusste. Das Ehepaar Bulbjerg und ihr Leben und Wirken, gespickt mit spanischen Anekdoten, waren ihr, ehrlich gesagt, ziemlich egal.

Ihr ging es nur um Sigrid – um Sigrids Gedanken und ihr Seelenleben. So deutlich hatte sie das den beiden ersten Paaren allerdings nicht zu verstehen gegeben.

Die vier verbliebenen auf ihrer Liste sowie den Gärtner und die Putzfrau hatten sie auf morgen vertagt.

Sie setzten sich an den Tisch auf der Terrasse, und Frau Johansson schenkte ihnen Kaffee ein. Margrethe hatte sich entschieden, das Gespräch dieses Mal energischer anzugehen.

»Wie gesagt, mein Name ist Margrethe Franck, und das hier ist Jesús Molina vom spanischen Nachrichtendienst, *Centro Nacional de Inteligencia.* Ich vertrete die Familie Bulbjerg, oder genauer gesagt: die Familie Ryttinger. Denn ich bin im Auftrag von Sigrids Schwester hier.«

Das entsprach natürlich nicht ganz der Wahrheit, aber die kleine Notlüge erhöhte hoffentlich die Kooperationsbereitschaft.

»Für uns waren sie immer die Bulbjergs, aber ich kann mich gut an den anderen Namen erinnern«, sagte Herr Johansson, und seine Frau nickte.

»Wir sind hier, weil der begründete Verdacht besteht, dass Ihre Freunde damals Opfer eines geplanten Unfalls wurden. Also, dass sie möglicherweise gezielt von der Autobahn abgedrängt worden sind.«

»Um Himmels willen! Wieso denn?« Lilly Johansson war schockiert.

»Um das herauszufinden, sind wir hier. Wussten Sie, dass Sigrids Vater vor vielen Jahren von einem Einbrecher getötet wurde? Der alte Ryttinger war ein äußerst wohlhabender Mann.«

Das schwedische Ehepaar schüttelte den Kopf.

»Nein. Das hat sie uns nie erzählt. So eine Geschichte hätte ich bestimmt nicht vergessen, niemals. Dabei waren wir wirklich gut befreundet, dachte ich ...« Frau Johansson schien ein wenig enttäuscht zu sein.

»Vielleicht – und ich sage ausdrücklich ›vielleicht‹ – hat Sigrid versucht, auf eigene Faust mehr über den Tod ihres Vaters herauszufinden. Und vielleicht hat sie dabei etwas entdeckt. Vielleicht ist sie über etwas gestolpert, über das sie besser nicht gestolpert wäre, verstehen Sie?«

Die Johanssons nickten eifrig.

»Ich möchte Sie bitten, ganz genau nachzudenken. Hat Sigrid jemals etwas erwähnt, das man in diese Richtung interpretieren könnte? Irgendetwas, das Sie stutzig gemacht hat? Hat sie vielleicht angedeutet, dass sie Angst hatte? Oder dass ein Geheimnis sie belastet hat?«

Die Eheleute sahen sich mit großen Augen an. Genau da lag das Problem. Elf Jahre waren eine lange Zeit. Wer hatte nach so vielen Jahren noch versteckte oder auch klare Andeutungen im Kopf? Niemand ...

»Ich muss passen«, sagte der dicke Schwede.

Die Antwort seiner Frau war nicht ganz so eindeutig.

»Also, wenn sie ein bisschen privater wurde, hat sie meistens von ihrem Sohn erzählt, der damals studiert hat. Für sie war das der Nachteil ihres Lebens hier in Spanien. Sie hat ihn sehr vermisst. Aber an irgendwelche Andeutungen oder Bemerkungen kann ich mich nicht erinnern. Wenn uns später noch etwas einfällt, können wir Sie ja anrufen. Wie lange bleiben Sie in Fuengirola?«

»Voraussichtlich noch einen Tag«, antwortete sie resigniert.

Ein weiteres Gespräch, das sie genauso gut sofort abbrechen konnten. Dann kam Molina wenigstens endlich zu seiner Geburtstagsfeier, und sie konnte sich noch einmal Sigrids Briefen widmen. Sie schob ihre Liste über den Tisch.

»Mit diesen Leuten habe ich bisher noch nicht gesprochen. Kennen Sie jemanden davon? Die beiden untersten Namen sind der Gärtner und die Putzfrau.«

Die Schweden warfen einen Blick auf das Blatt und nickten.

»Die beiden oberen Ehepaare sehen wir ab und zu. Sie spielen auch Golf wie wir, und die beiden anderen treffen wir sogar regelmäßig. Ebenfalls auf dem Golfplatz … Wissen Sie, hier bewegen sich irgendwie alle in denselben Kreisen. Morgen ist ein Tennis- und Pétanque-Turnier im dänischen Club, dem *Club Danés*. Da werden Sie sicher alle vier Paare auf einmal treffen«, sagte Herr Johansson.

»Aber, Mats, wir kennen … oder kannten … doch auch den Gärtner. Hast du den übersehen?« Frau Johansson legte einen Finger auf das Papier.

»Entschuldigung, Luis ist so ein häufiger Name hier unten. Aber ja, natürlich. Wir haben ihn damals von den Bulbjergs geerbt, er hat noch bei anderen Familien hier in Sierrezuela gearbeitet. Ich erinnere mich nicht an seinen Nachnamen, aber er lebt nicht mehr. Es ist bestimmt schon fünf, sechs Jahre her, dass er gestorben ist.«

Frau Johansson nickte.

»Er war so ein netter Mann, man konnte sich gut mit ihm unterhalten. Und er war kultiviert. Er konnte sogar Englisch. Er war früher Ingenieur gewesen und sagte immer, es mache ihm Freude, sich um Gärten zu kümmern und in Bewegung zu bleiben. Einen wie ihn findet man so schnell nicht wieder …«

»Wie alt war er? Woran ist er gestorben? Wissen Sie das?«

»Er muss um die siebzig gewesen sein. Aber du hast dich öfter mit ihm unterhalten, Lilly. Woran ist er gestorben?«

»Das Herz, glaube ich. Ich vermisse ihn wirklich, jetzt wo wir über ihn sprechen. Den da haben wir ihm zu verdanken, nicht, Mats?«, sagte Frau Johansson und zeigte in den Garten.

»Was meinst du, Lilly? Ach so, ja! Den Jasmin.«

»Luis hat ihn mitgebracht. Ich habe keine Ahnung, wo er ihn herhatte. Damals war der Busch noch ganz klein – und sehen Sie sich das Prachtstück heute an! So groß und wunderbar. Luis hatte wirklich ein Händchen für den Jasmin …«

Margrethe zuckte zusammen. So offensichtlich, dass Jesús Molina, der sich die ganze Zeit schweigend im Hintergrund gehalten hatte, ihr einen fragenden Blick zuwarf.

»Wo hat dieser Luis gewohnt? War er verheiratet? Gibt es noch eine Familie? Wissen Sie etwas darüber?«

Mats Johansson schüttelte den Kopf.

»Ich weiß, dass er verheiratet war, und ich weiß, dass er mehrere Kinder hatte, allesamt bestens ausgebildet. Aber er war vor allem ›der Dänen-Gärtner‹. Im *Club Danés* gibt es bestimmt jemanden, der mehr über ihn weiß«, antwortete Frau Johansson.

Margrethe nickte und stand auf, Jesús ebenfalls.

»Haben Sie vielen Dank«, sagte sie und gab den Schweden zum Abschied die Hand.

Sie warf einen verstohlenen Blick auf ihre Armbanduhr. Bis morgen war es noch lange hin.

48.

Die Sonne war schon lange aufgegangen und strahlte von einem frischen, blauen Himmel über dem großen weißen Wohnhaus im Tuborg Havn.

In der Nähe des Haupteingangs parkte ein cremefarbener Transporter. Auf beiden Seiten prangte eine blaue Aufschrift auf weißem Grund: *A. K. Dreyer – Elektroinstallateur.*

Zwei Männer in orangefarbenen Overalls bereiteten sich in

aller Ruhe auf ihre Arbeit vor. Sie holten Werkzeugkästen, Leiter und Kabel aus dem Wagen. Der eine zog sein Handy aus der Brusttasche und warf einen Blick auf die Uhrzeit. Es war fast halb neun.

Als sie gerade ihre Sachen zum Eingang trugen, verließ der erste Bewohner das Haus. Oder zumindest der erste, seit sie vor zehn Minuten den Transporter hier abgestellt hatten. In Luxusgegenden wie dieser herrschte um diese Uhrzeit nicht gerade Hochbetrieb.

Der Preis für eine Eintrittskarte in den Tuborg Havn bewegte sich in einer Größenordnung, die für arbeitende Normalsterbliche unerschwinglich war. Der Mann wirbelte in seinem hellen Trenchcoat an ihnen vorbei, und der parkende Tesla blinkte ihm zur Begrüßung zu. Die Haustür war schon lange hinter ihm ins Schloss gefallen.

Die Elektriker hatten eine Leiter neben dem Eingang aufgestellt, denn anders kam man an die Lampe darüber nicht heran. Der eine hielt eine schwere Kabelrolle im Arm.

Ein paar Minuten lang tat sich nicht viel. Dann gab der Mann, der inzwischen auf die Leiter gestiegen war, seinem Kollegen ein Signal, und der machte eilig ein paar schnelle Schritte nach vorn und kam exakt an der Haustür an, als ein indisch aussehender Herr sie von innen öffnete.

»*Oh, sorry*«, sagte der Inder rasch und hielt dem Elektriker höflich die Tür auf, der schon mehr als genug mit der Kabelrolle zu kämpfen hatte.

»Danke«, sagte der Mann in Orange und verschwand im Treppenhaus.

Als der Inder außer Sichtweite war, öffnete er seinem Kollegen die Tür, der in der Zwischenzeit eine schwarze Tasche aus dem Transporter geholt hatte. Er nahm die Tasche entgegen und reichte seinem Kollegen die Kabelrolle, der daraufhin zügig seine Ausrüstung zusammenpackte, alles in den Wagen lud, den Motor startete und ohne Eile losfuhr.

Dass zwei Männer in einem Transporter gekommen waren, aber nur einer wieder wegfuhr, davon hatte im Tuborg Havn sicher niemand Notiz genommen.

49.

Ein toter Gärtner war alles andere als der große Durchbruch. Ihr Enthusiasmus hatte sich im Laufe des Abends deutlich abgekühlt, während sie die mitgebrachten Briefe erneut durchgegangen war.

Sigrid hatte den Gärtner Luis tatsächlich an einer Stelle erwähnt und ihn als tüchtigen, gebildeten Mann beschrieben, der auf der ganzen Welt als Ingenieur gearbeitet hatte. Und auch, dass er ihre besondere Begeisterung für Jasmine teilte. Aber das war auch schon alles.

Das hieß, es gab zwar eine neue Spur, aber die war nicht gerade deutlich. Und der dazugehörige Mann war tot.

Jesús Molina, der sie wie am Vortag in seinem Seat abgeholt hatte, verließ die Hauptstraße und fuhr weiter bergauf durch Mijas Costa, bis sie schließlich nach rechts in ein Viertel namens Haza del Algarrobo abbogen. Die Gegend war hübsch, aber nicht atemberaubend schön. Die Gärten waren gepflegt, und sofern sie nicht hinter zartgelben oder weißen Mauern versteckt waren, konnte man saftig grüne Rasen sehen, mit Bewässerungsanlagen und Schatten spendenden Palmen.

»Die Dänen haben hier zwar ihren Club, aber tatsächlich wohnen hier vor allem Franzosen und Engländer. Ihre Landsleute wollen Wasser sehen. Das behauptet jedenfalls die Schwester meiner Frau. Sie ist Maklerin. Haben Sie etwa kein Wasser in Dänemark?«

Ein schiefes Grinsen breitete sich auf Molinas Gesicht aus. Sein Humor war genauso trocken wie seine Lederjacke speckig.

»Jede Menge … mehr als siebentausend Kilometer Küste. Nur leider das falsche Klima.«

Molina machte große Augen.

»Sie kommen hierher, um nicht zu frieren?«

»Und um nicht nass zu werden.«

Jesús Molina schüttelte lachend den Kopf. Kurz darauf bogen sie in eine kleine Stichstraße ab und hielten vor einem großen weißen Gebäude. Hier parkten Unmengen von Autos.

Vor der doppelten Eingangstür wehten einträchtig eine dänische und eine spanische Flagge. »*Club Danés* – Dänisch-spanische Gesellschaft« stand neben der einen Tür, »*Casa Danésa*« neben der anderen. Kein Zweifel, das war der Ort, wo sich ein Schwarm dänischer Zugvögel auf dem Weg nach Süden dauerhaft niedergelassen hatte.

Sie stiegen aus. Margrethe nahm sich einen Moment Zeit, um sich umzusehen. Für den kleinen Plan, den sie sich ausgedacht hatte, würde sie Unterstützung brauchen.

Sie entschied sich für die rechte Tür und landete direkt an der Bar des Restaurants. Aber es war nicht nur eine Bar, sondern ein wahres Schlaraffenland mit dänischen Spezialitäten. Da gab es Toms Schokoladenbrotbelag, Marmelade von Den Gamle Fabrik, Lakritz-Piratos und eine Kühlvitrine mit leckeren Feinkostsalaten von Graasten. Allesamt feste Bausteine der dänischen DNA. Allerdings war sie noch nicht lange genug in der Ferne, um unter akutem Remoulade-Entzug zu leiden.

Hinter ihr ertönte plötzlich ein vertrauter Nachrichten-Jingle. Sie drehte sich um. In einer Ecke hing ein Fernseher an der Wand, und ein gut gelaunter Nachrichtensprecher kündigte gerade die *TV 2*-Wettervorhersage an. Für eine Portion dänisches Fernsehen ab und an war also auch gesorgt. Kam man irgendwann über die tieferen Gründe der eigenen Heimatflucht ins Grübeln, musste man sich bloß ein paar Tage lang den dänischen Wetterbericht anschauen.

Eine ältere Dame tauchte hinter dem Tresen auf.

»Hallo, ich suche den Geschäftsführer.«

»Draußen auf der Terrasse«, antwortete die Dame. »Er ist groß, trägt dunkelblaue Shorts und ein hellblaues Polohemd. Oh, und er hat einen Vollbart. Sie können ihn gar nicht verfehlen. Sein Name ist Ole. Sie müssen nur durch die Tür dort.«

Margrethe bedankte sich und ging mit Jesús Molina im Schlepptau nach draußen. Auf der überdachten Terrasse herrschte ein lebhaftes Treiben. Von hier hatte man Aussicht auf fünf Tennisplätze und einen verlockenden Pool. Und überall sonnengebräunte, lächelnde Gesichter.

Sie entdeckte schnell den richtigen Mann, übersprang das übliche Geplänkel und gab ihm stattdessen umgehend die Kurzversion ihres Anliegens: dass sie in Zusammenarbeit mit dem spanischen Nachrichtendienst Nachforschungen in einem Todesfall anstellte. Sie bat Molina, seine Legitimation vorzuzeigen.

Ihr Plan sah vor, die restlichen Dänen auf ihrer Liste zusammenzutrommeln und gleichzeitig zu befragen. Das sparte eine Menge Zeit, denn sie würde sowieso zu allen dasselbe sagen. Und vielleicht würden die alten Freunde der Bulbjergs sich bei ihren Erinnerungen ja gegenseitig ein wenig auf die Sprünge helfen.

»Es geht um vier Ehepaare: Holm, Kristiansen, Højbjerg und Nissum. Man sagte mir, sie wären heute hier?«

»Richtig, ich habe alle schon gesehen. Wir haben heute ein Tennisturnier, deshalb sind ungewöhnlich viele gekommen.«

»Ich würde gern mit allen vier Paaren gleichzeitig sprechen. In einem Raum, in dem wir ungestört sind. Lässt sich das einrichten?«

Der Geschäftsführer rieb sich kurz den Bart.

»Die Herrschaften haben natürlich alle ihre Spiele zu bestreiten, aber lassen Sie mich kurz im Turnierplan nachsehen.«

Er zog ein paar gefaltete Zettel aus der Hosentasche.

»Was denken Sie, wie lang das Gespräch dauern wird?«

»Höchstens eine Dreiviertelstunde, eher weniger.«

»Gut, wenn ich ein paar Partien tausche, dann passt es. Sie können unseren Gesellschaftsraum nehmen. In einer guten halben

Stunde müssten ihre vier Paare eigentlich fertig sein. Sie spielen alle Doppel, das macht es einfacher.«

»Wunderbar, vielen Dank. Wenn Sie den Leuten Bescheid geben, sagen Sie ihnen bitte, dass es um Sigrid Bulbjergs Tod vor elf Jahren geht.«

Sieben Dänen hatten sich an zwei Tischen im Raum niedergelassen. Einige wischten sich noch mit einem Handtuch den Schweiß von der Stirn.

Sie hatten sich einzeln vorgestellt und ihr die Hand gegeben, als sie von draußen hereingekommen waren. Anspannung lag in der Luft. Ein Mann wollte gerade lautstark seine Verwunderung kundtun, aber seine Frau zischte ihm zu, er solle still sein.

Natürlich konnte keiner verstehen, warum jemand aus Dänemark nach Spanien flog, um in einer uralten Geschichte herumzustochern, noch dazu einem ganz gewöhnlichen Verkehrsunfall mit Todesfolge. Es fehlte nur noch einer, Herr Holm.

Einen Augenblick später kam ein korpulenter Mann keuchend durch die Tür, er hatte keine Schuhe, sondern nur Strümpfe an den Füßen und eine Limo in der Hand. Er entschuldigte sich und setzte sich neben seine Frau.

»Dann sind wir vollzählig. Zuerst möchte ich mich dafür entschuldigen, dass wir Sie mitten im Turnier stören. Mein Name ist Margrethe Franck. Ich untersuche gemeinsam mit Jesús Molina vom spanischen Nachrichtendienst den Tod von Sigrid Ryttinger Bulbjerg. Ich würde gern …«

»Na, aber … Sigrid und ihr Mann sind doch bei einem Autounfall ums Leben gekommen. In Dänemark. Auf der Autobahn.«

Die Frau, die am Ende des Tisches saß, platzte spontan heraus und hielt sich dann die Hand vor den Mund. Sie hatte ausgesprochen, was alle dachten.

»Ich kann hier nicht ins Detail gehen, aber die Sache ist die …«

Sie fasste noch einmal alles zusammen. Den Mord an dem alten Ryttinger, Sigrids jahrelangen Verdacht und den Wunsch ihrer Schwester Benedicte, das alles jetzt aufklären zu lassen.

Die acht Dänen saßen ganz still auf ihren Stühlen und warfen sich verstohlene Blicke zu.

Am Ende forderte sie alle auf, tief in ihren Erinnerungen zu graben. Hatte Sigrid sich jemals einem von ihnen anvertraut? Hatten sie dunkle Seiten an ihr bemerkt? Irgendetwas, egal wie klein, das sie überrascht hatte? Eine Andeutung, dass es ein Geheimnis geben könnte? Eine direkte oder indirekte Bitte, die beispielsweise in den Zusammenhang mit einem Gespräch über den Tod oder über Angst gebracht werden konnte? Hatte Sigrid über ihren eigenen Tod gesprochen? Über den ihres Vaters? Über Schicksal?

Es fiel ihr genauso schwer wie am Vortag. Sie hatte immer noch zu wenig Angriffspunkte. Aber die größte Barriere waren die vielen Jahre, die vergangen waren.

Herr Holm, der sich sein Handtuch um den Nacken gelegt hatte, ergriff das Wort und bestätigte genau das in aller Deutlichkeit.

»Diese vagen Andeutungen und Stimmungen, nach denen Sie hier suchen … Gleich nach dem Unfall hätten wir Ihnen da vielleicht weiterhelfen können, möglicherweise auch noch ein Jahr später. Aber jetzt? Ich weiß ja nicht einmal mehr, was ich vorgestern gemacht habe. Das hier ist elf Jahre her. Die Zeit bleibt ja nicht stehen. Und wir werden auch nicht jünger. Das Leben geht weiter. Es war ein tragischer Unfall, aber tragisch ist so etwas ja immer. Und niemand aus unserem Freundeskreis hat danach Fragen gestellt, wieso auch? Wir hatten keine Ahnung, dass an ihrem Tod irgendetwas verdächtig gewesen sein könnte. Verstehen Sie?«

Margrethe nickte. Sie verstand nur zu gut.

»Sigrid war zweifellos die Nachdenklichere von den beiden«,

sagte eine der Frauen, Frau Kristiansen. »Sie war ja auch Akademikerin. Ich habe mich einmal mit ihr über den Tod unterhalten. Wann und wie man das angehen sollte. Also, ein Testament und die eigene Beerdigung und solche Sachen. Soweit ich mich erinnere, war sie da ganz unsentimental. Aber das hilft Ihnen sicher nicht weiter, nicht wahr?«

Margrethe schüttelte lächelnd den Kopf.

»Denken Sie in aller Ruhe nach«, forderte sie die kleine Gruppe auf. »Haben Sie Gespräche mit ihr geführt, die diese Themen vielleicht zumindest gestreift haben? Ich habe keine Eile. Versuchen Sie, sich zu erinnern …«

Es war ganz still im Raum, und einige zuckten die Schultern. Margrethe versuchte es anders:

»Wussten Sie, dass Sigrids Vater erschossen wurde? Wussten Sie, wer er war?«

»Also … nachdem Sie vorhin Ryttinger erwähnt haben, erinnere ich mich an ihren Mittelnamen, aber sie hat ihn nie benutzt. Hier hieß sie immer nur Bulbjerg«, sagte eine der Frauen.

Herr Nissum räusperte sich.

»Natürlich weiß ich, wer ihr Vater war«, sagte er. »Seinerzeit ein großes Tier in der dänischen Wirtschaft. Ich habe Sigrid auch einmal auf ihn angesprochen. Sie schien nicht gern über ihn zu reden. Und es stimmt – hier in Spanien war sie immer nur Sigrid Bulbjerg.«

Margrethe schwieg und ließ den alten Freunden Zeit zum Überlegen.

»Sie war unglaublich stur, unsere Sigrid. Wenn sie sich etwas in den Kopf gesetzt hatte, dann ließ sie nicht locker, bis sie es geschafft hatte«, sagte Frau Højbjerg mit einem Seufzen.

»Sogar beim Golfen«, ergänzte Frau Holm. »Sie war immer unzufrieden mit ihrem Handicap.«

»Und mit ihrem Drive«, murmelte ihr Mann.

»Manchmal stand sie noch auf dem Tennisplatz und hat ihren

Aufschlag geübt, wenn wir anderen schon längst hier drinnen saßen«, sagte Herr Kristiansen mit einem schiefen Lächeln. »Sie war eine echte Kämpfernatur …«

Sie ließ sie weiter in ihren Erinnerungen kramen, aber es kamen nur kleine Gedankenfetzen mit einzelnen Wesenszügen an die Oberfläche. Es war genau, wie sie befürchtet hatte – sinnlos. Zeit, die Richtung zu ändern.

»Bulbjergs Gärtner … Luis … Kannten Sie ihn?«

Gleich mehrere nickten. Erneut ergriff Herr Nissum das Wort.

»Ja. Luis hat für viele Dänen gearbeitet. Für uns auch. Er ist vor ein paar Jahren gestorben.«

»Kennen Sie seinen Nachnamen?«

Für einen Augenblick blieb es still, dann meldete sich Frau Højbjerg.

»Er hieß wie diese Stadt … Valencia, Luis Valencia. Also, hier unten haben die Leute ja zwei Nachnamen, der erste ist der Name des Vaters, der zweite der von der Mutter. Er benutzte nur Valencia. Zu uns kam er auch. Er mochte die Arbeit.«

»Wo hat er gewohnt? Lebt seine Frau noch?«

»Über die Frau weiß ich nichts, aber ich bin mir sicher, dass er unten in der Stadt gewohnt hat, in einem der großen Wohnblöcke in der Nähe der Autobahn, in der Avenida Finlandia.«

Margrethe machte sich Notizen. Der Nachname brachte sie bestimmt ein ganzes Stück weiter.

»Wollen Sie die Frau ausfindig machen?«, fragte Frau Højbjerg.

»Ja, ich würde gern mit ihr sprechen.«

»Sie muss nicht unbedingt denselben Nachnamen haben wie ihr Mann. Manche Frauen behalten ihren eigenen. Das ist ein furchtbares Durcheinander hier unten. Unmöglich, sich da zurechtzufinden. Aber ich kann Ihnen die Nummer von unserem jetzigen Gärtner geben. Er heißt Jaime. Ich weiß, dass Jaime Luis gekannt hat. Er kann Ihnen bestimmt weiterhelfen.«

Frau Højbjerg holte ihr Handy aus der Sporttasche und diktierte ihr die Nummer. Es ging zwar langsam, aber in die richtige Richtung.

»Wie würden Sie Luis Valencia beschreiben?«, fragte Margrethe in die Runde.

»Ein netter Mann. Freundlich und gebildet, entgegenkommend und absolut vertrauenswürdig – aber nie aufdringlich. Er war eigentlich Ingenieur. Und er liebte Jasmin«, sagte Frau Nissum.

Reihum wurde zustimmend genickt.

Schon wieder der Jasmin … Sie warf einen Blick auf ihre Unterlagen. Bis auf einen Namen waren jetzt alle abgehakt.

»Und Bulbjergs Putzfrau? Ich weiß nur, dass sie Blanca hieß. Sagt Ihnen das was?«

Frau Holm hob einen Finger.

»Ja, mir! Sie hat auch bei uns geputzt. Das war zur selben Zeit, als sie für die Bulbjergs gearbeitet hat. Sigrid hatte sie mir empfohlen. Ein bisschen still, aber eine nette, reinliche Frau. Aus Chile. Sie hat letztes Jahr aufgehört. Ist in Rente gegangen.«

»Nachname und Anschrift?«

»Moment …«

Frau Holm hatte ihre Tasche unter dem Tisch abgestellt. Sie nahm sie hoch, angelte ein altes Adressbuch heraus und blätterte es rasch durch.

»Hier ist sie … Blanca Rodriguez, Calle de la Iglesia. Das ist hier in der Stadt, unten in Los Boliches, direkt hinter der Hauptstraße, glaube ich.«

Margrethe notierte sich auch diese Telefonnummer und konnte damit den letzten Namen auf Benedictes Liste abhaken. Sie bedankte sich bei der kleinen dänischen Runde.

Einige der Männer kamen neugierig auf sie zu und wollten ihr weitere Details entlocken, aber sie wies sie höflich ab. Dasselbe machte Jesús Molina, als eine der Frauen es in fließendem Spanisch bei ihm versuchte.

Aber das war nur verständlich. Ein lang vergessener Unfall war urplötzlich wieder aufgetaucht. Umgeben von einer Aura des Geheimnisvollen. Das würde im dänischen Club *das* Gesprächsthema des Tages werden.

Sie klingelte an der Tür. Auf dem Namensschild stand »María Pilar Gutierrez Diaz«. Sie hatten über zwei Stunden gebraucht, um sich zur Witwe des Gärtners vorzuarbeiten, die tatsächlich ganz anders hieß als ihr verstorbener Mann.

Als sie versucht hatten, den jetzigen Gärtner der Højbjergs zu erreichen, war er zunächst nicht ans Telefon gegangen, aber Molina hatte ihm eine Nachricht hinterlassen, und nach anderthalb Stunden hatte der Mann zurückgerufen und sie auf die richtige Spur gebracht.

Luis' Witwe wohnte tatsächlich in einem Hochhaus an der Avenida Finlandia, einem auffällig rosa gestrichenen Klotz in der Nähe der Autobahn, die an der Küste entlang über Torremuelle bis nach Benalmádena im Norden führte.

Eine kleine drahtige Frau öffnete ihnen die Tür. Ihre Haare waren streng nach hinten frisiert und schimmerten schwarz, ohne den geringsten Anflug von Grau.

Margrethe trat einen Schritt zurück und überließ Jesús Molina das Reden, so wie sie es abgesprochen hatten. Sie konnte zwar Spanisch, aber es war einfacher, wenn er das hier übernahm. Und bestimmt auch Vertrauen einflößender, als wenn sie die Fragen einer Ausländerin beantworten musste.

Molina erklärte der Witwe des Gärtners in aller Ruhe, worum es ging.

Sie hatten das Ganze im Auto kurz durchgespielt. Molina sollte sich vor allem auf das Ehepaar Bulbjerg konzentrieren und herausfinden, ob Luis mit seiner Frau über seine Arbeitgeber gesprochen hatte.

»Mein Mann hat diese Dänin sehr geschätzt, ihren Mann eher

weniger. Er war wohl sehr reserviert und interessierte sich auch nicht besonders für den Garten«, erklärte María Pilar Gutierrez Diaz.

Sie war trotz ihres Alters eine schöne Frau. Ihr Blick war aufmerksam, und sie redete unglaublich schnell.

Ja, Luis hatte von guten Gesprächen mit Frau Bulbjerg berichtet, ja, sie hatten wohl auch hin und wieder auf der Terrasse eine Tasse Kaffee getrunken, ja, sie hatten sich auch über private Dinge unterhalten – über die Familie, über Vergangenheit und Zukunft, und Luis hatte stets betont, dass sie mit Abstand die netteste Arbeitgeberin von allen war. Aber … mehr nicht.

»Der Jasmin war die Lieblingspflanze Ihres Mannes, nicht wahr?«

Sie erlaubte sich, die Frage einzuwerfen, obwohl eigentlich Jesús die Unterhaltung führen sollte. Die Witwe strahlte sie an.

»Oh, Sie haben davon gehört? Ja, das stimmt. Luis liebte den Jasmin. Wir hatten früher selbst ein großes Haus in der Nähe von Málaga mit herrlichem Jasmin im Garten.«

»Die Bulbjergs hatten auch welchen.«

»Ja, das ist sicher richtig. So wie die meisten. Und die, die keinen Jasmin hatten, die hat Luis überredet, einen zu pflanzen«, sagte sie lachend.

Jesús Molina warf ihr einen vielsagenden Blick zu, dann stellte er die zentrale Frage.

»Hat Ihr Mann vielleicht eine Kiste hinterlassen, einen Umschlag, eine Tüte oder einen Schlüssel? Irgendetwas, das Frau Bulbjerg ihm anvertraut hat?«

»Nein, das wüsste ich. Wieso fragen Sie?«

»Wir sind auf der Suche nach Dokumenten, die Sigrid Bulbjerg gehörten und die sie möglicherweise versteckt hat. Deshalb …«

»Nein, Luis hat nie etwas in dieser Richtung erwähnt.«

»Dann wollen wir Ihnen nicht länger Ihre Zeit stehlen«, sagte Margrethe und gab Jesús ein Zeichen.

Jetzt blieb ihnen nur noch die Putzfrau. Und ihr Gefühl sagte ihr, dass sie das Ende des Regenbogens auch dort nicht finden würden.

50.

Schwere Tropfen prasselten auf seine improvisierte Zeltplane. Er kauerte auf dem flachen Dach im Tuborg Havn, die Lüftungsanlage im Rücken, die Knie angezogen.

Es war nur einer von mehreren kräftigen Schauern, die im Laufe des Nachmittags über ihn hinweggezogen waren, aber er war gut geschützt. Er saß auf einer Isomatte, und die kleine Plane aus dem Baumarkt erfüllte ihren Zweck und hielt ihn trocken.

Trocken zu bleiben war wichtig. Man musste eine normale Körpertemperatur aufrechterhalten, um einsatzbereit zu sein, und mit der Nässe kam auch die Kälte. Er besaß keine Funktionskleidung, wie sie zur Spezialausrüstung eines modernen Soldaten gehörte – atmungsaktiv, wasserdicht, warm. Er hatte nur die üblichen Klamotten an, die er zu jeder Gelegenheit trug. Ansonsten hatte er sich jedoch mit allem Nötigen ausgestattet, das zum Einsatz kommen würde, sobald es dunkel geworden war.

Seile, Klettergurt, Karabinerhaken und was man sonst noch zum Klettern brauchte. Das alles lag zusammen mit dem orangefarbenen Overall in der Sporttasche unter seinen Beinen. Außerdem etwas zu essen, zwei Flaschen Wasser und, nicht zu vergessen, das Wichtigste: In seinem kleinen Rucksack steckte das Kästchen mit den Wanzen.

Es waren einige Stunden vergangen, seit er heute Morgen mit seinem »Elektrikerkollegen« im Tuborg Havn angekommen war.

L. T. Fritsen, sein treuer Knappe und Kamerad bis in den Tod, hatte auch diesmal seine Autowerkstatt auf Amager im Stich gelassen, um ihm zu helfen. Genau wie an jenem Abend, an dem sie als Zwei-Mann-Überfallkommando die Gepäckaufbewahrung des

Kopenhagener Hauptbahnhofs gestürmt und das Video erbeutet hatten, das den Sexualmord des Justizministers dokumentierte.

Es regnete jetzt schon ziemlich lang, aber wenigstens nicht mehr ganz so heftig. Er warf einen Blick auf die Uhr – seit über einer Viertelstunde saß er unter der Plane.

In allem, im Großen wie im Kleinen, steckte Bekanntes. Dinge, die sich wiederholten, die sich wie ein spielwütiger Hund im Kreis drehten und in den Schwanz bissen.

Fritsen, der niemals Nein sagte. Nicht einmal wenn er zu den seltsamsten Zeiten bei ihm aufkreuzte und um mehr bat, als man von einem Freund eigentlich verlangen konnte.

Und er selbst. Aus dem Keller, aus der Hauptstadt, in den Wald, unter die Plane, in den ewigen Regen im Rold Skov. Und jetzt? Zurück in Kopenhagen. Unter einer anderen Plane. Wieder im Regen.

Sein Leben folgte einem eigenartigen Zyklus, in dem es nicht um Entwicklung ging. Sondern nur ums Überleben.

Nach Mitternacht wurde er aktiv.

51.

Wer in der schmalen Calle de la Iglesia wohnte, lebte tatsächlich in einer anderen Welt. Hier grünte weit und breit kein Baum. Es gab keine Händler, die Geschäfte machen wollten. Und vor allem gab es keine Touristen, die sich sonst überall in Scharen durch die Stadt schoben.

Die Straße verlief parallel zu Fuengirolas Hauptstraße, der Avenida Nuestro Padre Jesús Cautivo, und stieß auf die Calle Maestra Conceptíon Guidet, die den bunten Strom ausländischer Urlauber zur Strandpromenade leitete.

Die Calle de la Iglesia war eine Einbahnstraße, und vielleicht wirkte sie gerade deshalb so abgelegen und ursprünglich, weil sie so unspektakulär war.

Margrethe saß neben Jesús Molina und achtete auf die Hausnummern, während er seinen Seat langsam weiterrollen ließ.

»Hier!«

Molina fuhr rechts ran. Auf dem Bürgersteig saß eine alte, schwarz gekleidete Frau auf einem Stuhl vor ihrem Haus. Sie beäugte die Fremden misstrauisch, als Molina parkte und sie beide ausstiegen.

Auf der einen Straßenseite reihte sich ein mehrstöckiges Wohnhaus an das nächste, die andere wurde von einem langen, flachen Gebäude dominiert, das wie bei einem Reihenhaus in mehrere Abschnitte unterteilt war. Die meisten Haustüren und Fenster waren mit schmiedeeisernen Gittern geschützt.

In der ganzen Straße zierten bunte Kacheln den unteren Teil der Fassaden. An jedem Haus andere, und auch die kleinen Wohneinheiten machten da keine Ausnahme. Auf den offenen Dachterrassen hingen bunte Wäschegirlanden in der Sonne.

Hier wohnte die ehemalige Putzfrau Blanca Rodriguez mit ihrem Mann. Margrethe und Jesús Molina hatten ihr Kommen telefonisch angekündigt. Die Chilenin erwartete sie schon an der blau gestrichenen Gittertür und bat sie ins Haus.

Jesús Molina stellte sie beide vor. Diesmal hatten sie vereinbart, das Gespräch einfach laufen zu lassen – ohne dass ausdrücklich Jesús das Wort führen sollte.

»Ich kann ein bisschen Dänisch«, sagte Blanca Rodriguez und lächelte Margrethe an. »Aber nur ein paar Worte. Ich hatte viele dänische Arbeitgeber.«

Señora Rodriguez führte sie durch den Patio, der vollgestellt war mit Töpfen und Pflanzen, und dann über eine schmale Treppe nach oben auf die Terrasse.

Auch hier empfing sie ein Meer aus Blumenkübeln, und auf einem kleinen Tisch in der Ecke standen zwei Silberkännchen auf einem Tablett bereit.

Die Chilenin war klein und kräftig, ihre silbergrauen Haare

waren im Nacken mit einem blauen Band zusammengebunden. Der fremde Besuch schien sie ein wenig verlegen zu machen.

»*Por favor*, links ist Kaffee, rechts Tee.«

Margrethe schenkte sich eine Tasse Kaffee ein, während sie ihren Spruch aufsagte, der inzwischen schon zur Routine geworden war: dass sie im Auftrag der Familie Nachforschungen über den Tod von Sigrid Ryttinger Bulbjerg anstellte.

Blanca Rodriguez nickte.

»Wie würden Sie Ihr Verhältnis zu Frau Bulbjerg beschreiben?«, war Margrethes erste Frage.

Blanca Rodriguez' schwarze Augen sahen ernst aus, als sie langsam und nachdenklich antwortete.

»Das ist lange her … Frau Bulbjergs Tod war ein trauriges Ereignis. Sie war eine der nettesten Arbeitgeberinnen, die ich hatte. Mir wird immer noch ganz schwer ums Herz, wenn ich an sie denke.«

»Was für ein Verhältnis hatten Sie zu ihr? Haben Sie auch manchmal mit ihr Kaffee getrunken, wie der Gärtner Luis Valencia?«

Señora Rodriguez schüttelte sacht den Kopf.

»Nein … Wir haben nie zusammen am Tisch gesessen und uns unterhalten, aber Frau Bulbjerg hat mir meistens einen Kaffee hingestellt oder ein Glas kalte Limonade.«

Molina räusperte sich.

»Was ist mit Jasmin? Mögen Sie Jasmin?«

Blanca Rodriguez zog die Augenbrauen hoch.

»Nein. Also, nicht besonders. Ich verstehe die Frage nicht …?«

Da war ihr spanischer Begleiter vielleicht etwas zu direkt gewesen. Margrethe versuchte, das Ganze in einen größeren Zusammenhang zu stellen.

»Nun, vielleicht hatten Sie ja gemeinsame Interessen? Zum Beispiel den herrlichen Jasmin, der hier so gut gedeiht, oder Kräutergärten? Haben Sie sich über solche Dinge unterhalten? Oder über die Familie? Das Leben? Den Tod? Hatten Sie ein besonderes Vertrauensverhältnis?«

Die Chilenin zuckte mit den Schultern.

»Vertrauensverhältnis? Nein, das wäre zu viel gesagt. Solche Gespräche führten wir nicht ... Manchmal hat Frau Bulbjerg sich erkundigt, wie es meinem Mann ging – oder den Kindern. Ich habe drei erwachsene Kinder ... Aber ich hätte sie nie etwas Privates gefragt. So etwas gehört sich nicht für eine Putzfrau«, erklärte Blanca Rodriguez fest.

Ihre Ruhe und ihr dunkler Blick machten unmissverständlich klar, dass es keine anderen Antworten gab. Sie hatte für eine freundliche Dänin gearbeitet, ihren Job gemacht, und das war alles.

Obwohl es nicht sehr Erfolg versprechend erschien, wiederholte Molina die Frage, die er auch der Witwe des Gärtners gestellt hatte: Hatte Frau Bulbjerg ihr jemals eine Schachtel, einen Umschlag, einen Schlüssel oder etwas Ähnliches anvertraut?

Blanca Rodriguez machte große Augen und schüttelte den Kopf.

Hier war nichts zu holen. Sie standen auf und bedankten sich freundlich. Señora Rodriguez begleitete sie wieder nach unten und führte sie durch den Innenhof mit den Pflanzenkübeln, vorbei an zwei Türen, die vom Patio abgingen.

Beide standen offen. Hinter der einen befand sich ein kleines Zimmer mit einem Bett. Der zweite Raum war nicht größer als eine Besenkammer. Darin stand ein Computer, und an der Wand hingen ein paar Zettel und einige Postkarten.

Blanca Rodriguez' Leben verlief in einem engen Rahmen, aber nach vielen Jahren im Dienst ausländischer Familien hatte sie sich hier, mitten in der Stadt, eine kleine Oase geschaffen.

»Und was machen wir jetzt, Señora Franck?«, fragte Jesús Molina, als sie wieder neben seinem Auto auf dem Bürgersteig standen. Margrethe zuckte mit den Schultern und schüttelte frustriert den Kopf.

»Keine Ahnung … Mehr Spuren habe ich nicht. Wahrscheinlich war es naiv, darauf zu vertrauen, dass ich einfach hierherfliegen und mich durchfragen könnte.«

»Ist Ihnen schon mal der Gedanke gekommen, dass jemand, der Frau Bulbjerg töten wollte, weil sie zu viel herausgefunden hat, vielleicht nach dem Unfall in La Sierrezuela eingebrochen sein könnte, um sich genau das zu holen, wonach Sie jetzt suchen?«

»Das wäre absolut möglich. Ihre Schwester war nach dem Unfall in der Villa. Es gab keinerlei Anzeichen für einen Einbruch – aber so etwas lässt sich natürlich auch elegant und unauffällig lösen. Es ist elf Jahre her … Ich kann Ihnen keine Antwort geben, Jesús. Morgen muss ich zurück nach Dänemark. Es wäre toll, wenn Sie mich noch ins Hotel bringen würden, und dann sind Sie von Ihrer Aufgabe erlöst.«

Sie klopfte ihm auf die Schulter, und sie stiegen in den Wagen.

Er ließ den Motor an, und sie fuhren langsam die schmale Calle de la Iglesia hinunter, bis zu dem Ende, wo die Kirche stand, die der Straße ihren Namen gegeben hatte. Molina bog einmal scharf rechts ab, und plötzlich befanden sie sich wieder mitten im pulsierenden Leben der Stadt.

»Waren Sie schon an der Strandpromenade?«, fragte Molina.

Margrethe schüttelte den Kopf.

»Gut, dann nehmen wir diesen Weg. Die Strecke ist schön«, erklärte er.

Es war ihr egal. Sie wollte nur noch allein sein. Es gab keine Fragen mehr, die sie quälten, bloß ein wachsendes Gefühl der Mutlosigkeit, das in ihr aufstieg wie Wasser in einer Wanne. Sie hatte Mossman und Oxen enttäuscht. Sie hatte ihren Auftrag nicht erfüllt. Sie würde mit leeren Händen nach Hause fliegen.

Molina faselte unterdessen von Überresten aus der Vergangenheit, von irgendwelchen weißen Säulen, die an der Strandpromenade standen. Sie hörte nicht zu. Auf der rechten Seite tauchten Hotels auf, die sich mit riesigen Apartmenthäusern abwechselten.

Markisen spannten sich über zahllose Terrassen, auf denen die Leute saßen und ihren Blick über den breiten Bürgersteig, den Strand und das Meer schweifen ließen, das unendlich zu sein schien.

Die Straße wurde von kleinen dicken und hohen dünnen Palmen gesäumt und von anderen exotischen Bäumen und Büschen, und Molina erklärte gerade begeistert, wie toll er diese Promenade fand. In ihren Augen war diese Straße genauso nichtssagend und anonym wie tausend andere auch.

Ihre Frustration war zu einem reißenden Fluss angewachsen.

Überall flanierten, joggten und fuhren Leute herum, und keinen interessierte die Niederlage, die sie erlitten hatte. Sogar Molina war verstummt. Dann änderte sich die Kulisse ein wenig. Jetzt ragten Steinmolen ins Meer, und Sonnenschirme aus Stroh steckten wie Pilze im Sand.

Dahinter lag der Jachthafen der Stadt. Dort gab es Cafés, Restaurants und Bootsanleger – und ein Meer von Schiffen, die alle am oberen Ende der Preisskala angesiedelt zu sein schienen.

Ohne zu wissen, was gerade passierte, bemerkte sie, wie sich eine neue Empfindung in ihrem Körper breitmachte. Das war keine Mutlosigkeit. Im Gegenteil. Eher ein Stechen. Ein nagender Zweifel? Eine Angst, die sie nicht richtig greifen konnte? Oder war es Wut? Auf sich selbst?

Das Gefühl wurde stärker. Bilder drängten sich auf – dazu Worte, Gesten und Mimik. Die zwei Tage Aufenthalt vermischten sich mit den vorbeiziehenden Palmen zu einem wilden Déjà-vu.

Was zur Hölle irritierte sie plötzlich so? Waren es die Blicke der Stewarts, die ihnen von der Terrasse aus zugesehen hatten, als sie rund um den Jasmin die Erde umgegraben hatten? Das freundliche Kopfschütteln von Lilly und Mats Johansson? Oder die sonnengebräunten Gesichter und fehlenden Erinnerungen der Holms, Kristiansens, Højbjergs und Nissums? Oder war es die lebhafte Witwe, María Pilar Gutierrez Diaz, mit ihrem wachsamen Blick oder die südamerikanische Blanca Rodriguez mit dem ernsten Zug um den Mund?

Namen und Gesichter.

An welcher Stelle hatte sie nicht gut genug aufgepasst? Die Augen nicht aufgemacht? Nicht richtig hingehört?

Weit draußen erhob sich eine mächtige Mole und bildete einen Ring um den Hafen, ein Bollwerk. Draußen Brandung, drinnen Stille.

»Stopp! Können Sie bitte anhalten? Ich muss raus, ich brauche Luft.«

Sie schrie fast, und Molina zuckte erschrocken hinter dem Steuer zusammen. Sie brauchte Ruhe, um alles Störende aus ihrem Kopf zu verbannen. Sie musste alles andere ausblenden und sich ganz auf dieses Gefühl konzentrieren, damit es wachsen und Form annehmen konnte.

»*Claro,* Señora Franck, *claro.*«

Molina trat auf die Bremse und fuhr an den Straßenrand.

»Nein, nein ... Doch nicht anhalten! Wenden Sie – und geben Sie Gas! Sie lügt! Blanca Rodriguez lügt!«

52.

Die kleine Kellerklitsche trug etwas großspurig den Namen »*Peter's PC World*«. Die Fenster waren vergittert, obwohl deutlich mehr gebrauchte als neue Geräte herumzustehen schienen. Neben dem Treppenabgang war ein Ständer mit diversen Handbüchern und Bedienungsanleitungen aufgebaut, die völlig ausgebleicht waren.

Die Welt war klein. Selbst hier in London. Peter Norman war ein alter Klassenkamerad von ihm. Sie hatten ewig nichts mehr voneinander gehört, seit sie damals in Gravesend die Schuluniformen abgelegt hatten. Erst fünfundzwanzig Jahre später waren sie sich zufällig wieder begegnet und hatten festgestellt, dass es sie beide, wie so viele andere auch, in die Großstadt mit ihren vielen Möglichkeiten gezogen hatte.

Seit diesem Wiedersehen hatte er schon ein paarmal in dem unscheinbaren Laden in der Portobello Road in Notting Hill vorbeigeschaut. Nicht als John Smith. Nur als er selbst. Und nicht, weil es da unten in dem schäbigen Keller etwas gegeben hätte, was man nicht auch überall sonst bekommen konnte. Sondern eigentlich nur, weil Peter Norman wie er aus Gravesend kam.

Er öffnete den Kofferraum und griff nach dem PC-Gehäuse. Es war ihm ein Rätsel: Wieso nahm ein ganz normaler Computer so viel Platz ein wie ein Stapel Brennholz, während ein Laptop mit so viel weniger auskam?

Er klemmte sich die Kiste unter den Arm, knallte den Kofferraum zu und ging nach unten, um Norman einen Auftrag zu erteilen. Er sollte ihm Zugang zu Alistair MacDuffs Computer verschaffen.

Er hatte das Ding höchstpersönlich nach Einbruch der Dunkelheit aus MacDuffs Haus geschleppt. Danach hatte er den Schlüssel brav unter die Gießkanne gelegt, ganz so, wie es dieser widerspenstige Polizei-Frischling von ihm verlangt hatte.

Ärgerlicherweise hatte sich dann allerdings genau das bestätigt, was er von vornherein befürchtet hatte: Der Computer war passwortgeschützt. Mit seinen nicht vorhandenen Technikkenntnissen hatte er keine Chance, an die Daten zu kommen, aber das konnte – und würde – Peter Norman aus Gravesend hoffentlich für ihn übernehmen.

Kaum hatte er den Computer auf den Tresen gestellt, tauchte sein ehemaliger Mitschüler auch schon aus dem Hinterzimmer auf. Sie redeten kurz über alte Zeiten und tauschten die üblichen Erinnerungen aus. Wäre er aus irgendeinem anderen Grund hergekommen, hätte er sich gern länger mit Norman unterhalten. Aber jetzt hatte er es eilig. Er war angespannt.

»Es geht um den PC hier, Peter. Ich komme nicht rein.«

»Hast du dein Passwort vergessen?«

»Ich will ehrlich sein. Der Rechner gehört nicht mir, sondern einem Kollegen, der vor Kurzem gestorben ist. Unter gewissen Umständen, die mich stutzig machen. Ich muss wissen, was da drauf ist, aber ich kann mich nicht einloggen.«

»Normalerweise mache ich so etwas nur für den Besitzer selbst.«

»Du bestimmst den Preis.«

»Darum geht es nicht … also, nicht um den Preis. Aber okay, weil du es bist. Komm mit nach hinten.«

Er ging um den Tresen herum und folgte Norman in einen kleinen Raum, der ihn an die Kommandozentrale eines Raumschiffs erinnerte, vollgestopft mit Computern, Ersatzteilen, Kabeln und anderem Zeug.

Norman stellte den Rechner auf eine Arbeitsplatte, schloss einen Bildschirm und eine Tastatur an und steckte einen USB-Stick in den Port.

»Das dauert nicht lang. Auf dem Stick ist ein Passwort-Remover, der den Computer bootet. Dann starten wir den Rechner einfach neu – ohne Passwort –, und du kannst dir alles in Ruhe ansehen.«

»Kannst du mir eine Art Liste ausdrucken? Log heißt das, oder? Über die letzten Aktionen auf dem Computer? Das würde mir die ganze Sache sehr erleichtern.«

Norman schüttelte den Kopf.

»Nein, kann ich nicht. Die meisten Leute glauben, ein PC würde alles protokollieren und eine vollständige Übersicht ausspucken, wenn man ihn nett darum bittet. Irrtum … So was macht kein Computer, außer man hat ein spezielles Programm dafür installiert. Aber wieso sollte man das tun? War dein Kollege etwa mehr als ein gewöhnlicher Durchschnittsnutzer?«

»Kann ich mir nicht vorstellen. Was ist mit Dateien, die erst vor Kurzem gelöscht wurden? Kannst du die irgendwo sehen? Oder wiederherstellen?«

»Das geht nur über einen vollständigen Scan der Festplatte. Damit findet man alles, auch das, was gelöscht wurde. Aber nicht unbedingt in chronologischer Reihenfolge. Weißt du denn, wonach du suchst?«

»Nein …«

»Text oder Bilder?«

»Keine Ahnung.«

»Dann musst du dir alles anschauen, und wenn du über irgendetwas stolperst, können wir das Datum unter ›Eigenschaften‹ herausfinden.«

»Verdammt. So umständlich?«

Auf dem Bildschirm erschien der Desktop von Alistair MacDuffs Computer.

»Warte doch erst mal ab«, sagte Norman. »Das ist ja nur nötig, wenn du nach Daten suchst, die gelöscht wurden. Also, hier haben wir den Desktop. Ziemliches Durcheinander, wenn du mich fragst … Scheint ein echter Chaot gewesen zu sein, dein Kollege. Klingelt's irgendwo bei dir?«

Er ließ den Blick über unzählige Icons, Ordnersymbole und sinnlosen Schrott gleiten. Dann schüttelte er den Kopf. Das sagte ihm alles gar nichts.

Norman seufzte.

»Hinten in der Küche ist noch Kaffee. Hol dir einen Becher und schau dich im Laden um, während ich mir diesen Dschungel vornehme.«

Er nickte, stand auf und ließ seinen alten Klassenkameraden in Ruhe arbeiten.

Es waren höchstens ein paar Sekunden vergangen, als Norman rief: »Der Papierkorb ist geleert worden. Das ist komisch, wenn man bedenkt, wie der Rest aussieht!«

Das verhieß nichts Gutes. Es deutete darauf hin, dass wirklich etwas gelöscht worden war. Und das wiederum bedeutete, dass er eine Menge Geduld brauchen würde, die er bekanntlich nicht hatte, weil er den ganzen Mist sichten und akribisch absuchen musste.

Er ging mit dem Kaffee nach vorn in den Laden. Drehte Runde um Runde auf dem abgewetzten Teppichboden. Schaute in sämtliche Regale, ohne wirklich etwas wahrzunehmen, und fischte schließlich die Zeitung vom Vortag aus dem Papierkorb hinter dem Tresen.

Im Hinterzimmer, wo Norman sich in den Computer vertieft hatte, war alles still. Kunden waren kein Störfaktor in *Peter's PC World.* Bislang war kein einziger gekommen.

Er hatte gerade den Sportteil erreicht, als Norman ihn rief.

»Eric! Komm mal!«

Er ging hastig nach hinten und setzte sich neben Norman vor den Rechner.

»Was ist?«

»Weißt du, was eine Dropbox ist?«

»Eine Art Online-Archiv in der Cloud, oder wie auch immer man das nennt. Richtig?«

»Ja. Dein Kollege hat von diesem Rechner aus etwas in der Dropbox abgelegt. Schau mal, was er da gespeichert hat.«

Norman klickte ein paarmal – und ein Foto erschien.

»Das bist du, Eric, oder? Und hier ist noch eins. Auch du. Kannst du damit was anfangen?«

Er hörte nicht mehr zu. Er starrte abwechselnd die beiden Bilder an. Auf dem einen stand er im Tarnanzug vor einer Lehmhütte, mit einer Kippe im Mund. Auf dem anderen war er in Zivil. In einer Stadt. Auf einem Platz. Er sah ein bisschen älter aus als auf dem anderen.

»Das sind die beiden neuesten Dateien in der Dropbox. Hier ist das Datum«, sagte Norman und tippte mit dem Zeigefinger auf den Bildschirm.

Die beiden Fotos waren am selben Tag archiviert worden, an dem Alistair MacDuff die Treppe hinuntergestürzt war.

»Ist es das, wonach du gesucht hast?«

Er antwortete nicht. Seine Gedanken rasten in alle möglichen Richtungen. Niger und Bukarest … Was zur Hölle hatten diese Bilder auf MacDuffs Computer verloren? Und wieso existierten sie überhaupt? Wieso hatte sie jemand aufgenommen? Hatte MacDuff sie gemacht? Das verstieß gegen jede Regel. Es musste einen Grund dafür gegeben haben …

»Stimmt etwas nicht, Eric?« Norman legte eine Hand auf seinen Arm.

»Was? Nein, ich hatte nur nicht damit gerechnet, meine eigene Visage hier zu sehen. Wie funktioniert so was? Also, ich meine, wie landen solche Sachen in der Dropbox?«

»Er hat die Fotos wahrscheinlich vom Handy auf den Rechner kopiert und auf dem Desktop abgelegt, um sie sich anzusehen. Weil es ihm offenbar wichtig war, dauerhaft und überall darauf Zugriff zu haben, hat er sie in der Dropbox gespeichert. Und wenn man ein ordentlicher Mensch ist, räumt man danach den Schreibtisch auf und löscht die Bilder. Glaub mir, mit Computern ist es wie mit Bücherregalen – da erfährt man eine Menge über die Menschen. Manche sind pingelig, manche normal, und manchen ist alles egal.«

»Und deshalb ist der Papierkorb also auffällig? Der hätte eigentlich voll sein müssen?«

»Genau. Dieser Rechner hier ist eine Müllhalde.«

»Kannst du einen kompletten Festplattenscan für mich machen – nur zur Sicherheit?«

»Geht in Ordnung, aber schau dir erst an, was sonst noch auf dem Computer ist.«

Als er sich ein paar Stunden und drei Becher Kaffee später von seinem Stuhl erhob, hatte er nichts auf Alistair MacDuffs Computer entdeckt, was auch nur annähernd von Interesse gewesen wäre.

Es waren nicht gerade viele Fotos gespeichert. Ein paar von der Tochter, ein paar von der Ex, ein paar Urlaubsbilder und die üblichen Familienfotos. Dazu einige Aufnahmen, die mit Fußball zu tun hatten – Schnappschüsse aus dem Pub, von der Tribüne im Anfield-Stadion und von den Busfahrten zu Auswärtsspielen. Außerdem hatte MacDuff verschiedene Ordner mit Fotos von seinen Jobs auf der ganzen Welt angelegt – aber nur harmlose Bilder von diversen Unterkünften, Pools und Grillpartys mit jeder Menge Bier. Zu guter Letzt hatte er noch einen ganzen Haufen Männerträume gefunden, Schwänze und Brüste, Ferraris, Lamborghinis und ähnliches Kaliber, außerdem die unterschiedlichsten Waffen, alle aus dem Internet heruntergeladen.

Die Dokumente waren allesamt uninteressant, und auch MacDuffs E-Mails bereiteten ihm keinerlei Kopfzerbrechen.

Er ging nach vorn in den Laden. Norman war gerade dabei, einen älteren Herrn zu bedienen, der ein spezielles Kabel benötigte. Als der Mann gegangen war, tippte er Norman auf die Schulter.

»Ich bin fertig, Peter. Danke für die Hilfe.«

»Und du willst immer noch einen Festplatten-Scan?«

»Ja, bitte.«

»Ich mache mich gleich dran. Du kannst das Ergebnis und den Computer morgen Vormittag abholen.«

»Super. Was bin ich dir schuldig?«

Norman zuckte mit den Schultern.

»Sagen wir einfach hundert …«

Er nahm seine Brieftasche aus der Jacke, zählte fünfhundert Pfund in Scheinen ab und legte sie auf den Tresen. Sein alter Klassenkamerad schielte auf das viele Geld und sah ihn dann fragend an.

»Das … ist ein kleiner Bonus. Du warst mir eine große Hilfe.«

Sie verabschiedeten sich, und kurz darauf saß er hinter dem Steuer seines Autos, lehnte sich zurück und schloss für einen Moment die Augen. Er presste sie fest zusammen und versuchte sich darauf zu konzentrieren, welche Möglichkeiten es gab. Es blieben nur zwei Szenarien übrig.

Ein *gutes*, nämlich dass Alistair MacDuff tatsächlich sturzbesoffen die Treppe hinuntergefallen war. Ja, der Idiot hatte sich vorher noch zwei Bilder angeschaut. Und ja, es war rätselhaft, wie er in ihren Besitz gekommen war … Aber man durfte nicht vergessen, dass es zwei mäßig aussagekräftige Fotos eines Mannes waren, den Alistair ausschließlich unter dem Namen »John Smith« gekannt hatte. Das war zwar bedenklich, aber kein Grund zur Panik.

Das zweite Szenario war das *schlechte.*

Der große Unbekannte hatte MacDuff umgebracht. Und bei dieser Theorie konnte die betreffende Person sehr wohl mit den Fotos auf MacDuffs Computer in Zusammenhang stehen.

Trotzdem – egal welche der beiden Optionen die richtige war, nichts davon konnte ihn kompromittieren. Nichts in ernsthafte Schwierigkeiten bringen. Aber das Ganze war verdammt beunruhigend.

Es gab nur eins, was er jetzt tun konnte. Er nahm sein Handy, suchte die Nummer heraus und wählte.

»Hallo, Marsh. Hier ist John Smith. Sie waren so freundlich, mir Zutritt zu Alistair MacDuffs Haus zu verschaffen. Ich habe Neuigkeiten und ein deutlich lukrativeres Angebot für Sie: Ich möchte, dass Sie MacDuffs Tod für mich auseinandernehmen. Zerlegen Sie den ganzen Fall in Atome und schauen Sie sich jedes einzelne mit der Lupe an. Und ich verspreche Ihnen … ich werde Sie gut dafür bezahlen.«

53.

Blanca Rodriguez war ein einziges, großes Fragezeichen, als sie hinter der blauen Gittertür auftauchte, um aufzuschließen – zum zweiten Mal an diesem Tag. Und war da ein besorgter Zug um ihren Mund?

»*Perdón*, es tut mir leid, dass wir Sie schon wieder belästigen, Señora Rodriguez«, sagte Margrethe. »Aber ich würde mich gern noch einmal mit Ihnen unterhalten, wenn ich darf. Können wir reinkommen?«

Die Chilenin öffnete die Tür und führte sie zur Treppe.

»Nein, warten Sie kurz, Señora Rodriguez …«, platzte Margrethe heraus und legte Molina eine Hand auf die Schulter, um auch ihn zu stoppen.

Blanca Rodriguez sah noch verwirrter aus.

»Sehen Sie? Hier, in Ihrem kleinen Büro, Señora Rodriguez …« Sie nickte zu der Tür im Patio, die immer noch offen stand, und Blanca Rodriguez kam näher.

»Als wir vorhin auf dem Weg nach draußen waren, ist mir im Vorbeigehen dieser Brief hier aufgefallen. Ich habe die Worte gar nicht gelesen, sondern nur wie eine Art Bild registriert.«

Molina sah sie fragend an, und Blanca Rodriguez ging in das Zimmerchen, um den Brief von der Wand zu nehmen.

»Das ist doch nur eine Nachricht vom Finanzamt«, sagte sie und streckte Margrethe den Umschlag entgegen.

»Der Inhalt interessiert mich nicht. Mir geht es ausschließlich um Ihren Namen. Ihren vollen Namen … Blanca *Luna* Rodriguez Sanchéz.«

Die Frau wirkte zunehmend angespannt.

»Hören Sie, Señora Rodriguez … Ihre beiden Vornamen heißen übersetzt ›weißer Mond‹. Und Frau Bulbjerg hat in einem ihrer Briefe an ihre Schwester ausführlich geschildert, dass der weiße Mond ihr Freund sei. Ich habe diesen Brief sehr oft gelesen. Ich kann ihn beinahe auswendig. Da ist zu lesen: ›*Der Mond ist mein Vertrauter. Der weiße Mond, wie fern er auch sein mag, ist mein Freund. Er hört mir zu. Er fragt. Er versteht meine Sprache. Er respektiert meine Aufgabe. Begreift, dass es nicht anders sein kann. Ist es nicht unglaublich, dass ich dem Mond erst hier unten begegnet bin – wirklich begegnet? So verschieden wir sind, so einzig-*

artig ist unsere Freundschaft. Frag den Mond, er weiß es besser als jeder andere.‹«

Blanca Rodriguez biss sich auf die Unterlippe, während sie zuhörte.

»Das ist alles nur Zufall, Señora Franck«, antwortete sie schließlich. »In meiner Heimat Chile hat jeder zwei Vornamen und zwei Nachnamen. Ich benutze jeweils nur einen. Das ist ganz normal. Ich kann mir nicht vorstellen, dass Frau Bulbjerg von meinem zweiten Vornamen überhaupt wusste.«

»Das glaube ich Ihnen nicht. Sigrid hat in dem Brief Sie gemeint. Sie sind Blanca Luna, ›der weiße Mond‹, den sie so ausdrücklich erwähnt. Ich bitte Sie, mir zu vertrauen. Ich bin hier, weil Sigrids Schwester mir ihren kostbarsten Besitz überlassen hat – nämlich alle Briefe … Weil sie endlich Frieden finden will. Weil sie sich wünscht, dass die Schuldigen zur Verantwortung gezogen werden. Deshalb, Señora Rodriguez, bin ich den ganzen weiten Weg aus Dänemark hierhergekommen. Glauben Sie mir. Es ist die Wahrheit. Ich würde Sie niemals belügen.«

Die Chilenin biss sich immer noch auf die Unterlippe und strich sich über die silbergrauen Haare. Der Blick, der bei ihrem ersten Besuch noch so ruhig gewesen war, flackerte.

»Entschuldigen Sie mich einen Moment, ich bin gleich wieder da«, sagte sie dann und verschwand durch den Patio ins Haus.

»Señora Franck … Sie haben den Schatz also doch noch gefunden. Nicht unter dem Jasmin, sondern auf dem Mond. Ich sehe es ihr an. Sie haben recht«, sagte Molina mit einem breiten Grinsen.

Kurz darauf kam Blanca Rodriguez zurück. Sie hielt ein Kuvert in der Hand und nahm einen Brief heraus. Dann setzte sie ihre Lesebrille auf. Sah zu Molina, zu ihr und wieder zu ihm.

»Ich habe eine Frage an Sie, Señora Franck«, sagte sie.

»Nur zu.«

Die Chilenin las vor: »Wie hießen die beiden Pudel, die die

dänischen Schwestern Benedicte und Sigrid Ryttinger als Kinder hatten?«

»Oh, das kann ich Ihnen nicht beantworten. Natürlich nicht. Aber ich kann es herausfinden. *Momentito!*«

Margrethe Franck griff zu ihrem Telefon, suchte eine Nummer heraus und wählte. Es dauerte eine Ewigkeit, bis sich endlich jemand meldete.

»Benedicte Bjørk.«

»Hallo, hier ist Margrethe Franck. Ich rufe aus Fuengirola an. Wir haben hier eine etwas verzwickte Situation … Wir sind gerade bei der Putzfrau Ihrer Schwester. Blanca Rodriguez. Sie hat mir eben eine Frage gestellt. Eine Art Passwort. Ich möchte Sie bitten, die Frage für mich zu beantworten: Wie hießen die beiden Pudel, die Sie als Kinder hatten, Sie und Ihre Schwester?«

Am anderen Ende der Leitung wurde es kurz still. Dann kam die Antwort.

»Wir hatten keine Pudel. Sondern Schäferhunde. Sie hießen Rollo und Riff.«

»Hervorragend. Sagen Sie, können Sie Spanisch?«

»Es ist ein bisschen eingerostet, aber ja, das kann ich. Ich bin ein Sprachenmensch. Ich bin ausgebildete Fremdsprachensekretärin.«

»Dann schalte ich jetzt auf Lautsprecher und Sie wiederholen Ihre Antwort, einverstanden? Ich denke, das ist am überzeugendsten.«

Sie tippte auf das Symbol und bat Benedicte Bjørk zu sprechen. Frau Rodriguez sah ein wenig überrascht aus, aber sie nickte, während sie Benedicte Bjørk zuhörte. Die beiden Frauen fingen an, sich zu unterhalten, höfliche Floskeln und Freundlichkeiten auszutauschen.

Schließlich gab Señora Rodriguez Margrethe ein Zeichen.

»Ich bin Señora Bulbjergs Schwester ein paarmal begegnet, Señora Franck. Die Antwort ist richtig, aber ich würde sie gern sehen, wenn ich mit ihr spreche. Das ist meine Bedingung. Ich telefoniere häufig mit meiner Familie in Chile über den Computer. Können Sie das einrichten?«

»Hören Sie, Benedicte? Haben Sie Skype oder ein ähnliches Programm auf Ihrem Computer? Mit einer Kamera, sodass Señora Rodriguez Sie sehen kann?«

»Nein. Nichts dergleichen.«

»Ein iPhone, ein iPad oder ein anderes Tablet?«

»Nein, ich habe nur einen Laptop. Ohne Kamera.«

»Okay. Aber das mit der Kamera scheint nicht verhandelbar zu sein. Ich überlege mir etwas und rufe Sie dann wieder an.«

Sie fluchte innerlich und überlegte fieberhaft, was sie jetzt tun konnte. Ihre Geheimarmee bestand lediglich aus drei Mann. Und keiner von ihnen befand sich auch nur in der Nähe von Odder. Es gab keine technische Abteilung, die man hinzuziehen konnte. Es sei denn … Sie musste Axel Mossman anrufen.

Die Wäsche auf der Leine flatterte sacht in der Brise, die vom Meer herüberwehte, der Strand war nur wenige hundert Meter von ihnen entfernt. Zum Glück hatte der Wind etwas aufgefrischt, aber hier in der Sonne war es immer noch unerträglich heiß.

Sie trommelte ungeduldig mit den Fingern auf ihrem Oberschenkel. Es waren jetzt fast zwei Stunden vergangen. Sie saß mit Molina auf der Dachterrasse, sie hatten noch einmal Kaffee getrunken, und Señora Rodriguez hatte frisches Obst serviert.

Die Chilenin war freundlich und entgegenkommend. Viel offener als bei ihrem ersten Besuch. Vielleicht weil die Aussicht, das Geheimnis nach so vielen Jahren bald nicht mehr hüten zu müssen, eine Erleichterung für sie war?

Dennoch war es Molina nicht gelungen, Señora Rodriguez auch nur ein einziges, kleines Detail zu entlocken. »Lassen Sie uns warten, bis ich mit Señora Bulbjergs Schwester gesprochen habe.« So hatte Blanca Luna ihn höflich abgewiesen.

Sie selbst war zwischenzeitlich ins Hotel zurückgegangen, um ihr iPad zu holen. Das würde ihnen weitere technische Probleme ersparen. WLAN gab es zum Glück sowohl im Møllebakken als auch in der Calle de la Iglesia.

Jetzt saßen sie hier und warteten darauf, dass die Verstärkung ihrer Geheimarmee in Odder eintraf: Christian Sonne aus Aarhus. Axel Mossman hatte ihn überredet, einzuspringen und ihnen aus der Klemme zu helfen. Sobald Sonne Feierabend im Baumarkt hatte, würde er sein iPad holen und damit zu Benedicte Bjørk fahren. Es konnte jetzt eigentlich nicht mehr lang dauern.

Blanca Rodriguez kam mit noch mehr Kaffee auf die Terrasse zurück. Sie hatte sich gerade wieder neben Molina gesetzt, als Margrethes Handy klingelte.

Es war Sonne, der endlich bei Benedicte Bjørk im Møllebakken angekommen war. Er stand offenbar im Wohnzimmer des Ehepaars. Sie gab ihm ihre E-Mail-Adresse durch und legte auf. Nur Sekunden später stand die Videokonferenz, und sie konnten sich in bester Qualität sehen und hören.

»Okay, Sonne, das hat geklappt. Dann übergeben wir jetzt an die beiden. Tausend Dank für die Hilfe!«

Margrethe reichte Señora Rodriguez das iPad und folgte konzentriert dem Gespräch.

»Noch mal guten Tag, Señora Bjørk. Sie haben sich gar nicht verändert. Aber mir fällt jetzt nach so vielen Jahren erst auf, wie ähnlich Sie Ihrer Schwester sehen …«

»Guten Tag, Señora Rodriguez. Ja, wie die Zeit vergeht, nicht wahr? Ich hoffe, Ihnen und Ihrer Familie geht es gut? Ich bin Ihnen so dankbar, dass Sie bereit sind, uns zu helfen.«

»Ich helfe gern, ich wollte nur erst sicher sein, dass alles mit rechten Dingen zugeht und es wirklich Ihr Wunsch ist, dass ich erzähle, was ich weiß. Meine Familie ist seinerzeit vor Augusto Pinochet geflüchtet. Ich bin von Natur aus misstrauisch. Deshalb habe ich um dieses Gespräch gebeten, von Angesicht zu Angesicht.«

»Das war richtig so, und ich kann Sie gut verstehen. Darf ich Blanca und ›du‹ zu Ihnen sagen?«

»Aber natürlich. Wir können uns gern duzen. Ich habe Geschichte studiert, genau wie Sigrid, aber ich habe nie in meinem Beruf gearbeitet. Wir mussten ja von irgendetwas leben. Wir mussten in einem fremden Land Fuß fassen. Deshalb habe ich angefangen zu putzen. Aber wir hatten ein gutes Leben hier in Spanien. Es hat uns an nichts gefehlt. Unsere drei Kinder haben alle eine gute Ausbildung genossen. Ich war immer zufrieden. Und die kostbarsten Momente hatte ich mit deiner Schwester. Sie war so ein wunderbarer Mensch …«

Margrethe lehnte sich ein wenig nach vorn, um besser sehen zu können. Benedicte Bjørk wischte sich in Odder eine Träne aus den Augen.

Blanca Luna fuhr fort.

»Wir haben so oft auf der Terrasse gesessen und geredet. Ja, ich habe geputzt, und Sigrid war meine Arbeitgeberin. Aber in Wirklichkeit waren wir Freundinnen. Sie hat sich sehr für meine Familiengeschichte und die Verhältnisse in Chile interessiert. Und sie hat mir von ihrer eigenen Familie erzählt. Von eurem Vater – und allem … Sie hat mich auch einige Male bei mir zu Hause besucht. Ich glaube, sie hat ihrem Mann nichts davon gesagt. Aber sie hat es genossen, sich abseits der Kreise zu bewegen, in denen sich die Dänen meist nur mit ihren Landsleuten und anderen Skandinaviern treffen. Die Welt hier in Fuengirola war zu eng für Sigrid. Ich habe in all den Jahren so oft an sie gedacht. Und mich gefragt, ob du irgendwann an meine Tür klopfen würdest, um …«

Benedicte räusperte sich und kämpfte mit dem Kloß in ihrem Hals.

»Ich habe viel zu lang die Augen verschlossen … viel zu lang gebraucht, um den Mut zu finden, Blanca. Und jetzt ist meine Familie ausgelöscht. Ich bin die Letzte. Sigrids Sohn wurde letztes Jahr ermordet. Von denselben dunklen Kräften.«

Tränen liefen über das Gesicht der Dänin, die sie hastig wegwischte.

»Das tut mir so leid. Ich bin ihrem Sohn ein paarmal begegnet, als er hier zu Besuch war. Ein netter Junge. Ein toller junger Mann. Er war seiner Mutter sehr ähnlich, glaube ich.«

Die beiden Frauen schwiegen. Dann sammelte sich Benedicte.

»Es ist an der Zeit, dass die Schuldigen bestraft werden. Das ist der einzige Wunsch, den ich noch habe, bevor ich sterbe … Ich will, dass Gerechtigkeit einkehrt. Dass das alles nicht umsonst geschehen ist. Das bin ich meiner Schwester schuldig. Und ihrem Sohn. Ich habe Margrethe Franck geschickt. Du kannst ihr vertrauen.«

Blanca Luna Rodriguez Sanchéz nickte, drehte sich zu Margrethe, nickte noch einmal und lächelte.

»Sie steht direkt hinter mir. Ich vertraue ihr. Ich werde Sigrids Anweisungen befolgen und ihr geben, was ich für Sigrid verwahrt habe. Aber vorher hätte ich noch zwei Bitten an dich … Wenn du jemals nach Fuengirola kommst, dann versprich mir, mich zu besuchen, ja?«

Benedicte nickte.

»Und würdest du mir einen Gefallen tun? Nimm einen kleinen Zweig Jasmin und leg ihn auf ihr Grab. Als letzten Gruß von mir.«

Benedicte nickte, und erneut liefen ihr Tränen über das Gesicht. Die beiden Frauen winkten sich zum Abschied und beendeten das Gespräch. Blanca stand auf. Auch ihre Augen glänzten feucht.

»Wie kann diese Welt nur so gnadenlos sein …«, flüsterte sie leise. Dann straffte sie den Rücken und sagte laut und entschlossen: »Señora Franck, kommen Sie, wir gehen in den Keller.«

54.

Das Seil war straff gespannt. Er zog ein letztes Mal, prüfte die Seilbremse und ließ sich dann über den regennassen Rand des Flachdachs gleiten.

Er kannte dieses Gefühl, das blitzartig durch seinen Körper fuhr. An einer Sicherheitsleine zu hängen. Eins mit der Nacht zu sein.

Seit Jahren hatte er keinen Klettergurt mehr getragen, diesen charakteristischen Nervenkitzel nicht mehr gespürt. Er war nicht nervös, nur fokussiert. Er rieb sich mit dem Ärmel übers Gesicht und warf dann einen Blick über die rechte Schulter.

In den umliegenden Häusern brannte nur noch hinter einzelnen Fenstern Licht. Es war 00:30 Uhr, und es regnete immer noch, schon seit über zwei Stunden fast pausenlos. Trockenes Wetter wäre ihm lieber gewesen, aber er wollte nicht länger warten.

Langsam seilte er sich die wenigen Meter bis zur Terrasse ab. Selbst wenn gerade irgendwo in der Nähe jemand nach oben in den trostlosen Regenhimmel blickte, würde er am letzten Wohnhaus des Hafenparks wohl kaum etwas Auffälliges entdecken. Er war komplett schwarz gekleidet, die Nacht war dunkel, die Wolkendecke dicht, und im flimmernden Regen verschmolz er völlig mit dem Hintergrund.

Dann spürte er festen Boden unter den Füßen – die soliden Holzdielen der umlaufenden Dachterrasse. Er klinkte das Seil aus, setzte lautlos den kleinen Rucksack ab und holte die Plastiktüte heraus, in der sich das Kästchen mit den *bugs* des MI5 befand. Vier winzig kleine, wasserdichte Mikrofone, sofort einsatzbereit.

Die Holzdielen führten wie eine Schiffsbrücke um die gesamte Wohnung herum und verbreiterten sich an der Stirnseite des Hauses zu einer großen Terrasse, auf der ein Tisch, Stühle und Blumenkübel standen. Die Vorhänge in Villum Grund-Löwenbergs Penthouse waren nicht zugezogen, aber hier oben war auch nicht mit neugierigen Blicken zu rechnen. Womöglich war der Hausherr schon seit Tagen nicht mehr hier gewesen? Ihre früheren

Nachforschungen hatten ergeben, dass das Kopenhagener Domizil nicht der Ort war, wo Villum sich am meisten aufhielt.

Als Erstes drehte Oxen eine Runde um die Wohnung, um sich einen Überblick über sämtliche Optionen zu verschaffen und die richtigen Räume auszuwählen. Er entschied sich für das Schlafzimmer, die offene Küche, das Wohnzimmer und einen kleineren Raum, der offenbar als Arbeitszimmer genutzt wurde.

Der obere Bereich der großen Fenster lag gut geschützt unter dem breiten Dachvorsprung, dorthin kam kein einziger Regentropfen. Perfekt, um die Mikrofone anzubringen. Ganz oben in der Ecke, unsichtbar, von innen verdeckt durch die hellen Vorhänge.

Er öffnete das Kästchen, nahm das erste Mikrofon heraus und aktivierte es, indem er die Spitze eines Kugelschreibers in die kleine Öffnung darin drückte. Dann zog er den Schutzfilm von der winzigen Klebefläche auf der Rückseite der Wanze und klebte sie sorgfältig am Fenster fest. Innerhalb kürzester Zeit hatte er drei davon angebracht.

Er sah auf seine Uhr. Alles in allem hatte er bislang dreizehn Minuten gebraucht. Gleich war er fertig. Dann musste er nur noch an dem Seil zurück aufs Dach klettern, den Empfänger einschalten und durchs Treppenhaus verschwinden.

»Ich habe den Schatz gefunden – Treffen wenn möglich schon morgen.« Der Wortlaut der SMS, die Margrethe Franck am späten Nachmittag geschrieben hatte, geisterte ihm wieder durch den Kopf. Diese Nachricht hatte ihm den Tag gerettet und Hoffnung gemacht.

Er war gespannt, was sie herausgefunden hatte, und während er im Regen unter der Plane kauerte, hatte er sich die Zeit damit vertrieben, darüber nachzudenken, was für ein Schatz es wohl sein könnte. Es gab unzählige Möglichkeiten, aber er kannte Margrethe gut genug, um zu wissen, dass ihre Erfolgsmeldung sich auf etwas wirklich Entscheidendes bezog. Ob es tatsächlich der Durchbruch für ihre Ermittlungen war, würde er erst später in Mossmans Keller erfahren. Geduld gehörte zu seinen antrainierten Stärken.

Er zog den Schutzfilm von der vierten und letzten Wanze und klebte sie an eines der großen Wohnzimmerfenster. Er drückte noch einmal kräftig mit dem Daumen darauf, um sicherzugehen, dass sie auch wirklich fest saß, als er aus dem Augenwinkel registrierte, wie drinnen in der Wohnung eine Tür aufging. Noch in derselben Sekunde badete er im Licht.

55.

Auf dem Fliesenboden des Hotels stand eine graue Dokumentenkassette. Ein billiges Ding aus dünnem Blech, mit einem Schloss, das man sogar mit einem Zahnstocher hätte knacken können.

Eine stinknormale Box, wie sie viele Menschen ihr Leben lang mit sich herumschleppten, darunter auch ihr eigener Vater, und die für gewöhnlich mit genauso stinknormalen Sachen gefüllt waren – Pass, Taufschein, Zeugnisse, Schulfotos, Besitzurkunden und vielleicht noch ein oder zwei uralte Liebesbriefe.

Sigrid Ryttinger Bulbjergs Kiste hingegen war bis zum Rand mit Dynamit gefüllt.

Obwohl die Kassette elf Jahre lang ganz unten in einem Schrank in Blanca Luna Rodriguez' Keller versteckt gewesen war, war ihr Inhalt unverändert explosiv. Drei Sorten von Zündstoff befanden sich darin:

1. Eine Klarsichtmappe mit den alten Unterlagen aus dem Ferienhaus der Familie Ryttinger in Skagen. 2. Zwei Tagebücher, die Sigrid über all die Jahre einem einzigen Thema gewidmet hatte: dem Mord an ihrem Vater. 3. Zwei dicke Sammelmappen aus Pappe zum Aufbewahren loser Blätter.

In diesen beiden Mappen befand sich eine vollständige Dokumentation der privaten Nachforschungen, die Sigrid in Spanien begonnen hatte.

Margrethe griff nach der Thermoskanne, die ihr derselbe junge Mann noch spätabends aufs Zimmer gebracht hatte, der ihr auch das Abendessen serviert hatte, und schenkte sich einen Becher Kaffee ein.

Seit dem Nachmittag saß sie jetzt schon hier, völlig vertieft in den Inhalt der Kassette. Sie hetzte sich nicht, sondern ging Seite für Seite in chronologischer Reihenfolge durch. Die Zeit bis zu ihrer Abreise würde auf jeden Fall genügen, um sich einen Überblick zu verschaffen.

Es war eine emotionale Achterbahnfahrt für Blanca gewesen, als sie ihr die Kassette überreicht hatte – und gleichzeitig vielleicht auch eine Art Befreiung, diese schwere Last in andere Hände zu legen. Nicht dass das Wissen um diese Kiste die Chilenin gequält hätte. Oder dass die Kiste in den letzten elf Jahren eine besondere Rolle in ihrem Leben gespielt hätte. Aber sie hatte dort unten in dem dunklen Keller gestanden, Blanca immer wieder an den Verlust ihrer Freundin erinnert und sich mit der Zeit in eine Büchse der Pandora verwandelt. Denn würde irgendwann jemand kommen und sie öffnen? Und wenn ja … welche Folgen würde das nach sich ziehen?

Blanca hatte ihr erzählt, dass sie nach vier, fünf Jahren den Gedanken schließlich aufgegeben hatte, dass jemand – in erster Linie wohl die Schwester – bei ihr auftauchen und sie um die Kassette bitten würde. Und während die Kiste bei verschiedenen Aufräumaktionen im Keller immer weiter nach unten gewandert war, war sie auch allmählich in die hinterste Ecke ihres Gedächtnisses gerutscht.

In all den Jahren hatte Blanca sie nie geöffnet oder auch nur darüber nachgedacht, es zu tun, aber sie hatte Vorsorge dafür getroffen, dass ihre älteste Tochter die Dokumentenkassette in ihre Obhut nehmen sollte, falls sie selbst unerwartet verstarb.

Am Ende hatte Blanca Margrethes Gesicht in beide Hände genommen und sie mit Tränen in den Augen gebeten, Sigrid Gerechtigkeit zu verschaffen – wenn sich ihr Verdacht als richtig erweisen würde.

Margrethe hatte sich vor dem Hotel bei Jesús Molina bedankt, sich von ihm verabschiedet und sich dann sofort mit der Kiste unter dem Arm in ihr Zimmer zurückgezogen. Sie hatte sie mit dem kleinen, primitiven Schlüssel geöffnet, der mit einem Klebestreifen auf der Unterseite befestigt war, und umgehend angefangen zu lesen.

Jetzt war es 00:47 Uhr.

Ihr Körper war bis zum Anschlag voll mit Koffein, und an ihren Herzklappen sammelte sich wahrscheinlich schon der Kaffeesatz. Sie war kein bisschen müde. Sie fühlte sich ganz in ihrem Element. Sie hatte noch nicht den gesamten Inhalt gesichtet und auch noch keinen wasserdichten Beweis entdeckt. Aber sie hatte einen Zugang gefunden. Sie stand schon mittendrin – im Labyrinth der mächtigen dunklen Männer.

Endlich hatten sie konkrete Spuren. Namen. Verbindungen. Es gab Richtungen, die sie einschlagen konnten. Hatte es sich vorher noch angefühlt, als würden sie sich in völliger Dunkelheit vorwärtstasten, so hatte Sigrid Bulbjerg mit ihren Unterlagen nun ein Licht angeknipst, damit diejenigen, die ihr folgten, etwas sehen konnten.

Der komplette Inhalt der Kassette lag ausgebreitet vor Margrethe auf dem Boden, sorgfältig sortiert, genau wie neulich, als sie Sigrids Briefe in ihrem Wohnzimmer gesichtet hatte.

Sie trank einen Schluck Kaffee, unterbrach die Lektüre und rückte das Kissen hinter sich zurecht. Es war eine warme Nacht, und die dicken Mauern des Hotels strahlten die Hitze ab, die sie den ganzen Tag über gespeichert hatten. Sie saß auf dem Bett, in T-Shirt und Unterhose. Die Prothese lag am Fußende. Die restlichen Klamotten hatte sie irgendwann einfach ausgezogen und über den Stuhl geworfen.

Ihr Blick ruhte auf der unscheinbaren Dokumentenkassette, die so viele Jahre lang Sigrids Geheimnisse gehütet hatte, und rief sich ins Gedächtnis, was sie in den Unterlagen gelesen hatte, die Karl-Erik Ryttinger in seinem Ferienhaus versteckt hatte. Notizen zu Sitzungen und tagebuchartige Einträge, in denen er seine Gedanken schriftlich festgehalten hatte. Alles zu wenig und viel zu fragmentarisch, um sich ein umfassendes Bild von Ryttingers späten Jahren zu machen, doch genug, um einen wertvollen Einblick in seine Welt zu bekommen. Und auch genug, um zumindest eine Person endlich einordnen zu können: den verstorbenen Vitus Sander, der vor einem Jahr in einem Hospiz seinen letzten Atemzug getan hatte.

Eine Datierung reichte fast vierzig Jahre in die Vergangenheit zurück: »*Für mich als Mentor ist der heutige Tag ein denkwürdiges Datum, da ich Vitus Sander nach so langer Zeit endlich an den großen gemeinsamen Tisch bitten konnte. Sander ist ein herausragender Geschäftsmann in den Reihen der Jüngeren. Ihm steht eine maßgebende, mächtige Zukunft bevor, dessen bin ich mir sicher.*«

Ein weiterer Eintrag war deutlich jüngeren Datums: »*Mit großer Zufriedenheit notiere ich hier, dass Sander Tech A/S den größten Gewinn aller Zeiten erwirtschaftet hat. Ich bin stolz, einen Sitz im Vorstand zu haben, stolz auf Vitus, stolz auf Dänemark.*«

Den dritten und letzten Eintrag, in dem Vitus Sander erwähnt wurde, hatte Ryttinger nur wenige Monate vor seiner Ermordung gemacht: »*Vitus Sander war über so viele Jahre mein Freund. Habe ich ihn in Wahrheit ins Verderben geführt? Ich frage mich das immer und immer wieder … Denn so etwas tut man einem Freund nicht an. Ich bin unsicher. Ich werde schwächer, physisch und mental. Das Alter macht sich immer stärker bemerkbar. Und damit kommen auch die Zweifel – an Wichtigem und Unwichtigem, an meinem Wert, meinem Wirken und an meiner Urteilskraft in diesem irdischen Leben.*«

An keiner Stelle erwähnte Karl-Erik Ryttinger das Wort »Danehof«. Er schrieb von »unserem Kreis« oder »unserer Gesellschaft« oder »unseren Zirkel« – aber nie fiel dieses eine Wort, das später das letzte seines Lebens werden sollte. Geschrieben mit seinem eigenen Blut.

Hatte Ryttinger damals vielleicht schon gespürt, dass die Demenz sich allmählich ankündigte? Sicher war jedenfalls, dass er zum Zweifler geworden war. Einer von denen, die ein Sicherheitsrisiko für die mächtigen Männer darstellten.

Doch auch der Protegé dieses Zweiflers, Vitus Sander, war auf seine alten Tage skeptisch geworden. Und dann zum Verräter. Wahrscheinlich erst ganz zum Schluss, als er dem Tod schon ins Auge blicken konnte, aber dennoch …

Der krebskranke Vitus Sander hatte gewusst, dass der Danehof seinen alten Freund und Mentor Ryttinger vor vielen Jahren liquidiert hatte. Als er im Hospiz in Hvide Sande eines Tages Besuch von Malte Bulbjerg bekam und in seiner Person plötzlich Ryttingers Enkelsohn vor ihm stand, war der Moment gekommen, in dem er sein Gewissen erleichtern konnte, und das Puzzle war mit einem Mal komplett.

Malte Bulbjerg hatte endlich Gewissheit, und die jahrelangen Spekulationen über den Tod seines Großvaters hatten ein Ende. Gleichzeitig bestärkte es ihn in seiner Überzeugung, dass dieselben Kräfte für den Unfall seiner Eltern verantwortlich waren.

Bulbjerg hatte dieses Wissen nicht mehr nutzen können. Der Plan, den er mit Mossman ausgeheckt hatte, ging schief, und wenig später war der Museumsdirektor tot. Getroffen von einer tödlichen und geradezu schicksalhaften Kugel in einem Ferienhaus auf Tåsinge. Er hatte es nicht mehr geschafft, in die Rolle des Rächers zu schlüpfen. Und nun versuchte der pensionierte Mossman, den Staffelstab aufzuheben und ihr gemeinsam begonnenes Werk zu Ende zu bringen.

Zweifler, Verräter und Rächer.

So fügten sich die Dinge hier, in einem Hotelzimmer an der Costa del Sol, Stück für Stück zu einem Ganzen zusammen, aber es gab noch unendlich viele Glieder in der Beweiskette, die miteinander verbunden werden mussten. Um ins Zentrum des Labyrinths zu gelangen, wo Ost auf seinem Thron saß, waren noch unendlich viele Schritte zu gehen.

Doch jetzt kannte sie die Richtung.

Sie leerte den Becher, lehnte sich zurück und schloss die Augen. Der Inhalt der Kassette machte ihr Hoffnung, und die brauchte sie, genau wie Mossman. Aber am wichtigsten war diese Hoffnung für Niels Oxen. Ihre kurze SMS sollte sie wachsen lassen. Ihm Mut machen. Sie freute sich darauf, den beiden alles zu präsentieren.

Wo er wohl gerade war, Oxen? War die Hoffnung, die sie ihm geschickt hatte, bei ihm angekommen?

56.

Erst ging das Licht in der Küche an und gleich darauf im Wohnzimmer. Und dazwischen stand er. Gefangen hinter einem schmalen Vorhang. Außerstande, sich zu rühren. An das große Panoramafenster gepresst wie ein Wels, der an der Scheibe eines hell erleuchteten Aquariums klebte.

Villum Grund-Löwenberg, Leiter des Danehof Süd, war ganz unerwartet mitten in der Nacht nach Hause gekommen.

Oxen konnte sich nicht erinnern, eine Autotür gehört zu haben, während er die Mikrofone befestigt hatte. Ganz zu schweigen von Motorengeräuschen. Vielleicht war der Mann lautlos in die Tiefgarage gerollt?

Vorsichtig spähte er aus seinem Versteck in die Wohnung.

Der erfolgreiche Geschäftsmann zog gerade Mantel und Jackett aus, warf beides über eine Stuhllehne und öffnete den Kühlschrank. Dann stand er da, in weißem Hemd und grauer Hose, und inspizierte in aller Ruhe dessen Inhalt.

Oxen dagegen stand direkt hinter einem der hellen Vorhänge, der von der Decke bis zum Boden reichte und ihm auf einer Breite von etwa fünfzig Zentimetern Deckung bot. Allerdings nur dann, wenn Grund-Löwenberg nicht zu nah herankam und wenn sich nicht doch ein dunkler Schatten hinter dem dünnen Stoff abzeichnete.

Der Danehof-Leiter entschied sich für eine grüne Flasche, drehte den Deckel ab, nahm ein Glas aus einem der Oberschränke und schenkte sich ein. Vermutlich war es Weißwein. Dann ging er zur Fensterfront und schob die gläserne Schiebetür zur Terrasse auf.

Wenn Grund-Löwenberg jetzt auf die Idee kam, eine Runde um die Wohnung zu drehen, standen sie sich in ein paar Sekunden Auge in Auge gegenüber. Dann würde ihm nichts anderes übrig bleiben, als ihn umzubringen und ihre Operation damit zunichtezumachen. Der Danehof wäre sofort in höchster Alarmbereitschaft, wenn einer seiner drei Köpfe tot aufgefunden werden würde.

Oxen sah sich um. Das Kletterseil, das am Arbeitszimmer vom Dach herunterhing, war viel zu weit weg. Er hatte keine Möglichkeit zu fliehen. Selbst wenn er sich am Geländer einklinken würde, um sich frei schwebend nach unten hängen zu lassen, wäre er für Grund-Löwenberg leicht zu entdecken. Und wenn der Mann dann entschlossen genug wäre, könnte er ihn mit einem einzigen Messerschnitt sechs Stockwerke tief in den Tod stürzen lassen. Also musste er bleiben, wo er war.

Villum Grund-Löwenberg stand ganz vorn unter dem Dach, dort, wo er den Regen wahrscheinlich noch spüren konnte, aber trotzdem nicht nass wurde. Er zündete sich eine Zigarette an, nippte am Wein und starrte in die Nacht.

Als er die Zigarette zu Ende geraucht hatte, schnippte er die Kippe über das Geländer, kehrte nach drinnen zurück und holte sein Handy aus der Tasche des Jacketts. Er schenkte sich einen

Schluck Wein nach und ging wieder nach draußen. Kurz darauf ertönte die Stimme des Danehof-Leiters. Sie war für Oxen klar und deutlich zu hören.

»Ich bin es, Liebling. Ich dachte, du bist bestimmt noch wach. Ich bin einen Tag früher als geplant zurückgekommen. Mit dem letzten Flug aus Zürich. Wir haben den Vertrag unter Dach und Fach. Also, wenn wir nicht fünf bis sechs Prozent zulegen, sobald die Börse morgen öffnet, dann weiß ich auch nicht. Wie kommst du mit deinen Vorbereitungen voran?«

Am anderen Ende der Leitung konnte nur Kajsa Corfitzen sein.

»Unser Q2 wird großartig. Ich kenne jemanden, der sehr zufrieden sein wird, wenn wir die Halbjahresbilanz veröffentlichen. Aber bis dahin ist es noch ein weiter Weg. Was denkst du, wann du da sein wirst? Ich fliege morgen mit dem Heli nach Gram. Meine Mutter ist wieder krank, und mein Vater hat mich um ein Treffen gebeten. Er sagt, das Schloss braucht eine Generalüberholung. Ich verstehe das nicht. Na ja, ist auch egal, ich fliege jedenfalls morgen rüber und bleibe ein paar Tage. Passt das zu deinen Plänen? Wolltest du von hier aus weiter nach Nørlund?«

Er telefonierte also wirklich mit Kajsa Corfitzen. Die Nord-Süd-Allianz funktionierte offenbar weiterhin blendend. Genau hier hatte Franck auf dem Dach gelegen, ihr Handy abgeseilt und die körperliche Vereinigung der beiden Danehof-Leiter auf Video festgehalten. Das große weiße Ledersofa, auf dem sie es so heftig getrieben hatten, stand keine sechs Meter von ihm entfernt hinter der Scheibe. Er sah Kajsa immer noch vor sich …

Das Telefonat hatte offenbar keinen konkreten Anlass, aber die beiden würden sich in ein paar Tagen treffen. Wann genau, stand noch nicht fest. Wenig später verabschiedete Villum Grund-Löwenberg sich und schob das Handy in die Hosentasche. Dann zündete er sich die nächste Zigarette an und starrte weiter in den Regen und die Dunkelheit.

Erst als er mit der Zigarette fertig war, bewegte er sich wieder.

Er schnippte auch diese Kippe über das Geländer, drehte sich um, ging zurück in die Wohnung und schloss die Schiebetür. Er zog sein weißes Hemd aus, löschte das Licht im Wohnzimmer und verschwand mit nacktem Oberkörper im Flur.

Oxen wartete noch einen Moment, dann trat er aus seinem Versteck hinter dem Vorhang und holte ein paarmal tief Luft. Grund-Löwenberg war wahrscheinlich ins Bad gegangen, das sich auf der anderen Seite der Wohnung befand. Höchste Zeit, von hier zu verschwinden. Die Terrasse mit ihren fehlenden Fluchtmöglichkeiten wäre um ein Haar zu einer fatalen Falle geworden.

Kurz darauf schwang er bereits das rechte Bein über die Dachkante, zog sich das letzte Stück nach oben und konnte sich auf das Dach rollen.

Er packte seine Ausrüstung zusammen und kontrollierte ein letztes Mal den Empfänger, der geschützt in einer Plastiktüte steckte. Er hatte das kleine Kästchen diskret neben einem Lüftungsschacht platziert. Dort würde es jedes Wort, das in der Wohnung gesprochen wurde, aufnehmen und auf der Festplatte speichern.

Wahrscheinlich würde erst einmal nichts Besonderes passieren. Aber wenn Nord und Süd sich das nächste Mal trafen, dürfte es dafür umso interessanter werden.

Er ging ins Treppenhaus, zog leise die Tür zum Dach hinter sich zu, schlich sich vorsichtig nach unten und verließ das Haus durch dieselbe Eingangstür, durch die er vor fast siebzehn Stunden als Elektriker hereingekommen war.

Als er die Straße ein Stück entlanggegangen war, hielt er es nicht mehr aus. Er nahm sein Handy und tippte eine SMS an Margrethe Franck. Er war sich sicher, dass sie noch wach war. Seine Nachricht war kurz und knapp: *»Der Schatz?«*

Schon ein paar Meter weiter kam ihre Antwort. Er blieb einen Moment lang reglos stehen und starrte das Display an. Da stand nur ein einziges Wort:

»Kopparstierna.«

57.

Die Unruhe ließ einfach nicht nach. Inzwischen verfolgte sie ihn schon bis in den Schlaf. Ausgerechnet ihn, der normalerweise schlief wie ein Stein, ganz egal unter welchem Himmel.

Letzte Nacht hatte er sogar einen Albtraum gehabt – oder zumindest etwas völlig Abgedrehtes geträumt. Eine Hellseherin hätte jetzt wahrscheinlich die Augen aufgerissen und von einem bösen Omen gesprochen. Und säße er noch in diesem Drecksloch Haiti, hätte ihm wahrscheinlich eine dieser durchgeknallten Voodoo-Hexen angeboten, gegen die Zahlung eines kleinen Vermögens zu seinem Schutz Nadeln in eine Puppe zu bohren.

Er war nicht abergläubisch. Aber er hörte auf seinen Körper. Er vertraute seinem Instinkt, und er handelte danach.

Und auch wenn es ein Zeichen seiner geradezu kindischen Ungeduld war, wählte er jetzt die Telefonnummer. Es war später Nachmittag. Der Mann hatte einen ganzen Tag Zeit gehabt, den Finger aus dem Arsch zu ziehen.

»Hier ist John Smith. Haben Sie was gefunden?«

Der Mann am anderen Ende, Jimmy Marsh, der Polizist aus Runcorn, räusperte sich.

»Geben Sie mir fünf Minuten«, sagte die Fistelstimme und legte auf.

Er saß da und trommelte nervös mit den Fingern auf seinem Oberschenkel, während er die Minuten rückwärts zählte. Wahrscheinlich hatte er Marsh im Büro erwischt, und jetzt musste der Typ eben seinen trägen Hintern bewegen und sich einen Ort suchen, wo er ungestört telefonieren konnte. Und dafür brauchte er fünf Minuten?

Es dauerte fast acht Minuten, bis das Telefon klingelte. Die drei Extra-Minuten ärgerten ihn.

»Hier ist Marsh. Was wollen Sie?«

»Wie gesagt … Ich will wissen, ob Sie etwas haben.«

»Hören Sie. Ich hatte gerade mal einen Tag Zeit. So was kann dauern. Ich kann nicht zaubern. Ich nehme an, Sie haben auf dem Computer etwas entdeckt, weil es auf einmal so schnell gehen soll. Also glauben Sie, dass es Mord war?«

»Ich glaube gar nichts. Glauben können Sie von mir aus in der Kirche. In meiner Ausbildung habe ich gelernt, nur an eine einzige Sache zu glauben, und das sind *fucking* Fakten. Sie haben also nichts?«

»Doch … das heißt … Ich hätte lieber noch einen oder zwei Tage mehr darauf verwendet, aber Sie sind der Boss, also *all right*. Allerdings nur unter Vorbehalt, okay?«

»Okay. Schießen Sie los.«

»Sehen Sie, ich habe mit einer ganzen Reihe von Kollegen gesprochen, die alle irgendwann an dem Fall dran waren. Eine meiner Kolleginnen, Suzy, hatte in einer anderen Sache mal mit einem unserer Stammkunden hier zu tun. Ein älterer Schwarzer, den wir alle nur James Brown nennen, weil er ihm irgendwie ähnlich sieht. Also diesem Sänger, der vor ein paar Jahren gestorben ist, der mit ›*I feel good …*‹.«

»Mich interessiert es einen Scheißdreck, wie der Kerl aussieht!«

»Also, jedenfalls hatte Suzy diesen James Brown am Kragen, wegen Ruhestörung und einer kaputten Schaufensterscheibe. Der Typ war sturzbetrunken und hat versucht, sich rauszureden. Er hat behauptet, eine verdächtige Person unten am Fluss gesehen zu haben. Einen großen Mann mit einer schwarzen Kappe. James Brown hat in der Nacht, in der Alistair MacDuff gestorben ist, angeblich unter der Millennium Bridge gesessen und gesoffen und dabei beobachtet, wie dieser Kerl aus MacDuffs Haus gekommen ist. Die beiden kannten sich wohl ziemlich gut.«

»Ein großer Mann mit einer schwarzen Kappe?«

»Yep.«

»Und das hat Ihre Kollegin für sich behalten?«

»Tja, ich hätte es genauso gemacht. James Brown ist ein Idiot. Er sorgt ständig für Ärger. Und er lügt wie gedruckt. Deshalb.«

»Selbst wenn das stimmen sollte … Die Welt ist voll von Männern mit schwarzen Kappen. Und was …?«

»Das ist noch nicht alles. In derselben Nacht, um 00:17 Uhr, ist ein großer Mann mit schwarzer Kappe im Warteraum des Bahnhofs aufgetaucht. Wir überwachen nicht umsonst alles in diesem Land. Um Punkt 00:25 Uhr ist er an Gleis 2 in den letzten Zug von Runcorn nach Liverpool gestiegen.«

»Verdammt! Und sein Gesicht?«

»*Nope* … Er hatte die Kappe in die Stirn gezogen, auf den Überwachungskameras haben wir das Gesicht nicht drauf.«

»Verfluchter Mist!«

»Ich habe mir auch die restlichen Aufzeichnungen Tages angesehen. Derselbe Mann ist um 15:08 Uhr in Runcorn angekommen. Auch da hatte er die Kappe tief im Gesicht, aber wenn Sie wollen, kann ich Ihnen trotzdem eine Mail mit den Standbildern schicken.«

»Ja, gut. Am besten gleich. Ich will ihn mir auf jeden Fall anschauen, auch wenn es wahrscheinlich nichts bringt. Ich will, dass Sie rausfinden, wo der Mann ausgestiegen ist und ob er dort immer noch die Kappe aufhatte. Vielleicht ist da ja ein besseres Foto zu holen?«

»Genau deshalb hätte ich gern einen oder zwei Tage mehr Zeit gehabt. Ich nehme an, dass er wahrscheinlich in Liverpool ausgestiegen ist. Und es ist unmöglich, sich im Liverpooler Bahnhof am Hintern zu kratzen, ohne dass wir sehen können, mit welchem Finger. Aber das muss alles organisiert werden. Mein Kollege im Hauptquartier muss erst rübergehen und sich nett und höflich mit seinen Kontaktleuten unterhalten, bevor wir an die Aufnahmen herankommen.«

»Und worauf warten Sie dann noch?«

»Ich bin schon dabei. Schwarze Kappe hin oder her, es kann eine Menge Gründe für so einen Ausflug geben. Ist ja nicht gesagt, dass …«

»Geben Sie mir ein Gesicht. Ich sage Ihnen dann schon, ob es relevant ist oder nicht. Aber ansonsten … Gute Arbeit, Marsh. Wirklich gute Arbeit. Rufen Sie mich sofort an, wenn Sie ihn gefunden haben. Hmm, sagen wir fünfhundert extra, wenn Sie es heute noch schaffen.«

Er legte auf, schaltete seinen Laptop ein und ging in die Küche, um sich einen Becher mit Pulverkaffee aufzugießen. Erfreulich unkompliziert und trotzdem wohlschmeckend – und ganz ohne versnobten Kaffeetrottel, der einem idiotische Fragen stellte.

Als er sich wieder vor den Computer setzte, war die E-Mail von Marsh schon angekommen. Im Anhang befanden sich vier Fotos. Er öffnete sie.

Die Bilder waren fast identisch. Der größte Unterschied war der Uhrzeitstempel am Rand.

Zu sehen war ein großer schlanker Mann in dunkler Kleidung, gewöhnlichen Alltagsklamotten. Er trug eine schwarze Kappe, die er tief in die Stirn gezogen hatte. Außer dem Ohr war nur ein kleiner Teil der Wange und des Kinns zu erkennen. Foto Nummer zwei sah nahezu gleich aus, der Mann war nur etwas näher an der Kamera. Die Bilder drei und vier zeigten ihn von hinten. Kurze Haare, schlanker Nacken, breitschultrig, aber nicht übermäßig muskulös.

Er trank einen Schluck Kaffee, ohne den Blick von den Fotos zu lösen, die er nebeneinander auf dem Bildschirm geöffnet hatte. Seine Augen huschten fieberhaft hin und her. Nacheinander konzentrierte er sich auf jedem Bild auf die gleichen Details. Der Typ war keins von diesen Kraftpaketen, die herumliefen, als hätten sie Rasierklingen unter den Armen. Im Gegenteil. Womöglich war er sogar total untrainiert.

Er trank noch einen Schluck und schaute aus dem Fenster. Tatsächlich konnte es ein ganz normaler Mann mit schwarzer Kappe sein, der aus einem vollkommen legitimen Grund in Runcorn gewesen war. Das ließ sich nicht ausschließen.

Er blieb sitzen und konzentrierte sich noch einmal auf die Bilder. Der Mann war ein Weißer. Die Kappe schwarz. Das waren unwiderlegbare Tatsachen. Oder etwa nicht? Exakt dasselbe traf auch auf den Mann zu, der Alistair MacDuffs Tochter in Ormskirk angequatscht hatte.

Weißer Mann. Schwarze Kappe.

Das *war* er. Das *musste* er sein. Diese Hampelmänner in Liverpool sollten endlich Gas geben. Er brauchte ein Gesicht. Und zwar jetzt. Sofort.

58.

»Kopparstierna«? Ein großer schwedischer Name, in Dänemark auch bekannt unter »Kobberstjerne«. Seit er die SMS von Margrethe bekommen hatte, hatte er sich den Kopf darüber zerbrochen und versucht, mit logischen Schlüssen auf des Rätsels Lösung zu kommen.

Aber es war ihm nicht gelungen. Ihm war nichts anderes übrig geblieben, als sich in Geduld zu üben. Mossman war es wohl ebenso ergangen. Jetzt saß der ehemalige PET-Chef vollkommen still neben ihm und hörte konzentriert zu.

Sie befanden sich alle drei in Mossmans Keller. Es war später Abend.

Margrethe Franck erstattete gerade Bericht über ihre Erlebnisse in Fuengirola. Man merkte ihr an, dass sie reichlich Routine darin hatte, andere zu briefen. Sie arbeitete sich chronologisch vor und hielt sich nicht lang an unwichtigen Details auf. Gleich würde sie auf Kopparstierna zu sprechen kommen. Er kannte nur einen mit diesem Namen, und es fiel ihm schwer, einen Zusammenhang herzustellen.

Franck hatte von dem Desaster mit dem Regenbogen und dem Jasmin erzählt, von einem toten Gärtner, seiner Witwe und einer chilenischen Putzfrau mit Universitätsabschluss. Alles präzise zusammengefasst, aber erst als Blanca zu *Blanca Luna* wurde – zu Sigrids »weißem Mond« –, fing es an, wirklich spannend zu werden.

Der Schatz hatte in einer billigen grauen Blechkassette gesteckt. Margrethe Franck hatte den Inhalt in stundenlanger Kleinarbeit geradezu seziert.

Sie war zu dem Schluss gekommen, dass Sigrid Ryttinger Bulbjergs Tagebücher eher bedeutungslos waren. Die Dänin hatte sich darin vor allem ihr Gefühlsleben von der Seele geschrieben. Und ihre Gedanken, ihre Wehmut und die Verbitterung darüber, den eigenen Vater auf diese Weise verloren zu haben. Innere Zwiegespräche über ihren Wunsch, einen Schuldigen zu finden, und das drängende Gefühl, dazu verpflichtet zu sein. Die Tagebücher waren ein Spiegel ihrer Stimmungen.

Die fragmentarische Sammlung aus Ryttingers Ferienhaus ordnete Vitus Sander eindeutig in den Handlungsverlauf ein, aber abgesehen davon gaben auch diese Unterlagen nicht viel her. Gut möglich, dass Ryttinger eigentlich beabsichtigt hatte, alles wieder mit zurück nach Kopenhagen zu nehmen.

»Eine außerordentlich wichtige Information habe ich in den Unterlagen dann aber doch noch entdeckt«, sagte Margrethe Franck und legte eine Kunstpause ein.

Oxen und Mossman sahen sie aufmerksam an. Sie ließ sich Zeit und trank noch einen Schluck Kaffee. Und dann präsentierte sie ihren Fund:

»Die Information steht in einem Tagebucheintrag. Es ist das Blatt mit dem ältesten Datum in der ganzen Sammlung. Es stammt aus der Zeit, als Ryttinger am Höhepunkt seines unternehmerischen Erfolgs war. Er war achtundfünfzig, als er Folgendes schrieb: ›*Welch ein Triumph für einen gestandenen Mann wie mich … sich eine solche Kapazität für unseren Vorstand zu sichern! Am heutigen Tag habe ich das Ja von Knud Klint Kopparstierna bekommen. Er wird zum Jahreswechsel in den Vorstand von* Ryttinger

Eisen *eintreten. Auch wenn wir hier von zwei völlig verschiedenen Branchen reden, wird es ein unbezahlbarer Gewinn sein, ihn an Bord zu haben. Noch nie ist mir ein Mensch begegnet, der auch nur annähernd so vorausschauend und intelligent war. Schon jetzt erkenne ich die Größe in seinem Tun. Eines Tages wird er der wichtigste Mann dieses Landes sein, daran habe ich nicht den geringsten Zweifel. Einige Kräfte in unserem Kreis haben KKK bereits fest im Blick. Und hier spreche ich von einem Platz auf dem Berg und nicht im Tal. Und nun, da ich so eng mit ihm zusammenarbeiten werde, hat man mir eine ganz besondere Rolle zugedacht, was die Bemühungen betrifft, KKK zu überzeugen.*‹

Mehr steht nicht über Knud Klint Kopparstierna in Ryttingers Aufzeichnungen. Kein einziger weiterer Buchstabe … Aber dafür findet sich umso mehr in dem Material, das Sigrid bei ihren Nachforschungen zusammengetragen hat. Ich komme gleich darauf zu sprechen. Wer Kopparstierna war, muss ich in dieser Runde nicht erklären, oder?«

Er schüttelte den Kopf. Mossman auch. Knud Klint Kopparstierna war eine Legende in der dänischen Wirtschaft. In einer Reihe mit Mærsk Mc-Kinney Møller, dem Reeder und Großindustriellen. Beide waren lange tot und begraben. Niemand schien auch nur im Entferntesten das Potenzial dieser Schwergewichte zu haben. Nicht einmal Villum Grund-Löwenberg.

Inzwischen war *Kobberstjerne Pharma International* ein riesiger, ertragreicher Konzern, der vor allem Insulin und Antidepressiva produzierte. Zwei solide Standbeine, die Milliarden und Abermilliarden Kronen abwarfen. So viel wusste er, nur warum …?

»Als Ryttinger das geschrieben hat, hätte er sich wahrscheinlich trotzdem nicht träumen lassen, was Knud Klint Kopparstierna wirklich erreichen würde. Heute kann *Kobberstjerne Pharma* ganz allein die Richtung des dänischen Leitindex bestimmen.

Steigt der Kurs dieser Firma, kann das die gesamte C20 nach oben ziehen«, sagte Franck.

Er meldete sich. Es gab ein paar Dinge, die ihm nicht ganz klar waren.

»Der Nachname ist schwedisch, aber der Name der Gesellschaft ist dänisch. Wie kommt das?«

»Okay, ich erkläre das schnell, bevor ich weitermache. Knud Klint war durch und durch Däne. Dann heiratete er in ein altes schwedisches Adelsgeschlecht ein, die Familie Kopparstierna. Seine Ehefrau Barbro war um einiges jünger als er und erfreut sich nach wie vor bester Gesundheit. Kopparstierna selbst ist schon mit zweiundfünfzig an einem Herzinfarkt gestorben. Der Firmenname ist dänisch, weil die Firma hier in Dänemark gegründet wurde und der Hauptsitz schon immer in Dänemark war. Da ihr Startkapital aber aus dem Vermögen der schwedischen Familie stammte, entschied man sich, das bei der Namensgebung zu berücksichtigen. Das hat Knud Klint selbst einmal in einem Interview erklärt. Die Firma wird übrigens von einer Stiftung verwaltet – dem *Kopparstierna Fonds.* Hier hat man sich beim Namen also für die schwedische Variante entschieden, obwohl die Stiftung in Dänemark registriert ist und ihren Sitz in Kopenhagen hat. Sie haben damals einmal persönlich mit Knud Klint Kopparstierna gesprochen, nicht wahr, Axel?«

Franck sah ihren ehemaligen Chef an, der das Gesicht in Falten gelegt hatte und ganz in Gedanken versunken zu sein schien.

»Kopparstierna …«, sagte er langsam. »Wollen Sie damit andeuten, dass …?«

Sie schüttelte den Kopf.

»Nein, ich deute gar nichts an. Noch nicht. Ich bin ja noch nicht bei meiner Schlussfolgerung angelangt, aber erzählen Sie Niels von diesem Gespräch. Er weiß nichts davon. Das ist ein wichtiges Detail.«

»Natürlich … Nun, ich habe Knud Klint Kopparstierna seinerzeit verhört. Irgendwo in dem Berg von Unterlagen über den Ryttinger-Fall, die ich Margrethe mitgegeben habe, befindet sich das Protokoll. Wir haben damals sämtliche Vorstandsmitglieder befragt, oder besser gesagt … ich habe Gespräche mit ihnen geführt. Ich wollte herausfinden, ob wir es mit einem äußeren Feind zu tun hatten oder mit einem inneren, in diesem Fall aus den Reihen von *Ryttinger Eisen.* Knud Klint war einer dieser Menschen, die man nie vergisst. Und, herrje, was war ich damals grün hinter den Ohren! Dieser Mann strahlte eine ganz besondere Autorität aus. Nicht etwa durch ein harsches Auftreten. Eher im Gegenteil. Er war freundlich und bedacht. Eine Klasse für sich … Wie Sie wissen, haben die Befragungen nichts ergeben. Ryttinger hatte Knud Klint Kopparstierna immer wieder bekniet, dass er in den Vorstand eintreten soll, und am Ende hat er zugestimmt. Das wurde mir von mehreren Seiten bestätigt.«

»Korrekt«, klinkte sich Franck wieder ein. »Aber zurück zu Sigrid … Der wichtigste Fund in der Dokumentenkassette sind Sigrids private Nachforschungen. Sie hat Kontakt zu den Vorstandsmitgliedern der Firma ihres Vaters aufgenommen. Also zu denen, die noch lebten. Schon damals waren das ältere Männer, sie sind inzwischen alle verstorben. Außerdem traf sie sich mit einigen anderen bedeutenden Persönlichkeiten. Vor gut elf Jahren – und zwar am 20. November – wandte Sigrid sich mit einem Brief an den *Kopparstierna Fonds* und bat um ein Gespräch. Ein paar Tage später erhielt sie Antwort von der Witwe, Barbro Kopparstierna. Barbro willigte in ein Treffen mit Sigrid ein. Es fand am 8. Dezember statt. Dieses Gespräch war das Letzte, was Sigrid bei ihren Nachforschungen erreichen konnte. Sie starb am 26. Dezember auf der Autobahn.«

Margrethe Franck schwieg. Es war ganz still im Keller. Er schaute zu Axel Mossman hinüber, der auf seinem Stuhl saß und seine Handflächen anstarrte.

»Hm, Sigrid besucht also Kopparstierna, und achtzehn Tage später ist sie tot.«

Mossman brummte seine Hände an. Dann hob er auf einmal den Kopf, sah zu Franck und fragte:

»Worüber wollte sie mit Barbro Kopparstierna sprechen? Hat sie das irgendwo erwähnt? Und haben die beiden sich eher … inoffiziell getroffen?«

»Nein, das Treffen fand in den Räumen der Stiftung statt, in der Havnegade. Sigrids Vorwand war … Moment …«

Franck blätterte in ihren Notizen, bis sie den richtigen Zettel gefunden hatte, und las vor:

»›*… und nun, im Herbst meines Lebens, versuche ich, die Puzzleteile zusammenzutragen, die mir im Zusammenhang mit dem Mord an meinem Vater fehlen. Ich tue dies, um meinen Frieden zu finden, aber auch für meine Schwester und in Gedanken an die Nachwelt. Deshalb bitte ich alle, die meinem Vater nahestanden, um ein Gespräch. Auf Ihren Mann traf das meines Wissens in ganz besonderem Maße zu. (Wie Sie sich vielleicht erinnern, war Ihr Mann zu jener Zeit im Vorstand des Konzerns meines Vaters.)*‹«

Franck legte das Blatt beiseite und setzte ihren Bericht fort.

»Natürlich ist das nicht alles, aber das war ihre wichtigste Begründung. Sigrid hat das gesamte Gespräch heimlich aufgenommen. Die Abschrift füllt etliche DIN-A4-Seiten, aber soweit ich es beurteilen kann, ist nichts davon für uns von Bedeutung. Es handelt sich größtenteils um eine höfliche Konversation, und Barbro Kopparstierna scheint wirklich keine Ahnung gehabt zu haben, was ihr Mann tatsächlich über Ryttinger dachte. Für mich klingt Barbro glaubwürdig. Ihr Bruder, Sixten Kopparstierna, war bei dem Gespräch ebenfalls anwesend.«

»Wieso? Und wer ist er?«

Er platzte mit seiner Frage einfach heraus. Er wusste von der Witwe und auch, dass sie offenbar sehr zurückgezogen lebte – aber von einem Bruder hatte er noch nie gehört.

»Sixten, *well* …«

Axel Mossman nickte. Der Name schien ihm nicht neu zu sein.

Franck fuhr fort. Sie lief wie eine gut geölte Maschine, obwohl sie nonstop gearbeitet haben musste. Vermutlich noch auf dem Heimflug. Aber man sah es ihr nicht an.

Sie war am späten Nachmittag gelandet. Den Inhalt der Kassette zu sichten war zeitraubend gewesen, aber irgendwie hatte sie es trotzdem geschafft, noch zusätzliche Recherchen anzustellen.

»Sixten Kopparstierna ist ein renommierter Jurist«, erklärte sie. »Er ist sechsundsechzig, Barbro siebzig. Sixten hatte eine erfolgreiche Anwaltskanzlei, mit Niederlassungen in sämtlichen nordischen Hauptstädten. Er hat sie für eine gigantische Summe verkauft und ist heute hauptsächlich als Berater für seine Schwester tätig. Allen zugänglichen Quellen nach zu urteilen ist er es, der die wichtigen Entscheidungen des *Kopparstierna Fonds* trifft. Er genießt das absolute Vertrauen seiner Schwester und lebt genauso diskret wie sie. Sie scheut jegliche mediale Aufmerksamkeit. Er ebenfalls. Ich habe nur zwei uralte Interviews gefunden, die aus der Zeit stammen, als er die Kanzlei noch hatte. Ich werde den letzten Teil meines Berichts jetzt nur kurz zusammengefasst wiedergeben und dann zum Ergebnis meiner Analyse kommen«, sagte Franck, die merkte, wie jede noch so kleine Information zu neuen Spekulationen bei ihren Zuhörern führte und die Atmosphäre im Keller auflud.

Sie nickten beide. Franck schenkte sich Kaffee nach.

»Ich habe in den letzten zwei Tagen ungefähr einen Hektoliter Kaffee in mich hineingekippt«, sagte sie, ohne eine Miene zu verziehen. Sie stand auf und trat einen Schritt zur Seite. Sie hatte eine Reihe neuer Blätter in die Hand genommen.

»Sigrid hat einen klugen Gedanken in ihren Tagebüchern geäußert«, sagte sie und las vor: »›*Erst lange nach Vaters Tod, als wir die Unterlagen in Skagen fanden, wurde mir klar, dass sein Mörder bei dem Einbruch natürlich doch mehr als nur ein paar Kleinigkeiten gestohlen haben musste. Man versteckt nicht einzelne Seiten eines Tagebuchs oder Notizhefte, wenn man nicht auch sonst regelmäßig Tagebuch führt. Wir wussten es nicht, aber natürlich hat Vater das getan. Er schrieb alles auf, was ihm wichtig und interessant erschien. Und doch sind wir nie über diese Aufzeichnungen gestolpert – warum nicht? Weil der Täter sie vor uns gefunden und mitgenommen hat.*›«

Franck hielt inne und lehnte sich an die Wand. Sigrid hatte recht, und Mossman war entschuldigt – wie hätte er etwas suchen sollen, von dessen Existenz niemand etwas ahnte?

»Also«, sagte Franck, »wir haben Ryttinger, der anfängt, alles infrage zu stellen. Wir haben den Danehof, der beschließt, ihn zu liquidieren. Und wir haben eine Notiz älteren Datums, in der Ryttinger schreibt, dass Knud Klint Kopparstierna für ihren ›Kreis‹ angeworben werden sollte – und zwar nicht für irgendeinen Posten am unteren Ende, sondern für einen Platz ganz weit oben. Ja, und so kam es dann wohl auch. Es ist nur logisch, dass Ryttinger diese Dinge aufgeschrieben hat. Er hielt fest, welche Rolle er selbst dabei spielen sollte, um den Mann ins Boot zu holen, der dazu ausersehen war, der oberste Leiter zu werden, Leiter des Danehof Ost: Knud Klint Kopparstierna. Ein Mann, der immer erfolgreicher wurde – und sein volles Potenzial dann doch nie entfalten konnte, weil ihn ein früher Tod ereilte. Wobei man wirklich sagen muss, dass sein Werk, sein Konzern, das trotzdem getan hat und immer noch tut.«

Franck nahm schnell noch einen Schluck Kaffee und redete sofort weiter, als wollte sie nicht riskieren, unterbrochen zu werden.

»Das ist nicht *meine* Schlussfolgerung, sondern Sigrids. Sie schreibt an einer Stelle: ›*Wer sonst sollte auf dem höchsten Stuhl sitzen, wenn nicht die bedeutendste Wirtschaftsmacht des Landes,* Kobberstjerne Pharma International A/S?‹ Sie hat zahlreiche Menschen während ihrer Nachforschungen befragt, bevor sie sich schließlich dazu entschloss, auch dieser Macht gegenüberzutreten: Barbro Kopparstierna. Aber eine Historikerin wie Sigrid belässt es nicht dabei. Sie sieht Zusammenhänge, und sie erkennt, welche Perspektiven sich daraus ergeben. Denn wer könnte die Leitung des Danehof übernommen haben, *nachdem* der Gründer des Großkonzerns so plötzlich verstorben war? Wer hatte das Format, die Lücke zu füllen, die Knud Klint Kopparstierna hinterlassen hatte? Eine Frau? *Seine* Frau Barbro? Nein, das kam Sigrid unwahrscheinlich vor. ›*Es entspricht nicht Barbros Wesen. Sie ist kein Machtmensch*‹, schreibt sie irgendwo. Stattdessen richtete Sigrid ihr Augenmerk auf den Bruder, Sixten, der auch damals schon als Berater für die Stiftung fungierte. Sie befasste sich sogar mit der Geschichte der Familie. Das Adelsgeschlecht der Kopparstierna besteht nämlich aus zwei Zweigen, einem schwedischen und einem dänischen. Der dänische Zweig, Kobberstjerne, gehörte eine Weile zu den einflussreichsten Familien des Landes.«

Margrethe Franck blätterte in ihren Unterlagen und fand die richtige Notiz.

»Auch hier hat Sigrid ganze Arbeit geleistet. Ich habe mir nur ein paar zentrale Punkte herausgeschrieben. Peder Nielsen Kobberstierne war in den 1340er-Jahren als Marschall von Valdemar IV. Atterdag einer der mächtigsten Männer des Königreichs. Diesen Einfluss konnte das Geschlecht über mehrere Jahrhunderte aufrechterhalten. Die Kobberstiernes wurden Reichsräte, Reichsmarschalle oder Hofmeister. Einer von ihnen diente als schwedischer Hofmeister unter König Karl VIII. Knutsson. Ein weiterer Kobberstierne wurde Statthalter in Norwegen und ein dritter Bischof. Das Adelsgeschlecht galt als eines der mächtigsten und reichsten des Landes, bis die dänische Linie 1729 ausstarb, während sich der schwedische Zweig bis heute bester Gesundheit erfreut. Claes Kopparstierna, der mit dem Abbau von Eisenerz in Nordschweden ein Vermögen gemacht hat, war Barbros und Sixtens Vater. Einige der Kopparstiernas sind heute bekannte

Persönlichkeiten, andere leben völlig anonym. Für Sigrid bedeutete diese historische Dimension, dass es offenbar eine Wurzel gab, die bis zum mittelalterlichen Parlament des Danehof in Nyborg zurückreichte – auch wenn sie einräumt, dass das kein echter Beweis ist.«

Franck hielt inne und trat an die Landkarte, die an Mossmans überdimensionierter Pinnwand hing. Sie zog eine der roten Stecknadeln heraus, mit denen die vielen Güter, Herrenhöfe und Schlösser markiert waren, und steckte sie auf der Höhe von Kopenhagen neben der Karte in die Wand.

»Hier«, sagte sie und sah ihn und Mossman nacheinander an. »Ungefähr hier in Schonen, fünfzehn Kilometer östlich von Malmö, befindet sich Torups Slott, das Schloss der Kopparstiernas. Es war über viele Generationen in Familienbesitz, bis es in der Mitte des 19. Jahrhunderts aus wirtschaftlichen Gründen verkauft wurde. Barbros und Sixtens Vater kaufte es 1956 zurück, und heute gehört es Sixten. Die Hälfte der Zeit wohnt er in einer großen Altbauwohnung in der Stormgade in Kopenhagen, den Rest verbringt er auf seinem Schloss und sieht dort nach dem Rechten. Für Sigrid war das ein Detail ohne größere Bedeutung. Sie wusste nicht, was wir wissen: dass die Leitung des Danehof an ganz ähnliche Besitztümer gebunden ist – Nørlund Slot in Nordjütland und Gram Slot in Südjütland. Wenn man bedenkt, dass Schonen bis 1685 zu Dänemark gehörte, ergibt das Ganze eine geradezu höhere symbolische Einheit: ein Kopparstierna am Tischende des Danehof …«

Margrethe Franck holte ein paarmal tief Luft und beendete ihren Vortrag mit einem Seufzen.

»Das war alles … Und langsam merke ich auch, dass ich seit mehr als vierundzwanzig Stunden auf den Beinen bin. Ist noch Kaffee da?«

59.

Er hatte den ganzen Abend nichts mehr gehört. In einer halben Stunde war Mitternacht, dann war der Tag vorbei. Er lag ausgestreckt auf dem Sofa, und in der Flimmerkiste lief ein Rugbyspiel. Aussies gegen Kiwis, *Wallabies* gegen *All Blacks,* am anderen Ende der Welt.

Anders als sonst verfolgte er das Spiel nur halbherzig. Der Grund dafür leuchtete ihm gut sichtbar auf seinem Computerbildschirm entgegen: vier Fotos, die einen Mann mit schwarzer Kappe zeigten.

Den ganzen Tag war er rastlos wie ein Tiger im Käfig auf und ab gewandert. Er hatte nichts von dem erledigt, was er hätte erledigen müssen. Er hatte den Staubsauger zwar aus der Kammer geholt, aber jetzt stand er immer noch im Flur, und auch der Berg Schmutzwäsche lag unberührt auf dem Fußboden im Schlafzimmer.

Dann endlich ertönte das diskrete Klingeln seines Handys auf dem Couchtisch. Eine SMS. »*Neue Bilder – diesmal mit Gesicht. Kommen per E-Mail in der nächsten Viertelstunde. Der Tag ist noch nicht um. Die 500 sind fällig. Okay? Marsh.*«

Er antwortete umgehend. »Okay.«

Der Idiot und sein Kumpel hatten es tatsächlich geschafft. Anscheinend hatte sein Bonus-Angebot ihnen doch noch Feuer unter dem Hintern gemacht. In der nächsten Viertelstunde? Marsh hatte recht – das war immer noch vor Mitternacht, aber hart an der Deadline. Die fünfhundert Pfund waren es ihm trotzdem wert.

Er sprang vom Sofa auf und ging in die Küche, um Kaffeewasser aufzusetzen. Wenn sein Bauchgefühl ihn nicht täuschte, würde er heute Nacht sowieso nicht schlafen können. Irgendwer da draußen stellte eine Bedrohung für ihn dar. Und mit seinem Gesicht würden die Spekulationen erst richtig losgehen.

Er setzte sich mit dem Kaffee an den Computer und stoppte die Zeit. Die Minuten krochen dahin. Eine Viertelstunde hieß fünfzehn Minuten und keine Sekunde mehr.

Er starrte auf den Posteingang. Dann fing er an, alle zwanzig, dreißig Sekunden auf »Aktualisieren« zu klicken. Nichts. Er klickte und klickte.

Nach dreizehn endlosen Minuten trudelte die E-Mail von Marsh ein. Er brauchte nicht einmal eine Sekunde, um sie zu öffnen.

Die Nachricht war kurz: *»Es gab mehrere Bilder, aufgenommen in der Liverpool Lime Street Station, aber alle ohne Gesicht. Wir haben ihn dann draußen gefunden. Vier Fotos im Anhang, an der Kreuzung Lime Street/Ranelagh Street. Mit Gesicht. Bessere gibt es nicht. Marsh.«*

Er spürte ein nervöses Kribbeln in der Magengegend, als er mit einem Mausklick erst das eine und dann der Reihe nach alle anderen öffnete, bis er die vier Bilder nebeneinander auf dem Bildschirm hatte.

Foto drei … das Gesicht …

Das konnte nicht … Nein! Das war absolut unmöglich. Was er da vor sich sah, war ein Phantom. Ein *fucking* Gespenst. Nein. Das war er nicht, niemals.

Er rieb sich die Augen. Bild Nummer drei war das beste. Kinn, Unterkiefer, Wangenknochen, Nase, Stirn … Dieser Mann sah aus wie der dänische Kriegsveteran, den er höchstpersönlich vor der schwedischen Küste mit einer Granate zur Hölle geschickt hatte … Dieser Mann hier war Niels Oxen. Ausgerechnet. Aber wie war das möglich?

Sein Blick wanderte zurück zu Bild eins. Der Mann stand auf dem Bürgersteig und schaute leicht nach oben. Auf Bild zwei griff seine Hand nach der Kappe, und ein Teil seines Gesichts war zu erkennen, auf Bild drei war die Kappe verschwunden, und nur ein kleines Stück seines Unterarms war noch im Weg. Es sah aus, als würde er sich mit dem Ärmel über die Stirn wischen. Auf Bild vier setzte der Mann die Kappe gerade wieder auf.

Er vergrößerte die Aufnahmen. Zoomte noch näher heran.

Dann wieder zurück. Er war sich zu achtzig, nein, zu neunzig Prozent sicher. Der Kerl auf dem Bürgersteig war Niels Oxen.

Seine Gedanken wirbelten durcheinander. Er wurde gejagt. Oxen kreiste ihn ein wie ein Jäger seine Beute. Bei Alistair MacDuff hatte er angefangen, und von dort tastete er sich weiter vorwärts. Mit den Fotos aus Niger und Bukarest in der Hand versuchte Oxen, seine Fährte aufzunehmen. Schritt für Schritt. Er war ein Elitesoldat. Er war gut. Er war irgendwo da draußen, zäh und geduldig. Der Däne brauchte ihn, und er brauchte ihn lebendig, um seine Unschuld zu beweisen.

Er kniff die Augen fest zusammen, aber die Bilder des Dänen flackerten trotzdem hinter seinen Lidern.

Das war eine absolute Katastrophe. Die größte Niederlage aller Zeiten. Er konnte sich unmöglich an seinen Vertragspartner wenden. Wenn das herauskam, war er erledigt. Abgesehen davon konnte er ihn sowieso nicht kontaktieren. Es gab keine Telefonnummer, keine E-Mail-Adresse, keinen Notfallplan. Die Kommunikation lief immer nur in eine Richtung. Über den grauen Nielsen mit der Goldrandbrille.

Mit einem Ruck stand er auf und wanderte hin und her, zum Fenster, zum Küchenfenster und wieder zurück. Er zog die Vorhänge zu. Draußen war es dunkel. Und vielleicht waren da draußen auch Augen, die ihn jetzt gerade beobachteten.

Es gab nur eine einzige Lösung für dieses unerwartete Problem.

Er musste einen schnellen Gegenangriff starten. Er musste Niels Oxen liquidieren. Ein für alle Mal sicherstellen, dass dieses Gespenst ihn nie wieder heimsuchen würde.

60.

Die Furchen auf Mossmans Stirn waren tiefer denn je. Seit er so wahnsinnig abgenommen hatte, hingen die Falten wirklich wie ein Raffrollo in seinem Gesicht. Ein großer, nachdenklicher Bluthund, dessen Miene im Moment wie versteinert war.

Sein Blick wanderte von Mossman weiter zu Margrethe Franck. Sie lehnte immer noch an der Wand. Sie schwieg. Sobald sie ihre Zusammenfassung beendet hatte, war ein dunkler Schatten über ihr Gesicht gezogen. Sie hatte tiefe Ringe unter den eben noch glänzenden Augen, und in Sekundenschnelle hatte sich ihre ganze Energie in Luft aufgelöst. Sie sah aus, als würde sie jeden Moment umkippen.

Ihre Blicke begegneten sich. Sie lächelte matt und nickte. War das ein Ausdruck von Hoffnung? Ein beruhigendes Nicken von jemandem, den er schätzte und dem er vertraute – eine Art Versicherung, dass von jetzt an alles gut werden würde?

Knud Klint Kopparstierna, *Kobberstjerne Pharma International*, Barbro und Sixten Kopparstierna … Ein Kampf gegen eine monumentale Macht. Es war eine Aussicht, die nicht einmal den leisesten Funken Hoffnung in ihm weckte.

»Ja, man muss diesen Gedanken und was das bedeuten würde erst mal einen Moment sacken lassen, oder, Niels?«

Sie versuchte sich erneut an einem blutleeren Lächeln. Er nickte langsam.

Axel Mossman schien immer noch in seine eigene Welt vertieft zu sein. Dann machte er Anstalten aufzustehen. Es dauerte eine Weile, bis sein großer Körper in der Senkrechten war. Mossman räusperte sich, trat zur Wand und stellte sich Franck gegenüber. Er selbst saß gefangen dazwischen.

»Als Erstes«, setzte Mossman an, »möchte ich etwas erklären, was noch nicht angesprochen worden ist, obwohl Sie beide sich das natürlich längst gefragt haben: ›Warum zur Hölle ist Mossman nicht selbst auf diese Idee gekommen?‹ Und ich sage es Ihnen ganz ehrlich: Es wäre mir nicht einmal im Traum eingefallen, dass der verstorbene Knud Klint Kopparstierna kriminell gewesen sein könnte. Ich habe mich nie gefragt, ob er das Oberhaupt oder auch nur ein einfaches Mitglied des Danehof sein könnte. Aber ich muss zugeben … Aus heutiger Sicht klingt es plausibel, dass die größte und einflussreichste Wirtschaftsmacht des Landes auch einen Platz im Zentrum des Danehof-Netzwerks eingenommen hat. Aber … so habe ich damals nicht gedacht. Und zu meiner Verteidigung sei gesagt, dass *Kobberstjerne Pharma* erst nach Ryttingers Ermordung so explosionsartig gewachsen ist. Also derart naheliegend wie heute hat es damals nicht ausgesehen, meine Freunde.«

Mossman hatte recht. Oxen hatte sich diese Frage tatsächlich gestellt. Wieso hatte die Tatsache, dass Knud Klint Kopparstierna in Ryttingers Vorstand saß, nicht zu weiteren Ermittlungen geführt? Es war sicher keine Verbindung, die sich sofort aufgedrängt hatte. Aber doch auffällig.

»Als ich die Verhörprotokolle las, habe ich auch kurz gestutzt. Aber jetzt springt er einem natürlich förmlich ins Auge. Rückblickend betrachtet, verstehe ich Sie absolut. Damals wäre Knud Klint als Danehof-Leiter genauso infrage gekommen wie alle anderen.« Margrethe Franck zuckte mit den Schultern.

Es gab mehrere Punkte, die für ihn nicht zusammenpassten. Er stand auf, um nicht länger der Einzige zu sein, der saß. Noch dazu eingeklemmt zwischen zwei ehemaligen PETlern. Er stellte sich vor die Landkarte und sah Margrethe an.

»Eine Sache verstehe ich nicht … Sigrid müsste doch klar gewesen sein, dass sie ihr eigenes Todesurteil unterschreibt, wenn sie direkt in die Höhle des Löwen marschiert? Damit hat sie Sixten doch geradezu aufgefordert, sie aus dem Weg zu räumen. Warum hat sie das getan? Und wen hat sie davor aufgesucht? Du hast gesagt, sie hätte sich während ihrer Nachforschungen mit mehreren wichtigen Leuten getroffen. Wer war das?«

Franck nickte, während er redete. Dann antwortete sie:

»Ich möchte noch mal betonen, dass die *Kobberstjerne-Pharma*-Verbindung mit Sixten als Kopf des Danehof Sigrids Theorie war und nicht meine. Sie selbst konnte es nicht beweisen, aber das wichtigste Indiz dafür ist ihr eigener Tod – kurz nach dem Gespräch mit Sixten und Barbro. Mich überzeugt dabei vor allem die innere Logik ihrer Theorie: die größte Macht auf dem mächtigsten Stuhl. Der König hat das Zepter. Und der König ist *Kobberstjerne Pharma*. Bildlich gesprochen. Niemand darüber, niemand daneben.«

»Eine gute Ermittlung verlangt einen unvoreingenommenen Blick«, sagte Mossman von der gegenüberliegenden Wand her.

»Das sehe ich genauso. Ich interpretiere lediglich Sigrids Material, nachdem ich mir alles gründlich angesehen habe.«

»Ich frage noch einmal: Mit wem hat sie sich getroffen?«

»Natürlich, entschuldige.« Franck blätterte in ihren Notizen. »Hier steht es. In chronologischer Reihenfolge waren das der damalige Staatssekretär im Justizministerium Lars Poulsen, Justizminister Søren Høj, Landespolizeichef Franz Østergård, der Präsident des Obersten Gerichtshofs Johan Wolf-Witte, Generalstaatsanwalt Henry Poppel und außerdem noch der damalige Oberstaatsanwalt für Wirtschaftskriminalität Sigurd Månsson.«

Mossman pfiff leise. Aus gutem Grund. Das war eine beeindruckende Liste gewichtiger Ämter, zu denen Sigrid sich damals Zugang erkämpft hatte.

»Sigrid hat über einen Zeitraum von einem Jahr mit jeder dieser sechs Personen mehr oder weniger lange Gespräche geführt – bis zu ihrem Tod.«

»Einflussreiche Menschen«, sagte er. »Durch ihren Besuch bei genau diesen Personen hat sie sich selbst in Gefahr gebracht. Wer weiß, ob nicht einer oder gleich mehrere von ihnen zum Danehof gehören?«

»So ist es, Niels. Und das war Sigrid vollkommen bewusst. An einer Stelle bezeichnet sie es selbst als ›kalkuliertes Risiko‹. Ihre Strategie war es, sich an alle drei Staatsgewalten zu wenden: an die Legislative, die Judikative und die Exekutive – die Polizei also eingeschlossen. Sie nennt es auch ›die Kunst des Unmöglichen‹. Ihr Ziel war es, eine Koalition zu schmieden, die den Mut aufbringen würde, *Kobberstjerne Pharma* ins Visier zu nehmen und eine gründliche Überprüfung der Unternehmensstiftung durchzuführen. Für ein solches Vorhaben braucht man eine stabile Unterstützung, und die hat sie versucht zu finden. Ohne Erfolg, wie sie selbst in einem der Tagebücher schreibt.«

»Hat sie ernsthaft geglaubt, sie könnte das schaffen?«, murmelte Mossman. »Niemand, absolut niemand würde sich auf einen solchen Kampf einlassen. *Kobberstjerne Pharma* greift man nicht an …«

»Hätten Sie selbst es getan? Damals?« Er sah Mossman fragend an.

»Nun ja … Ich hätte mich sicher nicht davor gefürchtet, aber man hätte mich nicht gelassen. Der Minister hätte dem umgehend einen Riegel vorgeschoben.«

Franck ging zum Tisch, auf dem sie ihre Unterlagen ausgebreitet hatte. Sie blätterte einen Stapel durch, zog ein paar Papiere heraus und ging zurück zur Wand.

»Für jemanden, der nicht alles gelesen hat, wirkt Sigrids Versuch sicher naiv. Das verstehe ich. Aber sie war nicht naiv. Sie hat sich wirklich reingekniet. Zum Beispiel hat sie ausgerechnet, wie viel Geld der *Kopparstierna Fonds* innerhalb von fünf Jahren an verschiedene wohltätige Einrichtungen gespendet hat. Es sind gewaltige Summen. Hier schreibt sie: ›*Es sind schwindelerregende Beträge, die der* Kopparstierna Fonds *Jahr für Jahr in die dänische Gesellschaft pumpt. Millionen und Abermillionen an Spenden für einen guten Zweck und in vielen Fällen auch für Zwecke, für die eigentlich der dänische Staat aufkommen müsste. Könnte man sagen, dass die Stiftung den Wohlfahrtsstaat alimentiert? Ja, das könnte man. Und hier stehe ich, mit nichts in der Hand, und bitte diese mächtigen Menschen darum, die Gans zu schlachten, die goldene Eier legt … Ich bin es meinem Vater schuldig. Und ich kämpfe, so gut ich kann. Ich weiß, dass er stolz auf mich wäre. Und wenn es mich das Leben kostet, dann soll es so sein …‹«*

Margrethe Franck sah sie abwechselnd an.

»Eine beeindruckende Frau, nicht wahr?«

Er nickte. Mossman nickte auch. In Wahrheit war Sigrids Kampf dem seinen sehr ähnlich. Ein Versuch, der Übermacht die Stirn zu bieten.

»Und was schreibt die gute Frau über ihre sechs Begegnungen? Das würde mich nun doch interessieren – Kurzform genügt, Margrethe. Können Sie das für uns zusammenfassen?«, fragte Mossman seine ehemalige rechte Hand.

»Sigrid hat sich nach jedem Gespräch zwei Monate Karenz verordnet, um zu überprüfen, ob das Treffen Folgen für sie hatte. Ob sie plötzlich überwacht oder beschattet wurde und sich vielleicht bedroht fühlte. Auf diese Weise hoffte sie, mögliche Feinde identifizieren zu können. Ein kluger Zug. Aber es ist nie etwas vorgefallen … Die sechs Begegnungen? Mal sehen, was ich dazu habe …«

Sie blätterte wieder vor und zurück und seufzte tief. Mittlerweile sah sie aus, als könnte sie vierundzwanzig Stunden am Stück schlafen.

»Also, der Staatssekretär war kurz angebunden. Er verdrehte die Augen, als Sigrid *Kobberstjerne Pharma* und die Stiftung erwähnte, aber er versprach ihr zumindest, bei seinem Minister ein gutes Wort für sie einzulegen. Der Justizminister lieh ihr pflichtschuldig für eine Viertelstunde sein Ohr. Sigrid zufolge wohl nur, weil ihr Vater ein berühmter Industrieller gewesen war. Als sie auf den *Kopparstierna Fonds* zu sprechen kam, wies er sie in die Schranken und beendete das Gespräch. Der Landespolizeichef war ein arroganter Mistkerl, der ihr aber immerhin eine Tasse Kaffee anbot. Er fragte sie, ob sie den Verstand verloren habe. Der Präsident des Obersten Gerichtshofs Johan Wolf-Witte nahm sich dagegen eine volle Dreiviertelstunde Zeit für Sigrid.

Ein zuvorkommender Mann, der ihr höflich erklärte, dass es für ein dänisches Gericht absolut keine Möglichkeit gebe, von sich aus Ermittlungen aufzunehmen. Darüber hinaus hielt er es wohl für angebracht, Sigrid auf das, ich zitiere: ›gewaltige Volumen‹ ihres Gegners hinzuweisen. Der Generalstaatsanwalt wimmelte sie freundlich, aber bestimmt ab, während der Oberstaatsanwalt für Wirtschaftskriminalität ihr fast eine Stunde lang aufmerksam zuhörte. Er war nicht uninteressiert, verwies aber auf die erheblichen Lücken in Sigrids Nachforschungen. ›Kobberstjerne Pharma *und den* Kopparstierna Fonds *fordert man nur heraus, wenn man weiß, dass man gewinnt. Sonst ist man am Ende einen Kopf kürzer.*‹ Mit diesen Worten hat sie ihn zitiert. Er forderte sie aber auch auf, sich wieder an ihn zu wenden, sobald sie etwas Konkretes vorlegen könne.«

»Keiner von ihnen wollte etwas damit zu tun haben«, fasste er zusammen.

»Wie zu erwarten«, erwiderte sie.

»Logisch«, ergänzte Mossman und warf einen Blick auf die Uhr. »Würden Sie mich kurz entschuldigen? Ich erwarte einen Gast.«

Der ehemalige PET-Chef verließ den Keller.

Einen Gast? Er sah Franck an.

»Frag mich nicht. Ich habe keine Ahnung, aber ich kann mir eigentlich nur einen vorstellen: Sonne.«

»Sonne hat Nein gesagt.«

»Trotzdem hat er mir mit der Videokonferenz nach Fuengirola geholfen. Wer weiß?«

Es dauerte nur ein paar müde, schweigsame Minuten, dann hörten sie Schritte auf der Treppe und gedämpfte Stimmen. Kurz darauf tauchte Mossmans Neffe, Christian Sonne, in der Tür auf.

»Oxen … Margrethe …« Sonne nickte ihnen beiden zu und grinste schief.

»Ich habe es mir anders überlegt. Ich habe viel nachgedacht, auch über das, was du gesagt hast, Margrethe … Wenn es so weitergeht wie im Augenblick, dann ist sowieso schon alles egal. Deshalb. Tut mir leid, dass ich erst jetzt komme. Es ging nicht früher. Ich bin direkt nach der Arbeit los«, sagte er.

»Besser spät als nie. Setz dich, mein Lieber«, sagte Mossman und zog einen Stuhl für seinen Neffen heran. »Nachdem wir nun wieder vollständig sind und gemeinsam in die Schlacht ziehen werden, schlage ich vor, dass wir endlich zum Du übergehen. Ich heiße Axel, aber das wisst ihr ja. Irgendwelche Einwände? Gut, dann lasst uns weitermachen, wo wir stehen geblieben sind. Ich informiere Christian dann später über den Rest. Kaffee?«

Der ehemalige Polizist nickte, und sein Onkel drückte ihm einen Becher in die Hand.

»Wir waren gerade bei Sigrids Gesprächen mit den sechs einflussreichen Herren«, fuhr Mossman fort. »Was denkt ihr? Soldat?«

Er zuckte mit den Schultern. Er wusste nicht, was er dazu sagen sollte. Selbst wenn Sixten Kopparstierna tatsächlich Ost war, änderte das an seiner eigenen Situation nicht das Geringste. Er war ein toter Mann, der unsichtbar bleiben musste.

»Ich hatte mehr Zeit als ihr, mir Gedanken über das Ganze zu machen«, antwortete Margrethe Franck. »Ich glaube, wir müssen unseren Fokus möglichst klein halten. Unsere oberste Priorität sollte es sein, Sigrids Theorie zu bestätigen oder zu widerlegen. Und wie machen wir das? Oxen können wir nicht gebrauchen. Der ist tot. Ich bin nicht zu gebrauchen, weil ich zur Arbeit muss. Dasselbe gilt für Sonne. Und du, Axel, bist ein Rentner, der seinen Hund durch die Gegend schleift. Der einfachste und sicherste Weg wäre folglich eine Abhöraktion, genau wie bei Villum Grund-Löwenberg.«

»Wenn wir zusätzlich das Telefon anzapfen könnten, wäre es perfekt, aber ohne Hilfe von außen ist das unmöglich. Mehr als eine *small scale operation* können wir nicht stemmen. Ohne einen

Gerichtsbeschluss kooperiert keine Telefongesellschaft, und da der PET mich zur Persona non grata erklärt hat, hat sich das Thema von vornherein erledigt. Wir haben keine Freunde«, sagte Mossman.

»Dann beschränken wir uns eben auf ein paar Wanzen, und natürlich müssen wir alles zusammentragen, was wir über Sixten und Barbro in Erfahrung bringen können«, sagte Franck. Danach schwieg sie einen Moment und biss sich auf die Unterlippe.

»Ich weiß, wie wir uns vielleicht Zugang zu ihren Computern verschaffen können«, sagte sie schließlich. »Also zu den privaten und zu denen der Stiftung. Ich kenne jemanden. Er hat früher ab und zu für mich gearbeitet – inoffiziell. Ein zuverlässiger Mann. Wollen wir die hacken? Und können wir das bezahlen?«

Mossman sah sie an.

»Jemand, den du für den PET genutzt hast?«

»Ja.«

»Elektronische Korrespondenz ist genauso wichtig wie Abhören. Mindestens. Was kostet der Mann?«

Franck zuckte mit den Schultern.

»Grob geschätzt? Irgendwas zwischen dreißig- und vierzigtausend Kronen. Das hängt davon ab, wie umfangreich das Ganze wird.«

»Kümmere dich darum, das Geld lass meine Sorge sein«, sagte Axel Mossman kurz entschlossen. »Aber ich würde euch gern einen Vorschlag machen, wenn ich darf.« Mossman sah sie reihum fragend an. Das war noch nie vorgekommen. Normalerweise erteilte er Anweisungen. Sie nickten.

»*Well*, mein Vorschlag klingt vielleicht ungewöhnlich, und ich habe das auch noch nicht gründlich durchdacht. Betrachtet es eher als eine Art spontane Eingebung. Man könnte es auch umgekehrte Logik nennen … Ich möchte Sixten Kopparstierna treffen – *face to face*.«

Sie starrten ihn verblüfft an. Mossman hob beschwichtigend seine großen Hände.

»Wenn Sixten glaubt, dass ich ihn für Ost halte, dann wäre die logische Schlussfolgerung, dass ich niemals das Gespräch mit ihm und Barbro suchen würde. Ich erkläre den beiden, dass ich von der letzten verbliebenen Ryttinger beauftragt wurde, den Tod ihrer Schwester zu untersuchen. Dass ich in ihrem Tagebuch gelesen habe, dass sie vor vielen Jahren den *Kopparstierna Fonds* kontaktiert hat. Und dann frage ich ganz unverblümt nach dem Grund ihres Besuchs. Das ist die beste Methode, um Sixten davon zu überzeugen, dass ich nicht den geringsten Verdacht gegen ihn hege. Versteht ihr? In unserer Branche kann es manchmal ausgesprochen hilfreich sein, das Gegenteil des Erwarteten zu tun. Den Gegner zu verwirren, indem man sich unlogisch verhält.«

»Und was willst du damit erreichen?«, fragte er.

»Ich muss mir ein Bild davon machen, wie Sixten Kopparstierna tickt. Sonst kann ich keine Strategie entwickeln und nicht einschätzen, wie er in einer bestimmten Situation reagieren würde. Auf einer archaischen Ebene will ich meinem Feind aber auch einfach in die Augen sehen, Oxen. In seinen Kopf eindringen. Kennst du das nicht, du als Soldat? Das Bedürfnis, den Gegner wissen zu lassen, dass man immer noch da ist? Wenn Sixten Kopparstierna das Oberhaupt des Danehof ist, dann ist er auch derjenige, der mich gedemütigt und in die Knie gezwungen hat. Er soll wissen, dass ich wieder aufgestanden bin.«

Margrethe Franck seufzte.

»Bist du sicher, dass er dich nicht einfach mit einem Fingerschnipsen beseitigen lassen wird?«, fragte sie müde.

»Warum sollte er? Er hat mich ja vorher auch am Leben gelassen. Er wird glauben, einen geschwächten Rentner vor sich zu haben, der sich die Langeweile mit alten Familiengeschichten vertreibt.«

»Trotzdem. Mir geht es wie Niels: Was soll das bringen?«

»Wie gesagt, seine Denkweise und unsere Strategie hängen zusammen. Außerdem halte ich es für mindestens genauso wichtig, die Gelegenheit zu nutzen, um ein paar schlafende Hunde zu wecken, damit die Kommunikation in Gang kommt. Unsere Wanzen wollen schließlich gefüttert werden. Oh, kannst du uns welche besorgen, Christian?«

Mossman sah seinen Neffen fragend an.

»Nein, nicht mehr.«

Margrethe Franck ergriff das Wort. Sie wollte offensichtlich zu einem Ergebnis kommen, damit sie endlich nach Hause und ins Bett gehen konnte.

»Hört mal zu«, sagte sie. »Ich schlage vor, dass wir uns drei Tage Zeit nehmen, um Informationen über Sixten, Barbro und die Stiftung einzuholen. Währenddessen installieren wir die Wanzen in Sixtens Kopenhagener Wohnung und beschaffen alles Nötige, damit wir rüber nach Schweden können, um das Schloss zu präparieren. Wir müssen bei allem extrem gründlich sein – und vorsichtig. Am besten, wir kleben Sixten noch einen GPS-Tracker an die Karre, dann haben wir ihn an der langen Leine. Ich weiß nicht, ob es eine gute Idee ist, sich mit Sixten und Barbro zu treffen, Axel, aber ich bin einverstanden. Du weißt selbst, was du tust. Was sagt ihr anderen dazu?«

Er nickte nur. Sonne auch.

»Sehr gut, danke«, antwortete Mossman. »Dann rufe ich in London an und reserviere uns noch einen Satz Wanzen. Ich denke, das geht schnell. Ich fliege persönlich rüber und hole sie ab – morgens hin, abends zurück. Wenn ihr nichts anderes mehr von mir hört, könnt ihr sie übermorgen hier abholen. Ich lege sie hinter die Garage.«

»Und du hast noch nichts Neues über die beiden Fotos von John Smith?«

»Nein, Oxen, nichts, aber ich kann mich ja jetzt vor Ort noch mal umhören. Ich werde auf jeden Fall Druck machen. Wie ist es übrigens gelaufen? Hast du dich bei der Dame mit dem freien Zimmer gemeldet?«

»Ja, ich wohne in ihrem Keller. Es ist ein kleines Zimmer mit Toilette.«

»*Well*, dann wohnen wir ja fast Tür an Tür. Aber du wirst nicht mehr lange im Keller hausen müssen, Soldat. Das ist unser Ziel – keine Keller mehr. Wir treffen uns in vier Tagen wieder hier. Punkt 22:00 Uhr. Danke, dass ihr gekommen seid. Und danke für deinen fantastischen Einsatz, Margrethe.«

61.

Der braune Koffer auf dem Gepäckband kam langsam näher. Er nahm ihn herunter und steuerte sofort auf das große Schild zu, auf dem »EU-Bürger« stand.

Auch die Dänen kämpften gegen die religiösen Spinner, dieses Land befand sich ebenfalls im Visier. Wenn sie es vorher noch nicht gewusst hatten, dann war es ihnen spätestens nach Paris klar geworden – und Brüssel? Er erinnerte sich dunkel daran, dass irgendein Irrer im Zusammenhang mit dem Besuch eines schwedischen Karikaturisten einen Angriff gestartet hatte. Deshalb wunderte er sich, dass er einfach durch den Zoll und in die Ankunftshalle spazieren konnte, ohne auch nur den Schatten einer Maschinenpistole zu sehen.

Ja, das hier war der Flughafen Kastrup, es war Kopenhagen, das *fucking* Hans-Christian-Andersen-Land, aber ihm war das alles zu märchenhaft. Hier drängten sich keine schwitzenden Menschen, die riefen, rempelten und ihre Pappschilder in die Luft streckten, wie er es aus Afrika kannte. Hier standen nur ein paar schweigsame Menschen herum, die ordentlich skandinavisch aufgereiht auf ihre Gäste warteten.

Ziemlich schnell entdeckte er einen Mann in brauner Wildlederjacke, der sich die Sonnenbrille auf die Stirn geschoben hatte. Sein Erkennungzeichen trug er um den Hals: ein rotes Tuch. Er ging auf ihn zu.

»John Smith«, sagte er.

»Gut«, sagte der Mann. »Kommen Sie, Morten wartet im Auto.«

Es waren drei Tage vergangen, seit er kurz vor Mitternacht die letzten vier Bilder des Mannes mit der schwarzen Kappe erhalten hatte. In der Zwischenzeit hatte er einen Plan ausgearbeitet und sein kleines Auftragsarchiv gesichtet. Jetzt hatte er dänischen Boden unter den Füßen. Es war an der Zeit aufzuräumen. Und zwar sofort. »Schnell rein, schnell raus.« Das war immer eine vernünftige Devise.

Morten war Morten Lundbye. Einer der Dänen, die er im letzten Jahr für den großen Auftrag von Mr Nielsen rekrutiert hatte. Es war seine erste Zusammenarbeit mit dem dänischen Ex-Soldaten gewesen. Das hier würde die zweite und letzte sein.

Er hätte sich auch einen anderen Handlanger aussuchen können, aber der Däne war der richtige Mann für diese Aufgabe, denn Lundbye hatte den Alten von der Fischzucht aufgeschlitzt. Er selbst hatte ihm zwar den Befehl dazu gegeben, aber es war ja niemand gezwungen, zu gehorchen und im eigenen Land zum Mörder zu werden. Jeder Mensch hatte die Freiheit, jederzeit und in jeder Situation eine eigene Entscheidung zu treffen.

Hätte Lundbye nicht gehorcht, hätte er die Drecksarbeit selbst erledigen müssen. Der Mord war das zentrale Element des geplanten Szenarios gewesen, das dafür sorgen sollte, dass Niels Oxen selbst im hintersten Winkel dieses naiven kleinen Landes gejagt werden würde.

Mit seiner Entscheidung für Morten Lundbye hatte er sichergestellt, dass sein Helfer ausreichend motiviert war, sein absolut Bestes zu geben, da er andernfalls Gefahr lief, den Rest seines Lebens hinter Gittern zu verbringen.

Er folgte dem Mann mit dem Halstuch. Wortlos gingen sie auf verschlungenen Wegen nebeneinanderher, bis sie in der hintersten Ecke des Flughafens schließlich vor einem schwarzen Audi standen. Lundbye trug eine Sonnenbrille und saß auf dem Rücksitz. Den Instruktionen entsprechend blieb er sitzen. Der Wagen war unter einem anderen Namen gemietet worden, und auch der Mann mit dem Halstuch gehörte zu den Sicherheitsvorkehrungen, die er dem Dänen eingeschärft hatte.

Er durfte auf keinen Fall von einer Überwachungskamera des Flughafens in Gesellschaft von Morten Lundbye erfasst werden. Sein Begleiter nahm ihm den Koffer ab und stellte ihn in den Kofferraum. Er selbst setzte sich auf den Rücksitz neben den Dänen. Sie gaben sich die Hand und begrüßten sich auf Englisch, der Standardsprache der Branche, während ihr Komplize den Motor anließ und losfuhr.

Er hatte Lundbye bislang nur notdürftig informiert.

»Bist du bereit für ein Briefing?«, fragte er, als der Wagen das Flughafengelände verließ.

Lundbye nickte.

»Schieß los.«

»Du erinnerst dich an unseren Auftrag im letzten Jahr? Den Job bei der Fischzucht?«

Lundbye wirkte überrascht, aber er nickte erneut.

»Ich bin hier, um eine Sache zu Ende zu bringen, die wir letztes Mal nicht ganz erledigt haben«, fuhr er fort. »Das Objekt ist unverändert: Niels Oxen …«

»Oxen? Der Typ ist tot!«

»Wenn es so wäre, hätte ich nicht gesagt, dass das Objekt *unverändert* Niels Oxen ist.«

»Okay, okay, ich dachte nur, dass …«

»Hör zu. Ich weiß nicht, wo Oxen sich aufhält. Wahrscheinlich wissen außer mir auch nur sehr, sehr wenige Menschen, dass er noch lebt. Wir müssen ihn finden. Und eliminieren. Sofort. Und wir ziehen uns erst zurück, wenn der Mann erwiesenermaßen keinen *fucking* Puls mehr hat. Verstanden?«

»Verstanden.«

»Hier. Dieses Foto ist in Liverpool aufgenommen worden. Ich

bin mir zu neunzig Prozent sicher, dass er es ist. Die restlichen zehn Prozent brauchen wir noch. Sobald wir die haben, ist er fällig. Überschaubare Angelegenheit und trotzdem verdammt gefährlich. Hast du die Vorabinfos vom letzten Mal noch im Kopf?«

»Ich weiß, wer Oxen ist, ich kenne seine Geschichte und seine Qualifikationen. Ich unterschätze den Mann ganz bestimmt nicht, wenn du das damit andeuten wolltest.«

»Gut, dann wäre das ja geklärt. Kannst du dich an die hier erinnern?«

Er gab Lundbye ein Foto von Margrethe Franck.

»Natürlich erinnere ich mich an sie. Den Anblick vergisst man nicht so schnell. Der Rest müsste aufgefrischt werden.«

»Margrethe Franck arbeitet beim polizeilichen Nachrichtendienst. Blondierte Punk-Mutation. Sie ist behindert. Ihr fehlt das halbe rechte Bein. Irgendein Trottel hat sie angefahren, um flüchten zu können. Ich sage ›Trottel‹, weil er das besser gelassen hätte. Sie hat ihm eine Kugel verpasst. Direkt zwischen die Augen. Für sie gilt mit anderen Worten dasselbe wie für Oxen. Die Frau ist kein bedauernswerter Krüppel. Die Frau ist eine Bitch, und sie ist gefährlich.«

Morten Lundbye nickte mit ernster Miene und gab ihm das Bild zurück.

»Wie gesagt, ich habe nicht die leiseste Ahnung, wo sich Oxen aufhält, aber wenn die Bullen sich mit Rockerbanden, mit der Mafia oder ähnlichem Pack herumschlagen, lautet die Devise oft ›Folge dem Geld‹. Unsere heißt ›Folge der Pussy‹.«

»Treiben es die zwei miteinander?«

»Weiß ich nicht und ist mir auch egal, aber laut meinen alten Informationen gibt es eine Art gegenseitige ›Verehrung‹ zwischen den beiden. Und nicht zu vergessen: Ganz egal wo Oxen sich aufhält, er bewegt sich immer auf feindlichem Gebiet. Als er übers Meer nach Schweden abhauen wollte, stand er unter Mordverdacht und wurde überall gesucht. Da war die Sache mit dem Kampfmesser und dem Alten … du weißt schon.«

Für einen kurzen Moment erstarrte Lundbye. Dann nickte er stumm.

»Und in einer Welt voller Feinde hält man sich an die wenigen Freunde, die man hat. Die Punkerpussy ist so ein Freund. Das ist der perfekte Ausgangspunkt.«

»Hast du ihre Adresse?«, fragte der Däne.

»Ja. Bei der nächsten Gelegenheit sehen wir uns in ihrer Wohnung um. Und dann beschatten wir sie. Das ist Plan A. Plan B gibt es nicht.«

62.

Champagner, Gin Tonic oder Kaffee? Normalerweise würde Kaffee jetzt nicht infrage kommen. Nach einem langen, hektischen Tag und heftigem Sex hatte ihr Körper zu dieser Uhrzeit einen gewissen Ruhebedarf, bevor sie ins Bett gehen und einschlafen konnte. Aber dieser Abend war kein gewöhnlicher.

»Wie möchtest du deinen Kaffee, Kajsa?«

»Mit einem Schuss Milch, bitte.«

Er kam mit einem Tablett zurück, das er auf dem Glastisch vor dem weißen Ledersofa abstellte. Sie saß nackt unter der Decke, mit einem Kissen im Rücken.

Sie schwitzte nicht mehr und hatte sich die Decke bis über die Brust gezogen. Sie wusste, worum es gleich gehen würde. Sie hatten schon beim letzten Mal darüber gesprochen, bevor sie nach Nordjütland und er nach Zürich geflogen war. Die nächste Versammlung war noch vor den Sommerferien geplant, und die Zeit blieb nicht stehen. Dieses Gespräch konnte nicht warten.

»Okay, fangen wir an. Wir haben die ganze Nacht Zeit. Ich habe meinen Terminkalender ausgemistet, wir können morgen ausschlafen, solange wir wollen.«

Villum Grund-Löwenberg setzte sich ans andere Ende der Couch. Er hatte sich eine Unterhose und ein T-Shirt angezogen. Sie nickte ernst. Er würde den Anfang machen. Sie war bereit.

»Du kennst meinen Standpunkt, Kajsa. Wir sind uns bei dem Thema ja auch weitgehend einig. Er will an der Vergangenheit festhalten. Er betrachtet sich selbst als die Personifikation der vergangenen Jahrhunderte und der Traditionen und Abläufe, die damit verbunden sind. Er kann uns jeden Moment seinen Nachfolger präsentieren, und eins steht jetzt schon fest: Er hat sich jemanden ausgesucht, der genauso ist wie er. Aber sobald er diesen Nachfolger eingeführt hat, ist es zu spät. Also, wenn wir es tun wollen, dann jetzt. Das Triumvirat ist niemandem Rechenschaft schuldig, und deshalb können wir …«

»Bin *ich* etwa ein Mann?« Sie zog die Decke nach unten und präsentierte ihre Brüste. Er grinste und gab ein zufriedenes Brummen von sich.

»Gut, sagen wir stattdessen ›Trio‹. Wenn wir ernsthaft die Hoffnung haben, dass wir den ganzen Laden umkrempeln können, dann müssen wir *jetzt* aktiv werden. Mag sein, dass er bei kleineren Veränderungen mit sich diskutieren lässt, aber eine Umstrukturierung werden wir mit ihm niemals durchsetzen. Gegen die Idee, das Konzept mit Nord, Süd und Ost zugunsten einer vereinten Organisation aufzugeben, wird er auf jeden Fall Veto einlegen. In seinen Augen muss das ein geradezu ketzerischer Gedanke sein, und wir beide wären nichts anderes als geschichtsvergessene Verräter. Das ist, kurz zusammengefasst, der Rahmen für unseren möglichen Beschluss.«

»Wie soll es danach weitergehen? Wer soll die Führung übernehmen? Und wie viele?«

»Zwei. Du und ich. Wir kappen die Wurzeln. Vergiss das Mittelalter. Wir führen eine vollständige Transformation des Danehof durch. Wer sollte uns dafür zur Verantwortung ziehen? Niemand! Es gibt niemanden. Wir könnten sofort sämtliche belastenden

Posten im Budget streichen. Wir zahlen ganz einfach keine Vergütungen an Witwen und Pensionäre mehr aus.«

»Das wird ein riesiges Geschrei geben, Villum. Und am Ende wird irgendjemand aus Rache die Aktivitäten des Danehof öffentlich machen.«

»Kann schon sein. Aber wen interessiert das? Wir sind da, aber wir sind unsichtbar. Wir sind beide neu. Und er ist tot. Gegen wen soll sich der Zorn denn richten? Wen juckt es, wenn irgendein verwirrter Rentner über einen sogenannten Danehof schimpft, der ihm angeblich kein Geld mehr überweist? Es wird nicht viele geben, die sich das anhören wollen. Und abgesehen davon, weiß jeder von uns, welches Risiko er eingeht, wenn er zu viel erzählt.«

»Wodurch willst du das alte System ersetzen?«

»Wir werden immer noch ein Netzwerk sein. Flexibel und offen für Veränderungen. Der hierarchische Aufbau muss weg. Unterabteilungen und Ringe sind überflüssig. Das war ursprünglich anders, als die Versammlungen noch eine ganz andere soziale Funktion hatten. Man musste mit dem Pferd eine oder mehrere Tagesreisen zurücklegen, um zu einer Versammlung zu kommen. Heutzutage brauchen wir solche Treffen doch gar nicht mehr. Der Thinktank muss im Mittelpunkt unserer Arbeit stehen. Das Consilium sollte unser wichtigstes Werkzeug sein.«

»Und was ist mit unseren Zielen? Wenn wir die Struktur ändern, müssen wir uns auch inhaltlich neu ausrichten. Wir haben keine moderne Grundkonzeption. Das hat für mich oberste Priorität, Villum.«

63.

Er hielt den Atem an, als ob ein Pusten oder Seufzen ihn verraten würde. Die moderne Technik war einfach unglaublich und grenzenlos.

Er saß vor der Leinentapete in seinem Keller, das Handy am

Ohr und einen Ellenbogen auf die Tischplatte gestützt. Er hörte konzentriert zu, als Villum Grund-Löwenberg antwortete:

»Natürlich werden wir das Manifest modernisieren. Wir sind ja nicht mehr hier, um wie früher den König an der langen Leine zu führen und uns gegenseitig Vorteile zu verschaffen. Wir nehmen den Kampf gegen die Korruption auf, gegen Vetternwirtschaft, Erpressung und andere kriminelle Handlungen. Mord darf kein legitimes Mittel dafür sein, die Kontrolle zu behalten. Der neue Danehof soll auf den Grundlagen einer modernen Demokratie funktionieren. Ausnahmslos.«

Er hörte ihre Stimme klar und deutlich, als Karin Kajsa Corfitzen antwortete:

»Wenn wir auf unsere erprobten Mittel verzichten, wie wollen wir dann etwas durchsetzen? Ich bin nicht hier, um an demokratischen Prozessen teilzunehmen. Ich möchte etwas verändern …«

Er starrte auf seine nackten Füße, die er hastig in die zerschlissenen Pantoffeln gesteckt hatte. Er saß noch genauso da, wie er vor einer Stunde aus dem Bett gesprungen war. Im Schlafanzug, mit einem Morgenmantel.

Er konzentrierte sich auf Villums Antwort:

»Wir machen es wie alle anderen auch, die Ergebnisse herbeiführen wollen: Sie beeinflussen die Entscheidungsträger.«

»Crap, *Villum … Das führt zu gar nichts.«*

»Hör mir doch erst mal zu.«

Er war gerade am Einschlafen gewesen, als ein diskretes Signal eine SMS gemeldet hatte. Seine Frau hatte »Axel?« gemurmelt, aber eher schlafend als wach. Es war eine Benachrichtigung der Abhöranlage, die automatisch an sein Handy geschickt wurde, sobald in Villum Grund-Löwenbergs Penthouse im Tuborg Havn Gespräche registriert wurden.

»Du fragst dich, wie wir Ergebnisse erzielen sollen?«, fuhr Villum fort. *»Wir werden uns frei in der politischen Landschaft bewegen, wie bisher auch, und dasselbe betreiben wie alle anderen: Lobby-*

arbeit. Das ist die moderne Form der Bestechung. Eine allgemein anerkannte Disziplin. Es gibt eine gewaltige Grauzone, in der wir ganz nach Belieben operieren können. Wir können unsere Ziele erkaufen. Wir können unsere Leute nach wie vor aus einem Kreis ausgesuchter politischer Kandidaten rekrutieren, die für unsere Sache dienlich sein können und wollen.«

Er hatte sich den Morgenmantel übergeworfen, war in seine Pantoffeln geschlüpft und sofort nach unten in den Keller gehastet, wo nur die Landkarte mit den vielen Stecknadeln verriet, dass hier andere Dinge vor sich gingen als in den übrigen Kellern in Kokkedal.

Anfangs waren aus der schicken Hafenwohnung nur Kopulationsgeräusche durch sein Telefon gedrungen. Da wurde gestöhnt und gewimmert, und es fielen Ausdrücke, von denen er sich nicht erinnern konnte, sie jemals zu seiner Frau gesagt zu haben. *Well*, was ihn betraf, gehörte Sex allerdings auch in ein anderes Jahrzehnt.

Er hörte Kajsa seufzen.

»Du willst also morden, um Morde zu verhindern.«

»So ist es nun mal, Kajsa. Dieses letzte Opfer müssen wir noch bringen. Und dann nie wieder. Ist dir bewusst, wie viele Menschen wir in den letzten, sagen wir, zwei Jahren umgebracht haben?«

»Nein. Aber ich bin alles andere als glücklich darüber. Das kannst du mir glauben.«

»Die ganze Misere fing mit diesem Escortmädchen aus Litauen an. In eurem Schloss.«

»Das waren nicht wir, das war der Justizminister.«

»Aber er war einer von uns, also so gesehen …«

Die erotischen Ausschweifungen der beiden mitanzuhören war ziemlich ermüdend gewesen. Er hatte sich an die berühmten Worte eines früheren Kulturministers erinnert gefühlt, der bei einem Fußballspiel einmal gesagt hatte: »Mit dem Fußball ist es wie mit dem Sex. Beides ist spannender, wenn man mitmacht, als wenn man zusieht …« Und gerade als er seinem Ohr eine Pause gönnen wollte, endete das Ganze in einem ekstatischen Schrei. Nach einer kurzen Verschnaufpause setzte dann völlig unvermittelt das interessante Gespräch der beiden Danehof-Leiter ein.

Villum Grund-Löwenberg sprach weiter:

»Deshalb mussten wir auch die beiden anderen Huren in Litauen zum Schweigen bringen. Plötzlich tauchte die Schwester der ersten auf, die wir ebenfalls loswerden mussten, genau wie ihren Helfer, diesen russischen Ex-Soldaten, der auf dem Weg nach Hause in seiner Schiffskabine liquidiert wurde. Als Nächstes waren der Justizminister Rosborg dran und der alte Fischzüchter. Dann Museumsdirektor Bulbjerg, seine Frau und zwei von Mossmans Männern im Ferienhaus – und nicht zuletzt: Niels Oxen. Und zum Schluss noch der Unternehmer Kresten Hildmand. Das sind dann insgesamt dreizehn Menschen, Kajsa …«

»Vierzehn.«

»Vierzehn?«

»Du hast Arvidsen vergessen, den Gärtner meines Vaters, den ich auf dem Gartentraktor erschossen habe.«

Er zog die Augenbrauen hoch und bemerkte, dass er sich das Handy vor lauter Konzentration regelrecht ans Ohr presste. Das war das erste Geständnis seiner beruflichen Laufbahn, das er im Morgenmantel zu hören bekam – am Telefon.

»Siehst du? Eins führt unweigerlich zum andern. Ich kann …«

»Das mit Arvidsen war Notwehr, Villum.«

»Ich weiß. Und hättest du Niels Oxen damals gleich mit erledigt, dann wäre uns der ganze Zirkus im letzten Jahr erspart geblieben.«

»Ich habe es versucht. Und es ärgert mich immer noch, dass wir gezwungen waren, ihn zu entfernen. Oxen war ein Meister auf seinem Gebiet, es ist eine Schande, so jemanden umzubringen. Wir hätten ihn bekehren müssen. Er wäre ein unglaublicher Gewinn für uns gewesen.«

»Hak es ab, Kajsa, er ist tot. Also sagen wir vierzehn … vierzehn

Menschen, die unsere Organisation in kürzester Zeit getötet hat! Das ist krank. Aber genau das ist die Kultur, die er vertritt und die er an seinen Nachfolger weitergeben will. Lass uns dieser langen Geschichte des Machtmissbrauchs gemeinsam ein Ende setzen.«

»Du bist ein Idealist, Villum, aber wir wissen beide, dass auch wir Seiten haben, die besser nie ans Tageslicht kommen sollten. Gut. Ich werde diesen Weg gern mit dir gehen. Den Danehof in bessere Zeiten führen. Ich bin sicher, dass das auch im Sinne meines Vaters wäre … Hast du dir schon Gedanken gemacht, wie und wann?«

Er hatte Niels Oxen, Margrethe Franck und seinem Neffen nichts von dieser besonderen Funktion der Abhöranlage erzählt, die es ihm erlaubte, eine Unterhaltung live mitzuhören. Nach vielen Jahren in der Branche wusste er, wie entscheidend es sein konnte, eine Nachricht als Erster zu erhalten. Es verschaffte einem die Möglichkeit, ungestört alles abzuwägen und sich in eine vorteilhafte Position zu bringen.

Villum antwortete vage: *»Es sollte in den nächsten Monaten passieren und wie ein Unfall aussehen. Vielleicht auf dem Boot – auf der Überfahrt zum Festland oder auf dem Weg zurück zur Insel? Um die Details können wir uns später kümmern. Wir müssen nur aufpassen, dass uns die Zeit nicht davonläuft. Wir wissen nicht, wie weit seine Pläne schon gediehen sind.«*

»Lass uns noch etwas warten. Bis wir uns das nächste Mal sehen. Ich bin müde. Ich lasse den Kaffee lieber stehen. Ich brauche heute meinen Schlaf. Was meinst du – noch ein Glas Champagner und ein heißes Bad? Und dann ins Bett?«

Villum schnurrte wie eine Katze.

»Ich bin einverstanden. Mit beidem.«

Die Verbindung riss ab, als es in dem Wohnzimmer im Tuborg Havn still wurde.

Insel? Welche Insel? Er hätte viel dafür gegeben, das zu wissen. Wenn er sich nicht irrte, gab es in Dänemark mehr als vierhundert davon. Ein Großteil davon war zwar nicht bewohnt, aber eine Insel war eine Insel …

Er steckte das Handy in die Tasche seines Morgenmantels. Das ganze Gespräch war auf der Festplatte gespeichert. Sie mussten sie nur noch vom Dach holen. Das war Oxens Job.

Er hatte aus London Neuigkeiten für den gebeutelten Kriegsveteranen mitgebracht. Schlechte Neuigkeiten. Deshalb hatte er geschwiegen. Im Augenblick hätte Niels Oxen keinen Vorteil davon gehabt, sie zu erfahren. Im Gegenteil.

Er war wieder auf beiden Seiten der Themse zu Besuch gewesen. Sie hatten den Mann auf Oxens Bildern sowohl beim MI5 im Thames House als auch beim MI6 am Vauxhall Cross identifiziert. Und beide bedauerten es sehr – aber es war leider nicht möglich, ihm zu helfen. Was in Wahrheit nichts anderes bedeutete, als dass seine britischen Freunde ihm nicht helfen *wollten*. Und das war nur logisch, wenn man bedachte, wer John Smith wirklich war …

Er zog seinen Morgenmantel zurecht und dachte an das weiche Bett, das auf ihn wartete. Natürlich würde er nach oben gehen und sich neben seine Frau legen, aber er wusste, dass er noch lange nicht einschlafen würde.

Er hatte sich gerade selbst in eine äußerst vorteilhafte Position gebracht.

64.

Sie fuhren durch eine Art Gewerbegebiet namens Mileparken. Der Ort selbst hieß Herlev, aber für ihn war das immer noch Kopenhagen, so wie London ja auch überall London war. Aufmerksam verfolgte er die Strecke auf seinem Handy.

Sie waren in Morten Lundbyes Renault unterwegs. Den Audi, den der Däne nur gemietet hatte, um ihn damit vom Flughafen abzuholen, hatten sie längst wieder abgegeben.

»Die Nächste rechts«, sagte er.

Lundbye nickte.

»Hausnummer vierzehn.«

Kurz darauf hielten sie vor einem großen flachen Gebäude an, in dem offenbar gleich mehrere Firmen ihren Sitz hatten.

»Dort drüben«, sagte Lundbye und zeigte auf ein schäbiges weißes Schild, das über einem Garagentor angebracht war. »B+B Reinigung« stand darauf.

Sie waren heute Morgen bei ihrem Einbruch in Margrethe Francks Wohnung auf die Firma aufmerksam geworden.

Erst hatten sie im Auto gesessen und eine halbe Ewigkeit gewartet. Dann hätten sie um ein Haar alles vermasselt. In letzter Sekunde hatte er realisiert, dass die Frau, die ihr Fahrrad aus der Toreinfahrt schob, Margrethe Franck war.

Das blasse Gesicht hatte ihn gerettet. Der ganze Rest sah komplett anders aus. Gewöhnliche Haare – braun, halblang, öde. Dasselbe galt für ihre Klamotten: Sneakers, Jeans, Windjacke. Von Punk war nichts mehr zu sehen.

Die Frau war so grau und normal wie der Bürgersteig, und doch war sie es. Das war Margrethe Franck.

Sie waren ihr gefolgt, bis sie im Personaleingang eines Supermarkts verschwunden war. Nach einer Viertelstunde hatte er Lundbye in den Laden geschickt. Da hatte sich die früher so forsche Geheimdienstfrau doch tatsächlich in eine Kassiererin verwandelt. Also waren sie zurückgefahren, hatten ihr Türschloss mit einem elektronischen Dietrich geknackt und sich bei ihr umgeschaut.

Auf dem Boden im Wohnzimmer hatten eine Menge Unterlagen und Briefe herumgelegen. Irgendwelches altes Zeug, das ihn nicht interessierte. Und nirgends eine Spur von Niels Oxen. Nirgends ein Hinweis. Weder auf den Ex-Soldaten noch auf einen anderen Mann.

An einer Pinnwand in der Küche hatte Lundbye einen Gehaltszettel entdeckt. Ausgestellt von einer Firma namens »B+B Reinigung«, für die Franck offensichtlich auch schon gearbeitet hatte. Dann noch ein einfacher Telefonanruf, und jetzt waren sie hier.

»B+B … Was soll das heißen? Bed & Breakfast, oder was?«

Er stieg aus und sah sich um. Der Däne grinste über seine Bemerkung. Sie gingen zu einer Tür neben dem Rolltor. Sie war offen und führte in eine kleine Halle, in der vier Transporter mit dem Firmenlogo standen. Es war niemand zu sehen.

»Da ist das Büro«, sagte Lundbye und nickte zu einer weiteren Tür.

Er klopfte laut an und betrat, ohne auf Antwort zu warten, den Raum. Ein Mann, vermutlich der Inhaber der Putzfirma, saß am Computer. Er trug eine Tarnhose und ein weißes T-Shirt, das so eng saß wie eine Wurstpelle.

Lundbye hatte vorher angerufen und um ein Gespräch gebeten. Persönlich. Das Thema eigne sich nicht für ein Telefonat.

»Okay, John, Herr Bremer spricht Englisch. Er sagt, wir sollen uns setzen. Ab jetzt bist du dran«, sagte Lundbye.

Der Däne, dem die Reinigungsfirma gehörte, klickte ein paarmal mit der Maus, und weg war der grüne Bildschirm mit den Spielkarten. Dann drehte er sich mit dem Stuhl um und sah sie an.

»Poker«, sagte er grinsend und zeigte sein strahlend weißes Lächeln.

Er war solariumbraun und so blond, dass seine Haare garantiert gebleicht waren. *Same shit* bei den Zähnen. Auf seinem T-Shirt prangte in silbernen Buchstaben der Schriftzug *»Miami Vice«*. Seine Oberarme waren so dick wie bei anderen die Oberschenkel, der Bizeps zeichnete sich messerscharf ab.

Der Typ, dem er hier gegenübersaß, war ein mit Steroiden aufgepumpter Schlappschwanz von der schlimmsten Sorte.

Er begann die Unterhaltung, indem er drei dänische Tausendkronenscheine aus der Tasche zog und auf den Schreibtisch legte.

»Ein kleines Dankeschön für Ihre Hilfsbereitschaft«, erklärte er. »Wie Sie wissen, geht es um eine gewisse Margrethe Franck, die bis vor Kurzem für Sie gearbeitet hat.«

»Hmm … Ich wüsste ja wirklich gern, was an ihr so interessant sein soll«, sagte Bremer mit Blick auf das Geld.

»Das tut hier nichts zur Sache. Beantworten Sie einfach meine Fragen«, erwiderte er.

Der Däne nickte und zuckte mit den monströsen Schultern.

»Was wollen Sie wissen?«

»Wie lange hat sie hier gearbeitet?«

»Keine zwei Wochen.«

»Wie ist sie zu dem Job gekommen?«

»Sie hat sich auf eine Anzeige gemeldet.«

»Was wissen Sie über sie?«

»Nichts … Doch … Ihr fehlt ein Bein. Und sie hat gesagt, sie würde jeden Job annehmen, den sie findet.«

»Hat sie ihre Arbeit gut gemacht?«

»Ich hatte nichts zu meckern.«

»Wieso war sie nur so kurz hier?«

Der gegrillte Putzprolet zuckte wieder mit den Schultern.

»Tja, wir hatten ein paar Meinungsverschiedenheiten.«

»Geht das genauer?«

»Sie hat nicht das getan, was ich von ihr wollte.«

»Also gab es doch Anlass für Beschwerden.«

»Das kann man so sagen …«

»Hören Sie, ich zahle Ihnen ganz sicher nicht dreitausend Kronen dafür, dass Sie mich für dumm verkaufen. Wollen Sie das Geld? Oder wollen Sie es nicht?«

Bo Bremer nickte und hob entschuldigend die Hände.

»Okay. Die Geschichte ist die, dass ich eine Nummer mit ihr schieben wollte, aber sie nicht mit mir. Sie hat mir eine Lampe über den Kopf gezogen, sich mein Geld gekrallt und ist abgehauen.«

»Und weiter? Sie haben sich doch nicht einfach so beklauen lassen, oder?«

»Ein Kumpel und ich haben herausgefunden, dass sie in einem Hotel arbeitet. In der Spülküche. Wir haben sie nach der Spätschicht im Hinterhof abgepasst. Ich fand es nicht in Ordnung, dass sie mir mein Geld abgenommen hat, und wollte es mir zurückholen.«

»Und? Haben Sie es bekommen?«

»Na ja ... Wir hatten abgesprochen, dass wir uns vorher ein bisschen mit ihr amüsieren wollten. Die Nummer nachholen. Sie wissen schon, ihr eine kleine Lektion erteilen ... Aber als wir gerade loslegen wollten, ist plötzlich dieser Typ aufgetaucht. Wie aus dem Nichts. Ein totaler *weirdo* ... Das war krass. Der Kerl hat uns beide in fünf Sekunden plattgemacht. Hätte ich ihn zu fassen gekriegt, hätte ich ihm schon gezeigt, wo der Hammer hängt. Aber so weit bin ich gar nicht gekommen. Der war blitzschnell, so ninjamäßig.«

»Wie sah er aus?«

»Im Hof war es dunkel. Aber er war ziemlich groß, nicht megabreit gebaut, eher ... wie sagt man? Athletisch?«

»Und dann?«

»Er hat uns laufen lassen. Wahrscheinlich ist er mit der Schlampe nach Hause gegangen. Danach habe ich sie nicht mehr gesehen.«

»Hmm. Das hätte auch anders für Sie ausgehen können. Sie hatten echt Glück.«

»Glück? Wieso? Wer war das?«

»Glauben Sie mir einfach. Sie können das Geld behalten. Ich habe erfahren, was ich wissen wollte, danke.«

Er stand auf. Es gab keinen Grund, noch mehr Zeit in der Gesellschaft dieses hirnlosen Idioten zu verschwenden.

Der Mann war Niels Oxen begegnet. Zweifel ausgeschlossen. Hier und jetzt zählte nur das – die Bestätigung, dass Franck und Oxen in Kontakt standen.

Genau darauf hatte er gehofft.

65.

In den guten alten Zeiten hatte man die Verurteilten zum Schafott geschleift. Er hingegen fragte sich, ob er womöglich gerade freiwillig zu seiner eigenen Hinrichtung spazierte.

Er war nervös. Da gab es nichts zu beschönigen.

Der Sitz des *Kopparstierna Fonds* befand sich in der Havnegade. Es gab viele Möglichkeiten, von Kokkedal aus dorthin zu kommen. Er hatte sich für den längsten Weg entschieden.

Er war mit der Regionalbahn die Küste hinunter bis zum Hauptbahnhof gefahren und die restlichen zwei Kilometer zu Fuß gegangen. Fast als könnte er die Ankunft auf dem Schafott auf diese Weise hinauszögern.

Er vermisste seinen Hund. Er hätte Bonnie jetzt gern an seiner Seite gehabt. Das war ihm am H. C. Andersen Boulevard bewusst geworden. Tatsächlich war die Entscheidung, diesen Weg zu wählen, einer simplen Logik geschuldet. Er brauchte Zeit, um sich die Anspannung aus dem Körper zu laufen. Und er brauchte Zeit zum Nachdenken. Um sich noch ein letztes Mal vorzubereiten.

Während seiner Dienstjahre hatte er an unzähligen Treffen teilgenommen, die wirklich Anlass zu Nervosität gegeben hatten. Die Russen zum Beispiel waren absolut unberechenbar. Der russische Inlandsgeheimdienst FSB, *Federalnaja sluschba besopasnosti*, konnte sich wie die personifizierte Gleichgültigkeit geben, während hinter jedem halb geschlossenen Augenlid der Teufel lauerte. Die Franzosen in der *Direction de la surveillance du territoire* musste man bei Laune halten und ihnen immer wieder bestätigen, dass ihr Land unverändert eine Großmacht und kulturelle Instanz sei. Die gewissenhaften Deutschen des Bundesamts für Verfassungsschutz erwarteten Respekt, und man tat gut daran, sie nicht zu irritieren, indem man von irgendwelchen Absprachen abwich.

Der Umgang mit dem Mossad war vielleicht am schwierigsten. Denn wie sollte man Honig um ein Wespennest schmieren, ohne dabei dauernd gestochen zu werden?

Er hatte das so oft erlebt. Kritische Situationen, schmutzige Drohszenarien und erhöhte Alarmbereitschaft ohne erkennbaren Grund – doch sein Instinkt hatte ihn nie im Stich gelassen.

Alleinherrscher? Fürst der Dunkelheit? Big Mossman? Er kannte seine Spitznamen alle, aber er hatte sie immer ignoriert. Es mochte Gerede über ihn gegeben haben, aber das hatte er allein seinen fachlichen Qualitäten zu verdanken.

Jetzt war er ein Rentner.

Jetzt brauchte er einen langen Anlauf.

Und obendrein vermisste er die beruhigende Gegenwart seines Hundes.

Um ehrlich zu sein, hatte er die größten Schwierigkeiten immer mit der *Säpo* gehabt, dem Geheimdienst jenseits des Øresunds.

Er ging mit großen Schritten über die Prinsens Bro und folgte dem Frederiksholms-Kanal mit seinen runden Pflastersteinen. Viele kleine Motorboote lagen Seite an Seite vertäut. Eins der langen, schmalen Sightseeing-Schiffe glitt vorbei. Gleich würde es sich unter der Marmorbro hindurchzwängen und dann unter der Stormbro.

In seiner Branche war eine gesunde Skepsis immer angebracht. Beim Brudervolk in Schweden war er auf viel zu wenig Zweifel gestoßen – und auf viel zu viel Inkompetenz.

Persönlich tat er sich schwer damit, dass die Schweden den Palme-Mörder nie dingfest gemacht hatten. Gleichzeitig bewunderte er über alle Maßen, was sie in anderen Bereichen leisteten. Ganz gleich ob in der Wirtschaft, im Sport oder kulturell, das Ergebnis war immer herausragend. Und wären Björn, Benny, Agnetha und Anni-Frid nicht so durch und durch schwedisch gewesen, dann hätten sie sicher schon vor vielen Jahren einer *Reunion World Tour* zugestimmt und die Bank gesprengt.

War das womöglich der wahre Grund, warum er es immer gehasst hatte, mit den *Säpo*-Leuten an einem Tisch zu sitzen? Simple Eifersucht?

Seine Stimmung wurde nicht besser, wenn er daran dachte, dass er schon in Kürze dem Mann gegenübersitzen würde, der ihn besiegt hatte. Einem verdammten Schweden.

Sixten Kopparstierna würde bei dem Treffen anwesend sein, das er mit dessen Schwester Barbro vereinbart hatte.

Auch wenn ihm noch der endgültige Beweis dafür fehlte, dass Sixten der Kopf des Danehof Ost war, sprachen inzwischen doch eine Menge Indizien für diese Theorie. Gestern Abend hatten sie sich erneut im Keller getroffen und die Ergebnisse ihrer Recherchen besprochen. Laut Margrethe Franck besaß Kopparstierna in Schweden einen Landsitz auf einer Insel im Bolmen, einem großen See im westlichen Småland. Eine Insel …

Vielleicht planten Villum und Kajsa also, einen Unfall auf dem Bolmen zu arrangieren, wenn ihr Oberhaupt die Insel verließ oder auf dem Heimweg war.

In Kürze würde er Sixten in die Augen sehen. Und dasselbe galt für seine Schwester, Knud Klint Kopparstiernas Witwe. Sollte ihr Mann seinerzeit den Danehof geleitet und ihr Bruder sein Erbe weitergeführt haben, dann war es nur logisch, dass Barbro davon wusste. Für gewöhnlich war eine Königin über solche Dinge gut informiert.

Er lief an der Christians Brygge nach links, tauchte in die schattigen Glasschluchten der Nationalbibliothek ein und wenig später wieder auf.

Das Kellertreffen hatte nicht annähernd so lange gedauert wie die davor. Sie hatten sich gegenseitig kurz über ihre Aktivitäten der letzten Tage informiert.

Margrethe Franck hatte Barbro Kopparstierna den Titel Königin verpasst. Wenngleich eine Königin ohne Hof. Die schwedische Witwe, die sich nie einen neuen Mann gesucht hatte, lebte vornehm und isoliert. Einladungen gab es zuhauf, und eine Menge Promis hätten sich den Arm abhacken lassen, um auf ein Foto mit Frau *Kopparstierna Pharma* zu kommen. Aber Barbro war nicht käuflich.

Es gab keine Kinder und deshalb auch keine Enkelkinder, denen sie sich hätte widmen können. Ihr Lebensinhalt war die Striftung, die nach wie vor ihre gesamte Zeit in Anspruch nahm. Freie Stunden verbrachte sie mit Gartenarbeit zu Hause am Gammel Strandvej in Espergærde, direkt am Øresund, oder mit Lesen, wie sie in einem früheren Interview einmal erzählt hatte.

Wenn sie doch öffentlich in Erscheinung trat, und das kam wirklich nur höchst selten vor, dann sah man sie in Kopenhagen oder Stockholm in der Oper.

Über Barbros persönlichen Reichtum war oft und mit den unterschiedlichsten Ergebnissen spekuliert worden. Sicher war, dass sie einen großen Aktienanteil am Konzern besaß und einen Finanzberater mit der Verwaltung ihres Vermögens betraut hatte.

Er ging unter der Knippelsbro hindurch und weiter über die Christian IV's Bro. Für ihn war das hier einer der schönsten Orte seiner Stadt. Wasser zu beiden Seiten. Die Aussicht auf das Umweltministerium und das riesige grüne Dach der Börse mit ihrer gewundenen Turmspitze, und dahinter die unverdrossene Werkstatt der Demokratie – Christiansborg Slot mit dem Parlament.

Er liebte diesen Blick von der Brücke. All das zu beschützen war viele Jahre lang seine Aufgabe gewesen. Fast ein bisschen absurd … mit seinem Wohnsitz in Kokkedal. Wäre es nach ihm gegangen, wären sie schon längst ins Herz der Hauptstadt gezogen, aber da hatte seine Frau das letzte Wort. »*Wir bleiben in Kokkedal, bis sie uns wegtragen, Axel.*«

Sixten Kopparstiernas Vermögen war ebenfalls beträchtlich und wurde von derselben Gesellschaft verwaltet wie Barbros. Er besaß einen großen Anteil der *Kobberstjerne Pharma International*-Aktien sowie ein Portfolio aus besonders soliden Wertpapieren. Außerdem hatte er das Lebenswerk seines Vaters fortgeführt und sein Unternehmen zu einem günstigen Zeitpunkt abgestoßen.

Darüber hinaus besaß er eine ganze Reihe von Immobilien. Ein Großteil davon waren Mietobjekte in Malmö, Göteborg und Stockholm, darunter seine exklusive Privatwohnung in Östermalm, die er allerdings so gut wie nie nutzte. Die Insel im Bolmen gehörte zu den exotischeren Besitztümern.

Sixten Kopparstierna hatte seinen Hauptwohnsitz in Schweden, im Schloss der Familie, obwohl er sich die meiste Zeit in Kopenhagen aufhielt.

Hier residierte er in einer herrschaftlichen Wohnung der teuersten Kategorie – im historischen Holsteins Palais in der Stormgade, direkt gegenüber dem langen Säulengang des Nationalmuseums.

Auf ewig in Kokkedal oder nicht – er kannte die Geschichte seiner Stadt und legte auch großen Wert darauf, sie zu kennen. Die Stormgade trug ihren Namen zur Erinnerung an den Sturmangriff der Schweden auf Kopenhagen – da war sie wieder, die Sache mit den ungeliebten Nachbarn –, die 1659 übers Eis einmarschiert waren.

Mit dem Holsteins Palais hatte der steinreiche Schwede sich also ein Stück denkmalgeschütztes dänisches Kulturerbe erobert. Wie sollte es auch anders sein.

Oxen und Sonne hatten Sixten Kopparstierna observiert und sämtliche Informationen aus dem Netz gezogen, die zu finden waren. Sixten liebte es, den kurzen Weg zu seinem Büro in der Havnegade zu Fuß zu gehen, wobei er seine Route variierte. Gelegentlich machte er sogar einen kleinen Umweg, ganz offensichtlich, um die schöne Gegend zu genießen. Um Punkt neun war er immer an seinem Schreibtisch. Genau wie seine Schwester Barbro.

Er widmete seine Zeit im Wesentlichen zwei Dingen – der Stiftung und dem Schloss. Er war Jäger, Angler und Golfspieler, allerdings ohne erkennbare Leidenschaft für diese Hobbys. Sein größtes Interesse galt dem schwedischen Mittelalter, aber er ließ sich auch von Barbro in die Oper locken.

Sixten war seit einigen Jahren geschieden und hatte zwei Söhne, beide erwachsen. Wie seine Schwester hatte auch er nie wieder geheiratet. Und er war mindestens ebenso scheu wie sie.

Oxen und Sonne hatten sich mithilfe eines elektrischen Dietrichs und irgendeines technischen Wunderdings, das die Alarmanlage außer Gefecht setzte, Zugang zu der über dreihundert Quadratmeter großen Wohnung verschafft. Wie das funktionierte, hatte er nicht ganz verstanden, aber das war ja auch egal. Was seinem Neffen an Mut und Muskelkraft fehlte, glich er mit seinem schlauen Köpfchen problemlos aus.

Die beiden hatten die ganze Wohnung diskret durchsucht, ohne auch nur den geringsten Anhaltspunkt dafür zu finden, dass Sixten mit dem Danehof oder anderen suspekten Machenschaften in Verbindung stehen könnte. Aber das war zu erwarten gewesen.

Sie hatten sechs Wanzen in der Wohnung angebracht und einen GPS-Sender an seinem Wagen befestigt, einem Rolls-Royce Silver Shadow II, der in der Garage des Palais stand.

Er bog in die Havnegade ein und ging an einem eingezäunten Sportplatz vorbei, wo man sowohl Basket- als auch Fußball spielen konnte. Junge Bäume flankierten die Straße, und auf der Hafenpromenade waren viele Menschen unterwegs.

Kopenhagen war keine Stadt mehr, sondern ein *Wohnraum*. Ein lebender Organismus mit grünen Lungen, Hafenschwimmbad und kilometerlangen Promenaden. So etwas Banales wie auf der Straße ein bisschen zu kicken gab es nicht mehr. Dafür hatte man *Street*-Milieus mit *Street*-Aktivitäten.

Den Damen und Herren der Stadtplanung gebührte wirklich Respekt. Der Schmelztiegel Hauptstadt brauchte den internationalen Vergleich nicht zu scheuen.

Es war immer noch sein Job, auf all das aufzupassen. Auch wenn man ihm den Rücken zugekehrt hatte.

Der *Kopparstierna Fonds* hatte seinen Sitz in einem dreistöckigen Eckhaus, strahlend weiß, mit Stuck und Gesimsen und Erkern mit mannshohen Fenstern. Hier verwalteten also sechsundzwanzig Mitarbeiter die gewaltigen Summen.

Die große Eingangstür an der Havnegade war aus dunklem Holz. Über der Tür hing das Logo des Pharmakonzerns, das Wappen mit dem siebenzackigen Kupferstern auf blauem Grund. Direkt daneben war eine Überwachungskamera installiert, die Treppe und Bürgersteig erfasste. Auf einem diskreten Messingschild neben der Tür stand »*Kopparstierna Fonds*«.

Er drückte auf den Knopf der Gegensprechanlage, blickte in die Kameralinse darüber und nannte seinen Namen, als eine Frauenstimme ihn darum bat.

Es ertönte ein Summen, gefolgt von einem lauten Klicken und einem »Bitte sehr« aus dem Lautsprecher. Er drückte die schwere Tür auf und trat ein.

Die Eingangspforte fiel hinter ihm ins Schloss, und er stand in einem kurzen Flur vor der nächsten massiven Tür. An der Decke war eine Dome-Kamera angebracht, eine dieser halbkugelförmigen Überwachungskameras mit Weitwinkelobjektiv. Rechts von ihm öffnete sich eine Luke in der Wand, und eine kleine Schublade glitt automatisch heraus.

»Würden Sie sich bitte ausweisen, mit Foto?« Es war dieselbe Frauenstimme.

Er kramte nach seinem Führerschein, legte ihn in die Schublade, die in die Wand zurückglitt, wartete einen Moment, und mit einem weiteren Klicken öffnete sich die Tür.

»Herzlich willkommen, Herr Mossman, treten Sie ein. Hier ist Ihr Führerschein.«

Eine elegante Frau im schwarzen Hosenanzug empfing ihn freundlich lächelnd.

»Eine Schleuse?«, brummte er und sah über die Schulter. Genau diese Art von Furcht zu bekämpfen war seine Lebensaufgabe gewesen.

»Leider, ja. Sie wurde nach den Anschlägen von Paris eingerichtet … Aber noch vor Brüssel. Darf ich Ihnen den Mantel abnehmen?«

Er überließ der Dame seinen Trenchcoat, den er schon seit dem Bahnhof über dem Arm getragen hatte.

»Bitte folgen Sie mir.«

Sie führte ihn zu einem Aufzug und begleitete ihn in den zweiten Stock.

»Sie werden in Frau Kopparstiernas Arbeitszimmer erwartet. Ich habe Sie bereits angemeldet«, sagte die Frau, und er folgte ihr einen langen Gang entlang. An der letzten Tür klopfte sie an, öffnete und ließ ihn eintreten. Dann zog sie sich zurück und machte die Tür hinter ihm zu.

Als Erstes fiel ihm die Decke auf. Sie war zartrosa wie der Abendhimmel, nur durchbrochen von zwei riesigen weißen Stuckrosetten, von denen prächtige Kristallleuchter herabhingen. Die Tapeten trugen ein dezentes Muster, cremefarben mit zarten Linien und Blumen in Rosé, die hohen Sockelleisten waren in einem anderen Beigeton gehalten. Das Fischgrätparkett glänzte wie das windstille Meer.

An den Wänden hingen goldgerahmte Gemälde. Ein paar Meter von der Tür entfernt stand ein großer Mahagoni-Schreibtisch.

Die Königin saß auf einem antiken altrosa Sofa, das zu einer kleinen Sitzgruppe gehörte, den einzigen Möbeln im Zimmer außer dem Schreibtisch. Sie trug einen hellen Rock und einen passenden Blazer.

Barbro Kopparstierna war viel zierlicher, als er gedacht hatte. Selbst auf einem kleinen Zweisitzer-Sofa nahm sie nicht viel Platz ein.

»Guten Tag, kommen Sie doch zu mir.«

Ihre Stimme war klar und fest. Er durchquerte den Raum – »Arbeitszimmer« war ein sehr bescheidenes Wort für einen solchen Saal. In einem Herrenzimmer mit schweren Möbeln hätte er sich wohler gefühlt. Er gab ihr die Hand, und sie forderte ihn auf, sich zu setzen.

Eine junge Frau erschien und stellte zwei Kannen auf den weißen Sofatisch mit den geschwungenen, kunstvoll geschnitzten Beinen.

»Mein Bruder Sixten wird gleich dazukommen. In der linken Kanne ist Kaffee, rechts Tee. Greifen Sie nur zu, Herr Mossman.«

Barbro Kopparstiernas graue Haare waren im Nacken mit einer Spange zusammengehalten. Ihre weiße Bluse war bis zum Hals zugeknöpft, darüber trug sie eine Perlenkette.

Ausnahmsweise erlaubte er es sich, auf solche Äußerlichkeiten zu achten. Es war faszinierend, dieser geheimnisumwitterten Frau, die so selten in Erscheinung trat, so nah zu sein.

Von ihrem Schreibtisch aus wurde das soziale Engagement des Pharmaunternehmens verwaltet, von hier aus wurde Jahr für Jahr ein dreistelliger Millionenbetrag für die unterschiedlichsten Projekte gespendet.

»Und hier arbeiten Sie jeden Tag?«

Seine Frage war eigentlich nichts anderes als eine Feststellung, die ihm einfach herausgerutscht war.

»So ist es. Aber nur von neun bis drei. Mit den Jahren ist mein Arbeitstag recht kurz geworden«, sagte die Königin und schenkte sich Tee ein.

»Es gibt sicher eine Menge zu tun in so einer Stiftung. Die ganzen Projekte, das Tagesgeschäft, all die Anfragen …?«

»Ja, langweilig wird es nicht. Viele bitten uns um finanzielle Unterstützung«, sagte die klare Stimme. »Und es werden jedes Jahr mehr. Unser Wohlfahrtsstaat ist heute ja nur noch ein Schatten seiner selbst. Meinem Bruder und mir kommt es manchmal vor, als würde man von uns erwarten, dass wir die Aufgaben stemmen, mit denen unsere Politiker überfordert sind. Verstehen Sie mich nicht falsch, wir wollen uns nicht beklagen. Aber sollte es nicht Aufgabe der gewählten Volksvertreter sein, Prioritäten zu setzen und eine gewisse Kontinuität, ein gewisses Niveau zu wahren? Wir haben nicht den Eindruck, dass die Damen und Herren dem gewachsen sind, wenn Sie verstehen, was ich meine.«

Er nickte. Klare Worte ... Woher kam eigentlich das falsche Bild, das Barbro Kopparstierna als wenig markante Frau darstellte, die auf die Hilfe ihres Bruders angewiesen war?

»Uns ist absolut bewusst, dass wir eine gewisse Verpflichtung und Verantwortung gegenüber der Gesellschaft haben. Wir bemühen uns, die richtigen Entscheidungen zu treffen, damit die Unterstützung dort ankommt, wo der Bedarf am höchsten ist – solange der Zweck mit unseren Richtlinien vereinbar ist«, sagte sie.

Es klopfte an der Tür hinter der Sitzgruppe. Durch dieselbe Tür war auch die Frau mit dem Kaffee gekommen, und jetzt trat Sixten Kopparstierna ein. Er beugte sich zu seiner Schwester hinunter und gab ihr einen flüchtigen Kuss auf die Wange, bevor er ihm die Hand schüttelte und sich auf den freien Stuhl setzte. Er war ebenso grauhaarig wie sie, mit einer hohen Stirn und klaren blauen Augen hinter einer goldgefassten Brille.

Der Bruder der Königin trug einen dunkelblauen Anzug mit gelber Krawatte. Was auch sonst. Eine Farbkombination, die wie Salz in der offenen Wunde seines Schweden-Komplexes brannte.

In Anbetracht der perfekt gekleideten Geschwister sah er verstohlen an sich selbst hinunter. Er hatte den kleinsten Anzug herausgesucht, den er besaß. Einen, der ihm in jenen glücklichen Tagen vor gar nicht allzu langer Zeit viel zu eng gewesen war.

Jetzt war die Hose an den Oberschenkeln zu weit, und das Jackett bot reichlich Platz für Rücken, Schultern und Bauch. Neben Barbro und Sixten nahm er sich aus wie Don Quijote de la Mancha. Aber vielleicht konnte er das zu seinem Vorteil nutzen? Er hatte den Gedanken kaum zu Ende gedacht, als Frau Kopparstierna das Wort ergriff.

»Da mein Bruder nun eingetroffen ist, lassen Sie uns doch zur

Sache kommen. Sie hatten mir geschrieben, Herr Mossman, dass es um eine Art Ermittlung gehe?«

»Das ist richtig. Benedicte Bjørk, die Schwester von Sigrid Ryttinger Bulbjerg, hat mich beauftragt, Nachforschungen für sie anzustellen.«

»Und das hat etwas mit uns zu tun, wenn ich Sie recht verstanden habe?«

Er war sich tatsächlich nicht ganz sicher, ob Barbro im Pluralis Majestatis sprach, wenn sie »uns« sagte, oder ob sie sich *und* ihren Bruder damit meinte.

»Wie ich Ihnen geschrieben habe ... Sigrid Bulbjerg ist vor gut elf Jahren bei einem Verkehrsunfall gestorben. Und nun sind Zweifel daran aufgekommen, dass dieser Unfall wirklich ein Unfall war. Durch einen Tagebucheintrag weiß ich, dass sie nur wenige Tage vorher hier bei Ihnen gewesen ist.«

»Ich habe eine Mitarbeiterin gebeten, das Datum zu überprüfen, das Sie in Ihrer Nachricht erwähnten«, antwortete Barbro Kopparstierna. »Es stimmt, dass Frau Bulbjerg vor elf Jahren hier war, am 8. Dezember. Sowohl mein Bruder als auch ich waren zugegen.«

Sixten Kopparstierna saß entspannt zurückgelehnt da und musterte ihn diskret. Ohne Anstalten zu machen, sich in das Gespräch einzuklinken.

»Ich würde von Ihnen beiden gerne wissen – nur grob umrissen –, mit welchem Anliegen Frau Bulbjerg sich an Sie gewandt hat. Das geht aus ihren Aufzeichnungen nämlich nicht hervor.«

»Entschuldigen Sie, aber waren Sie nicht der Chef des dänischen Nachrichtendienstes? Und nun sind Sie pensioniert – und betätigen sich als Privatdetektiv? Das ... erscheint mir ein wenig ... unpassend.«

Der Bruder der Königin meldete sich zum Dienst. Schnell und ohne Vorwarnung biss die Schlange zu, den Angriff mit einem freundlichen Augenzwinkern und der Andeutung eines Lächelns versehen.

»Ja, das stimmt, ich war Leiter des PET. Ab und zu übernehme ich Fälle, die mich interessieren. Betrachten Sie es als eine Art Hobby. Andere gehen jagen oder spielen Golf.«

»Wie schön …« Sixten Kopparstierna ließ ihn vom Haken.

»Ich habe in den letzten Tagen versucht, mich an das Gespräch zu erinnern«, sagte Barbro Kopparstierna. »Aber leider kann ich Ihnen wirklich nicht mehr sagen, was Frau Bulbjerg damals wollte. Solche Termine werden bei uns nicht dokumentiert. Wissen Sie, Herr Mossman, wir treffen jedes Jahr so viele verschiedene Menschen. Erst wenn ein Projekt daraus entsteht, wird alles schriftlich festgehalten.«

Elf Jahre waren eine lange Zeit. Aber abgesehen davon war es ihm ohnehin egal. Die ganze Übung hier diente einem ganz anderen Zweck: Er wollte Sixten Kopparstierna in die Augen schauen.

»Vielleicht fällt Ihnen noch etwas ein, Herr Kopparstierna?«

»Nein, da klingelt gar nichts, tut mir leid.«

»Denken Sie an den Mittelnamen der Frau – Ryttinger. Hilft Ihnen das vielleicht weiter?«

Bruder und Schwester schüttelten einmütig den Kopf.

»Frau Bulbjergs Vater war ein sehr bekannter Unternehmer. Sein Name war Karl-Erik Ryttinger. Er hat Ihren Mann wohl gut gekannt, Frau Kopparstierna, er war im Vorstand von Ryttingers Unternehmen.«

Langsam ging ihr ein Licht auf, und auch ihr Bruder nickte.

»Ja natürlich, ja … Wahrscheinlich liegt es daran, dass mein Mann nie viel über Ryttinger gesprochen hat. Und er saß in einigen Vorständen. Wenn ich so darüber nachdenke, meine ich mich zu erinnern, dass Frau Bulbjerg nicht mit konkreten Fragen zu uns gekommen ist. Es war eher ein Gespräch. Über das Andenken ihres Vaters – und meines Mannes.«

»Doch, daran erinnere ich mich jetzt auch«, ergänzte Sixten.

»Und daran, dass ich nie so richtig verstanden habe, was Frau Bulbjerg eigentlich von uns wollte.«

Mossman drehte sich zu Sixten Kopparstierna. Die blank geputzten Brillengläser des Schweden reflektierten das Licht, das durch die Fenster fiel. Sein Blick war freundlich – und wachsam.

Sixten Kopparstierna blieb professionell. Das also war der Mann, der ihn zum Rentner gemacht hatte.

Er sah auf seine schlackernden Hosenbeine hinunter und auf die Lücke zwischen Hemd und Jackett. Er würde den beiden zeigen, dass er nicht gegen Windmühlen kämpfte.

Die Schlange biss ein zweites Mal lächelnd zu.

»Haben Sie denn eine Theorie, wer Frau Bulbjerg nach dem Leben getrachtet haben könnte, Herr Mossman? Und warum?«

»Nur dass es mit Ryttingers Geschäftsmethoden zu tun haben könnte. Er war ein harter Hund. Aber das war eigentlich auch schon alles. Vielen Dank, dass Sie mir Ihre Zeit geopfert haben. Ich hatte mir natürlich mehr erhofft, aber ich habe vollstes Verständnis, denn elf Jahre sind eine lange Zeit. Es war einen Versuch wert«, sagte er und stand auf.

»Gern geschehen. Ich bedaure Ihre magere Ausbeute, Herr Mossman«, sagte Barbro und erhob sich ebenfalls. Sie sah ihren Bruder an.

»Dann können wir beide uns vor dem nächsten Termin noch ein wenig unterhalten, Sixten.«

»Viel zu tun?«, fragte Mossman, nur um noch etwas zu sagen und den Abschied einzuleiten.

»Eine Delegation aus Jütland. Das Dach eines Museums ist undicht, die Exponate sind von Feuchtigkeit und Schimmel bedroht. Und heute Nachmittag erwarten wir zwei Vertreter der Gesundheitsbehörde, da geht es um die Unterstützung eines Kinderhospizes.«

»Beides Aufgaben, für die im Grunde der Staat zuständig wäre, aber der *Kopparstierna Fonds* hat breite Schultern, Herr Mossman«, sagte Sixten, stand auf und drückte ihm mit schiefem Lächeln die Hand.

Dann ging die Tür auf, und die Frau im schwarzen Hosenanzug stand bereit, um ihn wohlbehalten zum Aufzug und durch die Schleuse zu geleiten.

Er hatte Barbro und Sixten Kopparstierna nicht zum letzten Mal gesehen. Aber das nächste Treffen würde unter anderen Vorzeichen stattfinden. So viel stand fest.

66.

Eine höllische Geduldsprobe. Nichts anderes war die gegenwärtige Situation. Er wusste, dass Geduld sich auszahlen konnte, und er wusste, dass Geduld in seinem Metier eine unverzichtbare Eigenschaft war. Er hatte nur leider noch nie viel davon besessen.

Zwei Tage lang war der schrottreife Renault ihr Zuhause gewesen. Sie saßen an wechselnden Standorten in Østerbro fest, aber immer mit ungehinderter Aussicht auf Haustür und Hofeinfahrt der ehemaligen PET-Tussi.

Und wenn sie nicht dort warteten, dann vor dem Netto-Supermarkt, so lange, bis sie Feierabend machte und mit dem Fahrrad nach Hause fuhr. Manchmal hatte einer von ihnen eine Runde gedreht, während der andere Wache schob. Ein bisschen frische Luft geschnappt. Sich etwas zu Essen besorgt. Irgendwo ein Klo aufgesucht. Oder einfach nur ein Nickerchen auf dem Rücksitz gemacht.

So etwas hing einem ziemlich schnell zum Hals heraus, und auch wenn er und Morten Lundbye in derselben Branche zu Hause waren, hatten sie sich nicht viel zu sagen. Der Däne war ein Grünschnabel, er war noch nie dort gewesen, wo man sich die Flossen wirklich verbrennen konnte.

Dieser Morgen verlief jedoch anders. Margrethe Franck war

nicht mit dem Rad aus ihrer Einfahrt gekommen und auch nicht zur Arbeit gegangen. Entweder war sie krank – oder sie hatte andere Pläne.

Die Frau musste einen ziemlichen Absturz hinter sich haben. Im Vergleich zu dem kurzen Eindruck, den er an dem Abend in Gram von ihr bekommen hatte, sah sie inzwischen echt beschissen aus. Von den Fotos in seinem Archiv ganz zu schweigen. In seinen Unterlagen wurde auch ein Mini Cooper erwähnt. Mithilfe eines Kontaktmanns, den Lundbye bei der Polizei kannte, hatten sie überprüft, ob ein Wagen auf ihren Namen zugelassen war. Es gab tatsächlich einen. Einen Suzuki Alto mit Baujahr vor Christi Geburt. Sie hatten der Rostlaube, die im Hof parkte, einen GPS-Sender verpasst, aber anscheinend benutzte sie die Karre nie.

Ein paar Minuten später wurde er eines Besseren belehrt, als die Dänin in ihrem Auto vom Hof rollte und nach rechts abbog.

»Wach auf, verdammt!«

Lundbye lag auf dem Rücksitz und döste. Er reichte ihm den GPS-Monitor nach hinten.

»Sie fährt weg. Hol sie auf den Schirm.«

»Gib mir eine Sekunde«, sagte der Däne und bemühte sich, fit zu klingen.

Die erste halbe Stunde bestand aus absurden Manövern in der Innenstadt und einer Runde um den Zoologischen Garten in Frederiksberg. Zwei Mal blieb der rote Punkt auf ihrem Monitor für einen Moment ganz stehen.

Dafür gab es eigentlich nur eine Erklärung. Bei ihrem Hintergrund konnte man davon ausgehen, dass sie überprüfte, ob sie beschattet wurde, und eventuelle Verfolger abschütteln wollte. Schließlich hielt sie Kurs Richtung Süden und wechselte dann auf die Autobahn.

»Das gibt's doch nicht«, sagte Lundbye, der beim ersten Stopp auf den Beifahrersitz umgestiegen war. »Ich glaube, die Alte ist auf dem Weg nach Schweden. Was zur Hölle will sie denn da? Wieso Schweden?«

Er gab dem Dänen keine Antwort. Solche Fragen waren nichts als verbaler Durchfall. Hätten sie gewusst, was Franck vorhatte, dann säßen sie jetzt nicht im Auto und starrten einen roten Punkt an.

Schon wenige Minuten später fuhren sie tatsächlich auf die Brücke über den Øresund. In Kürze würden sie in Schweden sein. Bei dem Gedanken beschlich ihn plötzlich die vage Hoffnung, dass Oxen möglicherweise irgendwo dort drüben wartete.

»Mist! Vielleicht gibt es eine Passkontrolle«, platzte Lundbye heraus. »Hast du deinen Ausweis dabei?«

Er nickte.

»Kontrolle? Wieso?«

»Flüchtlinge.«

»Sehe ich aus wie ein Flüchtling? Reg dich ab.«

Instinktiv führte er die Hand unter die Jacke und tastete nach dem Schulterholster mit der Browning, die Lundbye ihm zur Verfügung gestellt hatte. Wenn sich die Chance bot und die Situation es zuließ … dann würde er nicht zögern, Oxen abzuknallen wie einen Hund.

67.

Torups Slott lag in sanftem Sonnenlicht, das die jahrhundertealten, meterdicken roten Backsteinmauern langsam erwärmte und die letzten Erinnerungen an Winter und Frost aus den Fugen des altehrwürdigen Bauwerks verjagte. Er dachte an den Felsen in den schwedischen Schären zurück und daran, wie er dort gesessen und zu spüren geglaubt hatte, wie seine Muskeln auftauten.

Das Schloss, das eigentlich eher eine Burg war, bot einen beeindruckenden Anblick, malerisch gelegen in einer offenen Talsenke, von Buchenwäldern eingerahmt.

Der Bau war viereckig und kompakt, mit einem geschlossenen Burghof in der Mitte. Er war auf einem hohen Sockel aus Feldsteinen errichtet worden und ragte drei Stockwerke hoch in den schwedischen Himmel, mit einem Giebeldach und Schießscharten.

An den Stirnseiten befanden sich Stufengiebel, und im Nordwesten erhob sich ein achteckiger Turm, während im Südosten ein runder Turm eine Art Symmetrie herstellte.

Die beiden dänischen Schlösser, mit denen er in den letzten Jahren so bittere Erfahrungen gemacht hatte, kamen ihm im Vergleich zu dieser schwedischen Festung geradezu unscheinbar vor. Weder Nørlund Slot im Rold Skov noch Gram Slot in Südjütland hätten diesen Ort im schwedischen Buchenwald angemessen ausfüllen können.

Er saß auf einer Bank an dem Rundweg, der auf einem flachen Wall um das Schloss herumführte.

Sixten Kopparstierna hatte den Schlosspark schon vor einigen Jahren für Spaziergänger geöffnet. Als offizieller Eingang diente ein großes Tor in einem vorgelagerten Gebäude, dem Mellangård, in dem einst die Stallungen untergebracht waren. Der alte Hoftrakt lag direkt an der schmalen Landstraße, die aus dem kleinen Ort Bara am Schloss vorbei in das riesige Waldgebiet führte.

Er war sofort nach dem Frühstück – zwei Käsebrötchen und ein Kaffee – zusammen mit Christian Sonne aufgebrochen. Im Augenblick war Mossmans Neffe unterwegs, um nach einer geeigneten Parkmöglichkeit am Waldrand Ausschau zu halten. Sie brauchten einen Platz, wo sie den Wagen absolut unsichtbar abstellen konnten.

Er hatte eine kleine Broschüre in der Hand. Auf der ersten Seite hieß Sixten Kopparstierna seine Gäste willkommen – *»nicht um aus der Geschichte Kapital zu schlagen, sondern um ihr meinen Respekt zu erweisen und ein Stück Kulturerbe mit der Bevölkerung* *zu teilen«*, wie es in dem persönlichen Grußwort hieß, das mit einer formvollendeten Unterschrift endete.

Tatsächlich kostete es auch keine einzige Krone, den Park zu genießen. Nur wenn man das Schloss von innen besichtigen wollte, musste man eine Eintrittskarte kaufen.

Er schaute auf die Uhr. Margrethe Franck war längst angekommen. Ihrem Zeitplan zufolge nahm sie gerade an der Schlossführung teil.

Auch wenn natürlich nicht alle Räume für Besucher zugänglich waren, wollte sie versuchen herauszufinden, welche Möglichkeiten sie im Inneren des Schlosses hatten. Gab es einen Weg, durch den öffentlichen Bereich in Sixten Kopparstiernas private Gemächer zu gelangen? Gab es eine Alarmanlage oder Videoüberwachung? Und wenn ja, in welchem Umfang?

Francks Mission sollte ihnen lediglich einen Überblick verschaffen. Eine Kontaktaufnahme zwischen ihnen war nicht vorgesehen. Sobald sie fertig war, würde sie wieder nach Hause fahren.

Er lehnte sich zurück und genoss die wärmenden Sonnenstrahlen in seinem Gesicht. Vor wenigen Wochen hatte er noch auf Tessas ferner Insel gesessen. Jetzt saß er in der Welt der anderen und plante einen respektlosen Anschlag auf das imposante Gebäude, das direkt vor ihm stand, umgeben von den Resten der Wallanlage und schmuckem Grün.

Er machte gerade Pause von seiner zweiten Erkundung rund um das Schloss auf der Suche nach Lücken und Schwachstellen. Sie mussten sich unbedingt Zugang zu Kopparstiernas Wohntrakt verschaffen, um dort die Abhöranlage zu installieren.

Wenn es ihm nicht gelang, seine Mission erfolgreich zu Ende zu bringen, würde die Welt der anderen ihm für immer verschlossen bleiben.

So war es. Das Leben … ein Weg voller Hindernisse und Dämonen, an dessen Ende das Unausweichliche stand. Er hatte sich nie vor dem Tod gefürchtet, aber zu keinem Zeitpunkt war ihm so bewusst gewesen wie jetzt, dass ein Teil der Strecke ein Gang nach Canossa war. Dass Abwesenheit nur mit Nähe wiedergutzumachen war.

Ein eisiger Schauer verjagte die Sonne aus seinem Körper. Was, wenn Magnus nichts mehr von ihm wissen wollte? Diese Frage hatte er sich schon unendlich oft gestellt.

Er hob den Blick von seinen Füßen und schaute hinüber zum Schloss. Auf der Fahrt hierher hatte er Kopparstiernas Broschüre gelesen.

Eine Frau hatte Torups Slott im 16. Jahrhundert errichten lassen. Görvel Fadersdotter hieß sie. Sie war die Witwe eines Reichsrats gewesen. Eine wohlhabende, starke und tatkräftige Frau, bis zu dem Tag, als die Pest ihr den geliebten Sohn genommen hatte.

Der Sohn hieß Niels, genau wie er.

Görvels Herz zerbrach an diesem Verlust, von dem sie sich nie erholte, und so wanderte sie noch heute ruhelos durch ihr Schloss, Nacht für Nacht, vom Keller bis unter das Dach, und trauerte um ihr Kind.

Ihn hatte niemand so geliebt. Sein Vater schmorte in der Hölle, und wenn es tatsächlich einen Himmel gab, dann hatte seine Mutter nicht genug Mut bewiesen, um sich eine Eintrittskarte ins Paradies zu verdienen.

Würde er selbst auch zur ewigen Ruhelosigkeit verdammt sein, wenn Magnus ihm den Rücken zukehrte? Und wo würde er umherwandern? Zwischen den dichten Stämmen des Waldes? Oder auf den endlosen Bürgersteigen der Großstadt?

In Torups Slotts langer Geschichte gab es einige unglückliche Ereignisse, aber eins überschattete alle anderen. 1775 hatte man ein großes Frühlingsfest ausgerichtet. Der junge Offiziersanwärter Fredrik Trolle wollte mit seinen Schwestern Brita Sophia und Elisabeth Augusta und ihrer Tante Fredrica Harmens auf den See hinausrudern. Doch das Boot kenterte, und keiner von ihnen konnte schwimmen. Alle vier ertranken ganz nah am Ufer.

Er konnte ein junges Paar am Ufer sehen. Sie saßen auf einer roten Decke, zwischen ihnen lag ihr kleines Kind, und daneben auf dem Rasen stand der Kinderwagen.

Das Schloss hatte eine bewegte Vergangenheit, und außer dem Geschlecht der Kopparstierna hatte es schon viele Besitzer gehabt. 1647 wurde Torups Slott von dem Dänen Corfitz Ulfeldt gekauft, der mit Leonore Christine, einer Tochter König Christians IV., verheiratet war. Ulfeldt geriet unter Verdacht, Geld unterschlagen zu haben, als er nach dem Tod seines Schwiegervaters vorübergehend die Geschicke Dänemarks lenkte, bis Frederik III. die Regentschaft übernahm. Er flüchtete nach Schweden und wurde als Landesverräter geächtet.

Später überwarf sich der Däne mit dem schwedischen König, der ihn enteignete und zum Tode verurteilte. Aber Ulfeldt gelang es, zurück nach Dänemark zu fliehen.

»Oxen, du führst uns hier durch – und auf der anderen Seite wieder hinaus, oder? Schaffst du das?«

Christian Sonne hatte tief bekümmert geklungen, als er ihn das gefragt hatte. Der ehemalige Polizist hatte sich ihrer kleinen Truppe zwar wieder angeschlossen, war aber vor allem ein ängstlicher Mensch und Vater von zwei Töchtern. Ein isolierter Mann, genau wie er selbst, der davon träumte, in die normale Welt zurückzukehren.

Sonnes Frage war gefallen, während sie am Straßenrand standen und das Schloss aus der Ferne betrachteten. Er hatte sie immer noch im Ohr, gefolgt von einem leisen Seufzen und einem düsteren Blick.

Als hätte er je irgendetwas anderes als Tod und Verderben über andere gebracht. Trotzdem hatte er genickt und Sonne auf die Schulter geklopft. »Wir schaffen das, Sonne … Ich bin mir sicher.«

Ulfeldt bekam schließlich seinen Freispruch, doch seine Taten holten ihn ein.

Der dänische König hatte Wind davon bekommen, dass Ulfeldt sich mit dem Kurfürsten von Brandenburg erneut gegen die dänische Krone verbünden wollte, und so verurteilte das höchste Gericht Corfitz Ulfeldt in Abwesenheit wegen Hochverrats zum Tod. Da man ihn nicht leibhaftig hinrichten konnte, exekutierte man stattdessen eine Holzfigur und errichtete ein Schandmal auf dem Gråbrødre Torv in Kopenhagen.

1664 ertrank Ulfeldt bei einer Schifffahrt auf dem Rhein. Starben eigentlich alle im Wasser?

Anfang des 18. Jahrhunderts kaufte ein gewisser Ulf Kopparstierna Torups Slott, das ein paar Generationen später wegen wirtschaftlicher Probleme wieder abgestoßen wurde und schließlich dank des florierenden Geschäfts mit Eisenerz in den Besitz der Kopparstiernas zurückkehrte.

Seitdem war es stiller um das Schloss geworden. Es gab keine großen Dramen und schillernden Protagonisten mehr, aber man sollte sich von Sixten Kopparstiernas unbescholten-anonymem Auftreten nicht täuschen lassen. Wenn Mossmans Theorie richtig war, dann war das Schloss immer noch eine Brutstätte für raffinierte Verschwörungen gegen die dänische Gesellschaft.

Oxen beschloss, seine Bank zu verlassen. Er hatte gesehen, was er sehen wollte. Er wusste längst, wo sie zuschlagen würden. Der Plan hatte sofort Form angenommen, und daran hatte sich auch nichts geändert, nachdem er alles noch einmal genauer durchdacht hatte.

Rund um das Schloss waren an einigen Stellen merkwürdige Granitblöcke in die Außenmauer eingelassen. Sie waren etwa zwanzig Zentimeter breit, gut dreißig Zentimeter hoch und ragten etwa anderthalb Meter aus der Mauer heraus. Je zwei davon befanden sich nebeneinander, als hätten sie ursprünglich irgendetwas getragen – vielleicht eine Plattform für Schützen, damit sie besser schießen konnten? Oder hatte man dort seine Wäsche zum Trocknen aufgehängt?

Er hatte keine Ahnung. Er wusste nur, dass diese Granitblöcke wie geschaffen dafür waren, ein Seil daran zu befestigen, an dem man sich zu den Fenstern im ersten Stock hochziehen konnte.

Er stand auf und ließ zuerst noch eine kleine Gruppe Spaziergänger vorbei. Eine junge Mutter mit Buggy, ein Vater mit einem kleinen Jungen auf der Schulter, gefolgt von einem älteren Ehepaar, offenbar die Großeltern. Die Oma hatte ein kleines Mädchen an der Hand.

Die Familie schlenderte langsam in Richtung Mellangård und blockierte selbstvergessen den gesamten Weg, er blieb einfach hinter ihnen.

Er schaute nach vorn, durch die Lücke zwischen dem Vater mit dem Kind auf der Schulter und dem älteren Herrn.

Gleich kam noch eine Bank. Eine gute Gelegenheit, das Schloss aus einem neuen Winkel zu betrachten. Vielleicht gab es auf dieser Seite ja Granitblöcke, die noch günstiger platziert waren. Allerdings saß da schon jemand. Ein Mann. Oxen hätte die Bank gern für sich gehabt, zumal der Mann ziemlich viel Raum für sich beanspruchte. Er saß in der Mitte der Bank, die Beine übereinandergeschlagen und einen Arm auf der Lehne.

Wenn er sich trotzdem setzen wollte, musste er sich jetzt entscheiden. Es waren nur noch wenige Meter. Der Mann schien den Blick auf das Schloss zu genießen. Oder er ließ sich nur die Sonne ins Gesicht scheinen, wie er selbst noch vor ein paar Minuten.

Aber dieses Gesicht … Kam es ihm nicht irgendwie bekannt vor? Doch … die Nase, der Kiefer, der Mund … War das möglich? Und dieser kräftige Hals …

Doch! Oder nein. Wie sollte das gehen?

Er beschleunigte seinen Schritt und schloss zu der Familie auf, sodass der ältere Herr zwischen ihm und der Bank war. Eingeklemmt zwischen den fremden Großeltern warf er im Vorbeigehen einen letzten verstohlenen Blick auf den Mann. Die Frau sah ihn missbilligend an, aber ihm blieb nichts anderes übrig, als inmitten der Familie in Deckung zu gehen.

Dass ausgerechnet dieser Mann genau hier auf dieser Bank saß, war viel zu absurd und viel zu unwahrscheinlich, als dass es ein Zufall sein konnte.

Es war vollkommen ausgeschlossen.

Statistisch gesehen unmöglich.

Erst als der Weg eine Kurve nach links machte und ein paar große Rhododendren Sichtschutz boten, schaute er über die Schulter zurück. Der Mann auf der Bank saß noch genauso da wie eben, zurückgelehnt, das Gesicht in Richtung Schlossvorplatz gedreht.

Oxen wurde langsamer, ließ sich hinter der Familie zurückfallen und trat einen Schritt zur Seite. Hinter einem der hohen Büsche setzte er sich ins Gras und zog einen Schuh aus, als hätte er einen Stein darin.

Die Oma bemerkte es. Vermutlich war sie froh, diesen seltsamen Fremden endlich los zu sein. Erst als die Familie ein ganzes Stück weitergegangen war, stand er auf und versteckte sich zwischen den Büschen. Von hier aus konnte er den Kerl auf der Bank beobachten, ohne selbst gesehen zu werden.

Im selben Moment hob der Mann wachsam den Kopf. Eine kleine Besuchergruppe kam gerade aus dem Schloss. Margrethe Franck war auch dabei. Sie war als eine der Ersten nach draußen gekommen.

Die Fremdenführerin versammelte ihre Zuhörer auf dem offenen Platz und zeigte auf eine Steintafel, die über dem Eingangstor eingemauert war. Der Mann auf der Bank hob die rechte Hand und gab irgendjemandem aus der Gruppe ein unauffälliges Zeichen, wem, konnte er so schnell nicht erkennen.

Er musste handeln. Er musste sofort Alarm schlagen. Er griff nach seinem Handy und wählte Margrethes Nummer. Sie ging ein

Stück beiseite, drehte ihrer Gruppe den Rücken zu und hielt ihr Telefon ans Ohr.

»Ja, hier Franck?«

»Ich bin es. Schau einfach geradeaus. Nur geradeaus. Sei ganz natürlich.«

»Verstanden.«

»Hinter dir, irgendwo in der Gruppe, ist jemand, der dich beschattet. Ich weiß nicht, wer.«

»Okay.«

»Und links von dir auf dem Wall sitzt ein Mann auf einer Bank. Es ist John Smith. Bleib in der Gruppe und warte auf Anweisungen.«

68.

Anders als bei ihrer ersten Begegnung auf einer Bank im Botanischen Garten trafen sie sich heute ganz offiziell im Justizministerium in der Slotsholmsgade. Für ihn war es bereits die zweite Besprechung an diesem Vormittag. Bis eben war er noch im Steuerministerium gewesen, eine kurze Fahrt über die Knippelsbro entfernt.

Er lehnte sein Rennrad an die Mauer. Es schien vielleicht ungewöhnlich, dass der leitende Staatsanwalt für Wirtschaftskriminalität im Anzug auf dem Fahrrad unterwegs war, aber er war während seiner ganzen Karriere zu sämtlichen Terminen in der Stadt mit dem Rad gefahren. Es war einfach praktisch. Und im Übrigen war Dänemark das Land der Fahrradfahrer, also warum sollte ausgerechnet ein Anwalt dieses Staates diesem Ruf nicht gerecht werden? Mehr als ein paar vernünftige Hosenklammern und eine Schultertasche, die man sich diagonal über die Brust hängen konnte, brauchte es nicht.

Er hatte das eilige Treffen mit Justizministerin Helene Kiss Hassing schon vor dem Gespräch mit den Steuerleuten anberaumt, da er längst wusste, worauf es hinauslaufen würde. Es war eine ungeheuer peinliche und demütigende Angelegenheit für die Spitzenbeamten im Steuerministerium und in der angegliederten Steuerbehörde SKAT, die nach einer Reihe äußerst fragwürdiger Vorkommnisse schon im Vorfeld vor Wut in den Teppich gebissen hatten.

Aber es führte kein Weg daran vorbei. Die offizielle Anzeige würde schon morgen bei ihm, dem Repräsentanten der Anklage, auf dem Schreibtisch liegen. Und dann würden die Medien Amok laufen. Die kritischen Kommentare würden zu einer Flutwelle anwachsen, begleitet von einem großen Lamento auf allen Kanälen.

Die ganze Nation würde plötzlich in den Maschinenraum des Steuerwesens blicken und merken, dass nach jahrelanger mangelhafter Wartung der Motor ruiniert war. Und einige würden sicher auch behaupten, dass wohl eher das Kontrollzentrum defekt war …

Er ging die Treppe hoch, meldete sich an und wartete im Vorzimmer, während die Sekretärin der Ministerin über Headset mitteilte, dass Staatsanwalt Per Eilertsen eingetroffen war. Dann winkte sie ihn hinein.

»Guten Tag, Eilertsen.« Die Ministerin stand hinter ihrem Schreibtisch auf und gab ihm die Hand. »Bitte, setzen Sie sich doch.«

Er nahm auf einem der Stühle vor ihr Platz. Ein schnelles, effektives Gespräch kam ihm mehr als gelegen.

»Meine Sekretärin hat mir gesagt, es wäre eilig?«

»Das ist richtig. Ich möchte Sie über zwei wichtige Dinge informieren. Das erste ist der große Kartellprozess. Ich bin leider gezwungen, die Anklage fallen zu lassen … Endgültig.«

Helene Kiss Hassing nickte langsam.

»Das überrascht mich nicht«, sagte sie. »Im Grunde war das ja schon abzusehen, als wir uns im Botanischen Garten unterhalten haben. Aber es ist ausgesprochen ärgerlich. Ich hatte wirklich große Hoffnungen in diesen Prozess gesetzt. Wir hätten damit ein Exempel statuiert.«

»Kresten Hildmands Selbstmord hat uns einen Strich durch die Rechnung gemacht. Ohne ihn gibt es keinen Fall.«

»Mir ist bewusst, dass das vor Ihrer Zeit war, aber die Abteilung hat etliche Niederlagen erlebt. Wir hätten wirklich einen Sieg gebraucht. Die Staatsanwaltschaft hätte einen Sieg gebraucht«, sagte sie ernst.

Er nickte. Eine simple, aber treffende Einschätzung.

»Das hätte ich Ihnen natürlich auch am Telefon mitteilen können, aber es ist noch etwas anderes, weitaus Größeres im Anmarsch.«

Die Ministerin hob die Augenbrauen.

»Ich komme gerade von einem Treffen im Steuerministerium. In vierundzwanzig Stunden wird eine Anzeige auf meinem Tisch landen. SKAT hat den Verdacht, dass ein Netzwerk von mehr als hundert ausländischen Gesellschaften die dänische Staatskasse um 6,2 Milliarden Kronen betrogen hat.«

Helene Kiss Hassing riss die Augen auf.

»6,2 Milliarden? Das ist nicht Ihr Ernst.«

»Leider doch. Aber Sie haben recht, es ist eine geradezu astronomische Summe.«

»Wie ist das möglich?«

»Nun, die betreffenden ausländischen Firmen haben offenbar Dokumente gefälscht, um es so aussehen zu lassen, als besäßen sie Aktienanteile an dänischen Unternehmen. Damit wurden siebenundzwanzig Prozent Ertragssteuer fällig. Wenn derselbe Aktionär aber auch in seinem Heimatland besteuert wird, kann er sich die in Dänemark gezahlte Ertragssteuer von der dänischen Finanzbehörde zurückerstatten lassen. Das ermöglicht das internationale Doppelbesteuerungsabkommen. Der Betrug ist fast erschreckend einfach. Die ausländischen Firmen haben nie auch nur eine einzige dänische Aktie besessen. Sie haben auch nie Steuern in ihrem Heimatland bezahlt – und sie betrügen skrupellos den dänischen Staat.«

»Und die Zuständigen sitzen daneben und schauen zu, wie die Geldströme fließen? Ohne einzugreifen?« Die Ministerin schüttelte den Kopf.

Er nickte. Und machte den nächsten Schritt.

»Das wird eine Menge Aufsehen erregen. Diese Summe ist ein Skandal. Das ist die große Chance für eine Revanche. Für meine Abteilung und für das ganze Ministerium … Natürlich müssen wir alles erst gründlich untersuchen, aber es sieht nach einer klaren Sache aus.«

Die Justizministerin hatte die Hände auf dem Tisch gefaltet, ihr roter Lippenstift-Mund war nur noch ein schmaler Strich.

»Diese Chance werden wir ergreifen, Eilertsen. Wir werden sie verdammt noch mal ergreifen. Die Reichweite eines solchen Skandals ist enorm. Ein Geschenk des Himmels. Und ein deutliches Signal an die Bevölkerung: So etwas tolerieren wir im Justizministerium nicht. 6,2 Milliarden Kronen … einfach über den Tisch geschoben … ohne mit der Wimper zu zucken … Das ist absoluter Wahnsinn. Das haben wir jetzt davon, dass SKAT in den letzten Jahren geschlachtet und so lange umstrukturiert wurde, bis alle Mitarbeiter ausgeflippt sind oder das Handtuch geworfen haben. Erschießen Sie die Schuldigen, Eilertsen. Und holen Sie das Geld zurück.«

»Der Fall ist ziemlich umfangreich, das wird eine Weile dauern. Und politisch gesehen dürfte es schmutzig werden. Ich gehe davon aus, dass die Opposition an die Decke geht, sobald die Öffentlichkeit von der Anzeige erfährt«, sagte er.

»Zweifellos. Wann ist es so weit?«

»Morgen. Punkt elf gibt das Steuerministerium die Anzeige bekannt.«

»Hmm … Punkt elf. Und danach ist für den Rest des Tages Götterdämmerung. Beabsichtigen Sie, eine Pressemeldung herauszugeben, dass der große Kartellprozess abgeblasen wurde?«

»Mir wird gar nichts anderes übrig bleiben. Denken wir dasselbe? Morgen, so gegen elf vielleicht?«, fragte er.

Die Justizministerin lächelte.

»Ja, das klingt nach einem guten Plan. So ist es in der Politik: Des einen Leid ... Eleganter kann man einen Misserfolg nicht loswerden. Ist der Staatsminister darüber informiert, was passieren wird? Weiß er schon von den Milliarden?«

»Vermutlich wird er genau in diesem Moment davon in Kenntnis gesetzt.«

»Das Geld könnten wir in diesem Land wirklich gut gebrauchen ... Danke, dass Sie vorbeigekommen sind, Eilertsen. Ich lege großen Wert darauf, gut informiert zu sein.«

»Gern geschehen.«

»Ach, wo Sie gerade hier sind«, sagte die Ministerin unvermittelt, als er gerade aufstehen und seine Tasche nehmen wollte. »Haben Sie noch einen Moment Zeit?«

»Natürlich.«

»Ich möchte noch eine andere Sache mit Ihnen besprechen. Ich habe seit unserem erfreulichen Gespräch im Botanischen Garten darüber nachgedacht. Sie kennen Axel Mossman?«

»Den ehemaligen PET-Chef?«

»Ja. Ich war gezwungen, ihn auf die Straße zu setzen. Das war eine meiner ersten Amtshandlungen hier. Haben Sie mitbekommen, warum?«

»Über den Flurfunk, ja. Amtsmissbrauch, richtig?«

»In einem absolut inakzeptablen Ausmaß. Mossman sagte, er habe aus Notwehr gehandelt. Er hat mir damals ziemlich viel Zeug erklärt, das mir sehr weit hergeholt schien. Aber ich habe seitdem oft darüber nachgedacht. Das wären wirklich beunruhigende Dinge, wenn etwas dran sein sollte. Unter anderem sagte er, mein Vorgänger hier im Ministerium, Ulrik Rosborg, wäre nicht ertrunken, sondern ertränkt worden. Und dass unser Land in Wirklichkeit von einer geheimen Loge gelenkt würde, einer Art

Machtelite. Einem Netzwerk namens Danehof, in dem einflussreiche Leute zusammensitzen und Entscheidungsprozesse koordinieren und manipulieren. Mossman hat behauptet, der Danehof habe ihm eine Falle gestellt und ihn zum Sündenbock gemacht. Das muss natürlich streng vertraulich unter uns bleiben … Aber ich möchte Sie bitten, da mal ein bisschen nachzuforschen. Man kann über Mossman ja viel sagen, aber dumm ist er nicht.«

Er nickte nachdenklich. Da hatte die Justizministerin, ohne es zu ahnen, einen Treffer gelandet.

»Der Name Danehof sagt mir etwas.«

Helene Kiss Hassing sah ihn überrascht an.

»Mein Amtsvorgänger ist damals ganz plötzlich erkrankt und war von einem Tag auf den anderen weg. Als ich in seinen Schubladen aufgeräumt habe, bin ich über ein Dokument gestolpert, das noch von seinem Vorgänger Sigurd Månsson stammte. Es war ein persönliches Gedächtnisprotokoll. Lassen Sie mich kurz überlegen … Es dürfte jetzt etwa zehn, elf Jahre alt sein. Das Protokoll umfasst mehrere handgeschriebene Seiten, auf denen Månsson den Besuch einer Frau dokumentiert hat, es war die Tochter des bekannten Industriellen Ryttinger. Können Sie sich an ihn erinnern?«

Die Justizministerin nickte. Er fuhr fort:

»Ryttinger wurde seinerzeit ermordet, und laut seiner Tochter steckte ein Netzwerk namens Danehof hinter diesem Mord. Ihr Vater hatte unmittelbar vor seinem Tod mit seinem eigenen Blut ›Danehof‹ auf den Boden geschrieben. Die Tochter meinte nun, eine Verbindung zu *Kobberstjerne Pharma International* und dem *Kopparstierna Fonds* erkennen zu können. Staatsanwalt Månsson schreibt, dass er die Ryttinger-Tochter gebeten habe, sich wieder an ihn zu wenden, sobald sie belastbare Informationen vorzuweisen habe. Später hat Månsson seinen Unterlagen noch einen Kommentar hinzugefügt – er habe nie wieder etwas von ihr gehört. Wie sich herausstellte, war sie in der Zwischenzeit bei einem Autounfall ums Leben gekommen. Danach verschwand das Protokoll buchstäblich in der untersten Schublade. Und da liegt es immer noch. Ich muss zugeben, dass ich es bisher eher als eine Kuriosität betrachtet habe.«

»Hmm … Damit hätten wir also noch einen weiteren Angriffspunkt. Versuchen Sie, sich ein wenig vorzutasten. Nur zerschlagen Sie um Himmels willen kein Porzellan in Kobberstjernes Laden«, sagte die Justizministerin und stand auf, um sich von ihm zu verabschieden. »Aber … vorher holen wir uns zuerst diese 6,2 Milliarden zurück, nicht wahr?«

Helene Kiss Hassing lächelte. Sie lächelte viel. Und sie hatte Humor. Hinter dem attraktiven Äußeren versteckte sich eine scharfsinnige Frau, die eine Gelegenheit sofort erkannte, wenn sie sich auftat.

Das war nicht die schlechteste Eigenschaft für eine Spitzenpolitikerin. Er drückte ihr die Hand und lächelte ebenfalls.

69.

Es sah aus, als würde diese Franck drüben vor dem Schloss telefonieren. Das Gespräch dauerte allerdings nicht sehr lang. Sie nahm die Hand schon wieder vom Ohr und steckte das Handy zurück in die Tasche.

Was zur Hölle hatte die Frau hier verloren? In einem Schloss? Ausgerechnet …

Er war überzeugt davon gewesen, dass sie ihn irgendwo hier in Schweden zu Niels Oxen führen würde – und dann wackelte sie nur dem Arsch einer Fremdenführerin hinterher. In einem *fucking* Schloss.

Fuhr man von A nach B, von Kopenhagen nach Schweden, in ein Kaff in der Nähe von Malmö, nur um alte Mauern anzustarren? Nein … Bei dieser kleinen Expedition ins Nachbarland war garantiert noch mehr zu holen. Es musste noch mehr zu holen sein.

Sie konnten das Weib ja nicht bis in alle Ewigkeit so intensiv beschatten, und abgesehen davon wurde ihm Lundbyes Gesellschaft langsam unerträglich.

Sie ließ die Hand in der Tasche und hielt das Handy fest, als könnte es jede Sekunde wieder klingeln. Das klang total verrückt. John Smith hier beim Schloss? Auf einer Bank im Park? Und ein Verbündeter, der irgendwo ganz in ihrer Nähe stand?

Oxens kurze Nachricht machte sie wütend.

Sie war sich absolut sicher gewesen, dass ihr auf dem Weg nach Schweden niemand gefolgt war. Sie hatte sogar mehrere Ablenkungsmanöver eingebaut, um jedes Risiko auszuschließen. Aber … es war eine ganze Weile her, dass sie ihren Wagen zuletzt auf eine unwillkommene elektronische Sonderausstattung überprüft hatte. In der ersten Zeit nach dem Chaos in Gram hatte sie das regelmäßig getan, aber allmählich waren die Abstände immer größer geworden. Es war ja auch irgendwie egal gewesen. Sollten sie ihr doch folgen, wenn sie unbedingt wollten. Sie machte ohnehin nichts anderes als arbeiten, arbeiten, arbeiten. Und mittlerweile benutzte sie die alte Klapperkiste ja kaum noch.

Das war die einzig logische Erklärung. Die Typen hatten einen GPS-Sender am Alto angebracht. Verdammt noch mal.

Sie drehte sich ganz selbstverständlich um und ging zurück zur Gruppe. Aus dem Augenwinkel registrierte sie den Mann auf der Bank. Er saß völlig entspannt da, die Beine übereinandergeschlagen. Das war also der mysteriöse John Smith.

Ihr fiel nur ein einziger Grund ein, warum er sie beschattete: Sie sollte ihn zu Niels Oxen führen.

In der Gruppe waren außer ihr noch zwölf weitere Besucher. Ungefähr genauso viele Männer wie Frauen. Bisher war ihr an keinem etwas Besonderes aufgefallen, aber jetzt fing sie an, alle anderen diskret zu mustern. Es sprach einiges dafür, dass John Smiths Helfer ein Mann war. Aber welcher?

Die Fremdenführerin erklärte weiter und lotste sie die nächste Treppe hoch. Die Führung würde sicher bald zu Ende sein. Sie hatte schon fast eine Stunde gedauert.

Zwischen ihnen lagen geschätzte fünfzig, sechzig Meter. Er konnte nur das Profil des Mannes auf der Bank sehen, aber er hatte keinen Zweifel. Er war so dicht an ihm vorbeigelaufen, dass zwei Schritte zur Seite genügt hätten, um auszuholen und dem Mann mit einem einzigen Handkantenschlag den Kehlkopf zu zertrümmern.

Die kräftigen Brauen, die tief liegenden Augen, die breite Nase, die Wangenknochen und die Kieferpartie … Das *war* der Mann, mit dem er sich in der Nacht in Gram einen Nahkampf geliefert hatte. Das war tatsächlich John Smith. Älter als auf den beiden Bildern, die er von Alistair MacDuff bekommen hatte, aber trotzdem unverkennbar.

Er stand vollkommen still in seinem Versteck zwischen dem dichten Laub. Unzählige Gedanken und Fragen schossen ihm durch den Kopf. Je nachdem wie die Antworten auf diese Fragen ausfielen, war die Anwesenheit von John Smith irgendetwas zwischen »zutiefst beunruhigend« und »katastrophal«.

Er versuchte, sämtliche Zweifel und voreiligen Schlüsse auszublenden, alles auf null zu stellen und sich auf die wichtigste Frage zu konzentrieren: Wieso war John Smith ausgerechnet hier?

Die Antwort war klar: John Smith war hier, weil jemand, den er beobachtete, ebenfalls hier war.

Margrethe Franck zum Beispiel. Christian Sonne. Er selbst. Nein … er selbst schied aus. Dann würde John Smith nicht so entspannt auf der Bank sitzen. Die Aufmerksamkeit des Engländers galt einer anderen Person. Sonne konnte er ebenfalls ausschließen. Wäre Smith ihm gefolgt, hätte er sie bereits zusammen im Auto gesehen.

Die richtige Antwort lautete also, dass John Smith hier war, weil Margrethe Franck hier war.

Sie war auf ihrer Fahrt von Kopenhagen nach Schweden beschattet worden. Eine andere Möglichkeit gab es nicht.

Das war eine düstere Erkenntnis, denn warum war John Smith in Dänemark? Bestimmt nicht, weil er sich für Margrethe Franck interessierte. Hatte etwas sein Misstrauen geweckt? Oder hatte man ihn für einen neuen Auftrag angeheuert? Hatte der Danehof es sich aus irgendeinem Grund plötzlich anders überlegt und wollte Margrethe Franck doch loswerden?

Sie hatten sie am Leben gelassen, ihr aber alles genommen. Also wieso sollten sie jetzt einen mit Sicherheit teuren Mann wie John Smith engagieren, um sie zu überwachen oder zu liquidieren?

Nein, das war eine Sackgasse. Der Gedanke war vollkommen unlogisch. Margrethe Franck schwebte nicht in Lebensgefahr.

Es musste eine andere Erklärung geben. Was war mit seinen eigenen Aktivitäten? War es denkbar, dass Alistair MacDuffs Tod John Smith aufgescheucht hatte? Es war das einzige aktuelle Ereignis, das als Auslöser infrage kam.

Hatte er irgendetwas übersehen? War er bei seinem Aufenthalt in Runcorn erkannt worden? Hatte die Spurensicherung etwas gefunden, das John Smiths Misstrauen geweckt hatte?

Er hatte keine Fingerabdrücke hinterlassen. Und falls doch, spielten Fingerabdrücke und DNA-Funde keine Rolle, solange es keinen Verdächtigen gab, mit dem man sie in Verbindung bringen konnte. Aber welcher Verdächtige sollte das sein? Alistair MacDuff war bei einem Unfall gestorben …

Dann fiel ihm allerdings doch eine Stelle ein, wo er – indirekt – womöglich so etwas wie eine Spur hinterlassen hatte: auf MacDuffs Computer. Er hatte die beiden Fotos von John Smith vom Desktop entfernt und anschließend den Papierkorb geleert. Und MacDuff hatte die Fotos zur Sicherheit in der Cloud gespeichert.

Allerdings würde die Polizei niemals von sich aus in den Tiefen eines Computers herumwühlen, nur weil jemand besoffen die

Treppe hinuntergestürzt war und sich das Genick gebrochen hatte.

Eine schlüssige Argumentation war das also auch nicht.

Er musste es dabei belassen, dass John Smith hier war, weil er eine mögliche Bedrohung gewittert hatte. Und Menschen wie Smith reagierten auf Bedrohungen. Sie räumten sie aus dem Weg.

Er blickte konzentriert zu dem englischen Söldner auf der Bank. John Smith streckte seine Beine aus. Abgesehen davon änderte er nichts an seiner bequemen Position in der Sonne. Er saß entspannt da und wartete. Er wusste, dass sein Helfer Franck im Auge behielt. Wenn der Rundgang zu Ende war, würden die beiden sie weiter beschatten, ganz gleich, wohin sie fuhr.

Aber wenn er auf diesem Weg keine logische Erklärung für John Smiths Anwesenheit finden konnte, dann brachte ihn ja vielleicht eine andere Frage weiter: Wer stellte eine Bedrohung für John Smith dar? Auch hier lag die Antwort auf der Hand: er selbst. Der Mann, von dem Smith dachte, er habe ihn vor der schwedischen Küste in alle Einzelteile zerlegt.

Entweder hatte ihn in England doch jemand erkannt, oder er hatte eine Spur hinterlassen, die so verdächtig war, dass John Smith gar nicht anders konnte, als darauf zu reagieren und ein Ticket nach Dänemark zu lösen.

Diese Annahme führte unweigerlich zu der letzten, beunruhigenden Frage: Wenn Smith auf der Jagd war – nach seinem Feind oder dem Schatten eines Feindes –, war der Danehof dann auch alarmiert?

Nein, denn Smith konnte kein Interesse daran haben, sein katastrophales Versagen einzugestehen. Und wahrscheinlich hatte er sowieso keine Ahnung, wer seine Auftraggeber waren.

Ja, denn Smith wusste, dass man seinem Auftraggeber gegenüber loyal und ehrlich sein musste. Vor allem, wenn es so ein mächtiger war wie der dänische.

Egal wie, der Mann verhieß nichts Gutes.

Oxen musste sich zurückziehen und so schnell wie möglich Sonne finden, damit er John Smith nicht geradewegs in die Arme lief. Für eine letzte Sekunde ruhte sein Blick auf dem englischen Söldner.

Vielleicht war es gar nicht nötig, alles so schwarzzusehen.

Dass er hier gerade den ahnungslosen John Smith beobachtete, konnten sie trotz aller Verwirrung womöglich zu ihrem Vorteil nutzen, wenn sie es nur richtig anstellten.

Er hatte John Smith gejagt. In Runcorn und über Mossmans Kontakte in den Londoner Kreisen. Nun war die Beute von selbst zum Jäger gekommen.

Sonne war noch am Waldrand unterwegs, als er ihn anrief. Er hatte ihn schnell gefunden und über die Situation informiert. Jetzt standen sie beide versteckt in einem Gebüsch in der Nähe des großen Parkplatzes für die Schlossbesucher.

Es war Zeit, Franck die letzten Instruktionen durchzugeben. Er rief sie an.

»Ich bin es … Hast du eine Idee, wie lange eure Führung noch dauern wird?«

»Nicht mehr lang, unser Guide kommt gerade zum Ende.«

»Okay. Hör zu. *Mission aborted* … Wenn die Führung vorbei ist, gehst du ganz gemütlich zum Parkplatz zurück, setzt dich in dein Auto und fährst nach Hause. Bleib in deiner Wohnung. Sonne und ich überwachen den Parkplatz. Wir müssen wissen, wer John Smith begleitet. Wann hast du das letzte Mal überprüft, ob dein Wagen sauber ist?«

»Ist schon länger her. Leider …«

»Das ist gut für uns. Wir müssen die Situation nur entsprechend nutzen. Hier parken sie bestimmt mit ordentlichem Abstand, aber ich gehe jede Wette ein, dass sie nachher irgendwo in der Nähe deiner Wohnung Stellung beziehen. Ich bespreche mit

Mossman, wie wir weiter vorgehen. Ich rufe dich später an und gebe dir Nummernschild und eine Beschreibung des Wagens durch. Dann kannst du selbst überprüfen, ob sie dir nach Hause gefolgt sind. Verstanden?«

»Ja.«

Er legte auf und rief sofort Axel Mossman an. Hier war ein Mastermind gefragt.

Ihr Gespräch dauerte eine Viertelstunde. Er hatte das Handy gerade wieder in die Tasche gesteckt, als Margrethe Franck auf dem Parkplatz auftauchte. Sie schlenderte in aller Ruhe zu dem alten Suzuki, setzte sich gemächlich hinter das Steuer und ließ den Motor an. Dann fuhr sie los.

»Was hat mein Onkel gesagt, Oxen?«

»Dass uns nichts Besseres hätte passieren können. Und dass er etwas Zeit braucht.«

»Wofür?«

»Wahrscheinlich überlegt er sich, wie wir John Smith möglichst schnell in die Finger kriegen. Da vorn …«

Er tippte Sonne auf die Schulter. Zwei Männer kamen auf dem Fußweg zum Parkplatz. Sie gestikulierten und schienen zu diskutieren.

»Der rechts ist Smith«, sagte Oxen.

Der andere Mann war jünger als Smith, größer und nicht so gedrungen. Er schloss das Auto auf, einen alten silbernen Renault, und setzte sich hinter das Steuer.

»Ich schreibe das Nummernschild auf«, flüsterte Sonne und tippte die Buchstaben und Zahlen in sein Handy.

Kurz darauf rollte der Wagen langsam vom Parkplatz. Die beiden hatten es offensichtlich nicht eilig. Und wenn ihn nicht alles täuschte, saß John Smith in diesem Moment mit einem Monitor in der Hand auf dem Beifahrersitz und beobachtete einen kleinen roten Punkt, der ihm genau verriet, wo Margrethe Francks Suzuki sich gerade befand.

Christian Sonne wählte eine Nummer und telefonierte ein paar Minuten, dann bedankte er sich und legte wieder auf.

»Der Typ mit dem Auto heißt Morten Lundbye. Ich habe noch ein paar gute Freunde in meiner alten Dienststelle … Lundbye wohnt im Skodborgvej in Rødovre. Andere Personen sind unter der Anschrift nicht gemeldet. Er arbeitet als ›Berater‹.«

»Berater? Garantiert in derselben Branche wie Smith.«

»Oxen, was machen wir jetzt? Das Schloss, Margrethe – und jetzt diese beiden? Wir brauchen einen wirklich guten Plan, Oxen. Sonst geht es wieder schief.«

»Wir fahren nach Hause. Und zwar in aller Ruhe.«

70.

Die Dämmerung senkte sich über das alte Kopenhagener Industriegelände auf der Halbinsel Refshaleøen, als sie am Segelklub Lynette vorbeifuhr. Der Wald aus Schiffsmasten verblasste gegen die riesigen weißen Schornsteine der Müllverbrennungsanlage auf der anderen Seite des Hafenbeckens.

Sie warf einen Blick in den Rückspiegel. Es waren keine Autoscheinwerfer zu sehen. Auf der ganzen Strecke hatte es keinerlei Anzeichen dafür gegeben, dass ihr jemand gefolgt war. Und doch war der silberne Renault, der vorhin noch vor ihrer Wohnung in Østerbro geparkt hatte, irgendwo hinter ihr.

Wenn sie ihr nach Schweden gefolgt waren, dann hielt sie auch nichts davon ab, ihr dorthin zu folgen, wo die Hauptstadt Dreck unter den Fingernägeln hatte.

Sie hielt sich genau an Mossmans Anweisungen und fuhr durch ein offenes Tor auf ein eingezäuntes Gelände. Vor ihr lag eine riesige marode Fabrikhalle. Wo früher Schiffe gebaut wurden, wuchsen jetzt Bäume, meterhohes Gras und Unkraut.

Sie schaute auf die Uhr. In zwölf Minuten kam Niels Oxen. Dann war es immer noch hell genug, sodass John Smith und sein dänischer Handlanger, ganz egal wo die beiden in Deckung gingen, gut sehen konnten, wie ihr Hauptgewinn eintraf.

Sie parkte ihren Wagen zwischen der Halle und dem Trockendock, in dem Platz genug für einen halben Ozean zu sein schien. Gegenüber lagerten die Baugerüste, und weiter hinten auf dem Gelände ragten zwei alte Konstruktionshallen in den Himmel.

Aus der Ferne betrachtet wirkten die beiden mächtigen Betonklötze wie Überlebende der Apokalypse, die Refshaleøen Mitte der Neunziger ereilt hatte, als die »Burmeister & Wain«-Werft in Konkurs ging.

Sie war früher oft hier gewesen, als sie noch Streife gefahren war. Manche Kopenhagener sahen in diesem Gelände eine Art kreativen Freiraums mit unendlichen Möglichkeiten. Sie hingegen hatte die Gegend immer als trostlos empfunden.

Die Werft war lange Zeit eine der bedeutendsten des Landes gewesen und der größte Arbeitgeber Dänemarks. Nun pfiff hier nur noch der Wind durch die leeren Hallen.

Der größere der beiden Betonriesen hatte vor ein paar Jahren als origineller Rahmen für den *Eurovision Song Contest* gedient, aber mittlerweile schickte niemand mehr *douze points* mit Handkuss in Richtung Refshaleøen.

Die alte Werkhalle war mit Graffiti übersät, und ein Schild an der Straße verriet, dass dort zur Freude einiger inzwischen ein Skaterpark eingerichtet worden war. Der alte Anbau dagegen stand leer.

Der hintere Teil dieses Nebengebäudes hatte zwei Stockwerke. Im Erdgeschoss reihte sich über die gesamte Länge Fenster an Fenster. Einige waren zerbrochen oder mit Spanplatten abgedeckt. Sie ging zum Seiteneingang. Die Tür war offen, wie abgesprochen. Dort drinnen im Dunkeln warteten Mossman und Sonne, bereit, die Falle zuschnappen zu lassen. Aber bevor es so weit war, musste sich zuerst der Köder einfinden. Sie sah noch einmal auf ihre Uhr. Oxen hatte noch zehn Minuten.

Er saß in Sonnes Wagen hinter dem Steuer und fuhr gerade am Jachthafen vorbei. Er sah auf die Uhr. Er lag gut im Zeitplan. In einer Minute würde er das Auto neben Margrethe Francks Suzuki parken und in eine verlassene Werkstatt schleichen, in der Halle neben dem alten B&W-Trockendock.

Er fuhr durch die offene Zufahrt auf das Gelände. Francks Alto stand genau da, wo er stehen sollte.

Er machte den Motor aus, überprüfte ein letztes Mal die Pistole in seiner Jackentasche und die Taschenlampe in der anderen und stieg dann ohne Eile aus. Er blieb stehen und sah sich um. Es wurde langsam dunkel. Eine mondlose Nacht. Normalerweise hätte er das als Vorteil betrachtet, aber heute wäre ihm ein wenig Arbeitslicht ganz recht gewesen.

Er steuerte zielstrebig auf die erste Tür des Gebäudes zu und ging hinein. Es war vollkommen dunkel. Er spürte sofort Francks Hand. Sie fasste ihn am Arm und führte ihn einen schmalen Gang entlang.

»Alles wie besprochen«, sagte sie. »Jetzt fehlen nur noch unsere Gäste.«

Sie durchquerten einen kleinen Raum und gingen weiter in die Werkstatt, wo eine einzige, nackte Glühbirne unter der Decke leuchtete. Die beiden Fenster waren mit Platten abgedeckt.

»Ich warte hier drinnen, das Licht bleibt an«, sagte er. »Lass die Tür einen Spaltbreit offen. Du und Sonne, ihr könnt euch hinter dem alten Werkzeugregal im Flur verstecken. Ihr schnappt sie euch, sobald sie dort auftauchen. Okay?«

Er nickte Franck zu. Der Plan war nicht perfekt, aber so gut, wie die Umstände es zuließen. Sonne kam eine Treppe herunter.

»Mossman ist oben«, sagte er. »Er gibt uns ein Zeichen, wenn sie kommen.«

»Dann lasst uns auf Position gehen und warten. Und denkt dran: Wir schießen nur im äußersten Notfall. Wir brauchen beide lebendig. Sie werden frühestens in einer Viertelstunde hier auftauchen.«

Franck und Sonne nickten. Der Gedanke an eine Schießerei bereitete Sonne sichtlich Angst.

Sie nahmen ihre Plätze ein. Er sah auf die Uhr. Ein Profi wie John Smith stürmte nicht einfach durch die erstbeste Tür, nur weil sie offen stand. Er würde sich Zeit lassen und vermutlich zuerst die Rückseite der Halle und den Rest des Gebäudes inspizieren, bevor er hineinging. Aber er würde es auch nicht riskieren, so lange zu warten, bis sein Vogel wieder ausgeflogen war.

Als Sonnes Handy vibrierte, war fast eine Viertelstunde vergangen.

»Einer der beiden hat sich draußen gerade eine Zigarette angezündet. Mein Onkel sagt, dass sie drüben bei den Gerüsten gewartet haben und jetzt auf dem Weg hierher sind. Er bleibt oben.«

Oxen und Franck nickten.

Sie warteten mit angehaltenem Atem und lauschten in die Dunkelheit.

Nach einer Weile hörten sie, wie die Tür am Ende des Gangs vorsichtig aufgeschoben wurde. Es vergingen einige Minuten, dann rückten Smith und Lundbye lautlos vor, und sie konnten zwei Umrisse in dem schwachen Lichtschein ausmachen, der durch die leicht geöffnete Tür der Werkstatt fiel.

Als die beiden Söldner nur noch wenige Meter entfernt waren, sprang Oxen heraus. Er richtete den Strahl seiner Taschenlampe auf die beiden Männer und brüllte auf Englisch sein Kommando:

»*Hands up! Hold 'em high!* Wir zielen mit zwei Waffen auf euch, aus wenigen Metern Abstand. Ihr solltet also nicht auf dumme Ideen kommen. Eine falsche Bewegung, und ihr habt eine Kugel im Rücken. Und jetzt ganz langsam die Pistolen in die andere Hand. Ihr nehmt den Griff mit der linken Hand, mit Zeigefinger und Daumen, und dann legt ihr sie ganz ruhig auf den Boden. Sonne, hol dir die Waffen!«

Franck gab ihm Deckung. Nachdem Sonne die Pistolen gesichert hatte, trieb er Smith und Lundbye in die beleuchtete Werkstatt.

In der Mitte des Raums stand eine alte Werkbank.

»Nach vorn beugen, Hände auf die Werkbank und Beine breit!«

Beide gehorchten, und er legte seine Waffe ab, um sie gründlich abzutasten. Der Däne hatte ein Klappmesser in der Tasche. Sonne schleuderte es in die Ecke. Der Engländer war sauber.

»Aufrichten! Aber langsam! Hände in den Nacken!«

Er schaffte es nicht mehr, nach seiner Pistole zu greifen, als es auch schon passierte.

Smith richtete sich auf, drehte sich noch in derselben Sekunde blitzschnell um und trat nach der Hand, in der Franck ihre Waffe hielt.

Sie verlor das Gleichgewicht und stolperte ein paar Schritte zurück, während Smith Anlauf nahm, absprang und mit beiden Füßen die dünne Sperrholzplatte rammte, mit der das Fenster abgedeckt war.

Die Platte zerbrach, und Smith flog nach draußen. Sein dänischer Komplize folgte ihm mit einem gewagten Sprung, die Arme voraus.

Franck schoss, aber es war unmöglich zu sagen, ob sie den Dänen noch getroffen hatte. Sonne war wie erstarrt.

»Hinterher! Los!«

Oxen trat die Reste der Platte aus der Fensteröffnung und kletterte nach draußen. Franck und Sonne nahmen die Tür.

Er hörte Schritte, konnte aber niemanden sehen. Den Geräuschen nach rannten die beiden in unterschiedlichen Richtungen davon. Oxen entschied sich für das Trockendock und rief Franck und Sonne zu, dass sie den anderen Weg nehmen sollten.

Ein Stück weiter blieb er reglos stehen. Es war vollkommen still. Kein Geräusch zu hören. Er klopfte seine Taschen ab. Die Pistole war in der Werkstatt liegen geblieben, aber die Taschenlampe hatte er dabei. Er knipste sie wieder an und ließ den Lichtkegel über seine nächste Umgebung schweifen.

Er stand am hinteren Ende des Trockendocks. Eine offene Eisentreppe führte an der Wand nach unten. Das Dock war tief, mindestens zehn Meter. Ausgeschlossen, dass sein Gegner schon lautlos unten angekommen war.

Tief unter ihm stand ein kleines Schiff. Es wirkte extrem winzig in dem riesigen leeren Becken.

Oxens Gegner hatte sich bestimmt auf dem Gelände mit den Gerüstteilen versteckt. Das war die einzige Möglichkeit. Er lief weiter und leuchtete wieder nach unten, wo das Boot wie eine Miniaturausgabe stand, der man nur den Mast umzulegen brauchte, um sie in eine Flasche zu ziehen.

Gerade als er den Lichtkegel an der gegenüberliegenden Wand vorbeigleiten ließ, entdeckte er etwas … Ein langes Tau, das an einem Eisenring im Beton befestigt war und fast bis zum Boden reichte. Mit diesem Ding kam man natürlich schneller nach unten als über die Treppe. Vielleicht war es gerade deshalb das perfekte Versteck, weil es einem so unwahrscheinlich vorkam?

Er verwarf die Idee und trat langsam zwischen die Gerüstteile auf dem Lagerplatz. Es war niemand zu sehen. Eine Reihe von Laternen spendete zwar etwas Licht, aber die Schatten waren so tief, dass seine kleine Taschenlampe nicht ausreichte. Wahrscheinlich war sein Gegner sowieso schon längst über die Böschung und zwischen den Bäumen verschwunden.

Er blieb stehen und lauschte. Von den anderen war nichts zu hören. Ob sie auf der Rückseite der Halle suchten? Oder auf der Straße? Und hatte Mossman seinen Platz verlassen und war ihnen zu Hilfe gekommen? Hinter wem war er selbst eigentlich her? Hinter Smith oder Lundbye?

Er wollte gerade weiter, als ein leises Klirren aus der Tiefe des Trockendocks drang. Wie Metall auf Metall.

Er schlich zurück. Am Eisenring mit dem Tau blieb er stehen

und leuchtete nach unten. Es war nichts Verdächtiges zu sehen. Er ging weiter zur Treppe und machte sich an den Abstieg.

Bald umhüllte ihn die Dunkelheit des riesigen rechteckigen Beckens, und im Schein der Taschenlampe verwandelte sich das Schiff von einem Zwerg in einen Riesen.

An der Steuerbordseite stand ein Gerüst. Offenbar sollte der Rumpf frisch gestrichen werden, aber an der alten Motorjacht gab es noch eine Menge mehr zu tun. Rundherum standen mannshohe Gasflaschen zum Schweißen, Werkbänke und Werkzeugkisten, eine Palette mit Holz, das mit einer Plane abgedeckt war, und eine zweite mit großen Farbeimern. Außerdem noch eine Menge anderes Zeug und zusammengeknüllte Planen. Hinter dem Boot konnte er einen Gabelstapler und zwei kleine Container sehen.

Hier gab es genügend Möglichkeiten, wo sich ein Mann verstecken konnte – vom Schiff selbst ganz zu schweigen. Mit wenigen Sätzen kam man über eine Leiter auf das Gerüst und von dort über die Reling.

Er warf als Erstes einen Blick in die offenen Container, die Arbeitsmaterial enthielten. Dann ging er zurück, kletterte auf das Gerüst und stand kurz darauf an Deck.

Ein Teil der alten Jacht war mit einer Plane abgedeckt. Das galt für den gesamten Aufbau in der Mitte, einer Art Decksalon, der mit Edelholz verkleidet war. In den Fenstern fehlten die Scheiben. Er leuchtete hinein. Der ganze Raum war kahl. Vorsichtig schlich er sich zum Vordersteven. Es gab ein Sonnendeck und eine Luke, die ins Innere der Jacht führte, aber die war zugeschraubt.

Wenn man an Deck stand, kam einem das Boot auf einmal ziemlich groß vor. Er ging nach achtern zum Steuerhaus, das ebenfalls abgedeckt war und offenbar noch mit Holz verkleidet werden sollte, während gleichzeitig am Innenausbau gearbeitet wurde. Das Schiff wirkte wie ein Museumsstück.

Eine schmale Treppe führte nach unten in die Kajüte. Vorsichtig tastete er sich hinunter. Hier herrschte blankes Chaos. Er stieg über einen Stapel Bretter und ließ den Lichtkegel durch den Raum wandern. Rechts und links ragten Kabel und Leitungen aus der Wand.

> »Bravo 07, hier Alpha 03. Wir gehen jetzt rein. *Compound T3N8.* Keine Auffälligkeiten. Scheint verlassen zu sein.«
»03, seid vorsichtig, verdammt ... Der ganze Dreck hier unten ist vermint. Wir folgen dem Pfad Richtung Norden. Ende.« <

Sie betraten das größte Gebäude. Vorsichtig tasteten sie sich vorwärts. Die Sonne drang wie ein Laserstrahl durch die nackten Fensterlöcher in der unverputzten Mauer und hielt den aufgewirbelten Staub zitternd in der Luft fest. Der Rest lag in tiefem Schatten.

Weiter durch eine offene Tür, durch einen kleineren, leeren Raum, dann einen schmalen Gang hinunter. Ein dritter Raum. Lehmboden. Das Sonnenlicht fiel auf eine schwarz gescheckte Ziege. Sie stand angebunden in der Ecke, mit etwas Stroh als Unterlage. Ihr rechtes Vorderbein blutete. Sie konnte es nicht belasten.

»Eine Ziege? Was zur Hölle soll das? Schau dir das Bein an. Ich mach sie los, Oxen.«

»NEIN!«

Er griff nach seiner Handfeuerwaffe, machte einen Schritt nach vorn und warf einen kurzen Blick auf den Strick und die Ziege. Dann erschoss er das Tier.

»Was machst du da, Mann?«

»Die haben auf einen Tierfreund wie dich gehofft ... Schau dir das Hinterbein an. Siehst du die Nylonschnur? Sie haben sie im Stroh versteckt, die Daisy Chain ...«

Was übersetzt eine romantische Ranke aus Gänseblümchen

war, bezeichnete im englischen Soldatenslang eine fatale Kette aus miteinander verbundenen Sprengelementen. Der Tod hatte viele Gesichter.

> »Bravo 07, hier Alpha 03. Hier ist nichts. Wir gehen weiter zum Treffpunkt. Ende.« <

Mit den Arbeiten an der Kajüte des alten Schiffs war gerade erst begonnen worden. Es gab ein Skelett aus Holz, und ein paar Trennwände waren schon eingezogen worden, aber eigentlich sah der Raum aus wie eine offene Tischlerwerkstatt.

Er kämpfte sich bis zum Bug vor, dann stieg er wieder aufs Deck. Hier war nicht die geringste Spur seines Gegners zu sehen.

Er hatte sich geirrt. Wahrscheinlich waren beide längst über alle Berge. Franck war mit ihrer Beinprothese nicht schnell genug, um jemanden einzuholen. Mossman konnte auch nicht rennen. Und Sonne, Polizist hin oder her, war nicht für riskante Alleingänge geschaffen.

Sie hatten ihre große Chance verspielt. Smiths blitzschnelle Reaktion hatte sie alle überrumpelt. Auch ihn selbst. Niemals hätte er damit gerechnet, dass der Engländer wie ein Rammbock durch die Luft springen würde.

Er kletterte vom Schiff.

In diesem Wirrwarr aus kleinen und großen Werkstätten, Hallen, Ruinen, verfallenen Schuppen, Schiffen, Containern, Autoschrott und was man sich sonst noch alles vorstellen konnte, war es unmöglich, jemanden zu finden. Selbst ein großer Suchtrupp hätte Tage gebraucht, um das Gelände zu durchkämmen.

Er ließ ein letztes Mal den Lichtkegel schweifen und ging dann zurück zu der Eisentreppe. Die anderen würden sicher auch bald auftauchen. Dann mussten sie …

Er hörte nur ein leises Rascheln, das Knistern einer Plane, als ein Arm auch schon seine Schulter streifte – und sich ein Seil brutal um seinen Hals straffte. Es gelang ihm in letzter Sekunde, ein paar Finger zwischen Seil und Hals zu schieben, bevor es von zwei starken Händen hinter ihm mit aller Kraft zugezogen wurde.

»*You fucking bastard!*«

Er registrierte einen unterdrückten Aufschrei, als er seinen Ellenbogen nach hinten rammte – doch vergeblich.

Er versuchte, rückwärts auszutreten, mit den Füßen Halt zu finden, sich gegen die Wand zu stemmen und nach hinten zu drücken, aber John Smith stand fest und ließ nicht locker.

Das Seil um seinen Hals war gnadenlos. Hinter den Augen hämmerte der Puls, seine Ohren rauschten. Sein Körper rang panisch nach Luft, die er nicht bekam.

Er musste in die andere Richtung. Das Gegenteil tun.

Er ging leicht in die Knie und beugte sich mit seinem ganzen Gewicht nach vorn. Ihm wurde schwarz vor Augen. Er sah Funken … Er zog seinen Gegner mit aller Kraft mit sich.

Das Manöver überraschte Smith, der das Gleichgewicht verlor und ihm ein paar Schritte nach vorn folgte. Gerade so weit, dass Oxen die Knie durchdrücken und hochschnellen konnte. Er stieß sich an der Stahlwand des Docks ab und warf sich selbst und Smith mit voller Wucht nach hinten.

Er landete hart auf dem Engländer, der gar nicht anders konnte, als das Seil loszulassen. Oxens Lungen füllten sich mit Sauerstoff.

Er befreite sich, rollte herum und kam gleichzeitig mit John Smith auf die Beine.

Seine Taschenlampe war in einem Haufen Verpackungsmaterial gelandet und leuchtete schräg nach oben. Der Lichtschein streifte das Gesicht des Engländers.

»Oxen … Der Mann, der sich weigert zu sterben, oder wie?«

John Smith lächelte nicht, und er wirkte nicht wütend. Er war ruhig und konzentriert, und offensichtlich verfügte der Mann über Bärenkräfte.

Oxen musste extrem vorsichtig sein. Er war eingerostet. Sein letzter Nahkampf mit einem ausgebildeten Gegner war lange her.

Sie bewegten sich seitwärts, ohne sich aus den Augen zu lassen. Der erste Angriff konnte fatal sein, wenn er nicht präzise genug war. Die erste Blöße konnte alles entscheiden.

Sie waren beide in einer Spezialeinheit ausgebildet worden, hatten Nahkampftechniken trainiert, und die Männer der britischen SAS gehörten zur absoluten Elite. Hier ging es nicht darum, ehrenhaft zu gewinnen. Hier ging es darum, den Gegner zu eliminieren.

Als Smith einen winzigen Bruchteil seiner Aufmerksamkeit darauf verwenden musste, einem Werkzeugwagen auszuweichen, schlug er zu. Er verpasste dem Briten einen Roundhouse-Kick direkt ins Gesicht. Smith wehrte den ersten Tritt gekonnt ab, rechnete allerdings nicht damit, dass Oxen schon im nächsten Moment mit dem anderen Bein einen umgekehrten Roundhouse-Kick platzierte. Er streifte Smith am Kinn.

Sein Manöver sollte kein finaler Angriff sein, sondern eher eine Warnung, die Smith auf Abstand hielt. Außerdem wollte er wissen, wie schnell der Mann reagierte.

Er hatte das Kampftraining der Jäger um eine Shotokan-Ausbildung erweitert, um noch mehr Möglichkeiten und andere Bewegungsmuster zur Verfügung zu haben – aber vor allem, um in Extremsituationen die mentale Balance halten zu können und nie den Fokus zu verlieren.

Er blieb in seiner Ausgangsposition, während sie sich weiter seitwärts bewegten. Er stand mit leicht gebeugten Knien da, die rechte Hand geballt an der Hüfte, den linken Arm erhoben.

Auch Smith hielt seine Position, den linken Arm abwehrbereit vor dem Kopf und den rechten dicht am Körper, die Faust unter dem Kinn. Es war eine klassische Haltung, die aus dem Boxen kam, das ebenfalls zur militärischen Nahkampfausbildung gehörte.

Jedes Mal wenn der Brite einen Schritt nach links machte, folgte das rechte Bein im gleichen Abstand. Das war ihm sofort aufgefallen. Eine gute Koordination der Bewegungen war der Schlüssel zum Gleichgewicht, ganz egal ob man sich in der Defensive oder in der Offensive befand. Der Engländer war präzise und geübt. Und zu allem Unglück offenbar auch geduldig.

Smith drängte ihn zurück. Als Oxen kurz nach unten schielte, um nicht über ein paar lange Eisenrohre zu stolpern, sah der Söldner seine Chance gekommen. Smith war überraschend schnell. Er schwang seinen linken Arm, und obwohl es Oxen gelang, die Attacke zu parieren, konnte er den rechten Haken, der mit explosiver Wucht folgte, nicht mehr abwehren.

Der Schlag landete zum Glück nicht in seiner Magengrube, sondern erwischte die unterste Rippe, aber er war so heftig, dass ihm die Luft wegblieb. Als er dem nächsten Hieb ausweichen wollte, trat er auf eins der Rohre. Es kam ins Rollen, und er verlor das Gleichgewicht. Smith holte aus und trat ihm mit aller Kraft in die Seite. Oxen stürzte und schnappte nach Luft.

Aus den Augenwinkeln sah er, wie der Engländer vorsichtig näher kam, genau darauf bedacht, nicht auf die Rohre zu treten.

Oxen stemmte sich auf alle viere hoch. Smith verhielt sich abwartend. Oxen ging in die Hocke, bekam dabei eins der Rohre zu fassen und riss es an sich. Mit einer schnellen Bewegung schlenderte er es gegen die Beine seines Gegners. Smith sprang beiseite. Das Rohr streifte nur seinen rechten Knöchel, aber der Engländer landete auf den anderen Rohren, strauchelte und stürzte.

Das verschaffte Oxen genug Zeit, selbst auf die Beine zu kommen und Luft zu holen. Smith stand im Nu wieder auf. Es würde schwierig werden, mit dem durchtrainierten Söldner mitzuhalten, der viel geschickter war, als er gedacht hätte.

Und wieder fing Smith an, ihn rückwärtszudrängen.

Sie entfernten sich wie in Zeitlupe von dem Ende des Docks, wo das Schiff stand, und damit auch aus dem Licht der Taschenlampe. Der Engländer trat gegen irgendetwas und ging langsam in die Knie, ohne den Blick von ihm abzuwenden. Als er sich wieder aufrichtete, hielt er ein Seil mit einer Kette in den Händen. Am Ende der Kette hing ein Metallstück. Ein kleiner Schirmanker … Smith zog den Sicherungsring hoch, und die vier spitzen Arme klappten auf.

Der Engländer nahm Tau und Kette in beide Hände. Dann fing er an, den Anker über seinem Kopf kreisen zu lassen.

»Hier drüben! Sie sind unten im Dock, aber ich kann nichts sehen!«

Sie stand oben an der Kante und versuchte zu erkennen, was da unten vor sich ging. Sie hatte Rufe gehört. Ein Scheppern, das aus der Dunkelheit heraufdrang. Außer dem Licht einer Taschenlampe, das auf ein Schiff fiel, sah sie nicht viel.

Mossman kam schwerfällig zu ihr. Wo Sonne war, wussten sie nicht.

»Ist es Smith oder Lundbye?«, fragte er.

»Keine Ahnung. Wir müssen etwas unternehmen. Ich steige runter!«

»Warte.«

Mossman ging zu einer Art Kasten am Rand des Docks. Es ertönte ein lautes Klicken, und plötzlich war der gesamte Innenraum des Docks hell erleuchtet. Mossman hatte den Schalter gefunden, der eine ganze Armada von kräftigen Scheinwerfern bediente.

Smith. Und Oxen.

Der Engländer schwang einen Anker über dem Kopf und trieb Oxen langsam vor sich her. Es war immer noch ein ganzes Stück bis zum Ende des Docks, wo die Straße über die alte Schleuse führte, aber irgendwann würde Oxen unweigerlich und buchstäblich mit dem Rücken zur Wand stehen.

Die ganze Szene war merkwürdig nah – und trotzdem weit

weg. Sie hatte das Gefühl, zwei Miniaturfiguren in einer riesigen Schachtel zu beobachten.

Oxen bewegte sich Schritt für Schritt rückwärts.

»Ich könnte schießen, aber ich bin mir nicht sicher, ob ich ihn aus der Entfernung treffe«, sagte sie.

»Nein. Das Risiko, dass das Projektil an den Stahlwänden abprallt, ist viel zu groß.«

»Ich nehme die Treppe!«

»Warte noch …« Mossman legte eine Hand auf ihren Arm. »Schau, Margrethe … Stell dir vor, das Dock wäre eine Arena. Mit dem kleinen Unterschied, dass keine Löwen hineinstürzen, wenn man die Schleusen öffnet, sondern Wasser …«

»Verdammt, Axel! Der Kerl hat einen spitzen Anker und Niels gar nichts!«

»*Well*, ich mache mir keine Sorgen. Entscheidend ist der Verstand. Die stärksten Gladiatoren waren nicht unbedingt die besten.«

»Ich will hier nicht untätig herumstehen und zuschauen.«

Sie lief zurück zur Halle. Unter dem Vordach an der Skaterbahn hatte sie eine Palette mit Holz gesehen. Ziemlich schnell hatte sie etwas Brauchbares gefunden. Sie lief zurück zum Dock und am Rand entlang, bis sie auf der richtigen Höhe war.

»Niels! Hier!«

Sie ließ die gut drei Meter lange, kräftige Latte in die Tiefe fallen und hörte, wie sie krachend unten aufschlug. Dann rannte sie, so schnell ihr Bein es zuließ, zur Treppe.

Er hörte sie rufen, aber er konnte nicht nach oben schauen. Das grelle Licht blendete zu sehr. Aus den Augenwinkeln registrierte er, dass nicht weit von ihm irgendetwas auf dem Boden landete.

Ohne erkennbare Anzeichen von Ermüdung schwang Smith den Anker und trieb ihn weiter vor sich her. Sie hatten das Schiff längst hinter sich gelassen, hier lag kein Werkzeug mehr herum oder irgendetwas anderes, womit er sich hätte verteidigen können. Smith dirigierte ihn dorthin, wo nur noch der nackte Boden war.

Er hielt sich links. Machte einen Schritt auf die Dockwand zu und warf einen kurzen Blick über die Schulter. Da lag eine Holzlatte. Lang und kräftig. Franck hatte mitgedacht. Er ging in die Knie und hob die Latte auf, während der Anker direkt vor seinem Gesicht vorbeizischte. Er konnte Smith ansehen, dass Franck ihm einen Strich durch die Rechnung gemacht hatte.

Die Länge des Holzstücks und der Radius des Ankers waren ungefähr gleich, aber Smith konnte jederzeit einfach loslassen und ihm den Anker entgegenschleudern. Und zwar ganz schnell und plötzlich. Und ohne anschließenden Nahkampf. Dann hatte er nämlich verloren.

Er machte ein paar Vorstöße mit der Latte. Zielte auf das Gesicht des Briten und schwang das Holz dann ganz unten auf Höhe des Schienbeins. Smith sprang zwar rechtzeitig hoch, wurde aber kurz abgelenkt.

Es herrschte Stillstand in der Mitte des Docks. Fieberhaft überlegte er sich seine Angriffsstrategie. Sah alles vor sich. Sequenz für Sequenz. Und als er exakt wusste, welche Bewegungen nun folgen mussten, rannte er los, direkt auf Smith zu.

Er hob die Latte. Fing die Kette etwa einen Meter vor dem Anker ab. Der Anker wirbelte um das Holz. Im selben Zug rammte er das andere Ende der Latte hart gegen Smiths Kopf, es traf ihn an der linken Schläfe. Er stürmte weiter vorwärts, sprang und stieß dem Engländer in einem perfekten *Hiza Geri* sein rechtes Knie in die Magengrube. Die Knieattacke hatte einen lähmenden Effekt.

Der englische Söldner krümmte sich und stürzte. Mit schmerzverzerrtem Gesicht, weit aufgerissenem Mund und benommen vom Schlag, versuchte er, Luft in seine leere Lunge zu ziehen.

Er wollte Smith gerade mit einem Stück des Ankerseils fesseln, als Franck in das grelle Licht trat. Sie nickte anerkennend.

»Die Latte war ein Geschenk des Himmels«, sagte er.

»So fühlt es sich wohl an, wenn man schon mit einem Fuß im Grab steht …« Franck zog etwas aus der Jackentasche. »Hier, nimm lieber Kabelbinder.«

71.

Sie waren von Süden durch den Wald gekommen. Jetzt standen sie auf der Rückseite von Torups Slott, zwischen dem Burggraben und der massiven Mauer. Sie hatten alle drei schwarze Kleidung an.

Der Halbmond spendete genug Licht für ihre Arbeit. Sonne und Franck nahmen ihren Platz an den beiden Ecken ein, um Wache zu halten, während er alles vorbereitete.

Axel Mossman saß unterdessen in der Werkstatt auf Refshaleøen und passte auf ihren Gefangenen auf.

Er würde sich erst wieder wohler fühlen, wenn sie zurück waren und er selbst die zweite Runde des Verhörs übernehmen konnte.

»Mein Name ist John Smith, ich bin selbstständiger Sicherheitsberater.« So hatte der Engländer mit gleichgültiger Miene jede einzelne Frage beantwortet. Er war kurz davor gewesen, die Fassung zu verlieren und dem Idioten in die Kniescheibe zu schießen. Was war schon ein Knie im Vergleich zu der Liste von Hinrichtungen, die auf Smiths Konto gingen, und der Mordanklage, die wie ein Schatten über ihm schwebte und Realität werden würde, sobald die Polizei dahinterkam, dass er noch lebte.

Mossman hatte ihn freundlich, aber bestimmt am Arm genommen und zur Seite gezogen, als er seine Pistole auf das rechte Bein des Söldners gerichtet hatte.

Die Argumente des alten PET-Chefs waren plausibel: Sie sollten zuerst die Abhöranlage im Schloss anbringen, dann hatten sie beide Wohnsitze von Sixten Kopparstierna abgedeckt. Danach würden sie John Smith zwingen, ihnen zu erzählen, ob er auf eigene Initiative in Dänemark war oder um einen Job für den Danehof zu erledigen. Ersteres schien ihnen wahrscheinlicher, sonst hätte er vermutlich weitere Männer angeheuert. Danach sollte Smith bei Kopparstierna anrufen und ihm eine ernste Nachricht überbringen: dass der Kriegsveteran Niels Oxen angeblich doch nicht tot sei …

Vielleicht würde der Schwede stutzen und Smith abwimmeln, der seine Identität als Auftraggeber ja eigentlich gar nicht kennen durfte. Aber danach würden die Telefone heiß laufen, und dank ihrer Wanzen bekämen sie die endgültige Bestätigung, dass Sixten Kopparstierna der Kopf des Danehof war.

»*Well*, wenn es nicht funktioniert, Soldat, kannst du ihm meinetwegen eins oder auch beide Knie zerschießen. Aber bitte warte noch so lange …«

Er sah nach oben und versuchte abzuschätzen, wie hoch es bis zu den Granitvorsprüngen war. Glücklicherweise befanden sich diese beiden unter einem Fenster an der Südseite, die zum Wald hinausging, weit weg von der Straße und dem Mellangård. Er kam auf etwa sieben Meter.

Als er den anderen geschildert hatte, auf welchem Weg er ins Schloss einbrechen wollte, hatte Margrethe Franck grinsend erzählt, was sie auf der Schlossführung erfahren hatte.

Die großen Granitblöcke, die an verschiedenen Stellen in das Mauerwerk eingelassen waren, hatten seinerzeit nämlich eine äußerst wichtige Funktion: Sie trugen die Toiletten des Schlosses. Kleine Holzhütten, die wie unerwünschte Geschwüre außen an der Mauer platziert waren. Das Prinzip war einfach: Man hockte sich auf ein Brett mit Loch, erleichterte sich, und die Ausscheidungen fielen in die Tiefe.

Die Vorstellung, wie die Leute rund um das edle Schloss ihre weißen Mittelalterärsche in die Luft streckten, hatte ihn zum Lachen gebracht.

Es war lange her, dass er gelacht hatte ... Das letzte Mal an dem Abend mit Tessa. In seiner Wahrnehmung war alles andere in den letzten Jahren blutiger Ernst gewesen.

Franck hatte ihnen auch den Grund für diese sonderbaren Toiletten erklärt. Die Schlösser und Burgen des Mittelalters waren ausdrücklich Festungsanlagen gewesen, deren Bewohner jederzeit auf eine langwierige Belagerung vorbereitet sein mussten. Und dazu gehörte natürlich auch eine Lösung für das Fäkalienproblem. In den meisten Bauwerken hatte es eine große, zentrale Kloake gegeben, die allerdings einen unerträglichen Gestank verbreitete, den man durch das Verbrennen wohlriechender Hölzer zu überdecken versuchte.

Ein dramatisches Ereignis führte später zu einer Veränderung der Bauweise – und zwar schlagartig. Ende des 12. Jahrhunderts hatte Kaiser Barbarossa zu einem prächtigen Fest nach Erfurt in seinen dortigen Schlosssaal geladen. Aber die ätzenden Dämpfe der Kloake hatten über Jahre hinweg die Balken unter dem Saal angegriffen. Inmitten der Feierlichkeiten gab der Boden auf einmal nach, und acht Fürsten, hundert Ritter und unzählige Adlige stürzten in die Kloakengrube und kamen auf jämmerliche Weise ums Leben.

Er lächelte bei dem schaurigen Gedanken und knüpfte die letzten Fußschlingen in das Kletterseil. Dann nahm er die kleine Plastiktüte, die er mit Sand gefüllt hatte, knotete sie als Wurfgewicht an die zwanzig Meter lange, kräftige Angelschnur und die Schnur wiederum ans Ende des Kletterseils.

Er stellte sich ganz dicht an die Mauer und warf. Beim dritten Versuch legte sich die Angelschnur perfekt über den Granitvorsprung, und die schwere Sandtüte landete auf der anderen Seite wieder unten bei ihm. Nun band er aus dem Ende des Kletterseils eine Schlinge.

»Psst!« Er winkte Franck und Sonne zu sich. »Wir sind so weit. Sonne, du hältst das Seil straff, während ich hochklettere. Ich bringe dann oben die Rolle für den Seilzug und die Sicherheitsleine an. Franck, du setzt dich in das Seiltrapez, das ich geknotet habe, und Sonne zieht dich hoch. Leg den Gurt an und klick die Sicherheitsleine ein, die ich dir gleich hinunterwerfe. Ich versuche, oben ein Fenster zu öffnen.«

»Achte auf die Alarmsensoren«, sagte Sonne.

Er nickte und setzte den kleinen Rucksack auf. Natürlich würde er darauf achten, aber falls das Schloss überhaupt gegen ungebetene Gäste gesichert war, dann beschränkten sich die Sicherheitsvorkehrungen wohl eher auf den leicht zugänglichen Keller und das Erdgeschoss. Eine Überwachung in dieser Höhe war ziemlich unwahrscheinlich. Zumal es geradezu hoffnungslos erschien, so viele Fenster und Räume zu sichern. Das Schloss war dafür einfach zu weitläufig, auch wenn sie nicht wussten, wie viele Zimmer es tatsächlich waren.

Als er wenig später oben angelangt war, befestigte er die Sicherheitsleine am Mauervorsprung und klinkte sie in seinen Gurt ein. Dann stellte er sich auf den Granitvorsprung und leuchtete mit der Taschenlampe durch das große Sprossenfenster.

Es war mit altmodischen Haken verriegelt, die man leicht anheben konnte, aber sie verschlossen das Fenster so dicht, dass er Angst hatte, das Holz zu beschädigen, wenn er sich mit seinem Werkzeug daran zu schaffen machte. Er brauchte das Gaffa-Tape. Leider genügte es nicht, nur eine der Scheiben abzukleben, denn das Fenster war so hoch, dass die Haken zu weit voneinander entfernt saßen. Also präparierte er zwei Scheiben mit dem Klebeband, drückte sie vorsichtig ein, hob die Haken an, öffnete das Fenster und kletterte nach drinnen.

Im Rucksack hatte er mehrere Glasscheiben in unterschiedlichen Größen dabei sowie eine Fugenpistole mit Acrylmasse. Bevor sie das Schloss wieder verließen, würde er die Fenster provisorisch reparieren, damit niemand Verdacht schöpfte.

Die Luft war stickig, und im Schein der Taschenlampe bemerkte er, dass er in der Staubschicht auf der Fensterbank Spuren hinterlassen hatte. An der Wand stand ein Doppelbett, es war nicht bezogen, und am Fußende lag eine zusammengelegte Steppdecke.

Offenbar befand er sich in einem riesigen Gästezimmer. Es gab vermutlich noch mehr von der Sorte, auch wenn der gegenwärtige Schlossherr wohl eher selten zu rauschenden Festen lud. Dafür lebte Sixten Kopparstierna viel zu spartanisch und anonym.

Franck hatte den Granitvorsprung erreicht. Er beugte sich aus dem Fenster, reichte ihr die Hand und zog sie hoch. Trotz ihrer Prothese bewegte sie sich energisch und sicher, und sie vermied es klugerweise, nach unten zu schauen, während sie mit seiner Hilfe durch das Fenster kletterte und die Sicherheitsleine ausklinkte.

Eilig zogen sie die Klettergurte aus und legten sie auf den Boden, damit alles griffbereit war, wenn sie sich wieder zu Sonne abseilen wollten, der draußen Wache hielt. Auch Margrethe hatte einen kleinen Rucksack dabei, darin befanden sich eine Pistole, Werkzeug, eine Taschenlampe und ein Kästchen mit Wanzen. Jeder von ihnen hatte vier von diesen Mikrofonen, die es sinnvoll zu platzieren galt.

Er nahm die Fugenpistole und die Ersatzscheiben aus dem Rucksack und legte sie auf die Fensterbank. Dann öffnete er vorsichtig die Tür und gab Margrethe ein Zeichen, ihm zu folgen.

Oxen leuchtete in beide Richtungen. Sie standen in einem Korridor, der sich über die gesamte Länge dieses Flügels zu erstrecken schien. Francks Fremdenführerin zufolge befanden sie sich mitten in den Privaträumen, die sich über den ganzen Südflügel, einen Teil des Ostflügels und den runden Turm verteilten.

Im Westflügel wohnte der Hausmeister, während die übrigen Mitarbeiter und die Verwaltung im Mellangård untergebracht waren.

»Bewegungsmelder?«

Franck flüsterte, während sie vorsichtig nach rechts gingen. Sie ließ den Lichtkegel langsam über die Decke gleiten. Er machte dasselbe auf der anderen Seite. Nichts.

Aber er hatte auch nichts anderes erwartet. Ein riesiges Gebäude wie dieses zu sichern war ein Fass ohne Boden, und in den privaten Gemächern wurden vermutlich auch keine großen Schätze aufbewahrt. Vielleicht ein paar antike Möbel, Gemälde oder dekorative Objekte, aber die wirklich wertvollen Gegenstände befanden sich in dem Teil des Schlosses, der für die Öffentlichkeit zugänglich war. Franck hatte bestätigt, dass im Besucherbereich eine Alarmanlage installiert war, Bewegungsmelder sowie Fenstersicherungen.

Sie öffneten ein paar Türen und leuchteten in die Zimmer, die alle leer standen.

Dann kamen sie an eine Doppelflügeltür, sie führte in einen großen, offenen Raum, der nur sparsam möbliert war. Sie gingen durch eine weitere Flügeltür und traten in ein riesiges Arbeitszimmer mit Regalen, einer Sitzgruppe und einem riesigen Schreibtisch, auf dem ein Computer mit einem großen Bildschirm stand.

Er tippte Margrethe auf die Schulter.

»Sein Büro … Bringst du hier eine an?«

Franck nickte und holte die Schachtel mit den Wanzen aus dem Rucksack.

»Ich gehe weiter«, sagte er und zeigte nach vorn.

Sie hatten schon im Vorfeld ein paar Räume festgelegt, wo sie auf jeden Fall Mikrofone platzieren wollten. Abgesehen von Sixtens Arbeitszimmer waren das sein Schlafzimmer, sein Wohn- oder Fernsehzimmer, falls es so etwas hier gab, die Bibliothek, die Küche und das Badezimmer. Die übrigen Wanzen würden sie so verteilen, wie es ihnen vor Ort am sinnvollsten erschien.

Hinter der nächsten Flügeltür befand sich das Schlafzimmer. Es war nicht besonders groß, schien aber regelmäßig genutzt zu werden. Auf den Fensterbänken standen Pflanzen, und das Doppelbett war bezogen. Ein Nachttisch war leer, auf dem anderen lag ein kleiner Bücherstapel.

Im Licht der Taschenlampe überflog er die Titel. Eine Biografie Napoleons, ein Sachbuch über die dänisch-schwedischen Kriege und eins über die Geschichte des Nordens bis ins 19. Jahrhundert. Im obersten Buch steckte ein Lesezeichen. Der Autor war ein Deutscher, und es ging um internationales Recht.

Kein Zweifel, hier schlief Sixten Kopparstierna. Er befestigte ein Mikrofon an der Unterseite des unbenutzten Nachttischs. Franck tauchte im Türrahmen auf.

»Sein Schlafzimmer?«

Er nickte.

Hinter der nächsten Tür auf der gegenüberliegenden Seite befand sich ein geräumiges Bad.

»Lass mich das machen«, sagte Franck, und er tastete sich vorsichtig weiter in den nächsten Raum.

Bald hatten sie alle Wanzen angebracht. Es war überraschend leicht gegangen. Als er vom Park aus ihre Chancen eingeschätzt hatte, war es ihm viel schwieriger vorgekommen. Aber da im gesamten privaten Trakt des Schlosses außer ihnen keine Menschenseele war, bestand kein großes Risiko.

Durch den GPS-Sender wussten sie, dass Kopparstiernas Auto in Kopenhagen in der Garage stand. Vermutlich würde er erst am Wochenende wieder hierherkommen. Aber vielleicht würde ein unerwarteter Anruf von John Smith den reichen Schweden so sehr unter Druck setzen, dass er sich auf sein Schloss zurückzog, um alles wieder in Ordnung zu bringen. Und dann würden sie mithören. Wollte er sich jedoch lieber in seiner Kopenhagener Privatwohnung um die Angelegenheit kümmern, änderte das nichts: Sie hatten ihre kleinen Ohren ja auch dort vor Ort.

Sobald sie die Bestätigung hatten, dass Kopparstierna wirklich an der Spitze des Netzwerks stand, würde es leichter werden, die richtige Strategie zu entwickeln. Axel Mossman hatte recht: Es ging zunächst darum, Beweise zu sichern. Sie mussten die Archive von Nord, Süd und Ost lokalisieren. Die Archive waren der Schlüssel zum Sieg.

Eine weitere Flügeltür, die offen stand, führte ihn durch einen kurzen Flur in den Kernbereich des menschlichen Alltags – ein Fernsehzimmer. Er leuchtete in den Raum, der genau wie das Schlafzimmer überraschend klein und bescheiden wirkte. Das konnte noch nicht alles gewesen sein.

Er ging zur nächsten Tür, öffnete sie, machte ein paar Schritte in den Raum und ließ den Lichtkegel schweifen. Ein Mann wie Kopparstierna musste irgendwo natürlich auch Platz haben, um alle wichtigen Leute nach Torups Slott einzuladen.

Und hier war reichlich Platz. Er befand sich in der Bibliothek. An zwei Wänden standen deckenhohe Regale, in die man kein weiteres Buch mehr hätte quetschen können.

Drei kleine Sitzgarnituren aus dunklen Massivholzmöbeln, mit braunem Leder bezogen, waren in dem Raum verteilt. Vor den Fenstern hingen schwere grüne Vorhänge, die von der Decke bis zum Boden reichten. Wahrscheinlich waren sie zugezogen, um die Bücher vor dem Tageslicht zu schützen.

Vor dem Kamin standen zwei große Lehnstühle. Wurden hier, in diesem Herrenzimmer, vor flackerndem Feuer etwa die großen Linien der Danehof-Arbeit erdacht und festgelegt? Er sah es förmlich vor sich.

Vielleicht sollten sie für diesen Raum zwei Wanzen opfern? Eine in der Nähe des Kamins und eine am anderen Ende? Er würde Franck fragen, was sie davon hielt. Aber zuerst würde er zurückgehen und eine im Fernsehzimmer anbringen. Danach konnten sie gemeinsam überlegen, was am besten war.

Er drehte sich um und wurde auf einmal von einem grellen Licht geblendet. Er nahm gerade noch wahr, dass es bläulicher als Francks Taschenlampe war, als schon ein scharfes Kommando ertönte.

»Stehen bleiben! Lassen Sie die Taschenlampe fallen und nehmen Sie die Hände über den Kopf!«

Der Mann sprach Schwedisch. Seine Stimme war tief. Gegen das Licht konnte er nicht sehen, mit wem er es zu tun hatte. Was er allerdings sehen konnte, war, dass ein doppelläufiges Jagdgewehr auf ihn gerichtet war.

Er gehorchte und ließ seine Lampe fallen. Woher war dieser Mann so plötzlich aufgetaucht? Es gab eigentlich nur eine Möglichkeit – die Hausmeisterwohnung im gegenüberliegenden Flügel. Hatten sie doch eine unsichtbare Alarmanlage ausgelöst? Oder waren sie an der Mauer gesehen worden?

»Rückwärts rüber zur Wand. Die Hände bleiben oben! Langsam! Keine Dummheiten. Ich habe ein Gewehr.«

Es gab keinen Grund, nicht zu gehorchen. Die Situation war zwar kritisch, aber wahrscheinlich schon in wenigen Minuten überstanden und ins Gegenteil verkehrt. Franck würde sofort kapieren, dass etwas nicht stimmte.

Er ging langsam rückwärts, bis er gegen die Wand neben dem Kamin stieß.

»Verdammtes Diebespack …« Die tiefe Stimme zitterte.

Im selben Moment traf ein heller Lichtschein das Gesicht des Mannes. Geblendet drehte er sich schnell zur Seite.

»Stehen bleiben. Eine Bewegung, und ich puste Ihnen den Kopf weg!«

Margrethe Franck hatte sich angeschlichen. Sie handelte, ohne zu zögern.

»Ja, aber … Ich habe ein Gewehr auf Ihren Komplizen gerichtet.«

»Wenn Sie schießen, sterben Sie im selben Atemzug. Ist es das wert? Bezahlt Sixten Kopparstierna Sie fürs Sterben? Beugen Sie sich langsam nach unten und legen Sie das Gewehr auf den Boden. Glauben Sie mir, das ist das Vernünftigste.«

Für einige endlose Sekunden stand der Mann wie erstarrt da.

»Ich lege die Waffe weg«, sagte er schließlich.

Franck machte einen Schritt auf ihn zu. Sie hatte die Taschenlampe in der linken Hand und stützte damit die rechte, in der sie die Pistole hielt. Der Mann beugte sich langsam nach unten, um das Gewehr abzulegen.

Und dann blitzte hinter Franck plötzlich ein weiterer Lichtkegel in der Dunkelheit auf. Er erkannte die Umrisse einer Gestalt, ahnte etwas Dunkles, hoch über Margrethes Hinterkopf. Dann hörte er auch schon den Schlag. Francks Taschenlampe fiel, und das Licht streifte ihr Gesicht, als sie zu Boden ging.

»Bleiben Sie, wo Sie sind! Sonst schieße ich!«

Es war eine weitere Männerstimme. Kurz darauf ging das Licht im Zimmer an.

Der erste Mann richtete sich wieder auf, das Gewehr noch immer in der Hand. Hinter ihm stand der andere. Er war deutlich jünger und ebenfalls mit einem Jagdgewehr bewaffnet. Vor ihm auf dem Teppich lag die bewusstlose Margrethe Franck.

72.

Die schwere Stahltür stand einen Spaltbreit offen. Er konnte John Smith sehen, der reglos auf einem wackeligen Stuhl in der Mitte der Werkhalle saß. Seine Hände waren auf dem Rücken mit Kabelbindern fixiert und an der Lehne festgebunden. Die Knöchel waren an die Stuhlbeine gefesselt.

Man konnte ja viel über den unsympathischen Soldaten sagen, aber wehleidig war er nicht. Schon seit mehreren Stunden saß er so da, stumm wie eine Auster, den Blick voll provozierender Gleichgültigkeit.

Er zog die Tür zu. Smith sollte nichts hören. Es kam ihm vor, als hätte er in den letzten Stunden nichts anderes getan, als zu telefonieren. Hin und her, mit beiden Seiten der Themse, während er in der Werkstatt auf und ab getigert war.

Er hatte seine Verhandlungen mit Wallace begonnen, der beim MI5 am Westufer ganz oben in der Hierarchie stand. George Wallace war ein alter Bekannter. Er leitete die internationale Antiterrorabteilung des *Five*. Von dort war es der Reihe nach weiter durchs Haus gegangen und dann den logischen Weg ans andere Ufer zum MI6, der in dem markanten Gebäude am Vauxhall Cross residierte.

Hier hatte er sein Angebot einem noch besseren Bekannten unterbreitet, Bruce Harper, den er als wirklich guten Freund aus der internationalen Bruderschaft der Geheimdienste betrachtete. Sie hatten sich über die Jahre etliche Male gegenseitig geholfen, aber ob Freund oder nicht, Harper war eiskalt und beurteilte alles mit einer reinen Kosten-Nutzen-Analyse. Harper war Operativer Leiter und arbeitete auf demselben Gebiet wie Wallace.

Nach vielen Gesprächen und nachdem sich Wallace und Harper ausführlich mit allen Zuständigen und den Kontaktleuten im Verteidigungsministerium abgestimmt hatten, hatten sie beschlossen, dass Wallace die Koordination übernehmen sollte und entweder einen Deal mit ihm aushandeln oder den Daumen senken würde.

Er warf ungeduldig einen Blick auf seine Armbanduhr. Bis zum vereinbarten Zeitpunkt dauerte es noch ein paar Minuten. Er hoffte, dass die Engländer einen Vorteil für sich erkennen konnten. Wenn nicht, musste er noch einmal von vorn anfangen …

Er blieb an einem der Fenster stehen. Das fahle Licht der Straßenlaternen fiel auf die Gerüstteile, aber das Trockendock wurde trotz seiner Größe völlig von der Dunkelheit verschluckt. Und mit ihm das Drama, das sich vor einigen Stunden dort unten abgespielt hatte. Er hatte eine merkwürdige innere Ruhe verspürt, während er von oben zugesehen hatte. Nicht eine Sekunde lang hatte er am Ausgang des Geschehens gezweifelt. An Oxen kam keiner heran …

Aber jetzt spürte er nur eins: Ungeduld. Er schaute wieder auf die Uhr.

Endlich. Der große Zeiger sprang über die Ziellinie. Präzision war eine Tugend. Deshalb rief er nicht früher an, aber auch nicht später. Er wählte die Nummer.

»Wallace.«

»Mossman hier. Seid ihr fertig?«

»Ja, in dieser Sekunde.«

»Wie lautet deine Antwort, mein Freund?«

»Meine Antwort ist Ja. Unter gewissen Voraussetzungen, die wir beide noch klären müssen. Und ich nehme an, du bleibst bei deinem Preis?«

»Ich muss.«

»Ist schon in Ordnung, ich habe damit gerechnet. Aber du musst liefern.«

»Selbstverständlich.«

»Und, Mossman, wenn irgendwas schiefläuft, geht Harper dir an die Kehle. Das ist dir bewusst, nicht wahr?«

George Wallace' Glucksen war vom Thames House bis über die Nordsee zu hören. Er lachte mit.

»Vergiss nicht, ich bin Rentner. Wer würde einem alten Mann denn etwas zuleide tun? Aber streichle den Kettenhund von mir. Und jetzt lass uns die Einzelheiten besprechen. Wann willst du Lieferung A?«

»Um es kurz zu machen: *asap*.«

Sie brauchten eine knappe halbe Stunde, um die Details des Deals auszuhandeln. Es waren nur Kleinigkeiten, die auf beiden Seiten nachjustiert werden mussten.

»War das alles?«

»Ja, Mossman. Du hast grünes Licht.«

»Gut. Grüß Harper von mir.«

»Mache ich. Komm mal wieder vorbei, wenn es sich ergibt. Bis dann.«

»Natürlich. Bis dann.«

Sie legten auf, und er ließ das Handy zurück in die Tasche gleiten. Es war alles nach Wunsch verlaufen. Jetzt musste er nur noch loslegen und dann auf die Bezahlung warten. Er öffnete die Stahltür und sah sich nach einer Sitzgelegenheit um. Vor der Wand standen ein paar Holzkisten mit Rohrresten und alten Verbindungsstücken. Er leerte eine davon und schleppte sie zu dem Stuhl, auf dem John Smith saß.

Er setzte sich in einigem Abstand vor den Engländer, ein paar Meter schienen ihm angebracht. Er würde jetzt ein außerordentlich wichtiges Gespräch führen – zum Glück diesmal nicht am Telefon, sondern mit einer Person, der er in die Augen sehen konnte.

»Sie wissen, wer ich bin, nicht wahr?«, fragte er.

John Smith nickte.

»Dann wissen Sie auch, dass ich in der Lage bin, Dinge zu arrangieren, die man vielleicht nicht unbedingt für machbar hält.«

Smith zuckte mit den Schultern.

»Okay. Hören Sie mir gut zu, John Smith. Oder soll ich Sie lieber Eric Bancroft nennen?«

Der Engländer hob die Augenbrauen, als er seinen Namen hörte, blieb aber stumm.

»Wenn Sie Ihre Karten geschickt spielen, Eric Bancroft, dann sind Sie ganz schnell hier draußen.«

Er zog Pass, Geldbeutel und Handy des Engländers aus seiner Jackentasche und legte alles auf den Boden.

»Sehen Sie, es ist alles da. Überlegen Sie es sich gut. Sie können morgen früh schon wieder in London sein. Ich habe eine Vereinbarung mit Ihren Freunden im Thames House und am Vauxhall Cross. Sie müssen nur unsere Bedingungen erfüllen. Wenn Sie das tun, geht Ihr Leben weiter, als wäre nichts gewesen. Sollten Sie allerdings versuchen, uns hereinzulegen, sind Sie erledigt. Es gibt keinen Ort auf diesem Planeten, an dem man Sie nicht finden wird. Hier, ich mache die Kabelbinder ab.«

Er stand auf, stellte sich hinter Bancroft und kappte mit seinem kleinen Taschenmesser die Plastikriemen an Handgelenken und Knöcheln. Der Engländer blieb sitzen und massierte sich die Handgelenke.

»Bevor Sie gehen können, müssen wir uns unterhalten. Zunächst zwei Bedingungen, die nicht zur Diskussion stehen. Erstens, Sie setzen nie wieder einen Fuß auf dänischen Boden. Zweitens, Sie vergessen alles, was Sie über Niels Oxen wissen. Verstanden?«

Bancroft nickte langsam. Er hatte eine tiefe Falte auf der Stirn.

»Sagt Ihnen der Name Sixten Kopparstierna etwas?«

Bancroft schüttelte den Kopf.

»Nein.«

»Mit wem haben Sie letztes Jahr in Dänemark den Vertrag abgeschlossen?«

»Mit einem Mann, der Nielsen heißt. Mehr weiß ich nicht.«

»Alter, Aussehen, Ablauf?«

»Auf jeden Fall über sechzig. Gepflegte Erscheinung, graue Haare, Brille. Einer, an den man sich nach vierzehn Tagen nicht mehr erinnert. Der Kontakt ging immer von ihm aus. Die Kommunikation war einseitig. Zum Briefing haben wir uns in verschiedenen Hotelzimmern in Kopenhagen getroffen. Ich habe in einem Hotel gewohnt, meine Leute in unterschiedlichen anderen.«

»Dann weiß dieser Nielsen nicht, dass Sie im Land sind?«

»Nein. Haben Sie nicht gehört, was ich gerade gesagt habe? Ich kann ihn – oder die – nicht kontaktieren.«

»Weshalb sind Sie dann hier?«

»Um Oxen zu finden. Um meinen Vertrag zu erfüllen. Er stellt ein Risiko für mich dar.«

»Wie sind Sie auf Oxen gekommen?«

»Über Quellen bei der Polizei. Er hat einen meiner Leute umgebracht. Er hat nur nicht bedacht, dass man in England nicht mal furzen kann, ohne von einer Überwachungskamera gefilmt zu werden.«

»Sie haben also nicht die geringste Vorstellung davon, wer Ihre Auftraggeber waren?«

»Keine *whatsoever* … Aber jeder Idiot kann sich ausrechnen, dass das kein Kaninchenzüchterverein ist, der einen Justizminister beseitigen lässt.«

»Ihr dänischer Handlanger, Morten Lundbye. Welche Rolle spielt er?«

»Nur ein Kontakt. Der gerade verfügbar war …«

»Hm, wir werden auch mit ihm ein ernstes Gespräch führen. Ich habe eine dritte und letzte Bedingung.«

Bancroft sah ihn fragend an.

»Gleich morgen um Punkt 14:00 Uhr werden Sie im Thames House erscheinen. Sie werden sagen, dass Sie einen Termin bei George Wallace haben. Sie reden nur mit ihm. Mit niemandem sonst. Und Sie folgen haarklein den Instruktionen, die Wallace Ihnen dann geben wird.«

»Und die wären?«

»Das erfahren Sie morgen. Unter anderem werden Sie einen gewissen Sixten Kopparstierna anrufen, den wir abhören. Und zwar dann, wenn ich Sie darum bitte.«

»Den Typen, dem das Schloss in Schweden gehört?«

»Exakt. Sie sollten klug sein und gehorchen, Bancroft. Dann können Sie hinterher Stanley Mullenders Angebot annehmen und nach Sierra Leone gehen. Von uns aus können Sie dort unten bleiben, bis Sie verrotten. Aber … wenn Sie morgen um zwei nicht bei Wallace im Büro stehen, sind Sie ein *dead man walking*.«

Bancroft nickte nachdenklich.

»Hm. Sie wissen von Mullender und Sierra Leone?«

»Natürlich.«

»Woher?«

»Sie vergessen, dass ich mein ganzes Leben damit zugebracht habe, mehr zu wissen als alle anderen. Und jetzt müssen Sie mir noch einen Gefallen tun … Würden Sie bitte den Stuhl hier zu

Brennholz machen? Und dann schlagen Sie mir bitte mit dem Stuhlbein auf den Kopf. Aber, *please* – vorsichtig, damit Sie nicht meine Schläfe erwischen, und trotzdem fest genug, dass es auch überzeugend aussieht. Ach, und bevor ich es vergesse … Ich habe ein Ticket für Sie. Sie fliegen morgen früh um 07:45 Uhr mit SAS vom Flughafen Kastrup und landen 08:45 Uhr Ortszeit in Heathrow.«

73.

Sie gingen langsam eine Treppe hinunter. Er lief hinter Margrethe und hatte wie sie beide Hände im Nacken gefaltet. Francks Hände waren blutverschmiert. Genau wie ihre Haare.

Der Schlag mit dem Gewehrkolben hatte ihr eine tiefe Platzwunde am Hinterkopf zugefügt. Sie war nur kurz bewusstlos gewesen, wirkte aber immer noch ziemlich benommen. Der ältere der beiden Männer hatte sich um sie gekümmert, nach der Wunde gesehen und ihr auf die Beine geholfen. Er war es auch, der ihre kleine Prozession durch das Schloss anführte. Er ging halb rückwärts, das Jagdgewehr auf sie gerichtet, während er gleichzeitig die Türen öffnete.

Der jüngere Mann ging hinter ihnen. Auch er hielt sein Jagdgewehr in den Händen. Der Schaden, den eine solche Waffe aus dieser geringen Entfernung anrichten konnte, war gewaltig, und deshalb befolgten sie jedes Kommando und blieben stehen oder gingen langsamer, wenn sie dazu aufgefordert wurden.

Als sie am Ende der Treppe angelangt waren, trieb man sie einen langen Gang hinunter, der mit Teppichboden ausgelegt war.

Sie hatten keine Ahnung, was mit Sonne war. Er hoffte, dass Mossmans Neffe abgehauen war und seinen Onkel alarmieren würde. Er fluchte innerlich. Es war schon wieder schiefgegangen. Genau wie das letzte Mal in Gram. Es schien unmöglich zu sein, an den Danehof heranzukommen. Sie waren vorsichtig gewesen. Sie hatten alles richtig gemacht.

»Stehen bleiben!« Der ältere Mann, der sicher schon über sechzig war, fuchtelte mit seinem Gewehr herum, ging zu einer Tür und schloss sie auf.

Er selbst stand ganz still, die Hände unverändert im Nacken, und flüsterte:

»Wie geht es dir, Franck, ist alles okay?«

»Ja, mir geht's besser …«

»Klappe halten!«

Der Jüngere hinter ihm brüllte sie an. Er wirkte ziemlich hitzköpfig. Damit stellte er das größte Risiko dar. Den Reaktionen der Männer nach zu urteilen waren beide keine Profis, aber doch so entschlossen, dass sie während der dramatischen Szene in der Bibliothek nicht in Panik geraten waren.

»Los, weiter. Da vorn ist eine Treppe. Langsam!«

Der Tonfall des Älteren war bestimmt. Sie gingen die schmale Wendeltreppe nach unten. Wenn er sich nicht irrte, waren sie bis eben im Erdgeschoss gewesen und jetzt auf dem Weg in den Keller.

Francks Platzwunde hatte aufgehört zu bluten, und ihre Stimme klang klar. Es war wichtig, dass sie die Situation beide richtig einschätzten und handeln konnten, sobald sich eine Gelegenheit bot.

Sie folgten einem schmalen Gang. Die Temperatur und die Luftfeuchtigkeit verrieten ihm, dass er recht gehabt hatte. Sie waren im Keller.

Hier unten waren die Wände nicht mehr weiß verputzt, sondern aus nacktem Stein. Vor einer Tür aus dicken Holzbohlen blieb der Mann schließlich stehen, nahm das Vorhängeschloss ab und drückte sie auf.

»Sie zuerst«, sagte er und zeigte auf Franck. »Hände an die Wand und Beine auseinander.«

Die beiden hatten ihnen bereits oben im Herrenzimmer die

Waffen abgenommen, genau wie die Rucksäcke, die der Jüngere jetzt über der Schulter trug. Offenbar war ihnen das noch nicht gründlich genug gewesen. Franck gehorchte. Der Mann tastete sie ab und nahm ihr das Handy weg.

Dann trat er einen Schritt zur Seite.

»Los, rein mit Ihnen!«

Franck passte gerade so unter der niedrigen Tür durch.

»Sie sind dran«, sagte der Mann und fuchtelte mit dem Gewehr. »Und versuchen Sie ja keine Tricks.«

Oxen stellte sich an die Wand, und sie nahmen auch ihm das Handy ab.

»Rein da!«

Er musste sich ducken, um in den kleinen Raum zu gelangen. Eine nackte Glühbirne an der Gewölbedecke war die einzige Lichtquelle. Der Boden war aus Backsteinen gepflastert, die Wände waren aus Naturstein. Es gab kein Fenster, keine Schießscharte, kein einziges Luftloch in der Wand.

Hinter ihnen fiel die Tür zu, und sie hörten, wie das Vorhängeschloss mit einem Klicken einrastete. Franck setzte sich sofort auf den Boden und betastete vorsichtig ihren Hinterkopf.

»Sieht aus wie ein Kerker«, sagte sie und wischte sich die blutigen Hände an der Hose ab.

»Kopf hoch, Franck, wir können immer noch durchs Fenster fliehen.«

»Ja, hurra …«

An einer Wand standen ein paar kleine Holzkisten. Er ging hin und schaute hinein. Sie waren voller Blumenzwiebeln, die schon längst hätten eingepflanzt werden müssen. Ansonsten war der Raum völlig leer.

»Genau wie in Gram«, sagte sie seufzend.

Er nickte.

»Aber wir können noch auf Sonne hoffen.«

»Christian kann hier auch nicht viel machen.«

»Er kann Mossman alarmieren.«

»Und dann?«

»Dann müssen wir abwarten, was passiert.«

»Ein zweites Mal lassen sie uns nicht davonkommen, Niels. Das weißt du genauso gut wie ich …«

Er zuckte mit den Schultern. Sie hatte recht, aber er war nicht bereit, jetzt schon aufzugeben. Hätten die beiden Männer Pistolen gehabt, hätte er längst … Doch Jagdgewehre waren eine Sache für sich. Er ergriff jede Chance, aber er war nicht leichtsinnig.

Auf dem Gang wurden Lärm und Stimmen laut. Das Vorhängeschloss klapperte. Die Tür ging auf, und nach einem kräftigen Stoß landete Sonne kopfüber in dem kleinen Raum. Die Tür knallte zu, und das Schloss rastete ein zweites Mal hörbar ein.

»Sonne, ist alles okay?« Franck warf ihm einen vielsagenden Blick zu.

Sonne nickte.

»Da war ein Kerl mit einem Jagdgewehr. Er hat sich angeschlichen. Ich habe ihm das Erstbeste an den Kopf geworfen, was ich in die Finger bekam, und bin abgehauen, aber dann bin ich unten im Burggraben irgendwie in einer Sackgasse gelandet.«

Sonne wirkte so verzweifelt, als wäre er bereits auf dem Weg zum elektrischen Stuhl.

»Also haben wir es mit drei Männern zu tun?«, fragte Oxen.

»Ja. Zwei haben hier unten im Keller gewartet. Alle drei mit Gewehren. Was machen wir jetzt, Oxen? Haben wir irgendeine Chance?«

»Es gibt immer eine Chance. Fürs Erste bleiben wir wohl hier.«

»Aber was, wenn …?«

»Leise!«

Er meinte, Stimmen auf dem Gang zu hören. Er legte ein Ohr an die Holztür. Es schien der Älteste mit der tiefen Stimme zu sein.

»Entschuldigen Sie, dass wir Sie wecken. Es ist natürlich ein unmöglicher Zeitpunkt, das ist mir bewusst, aber wir haben hier eine etwas heikle Situation ...«

Er konnte nicht das ganze Gespräch hören, aber genug, um die Zusammenhänge zu verstehen. Der Mann berichtete seinem Herrn und Meister, Sixten Kopparstierna, was im Schloss vorgefallen war.

»Die Polizei? Doch ... Vielleicht ... Wir haben auch Ausrüstung gefunden. Sieht aus wie eine Abhöranlage. Winzige Mikrofone. Und wie gesagt, zwei von ihnen waren bewaffnet. Was sagen Sie dazu?«

Der Mann draußen hörte anscheinend zu und antwortete ein paarmal mit etwas leiserer Stimme, sodass es unmöglich war, ihn zu verstehen.

»Eine Stunde? Gut. Bis dann.« Das Gespräch war beendet.

Oxen drehte sich zu Franck und Sonne. Sie sahen ihn fragend an.

»Das war der Alte. Er hat Kopparstierna angerufen und ihm erzählt, was hier los ist. Wenn ich es richtig verstanden habe, hat er die Anweisung bekommen, nicht die Polizei einzuschalten. Und ich glaube, dass Kopparstierna sich auf den Weg macht und etwa in einer Stunde hier sein wird. Wir dürfen jetzt nicht die Nerven verlieren. Wenn sie uns wirklich umbringen wollen, dann sicher nicht mit den drei Amateuren da draußen. Außerdem gehe ich davon aus, dass Kopparstierna ein paar Worte mit uns wechseln möchte, bevor er den Scharfrichter bestellt, oder seht ihr das anders? Und bietet sich auch nur die kleinste Gelegenheit, dann schlagen wir zu. Aber keine Alleingänge. Wir haben es hier mit drei doppelläufigen Schrotflinten zu tun ... Überlasst *mir* die Entscheidung. Und dann reagiert ihr auf *mein* Signal. Okay?«

Vorsichtig fuhr sie sich mit den Fingern über den Hinterkopf. Sie spürte eine riesige Beule und eine klaffende Platzwunde. Wahrscheinlich müsste sie mit sechs, sieben Stichen genäht werden.

Trotzdem fühlte sie sich wieder einigermaßen gut. Sich setzen zu können hatte geholfen. Sie hatte Oxen insgeheim beobachtet. Um ehrlich zu sein, eher kritisch beäugt. Sie fragte sich, was er im Moment überhaupt leisten konnte. In welcher psychischen Verfassung befand sich der ehemalige Jägersoldat? Sie hatte keine Ahnung, was das Drama auf See und die lange Zeit in den schwedischen Schären mit ihm gemacht hatten.

Deshalb versuchte sie, seine Reaktionen zu deuten. Sie standen unter maximalem Druck. Franck spürte es tief in ihrem eigenen Körper. Allein der Gedanke an eine Hinrichtung …

Niels Oxen, der höchstdekorierte Soldat, den Dänemark je gesehen hatte, wirkte trotz allem entspannt und ausgeglichen. Sie konnte nicht den geringsten Hinweis auf posttraumatischen Stress erkennen.

Das deckte sich mit dem Wissen, das sie sich über PTBS angeeignet hatte. Das größte Risiko lag in sozialen Beziehungen. Ein Kuss konnte alles zum Einsturz bringen. Aber wenn es um trainierte Abläufe ging, hatten nicht einmal *High risk*-Situationen nennenswerte Auswirkungen. Diese Gewohnheiten steckten fest verankert im Rückenmark und vermittelten ein Sicherheitsgefühl, das auf Außenstehende geradezu absurd wirken konnte.

»Überlasst *mir* die Entscheidung.« Und: »Reagiert auf *mein* Signal.« Oxen hatte sie dabei ruhig angesehen. Seine Betonung war völlig selbstverständlich gewesen. Er war in seiner Rolle, er rief ab, was er gelernt hatte.

Tatsächlich waren sie vielleicht nur wenige Stunden von einem Genickschuss entfernt. Sixten Kopparstierna würde nicht denselben Fehler begehen wie Villum Grund-Löwenberg.

Aber Niels Oxen fühlte sich anscheinend sicher und wohl.

Es waren fast anderthalb Stunden vergangen. Dann klapperte das Vorhängeschloss.

»Kommen Sie raus, einer nach dem anderen, die Hände im Nacken.«

Es war die tiefe Stimme des Ältesten, der erneut die Befehle erteilte. Sonne ging als Erster, dann Franck und als Letzter er selbst. Sie standen in einer Reihe hintereinander, bis sie ein Zeichen bekamen. Die Männer führten sie zu einem breiten Durchgang, der in ein großes, lagerartiges Gewölbe führte. Nur drei Lampen beleuchteten den Raum. Am hinteren Ende stapelte sich eine Menge Zeug, vor allem alte Möbel. Eine alte Parkbank war in die Mitte des Raums gestellt worden, und davor stand ein Stuhl.

»Setzen Sie sich.«

Sie gehorchten dem Ältesten, der so etwas wie der Anführer zu sein schien. Der Mann, der Sonne geschnappt hatte, war wie der zweite um die dreißig. Alle drei hatten ihre Gewehre dabei und wirkten hoch konzentriert.

Kurz darauf hörte er das Geräusch harter Schuhsohlen auf dem Steinboden. Ein älterer Herr im grauen Anzug trat durch die Tür. Er nickte dem Alten kurz zu und setzte sich dann auf den Stuhl, der vor ihnen stand.

Es war Sixten Kopparstierna. Elegant gekleidet, korrekt frisiert und mit hellwachen Augen hinter der Goldrandbrille, obwohl man ihn mitten in der Nacht aus dem Bett geholt hatte.

»Mein Name ist Sixten Kopparstierna. Mir gehört dieses Schloss. Und ich bin zutiefst verwundert darüber, was das alles hier soll. Irgendetwas sagt mir, dass wir es hier nicht mit einem gewöhnlichen Einbruch zu tun haben, also lassen Sie uns Licht in dieses Dunkel bringen. Nennen Sie mir bitte zuerst Ihre Namen.«

Kopparstierna nickte Sonne zu. Oxen saß in der Mitte der Bank. Sonne tippte ihn mit dem Ellenbogen an.

»Was soll ich machen?«, flüsterte er.

»Einfach antworten.«

»Mein Name ist Christian Sonne.«

»Beruf?«

Sonne zögerte.

»Ich arbeite an einer Tankstelle.«

»Und Sie, in der Mitte?«

»Niels Oxen.«

»Beruf?«

»Arbeitslos.«

Er fragte sich, was dieses Theater sollte. Als Chef des Danehof Ost und führender Kopf der Organisation wusste der reiche Schwede schließlich genau, wer sie waren. Es sei denn … Nein, wahrscheinlich war es einfach eine taktische Eröffnung von Kopparstiernas Seite.

»Und Sie?«

»Margrethe Franck. Kassiererin.«

Sixten Kopparstierna legte nachdenklich die gefalteten Hände an den Mund und schwieg einen Moment. Dann fuhr er fort:

»Ich sitze also einem Tankwart, einem Arbeitslosen und einer Kassiererin gegenüber, die in trauter Dreisamkeit in mein Haus einbrechen und in meiner Bibliothek, meinem Schlafzimmer, meinem Badezimmer, meinem Büro und meinem Fernsehzimmer Abhörgeräte anbringen. Würden Sie mir die Dinger bitte geben, Patrick?«

Kopparstierna streckte die geöffnete Hand aus, und der Alte zog etwas aus der Tasche und legte es ihm auf die Handfläche. Es war der komplette Satz Wanzen, den sie bereits angebracht hatten.

Sixten Kopparstierna musterte sie einen Augenblick.

»Sie wollen mich abhören. Wozu?«

Sie durften nicht mehr als ihre Namen preisgeben, zumindest nicht gleich zu Beginn.

»Keine weiteren Antworten«, flüsterte er den anderen zu.

»Was haben Sie zu Ihren Komplizen gesagt? Sind Sie der Anführer des ganzen Unterfangens, Herr Oxen?«

Er erwiderte Kopparstiernas scharfen Blick, blieb aber stumm.

»Hm, vielleicht fangen wir anders an. Wurden Sie angeheuert, um diesen Auftrag auszuführen? Und wenn ja, von wem?«, fragte der Schwede.

Sie saßen schweigend auf der provisorischen Anklagebank, die nach vielen Jahren im Park schon reichlich morsch war.

Sixten Kopparstierna dachte nach.

»Auf Dauer ist Ihr Schweigen ein wenig ermüdend«, sagte er schließlich, »und es bringt uns kein Stück weiter. Patrick, lassen Sie mich einen Blick auf die Handys werfen, danke.«

Er forderte sie auf, ihre Geräte zu entsperren, und nahm sie dann der Reihe nach gründlich unter die Lupe. Währenddessen veränderte sich der Gesichtsausdruck des Schweden. Von streng zu verwundert, wenn er die Mimik richtig deutete. Minuten später hielt Kopparstierna das erste Handy hoch.

»Die Anruflisten sind wirklich interessant. Einer von Ihnen hat eine Nummer unter dem Namen Mossman eingespeichert. Und wenn ich die Nummern miteinander vergleiche, wurde dieselbe Nummer auch von diesem Telefon aus angerufen – genau wie von dem dritten hier«, sagte er und hielt die Handys dabei abwechselnd hoch. Er fuhr beherrscht, aber in scharfem Tonfall fort:

»Mit allen drei Geräten wurde also dieselbe Person kontaktiert. Und ich nehme an, dass es sich bei dieser Person um Axel Mossman handelt. Ein Mann, der meine Schwester und mich vor gar nicht langer Zeit aufgesucht hat. Der ehemalige Chef des dänischen Geheimdienstes. Ich gehe davon aus, dass Sie das bereits wussten, und ich sehe einen deutlichen Zusammenhang zwischen dieser Abhörausrüstung und Mossmans früherer Tätigkeit … Vielleicht können wir unser Gespräch jetzt fortsetzen?«

Wieder sah er sie einen nach dem anderen an. Wieder sagten sie kein Wort. Der Schwede seufzte tief.

»Nun denn, keine Reaktion. Dann werde ich Sie jetzt verlassen und telefonieren – mit Herrn Mossman. Vielleicht hat er etwas Erhellendes beizutragen.«

Sixten Kopparstierna stand auf, nickte seinen drei Männern zu, die stehen blieben, und ging dann aus dem Raum.

»Was hat das zu bedeuten?«, flüsterte Sonne.

»Dass irgendetwas nicht stimmt«, murmelte Franck.

»Oder er will, dass wir hier sitzen und genau das denken«, flüsterte er.

»Aber warum?« Franck biss sich auf die Unterlippe.

»Keine Ahnung.«

Sie verstummten verwirrt. Dann hörten sie die kultivierte Stimme, die sich im Kellergang entfernte.

»Hallo? Spreche ich mit Axel Mossman? Hier ist Sixten Kopparstierna. Entschuldigen Sie die späte Störung, aber es geht um Folgendes …«

74.

Er war über die Øresundbrücke direkt in den Sonnenaufgang gefahren. Trotzdem hatte er das Gefühl, sich auf dem direkten Weg in die Dunkelheit zu befinden.

Erst vor weniger als einer Stunde hatte er sein Bett verlassen. Die beiden Aspirin, die er an der Küchenspüle geschluckt hatte, dämpften das Pochen in seinem Kopf, das sich gleich nach dem Aufstehen bemerkbar gemacht hatte.

Er hatte seiner Frau erzählt, er sei über eine Bordsteinkante gestolpert und gestürzt, und sie hatte ihm die Platzwunde auf der Stirn direkt mit fünf Stichen genäht. John Smith hatte sich nicht zurückgehalten, sondern diese einmalige Gelegenheit voll ausgekostet.

Er bog von der Straße ab, rollte durch ein Tor und fuhr langsam den Schotterweg hinunter, der von akkurat gestutzten Hecken gesäumt war und direkt vor Torups Slott endete, wo ihn der Fürst der Finsternis bereits erwartete.

Das Telefonat mit Sixten Kopparstierna hatte nicht lang gedauert. Widerspruchslos war er dem Wunsch des Schweden nachgekommen und hatte einem persönlichen Treffen zugestimmt. Er hatte während der gesamten Fahrt darüber nachgedacht, was er in dieser Situation, die all ihre Hoffnungen zerstört hatte, eventuell anbieten könnte.

Sein Ausgangspunkt war derselbe wie bei jeder anderen Verhandlung auch – und von denen hatte er in seiner beruflichen Laufbahn etliche geführt. Zuallererst ging es darum, sich vorsichtig vorzutasten und sich zu positionieren. Womöglich befanden sie sich in einer einleitenden Phase, auf die weitere Verhandlungen folgen würden. Und mit jeder Minute, die er den Schweden reden ließ, erfuhr er mehr über seine Gegner.

Die Wahrscheinlichkeit für ein wie auch immer geartetes Unglück, das ihn in naher Zukunft das Leben kosten würde, stieg beträchtlich, wenn es ihm nicht gelang, sich in diesem Spiel vernünftig in Stellung zu bringen.

Er besaß Gold, das er auf den Tisch werfen konnte … pures Gold. Er wollte nur lieber damit warten, bis er Klarheit darüber hatte, was er im Gegenzug dafür bekommen würde.

An der Haupttreppe stand ein älterer Herr in grüner Jagdmontur und schien schon auf ihn zu warten. Er zog den Schlüssel ab und stieg aus.

»Herr Mossman, nehme ich an?«, fragte der Mann.

»Richtig.«

»Folgen Sie mir bitte. Hier entlang.«

Der Mann führte ihn durch die Tür und eine Treppe hinauf in den ersten Stock. Er ging zügig und warf nur ein einziges Mal einen Blick über die Schulter, wie um sicherzustellen, dass er den dänischen Gast nicht unterwegs verloren hatte. Sie gingen einen Flur hinunter, eine weitere Treppe hoch und dann den nächsten Flur entlang. Dieses Schloss war wie ein Labyrinth.

Schließlich blieb der grün gekleidete Mann vor einem Zimmer stehen, klopfte an und wartete. »Kommen Sie herein!«, sagte eine Stimme. Der Mann öffnete und blieb in der Tür stehen.

»Herr Mossman ist eingetroffen.«

»Danke, Patrick, er soll reinkommen.«

Energisch ging er durch den Raum auf den Schreibtisch zu und gab Kopparstierna die Hand.

»Guten Morgen, Herr Mossman, nehmen Sie Platz«, sagte der Schwede und setzte sich ebenfalls. Er sah wach aus und war in Anbetracht der frühen Uhrzeit ausgesprochen gut gekleidet. Er trug einen grauen Anzug und eine hellblaue Krawatte. So elegant wie neulich im Büro seiner Schwester.

Da saß er also, der mächtigste Mann der dänischen Wirtschaft. Er war der ungekrönte König von *Kobberstjerne Pharma International* und Herrscher über die milliardenschwere Stiftung. Jetzt sah er ihn abwartend an, mit einem strengen Zug um den Mund.

Der Blick des Schweden streifte diskret den auffälligen Verband um seine Stirn, aber mehr auch nicht.

»So sieht man sich wieder, Mossman. Und noch dazu so schnell ... Lassen Sie mich gleich zur Sache kommen. Ich gehe davon aus, dass wir beide heute noch anderes zu tun haben. Was um Himmels willen soll das? Warum dieser Einbruch?«

Sixten Kopparstiernas Augen sprühten gefährlich.

»Die Personen, die Sie am Telefon erwähnt haben. Wo befinden sie sich?«

»Im Keller, unter Bewachung. Sie haben keinen Schaden genommen – abgesehen von der Frau. Sie hat eine Platzwunde am Hinterkopf, weil einer meiner Mitarbeiter sich genötigt sah, sie niederzuschlagen.«

»Und was haben die drei Ihnen erzählt? Nur damit ich Sie nicht mit Wiederholungen langweile ...«

»Sie haben mir ihre Namen genannt. Sonst nichts. Betrachten Sie dieses Gespräch hier also als äußerst faire Chance. Eigentlich hätte ich sofort die Polizei rufen sollen. Oder gleich die *Säpo*. Und jetzt erklären Sie mir bitte endlich, was hier los ist!«

Säpo? Das einzige schwedische Wort, das er gerade wirklich nicht hören wollte. Die Peinlichkeit, den schwedischen Kollegen Rede und Antwort stehen zu müssen, wollte er sich wahrhaftig ersparen.

Er hatte sich vorgenommen, defensiv zu beginnen. Und daran würde er sich auch halten. Denn genau das war die Frage, die sich hier aufdrängte: Warum hatte niemand die Polizei gerufen, wenn das Schloss tatsächlich ein Hort der Unschuld war?

»*Well*, lassen Sie mich von vorn anfangen. Ja, die drei Personen, die Sie hier festhalten, arbeiten für mich. Und ich arbeite, wie ich Ihnen bereits bei meinem letzten Besuch sagte, für Benedicte Bjørk, die Schwester der verstorbenen Sigrid Ryttinger Bulbjerg. Nun haben meine Nachforschungen Erkenntnisse geliefert, die erhebliche Zweifel an Ihrer Darstellung des Gesprächs mit Frau Ryttinger vor elf Jahren aufkommen lassen. Wäre ich noch Chef des PET, hätte ich einen Antrag auf Telefonüberwachung stellen können. Aber so muss ich mich mit dem Abhören der Räume begnügen. Das ist die Lage …«

»Frau Ryttinger Bulbjerg? Zweifel? Woran? Glauben Sie etwa, meine Schwester und ich hätten etwas mit ihrem Tod zu tun? Vielleicht sogar, dass *wir* dafür verantwortlich sind?«

»Ich *glaube* nicht, ich *untersuche*. Weil ich spüre, dass da etwas faul ist.«

»Sie *spüren* etwas?«

»Es geht um eine Organisation namens Danehof. Ich denke, dass Sie darüber das eine oder andere wissen müssten. Etwas, das Sie von Frau Ryttinger Bulbjerg erfahren haben.«

»Danehof? Klingt wie irgendein dänisches Bier. Das sagt mir absolut gar nichts. Was soll das sein?«

»Eine Art kriminelle Vereinigung.«

»Ich bin sprachlos. Wie können Sie mir etwas Derartiges unterstellen? Sagen Sie, wenn Sie mich hier abhören wollten, haben Sie dann auch meine Wohnung in Kopenhagen verwanzt?«

Diese Frage hätte er lieber vermieden. Die Mikrofone im Holsteins Palais waren ein letzter Trumpf gewesen, aber nun waren sie sowieso wertlos, weil Kopparstierna seine Wohnung mit Sicherheit auseinandernehmen und die kleinen Biester finden würde.

»Diese Annahme ist korrekt.«

»Das ist doch …!«

Sixten Kopparstierna gelang es nur mit Mühe, sich zu beherrschen. Man konnte den Mann also doch aus der Fassung bringen.

»Ihre Erklärung ist mir einfach zu mager, Mossman«, sagte der Schwede aufgebracht. »Sie spüren irgendetwas wegen irgendwas anderem. Sie müssen konkreter werden, sonst schalte ich die *Säpo* ein. Dann sollen die sich darum kümmern, Klarheit in die ganze Angelegenheit zu bringen.«

Die Luft wurde dünner. Wenn er davon ausging, dass Sixten Kopparstierna der Leiter des Danehof Ost und gleichzeitig das Oberhaupt des Netzwerks war, dann war das alles hier ohnehin nur eine Scharade.

Er beschloss, sein Gold glitzern zu lassen, sodass der Schwede es nicht übersehen konnte.

»*Well*«, sagte er und zögerte … und zögerte.

Das Gold war sein Wissen über die Verschwörung von Nord und Süd, die Ost beseitigen wollten, um selbst die Macht zu übernehmen. Aber er war verwirrt. Mehr denn je.

Es sah aus, als bebte Sixten Kopparstierna geradezu vor gerechtem Zorn. Wie brachte der Fürst der Finsternis das fertig? Und wie war es möglich, dass der schwedische Teufel so ratlos ausgesehen hatte, als er den Danehof erwähnte?

Nein, er würde sein Gold noch nicht preisgeben. Vielleicht konnte er es später zu einem höheren Kurs einwechseln. An einem anderen Tag, an einem anderen Ort würde sich vielleicht zeigen, dass simpler Geschäftssinn ihn weiterbrachte. Für den Moment musste er sich schnell etwas anderes einfallen lassen.

»Sehen Sie, es wäre unverantwortlich, Ihnen noch mehr Details zu nennen. Zu Ihrer eigenen Sicherheit. Aber glauben Sie mir – ich habe meine Gründe, manches infrage zu stellen.«

»Sie sollten eigentlich kompetent und erfahren genug sein, um mir nicht derart wirres Zeug aufzutischen, Mossman. Vor allem wenn man Ihren beruflichen Hintergrund berücksichtigt. Ich habe meine Schwester bisher nicht über diese ganze Misere informiert und ich habe auch nicht vor, das zu tun. Barbro schätzt … so etwas nicht. Sie möchte in Ruhe und Frieden leben. Verständigen wir uns darauf, dass wir es dabei belassen. Sie können Ihre Leute wieder mit nach Hause nehmen, aber ich lege großen Wert darauf, nicht noch einmal in diese … Farce hineingezogen zu werden.«

Er traute seinen Ohren kaum.

»Verstehe ich das richtig, dass Sie meine Mitarbeiter gehen lassen?«

»Ja.«

Sixten Kopparstierna nahm sein Handy und wählte eine Nummer.

»Patrick? Ich bin es. Seien Sie bitte so freundlich und begleiten Sie die drei Personen nach draußen. Bringen Sie sie direkt zum Tor, danke.«

Kopparstierna legte auf und erhob sich.

»Ich denke, wir sollten unsere Unterhaltung an dieser Stelle beenden.«

Der Schwede streckte ihm die Hand hin, und ohne richtig zu begreifen, was hier gerade vor sich ging, verabschiedete er sich mit einem festen Händedruck von Sixten Kopparstierna.

»Sehr schön. Vielen Dank. Und entschuldigen Sie die Unannehmlichkeiten, die wir Ihnen bereitet haben.«

75.

Sie hielten Kriegsrat in seinem Keller. Vor nicht allzu langer Zeit hatte er noch heimlich und allein hier unten in seiner Höhle gesessen und sich mit Schlössern und Herrenhäusern beschäftigt wie andere alte Männer mit ihrer Briefmarkensammlung.

Das ganze Material hing an der Wand und erinnerte ihn daran, dass sich dieser Weg als Sackgasse entpuppt hatte. Wäre die Begegnung mit Franck und Oxen auf dem dunklen Spazierweg nicht gewesen, würde er immer noch über dieser Sisyphusarbeit brüten.

Er war zum Umfallen müde. Der Schlag, um den er selbst gebeten hatte, machte sich schlimmer bemerkbar als von ihm beabsichtigt. Er hielt die Kopfschmerzen mit Tabletten in Schach, aber den fehlenden Schlaf konnte er dadurch nicht ausgleichen.

Etwas Positives gab es trotzdem. Vor einer Stunde hatte George Wallace ihn angerufen. Es war ein kurzes Gespräch gewesen. Wallace hatte bestätigt, dass Eric Bancroft alias John Smith seinen Teil der Abmachung eingehalten hatte. Er war auf die Minute pünktlich in Wallace' Büro erschienen und hatte getan, was von ihm verlangt worden war.

So weit, so gut. Immerhin eine Sorge weniger in dieser chaotischen Welt.

Der Plan, Bancroft bei Sixten Kopparstierna anrufen zu lassen, hatte sich natürlich erledigt. Der Schwede hatte den quicklebendigen Niels Oxen mit eigenen Augen gesehen und kannte nun ihre Pläne.

Es war später Nachmittag. Die Stimmung war gedrückt. Es herrschte allgemeine Ratlosigkeit. Er sah seine drei Kameraden nacheinander an.

Christian Sonne hatte seinen Stuhl an die Wand gerückt und gähnte, nach einer dramatischen, schlaflosen Nacht. Noch dazu hatte seine Exfrau vor ein paar Stunden angerufen und verlangt, dass er am nächsten Tag in Aarhus aufkreuzen solle. Die jüngere

Tochter war krank, und seine Ex musste auf eine dreitägige Weiterbildung.

Margrethe Franck saß am Tisch und hielt mittlerweile die vierte Tasse Kaffee in den Händen. Sie war nicht mehr blass, sondern kreideweiß. Die Platzwunde am Hinterkopf hatte sie zwischenzeitlich in der Notfallambulanz nähen lassen. Sie kämpfte weiter wie eine verletzte Löwin. Er konnte ihr ansehen, dass ihr Gehirn sich standhaft weigerte zu kapitulieren.

Der Durchbruch an der Costa del Sol war ihr Verdienst gewesen. Jetzt versuchte sie trotz Müdigkeit und Kopfverletzung, die Situation zu analysieren, um herauszufinden, ob sie sich tatsächlich auf dem Holzweg befanden.

Niels Oxen saß, äußerlich ruhig wie immer, mit einem Becher Kaffee in der Hand auf seinem Stuhl. Der ehemalige Jägersoldat war ein schweigsamer Mann, doch davon durfte man sich nicht täuschen lassen. Er spürte, wie sehr Oxen innerlich kämpfen musste, um sich im Zaum zu halten.

Als das Burgtor von Torups Slott hinter ihnen zugefallen war und er den anderen von John Smiths Flucht berichtet hatte, war Oxen ausgerastet.

Der Kriegsveteran hatte ihn am Kragen gepackt, ihn geschüttelt und ihm direkt ins Gesicht gebrüllt. Für einen kurzen Augenblick hatte er geglaubt, dass Oxen noch körperlicher werden und ihn in den Dreck stoßen würde. Aber dann hatte der Soldat ihn einfach losgelassen, sich umgedreht und war gegangen.

Nach ein paar Minuten war er zurückgekommen und hatte sich entschuldigt.

Der Kaffeebecher war angenehm warm. Er saß zurückgelehnt auf dem Stuhl und spürte Mossmans Blicke, schaute aber nicht auf.

Mossman stand an seinem Lieblingsplatz vor der Wand. Der ehemalige PET-Chef hatte dunkle Ringe unter den Augen, einen Mullverband um den Kopf und ein Pflaster auf der Stirn.

Noch am Schloss, kurz nachdem man sie hatte gehen lassen, hatte Mossman ihnen die schockierende Nachricht überbracht:

John Smith war abgehauen.

Der Engländer hatte Mossman ausgetrickst. Er hatte dafür gesorgt, dass der alte Stuhl zusammengebrochen war, und auf dem Boden liegend seine Beine befreien können. Mossman hatte sofort versucht einzugreifen, aber der Söldner war blitzschnell aufgesprungen. Obwohl seine Hände noch auf dem Rücken gefesselt waren, hatte er ihm ein Stück des Stuhls entgegengeschleudert und ihn mit solcher Wucht an der Stirn getroffen, dass er bewusstlos zu Boden gegangen war.

In der Werkstatt hatte Smith dann problemlos einen scharfen Gegenstand gefunden und die Kabelbinder an seinen Handgelenken durchtrennt. Als Mossman wieder zu sich kam, war der wertvolle Gefangene verschwunden.

Er war durchgedreht, als Mossman das erzählte. Er hatte ihn am Kragen gepackt, ihn geschüttelt und angebrüllt.

Es war lange her, dass er die Beherrschung verloren hatte … Die langen Monate in den Schären, das stille Leben mit Tessa hatten keine Gefühlsausbrüche provoziert.

Was vorhin passiert war, beschäftigte ihn. Seine Reaktion hatte allen gezeigt, dass ihm immer noch die Sicherungen durchbrennen konnten.

Er hatte sich bei Mossman entschuldigt. Und auch bei den anderen. Aber irgendwo in seinem Körper saß ein Teufel und marterte seine Eingeweide mit seinem nadelspitzen Dreizack. Wie hatte das passieren können? Wie konnte ein so absolut professioneller Mensch wie Axel Mossman sich derart hereinlegen lassen?

Margrethe hatte ihm deutlich zu verstehen gegeben, dass er sich beruhigen solle. »Du bist so verflucht misstrauisch, Niels. Nach allem, was du erlebt hast, wirst du wohl skeptisch bleiben, bis Mossman krepiert. Und selbst wenn er unter der Erde liegt, wirst du noch Zweifel daran haben, dass er auch wirklich tot ist.«

Das hatte sie gesagt. Vielleicht hatte sie recht.

Für ihn war John Smith aber auch wesentlich wichtiger als für die anderen. Solange er sich nicht von dem Verdacht befreien konnte, den alten Fisch ermordet zu haben, würde er nie wieder ein normales Leben führen können.

Und ohne ein normales Leben kein Magnus.

Der lange Weg über Liverpool und Runcorn und Alistair MacDuff hatte nur ein einziges Ziel gehabt: den Anführer ausfindig zu machen. Und gerade als John Smith wie ein Traumbild aufgetaucht war und sie ihn mit viel Geschick an die Wand genagelt hatten, da schlüpfte ihnen das Schwein durch die Finger. Das war eine echte Katastrophe.

Von Torups Slott aus war er mit Sonne und Franck direkt in den Skodborgvej in Rødovre gefahren, wo Smiths dänischer Komplize Morten Lundbye wohnte.

Nachdem der Mann ihnen in der alten Werft entkommen war, war er offenbar sofort nach Hause gefahren, hatte hektisch eine Tasche gepackt und war abgehauen. Ein weit geöffneter Kleiderschrank, eine Kommode mit zwei herausgerissenen Schubladen sowie mehrere T-Shirts und Socken auf dem Bett zeigten, wie eilig es der Mann gehabt hatte.

Sie hatten beide am Haken gehabt. Jetzt waren sie weg.

»Woran denkst du, Oxen? Konstruktiver Input?«

Er war sich nicht ganz sicher, ob das Letzte sarkastisch gemeint war, aber Mossman sah ihn nicht mit süffisantem Lächeln, sondern mit tiefem Ernst an.

Er fühlte sich nicht müde. Nicht erschöpft oder verausgabt nach dem Drama im Schloss. Er hatte nicht an den Tod gedacht, nicht einmal, als es im Keller rabenschwarz für sie ausgesehen hatte. Seine Gedanken waren die ganze Zeit nur um *Möglichkeiten* gekreist.

»Ich denke an das Schwein John Smith. Von jetzt an müssen wir ihn permanent auf dem Radar haben. Er kann jederzeit aus dem

Nichts auftauchen. Er kann mit einer Waffe vor uns stehen, wenn wir am wenigsten damit rechnen. Und auch wenn er es auf mich abgesehen hat, kann es euch genauso treffen. Er weiß, wo ihr wohnt. Ihr solltet wirklich auf der Hut sein. Und ich schlage vor, dass wir ab sofort immer alle bewaffnet sind. Du musst in London wirklich Druck machen. Jetzt! Ich brauche seine Identität. Und falls er nicht hier ist, müssen wir dafür sorgen, dass die da drüben nach ihm Ausschau halten.«

Mossman nickte mit nachdenklicher Miene.

»Ich werde alles tun, was in meiner Macht steht. Aber was Smith und unsere Sicherheit angeht, gibt es zumindest einen Ort, den er nicht aufstöbern kann, und zwar dein Zimmer bei der Witwe, Oxen. Sonne, du solltest heute nicht mehr fahren. Du bist viel zu müde. Warte bis morgen und fahr dann in aller Früh nach Hause. Er kann doch bei dir übernachten, Oxen, oder? Und ich würde vorschlagen, dass du das jetzt auch machst, Margrethe. Du kannst nicht zurück nach Østerbro, solange Smith – womöglich zusammen mit seinem Helfer – irgendwo da draußen ist. Okay?«

Franck nickte stumm.

»Jetzt haben wir eine Stunde lang über alles Mögliche geredet. Lasst uns noch kurz über Sixten Kopparstierna sprechen, und dann sollten wir alle zusehen, dass wir etwas Schlaf bekommen.«

Mossman richtete sich vor der Wand auf. Er war immer noch der Chef, und seine Anweisung kam wie selbstverständlich:

»Margrethe, deine Zusammenfassung, bitte.«

Seine ehemalige rechte Hand nickte und rieb sich das Gesicht. Dann stand sie langsam auf. Vielleicht, um sich wach zu halten.

»Ist Sixten Kopparstierna der Danehof Ost? Oder ist er es nicht?«

Margrethe Franck ließ die Frage ein paar Sekunden im Raum stehen, dann fing sie an.

»Es gibt einiges, was dafürspricht: Wir wissen, dass der Danehof seinerzeit versucht hat, Knud Klint Kopparstierna anzuwerben. Wir wissen auch, dass Sixten Kopparstierna Dänemarks einflussreichster und mächtigster Mann ist und dass er unter historischen Gesichtspunkten genau ins Profil passt, denn er ist ein Schlossherr auf ehemals dänischem Boden. Außerdem wissen wir, dass Sigrid, keine drei Wochen nachdem sie Barbro und Sixten aufgesucht hat, tot war. Gibt's noch Kaffee?«

Sonne füllte ihr sofort den Becher voll, während sie, ohne zu zögern, fortfuhr.

»Was spricht dagegen? Zuallererst, dass wir heute Morgen einfach gehen durften. Er hätte uns auch in seine dunklen Wälder bringen können. Er hätte ein richtig schönes, tiefes Loch graben können und uns eine Kugel in den Kopf jagen, so wie sie es damals im Rold Skov schon mit uns machen wollten, Niels. Aber das alles hat er nicht getan. Stattdessen ist er aufrichtig schockiert darüber, dass ihn jemand bespitzeln will. Er hat keinen blassen Schimmer, worum es geht. Was hat er noch gleich zu dir gesagt, Mossman? Danehof könnte ein dänisches Bier sein?«

Franck hielt inne. Sie rieb sich die Augen und kratzte den letzten Rest ihrer Energie zusammen, bevor sie zum Schluss kam.

»So weit der Status. Wollt ihr meine Meinung wissen? Er ist *nicht* unser Mann. Wenn er es wäre, hätte seine Organisation schon eine Menge Geld und Energie darauf verwendet, Niels Oxen endgültig auszulöschen. Und was passiert? Oxen wird ihm auf dem Silbertablett präsentiert und er lässt ihn einfach gehen? Das ergibt keinen Sinn. Sixten Kopparstierna ist nicht der Leiter des Danehof.«

»Danke, Margrethe. Das führt uns direkt zur nächsten Frage: Wer ist es dann?« Der ramponierte Mossman konnte immer noch lächeln. Er genoss diese intellektuellen Fingerübungen.

Margrethe griff die Frage auf.

»Sie passen zwar nicht so perfekt ins Bild wie Sixten, aber ich denke, es ist einer der sechs anderen. Einer der Männer, die Sigrid damals aufgesucht hat. Lasst mich kurz überlegen ... In chronologischer Reihenfolge war Sigrid bei folgenden Leuten ...«

Margrethe Franck kniff die Augen fest zusammen, um sich zu konzentrieren. Dann hatte sie alle Namen beisammen.

»Der damalige Staatssekretär im Justizministerium Lars Poulsen, Justizminister Søren Høj, Landespolizeichef Franz Østergård, der Präsident des Obersten Gerichtshofs Johan Wolf-Witte, Generalstaatsanwalt Henry Poppel und schließlich der damalige Oberstaatsanwalt für Wirtschaftskriminalität, Sigurd Månsson. Sigrids Besuch bei einem dieser Männer war ihr Todesurteil.«

»Wir haben keinen Beweis dafür, dass der Unfall auf der Autobahn geplant war, oder?« Es war Sonne, der sich vorsichtig zu Wort meldete.

»Nein, aber wir alle hier durften bereits am eigenen Leib erfahren, was es bedeutet, dem Danehof in die Quere zu kommen«, entgegnete Franck.

»Oxen, was sagst du?«, fragte Mossman.

Er hatte die Frage erwartet. Und sich die Antwort darauf gründlich überlegt.

»Wenn Sixten Kopparstierna Danehof Ost ist, dann verstehe ich nicht, was sein Manöver heute Nacht bezwecken sollte. Dass Ost uns am Leben lässt, wäre vollkommen unlogisch. Es sei denn, der Danehof hat seine Strategie geändert und will uns zu irgendeinem Zweck instrumentalisieren, den wir im Augenblick nicht kennen. Aber das glaube ich nicht. Ich sehe es wie Margrethe. Wir müssen unseren Mann woanders suchen.«

»Christian?« Mossman sah seinen Neffen an.

»Ich sage dasselbe: Es ist unlogisch. Er ist es nicht.«

Die jungen Kräfte sahen ihn alle fragend an. Mit müden Blicken und schweren Augenlidern in den blassen Gesichtern, aber immer noch deutlich jünger als er. Alle drei hatten ihr Gewicht in die Waagschale gelegt. Jetzt war er an der Reihe.

Aus strategischer Sicht war das Bild im Augenblick völlig unklar. Also ging es darum, Zeit zu gewinnen und darauf zu warten, dass der Schleier sich hob. Geduldig zu sein, bis etwas passierte. Er hatte schließlich noch seinen Joker.

Seine Informationen waren pures Gold, und in stürmischen Zeiten war Gold ein sicherer Hafen. So war es immer schon gewesen, und so war es auch jetzt. Der Preis war am Ende nur eine Frage der Zeit – und der passenden Situation. Und Sixten Kopparstiernas merkwürdiges Verhalten gab ihm das deutliche Gefühl, dass es für den Preis nur eine Richtung gab: nach oben.

Der reiche Schwede sollte Opfer eines Attentats werden, das Karin »Kajsa« Corfitzen und Villum Grund-Löwenberg planten. Es sprach viel dafür, dass es auf dem Wasser passieren würde, wenn Kopparstierna auf dem Weg zu seiner privaten Insel im Bolmen war oder wenn er seinen Landsitz verließ.

Im Schloss war er kurz davor gewesen, dieses Wissen zu verraten, aber seine Intuition hatte ihn davor bewahrt. Er befand sich nach wie vor in einer äußerst vorteilhaften Position.

»*Well*, dann bin wohl nur noch ich übrig … Ich habe Kopparstierna aus nächster Nähe erlebt. Seine Performance war sehr überzeugend. Ich glaube ihm, wenn er sagt, dass er keine Ahnung hat, wer oder was der Danehof ist. Und diese ganze Geschichte mit den Wanzen und ungebetenen Gästen, die nachts durch sein Schloss geistern, hat ihn wirklich wütend gemacht. Meine Nase sagt mir, dass er es *nicht* ist. Sixten Kopparstierna ist nur ein mächtiger Mann, der jede Form von Aufmerksamkeit verabscheut und keinen gesteigerten Wert auf die Anwesenheit eines ehemaligen Geheimdienstchefs legt. Wir sollten unseren Blick also auf die anderen sechs Männer richten, die Sigrid besucht hat. Ich schlage vor, dass wir uns morgen wieder hier treffen und einen neuen Schlachtplan entwickeln. Ich werde versuchen, einen ehemaligen Mitarbeiter aufzutreiben, der bereit ist, Lundbyes Haus in Rødovre im Auge zu behalten. Wir müssen die Ersten sein, die es erfahren, wenn er zurückkommt. Und damit genug für heute.«

Sie stellten ihre Stühle zurück an den Tisch, und er sammelte die

Kaffeebecher ein. Es war die richtige Entscheidung, für heute Schluss zu machen.

Sogar Oxen sah müde aus. Und auch in seinem eigenen Kopf machte sich inzwischen wieder ein dumpfes Pochen bemerkbar. Er brauchte dringend eine ordentliche Portion Schlaf.

Oxen zog seine Jacke an und erteilte letzte Anweisungen:

»Zu Fuß braucht man ungefähr eine halbe Stunde bis zu meinem Zimmer. Jeder geht allein, mit einem Abstand von wenigen Minuten. Denkt daran, dass …«

Margrethe Francks Handy gab ein paar Töne von sich. Automatisch sah sie nach, was gekommen war. Oxen wartete.

»Bist du so weit, Franck?«, fragte er.

Sie antwortete nicht, sondern starrte nur fassungslos auf ihr Telefon. Dann fluchte sie laut.

Sonne und Oxen drehten sich zu ihr um, und er selbst stellte augenblicklich Becher und Thermoskanne ab.

»Was ist los, Margrethe?«, fragte er.

»Moment, Moment …«

Franck las konzentriert weiter. Dann fing sie an zu reden, ohne den Blick von dem kleinen Display zu lösen.

»Wir hatten doch besprochen, dass ich meinen alten Kontakt damit beauftragen sollte, sich in die Computer von Sixten, Barbro und der Stiftung zu hacken. Er ist drin … Er hat mir eben eine Mail weitergeleitet, die Barbro heute bekommen hat. Sie ist von Sixten, eine nüchterne Zusammenfassung der Ereignisse im Schloss. Und am Ende schreibt er – ich zitiere: ›*Dann ist Axel Mossman hergekommen, um mit mir zu reden und seine Leute nach Hause zu holen. Er schien absolut nicht begeistert zu sein, als ich laut darüber nachdachte, die* Säpo *einzuschalten. Aber sei beruhigt, liebe Schwester. Ich habe kein Wort über den Danehof verloren. Als der Name fiel, habe ich so getan, als hätte ich noch nie davon gehört. Dennoch sollten wir die Situation sobald wie möglich besprechen. Ich schlage vor, dass wir uns morgen Abend bei dir treffen. Vielleicht kochst du etwas Leckeres für uns? Liebe Grüße, Six.‹«*

Sie schauten alle drei zu Margrethe Franck. Niemand sagte etwas. Sie waren vier stumme, erschöpfte Gestalten, die in tiefes Grübeln versunken waren.

Er selbst war es, der schließlich die Stille brach.

»So viel zu meiner alten Nase. Sixten hat also noch *nie* vom Danehof gehört. Aha … Vielleicht sollten wir uns lieber doch noch mal setzen, oder?«

Die anderen nickten. Und seufzten.

Er selbst dagegen spürte neue Kräfte aufkeimen. Müdigkeit und Kopfschmerzen waren wie weggeblasen.

Der Goldpreis stieg.

76.

In der Luft lag der wunderbare Geruch von Tang, der im Sand trocknete, und das Wasser glitzerte in der Sonne. Sie saßen an der Spitze der Insel, am nordwestlichen Ufer, dort, wo sich die niedrige Steilküste erhob.

Er liebte diesen Ort wie keinen anderen.

Es war das erste Mal, dass er seinen Protegé auf die Insel eingeladen hatte. Dieser Besuch war einer der letzten Schritte in einem Prozess, den man durchaus als Geschäftsübergabe betrachten konnte.

Seine Entscheidung war gefallen. Auf der ersten Versammlung im Herbst würde er seinen Nachfolger präsentieren. Dann war Schluss. Dann gab er die Last der Verantwortung weiter. Dann war er nicht länger Leiter des Danehof Ost und Oberhaupt der Organisation.

Dann konnte er den ganzen Weg einmal um die Insel herum gehen, ohne über gewichtige Themen nachzudenken und gewichtige Beschlüsse zu formulieren. An einem herrlichen Frühlingstag wie heute spürte er, dass er sich darauf freute. Dass er das Richtige tat.

Schon seit dem frühen Morgen hatten sie im Büro des Hauses zusammengesessen und waren minutiös all die kleinen Verästelungen durchgegangen, die zusammen die administrative Struktur und den finanziellen Hintergrund der Organisation bildeten.

Dabei hatten vor allem die verschiedenen Unternehmensstiftungen im Fokus gestanden und wie mit ihnen zu verfahren war, um einen möglichst großen wirtschaftlichen Ertrag zu erzielen und die Handlungsfreiheit der Organisation zu gewährleisten.

Es war wichtig, dass sein Nachfolger einen vollständigen Überblick hatte. Auch wenn er ihm natürlich jederzeit zur Seite stehen würde, bis er irgendwann zu alt und gebrechlich war, um noch einen klaren Gedanken zu fassen.

Nach dem Mittagessen waren sie zu einem Spaziergang aufgebrochen. Einerseits, um den Kopf frei zu bekommen, aber auch, weil er seinem Gast diese Perle zeigen wollte, die er stolz zu seinem Besitz zählen durfte.

Er blieb stehen und zeigte auf einige Felsbrocken im Sand.

»Wollen wir uns dort hinsetzen und Kaffee trinken? Hier an der Steilwand ist man gut vor dem Wind geschützt.«

Sein Gast nickte.

»Ja, sehr gern.«

Sie setzten sich, jeder auf einen der Steine, die die Eiszeit als perfekte Sitzgelegenheit hier zurückgelassen hatte. Er nahm die Stanley-Thermoskanne und die beiden Becher aus seinem kleinen Rucksack, schenkte ihnen ein und reichte seinem Protegé den dampfenden Kaffee.

Sie saßen schweigend da und ließen den Blick zum Horizont wandern, wo das Meer den Himmel berührte.

»Die dänischen Küsten sind bedroht«, sagte er leise. »Auch wenn es schwerfällt, sich das an einem Tag wie heute und an einem Ort wie diesem vorzustellen.«

»Ja, und das in vielerlei Hinsicht«, sagte sein Gast.

Dann schwiegen sie wieder. Bedrohte Küsten … Wortwörtlich und im übertragenen Sinn. Er hatte nicht vorgehabt, über dieses Thema zu diskutieren. Es bot sich einfach an. Hier. Jetzt. Er schätzte den Austausch mit seinem Nachfolger, und beide Bereiche beschäftigten ihn sehr.

»Was die unmittelbare Bedrohung der Natur betrifft«, setzte er an, »haben wir uns immer nur auf die Wirtschaft konzentriert, auf Arbeitsbedingungen, den Arbeitsmarkt, Wirtschaftlichkeit, Rechtsgrundlagen und Sozialpolitik. Vielleicht haben wir das Thema Umwelt zu sehr als eine Art Luxus betrachtet, den wir uns nicht leisten können oder wollen. Ich glaube, es ist höchste Zeit, das Thema auf unsere Tagesordnung zu setzen und dafür zu sorgen, dass die Entwicklung in sinnvolle Bahnen gelenkt wird. Möglicherweise sollten wir sogar darüber nachdenken, den Umweltminister zu kaufen oder anderweitig auf unsere Seite zu ziehen.«

Die Antwort seines Protegés kam ohne Zögern.

»Für einen restriktiven Kurs, was den Schutz unserer Küsten anbelangt, hat es immer eine breite politische Mehrheit im Land gegeben. Es sollte eigentlich nicht schwer sein, zu dieser Haltung zurückzukehren.«

»Seit ein paar Jahren könnte man fast meinen, Dänemark befände sich in einer Art Räumungsverkauf. Nach der Finanzkrise steht plötzlich jede Überzeugung zur Disposition, und sei es auch nur für eine Handvoll Touristen und ein paar neue Jobs. Dieses kurzsichtige Gewinndenken ist der Anfang vom Ende. Es war immer ein eisernes Prinzip, dass wir unsere siebentausend Kilometer lange Küste sorgfältig beschützen. Und es ist doch ganz einfach: Die Natur ist unser wertvollster Besitz. Deshalb kommen die Deutschen hierher, um Urlaub zu machen, und nicht, weil wir ein Spaßbad bauen oder die Feriengebiete zu Freizeitparks aufrüsten. Herrgott, das ist so ein Unsinn.«

»Solche Töne hört man sonst ja eher aus einer ganz anderen

Ecke des Plenarsaals«, sagte sein Gast mit einem schiefen Lächeln, »aber wir sind uns vollkommen einig. Ich setze das gern auf die Agenda.«

»Hier muss sich Kajsa Corfitzen einbringen und die diesbezüglichen Aktivitäten des Consiliums verstärken. Die Zeit drängt. Nicht nur für die Küsten. Auch für unsere Flüsse und Bäche. Wir können die Verwaltung der Natur nicht einfach den Landwirten überlassen und tatenlos zusehen, wie sie ihre eigenen Gesetze und Verordnungen schreiben. Was kommt als Nächstes? Dass renaturierte Flüsse wieder begradigt werden sollen?«

»Ich habe neulich erst von einem Gutsbesitzer gelesen, der vier Hünengräber einfach eingeebnet hat. Ich war sprachlos.«

»Am Ende machen sie auch noch aus den öffentlichen Gehwegen Ackerland. Wir müssen das sorgfältig prüfen und überlegen, wo die Verantwortung für unsere Umwelt am besten aufgehoben ist.«

»Denken Sie da an jemand Konkreten?« Sein Gast drehte sich zu ihm.

»Seit wir bei der Strukturreform die Landkreise aufgelöst und auf die fünf Regionen aufgeteilt haben, fallen Umweltschutz und Verwaltung unter die Zuständigkeit der Kommunen. Aber damit ist auch die gesamte Sachkenntnis verloren gegangen. Manche Kommunen sind ganz einfach inkompetent, und es widerspricht jeder politischen Vernunft, dass die Zuständigkeiten lokal verteilt sind.«

»Das ist eine große strukturelle Herausforderung. Es ist ausgeschlossen, solche Dinge an die Regionen zu delegieren. Die sind ja schon damit überfordert, nur die Krankenhäuser zu betreiben. Meiner Meinung nach gehören sie ganz abgeschafft. Also, die Regionen.«

»Genau … ganz genau.«

Bei der Auswahl seines Protegés hatten viele Faktoren eine Rolle gespielt. Darunter Eigenschaften wie Tatkraft und Weitsicht.

Aber auch sein herausragender Intellekt und der Eindruck, dass man eine gewichtige Stimme vor sich hatte.

Er genoss die Gesellschaft seines Nachfolgers. Manchmal ertappte er sich sogar dabei, fast väterliche Gefühle für ihn zu hegen. Aber tatsächlich verhielt er sich bloß verantwortungsvoll und kam seiner Sorgfaltspflicht nach. Mit Blick auf die Vergangenheit und mit Blick auf die Zukunft, die es gemeinsam zu gestalten galt.

Sie schwiegen und saßen eine Weile nur da, die Kaffeebecher in den Händen. Ein Schwarm Möwen flog kreischend vorbei.

»Dabei darf man aber auch die Bedrohung nicht vergessen, die im übertragenen Sinn auf unseren Küsten lastet«, sagte er leise. »Es gibt genug für uns zu tun …«

»Haben Sie die aktuellen Flüchtlingszahlen gesehen? Sie wurden heute Morgen veröffentlicht. Fünfundzwanzig Prozent mehr als erwartet.«

»Ich vermisse eine entschlossene EU. Und ich wünschte mir, dass hier bei uns endlich jemand seinen Kopf benutzen würde.«

Sein Gast nickte wortlos und blickte auf das glitzernde Wasser. Dann antwortete er, ruhig und überlegt.

»Eins steht fest: Wir wollen nie wieder Bilder von Flüchtlingen sehen, die über dänische Autobahnen wandern. Und meiner Meinung nach sollten wir diesen Menschen auch nie mehr ihren Schmuck und ihre Uhren abnehmen. Wir müssen Anstand zeigen, aber auch realistisch bleiben. Sie müssen wieder gehen. Und zwar so schnell wie möglich. Wir können nicht die Welt auf unseren Schultern tragen. Das wird eine gewaltige Aufgabe werden.«

»Und das schreckt Sie nicht? Der Umfang? Die Komplexität?«

»Große Aufgaben, große Verantwortung … Ich habe das Angebot angenommen, weil ich etwas verändern will.«

Das freute ihn. Alles, was gesagt worden war, wärmte sein Herz. Tatsächlich war diese kurze Zeit auf den Steinen am Strand vielleicht die beste gewesen, die er je mit seinem Nachfolger verbracht hatte.

»Unsere Stärke liegt darin, dass wir uns vom politischen Populismus distanzieren können und müssen. Das lässt mich auf gute Lösungen hoffen. Das waren viele interessante Aspekte in diesen wenigen Minuten, und alles nur, weil ich hier saß und an die Küsten dachte … Wollen wir weitergehen?«

77.

Justizministerin Helene Kiss Hassing setzte ein strahlendes Lächeln auf, als er ihr Büro betrat. Es war erst halb neun und im Ministerium noch ziemlich still. Die Chefin des Ganzen wirkte jedoch ausgesprochen munter.

»Hallo, Per! Oder besser gesagt – guten Morgen! So früh schon unterwegs? Schön, dich zu sehen.«

»Gleichfalls. Fängst du immer so zeitig an?«

»Ich bin schon eine ganze Weile hier. So mag ich es am liebsten. Dafür mache ich an manchen Tagen auch mal früher Feierabend, wenn die Kinder mich brauchen.«

Sie waren inzwischen zu »Hallo« und zum Du übergegangen. Nicht dass das irgendetwas zu bedeuten hatte. Aber das Signal war klar: Sie waren auf einer Wellenlänge. Es entwickelte sich langsam eine gewisse Vertraulichkeit. Das Fundament war gelegt. Der Rest musste mit Bedacht aufgebaut werden.

»Hast du Zeit für einen Kaffee? Ich könnte selbst auch einen gebrauchen.«

Die Ministerin stand auf und ging, ohne seine Antwort abzuwarten, zu einem Sideboard, auf dem ein Tablett mit Tassen und einer Thermoskanne stand. Sie schenkte ihnen beiden ein.

»Komm, wir setzen uns hierhin.«

Sie dirigierte ihn zu der kleinen Sitzgruppe in der Ecke des Büros. Zwei harte, schlichte Sofas, zwei Sessel und ein niedriger Tisch, auf den sie seinen Kaffee stellte.

»Danke. So eine kleine Verschnaufpause tut gut. Im Augenblick ist bei uns wirklich die Hölle los. Bist du auf dem Laufenden, was die Milliarden-Sache angeht?«, fragte er.

»Aber ja. Ich habe jedes Wort im Bericht verschlungen.«

»Es gibt Neuigkeiten. Ich dachte, du würdest sie vielleicht gern hören, bevor sie veröffentlicht werden.«

Die Justizministerin hob die perfekt gezupften Augenbrauen.

»Noch mehr?«

Er nickte.

»Viel mehr … Morgen geht die Meldung raus. Es sieht so aus, als wären noch 2,9 Milliarden Kronen mehr ergaunert worden, als man bei SKAT zunächst angenommen hatte.«

Die Ministerin machte große Augen.

»2,9 – zusätzlich zu den bisherigen 6,2? Du lieber Himmel. Das sind über neun Milliarden Kronen, die mal eben verschwunden sind. Als wäre es die einfachste Sache der Welt.«

»Ja, das ist ein schwindelerregender Betrag. Und er könnte noch größer werden, wenn wir etwas tiefer graben.«

Helene Kiss Hassing schüttelte fassungslos den Kopf.

»Da muss man sich wirklich nicht wundern, wenn die Bürger den Eindruck haben, dass alles aus dem Ruder läuft«, sagte sie schließlich. »Und wie kommt ihr zurecht, Per?«

»Ich meine, gut. Alle verfügbaren Mitarbeiter sitzen dran. Wir stecken natürlich noch in der vorbereitenden Phase, in der es vor allem darum geht, alle Fakten zusammenzutragen. Aber es sieht vielversprechend aus. Wenn alles klappt wie erhofft, kann ich nächste Woche eine ganze Reihe ausländischer Konten in London beschlagnahmen lassen. Und das ist erst der Anfang. Zum jetzigen Zeitpunkt gehen wir davon aus, dass es sich um über zweitausend Rückerstattungsanträge handelt.«

»Ich kann es immer noch nicht fassen, dass ein derart großer Betrug übersehen werden konnte. Das war doch schon ein Scheunentor und kein Zaunpfahl mehr«, sagte die Ministerin kopfschüttelnd.

»Da ist was dran … Ja, da kommt eine schwierige und komplexe Aufgabe auf uns zu. Wir wissen, dass einige der Unternehmen an obskuren Orten wie Belgrad, Sofia und Bukarest ansässig sind, aber einige auch in Stockholm, Reykjavík und Berlin.«

»Ein riesiges Netzwerk. Habt ihr einen zeitlichen Rahmen?«

»Nein, da möchte ich mich jetzt nicht festlegen. Aber wir bemühen uns natürlich, so schnell wie möglich voranzukommen, damit sich die Firmen und das Geld nicht zwischenzeitlich in Luft auflösen.«

Die Justizministerin trank einen Schluck Kaffee und lächelte wieder.

»Gute Arbeit. Da habt ihr wirklich einiges vor euch, das kann man nicht anders sagen.«

Er nickte und erwiderte ihr Lächeln.

»Da wäre noch etwas, Helene«, setzte er an. »Ich hatte noch keine Zeit, mich näher mit dem Danehof zu befassen. Aber mir ist da ein Gedanke gekommen … Wenn Axel Mossman wirklich so bewandert ist, was diese Geschichte betrifft oder den konspirativen Zirkel … Wieso ziehen wir ihn dann nicht als Berater hinzu? Wir könnten ihn bitten, alles aufzuschreiben. Er soll seine Behauptungen untermauern. Aber natürlich nur, wenn wir überzeugt davon sind, dass der Mann immer noch klar bei Verstand ist.«

Sie schaute ihn nachdenklich an und nickte. Man konnte ihr ansehen, dass sie ihre Antwort gründlich abwägte und nach den richtigen Worten suchte.

»Hmm … Mossman?«

»Nur so eine Idee …«

»Als ich ein kleines Mädchen war, Per, hatte ich ein Aquarium mit vielen bunten Guppys. Irgendwann wurde es ein bisschen langweilig, immer nur dieselben Fische zu sehen, deshalb habe ich mein Taschengeld genommen und bin in die Zoohandlung gegangen. Der junge Verkäufer dort empfahl mir einen interessanten länglichen Fisch, der bläulich, perlmuttartig schimmerte. Er war wunderschön. Später fand ich dann leider heraus, dass dieser Fisch in Wirklichkeit eine Art Hecht in Miniaturausgabe war. Es fiel mir nicht sofort auf, dass immer weniger Guppys im Aquarium waren. Aber eines Morgens sah ich, dass eine kleine rote Schwanzflosse aus dem Maul des schönen, langen Fischs ragte. Ich wäre sehr vorsichtig damit, Axel Mossman aus der Versenkung zu holen. Einigen wir uns darauf, dass wir beide noch einmal in Ruhe darüber nachdenken.«

78.

Sie hatten die Außenspiegel vom Tuborg Havn bis nach Kokkedal genau im Blick behalten. Wenn John Smith irgendwo da draußen unterwegs war – und damit war zu rechnen –, dann konnte man nicht vorsichtig genug sein.

L. T. Fritsen lenkte den Transporter die Lange-Müllers-Allé hinunter. Sein Mechaniker hatte die Beschriftung vom letzten Mal wieder angebracht, »*A. K. Dreyer – Elektroinstallateur*« stand auf beiden Seiten des Wagens. Gleich würden sie an Mossmans Haus vorfahren.

Dann würde er dem ehemaligen Geheimdienstchef, der seit vielen Jahren mit seiner Frau, einer Ärztin, in dem großen, schmucklosen Einfamilienhaus wohnte, das übergeben, was sie gerade vom Dach geholt hatten: die Festplatte der Abhöranlage. Sie lag auf seinem Schoß. Und er hoffte das Beste …

Es war jetzt drei Tage her, dass ihr abendliches Treffen mit der überraschenden Mail von Sixten Kopparstierna an seine Schwester Barbro geendet hatte. »*Aber sei beruhigt, liebe Schwester. Ich habe kein Wort über den Danehof verloren.*«

»Du … meine Frau und ich haben uns überlegt … Wenn der ganze Mist hier überstanden ist und du dir nicht mehr dauernd über die Schulter schauen musst, also, dann würden wir dich gern mal zum Abendessen einladen. Was hältst du von knusprigem Schweinebauch mit Petersiliensoße? Hättest du Lust?«

Sie rollten langsam die kleine Stichstraße hinunter. Fritsen sah ihn an.

»Das ist mein Lieblingsessen. Daran erinnerst du dich noch? Sag deiner Frau, dass ich die Einladung sehr gern annehme.«

Die ganze Geschichte mit ihrer Gefangennahme, der Freilassung und dann der E-Mail hatte sie alle leicht paralysiert, selbst Mossman. Es war wie ein Hürdenlauf. An Hindernisse waren sie gewöhnt. Doch jetzt kam es ihnen vor, als wären sie mitten im Sprung eingefroren, in der Bewegung erstarrt. So hingen sie jetzt in der Luft. Sie waren nicht gescheitert. Aber sie hatten die Hürde nicht genommen. Der Film stand ganz einfach still.

Keiner wusste, wie sie jetzt weiter vorgehen sollten. Die Handlungen und Motive deuteten in unterschiedliche Richtungen. Sie hatten sich sofort zusammengesetzt und Sixtens Mail diskutiert, obwohl sie alle zum Umfallen müde gewesen waren.

Der Wortlaut war *kein* Beweis dafür, dass Sixten Kopparstierna Danehof Ost war. Aber er bewies auch nicht das Gegenteil, sondern lediglich, dass Dänemarks mächtigster Schatten eiskalt gelogen hatte.

Seit drei Tagen tappten sie nun schon im Dunkeln. Es war ausgeschlossen, sich Kopparstierna erneut zu nähern, und das Gleiche galt auch für seine Schwester. Ihre Abhöraktion war fehlgeschlagen. Sie konnten keinen neuen Angriffspunkt entdecken, deshalb hatten sie sich anderweitig umgesehen. Sie hatten herausgefunden, dass Villum Grund-Löwenberg die letzten vier Tage in Kopenhagen verbracht und sich wohl auch in seiner Wohnung im Tuborg Havn aufgehalten hatte.

Wenn Sixten wirklich der Danehof Ost war, dann hatten sie im inneren Zirkel mit Sicherheit für Unruhe gesorgt. Die Chancen standen also gut, dass die Festplatte sie weiterbringen würde. Deshalb hatte er sie zusammen mit Fritsen geholt. Es war eine Sache von wenigen Minuten gewesen. Sie waren Elektriker – und wer öffnete einem Elektriker nicht bereitwillig die Tür?

Jetzt konnten sie nur noch hoffen, dass der kleine Kasten in seiner Hand wirklich der Schlüssel zum Erfolg war.

Fritsen parkte rückwärts vor Mossmans Garage. Er selbst ließ wachsam den Blick links und rechts die Straße entlangschweifen. Es war nichts Verdächtiges zu sehen. In den Autos, die am Bürgersteig parkten, saß niemand. Es hätte ihn nicht überrascht, wenn der englische Söldner es noch einmal mit einer Überwachung versucht hätte. Genau wie Mossman, der rund um die Uhr einen Mann vor Lundbyes Haus in Rødovre platziert hatte.

Er nahm sein Handy und rief an. Sie hatten vereinbart, jedes Telefonat auf beiden Seiten der Leitung mit einem Codewort zu beginnen, um zu signalisieren, dass das Gespräch freiwillig stattfand. Das Codewort war Margrethe Francks Idee gewesen.

Mossman meldete sich mit einem schlichten Hallo.

»Codewort: *Frozen flames.*«

»Verstanden. Codewort: *Frozen flames*«, brummte Mossman.

»Wir stehen in deiner Auffahrt.«

»Ja, das sehe ich.«

»Ich habe die Lieferung. Ich komme an die Hintertür.«

Er stieg aus, und Mossman ließ ihn ins Haus.

»Ich hoffe, da ist wirklich etwas Interessantes drauf.« Er reichte Axel Mossman die kleine schwarze Box mit dem Empfänger und der Festplatte.

»Ich mache mich sofort an die Arbeit und hör mir alles an. Heute Abend bekommt ihr die vollständige Abschrift«, sagte Mossman.

»Gut, Fritsen setzt mich in der Nähe meines Zimmers ab. Wir sehen uns dann später.«

Er ging zurück zum Transporter und stieg ein.

»Lass uns fahren, Fritsen. Keine weiteren Elektriker-Jobs für heute.«

»Und da drinnen wohnt also Axel Mossman«, sagte Fritsen. »Irgendwie hatte ich mir sein Zuhause anders vorgestellt … extravaganter. Ich hätte eher mit einer Villa gerechnet oder so.«

Er zuckte mit den Schultern. Dasselbe hatte er auch gedacht, als er zum ersten Mal hier gewesen war. Aber Axel Mossman legte eindeutig mehr Wert auf geistigen Reichtum als auf irdischen Besitz.

»Meine Frau und ich haben übrigens noch etwas anderes besprochen«, setzte Fritsen erneut an, als sie die Straße hinunterfuhren.

»Ja?«

»Also, falls – oder sobald – du dein Leben zurückbekommst und sich alles ein wenig geordnet hat, auch das mit Magnus … dann würden wir dich – euch – gern öfter sehen. Also, natürlich nur wenn du willst. Komm einfach vorbei, Niels. Iss mit uns. Wir könnten zusammen zum Fußball gehen. Die Familie meiner Frau hat ein Ferienhaus drüben in Djursland. Wir sind jedes Jahr im Sommer und im Herbst oder Winter ein Mal dort. Ihr seid jederzeit willkommen. Du kannst es auch mieten. Also … du sollst nur wissen, dass wir da sind, okay?«

Er lächelte und klopfte Fritsen auf die Schulter.

»Danke, mein Freund. Vergiss nicht, den Rückspiegel im Blick zu behalten, ja?«

Um zehn Uhr abends kehrte er zu Mossman zurück. Er nahm den üblichen Weg durch den Garten, nachdem er sich vergewissert hatte, dass rund um das große Haus alles friedlich war.

Jetzt saß er mit einem Becher Kaffee im Keller. Er konnte hören, dass Mossman gerade mit Franck auf dem Weg nach unten war.

Sie begrüßten sich, setzten sich auf die üblichen Plätze und machten sich bereit. So langsam hatten sich gewisse Routinen in Mossmans Keller eingestellt.

»Wie ihr euch vielleicht erinnert, hat mein Neffe für heute

abgesagt. Er muss sich um die Mädchen kümmern«, sagte Mossman.

Er hörte nicht zu. Seine Gedanken kreisten schon um die Blätter, die Mossman zusammenheftete, während er redete.

»Hier ist die Abschrift der Aufzeichnung aus Grund-Löwenbergs Wohnung«, sagte er und gab jedem einen Ausdruck. Mit düsterer Miene fuhr er fort.

»Ihr könnt es euch gleich in Ruhe durchlesen, aber die Kurzversion ist, dass in meinen Augen leider nichts Brauchbares dabei war. Es gab eine Menge … Geschlechtsverkehr, mit den entsprechenden … Geräuschen. Und viel Gerede über ihre Jobs. Natürlich haben sie sich auch über den Danehof und die Zukunft der Organisation und des Thinktanks unterhalten. Aber der Danehof Ost wird namentlich nicht erwähnt. Allerdings wissen wir jetzt mit Sicherheit, dass Ost ein Mann ist, falls daran noch jemand gezweifelt haben sollte. Sie sprechen nämlich ein paarmal von ›er‹. Na ja, lest einfach selbst.«

Sie warfen sich einen vielsagenden Blick zu. Franck hatte tiefe Falten auf der Stirn. Sie war wie immer blass, aber die dunklen Ringe unter ihren Augen waren nicht mehr so blauschwarz wie beim letzten Mal.

Er fluchte innerlich. Die letzte Chance, die er noch gesehen hatte, zerfiel gerade zu Staub. Die ganze Abhöraktion war reine Zeitverschwendung gewesen. John Smith war entkommen. Sie hatten den Fokus verloren.

Er ließ die beiden ungestört lesen, während er sie insgeheim beobachtete. Ihre Augen flogen schnell über den Text, und sie blätterten ungefähr gleichzeitig um. Margrethe Franck mit etwas Vorsprung.

Es waren sechzehn dicht beschriebene A4-Seiten. Er hatte viel von dem verwendet, was tatsächlich gesagt worden war. Einiges war reine Erfindung, aber er hatte sich große Mühe gegeben, alles realistisch klingen zu lassen und den Ton zu treffen, der zwischen Villum Grund-Löwenberg und Karin »Kajsa« Corfitzen herrschte.

Er kam sich nicht wie ein Verräter vor, auch wenn er das Abhörprotokoll natürlich manipuliert hatte. Den Teil, in dem es um ein Attentat ging, das möglicherweise auf einer Insel verübt werden sollte, hatte er komplett gestrichen. Es gehörte seit jeher zu seinen Aufgaben, Informationen zu filtern.

Wann Corfitzen und Grund-Löwenberg ihren Leiter liquidieren wollten, wusste er immer noch nicht. Die weitere Planung war verschoben worden. Aber das machte seinen Wissensvorsprung nicht weniger wertvoll.

»Was für ein Mist … Das bringt uns kein Stück weiter!«

Entnervt warf Margrethe die Papiere auf den Tisch.

Schließlich hob auch Niels Oxen den Kopf. Sein Blick wirkte fern. Er schien einen unsichtbaren Punkt an der Wand anzustarren. Wahrscheinlich arbeitete das Hirn des Kriegsveteranen gerade auf Hochtouren. Der Mann war darauf trainiert, dass Stillstand eine unerwünschte Situation war, wenn der Auftrag »Eindringen und vorrücken« lautete. Er hätte viel dafür gegeben, eine Aufnahme von Francks und Oxens Gedanken zu bekommen, während sie versuchten …

Sein Handy klingelte. Er hatte es am Fenster liegen lassen und musste nun aufstehen, um das Gespräch anzunehmen. Er war nicht mehr daran gewöhnt, so spät abends noch Anrufe zu erhalten. Die Nummer kam ihm bekannt vor.

»Mossman.«

»Guten Abend, Herr Mossman, hier ist Sixten Kopparstierna. Entschuldigen Sie die späte Störung.«

»Das … macht nichts.«

»Ich hoffe, Sie haben noch nicht geschlafen?«

»Nein, nein.«

»Es ist mir wirklich unangenehm, Sie um diese Uhrzeit zu belästigen, aber … meine Schwester und ich möchten Sie um ein Gespräch bitten.«

»Äh, ja …«

»Und wenn es Ihnen sinnvoll erscheint, bringen Sie Ihre … Mitarbeiter ruhig mit. Ich schlage vor, dass wir uns morgen Vormittag um elf bei uns in der Stiftung treffen, die Adresse in der Havnegade kennen Sie ja. Barbro und ich würden uns gern mit Ihnen über den Danehof unterhalten.«

79.

Der dänischen Königin war er bereits begegnet, als sie ihm vor einer halben Ewigkeit bei der Zeremonie im Kastell das Tapferkeitskreuz überreicht hatte. Dieser Königin dagegen hatte er noch nie die Hand geschüttelt.

»Willkommen, Herr Oxen. Ich habe mir sagen lassen, dass Sie aus einem ganz besonderen Holz geschnitzt sind. Es freut mich sehr, Sie kennenzulernen. Folgen Sie mir, bitte.«

Barbro Kopparstierna hatte ihn höchstpersönlich am Aufzug empfangen und führte ihn nun in den Sitzungsraum der Stiftung. Er war als Letzter der Runde in der Havnegade eingetroffen.

Sie trug einen schlichten schwarzen Rock mit einem schwarzen Blazer, dazu eine Perlenkette und dezente Perlenstecker am Ohr. Sie deutete zu einem der leeren Stühle an dem ovalen Tisch und bat ihn, Platz zu nehmen.

Er setzte sich neben Margrethe Franck. Gegenüber saß Axel Mossman, im Anzug. Barbro Kopparstierna setzte sich zu ihrem Bruder Sixten ans Kopfende des Tischs.

»So, nun sind wir vollzählig. Vielen Dank, dass Sie dieses Treffen so kurzfristig einrichten konnten. Wir schulden Ihnen natürlich eine Erklärung. Sie können sich sicher denken, dass unsere Einladung zu diesem Gespräch eng mit den jüngsten Ereignissen zusammenhängt.«

Eine Mitarbeiterin brachte ein Tablett mit Tassen und zwei Thermoskannen und verschwand sofort wieder lautlos aus dem Raum.

»Bitte sehr, bedienen Sie sich. In der weißen Kanne ist Tee, in der schwarzen Kaffee«, sagte Barbro Kopparstierna. Sie wartete, bis sich jeder eingeschenkt hatte, dann fuhr sie fort.

»Der eigentliche Grund liegt jedoch in der Zeit, als mein Mann noch lebte, genauer gesagt, seinem letzten Lebensjahr. Er hieß, wie Sie vielleicht wissen, Knud Klint Kopparstierna und war der Gründer des Konzerns, der bis heute im Besitz des *Kopparstierna Fonds* ist. Mein Mann verstarb relativ jung an einem Herzinfarkt. Er war erst zweiundfünfzig. Damals hatte er ungeheuer viel zu tun. Er war dabei, etwas wirklich Großes aufzubauen. Er hatte eine enorme Energie und sagte nur selten Nein. Jeder wollte ein Stück von ihm. Die kürzeste Beschreibung meines Mannes wäre wohl, dass er seine Ziele mit glühender Leidenschaft verfolgt hat, ein tüchtiger Geschäftsmann war – aber vor allem überzeugt vom Gedanken des Humanismus. Knuds größter Antrieb war der Wille, etwas Gutes zu tun … Die Medikamente seiner Firma sollten das Leben der Menschen verbessern.«

Barbro Kopparstierna nippte an ihrer Tasse, stellte sie mit einer ruhigen Bewegung wieder ab und fuhr in sanftem Ton fort, ohne ein einziges Mal nach Worten suchen zu müssen.

»Mein Mann verkehrte in vielen Kreisen, meistens in geschäftlichem Zusammenhang. Und irgendwann erzählte er mir von einer besonderen Gruppe, einer Art Netzwerk, das es sich zur Aufgabe gemacht hatte, Dänemark und der dänischen Sache zu dienen. Mein Mann hatte den Eindruck gewonnen, dass dieses Netzwerk manchmal zu Mitteln griff, die man zu Recht als kriminell bezeichnen könnte. Und dieser Kreis aus Männern trat auch nie in irgendeiner Weise öffentlich in Erscheinung. Alles fand im Verborgenen statt und war von einer Mauer des Schweigens umgeben. Vielleicht wäre es treffender, von einer Sphäre der Macht zu sprechen. Diese Sphäre hieß Danehof. Meinem Mann gefiel das alles nicht. Es entsprach nicht seiner Geisteshaltung. Wir haben uns ein paarmal darüber unterhalten. Einmal sagte er, er spiele mit dem Gedanken, sich ihnen anzuschließen – nur um ihr undemokratisches Handeln aufzudecken. Aber dann bestimmten neue Themen die Tagesordnung, und es war, als wäre der Danehof abgehakt und vergessen.«

Sixten Kopparstierna hob diskret einen Finger.

»Ja, Sixten?«

»Ich wollte nur kurz etwas ergänzen. Sollte es Ihnen seltsam vorkommen, dass Knud sich so plötzlich anderen Dingen zuwandte, dann ist die Erklärung dafür denkbar einfach. *Kobberstjerne Pharma International* stand damals unmittelbar vor dem großen Durchbruch, mit zwei Spitzenpräparaten. Das, was man heute als *Blockbuster* bezeichnen würde. Es ist also nur verständlich, dass sich die Aufmerksamkeit meines Schwagers auf andere Bereiche richtete.«

Barbro übernahm wieder.

»Danke … Ja, es war eine anstrengende, fordernde Zeit. Und der größte Erfolg, den mein Mann noch miterleben durfte. Er arbeitete damals ununterbrochen, was wohl der Grund dafür ist, dass er nichts von alldem aufgeschrieben hat. Ich kann Ihnen also nichts Schriftliches vorlegen. Keinen Tagebucheintrag, nicht einmal einen zerknitterten Notizzettel. Nichts, was den Schatten von Misstrauen untermauern würde, den ich nun schon so viele Jahre mit mir herumtrage.«

Angespannte Stille lag über dem Raum, als sie innehielt.

Barbro Kopparstierna nahm wieder mit ruhiger Hand die Kaffeetasse, und ihr Blick schien für einen kurzen Moment auf jedem Einzelnen von ihnen zu ruhen.

Sie alle warteten konzentriert darauf, dass die eindrucksvolle grauhaarige Dame am Tischende fortfuhr. Axel Mossman sah aus, als wäre jeder Muskel unter seiner faltigen Haut zum Zerreißen gespannt.

Barbro Kopparstierna räusperte sich.

»Vor nunmehr einundzwanzig Jahren ist mein Mann gestorben. Wir waren hier in Kopenhagen in der Oper, um Wagners *Tannhäuser* zu sehen. Als wir gerade aus der Pause nach dem ersten Akt auf unsere Plätze zurückgekehrt waren, klagte Knud plötzlich über Unwohlsein. Fünfzehn, vielleicht auch zwanzig Minuten später fand man ihn tot auf der Herrentoilette. In der ersten Zeit, als alles noch ein einziges Durcheinander war, drang der Verdacht noch nicht in mein Bewusstsein. Mein Mann wurde obduziert, weil er war, wer er war, und weil es keine Krankengeschichte gab. Aber es wurde nichts gefunden, was Anlass zu Fragen gegeben hätte. ›Plötzliche primäre Arrhythmie des Herzens‹, so stand es im Obduktionsbericht. Also eine Herzrhythmusstörung ohne erkennbare Ursache. Auf diese Weise sterben überraschend viele jüngere Männer. Aber nach und nach stellte er sich ein, dieser nagende Zweifel. Hatte jemand meinen Mann umgebracht? Weil er jemandem in die Quere gekommen war? Weil er zu erfolgreich wurde? Er war doch stark und gesund gewesen.«

Franck rutschte vorsichtig auf ihrem Sitz nach vorn. Mossman blickte starr unter seinen buschigen Augenbrauen hervor, zwischen denen sich eine tiefe, senkrechte Falte gebildet hatte. Und er selbst spürte, wie ein seltsames Gefühl der Erleichterung seinen Körper durchströmte. Irgendwann kam alles an den Tag. Und aus Schatten wurde Licht.

Ihre Ermittlungen waren nicht am Ende. Sie konnten ihren Kampf wieder aufnehmen.

Barbro Kopparstiernas Stimme riss ihn aus seinen Gedanken.

»Ich war außer mir vor Trauer. Am Rande des Zusammenbruchs. So habe ich es in Erinnerung. Den einen Tag am Boden zerstört. Den nächsten viel zu pragmatisch. Ich habe sämtliche Unterlagen durchsucht, alles, was Knud hinterlassen hat. Nun sagte ich ja bereits, dass er nichts schriftlich festgehalten hat. Aber er hatte natürlich einen Terminkalender – und unter dem

Eintrag eines ganz gewöhnlichen Abendtreffens seiner Loge stand ganz klein ›Danehof‹. Diese sieben Buchstaben sind das Einzige, was ich je gefunden habe. Mein Misstrauen wuchs immer mehr. Und irgendwann wuchs es mir über den Kopf, und ich wurde krank. Außer diesem Eintrag in seinem Terminkalender gab es ja nur die Gespräche und die Diskussionen, die wir eine Zeit lang geführt hatten. Und das gesprochene Wort ist flüchtig wie der Wind. Irgendwann kehrte der Alltag zurück. Alles war anders. Knud war weg. Es gab wichtige Dinge, die entschieden werden mussten. Ich musste zur Normalität zurückfinden. Um selbst wieder ganz gesund zu werden, aber vor allem für die Firma und unsere vielen engagierten Mitarbeiter. Seit dem Tod meines Mannes haben wir Jahr für Jahr mehr erreicht und große Erfolge erzielt. Und heute … Nun, Sie kennen den aktuellen Stand vermutlich. Sixten, vielleicht möchtest du an dieser Stelle übernehmen?«

Barbro Kopparstierna nickte ihnen mit einem kaum sichtbaren Lächeln zu und lehnte sich auf ihrem Stuhl zurück.

Ihr Bruder ergriff das Wort. Er war ebenso ruhig wie sie. Seine Arme lagen auf der Tischplatte, er hatte die Hände verschränkt.

»Vielleicht sollte ich kurz vorwegschicken, dass meine Schwester und ich ein sehr enges Vertrauensverhältnis haben. Sie hat mir immer alles erzählt, was sie belastet hat. Auch in der ersten schweren Zeit nach dem Tod meines Schwagers. Sehen Sie … Es gibt keine mathematische Formel, um einen Verdacht zu berechnen – wir konnten das nicht, niemand kann das. Wie groß muss ein Verdacht sein, damit er existiert? Wie schwer muss er wiegen? Ich bin Jurist. Letztendlich blieb mir nichts anderes übrig, als zu versuchen, alles objektiv zu beurteilen und dann festzustellen: Wir haben nichts. Nichts Greifbares. Nur den Schatten einer beunruhigenden Vermutung. Das Leben musste weitergehen. Der Konzern verlangte unseren vollen Einsatz. Wie meine Schwester bereits sagte: Sie wissen, wo *Kobberstjerne Pharma International* heute steht. Das Leben ging tatsächlich weiter … Bis zu dem Tag, an dem Sigrid Ryttinger Bulbjerg uns um ein Gespräch bat. Sie kam hierher, und als sie wieder ging, blieben Barbro und ich völlig schockiert zurück. Frau Ryttinger erzählte uns, dass ihr sterbender Vater mit seinem eigenen Blut ›Danehof‹ auf den Boden geschrieben hatte. Sie berichtete, dass sie in seinem Nachlass auf Notizen gestoßen war, die man so deuten konnte, dass ihr Vater den Auftrag erhalten hatte, Knud Klint Kopparstierna für diesen ›Kreis‹ besonders auserwählter Personen zu gewinnen. Und mehr noch – man hatte meinen Schwager für die leitende Position vorgesehen. An dem Tag, als Frau Ryttinger durch unsere Tür trat, kehrte der Danehof in unser Leben zurück, wie das Echo eines Schreis. Stellen Sie sich Edvard Munchs Gemälde vor. So ging es uns an diesem Tag. Den Rest der Geschichte kennen Sie. Betrachten Sie unsere Bitte um dieses Treffen heute als ausgestreckte Hand von unserer Seite …«

Stille legte sich über den ovalen Tisch. Sixten Kopparstierna blickte sie über den Rand seiner Brille an. Der Schwede war die Ruhe selbst. Genau wie seine Schwester.

Axel Mossman dagegen ruhte kein bisschen. Was sie soeben erfahren hatten, war genau der Stoff, von dem er lebte. Stoff, den man biegen und zu einem Plan formen konnte, mit dem niemand gerechnet hatte.

Oxen fragte sich, ob er der Einzige war, der es sehen konnte, oder ob Margrethe Franck, Mossmans einst so vertraute Mitarbeiterin, es auch bemerkt hatte: das Lodern in seinen Augen. Das knisternde Spannungsfeld elektrischer Entladungen um Mossmans Kopf.

Und auch er selbst hatte, zum ersten Mal seit er Tessa und Kløverö verlassen hatte, das Gefühl, dass sie es schaffen konnten.

Gestern waren die Kopparstiernas noch ihre Gegner gewesen, die größte Macht des Landes. Heute waren sie Freunde. Verbündete, die Axel Mossman ganz sicher zu nutzen verstand.

Sixten Kopparstierna breitete die Arme aus.

»Fragen Sie uns. Und vielleicht können wir gleich im Anschluss die Situation gemeinsam diskutieren? Wir haben für heute sämtliche Termine abgesagt. Ja, Mossman?«

Mossman hatte sich zu Wort gemeldet.

»Wieso jetzt? Wieso nicht schon in der Nacht auf Ihrem Schloss? Das hätte es allen Beteiligten erheblich leichter gemacht.«

»Meine Schwester und ich waren darauf nicht vorbereitet. Sich diesem Kampf zu stellen wird uns an die Substanz gehen, und es konfrontiert uns mit Dingen, mit denen wir schon abgeschlossen hatten. Wir mussten das erst besprechen und überlegen.«

»Und warum sind Sie nach Sigrid Ryttingers Besuch nicht aktiv geworden?«, hakte Margrethe nach.

Sixten Kopparstierna nickte und gab seine Antwort.

»Wir haben nichts unternommen. Wir waren wie gelähmt. Meine Schwester und ich sind ausgesprochen vorsichtig und verschlossen, was unser Umfeld betrifft. Das hat uns das Leben gelehrt. Sollten wir Frau Ryttinger etwa blind vertrauen? Das konnten wir nicht. Außerdem waren wir noch nicht bereit, jemanden in das Geheimnis einzuweihen, dass mein Schwager Verbindungen zum Danehof hatte. Und trotzdem, Fräulein Franck … Nach einer Weile haben wir große Anstrengungen unternommen, um mit Frau Ryttinger in Kontakt zu treten. Bis wir erfuhren, dass sie und ihr Mann bei einem Verkehrsunfall gestorben waren. Und damit endete das Zwischenspiel. Wir kamen nicht weiter. Aber Ihr Besuch hier im Haus, Mossman, und die ganze Geschichte mit Ihren Mitarbeitern im Schloss, das hat unsere Diskussion erneut entfacht, nicht wahr, Barbro?«

»Inzwischen sind Jahre vergangen. Ich bin nicht mehr jung. Ich möchte, dass meinem geliebten Mann Gerechtigkeit widerfährt. Ich möchte, dass sein Tod aufgeklärt wird. Wenn es Schuldige gibt, dann sollen sie dafür verurteilt werden. Wenn der Danehof existiert, dann wäre es im Sinne meines Mannes, dass diese antidemokratische Organisation zerschlagen wird. Das ist mein endgültiger Entschluss.«

Barbro Kopparstiernas Worte klangen sanft, aber fest. Sie war bereit, Ordnung zu schaffen, bevor sie selbst von dieser Welt Abschied nehmen musste.

Ihr Bruder schaltete sich wieder ein.

»Genau wie Ihnen fehlte uns bislang ein Angriffspunkt für dieses … Projekt. Natürlich muss alles gut durchdacht sein, aber vor allem braucht man den richtigen Verbündeten. Wir kennen Ihre lange Karriere, Mossman, und wir glauben, in Ihnen den Richtigen gefunden zu haben. Wir haben auch Erkundigungen über Christian Sonne eingeholt, über Sie, Franck, und Sie, Oxen. Wir sind sehr beeindruckt – und zuversichtlich mit so fähigen Alliierten. Sofern Sie einer Zusammenarbeit zustimmen.«

Der Schwede sah sie der Reihe nach an.

»Die Situation hat eine unerwartete … Wendung genommen. Gibt es einen Ort, an dem wir drei ungestört ein paar Worte wechseln können, bevor wir Ihnen eine Antwort geben?«, fragte Mossman.

Barbro nickte.

»Sie können hierbleiben. Sixten und ich lassen Sie solange allein. Hinter der Gardine hier ist eine Glocke. Klingeln Sie, wenn Sie fertig sind.«

In dem Konferenzraum war es genauso still wie während der Redepausen, die Barbro Kopparstierna bei ihrer Erklärung eingelegt hatte. Das Geschwisterpaar war soeben aus der Tür gegangen und hatte ihre kleine Jury zur Abstimmung allein gelassen.

Er sah sich um. Sein langes Leben in der Welt der Nachrichtendienste ließ ihn instinktiv nach Abhörgeräten Ausschau halten. Die kleinen Wanzen konnten sich überall verstecken. Unter einem Deckel an einem Lüftungsschacht, in einem Kronleuchter, überall … Und irgendwo im Haus saßen dann Barbro und Sixten Kopparstierna und konnten mithören.

Oxen wusste nichts. Franck wusste nichts. Er war der Einzige, der Kenntnis davon hatte, dass die Tatsache, dass Sixten Kopparstierna eine Insel besaß, vielleicht von entscheidender Bedeutung war. Mit Betonung auf *vielleicht*. Dänemark war voller Inseln. Skandinavien war voller Inseln. Die ganze Welt war voller Inseln … Er durfte sich nicht zu sicher sein. Wer beim Ermitteln voreilig Möglichkeiten ausschloss, stand am Ende nicht selten ohne Ergebnisse da.

Er hielt pures Gold in den Händen – aber im Augenblick hatte er keine Ahnung, wie viel es wert war. Oder wem er es verkaufen konnte.

Franck und Oxen sahen ihn an. Wahrscheinlich weil er früher der Chef gewesen war. Wahrscheinlich weil er immer noch der inoffizielle Chef ihrer kleinen Truppe war. Weil er sie an einem dunklen Abend gebeten hatte, ihn zum Tor zur Hölle zu begleiten. Er brach die Stille.

»*Well*, wir müssen zu einer gemeinsamen Entscheidung kommen. Ist das eine Allianz, die uns der Himmel geschickt hat, oder ist es ein Pakt mit dem Teufel? War die Mail, die unser Hacker auf Barbros Computer gefunden hat, wirklich so zu verstehen, dass die beiden Kopparstierna-Geschwister aus bitterer Erfahrung sprechen? Der legendäre Knud Klint Kopparstierna, ermordet vom Danehof … oder nur *vielleicht* ermordet? Das ist ein Szenario, auf das ich in meinen kühnsten Träumen nicht gekommen wäre. Wenn es wahr ist, haben wir den mächtigsten Partner an unserer Seite, den man sich vorstellen kann. Und wenn nicht, dann geht ihre Initiative in dieselbe Richtung wie Kopparstiernas Aktion, euch im Schloss laufen zu lassen. Jeder in meiner Branche weiß, dass es erheblich leichter ist, einen Feind zu lenken, wenn man ihn ganz nah an sich heranholt. Die beiden Geschwister könnten uns so über die Schulter schauen und kontrollieren, wie viel wir wirklich wissen. Solange wir das im Hinterkopf behalten, sehe ich keinen Grund, warum wir nicht zustimmen sollten. Wir müssen ja nicht alles mit ihnen teilen, was wir wissen. Margrethe, wie siehst du das?«

Sie hatte seiner kurzen Einschätzung konzentriert zugehört. Es war wie damals in den alten Zeiten, in den Glanzzeiten ihrer Zusammenarbeit – vor dem Fall mit den gehängten Hunden.

Damals hatte Axel Mossman genau dasselbe getan: sie um ihre Meinung gebeten. Danach hatte er ihre Zusammenarbeit mit seinem doppelten Spiel untergraben und sie weggestoßen.

Jetzt saßen sie hier, zwei *Outcasts,* jeder auf seiner Seite des Tisches, in den imposanten Räumlichkeiten des *Kopparstierna Fonds,* und sollten entscheiden, ob sie sich mit zwei der reichsten Menschen des Landes zusammentun wollten. Eine surreale Vorstellung. In ein paar Stunden war sie wieder bei Netto an der Kasse.

»Ich verstehe, was du meinst, Axel, und ich gebe dir recht. Ich werde immer skeptisch, wenn etwas zu gut klingt, um wahr zu sein. Gerade saß ich noch in Sixtens Kerker und habe darauf gewartet, mit einem Genickschuss exekutiert zu werden. Und jetzt sitze ich hier, und der Mann reicht uns die Hand. Das hätte er nicht tun müssen. Er hätte uns einfach irgendwo im Wald verscharren können. Außerdem wissen wir zuverlässig aus Sigrids spanischem Schatz, welchen Auftrag der alte Ryttinger bekam, nachdem er Knud Klint Kopparstierna für seinen Vorstand gewinnen konnte: Er sollte ihn in den Danehof holen. Ich begrabe also mein Misstrauen und bin einverstanden … Was ist mit dir, Niels?«

Er spürte Francks Hand auf seinem Arm. Dann war sie wieder weg. Sie hatte ihn auch berührt, als er Mossman vor dem Schloss angebrüllt und beschimpft hatte und sie ihn davon überzeugen wollte, dass er zu argwöhnisch war. Sie hatte schöne Hände, blass, mit langen Fingern. Jetzt lagen sie in ihrem Schoß. Sie drehte den Kopf und sah ihn an.

Gegenüber saß Mossman und sah ihn ebenfalls an. Die elektrischen Entladungen waren verschwunden, aber der Mann war garantiert schon damit beschäftigt, die Perspektiven dieser neuen Allianz auszuloten. Stärken und Schwächen zu finden und Lücken, in die er einen Keil treiben konnte.

»Wenn sie nicht lügen, dann stecken Sixten und Barbro in derselben Situation wie Sigrid. Und wie Sigrids Sohn, der Museumsdirektor. Sie wollen beweisen, dass der Danehof existiert. Sie wollen, dass der Danehof zur Rechenschaft gezogen wird. Und was will ich? Dasselbe. Und was wollen wir? Dasselbe. Der Danehof muss vernichtet werden, damit wir unsere Leben zurückbekommen. Würden wir überall um uns herum nach Verbündeten Ausschau halten, die mit uns in den Krieg ziehen – wir könnten keine besseren finden. Und wenn sie lügen? Dann müssen wir herausfinden, was sie vorhaben. Und das ist aus nächster Nähe am einfachsten. Ich sage Ja. Und läute die Glocke, okay?«

Franck und Mossman nickten, und er stand auf und drückte auf die Klingel hinter der Gardine.

Es dauerte nur ein paar Minuten, bis die Tür aufging, die Kopparstierna-Geschwister in den Raum kamen und sich wieder an den Tisch setzten. Sie lächelten beide zurückhaltend und warteten stumm darauf, dass der Juryvorsitzende das Wort ergriff.

Mossman räusperte sich.

»Wir sind uns einig«, sagte er. »Wir nehmen das Angebot zur Zusammenarbeit an. Vor uns liegt eine schwierige Aufgabe, aber gemeinsam sind wir besser gerüstet.«

»Sehr schön, danke«, sagte Barbro Kopparstierna.

»Danke …« Sixten nickte und sah sie über den Rand seiner Brille hinweg an.

»Als Nächstes sollten wir darüber reden, welchen Weg wir einschlagen wollen«, fuhr Mossman fort. »Haben Sie Ideen?«

Die Geschwister schüttelten den Kopf.

»Wir sind beide davon überzeugt, dass der Fall bei Ihnen in den besten Händen ist, Mossman«, antwortete Sixten.

»Und wenn es etwas gibt, das wir Ihrer Meinung nach tun können, dann sagen Sie es«, fügte Barbro hinzu.

»Ich denke, wir sollten an unserer Strategie festhalten. Wir dachten eigentlich, Sie wären das Oberhaupt des Danehof«, sagte Franck und nickte Sixten zu. »Diese Annahme ist ja nun hinfällig, und deshalb sollten wir die Personen ins Auge fassen, die Sigrid besucht hat, bevor sie hier in die Havnegade kam.«

»Richtig«, sagte Mossman. »Wir gehen davon aus, dass die Tür zum Netzwerk bei den Menschen zu finden ist, die Frau Ryttinger im Rahmen ihrer Nachforschungen kontaktiert hat. Es handelt sich dabei um sechs Personen in wichtigen gesellschaftlichen Positionen. Wir müssen sie sorgfältig überprüfen und eine Falle aufstellen.«

Falle?

Er war gerade wieder in Spekulationen über John Smith versunken, der irgendwo da draußen lauerte, als Mossman bereits den ersten Schritt tat. Falle? Er hatte sich also nicht getäuscht. Der ehemalige PET-Chef hatte längst einen Plan.

»Eine Falle?« Auch Sixten sah Mossman fragend an.

»Wir müssen das Monster ans Licht locken. Bringen wir es doch mal auf den Punkt: Wenn man aus voller Überzeugung für die dänische Sache kämpft und hohe Ausgaben hat, weil man im Dienst der Nation ein geheimes Netzwerk betreibt, dann gibt es genau einen Unterstützer und Partner, der willkommener ist als alle anderen zusammen …«

Mossman machte eine Pause. Alle Aufmerksamkeit war auf ihn gerichtet. Er war immer noch ein Meister der Dramaturgie. Ohne auch nur eine Braue zu heben, fuhr er fort:

»Und zwar *Sie* … die Familie Kopparstierna, der *Kopparstierna Fonds* und *Kobberstjerne Pharma International.* Niemand darüber. Niemand daneben.«

Sixten nickte nachdenklich.

»Darf ich Sie etwas fragen? Wann haben Sie das letzte Mal ein Interview gegeben, Frau Kopparstierna?«, fragte Mossman.

Barbro schien überrascht über die Frage des ehemaligen PET-Chefs. Mossman war schon beim zweiten Schritt angekommen. Margrethe Franck saß neben ihm und nickte ebenfalls, kaum sichtbar. Sie hatte offenbar etwas kapiert, das er selbst noch nicht erfasst hatte.

»Interview? Das muss wohl um die zehn Jahre her sein. Ich bekomme viele Anfragen, aber ich lehne immer ab. Wissen Sie, ich lebe sehr zurückgezogen und ich stehe auch nicht gern im Rampenlicht. Weshalb fragen Sie?«

»Die Falle, die ich mir vorstelle, ist ein starkes, glaubhaftes Signal, das wir aussenden werden – und zwar in aller Öffentlichkeit. Die Einzelheiten des Köders müssen wir natürlich noch besprechen und verfeinern, aber denkbar wäre zum Beispiel, dass Sie ein Statement zu unserer heutigen Zeit und den gegenwärtigen Tendenzen abgeben. Der Schwerpunkt sollte dabei auf den dänischen Werten liegen und auf den Herausforderungen, die Dänemark bewältigen muss. Mit anderen Worten, ich möchte, dass Sie die Voraussetzungen für einen Kontakt mit dem Danehof schaffen. Jede Zeitung, jeder Fernsehsender würde ein Interview mit Ihnen als einen Scoop betrachten, noch viel besser als ein Interview mit der Königin.«

Axel Mossman war voll in seinem Element. Er stand am Feuer und schmiedete Ränke.

»Ich verstehe, worauf Sie hinauswollen. Normalerweise würde ich diesen Schritt nicht gehen, aber als Zeichen meines guten Willens … Und als Zeichen, dass mein Bruder und ich mit ganzem Herzen dabei sind … Ja, das lässt sich einrichten.«

Barbro Kopparstierna nickte mit der Würde einer Majestät.

»Und welches Medium würden Sie bevorzugen?«

»Ich möchte nicht ins Fernsehen, das ist ausgeschlossen. Ich denke, ein Wirtschaftsmagazin wäre gut, die *Børsen* zum Beispiel.«

»Hervorragend. Dann sollten wir keine Zeit verlieren, sondern direkt in die Planung einsteigen.«

Er musterte Axel Mossman, der sich mit einem leisen Brummen auf seinem Stuhl zurücklehnte. Wer ihn kannte, bemerkte das Glühen in seinem Blick und das unsichtbare Lächeln. Nie war Mossman gefährlicher gewesen als jetzt.

80.

Er frisierte die grauen Haare wie immer mit dem Kamm, der in der obersten Schreibtischschublade lag, und reinigte seine Brille mit einem der kleinen Brillenputztücher aus derselben Schublade.

Er tupfte sich mit dem Taschentuch einen oder zwei Schweißtropfen von der Stirn. Er hatte, ohne es eigentlich zu wollen, auf seinem Weg zur Arbeit einen ordentlichen Zahn zulegen müssen, weil ihm plötzlich aufgefallen war, dass er die Zeit aus dem Blick verloren hatte. Vermutlich hätte er es auch im normalen Tempo noch rechtzeitig geschafft, aber er hatte es sich nun einmal zur Gewohnheit gemacht, das Gebäude mit dem Glockenschlag zu betreten.

Er schenkte sich eine Tasse Kaffee ein und setzte sich in den Schreibtischstuhl mit der hohen Lehne und dem schwarzen Lederbezug. Jetzt war er bereit, sich der täglichen Morgenlektüre zu widmen.

Seine Sekretärin hatte ihm wie immer die vier Zeitungen ordentlich aufgefächert auf seinen Schreibtisch neben den Computer gelegt. Mit welcher sollte er heute beginnen?

Sein Blick fiel sofort auf das leicht rosa getönte Papier der *Bør-*

sen. Tatsächlich lag sie ganz unten, aber er konnte die oberste Zeile auf der Vorderseite gerade noch lesen. In kleinen Buchstaben gesetzt stand da: »*Barbro Kopparstierna bricht nach zehn Jahren ihr Schweigen*«.

Er hatte das Gefühl, als würde sein Herz ein paar kräftigere Schläge machen, wie ein Pferd, das unerwartet nach hinten austritt. Er zog die Zeitung unter den anderen hervor, um einen Blick auf die Titelseite zu werfen.

Sie hatten ein attraktives Porträtfoto von Barbro Kopparstierna ausgesucht, auf dem die eine Hälfte ihres Gesichts hell erleuchtet und die andere im Schatten war. Sie hatte ihre silbergrauen Haare im Nacken hochgesteckt und trug schlichte Perlenohrringe. Außerdem konnte man noch die Perlenkette erahnen, die einen edlen Kontrast zu ihrem schlichten schwarzen Kleid bildete.

Es war schon lange her, dass er sie zuletzt gesehen hatte. Sie war immer noch eine schöne Frau. Majestätisch und klar, wie skandinavische Architektur und skandinavisches Design. Ihr fehlte eigentlich nur ein Diadem.

Sein zweiter Blick fiel auf die Schlagzeile. Unter der kleinen Überschrift, die er bereits gelesen hatte, stand in großen Lettern: »*Wir müssen die nordischen Werte bewahren*«. Und in roten Buchstaben, diagonal über die untere rechte Ecke: »*Exklusives Interview*«.

Auch in das Foto waren einige Textzeilen eingefügt worden:

»Dänemarks mächtigste Frau spricht Klartext: ›Ich habe das Bedürfnis, meine Stimme zu erheben, wenn ich sehe, unter welch großem Druck unsere nordischen Werte in diesen Zeiten stehen. Jetzt müssen wir standhaft sein und verteidigen, was wir uns über Generationen hinweg erkämpft haben.‹«

Eilig blätterte er zu der Seite, wo das Interview anfing. Es folgten ganze sechs Seiten mit der Pharma-Königin und eine Reihe weiterer Fotos. Drinnen und draußen aufgenommen, am Ufer des Øresunds, wo die Kopparstierna-Witwe ihren Wohnsitz hatte.

Er überflog den Artikel und sprang zwischen einzelnen Abschnitten hin und her, wie es seine Gewohnheit war. Heute Abend würde er dann alles am Stück lesen.

»Ich habe es nie für notwendig erachtet, meine Position, die Stiftung oder die Firma einzusetzen, um mir Gehör zu verschaffen. Dass ich es hier und heute doch tue, ist eine einmalige Ausnahme. Es ist mir ein großes Anliegen, dass wir uns hier in Dänemark – wie auch im übrigen Skandinavien – in Erinnerung rufen, was unsere Wurzeln sind. Wofür wir in unserer Geschichte gekämpft haben. Demokratie. Meinungsfreiheit. Gleichheit. Seit einigen Jahren sehe ich immer öfter Warnsignale. Unsere Werte geraten in Bedrängnis. Genau wie unsere Grenzen. Wir müssen standhaft sein und all das beschützen, was wir als Gesellschaft erreicht haben.«

Er sprang ans Ende des Artikels und las konzentriert weiter.

»Ich bin Schwedin, aber ich fühle mich dänisch. Mein Land ist Dänemark, das Land meiner Väter ist Schweden. Beide Länder haben so viel gemeinsam, was unsere Werte und Ideale betrifft, und doch muss ich mein altes Heimatland heute tadeln. Wie eine Seuche hat sich die Political Correctness dort ausgebreitet. Anders als in Dänemark hat man es in Schweden nicht gewagt, eine offene und vorurteilsfreie Diskussion über die Zuwanderungs- und Flüchtlingsströme anzustoßen und über die Probleme, die damit einhergehen. Es macht mich traurig, wenn ich daran denke, dass die schwedische Polizei versucht hat, die sexuellen Übergriffe von Flüchtlingen auf einem Musikfestival in Stockholm zu verschweigen – aus falsch verstandener Loyalität der Demokratie gegenüber und aus lauter Angst, den rechtspopulistischen Schwedendemokraten in die Hände zu spielen. Und dass dieses Geschehen nur ans Licht gekommen ist, weil in Deutschland, in Köln, ein ähnlicher, noch größerer Vorfall passiert ist. Das ist zutiefst beunruhigend. Ist es schon so weit gekommen, dass wir den Mund halten, nur um uns nicht unbeliebt zu machen?«

Das waren klare und ungewöhnliche Worte. Geradezu schockierend. Barbro Kopparstierna war als scheue Frau bekannt, die jeden öffentlichen Auftritt und sämtliche Medien mied. Sie musste ein echtes Bedürfnis verspürt haben, mit den gegenwärtigen Entwicklungen ins Gericht zu gehen.

»*Wir, die wir jahrzehntelang für Gleichstellung und Gleichberechtigung gekämpft haben – wollen wir wirklich unsere grundlegende Überzeugung opfern, dass Männer und Frauen gleich sind? Nein! Man kann es den Gästen in unserem Land mit wenigen Worten vermitteln: Respektiert unsere Werte, respektiert unsere Frauen. Oder geht. Ich will euch lieber von hinten sehen als von vorn, wenn ihr mein Land – meine Länder – mit Missachtung und Intoleranz infiziert und uns an der Leine der Selbstzensur durch die Manege führt.*«

Er war Barbro Kopparstierna ein paarmal bei privaten Anlässen begegnet. Zuletzt in der Oper, vor etlichen Jahren. Er hatte sich ihr vorgestellt und ihr die Hand geschüttelt, aber er war sich ziemlich sicher, dass sie sich nicht an ihn erinnern würde.

Umgekehrt war das nicht der Fall. Sie schien eine ganz besondere Frau zu sein. Erhaben und fern von irdischer Mühsal. Und jetzt … jetzt trat sie ans Rednerpult und hielt eine äußerst sympathische Verteidigungsrede für Dänemark und den Norden.

»*Freie Meinungsäußerung? Vielleicht vergessen wir im Alltag manchmal, wie kostbar diese Errungenschaft ist. Ich bin in meinem Leben in vielen fremden Ländern gewesen, und überall sind mir Menschen begegnet, die diese Freiheit nicht hatten. Sie wussten, wie wertvoll sie ist. Ein fernes Ziel, das sie vor Augen hatten. Mir kommt es vor, als würden wir die Bedeutung dieser Errungenschaft heute unterschätzen. Man kann kein pragmatisches Verhältnis zur Meinungsfreiheit haben – entweder man hat sie oder man hat sie nicht. Sie darf nicht zum Gegenstand schmieriger Geschäfte werden. Man kann sie nicht nach Belieben ausweiten oder beschneiden, je nachdem ob es gerade einen Nachteil oder einen wirtschaftlichen Gewinn mit sich bringt.*«

Barbro Kopparstierna teilte aus und nahm kein Blatt vor den Mund. War das ein Interview, das die ganze Nation erschüttern und aufrütteln würde? Die Antwort lautete Ja.

Er ließ den Blick über den Text gleiten, blätterte um und überflog die nächste Seite. Er hielt inne, als er über die drei K stolperte. Der Journalist hatte die Geschichte und die Organisationsstruktur des Pharmaunternehmens zusammengefasst. Von den zarten Anfängen, als Knud Klint Kopparstierna, auch bekannt als KKK, mit finanzieller Unterstützung der schwedischen Familie seiner Frau die Firma gründete – bis zu seinem plötzlichen Tod, nachdem er mit der Zulassung von zwei Medikamenten gerade den ersten großen Durchbruch geschafft hatte.

»Ich wünschte, es wäre meinem Mann vergönnt gewesen mitzuerleben, wie sein Lebenswerk blüht und gedeiht. Aber es kam anders. Stattdessen fiel es mir zu, sein Erbe zu verwalten. Durch unsere Gesellschaftsform, bei der die Unternehmensstiftung die Aktienmehrheit besitzt, ist weiterhin sichergestellt, dass wir in Knuds Sinn arbeiten und handeln, und das wiederum kommt der dänischen Gesellschaft zugute. Mein Mann war ein Geschäftsmann. Aber vor allem war er ein überzeugter Humanist. Er wollte mit seiner Arbeit anderen helfen. Und diese Lebenseinstellung ist auch heute noch die Grundlage unseres Handelns. Wir geben denen, die Unterstützung brauchen, Starthilfe in die richtige Richtung.«

Er las noch ein bisschen weiter, dann blätterte er zum Ende des Artikels, zur letzten Suada der steinreichen Witwe.

»Ich habe die ganze Welt bereist und bin vielen wunderbaren Menschen jeglicher Hautfarbe begegnet, die mein Leben bereichert haben. Ich möchte nicht als Rassistin diffamiert werden, nur weil ich meine Werte verteidige. Aber wenn jemand das tun will, dann bitte sehr, nur zu. Allerdings sollte er dabei nicht vergessen, dass meistens drei Finger auf einen selbst gerichtet sind, wenn man mit einem auf andere zeigt.«

Er faltete die Zeitung zusammen und legte sie vor sich hin. Das war ein Artikel, der wirklich zum Nachdenken anregte. Eine *State of the Union*-Rede.

Er lehnte sich zurück, schloss die Augen und überlegte, was das für sie bedeuten könnte. Es ergab sich eine wahre Flut an Möglichkeiten, wenn man den Gedanken zuließ, der ihm gerade gekommen war.

Er schaltete seinen Computer ein. Er wollte wissen, wie die anderen Medien Barbro Kopparstiernas Statement aufgenommen hatten. Wenige Minuten auf den verschiedenen Nachrichtenseiten im Internet bestätigten seine Erwartung: Eine Frau von diesem Kaliber und in dieser Position brach ihr zehnjähriges Schweigen nicht, ohne damit ein gewaltiges Erdbeben auszulösen. Überall war ihr Gesicht zu sehen. Überall wurden Auszüge aus dem Interview zitiert. Und überall wurde es kommentiert.

Sollte noch irgendjemand Zweifel an der Wucht dieses Flügelschlags haben, dann wurden sie dadurch beseitigt, dass selbst der Staatsminister sich zu Barbro Kopparstiernas Abgesang äußerte. Und sie voll und ganz unterstützte.

Er drehte sich ein wenig auf dem Stuhl hin und her und schaltete dann den Fernseher ein. Die beiden Nachrichtensprecher der *TV2*-News berichteten gerade über die Steuerreform, die verschoben worden war. Dann wurde ein großes Bild von Barbro Kopparstierna im Hintergrund eingeblendet.

»Und jetzt zurück zu der Meldung des Morgens. Barbro Kopparstierna, Dänemarks ungekrönte Königin, hat nach zehn Jahren ihr Schweigen gebrochen. Sie hat sich mit deutlichen Worten zur Lage der Nation geäußert und für die nordischen Werte Partei ergriffen. Das Wirtschaftsmagazin Børsen *hat heute ein großes Interview mit der Schwedin veröffentlicht, die das Pharmaunternehmen* Kobberstjerne Pharma International *leitet.«*

»Ja, und es sind keine Kleinigkeiten, die ihr am Herzen liegen«, warf der zweite Sprecher ein. *»Sehen wir uns doch einmal an, was sie uns zu sagen hat.«*

Er machte den Fernseher wieder aus. Dieses übertrieben heitere Pingpong-Spiel im Fernsehstudio interessierte ihn nicht, zumal gleich eine Besprechung anstand. Außerdem hatte er genug gesehen.

Das alles war viel Stoff zum Nachdenken, und er würde so schnell wie möglich mit seinem Nachfolger darüber sprechen.

81.

Ein Tag war wie der andere. Er hatte den Fernseher eingeschaltet, den seine freundliche alte Vermieterin ihm zur Verfügung gestellt hatte, und sich in dem kleinen Kellerzimmer aufs Bett geworfen, wo er die letzten zwei Wochen zugebracht hatte. Untätig. Und unerträglich ruhelos.

Vor über einer Woche hatte Barbro Kopparstierna mit ihrem aufsehenerregenden Interview in der *Børsen* dafür gesorgt, dass die ganze Nation von morgens bis abends nur noch ein Thema kannte.

Acht Tage. Aber es war nichts passiert.

Axel Mossman hatte den fetten Köder am Haken befestigt und in den Ozean geworfen, aber bisher hatte der Hai nicht angebissen.

Er musste an Hemingways Geschichte denken, an den alten Mann, der den Fang seines Lebens macht und am Ende nur ein abgenagtes Skelett mit nach Hause bringt. Er hatte seit Jahren kein Buch mehr gelesen. Ihm fehlte die innere Ruhe, sich in endlose Buchstabenreihen zu vertiefen. Er wünschte, er könnte es noch.

Vielleicht irgendwann, wenn er wieder ein Leben hatte? Er würde die Geschichte des alten Fischers gern noch einmal lesen. Vielleicht sogar zusammen mit Magnus? Also … falls ein Junge seines Alters sich überhaupt noch etwas vorlesen ließ.

Er zappte sich durch das Fernsehprogramm. Auf *Animal Planet* lief eine Reportage über den großen weißen Killer. Es kam ihm vor, als ob sämtliche Wildlife-Kanäle sich darauf geeinigt hätten, mindestens die Hälfte ihrer Programmplätze mit Hai-Dokus zu füllen. Er konnte Haie nicht leiden. Er hatte sie noch nie leiden können. Vielleicht war Hemingway daran schuld.

Er schaltete den Fernseher aus.

Die Savanne dagegen, der Dschungel, Bergmassive oder ausgedehnte Wälder. Dahin hätte er sich jetzt gern mitnehmen lassen. Er liebte solche Natur- und Tiersendungen. Mit Mr White hatte er sich in seinem Keller im Nordwestquartier oft welche angesehen. Nun saß er in einem anderen Keller. Zwei Jahre später.

So drehte sich offenbar alles im Kreis. Er war zurück am Ausgangspunkt, wie einer, der sich verlaufen hat und im großen Bogen wieder am Anfang landet.

Christian Sonne machte seine Jobs in Aarhus. Margrethe Franck saß an der Kasse bei Netto. Axel Mossman ging vermutlich mit dem Hund spazieren, wenn er nicht gerade in seiner geheimen Kommandozentrale saß und mit dem Teufel Gedankenexperimente diskutierte.

Ihre Ermittlungen lagen auf Eis. Mossman hatte sie alle um Geduld gebeten und angeordnet, dass jeder in seinen Alltag zurückkehrte und seinen Verpflichtungen nachkam, während sie warteten.

Margrethe Franck war mit ihrer Heimarbeit zweifellos ein gutes Stück weitergekommen. Sie überprüfte die restlichen sechs mächtigen Männer, die Sigrid Ryttinger Bulbjerg aufgesucht hatte, und grub dabei so tief wie möglich in der Vergangenheit. Sie hofften, dadurch genug Material auf dem Tisch zu haben, sobald der Köder geschluckt wurde. Oder besser gesagt, *falls* er geschluckt wurde.

Befand sich unter den sechs Kandidaten ein Hai – oder waren alle nur Stichlinge? Er war sich bei Weitem nicht so sicher wie Mossman.

Seit dem Treffen beim *Kopparstierna Fonds* war er allmählich in seine alten Muster aus dem Keller im Rentemestervej zurückgefallen. Tagsüber lag er untätig herum. Erst bei Einbruch der Dunkelheit konnte er vor die Tür. Nicht weil es ihm so schlecht ging wie damals, sondern weil er tot war.

Nachts machte er sich auf den Weg. Mehrfach war er vor Margrethe Francks Wohnung in Østerbro gewesen, um zu kontrollieren, ob John Smith zurückgekehrt war. Dasselbe hatte er auch in der Nähe von Mossmans Haus gemacht. Er war eins geworden mit der Dunkelheit und hatte nach Verdächtigem Ausschau gehalten.

Das waren die beiden einzigen Orte, auf die der Engländer hoffen konnte, wenn er den ehemaligen Jägersoldaten aufspüren wollte. Aber es gab nirgends eine Spur von John Smith.

Zwei Abende war er nach Skovshoved gefahren, nur um den Bürgersteig auf und ab zu wandern und in regelmäßigen Abständen an dem Haus im Teglgårdsvej vorbeizugehen. Beide Male hatte Licht hinter den Fenstern gebrannt, aber es war schon spät gewesen. Er hatte sich selbst vorgehalten, wie armselig das alles war. Dass er Magnus um diese Uhrzeit natürlich nicht mehr sehen würde. Und trotzdem war er aufgebrochen, getrieben von einer quälenden Unruhe, die er nur ertragen konnte, solange er in Bewegung war.

Es erinnerte ihn tatsächlich an früher. Er war wieder allein in der Dunkelheit, streifte ziellos umher, an beleuchteten Fenstern vorbei, hinter denen Familien in einer Parallelwelt lebten, die mit seiner nichts zu tun hatte.

Er sah auf die Uhr. Es war mitten am Nachmittag. Es dauerte noch lang, bis er die Tür öffnen und dem Keller entfliehen konnte. Vielleicht sollte er die Vorhänge zuziehen und versuchen, ein bisschen zu schlafen? Wenn er inaktiv war und die Sturmfront sich immer höher auftürmte, fiel es ihm schwer, Schlaf zu finden.

Je länger er darüber nachdachte, umso deutlicher wurde das

Muster. Auf Klöverö hatte er vier, fünf Stunden am Stück geschlafen, ohne Unterbrechung und manchmal sogar ohne Albträume. Aber noch in derselben Sekunde, in der er einen Fuß auf die Fähre nach Dänemark gesetzt hatte, war es bergab gegangen. Anfangs war nur eine wachsende Unruhe spürbar gewesen. Inzwischen war es eskaliert. Ein langer, zusammenhängender Schlaf war wieder genauso selten wie früher, und die Sieben klopften oft an seine Tür.

Draußen schepperte etwas. Und dann klopfte es. Ganz real. Er griff nach der Pistole auf dem Couchtisch, lud sie durch und schlich zur Tür. Er rief »Herein!«, und in der Sekunde, in der die Tür langsam aufging, trat er vor und richtete seine Waffe direkt auf das Gesicht des unerwarteten Besuchers.

Es war Axel Mossman, in einer Sommerjacke, so groß wie ein Hauszelt. Die hängenden Augenbrauen des Riesen schossen in die Höhe, als er unvermittelt in den Pistolenlauf blickte.

»Oxen … was …?«

»Du? Bist du wahnsinnig? Da draußen könnte jeder lauern – *die* und John Smith. Was willst du?«

»Immer mit der Ruhe, Soldat. Ich war vorsichtig. Mit so etwas würde ich nie leichtfertig umgehen. Ich muss mit dir reden. Wie geht es dir?«

Er zuckte mit den Schultern. Idiotische Frage. Als wäre er ein Patient.

»Ich habe es satt, hier zu warten. Ansonsten ist alles okay.«

»Genau darüber wollte ich mit dir sprechen. Können wir uns setzen?«

Er nickte zum einzigen Stuhl des Zimmers, einem klapprigen Esszimmerstuhl. Er selbst setzte sich auf die Bettkante und legte die Pistole neben sich.

»Punkt eins«, sagte Axel Mossman, »du musst nicht länger nach John Smith Ausschau halten. Er heißt Eric Bancroft und ist heute Morgen vor seiner Londoner Wohnung gesehen worden.«

»Woher weißt du das? Bist du sicher?«

Mossman nickte.

»Ganz sicher.«

»Also haben sie ihn identifiziert.«

»Ja.«

»Dann muss ich nach London. Das ist das Einzige, was ich tun kann.«

»Denk nach, Oxen. Das wäre ein großes Risiko. Und wie willst du ihn nach Dänemark schaffen? Im Handgepäck? Nein … Konzentrier dich auf das Wesentliche. Die Archive des Danehof. *Dort* wirst du deine Erlösung finden, mein Freund.«

»Ich habe keine Zeit, herumzusitzen und auf etwas zu warten, auf das ich keinen Einfluss nehmen kann.«

»Damit wären wir bei Punkt zwei. Heute Mittag hat es eine Reaktion auf Barbros Interview gegeben.«

Mossman hielt inne. Vielleicht um ihn von dem Gedanken wegzulotsen, die Sache selbst in die Hand zu nehmen?

»Von wem?«

»Vom Präsidenten des Obersten Gerichtshofs. Johan Wolf-Witte.«

»Der Oberste Gerichtshof? … Was hat er gesagt?«

»Bisher hat er nur gefragt, ob er zu Besuch kommen darf, um sich mit Frau Kopparstierna über ihre Standpunkte zu unterhalten.«

»Glaubst du, dass er unser Mann ist?«

»Ich habe mit Franck gesprochen. Sie wollte sowieso gerade anfangen, sich mit ihm zu beschäftigen. Jetzt legt sie einen Zahn zu. Der Präsident des Obersten Gerichtshofs ist eine bedeutende Person in einem gewichtigen Amt. Er käme zweifellos als Leiter des Danehof infrage.«

»Aber er ist nicht adlig.«

Mossman schüttelte den Kopf.

»Die Sache mit dem Adel und mit dem Schloss oder Herrenhof … Das war nur eine These, die mir sinnvoll erschien, weil sie sich mit Kajsa Corfitzen und Villum Grund-Löwenberg deckte.«

»Und mit Sixten Kopparstierna.«

»Ja.«

»Und jetzt? Wann taucht er bei den Kopparstiernas auf?«

»Morgen Vormittag. Ich habe Sonne gesagt, dass er morgen früh mit ein paar Sachen herkommen soll. Wir müssen Barbro Kopparstierna mit Mikrofonen ausstatten, damit wir das Gespräch aufnehmen können. Sonne kümmert sich darum. Und Franck nimmt unseren Gerichtspräsidenten unter die Lupe.«

»Und was ist mit mir? Kann ich etwas tun?«

»Dich ruhig verhalten.«

Er seufzte. Tot zu sein brachte eine Menge Einschränkungen mit sich.

»Wir treffen uns morgen Abend bei mir. Dann wissen wir, ob sich die Bestie bei Frau Kopparstierna aus der Höhle gewagt hat oder nicht. Ach ja … den hier wollte ich dir noch zurückgeben.«

Mossman reichte ihm den USB-Stick, den er nach MacDuffs Tod mitgenommen hatte. Den mit den Fotos und Videoaufnahmen, angeblich auch von John Smith.

»Hier. Danke fürs Ausborgen.«

»Was haben deine englischen Freunde jetzt mit Smith beziehungsweise Eric Bancroft vor? Können sie das hier gegen ihn verwenden? Und wollen sie das überhaupt?«

Mossman zuckte mit den Schultern.

»Ich weiß es nicht. Ich habe unterschiedliche Informationen aus London. Sie haben mir aber versprochen, ihn vorläufig *twenty-four/seven* im Auge zu behalten und mich sofort zu benachrichtigen, falls er abhaut. Das ist der aktuelle Stand.«

»Wenn das mit dem Gerichtspräsidenten schiefgeht, fahre ich nach London. Nur damit du Bescheid weißt.«

»Alles zu seiner Zeit.«

Mossman stand auf. Er nickte gedankenverloren und sah ihn dann an.

»Halte dich bereit, Soldat. Ich habe das Gefühl, dass deine … Spezialkompetenzen … schon bald gefragt sein werden.«

82.

Die Stimme klang tief und fast sanft.

»Ja, liebe Frau Kopparstierna, dann werde ich mich jetzt mal verabschieden. Haben Sie vielen Dank. Es hat mich sehr gefreut, dass Sie sich die Zeit für unser Gespräch genommen haben.«

»Der Dank gebührt Ihnen. Das war eine äußerst interessante Unterhaltung.«

»Es wäre mir eine Freude, wenn wir ein andermal daran anknüpfen könnten.«

»Gern, Herr Wolf-Witte, sehr gern.«

»Auf Wiedersehen.«

Sie hatten sich in Mossmans Keller um den kleinen Lautsprecher auf dem Tisch versammelt. Sie waren alle da, auch Sonne, der die Ausrüstung für Barbro Kopparstierna besorgt hatte, mit der sie das Gespräch hatten aufnehmen können, obwohl es in ihrer Gartenlaube stattgefunden hatte.

Er saß gegenüber von Margrethe Franck, um ihre unmittelbare Reaktion auf das Gespräch interpretieren zu können. Aber es gelang ihm nicht. Ihre Miene war nur ziemlich düster.

Mossman sah aus wie immer, ein betrübtes Bluthundgesicht, das naiven Gemütern leicht vorgaukeln konnte, sein Verstand wäre harmlos.

Sonne seufzte und rieb sich die Augen. Er hatte einen langen Tag hinter sich, der schon früh in Aarhus begonnen hatte.

Er selbst fühlte sich fit. Es tat gut, dem Keller entkommen zu sein – und sei es auch nur, um in einem anderen Keller herumzusitzen.

Seine erste Schlussfolgerung aus der knapp einstündigen Aufzeichnung war, dass das Gespräch zwischen Johan Wolf-Witte, dem Präsidenten des Obersten Gerichtshofs, und Barbro Kopparstierna ihnen nicht gerade Dynamit in die Hände gespielt hatte. Etwas anderes zu erwarten wäre allerdings auch reichlich naiv gewesen. Dazu war der Gerichtspräsident viel zu vorsichtig.

Mossman stand auf, schaltete das Abspielgerät und den Lautsprecher aus und nahm seine Lieblingsposition an der Wand ein.

»*Well*, was sagt ihr? Haben wir es mit einem niederträchtigen Menschen zu tun, der Mitglied und Oberhaupt einer Gruppe ebenso niederträchtiger, lichtscheuer Gestalten ist? Oder haben wir eben einen wahren Patrioten gehört, der sich aufrichtig um sein Vaterland sorgt?«

Sie saßen einen Moment schweigend da und ließen das Gehörte sacken. Franck äußerte sich als Erste.

»Es ist nicht so sehr das, was er sagt. Im Grunde hat er nur die üblichen Floskeln von sich gegeben. Er tanzt einen vorsichtigen Tanz mit Barbro Kopparstierna. Aber suspekt ist etwas anderes, nämlich dass er überhaupt um ein Gespräch gebeten hat. Nicht bei einem profilierungssüchtigen Politiker oder einem halbwegs bedeutenden Unternehmer. Nein … bei der Größten von allen. Bei der Unnahbarsten. *Das* macht ihn interessant, die Initiative an sich.«

Mossman nickte in seine Richtung.

»Und du, Oxen?«

Er zuckte mit den Schultern. Das Gespräch war ein langer Meinungsaustausch zwischen zwei Personen gewesen, die sich im Grunde völlig einig waren. Zumindest was die Rolle betraf, in die Barbro Kopparstierna geschlüpft war, und das Drehbuch, das sie ihr vorgegeben hatten: Sorge über die Flüchtlingszahlen, über Einwanderer, die die dänischen Werte nicht akzeptierten, die Bedeutung der Meinungsfreiheit – immer noch im Licht der Mohammed-Karikaturen betrachtet – und natürlich der viel gerühmte Wohlfahrtsstaat, dessen Fragilität man vielleicht nur als Däne erkennen konnte … Nichts von dem Gesagten hatte ihn überrascht. Der Präsident des Obersten Gerichtshofs hatte sich keine Blöße gegeben.

»Ich bin mehr für Fakten als für Theorien«, setzte er an. »Und Fakt ist, dass Johan Wolf-Witte der Einzige ist, der Kontakt zu Barbro Kopparstierna aufgenommen hat. Schon allein deshalb müssen wir in dieser Richtung weitersuchen. Was denkst du denn selbst?«

Mossman zögerte einen Augenblick, bevor er ihm antwortete.

»Ich habe in meinem Leben eine Menge Mitschnitte fein säuberlich seziert und interpretiert. Dieser hier verläuft weitgehend erwartungsgemäß. Ihr dürft nicht vergessen, dass wir es mit einer ersten Begegnung zu tun haben, initiiert vom Gast selbst. Wenn ihr euch jetzt vorstellt, die Tonspur würde noch, sagen wir, acht oder zehn Treffen lang weiterlaufen, dann könnten wir hören, dass sich die Rhetorik allmählich verändert. Aber das *Commitment* des Gerichtspräsidenten kommt schon jetzt immer wieder zum Ausdruck. Am stärksten an der Stelle, als er sagt, wie viel ihm daran gelegen ist, Verantwortung zu übernehmen, um den nachfolgenden Generationen ein Dänemark zu hinterlassen, das immer noch das Land ist, das wir kennen und lieben. Und dass es noch viel Raum für Verbesserungen gibt. Da erwähnt er die Altenpflege und das Gesundheitswesen. Und kurz darauf sagt er, dass Einsparungen zu einer einfachen Lösung geworden seien. Er erwähnt den Stellenabbau in der Finanzbehörde und den aktuellen Fall um die Steuermilliarden, die fröhlich ins Ausland verteilt wurden … Und da wird er dann ja auch konkret. Vielleicht sollten wir uns jetzt anhören, was wir über Johan Wolf-Witte wissen? Wie weit bist du gekommen, Margrethe?«

»Ziemlich weit, aber ganz fertig bin ich noch nicht. Ich kann euch zeigen, was ich habe.«

Sie klappte ihren Laptop auf und fing an vorzulesen.

»Johan Wolf-Witte, Präsident des Obersten Gerichtshofs, achtundsechzig Jahre alt, Sohn des früheren Gerichtspräsidenten Fritz Witte – hat hier jemand was von Vetternwirtschaft gesagt? – und der Anwältin Irene Witte. Familienstand: geschieden. Seine Exfrau ist Åse Wolf, ehemalige Buchhalterin. Die beiden haben eine Tochter und einen Sohn. Und jetzt wird es bunt – Wolf-Witte ist Vorstandsvorsitzender von insgesamt fünf Stiftungen. Drei private und zwei, die an Wirtschaftsunternehmen gekoppelt sind. Die drei privaten sind ziemlich anonym und laufen unter Namen wie *Stiftung des 4.11.1975* oder irgendwelchen anderen Jahreszahlen. Sie dienen rein wohltätigen Zwecken. Die beiden anderen sind die *N. H. Jespersens Stiftung* und die *T. Blichmanns Stiftung*. Erstere hält die Aktienmehrheit an dem großen Transportunternehmen *Jespersen Spedition*. Die andere besitzt und verwaltet Immobilien in Kopenhagen, Aarhus, Aalborg und Odense. Und eine Insel. Darüber hinaus sitzt Wolf-Witte noch bei etlichen anderen Stiftungen im Vorstand …«

»Eine Insel?«

Mossman unterbrach sie in einem Ton, der seltsam scharf erschien. Der ehemalige PET-Chef wirkte überrascht.

»Ja, eine Insel. Egholm.«

»Egholm? Im Limfjord?«

»Nein, ein anderes Egholm … Egholm ist die Spitze von Agersø im Storebælt, gilt aber als echte Insel. Warum?«

Mossman winkte ab.

»Nicht wichtig. Ich musste nur gerade daran denken, dass du bei deiner Zusammenfassung über Sixten Kopparstierna erwähnt hattest, dass er auch eine Insel besitzt. Gehört sich das neuerdings so? Muss man eine Insel haben, wenn man reich ist? Und was ist mit uns armen Schluckern? Egal, entschuldige die Unterbrechung. Das war belanglos.«

Franck konzentrierte sich wieder auf den Bildschirm und las weiter.

»Also, die anderen Stiftungen sind zum Beispiel die *Ingeborg-und-Karl-Friis-Stiftung* und die *Uhrendal-Stiftung*. Beide verfolgen soziale Ziele und haben sich ebenfalls der Wohltätigkeit verschrieben.«

»Und die privaten Stiftungen?«, fragte Mossman.

»Die haben leichte Unterschiede in den Satzungen, aber alle mit einer gemeinnützigen, nationalen Ausrichtung.«

»National?« Mossman hakte nach.

»Ja, dänische Identität, Kulturerbe und solche Sachen. Die eine unterstützt gezielt Museen, aber die jeweiligen Statuten lassen viel Spielraum. Es kann auch ein sozialer Einsatz gefördert werden.«

Er hörte sich all das an und wunderte sich, dass die Tätigkeit eines Gerichtspräsidenten so viel Raum für anderweitige Aktivitäten ließ.

»Das nenne ich mal Nebenjobs«, murmelte er.

Franck lächelte.

»Nichts Neues unter der Sonne. Nimm zum Beispiel die *Suhrske-Stiftung* – seit ihrer Gründung 1859 hatte entweder ein Präsident oder ein Richter des Obersten Gerichtshofs den Vorsitz inne. Und der Vorsitzende entscheidet selbst über seine Nachfolge. Du siehst, es ist keine Hexerei … Der Präsidentschaftsrat, also die Richter selbst, geben grünes Licht für Nebenjobs. Die nehmen alles, was sie kriegen können«, antwortete sie.

»Und die Geldströme, die da überall fließen? Konntest du dir schon einen Überblick verschaffen, Margrethe?«, fragte Mossman.

Franck schüttelte den Kopf. »Das ist kompliziert und zeitaufwendig.«

Sie suchte kurz in ihrer Datei und fuhr dann fort:

»Ich habe mir zunächst die *Jespersen Spedition* vorgenommen. Ein riesiges Unternehmen, das zu Land, zu Wasser und in der Luft Güter transportiert. Im letzten Jahr haben die einen Gewinn von 914 Millionen Kronen erwirtschaftet. Eine stolze Summe. Und ihre

Stiftung pumpt eine Menge davon in die dänische Gesellschaft, genau wie der *Kopparstierna Fonds* – nur deutlich weniger natürlich. Die *T. Blichmanns Stiftung*, der die Immobiliengesellschaft mit der Insel gehört, hat bloß einen zweistelligen Millionenbetrag nach Hause gebracht, 26 Millionen. Nur um euch eine Vorstellung zu geben. Die anderen Posten, auf denen Johan Wolf-Witte sitzt, verwalten niedrigere Beträge, aber dazu bin ich nicht mehr gekommen.«

Franck hob bedauernd die Hände und lehnte sich zurück.

»Trotzdem – sehr gut«, sagte Mossman.

Wäre er seinem Instinkt gefolgt, säße er schon längst im Zug Richtung Süden und dann durch den Eurotunnel nach London, um John Smith alias Eric Bancroft zu jagen und ihm ein Messer in den Bauch zu rammen, falls er nicht bereitwillig alles ausspucken sollte, während die anderen die Wolf-Witte-Spur verfolgten. Aber sie waren eine Gruppe. Eine Einheit. Und sein Team ließ man nicht im Stich.

»Und jetzt?«

Er bemerkte, dass er unbewusst mit den Fingern auf sein Bein trommelte.

»Geduld, Geduld«, brummte Mossman. »Wir haben lange gewartet, und jetzt sind wir näher dran als je zuvor. Wir müssen es ruhig angehen. Einen Schritt nach dem anderen. Informationen sammeln. Unsere Theorie untermauern. Ausbauen. Und dabei nie das übergeordnete Ziel aus den Augen verlieren: die Archive.«

»Wie sicher bist du dir, dass Wolf-Witte Danehof Ost ist? Was sagt dein Bauchgefühl?«, fragte Sonne.

»Ha, mein Bauch … Wie du siehst, ist er kleiner geworden, also worauf soll man sich da verlassen, Christian? Lass es mich so sagen: *Wenn* er zum Danehof gehört – und nicht nur ein besorgter Patriot ist –, dann ist er auch der Leiter von Ost und damit der gesamten Organisation. Niemand käme auf die Idee, einem Leutnant diesen Job anzuvertrauen. Nur der höchste Würdenträger wäre groß genug, um einen Dialog mit den Kopparstiernas aufzunehmen«, antwortete Mossman.

Das klang einleuchtend. Es erforderte einen König, um mit der Königin zu sprechen. Er schaute zu Franck, die die Hände vor dem Mund gefaltet hatte.

»Wenn ich dich richtig verstehe, meinst du, dass wir das Sixten-Manöver bei ihm wiederholen sollten? Wolf-Wittes Umgebung mit Wanzen pflastern? Ihm womöglich auch noch eine in den Hintern schieben und dann abwarten?«, fragte sie.

Axel Mossman nickte.

»Und wir bitten deinen Hacker, einen Trojaner in seinen Computer zu schleusen. Wenn der Danehof Ost nicht jetzt Kontakt zu Kajsa Corfitzen und Villum Grund-Löwenberg aufnimmt, wo eine solche Initiative im Raum steht, wann dann? Wir brauchen einen Beweis. Sobald wir den haben, gehen wir in die nächste Phase. Also lasst uns in den nächsten Tagen unsere Abhörgeräte installieren und einen Sender an sein Auto kleben.«

Nachdem Niels Oxen als Letzter den Keller verlassen hatte und über die Terrasse in die Dunkelheit abgetaucht war, eilte Mossman zurück in seinen Keller und schaltete seinen Computer ein.

Egholm? Er suchte die Insel auf Google Maps und fand sie sofort. Was Franck erzählt hatte, stimmte. Egholm war die Spitze von Agersø und über einen schmalen Damm mit der Hauptinsel verbunden. Es war nicht schwer, weitere Informationen zu finden. Egholm war ein rund hundert Hektar großes Privatgrundstück und nicht für die Öffentlichkeit zugänglich.

Im Internet fanden sich etliche Bilder der Insel. Neben einer Reihe von Luftaufnahmen auch Fotos von einem schmucken Wohnhaus inmitten von Wald und Feldern. Außerdem gab es noch drei weitere, kleinere Gebäude auf der Insel. Eine Fähre verband Agersø mit dem Festland. Die Überfahrt von Stigsnæs Havn dauerte nur eine Viertelstunde. Vom Hafen aus musste man noch etwa drei, vier Kilometer nach Norden fahren, bis man den Damm nach Egholm erreicht hatte.

Egholm? Wer zum Teufel kannte schon Egholm?

Dort hielt sich das Oberhaupt des Danehof also auf – zumindest zeitweise. Und dort traf sich folglich auch die Führungsriege zu ihren Treffen, abgeschirmt von der Außenwelt.

Der Präsident des Obersten Gerichtshofs Johan Wolf-Witte war Ost. Die Insel, von der Corfitzen und Grund-Löwenberg gesprochen hatten, war Egholm. Und natürlich gab es ein Boot auf der Insel, um unbemerkt und auf direktem Weg ans Festland und wieder zurück zu kommen.

Sixten Kopparstierna war kein Goldliebhaber mehr, doch zum Glück gab es einen anderen potenziellen Käufer. Er warf einen Blick auf seine Armbanduhr. Es war schon spät. Aber nicht zu spät für eine Anfrage wie diese. Er musste jetzt schnell handeln.

Er suchte die Nummer heraus und wählte. Es dauerte lang, bis sich jemand meldete.

»Wolf-Witte.« Die Stimme war weich und tief.

»Guten Abend, mein Name ist Axel Mossman. Ich glaube, wir sind uns schon gelegentlich begegnet.«

»Sind Sie *der* Axel Mossman? Der ehemalige Chef des PET?«

»Genau der. Entschuldigen Sie bitte die späte Störung.«

»Was kann ich für Sie tun?«

»Ich würde gern ein Treffen mit Ihnen vereinbaren, von dem wir beide profitieren könnten.«

»Ein Treffen? Warum? Worum geht es?«

Der Gerichtspräsident klang verwundert.

»Es geht um alles, könnte man sagen ...«

»Ginge das vielleicht etwas konkreter?«

»Um Ihre Position als Leiter der Organisation.«

Am anderen Ende trat eine kurze Pause ein. Es war nicht mehr als ein stummes Knistern in der Leitung. Aber lang genug.

»Der Organisation? Ich weiß nicht, worauf Sie anspielen. Wissen Sie, was? Es ist schon spät. Vielleicht rufen Sie morgen noch einmal an? Oder haben Sie sich vielleicht einfach verwählt?«

Wollte der Präsident des Obersten Gerichtshofs da gerade andeuten, er wäre womöglich alkoholisiert? Oder geistig verwirrt? Um Zeit zu gewinnen?

»Ich spreche vom Danehof. Und von Ihrer Position als Leiter des östlichen Bereichs, die gleichbedeutend mit der Führung des ganzen Netzwerks ist.«

Johan Wolf-Witte hustete kurz. Danach klang seine Stimme etwas angestrengt.

»Wie gesagt, es ist spät. Und dieses Gespräch ist geradezu absurd. Ich habe keine Ahnung, was Sie von mir wollen. Rufen Sie mich morgen in meinem Büro an.«

»*Well*, Johan Wolf-Witte … Dann lassen Sie es mich deutlicher formulieren: Ich habe ein paar Informationen, die Sie interessieren könnten, und ich würde mich gern ausführlicher mit Ihnen darüber unterhalten. Ich schlage vor, dass wir uns morgen auf Egholm treffen. Unter vier Augen. Ich ziehe eine gewisse Diskretion vor … Eine Information, die ich für Sie habe, ist übrigens, dass der Kriegsveteran Niels Oxen lebt und sich in Dänemark aufhält. Aber ich habe noch weitaus Interessanteres in petto …«

83.

Die kleine Fähre legte am Kai an. Nur drei Autos und ein Bagger waren von Stigsnæs auf dem Festland mit nach Agersø gekommen. Oben von der Treppe aus hatte er zugesehen, wie der Anleger mit den wenigen roten Holzschuppen näherkam. Ein paar Fischerboote schaukelten im Wasser, und ein Stück weiter links im Hafen lagen die Motorboote der Freizeitkapitäne.

Jetzt saß er wieder hinter dem Steuer, und als der Mann mit der Kappe ihm ein Zeichen gab, rollte er langsam über die Rampe.

Sein Puls war ruhig. Ein alter Mann mit Fahrrad hielt an, um sich mit einem Traktorfahrer zu unterhalten, und auf der Bank vor dem kleinen Warteraum saß eine Familie und aß Eis. Mehr war von den knapp zweihundert Bewohnern der Insel nicht zu sehen. Keine schnellen Bewegungen, keine Hektik. Er konnte dieses Gefühl spüren, von dem alle immer redeten, diesen speziellen Insel-Zustand, in den man geriet, sobald man die Fähre verließ.

Obwohl der Gedanke an sein Vorhaben seinen Puls eigentlich hätte in die Höhe treiben müssen, spürte er nur, wie sich eine innere Ruhe in ihm breitmachte. Er fühlte sich kühl und besonnen und wohl in seiner Haut.

Er musste nicht lang überlegen. Es führte nur ein Weg aus dem Hafen. Und nur ein Weg führte nach Egholm. Der direkte Weg ins Feindesland.

Er fuhr gemächlich durch den Ort und erlaubte sich, mitten auf der Straße anzuhalten, um den hübschen Dorfteich zu bewundern. Wann hatte er zuletzt einen Dorfteich gesehen? Vielleicht als er mit seiner Frau ein paar Sommertage auf Fünen verbracht hatte – vor vielen Jahren.

Zu seiner großen Überraschung kam ihm ein Auto entgegen, und er fuhr pflichtschuldig weiter. Einzelne Häuser und kleine Bauernhöfe tauchten verstreut neben der Straße auf, dazwischen waren weitläufige Felder. Rechts von ihm befand sich die Ostküste der Insel, und der Abstand zum Strand wurde immer kleiner, je näher er seinem Ziel kam.

Schon nach wenigen Minuten wurde aus der schmalen asphaltierten Straße ein Schotterweg. Er parkte dort, wo Reifenspuren darauf hindeuteten, dass hier eine Art Wendeplatz war. Auf beiden Seiten des Damms erstreckten sich weite Wiesen mit hohem Gras, und dazwischen spiegelte sich die frühe Nachmittagssonne im Wasser.

Alles hier war kleiner, als er erwartet hatte: die Entfernung zur Nordspitze und vor allem der Damm, der direkt vor ihm lag.

Eigentlich war es nur ein Feldweg und Egholm kaum einen Steinwurf entfernt.

Ein Schild verkündete, dass das Betreten der Insel verboten war, aber dass Wanderer Zugang zu dem schmalen Steinstrand hatten. Auf der gegenüberliegenden Seite des Damms versperrte ein Gatter den Weg.

Dort begann das feindliche Territorium. Danehof-Land hatte keinen Stacheldraht und keine Betonpoller. Der Kontrollposten war ein Mäusebussard, der reglos auf einem Zaunpfahl saß, begleitet vom Zwitschern der Vögel und dem Summen der Insekten.

Er schloss sein Auto ab und ging los.

Zu seiner Linken war eine große Wasserfläche, deren Zustrom durch Rohre im Damm sichergestellt war. Jetzt hatte gerade die Ebbe eingesetzt. Erst als er ganz nah war, flog der Mäusebussard auf und schwebte über die weite Wiesenlandschaft Richtung Agersø Sund davon. Auf dem Schotterweg kam ihm ein Pick-up entgegen, der eine Staubwolke hinter sich herzog.

Sie erreichten gleichzeitig das Gatter. Er auf der einen Seite und auf der anderen ein jüngerer Mann, der aus dem Wagen gestiegen war.

»Sind Sie Herr Mossman?« Der Mann fragte, ohne eine Miene zu verziehen.

Er nickte.

»Der bin ich.«

»Dann steigen Sie ein.«

Der Mann, der einen schwarzen Overall und Gummistiefel trug, öffnete das Gatter, schloss es hinter ihm, stieg wieder ein, wendete den Pick-up und fuhr los. Hinter den Bäumen konnte er schon ein graues Schieferdach und einen Schornstein sehen. Kurz darauf kamen sie an ein paar Gerätehallen vorbei, dann bog der Mann ab und hielt vor der Treppe des alten Landsitzes an. Oben an der Tür stand ein älterer Herr. Auch er verzog keine Miene.

Johan Wolf-Witte.

Er stieg aus, ging ohne Eile zum Haus und reichte dem Mann die Hand, der sein Leben verschont und ihn stattdessen in den Staub getreten hatte. Der Präsident des Obersten Gerichtshofs nickte steif. Er hatte schüttere graue Haare, ein goldenes Brillengestell und trug eine grüne Hose und darüber eine braune Tweedjacke.

»Guten Tag, wir gehen nach oben«, sagte er kühl und bat ihn ins Haus.

Er folgte ihm die Treppe hinauf, die in einem weichen Bogen von der Diele in den oberen Stock führte. Ein kleines Stück den Flur hinunter traten sie in einen großen Raum, der wie eine Mischung aus Herrenzimmer und Büro eingerichtet war. Ein großer Schreibtisch aus dunklem Holz stand vor einem Dachfenster und in einer Ecke eine Sitzgruppe aus vier schweren Sesseln und einem niedrigen Tisch.

»Zuallererst muss ich Sie bitten, Ihre Kleidung abzulegen.«

Er nickte und zog sich, ohne zu zögern, aus. Wolf-Witte wollte sich absichern. Das hätte er selbst auch getan. Wenig später stand er in Unterhose und Strümpfen da. Seine Sachen lagen auf dem Boden.

»Alles, wenn Sie so freundlich wären.«

Er gehorchte und blieb mit leicht gespreizten Beinen stehen. Wolf-Witte war – allein oder mithilfe tüchtiger Ratgeber – auf die imponierende Idee gekommen, genau in diesen nackten Körper einen GPS-Sender zu implantieren. Er sah an seiner schlaffen Haut hinunter und dachte, dass sein Körper für solche Raffinessen inzwischen nicht mehr geeignet war.

Wolf-Witte ging in die Hocke und inspizierte minutiös Kleidung und Schuhe, dann richtete er sich wieder auf und nickte.

»Sie können sich anziehen. Und Platz nehmen.«

Nachdem er wieder Kleider am Leib hatte, setzte er sich. Er fühlte sich noch genauso entspannt wie beim Verlassen der Fähre.

Wobei … hieß es nicht, dass einen große Ruhe überkäme, wenn man dem Tod ins Auge sah? Weil es ab einem gewissen Punkt nur noch in eine Richtung gehen konnte?

»*Well*, Henker und Opfer … ein klassisches Paar«, sagte er lächelnd.

»Und wer ist hier wer?«, entgegnete Wolf-Witte ungerührt.

Der Mann war ein Meister der Scharade. Er sah aus wie ein kultivierter Großvater, mit milden Zügen und Augen, die nichts Böses vermuten ließen. Ihm fehlte eigentlich nur ein Enkelkind auf jedem Knie.

»Sie haben mich am Leben gelassen. Vielleicht weil die Demütigung eine so viel größere Herausforderung war als die relativ simple Übung, jemanden umzubringen?«

»Ich habe keine Ahnung, was Sie mir damit sagen wollen, Mossman. Ich habe diesem Treffen zugestimmt. Belassen wir es dabei. Sie haben einen gewissen Niels Oxen erwähnt? Wieso? Worum geht es hier?«

Ein direktes Eingeständnis war also nicht zu bekommen.

»Sie haben schon früher ein gewisses Interesse an Niels Oxen gezeigt, von dem alle annehmen, er sei verstorben. Das ist er nicht.«

»Das klingt nach einer gewagten Behauptung … Beides.«

»Ich zeige Ihnen etwas …« Er zog sein Telefon aus der Tasche, rief das entsprechende Video auf und reichte Wolf-Witte das Handy. »Hier. Sie müssen nur auf den Pfeil tippen. Achten Sie auf die Zeitung, die auf dem Tisch liegt. Und die Schlagzeile über den Verkehrsminister. Der Artikel ist erst ein paar Tage alt.«

Der Gerichtspräsident tippte auf Play und sah sich konzentriert die kurze Aufnahme an, die Mossman in aller Heimlichkeit von Oxen gemacht hatte, als sie sich in seinem Keller getroffen hatten.

Wolf-Witte gab ihm das Telefon zurück.

»Nun, es sieht aus, als hätten Sie recht«, antwortete er.

»So weit, so gut.«

»Sind Sie auf eine Gefälligkeit aus, Mossman?«

Er rieb sich das Kinn.

»Das wäre vorstellbar …«

»Sie meinten, dass Sie noch weitaus interessantere Informationen hätten.«

»Das ist richtig. Ich denke, dass ich noch etwas Bedeutenderes zu bieten habe. Aber es würde auf mangelnden Geschäftssinn schließen lassen, wenn man gleich alles auf den Tisch legt, bevor man die Konditionen verhandelt hat.«

»Es würde auf mangelnden Geschäftssinn schließen lassen, wenn man etwas kauft, ohne zu wissen, was es ist.«

»Und genau deshalb müssen wir die unterschiedlichen Bedürfnisse miteinander abstimmen«, sagte er und rief ein zweites Video auf.

»Hier … als Zeichen meiner Aufrichtigkeit.«

Wolf-Witte nahm das Gerät und ließ den Film laufen. Er war ohne Ton. Die Aufnahme war mit Margrethe Francks Handy gemacht worden, als es am Ende eines langen Stücks Gaffa-Tape baumelte – vom Dach von Villum Grund-Löwenbergs Penthouse im Tuborg Havn, vor gut einem Jahr.

Zu sehen war heißer Sex auf einer weißen Ledercouch.

Er starrte auf das Gesicht des Gerichtspräsidenten. Der Mann konnte seine Überraschung nicht verbergen. Seine Mundwinkel zuckten verräterisch, und die Augenbrauen hoben sich unwillkürlich. Das war alles. Nicht viel, aber genug, um ihm ein wohliges Gefühl von Zufriedenheit zu verschaffen.

Johan Wolf-Witte gab ihm das Handy zum zweiten Mal zurück.

»Die Aufnahme stammt aus dem letzten Jahr … Eine fleischliche Vereinigung, mit der Sie nicht gerechnet hätten? Ihre Führungskollegen in Nord und Süd demonstrieren da eine, wie ich finde, recht weit gefasste Auslegung des Begriffs ›Zusammenarbeit‹.«

Seinem Gegenüber schienen zum ersten Mal die passenden Worte zu fehlen.

Der Triumph war zum Greifen nah, er konnte ihn schon spüren, aber er durfte sich jetzt nicht mitreißen lassen. Das hier war seine Revanche. Es war raffiniert. Es war ein Fest.

»Und wozu soll diese Aufnahme gut sein?«

Wolf-Witte hob den Blick und sah ihm in die Augen. Jetzt konnte er keinerlei Gefühlsregung mehr vom Gesicht des Mannes ablesen.

»Betrachten Sie es als kleines Entgegenkommen. Aber das ist bei Weitem noch nicht alles, was ich Ihnen liefern kann, da ist noch Luft nach oben … Doch zuerst sollten wir verhandeln. Und nur damit Sie die geistigen Fähigkeiten eines Rentners nicht unterschätzen … Haben Sie sich gefragt, wie ich Sie gefunden habe? Unter fünf Millionen Dänen? Noch nie war jemand in der Lage, Sie zu identifizieren. Ich schon. Ich bin im Besitz von Beweismaterial, das meine alten Kollegen in Søborg sicher brennend interessieren würde. Auch wenn Sie mich aus dem Spiel geworfen haben, wird man mir zuhören, wenn ich mich bemerkbar mache. Also falls Sie darüber nachdenken, mich auszutricksen, stellen Sie sich einfach vor, wie Ihr Amt und Ihr gesamtes Wirken unter die Lupe genommen werden. Vom kleinsten Stipendium bis zum höchsten Vorstandsposten der *N. H. Jespersens Stiftung,* die Sie vermutlich nutzen, um einen Teil der Mittel für die Belange des Danehof zu kanalisieren. Und sollten Sie darüber nachdenken, mich umzubringen, bevor meine Füße den Boden in Stigsnæs berühren, vergessen Sie nicht, dass natürlich von sämtlichen Aufnahmen Kopien existieren. Diese Kopien werden von zuverlässigen Menschen sicher verwahrt, die wissen, was sie mit dem Beweismaterial tun müssen, falls ich nicht unversehrt zurückkehre. Damit wären die Spielregeln geklärt, nicht wahr?«

Es kostete den Präsidenten des Obersten Gerichtshofs vermutlich einiges an Überwindung, als er nickte und ihm antwortete.

»Geklärt, ja … Und der Preis?«

»Die Vereinbarung sieht vor, dass ich Ihnen Niels Oxen hierher auf die Insel liefere – wann und wie, wäre noch zu besprechen. Die Videoaufnahme von Ihren beiden Kollegen haben Sie ja bereits gesehen. Es existiert jedoch noch eine dritte Aufnahme. Ein Tonmitschnitt, der erst vor Kurzem entstanden ist. Aber zunächst meine Forderung.«

Er lehnte sich im Sessel zurück, schlug das linke über das rechte Bein, faltete seine Hände unter dem Kinn und bereitete sich auf den Höhepunkt vor.

»Sie fragen nach dem Preis? Von einem Taschengeld kann keiner leben. Deshalb sehe ich mich genötigt, Sie um eine Zahlung in Höhe von sieben Millionen Kronen in bar zu bitten. Ein verhältnismäßig bescheidener Betrag, der außerdem meine guten Absichten unterstreichen soll. Des Weiteren, Wolf-Witte, erwarte ich, dass Sie meine Ehre wiederherstellen … Sie haben mich gedemütigt, jetzt machen Sie den Schaden wieder gut. Ich bin realistisch genug, um einzusehen, dass ich nicht in meinen alten Job zurückkehren kann. Aber es gibt andere Möglichkeiten. Ich habe läuten hören, dass die Justizministerin plant, eine breit aufgestellte Kommission einzusetzen, die eine Empfehlung ausarbeiten wird, wie das Land künftig mit der inneren Terrorgefahr umgehen soll. Mit anderen Worten, eine kräftige Justierung der bisherigen Politik auf diesem Gebiet – die ich, bei aller Bescheidenheit, maßgeblich geprägt habe. Ich möchte den Vorsitz dieser Kommission übernehmen. Das ist eine Forderung, die nicht verhandelbar ist.«

Der Gerichtspräsident kniff die Augen zusammen und saß für einen Moment schweigend da. Dann antwortete er.

»Justizministerin Helene Kiss Hassing befindet sich … wie soll ich es sagen … außerhalb meiner Reichweite.«

»Niemand ist außerhalb Ihrer Reichweite. Sie können Geschehenes ungeschehen machen. Das haben Sie bereits mehrfach bewiesen. Sie haben Einfluss. Sie können jeden Entscheidungsprozess manipulieren. Machen Sie mich zum Vorsitzenden.«

»Also darum geht es in Wirklichkeit. Eine Frage der Ehre.«

»Schließen Sie daraus, was Sie wollen. Jetzt kennen Sie meinen Preis.«

Wolf-Witte hatte tiefe Falten auf der Stirn und saß lang in Gedanken versunken da, ohne sich davon stören zu lassen, dass sein Gast wartete.

»Nun«, sagte er schließlich, »Sie sollen Ihren Vorsitz bekommen. Das Geld erhalten Sie, sobald ich Oxen habe. Und jetzt wüsste ich gern, welchen dritten Trumpf Sie in der Hand haben, wenn Sie so freundlich wären.«

Mossman nickte und lächelte seinen früheren Henker an.

»Wissen Sie … Ich habe immer gesagt, in meiner Branche gibt es keine unheiligen Allianzen. Es gibt nur Allianzen. Und Sie und ich haben soeben eine gebildet – zum großen Vorteil für uns beide. Der dritte Trumpf ist, wie gesagt, eine Tonaufnahme. Sie stammt aus einer heimlichen Abhöraktion in Villum Grund-Löwenbergs Penthouse. Es handelt sich um ein Gespräch zwischen den beiden Personen, die Sie vorhin im Film gesehen haben. Ihre beiden Führungskollegen Nord und Süd. Allerdings unterhalten sich die beiden diesmal über ein bevorstehendes Attentat. Hören Sie ganz genau zu.«

84.

Das Ganze schien sich langsam zum nächsten Fiasko zu entwickeln. Es stand schlecht um Axel Mossmans große Pläne, den Weg in König Salomons Schatzkammer zu finden – die drei Archive des Danehof.

Fünf Tage war es jetzt her, dass sie die Abhöranlage installiert und sich Zugang zu den beiden Computern von Johan Wolf-Witte verschafft hatten, seinem privaten und dem dienstlichen in seinem Büro im Parlamentsgebäude. Ohne Ergebnis.

Auch in Wolf-Wittes Zuhause in der Løngangsstræde wurden keine Gespräche geführt, die darauf hindeuteten, dass der alternde

Gerichtspräsident in dubiose Machenschaften verwickelt sein könnte. Sie hatten jede noch so kleine Datei ausgewertet, aber in seinen Mails und Dokumenten war nichts zu finden. Der Mann hatte nicht einmal erwähnt, dass er zur Audienz bei Barbro Kopparstierna gewesen war.

Vielleicht war die Antwort ganz einfach: Johan Wolf-Witte war *nicht* der Leiter des Danehof Ost. Und er war auch *nicht* das Oberhaupt der Organisation. Er war nur in Sorge um sein Land.

Oxen schaute zu seinen beiden Gefährten hinüber. Margrethe Franck sah aus, als hätte sie zu lang Warennummern in die Kasse getippt, und Mossman sah natürlich aus wie ein Bluthund.

Er selbst wechselte sich mit Sonne beim Abhören ab. Diesmal war es nötig, live mitzuhören, statt alles auf Festplatte zu speichern, damit sie gegebenenfalls sofort handeln konnten. Vom späten Nachmittag bis zum nächsten Morgen lösten sie sich gegenseitig ab und beendeten die Schicht erst, wenn Wolf-Witte zum Gerichtshof aufbrach.

Sie krochen beide auf dem Zahnfleisch. Sonne war im Augenblick zu Hause in Aarhus, weil er sich um seine Töchter kümmern musste.

Es ging nicht anders. Sie waren eine Handvoll Amateure, die ihrer regulären Arbeit nachgehen mussten, während sie gleichzeitig einen Krieg gegen riesige Schatten ausfochten, die nie etwas anderes waren als … Schatten.

»Sind wir uns alle einig? Noch weitere fünf Tage?«

Axel Mossman sah sie abwechselnd an.

»Ja, wir brauchen noch fünf Tage mehr auf dieser Fährte, bevor wir sicher sein können, dass sie wirklich in einer Sackgasse endet«, antwortete Franck entschlossen.

In diesen fünf Tagen wollten sie ihrem einzigen Verdächtigen die Chance geben, doch noch einen Fehler zu machen. Deshalb hatten sie die skeptische Barbro Kopparstierna dazu überredet, einen neuen Versuch zu starten. Sie hatte sich an Johan Wolf-

Witte gewandt und ihn zu einem weiteren Gespräch eingeladen. Es fand bei ihr zu Hause statt. Genau in diesen Minuten.

Sie konnten nur darauf hoffen, dass er sich in dem Gespräch, das genau wie das letzte aufgezeichnet wurde, verriet. Oder dass sich in den darauffolgenden Tagen etwas ergab, wenn Wolf-Wittes Traum von einem Bündnis mit Kopparstierna neue Nahrung bekommen hatte.

»Und du, Soldat?«

Er nickte. Sein Verstand sagte ihm, dass diese einmalige Gelegenheit, in die Barbro Kopparstierna höchstpersönlich involviert war, natürlich eine zweite Chance verdient hatte. Aber sein Herz war mit Eric Bancroft beschäftigt, der in diesem Moment vielleicht gerade in London saß und darüber brütete, wann er nach Dänemark zurückkehren sollte, um erneut zuzuschlagen.

»Fünf Tage mehr … Aber wenn sich herausstellt, dass diese Spur ins Leere läuft, versprichst du mir, dass du mir Bancrofts Aufenthaltsort in London beschaffst. Abgemacht?«

»Abgemacht. Ich glaube jedoch nach wie vor, dass Johan Wolf-Witte der Kopf des Danehof ist. Wir müssen dem Ganzen nur ein bisschen mehr Zeit geben, dann …«

Mossmans Telefon klingelte. Er nahm ab.

»Hallo, Christian.«

Mossman hörte konzentriert zu, stürmte dann zum Fernseher und schnappte sich die Fernbedienung, die im Regal lag.

»Welcher Sender, hast du gesagt? *DR1*?«

Mossman hatte das Telefon noch am Ohr. Dann nickte er, legte ohne ein weiteres Wort auf und starrte angespannt auf den Flachbildschirm, auf dem ein Bild erschien. Er schaltete um und drehte die Lautstärke hoch.

Die Nachrichtensprecherin war mitten im Satz:

»… sagte, dass der Staatsminister sich morgen auf seiner wöchentlichen Pressekonferenz zu der Situation äußern wird. Und nun zu dem Unglück, von dem wir am Anfang der Sendung bereits kurz

berichtet haben. Rasmus Dam, du stehst gerade in Korsør. Was gibt es Neues?«

Ein junger Reporter in Jackett und mit Krawatte stand vor dem dunklen Nachthimmel im grellen Scheinwerferlicht.

»Ich stehe hier im Hafen von Korsør und habe gerade mit der Polizei gesprochen. Es ist mittlerweile offiziell bestätigt, dass am Steuer des Helikopters, der hier hinter mir über dem Storebælt abgestürzt ist, Direktor Villum Grund-Löwenberg saß. Damit verliert Dänemark einen seiner bedeutendsten Unternehmer. Der Sechsundvierzigjährige war Mitbegründer der IT-Gesellschaft Castle & Unicorn Corp., *deren Sitz sich zwar in der Schweiz befindet, die aber auch eine Niederlassung in Kopenhagen hat. Nach Aussage der Polizei ist Villum Grund-Löwenberg heute am frühen Abend am Flughafen Roskilde gestartet und war auf dem Weg zu seinem Elternhaus, Gram Slot in Südjütland, als sein Helikopter abstürzte. Er war ein erfahrener Pilot mit vielen Flugstunden. Die Ursache des Unglücks ist bisher noch nicht bekannt. Im Augenblick suchen mehrere Schiffe hier draußen auf dem Storebælt nach Wrackteilen, aber ihre Arbeit wird natürlich dadurch erschwert, dass es inzwischen dunkel geworden ist.«*

»Danke. Das war Rasmus Dam, live aus dem Hafen von Korsør. Kommen wir nun zu den Nachrichten aus dem Ausland. Der Ölpreis hat an der Wall Street erneut …«

Axel Mossman schaltete den Fernseher aus. Im Raum herrschte Totenstille.

85.

Die Beerdigung auf dem Friedhof in Gram war zu Ende und die Zahl der Trauergäste beeindruckend. Der Strom schwarz gekleideter Menschen schien gar nicht mehr aufzuhören. Und alle mussten im Gänsemarsch durch das kleine Tor in der hohen Friedhofsmauer, um zurück auf den Parkplatz zu kommen.

Er war nicht mit in der Kirche gewesen. Er wollte es nicht riskieren, erkannt zu werden, vor allem nicht von Johan Wolf-Witte oder Karin »Kajsa« Corfitzen, den beiden verbliebenen Leitern des Danehof.

Die Sonne schien von einem wolkenlosen Himmel herunter. Er hatte sich seine leichte Sommerjacke über die Schulter geworfen.

Es war jetzt acht Tage her, dass Villum Grund-Löwenberg bei einem Hubschrauberabsturz ums Leben gekommen war. Dass die Beisetzung erst so spät stattfand, lag an den ungewöhnlichen Todesumständen, auch wenn seine Leiche schon am Tag nach dem Unglück aus den Wrackteilen des Helikopters geborgen worden war. Zunächst hatte man routinemäßig eine Obduktion durchgeführt, um zu überprüfen, ob der Absturz auf Alkohol- oder Medikamenteneinfluss zurückzuführen war, auf einen Schlaganfall oder eine andere physische Ursache. Danach hatte die zuständige Behörde die technische Untersuchung aufgenommen.

Er hatte aus sicherem Abstand und von verschiedenen Standorten aus den letzten Teil des Begräbnisses verfolgt, hatte dabei zugesehen, wie der Sarg hinuntergelassen worden war und die Trauernden Erde ins Grab warfen. Erst hatte er sich auf dem Friedhof versteckt, jetzt stand er außerhalb, im Schutz der Mauer am Ende des Parkplatzes.

Es dauerte lang, bis sie kamen. Erst der Gerichtspräsident, der vor dem Tor kurz innehielt und dann etwas abseits stehen blieb, um auf Kajsa Corfitzen zu warten. Sie stellte sich zu ihm, und die beiden unterhielten sich bestimmt zehn Minuten lang. Dann verabschiedeten sie sich mit einer angedeuteten Umarmung, und Wolf-Witte marschierte mit langen Schritten zu einem großen, silbernen Rover, stieg ein und rollte Sekunden später vom Parkplatz.

Kajsa Corfitzen trug ein schwarzes Kostüm und eine schwarze Bluse. Sie zog ein Taschentuch aus ihrer Handtasche, putzte sich die Nase und setzte die Sonnenbrille wieder auf, die sie sich in die

Haare gesteckt hatte. Dann überquerte sie den Parkplatz und blieb vor einem dunkelgrünen Mercedes G 350 stehen, dem klassischen Geländewagen, der ihrem Vater gehört hatte, wenn er sich recht erinnerte.

Gleich war er gekommen – der Moment, in dem er zuschlagen würde.

Er wartete, bis sie hinter dem Steuer saß, sich angeschnallt und den Motor gestartet hatte. Dann ging er mit schnellen Schritten los, klopfte an die Scheibe auf der Beifahrerseite, machte die Tür auf und stieg ein – ohne um Erlaubnis zu fragen.

»Guten Tag, mein Name ist Axel Mossman. Entschuldigen Sie, dass ich mich einfach so aufdränge … Aber ich würde mich gern mit Ihnen unterhalten.«

Kajsa Corfitzen nahm ruhig die Sonnenbrille ab und sah ihn an.

»Ich weiß, wer Sie sind. Ich habe keine Zeit. Verlassen Sie bitte meinen Wagen.«

»Hören Sie, ich …«

»Ich sagte, verlassen Sie bitte meinen Wagen.«

»Fahren Sie einfach los, ich erkläre Ihnen unterwegs, worum es geht. Die Leiterin des Danehof Nord wird einem Rentner wie mir doch bestimmt ein paar Minuten opfern können.«

»Sagen Sie, sind Sie übergeschnappt?«

»Ich habe gesehen, wie Sie sich gerade mit Johan Wolf-Witte unterhalten haben.«

»Steigen Sie aus!«

»Wirklich ein besonderer Mensch, der Präsident des Obersten Gerichtshofs. Finden Sie nicht?«

»Ein Freund der Familie. Raus!«

»Mag sein. Aber auch ein Kollege von Ihnen. Und Leiter des Danehof Ost – genau genommen Leiter der gesamten Organisation. Fahren Sie ruhig los. Ich bleibe nicht lang.«

Kajsa Corfitzen legte den Rückwärtsgang ein, wendete, bog

links auf die Hauptstraße ab und gab Gas. Sie schien ziemlich geladen zu sein.

»Wohin fahren wir?«, fragte er und lehnte sich im Sitz zurück.

»Ich fahre nach Hause, nach Nørlund. Aber ohne Sie.«

»Ich weiß, wer Ihren Liebhaber umgebracht hat, Kajsa … Oder dachten Sie, der Helikopter wäre einfach so abgestürzt?«

»Liebhaber? Was reden Sie da?«

»Fahren Sie rechts ran, ich möchte Ihnen etwas zeigen.«

Sie fuhr weiter durch den Ort. Offensichtlich überlegte sie fieberhaft, ob sie seiner Aufforderung nachkommen sollte oder nicht. Schließlich gab sie nach und hielt vor der Schlossschenke an. Sie standen genau mit Blick auf den See und das kleine Schloss, das nur ein paar kräftige Schwimmzüge von ihnen entfernt in der Sonne lag.

Er gab ihr sein Handy.

»Tippen Sie auf ›Play‹.«

Sie konnte ihre Überraschung nicht verbergen. Was sie da sah, war eine stürmische Sexszene auf einer weißen Ledercouch im Tuborg Havn.

»Wie zur Hölle …?«

»Das war vor einem Jahr. Es war nicht das erste und auch nicht das letzte Mal. Sie haben sich regelmäßig getroffen. Erst vor Kurzem noch. Bei Villum. Ich weiß alles, Kajsa. *Alles* …«

»Kein Unglück, sagen Sie?«

»Nein. Und es gibt nur einen, der dahinterstecken kann. Nur einen, und er hat ein Motiv, das sogar ein Blinder erkennen würde. Hören Sie gut zu.«

Er startete den Mitschnitt des Gesprächs, das sie und Villum erst neulich geführt hatten. Das Gespräch, in dem es um das Attentat auf den obersten Mann des Danehof ging.

Kajsa Corfitzen biss sich hart auf die Unterlippe und kniff die Augen zusammen.

»Da haben Sie Ihr Motiv«, sagte er leise. »Vor knapp einer

Woche habe ich Wolf-Witte auf Egholm besucht und ihm diese Aufnahme vorgespielt. Und als Nächstes sind Sie an der Reihe …«

Sie saßen eine Weile lang einfach nur da und blickten stumm durch die Windschutzscheibe. Er hatte alle Zeit der Welt. Er konnte verstehen, dass sie einen Moment brauchte, bis sie den Tatsachen ins Auge blicken konnte. Und der Niederlage.

»Und woher soll ich wissen, dass das keine Falle ist?«, fragte sie schließlich.

»Ich habe einen Teil des Gesprächs auf Egholm mitgeschnitten, ohne dass er es bemerkt hat. Hier.«

Er reichte ihr erneut das Handy und spielte eine kurze Sequenz ab, in der Wolf-Witte einwilligte, die gewünschte Summe zu bezahlen und ihm den Vorsitz der Kommission zu beschaffen.

Kajsa Corfitzen nickte nachdenklich und gab ihm das Gerät zurück.

»Mein Beileid«, sagte er. »Auch wenn ich die schmutzigen Praktiken des Danehof kenne und absolut nicht billige, hätte ich nie damit gerechnet, dass meine Unterhaltung mit Wolf-Witte solche Konsequenzen haben würde.«

»Und was wollen Sie jetzt von mir? Warum sind Sie hier?«

Kajsa Corfitzen drehte sich zu ihm und sah ihm direkt in die Augen. Er erwiderte ihren Blick und antwortete ruhig:

»Was ich will? Ich will Ihnen eine einzigartige Gelegenheit anbieten, sich zu rächen. Im Gegenzug bekomme ich die drei Archive – Nord, Süd und Ost. Dann ziehen wir einen Strich unter die ganze Angelegenheit und sind quitt. Sie kommen unbeschadet aus der Sache raus und können Ihr Leben in London weiterleben, als wäre nichts passiert. Behalten Sie von mir aus das Consilium, wenn Sie wollen.«

»Ich soll Ihnen die Arbeit abnehmen?«

»Ich werde dafür sorgen, dass sich der PET mit seiner gesamten Kavallerie auf Wolf-Witte stürzt. Und eins ist sicher: Wenn es zu einem Prozess kommt, zieht Wolf-Witte Sie mit in den Abgrund.

Sie sind top ausgebildet, Sie können mit Zahlen umgehen. Rechnen Sie sich aus, wie Ihre Chancen stehen. Und treffen Sie eine kluge Entscheidung.«

Er schwieg und suchte nach der richtigen Aufnahme.

»Und nur damit Sie nicht auf dumme Ideen kommen … Das hier stammt aus dem Gespräch mit Villum. Hören Sie ein letztes Mal gut zu.«

»Und zum Schluss noch der Unternehmer Kresten Hildmand. Das sind dann insgesamt dreizehn Menschen, Kajsa …«

»Vierzehn.«

»Vierzehn?«

»Du hast Arvidsen vergessen, den Gärtner meines Vaters, den ich auf dem Gartentraktor erschossen habe.«

»Siehst du? Eins führt unweigerlich zum andern. Ich kann …«

»Das mit Arvidsen war Notwehr, Villum.«

»Ich weiß. Und hättest du Niels Oxen damals gleich mit erledigt, dann wäre uns der ganze Zirkus im letzten Jahr erspart geblieben.«

»Ich habe es versucht. Und es ärgert mich immer noch, dass wir gezwungen waren, ihn zu entfernen. Oxen war ein Meister auf seinem Gebiet, es ist eine Schande, so jemanden umzubringen. Wir hätten ihn bekehren müssen. Er wäre ein unglaublicher Gewinn für uns gewesen.«

»Hak es ab, Kajsa, er ist tot. Also sagen wir vierzehn …«

Kajsa Corfitzen hielt das Lenkrad mit beiden Händen fest umklammert. Ihre Knöchel färbten sich weiß. Sie starrte nach vorn.

»Okay, Mossman, *get your point* … Ich weiß, wo alle drei Archive sind. Sie sprachen von Rache? Woran dachten Sie da?«

86.

Für einen schicksalhaften Sonntag wie diesen war es ein wirklich zauberhafter Morgen.

Links funkelte der Storebælt, leichte Wellen kräuselten sich in der Brise. Rechts spiegelte sich der wolkenlose Himmel auf der flachen Wasserfläche der überfluteten Salzwiesen. Dahinter führte der Feldweg über den kurzen Damm nach Egholm, und noch ein Stück weiter schimmerte die leicht geschwungene Bøge-Bucht.

An der Westküste verband ein schmaler Landstreifen Egholm mit der Insel Agersø. Er war nur wenige Meter breit und trotzte tapfer den Wellen des Storebælts, der das kleine Feuchtgebiet wahrscheinlich trotzdem irgendwann verschlingen würde. Und genau hier verlief der schmale Pfad, der sie geradewegs zum Tor der Hölle führen sollte.

Mossman ging neben ihm. In festen Wanderschuhen mühte er sich über die dicke Kiesschicht und die Stellen aus weichem Sand.

Seit sie Mossmans Wagen hinter einer dichten Hecke am Rand eines Feldwegs abgestellt hatten und losgegangen waren, hatte keiner von ihnen ein Wort gesagt. Sie hatten zunächst Kurs auf den Strand genommen, und nun bewegten sie sich nach Norden.

Sie waren mit der ersten Fähre nach Agersø gekommen. Inzwischen war es fast acht. Im Osten ging die Sonne auf. So wie sie es auch morgen wieder tun würde.

Er schielte aus den Augenwinkeln zu Mossman. Die schlaffe Haut und die vielen Falten in seinem Gesicht machten es schwer, die momentane Gemütsverfassung des ehemaligen PET-Chefs daran abzulesen, doch der strenge Zug um seinen Mund war nicht zu übersehen. Mossman war bewaffnet. Was für sich betrachtet schon eine Seltenheit war. Und auch in seiner eigenen Jackentasche steckte eine Heckler & Koch.

Sie arbeiteten sich schweigend weiter die steinige Küste entlang, die nun parallel zu der Schotterstraße verlief, die zum Landsitz auf der Insel führte.

Erst als sie das Waldstück erreicht hatten, das sich hinter dem rauen Strand erhob, blieben sie stehen. Von hier aus würden sie sich vorsichtig den Weg zum Haus bahnen, das windgeschützt von Bäumen umgeben war und nur nach Osten freie Sicht hatte.

»Ist bei dir alles okay?«

Er fragte, weil Mossman ein bisschen schnaufte und so verbissen wirkte. Zum Glück hatte der Mann so stark abgenommen, sonst hätten sie den Weg über den Strand bis hierher im Leben nicht geschafft.

»Mit geht's gut. Und dir?«

»Alles bestens.«

Das war nicht gelogen. Er fühlte sich gut. Konzentriert und voll fokussiert, als hätte er eine Zeitreise in die Vergangenheit gemacht und wäre gerade in feindlichem Territorium abgesetzt worden.

Niels Oxen nickte und lächelte schief. Der ehemalige Elitesoldat schien das, was er gesagt hatte, auch wirklich zu meinen – dass es ihm gut ging.

Während er selbst über den steinigen Strand mit faustgroßen Kieseln stolperte, schwebte Oxen förmlich über den unwegsamen Untergrund. Ohne auch nur einmal den Mund aufzumachen, um Luft zu holen. Ohne aus dem Tritt zu kommen.

Vielleicht verfügten Menschen wie Oxen, die eine derart lange und harte Ausbildung hinter sich gebracht hatten, über eine Art inneren Schalter. Eine simple An-aus-Funktion, die ihnen Missionen wie diese hier erleichterten, weil jeder Gedanke und jede Bewegung damit instinktiv abliefen.

Er selbst hatte die ganze Zeit über den großen Unterschied zwischen seinem ersten und diesem Besuch auf Egholm nachgedacht. Er erinnerte sich an das wohlige Gefühl, als er in Agersø von der Autofähre gefahren war. Das war schon immer so gewesen – einem intellektuellen Kräftemessen hatte er sich nie verweigert. Im Gegenteil. Mit physischen Auseinandersetzungen sah das ganz anders aus … Und mit Schusswaffen hatte er sich sowieso noch nie anfreunden können.

In Gedanken ging er ein letztes Mal alle Details seiner Abmachung mit Johan Wolf-Witte durch. Sie würden auf der Rückseite des Hauses stehen bleiben. Dort sollte der Handel stattfinden. Es gab so viel, das sekundengenau klappen musste.

»Gehen wir?«

Er hörte Niels Oxens Frage, ignorierte sie aber und drehte sich zum Meer um, oder genauer gesagt zum Storebælt, der so breit war, dass er ebenso gut ein Meer hätte sein können. Vielleicht war aber auch nur er selbst so klein.

Er nahm seine Tweedmütze ab und trocknete sich die Stirn mit dem Jackenärmel. Er stand ganz still. Von irgendwoher konnte er ein Geräusch hören. Das ferne Läuten dumpfer Glocken, die das Jüngste Gericht ankündigten.

Er drehte den Kopf ein wenig. Oder hatte er sich geirrt? War es das Klingeln eines leichten, heiteren Glöckchens?

In der nächsten Sekunde war es nur noch der sanfte Wind, der leise in seinen Ohren rauschte.

»Ja, Soldat, lass uns gehen.«

Der schmale Strand endete an einer niedrigen, aber steilen Abbruchkante. In wenigen Sätzen war er oben, beugte sich nach unten, reichte Mossman die Hand und half ihm hoch.

Vorsichtig schlichen sie los. Ihr Weg führte durch einen lichten Laubwald, in dem vor allem Buchen wuchsen, und zum Glück gab es keine lästigen Hindernisse wie Brombeeren oder anderes Gestrüpp auf dem Waldboden.

Schon nach wenigen Minuten sahen sie die gelb gestrichene Holzfassade des Landsitzes durch die Bäume blitzen und ein Stück weiter links ein paar Gerätehallen und Wirtschaftsgebäude. Er tippte Mossman auf die Schulter.

»Wenn wir am Waldrand sind, machen wir eine Pause und sichern die Umgebung.«

Mossman nickte.

Kurz darauf ging er hinter einem Baumstamm in die Hocke, und Mossman folgte seinem Beispiel. Er nahm sein Fernglas und sah sich um. Doch er konnte keinen Hinweis auf menschliche Aktivität entdecken, weder draußen vor dem Haus noch hinter den Fenstern, die von seinem Standort aus sichtbar waren.

Er warf einen Blick auf die Uhr. Sie warteten fünf Minuten, dann suchte er alles ein zweites Mal mit dem Fernglas ab, stand schließlich auf und gab dem ehemaligen Geheimdienstchef ein Zeichen, weiter vorzurücken.

Oxens Signal bedeutete, dass er aufstehen sollte. Mit etwas Mühe richtete er sich wieder auf, nickte dem Kriegsveteranen zu und folgte ihm vorsichtig auf die freie Fläche. Sie waren jetzt höchstens noch dreißig, vierzig Meter vom Haus entfernt.

Sie gingen links um das Gebäude herum. Oxen bewegte sich langsam vorwärts. Dann blieb er stehen, wartete wachsam und ging vorsichtig weiter. Noch zehn Meter bis zur Haustür.

Gleich war es so weit. Nur noch wenige Schritte.

Er sah sich um. Seine Hand schloss sich um die Waffe in seiner Tasche. Sie befanden sich genau auf Position, im richtigen Winkel zu dem offenen Gelände im Osten und mit freier Sicht auf die dahinterliegende Windschutzpflanzung, die aus mehreren Fichtenreihen bestand.

Er blinzelte in die Sonne. Auch sie stand richtig. Mit der linken Hand wischte er sich eine Schweißperle von der Stirn und glaubte wieder, die Glocken des Jüngsten Gerichts zu hören. Jetzt …

»Stopp, Oxen! Ich habe meine Pistole auf dich gerichtet. Eine falsche Bewegung und ich schieße. Nimm die Arme hoch! Hoch! Und wehe, du zuckst auch nur mit dem Finger!«

Der Kriegsveteran vor ihm erstarrte. Zögerte – und gehorchte schließlich. Langsam hob er die Arme über den Kopf.

»Mossman! Du mieses Schwein! Wag es ja nicht … Ich …«

»Schnauze! Du tust jetzt, was ich dir sage. Nimm die Pistole aus deiner Tasche, und zwar nur mit Daumen und Zeigefinger. Langsam. Und komm ja nicht auf dumme Ideen!«

Er war so konzentriert, dass ihm fast schwindelig wurde. Er registrierte, wie Oxen die Waffe in Zeitlupe aus der Tasche nahm und zwischen zwei Fingern am Lauf in der Luft baumeln ließ.

»Wirf sie nach rechts weg!«

Oxen gehorchte wieder.

»Und jetzt knie dich hin. Leg die Hände in den Nacken!«

Die Haustür ging auf, während Oxen sich auf den Boden sinken ließ.

Der Erste, der die Treppe herunterkam, war der Gerichtspräsident persönlich, gefolgt von einem zweiten älteren Herrn, der mit einer Pistole bewaffnet war. Als Letzter kam ein dritter, jüngerer Mann aus dem Haus, ein breitschultriger, muskulöser Typ mit einem Holster über dem weißen T-Shirt, die Waffe schussbereit mit beiden Händen nach vorn gestreckt.

Johan Wolf-Witte hatte einen großen Alu-Koffer in der Hand.

»Hervorragend, Mossman. Gute Arbeit. Hier. Wie vereinbart …«

Wolf-Witte stellte den Koffer wenige Meter vor Oxen in den Kies.

Er nickte. So hatten sie es besprochen. Die erste Rate Bargeld. An Ort und Stelle.

»Wenn Sie so freundlich wären …?« Er nickte zum Koffer.

»Selbstverständlich …«

Der Gerichtspräsident bückte sich und öffnete den Deckel, damit er den Inhalt sehen konnte. Es waren ordentlich gebündelte Tausendkronenscheine.

Alles bestens. Erst jetzt konzentrierte er sich auf die beiden anderen Männer. Und erst jetzt erkannte er den anderen älteren Herrn, der schräg hinter Wolf-Witte stand.

»Nielsen? Wirklich? Ich fasse es nicht!«

Er konnte seine Überraschung nicht verbergen. Da stand allen Ernstes Kaare Nielsen, der ehemalige stellvertretende Direktor der operativen Abteilung, mit einer Pistole in der Hand und musterte ihn wachsam. Er hatte den Mann noch nie leiden können, ihn aber immer als äußerst kompetenten Kollegen respektiert.

Nielsen schwieg. Der Mangel an Sympathie beruhte auf Gegenseitigkeit.

»Herr Nielsen ist mir schon seit vielen Jahren ein treuer Mitarbeiter«, sagte Wolf-Witte mit einem süffisanten Lächeln, das erkennen ließ, wie sehr er den kleinen Triumph genoss, dass es ihm damals gelungen war, einen Verbündeten so hoch oben in der Søborg-Hierarchie zu platzieren.

Er durfte sich nicht länger ablenken lassen. Es war Zeit für den nächsten Schritt. Er nahm seine Tweedmütze ab und fuhr sich zwei Mal mit der Hand über den Kopf. Das Signal war gegeben.

Er kniete vor seinem Henker, dem Präsidenten des Obersten Gerichtshofs, dem Leiter des Danehof, Johan Wolf-Witte. Vor dem Mann, der aus seinem sowieso schon kaputten Leben die Hölle auf Erden gemacht hatte.

Der Koffer mit dem Judaslohn stand zwischen ihnen wie ein stummer Zeuge. Aber schon in wenigen Sekunden würde sich das Blatt schlagartig wenden. Er konnte nicht sehen, was Mossman hinter seinem Rücken tat. Stattdessen hielt er den Blick starr auf Wolf-Wittes helle Sommerjacke gerichtet.

Und plötzlich war er da – der tanzende, kleine rote Lichtpunkt, der ihm verriet, dass Mossman das Zeichen geben hatte.

Der Punkt beruhigte sich und kletterte dann langsam nach oben. Aus einer solchen Entfernung war kein *Headshot* möglich, und folgerichtig heftete sich der rote Punkt, der den nahen Tod ankündigte, auf Herzhöhe an Wolf-Wittes Brust.

Seine Hände, die er im Nacken gefaltet hatte, tasteten sich Millimeter für Millimeter nach unten in die Kapuze seiner Jacke, wo seine Reservepistole lag.

Seine Finger schlossen sich in derselben Sekunde um den Schaft, als der Schuss fiel. Er hörte den Knall. Die Kugel schlug in

Wolf-Wittes Körper ein und hinterließ einen blutigen Fleck, der schnell größer wurde.

Dann ertönte ein zweiter Schuss. Diesmal aus einem anderen Winkel und einer anderen Entfernung. Das Glas des Dachfensters über ihnen zersplitterte klirrend, und er hörte einen erstickten Aufschrei von oben. Margrethe Franck hatte ihren Auftrag erfüllt und den vierten, versteckten Gegner aus dem Spiel genommen.

Er warf sich zur Seite, rollte sich auf den Bauch und feuerte zwei Schüsse auf den Bodyguard ab. Beide trafen das weiße T-Shirt und tränkten es mit Blut, als der Mann seine Waffe fallen ließ und zusammenbrach.

Aus dem Augenwinkel registrierte er, wie der rote Punkt über Mossmans Jacke irrte. Ohne nachzudenken, zog er die Beine an, schnellte hoch und stürzte sich nach vorn. Er erwischte Mossman an der Hüfte und riss ihn mit sich nach unten, als der nächste Schuss fiel und die Kugel über ihre Köpfe hinwegzischte.

Er wollte den Kerl namens Nielsen gerade ins Visier nehmen, als er sah, dass der Mann sich fast erstaunt die Hände auf den Bauch presste. Die Gewehrkugel, die für Mossman bestimmt gewesen war, hatte stattdessen ihn getroffen.

Er blieb liegen und spähte hinunter zu dem Windschutzwald, um gerade noch zu sehen, wie ein dunkler Schatten aufsprang und zwischen den dichten Nadelbäumen verschwand. Ihr Scharfschütze hatte die Flucht ergriffen.

Oxen sah sich um. Das Oberhaupt des Danehof lag auf dem Boden. Getötet von einem sauber platzierten Distanzschuss. Er war mit der Stirn auf den Geldscheinen im Koffer gelandet. Sein Mund stand offen, die goldene Brille war verbogen und hing seltsam schief in seinem Gesicht.

Instinktiv kontrollierte er ein zweites Mal die direkte Umgebung. Nichts deutete auf Aktivität im oberen Stock hin. Auch der Mann im weißen T-Shirt rührte sich nicht. Wolf-Witte war tot.

Mossman hatte sich auf die Beine gekämpft und trat gerade zu Nielsen, um seine Pistole an sich zu nehmen.

Oxen stand auf, rannte zur Haustür und stürmte die Treppe hoch. Der Schütze, den Wolf-Witte ans Dachfenster gestellt hatte, lag wimmernd neben seinem Gewehr auf dem Boden. Er hob es auf und stellte sicher, dass der Mann nicht noch mehr Waffen bei sich hatte. Dann rannte er wieder nach unten und überprüfte, ob der Bodyguard und Wolf-Witte auch wirklich nicht mehr atmeten.

»*Clear*«, rief er Mossman zu. »Rufst du einen Hubschrauber für den Kerl, der oben liegt? Er könnte es vielleicht noch schaffen. Die Kugel steckt im Brustkorb.«

Mossman nickte. Er wirkte ein wenig unbeholfen, wie er da mit der Pistole in der ausgetreckten Hand vor Nielsen stand, der jeden Moment in sich zusammensacken und an dem Bauchschuss sterben würde.

Franck kam aus ihrem Versteck in einer der benachbarten Gerätehallen. Sie hatte ein Gewehr mit Zielfernrohr in der Hand. Jetzt fehlte nur noch Sonne, aber der war gerade dabei, seinen Teil der Aufgabe zu erfüllen, und durfte auf keinen Fall gestört werden. Sie mussten abwarten.

Nielsen kippte um und lag schwer atmend auf dem Rücken.

»Sieht aus, als hätte es funktioniert«, sagte Margrethe, als sie bei ihnen war. »Ist bei euch alles okay? Also, von ihm hier mal abgesehen?«

Sie ging neben dem schwer verletzten Mann in die Knie, untersuchte den Einschuss im Bauch und schüttelte dann den Kopf, während Mossman alle nötigen Informationen an die Notrufzentrale meldete.

»Er ist schon fast weg. Das ist Nielsen, oder? Der stellvertretende Operative Leiter?«

Mossman beendete das Telefonat und nickte.

»Ja, das ist er … Sie schicken einen Hubschrauber.«

Er selbst hob seine Pistole auf – die, die er auf Mossmans Befehl weggeworfen hatte.

»Können wir Sonne irgendwie helfen?«, fragte er Mossman.

»Nein, gib ihm noch fünf Minuten.«

»Sie hat dich reingelegt. Sie wollte dich gleich mit erledigen.«

Mossman nickte ernst und legte eine Hand auf seine Schulter.

»Danke, Soldat, dass du so schnell reagiert hast.«

»Kajsa Corfitzen schießt verflucht gut. Sie hat drei Jahre hintereinander die Meisterschaft der *Cambridge University Rifle Association* gewonnen«, sagte Franck.

»*Well*, das mit den Schießwettbewerben in Cambridge wusste ich. Deshalb ja mein Vorschlag. Ich dachte nur fälschlicherweise, mein Druckmittel wäre stark genug, damit sie der Versuchung widersteht«, murmelte Mossman und schüttelte den Kopf. »Aber was nicht ist, kann ja noch werden …«

Abgesehen von Kajsas Versuch, Mossman zu töten, war bisher alles nach Plan verlaufen. Oxen war zwei Tage am Stück vor Ort gewesen, um die Gegebenheiten auszukundschaften. Er war jeden Quadratzentimeter der kleinen Insel abgegangen. Im Tarnanzug bei Tag und im schwarzen Overall bei Nacht. Es war eins seiner Spezialgebiete: unsichtbar zu sein. Zu observieren und einzuschätzen. Zum Schluss hatte er die Positionen festgelegt, die Franck und Sonne dann schon in den frühen Nachtstunden eingenommen hatten. Er hatte die Zahl der Männer mehrfach überprüft, um auf alles vorbereitet zu sein. Und er hatte glücklicherweise damit gerechnet, dass der Danehof-Leiter einen Mann am Fenster platzieren würde, mit freier Schusslinie nach unten.

Franck stand auf.

»Nielsen ist tot«, sagte sie.

Er zuckte mit den Schultern. Einer weniger. Die Tatsache, dass ausgerechnet dieser Mann sich im Dunstkreis der Danehof-Spitze bewegt hatte, erklärte einiges von dem, was sich während des langen, schlaflosen Albtraums ereignet hatte, der mit den gehängten Hunden begonnen hatte.

»Kein Zweifel, dass er …«

Er wurde von einem lauten Brummen unterbrochen, als käme ein riesiger Schwarm wütender Wespen auf sie zu.

Er schaute nach oben. Sie kam in niedriger Höhe näher, stieg dann einige Meter und blieb schließlich mit rotierenden Propellern über ihren Köpfen stehen: die Drohne, die Sonne besorgt hatte. An der Unterseite war eine kleine Kamera befestigt.

Dann tauchte auch Sonne auf. Er kam vom Strand und lief durch das hohe Gras bei der Windschutzpflanzung. Er winkte ihnen und fing schließlich an zu rennen. Kurz darauf landete er die Drohne im Kies vor dem Haus und schnappte nach Luft.

»Christian? Hast du alles? Auch die Webcam?«

Sonne stand nach vorn gebeugt da, die Hände auf die Knie gestützt, und schnaufte. Er nickte. Mossman klopfte seinem Neffen zufrieden auf den Rücken.

»Gute Arbeit. Der Sack ist zu. Dann rufe ich jetzt mal in Søborg an, damit sie jemanden zum Aufräumen schicken.«

87.

Nørlund Slot konnte weder als Bauwerk noch mit seiner Umgebung gegen Sixten Kopparstiernas imposante Familienfestung Torups Slott punkten.

Es kam ihm vor, als wäre es erst gestern gewesen, dass er in der modernen Version eines düsteren Mittelalterdramas dort mitgespielt hatte. Dass er sich schwer verletzt und mit weichen Knien den Weg zum Burgtor des reichen Schweden erkämpft und der drohenden Demütigung gestellt hatte.

Eine kleine Gruppe Enten schwamm schnatternd durch das dunkle Wasser. Er fühlte sich glänzend, als er über den Burggraben in den Schlosshof von Nørlund Slot schritt. Dass dieses kleine

Schloss am Rande des mächtigen Rold Skov die Brutstätte so vieler krimineller Handlungen gewesen war, einer der Dreh- und Angelpunkte im lichtscheuen Imperium des Danehof, erschien ihm geradezu absurd.

Aber genau an diesem Ort war das Fundament brüchig geworden, nämlich als der ehemalige Botschafter Corfitzen tot in seinem Arbeitszimmer aufgefunden worden war. Hier waren Niels Oxen und sein Hund durch die Blumenbeete getrampelt. Auch wenn der erste Stein in Wahrheit schon gebröckelt hatte, als der damalige Justizminister Rosborg in einem Anfall von Wahn eine litauische Escort-Dame erdrosselt hatte. Hätte Rosborg das nicht getan, stünde er selbst jetzt nicht hier in der Sonne.

Er hob den Türklopfer an und schlug ihn kräftig gegen das massive Holz, damit die böse Prinzessin hinter den dicken Mauern nicht überhören konnte, dass er zum Showdown erschienen war.

Er hatte Sonne, Franck und Oxen gesagt, das letzte verbliebene Mitglied der Danehof-Spitze habe es zur Bedingung gemacht, dass dieses Treffen unter vier Augen stattfand. Das war eine Lüge, aber wenn es der Sache diente, war eine gewisse Nachlässigkeit, was die Wahrheit betraf, durchaus angebracht.

Die Tür ging auf. Sie öffnete ihm höchstpersönlich. Karin »Kajsa« Corfitzen. Blass, unfrisiert und mit dunklen Ringen unter den Augen.

»Kommen Sie herein«, sagte sie, schloss die Tür hinter ihm und führte ihn in ein kleines Kaminzimmer am Ende des Gangs.

Er setzte sich ihr gegenüber in einen Sessel. Hier ging es nicht mehr um Verhandlungen. Hier ging es nur noch um die schiere Kapitulation.

Er zog seinen Laptop aus der Tasche und stellte ihn auf den kleinen Tisch, der zwischen ihnen stand. Worte waren überflüssig. Er drückte auf die entsprechende Taste und startete die zusammengeschnittene Aufnahme.

Kajsa Corfitzen verfolgte stumm und mit müden Augen, was

auf dem Bildschirm vor sich ging. Sie sah dabei zu, wie sie selbst, versteckt zwischen den niedrigen Fichten der Schutzpflanzung, den ersten tödlichen Schuss auf Johan Wolf-Witte abgab und danach den Schuss, der für ihn selbst bestimmt gewesen war – und stattdessen Kaare Nielsen in den Tod riss. Sie sah Nahaufnahmen und Totalen, eingefangen von zwei verschiedenen Kameras, nur das Gesicht der Schützin blieb die ganze Zeit anonym im Schatten.

Das änderte sich allerdings, als sie zwischen den Fichten davonlief und am anderen Ende der Baumreihen ins Licht trat. Diesen Teil von Kajsa Corfitzens Flucht hatte die Drohne festgehalten. Und sie hatte ebenfalls dokumentiert, wie Kajsa ein Tarnnetz von einem großen Schlauchboot gezerrt und dank eines kräftigen Außenbordmotors mit Vollgas Kurs aufs Festland genommen hatte.

Kajsa Corfitzen nickte müde.

»Ja, mir war schon lange klar, dass dieses Flugdings nur Ihnen gehören konnte«, sagte sie.

»Wieso haben Sie sich nicht an die Abmachung gehalten?«

»Was hatten Sie denn in der Hand? Einen Tonmitschnitt, in dem ich zugebe, dass ich Arvidsen erschossen habe. Vor Gericht sind solche Beweismittel nichts wert. Ich habe mich mit meinem Anwalt beraten … Also warum nicht die Gelegenheit nutzen, wenn sie sich doch gerade bot?«

»Ich stehe trotzdem zu meinem Versprechen, dass Sie heil aus alldem herauskommen können.«

»Die Archive?«

»Ja, die Archive. Entfernen Sie ruhig alles Material aus dem Archiv von Nord, das Sie selbst belasten würde – falls solche Unterlagen überhaupt existieren.«

»Nein, da gibt es nichts. Die Sache mit Arvidsen wurde nicht schriftlich festgehalten, und mehr habe ich nicht getan.«

»Wo ist es?«

»Nachdem Oxen und Franck hier in Nørlund eingedrungen sind, wurde das Archiv in einen Schutzraum gebracht, den mein Vater vor vielen Jahren im Wald eingerichtet hat.«

»Und Süd?«

»Im Keller eines kleinen Landguts, das zu Gram Slot gehört.«

»Und Ost?«

»Im Keller des Gebäudes auf Egholm. Es gibt eine Geheimtreppe, die hinter der Holzvertäfelung versteckt ist. In diesem Keller haben wir auch unsere Treffen abgehalten.«

»Wir werden das alles gemeinsam machen. Heute Nord. Morgen Süd. Übermorgen Egholm.«

Kajsa Corfitzen nickte.

»Sie sind der Boss.«

»Ich hätte gern noch ein paar Antworten, bevor wir in den Wald aufbrechen. Wissen Sie, was mit der Leiche der litauischen Prostituierten passiert ist?«

»Mein Vater war ein geradezu manischer Perfektionist und hat alles aufgeschrieben. Die Leiche wurde vergraben. Ich erinnere mich nicht genau an den Ort, aber er hat es irgendwo vermerkt.«

»Und KKK, Knud Klint Kopparstierna?«

»Seine Unterlagen sind nicht in meinem Archiv, sondern auf Egholm.«

»Das ist mir klar, ich wüsste nur gern, ob der Danehof ihn umgebracht hat.«

Kajsa Corfitzen nickte und seufzte.

»Der damalige Leiter des Danehof ließ ihn entfernen, ja … Er wurde als Bedrohung betrachtet. Offenbar plante er, das Netzwerk zu untergraben, aber ich habe die Akten über den Fall nicht gelesen.«

»Johan Wolf-Witte wollte sich zurückziehen. Deshalb wollten Sie und Villum umgehend tätig werden. Wer sollte seine Nachfolge antreten?«

»Keine Ahnung.«

»Irgendeine begründete Vermutung?«

»Nein, wirklich. Ich habe überhaupt keine Ahnung. So sind die Regeln.«

»Wolf-Wittes Vater war wie sein Sohn Präsident des Obersten Gerichtshofs … War auch er Leiter des Danehof?«

»Ja.«

»Und vor ihm?«

»Brockenberg-Wiig. Adliger und Agrar-Gigant.«

»Den Namen habe ich schon einmal gehört … Ich dachte, es war vielleicht eine bewusste Entscheidung, dass die oberste Führung auch dem Obersten Gerichtshof angehörte.«

»Legislative, Judikative und Exekutive waren natürlich immer essenziell für uns. Historisch gesehen vor allem die Judikative. Aber es gab nie so etwas wie eine Garantie dafür, dass wir einen der unseren an der Spitze der Justiz platzieren konnten, falls Sie das meinen. Der letzte offizielle Danehof wurde 1413 in Nyborg abgehalten. Erik von Pommern verlegte die Zentralverwaltung dann nach Kopenhagen, und der Danehof wurde durch den Reichsrat ersetzt. Darin sicherte sich der heimlich neu gegründete Danehof seine Sitze, und er blieb über viele Jahre im Reichsrat vertreten. Aber das ist Geschichte. Mich interessiert die Gegenwart. Die Verantwortung für Dänemarks Entwicklung. Aber jetzt werde ich nur noch von Ihrer Gnade abhängig sein, ist es nicht so, Mossman?«

»Ja, so ist es. Das ist der Preis, Kajsa. Wir hatten einen guten Deal ausgehandelt.«

»Sie können mir glauben oder nicht – Gewalt und Verbrechen waren für mich nie eine Lösung. Weder privat noch im Zusammenhang mit dem Danehof. Ich war am Boden zerstört, als ich herausfand, mit welchen Mitteln mein Vater sein Amt geführt hat: mit Sex, Bespitzelung und Erpressung. Ich konnte es wirklich nicht fassen …«

»Sie haben selbst auch Verbrechen im Namen des Danehof begangen.«

»Arvidsen.«

»Ja. Und Wolf-Witte.«

»Hätte ich Arvidsen nicht erschossen, wäre Niels Oxen uns schon damals auf die Spur gekommen. Und das mit Wolf-Witte, das war etwas Persönliches. Wie Sie selbst gesagt haben: Er hätte mich mit in den Abgrund gezogen. Da fiel die Entscheidung nicht schwer.«

»Sie haben auch dem Mord am Justizminister zugestimmt.«

Sie zuckte schweigend mit den Schultern.

»Und Sie haben diese abscheuliche Menschenjagd gebilligt, Niels Oxens regelrechte *Vernichtung*.«

Kajsa Corfitzen nickte stumm. Sie schien durch ihn hindurchzusehen.

»Niels Oxen? Ja …«

Für einen Moment schwieg sie wieder, dann fuhr sie fort:

»Ich habe Niels Oxen wirklich gemocht. Aber ja, leider … Es gab keinen anderen Ausweg. Oxen war ein Sonderfall. Seine Geschichte mit dem Danehof hat ganz woanders begonnen. Aber wollten wir nicht los?«

»So eilig habe ich es nun auch wieder nicht. Erzählen Sie mir von Oxen …«

88.

Die Euphorie darüber, den Danehof zu Fall gebracht zu haben, hatte sich ziemlich schnell in Skepsis verwandelt. Axel Mossman hatte sie um Geduld gebeten, nur noch eine Weile, solange er »die Wogen glätten und ein paar Hände schütteln« musste. So hatte er sich ausgedrückt und ihn dann nach Hause in sein Kellerzimmer geschickt, wo er ausharren sollte, bis er grünes Licht bekam.

Der alte PET-Hüne und Margrethe saßen ihm gegenüber. Er selbst saß neben Christian Sonne, der einen knallroten Kopf hatte.

Sie hatten sich eben erst um den Tisch im Hauptquartier des polizeilichen Nachrichtendienstes versammelt, im Büro des Chefs, Karsten Salomonsen. Er war noch relativ neu auf dem Posten, der nach Axel Mossman lange nur mit einem Interimsleiter besetzt gewesen war.

Salomonsen entsprach dem klassischen Bild eines hochrangigen Beamten. Mitte vierzig, kurze Haare, kultiviert, dunkelgrauer Anzug, weißes Hemd, blaue Krawatte. Und doch war er anders. Seine Brille war rund, ein bisschen größer als die Modelle, die man seinerzeit als Kassengestell bezeichnete. Hinter den dicken Gläsern blickte man in freundliche, schräg stehende und leicht schläfrig wirkende Maulwurfsaugen. Sie strahlten etwas Vertrauenerweckendes aus, was an einem Ort wie diesem wirklich überraschte. Auch wenn es vielleicht etwas unglücklich war, ausgerechnet hier wie ein Maulwurf auszusehen.

Salomonsen hatte sie persönlich unten an der Rezeption abgeholt und nach ganz oben in sein Büro gebracht.

Mossman hatte mit gebührendem Respekt berichtet, der Mann habe, »wenn man den Gerüchten glauben darf, einen messerscharfen Verstand und ein ausgeprägtes strategisches Geschick« und sei angeblich »noch dazu nett«.

Er selbst hatte nur äußerst widerstrebend eingewilligt, sich mit an Salomonsens Tisch zu setzen. Er war immer noch tot. Und wenn er nicht tot war, dann stand er unter Mordverdacht und wurde gesucht.

»Salomonsen hat mir sein Wort gegeben, dass du nicht festgenommen wirst, Soldat. Sei pünktlich um zehn in Søborg. Franck und Sonne kommen auch«, hatte Mossman einen Tag zuvor am Telefon zu ihm gesagt.

Der neue Oberbefehlshaber des PET nahm am Kopfende Platz.

»Zunächst möchte ich Ihnen für diesen außergewöhnlichen Einsatz danken«, leitete er das Treffen ein. »Das war … großartig. Ich darf Ihnen berichten, dass die Früchte Ihrer Arbeit in Form von drei Lastwagen im Innenhof parken, bis unters Dach mit sämtlichen Aufzeichnungen aus den drei Archiven des Danehof beladen. Sie werden rund um die Uhr bewacht, und wir werden schon bald damit beginnen, alles zu sichten und aufzuarbeiten.«

Dann stimmte es also, was Mossman ihnen erzählt hatte. Die Archive waren gefunden worden und wurden nun beim PET aufbewahrt. Das Problem war nur, dass dieser Gedanke ihm überhaupt nicht gefiel. Er hob eine Hand. Salomonsen unterbrach seine Erläuterungen und nickte ihm zu.

»Wenn ich Mossman richtig verstanden habe, haben Sie sich darauf geeinigt, dass man die Archive einsehen darf, falls der begründete Verdacht besteht, dass man selbst darin erwähnt wird. Das ist bei mir der Fall. Wann bekomme ich Zugang zu dem Material?«

Die Maulwurfsaugen lächelten, und Salomonsen nickte.

»Ja, das ist richtig, ich werde gleich noch darauf zu sprechen kommen, Oxen. Wie Sie alle wissen, haben mein Vorgänger und ich uns ausführlich unterhalten. Um genau zu sein, waren es mehrere ganztägige Treffen, bei denen Mossman mich mit den Einzelheiten des Falls vertraut gemacht hat. Das alles ist – man kann es nicht anders sagen – ausgesprochen erschreckend. Nicht nur die schiere Menge, sondern auch die möglichen Auswirkungen. Aber lassen Sie uns mit Ihnen beginnen. Ihr mutiger Einsatz hat das alles ans Licht befördert, und dafür haben Sie teuer bezahlt. Sie beide, Margrethe Franck und Christian Sonne, wurden entlassen. Nach dem damaligen Kenntnisstand schien das angemessen … Aber heute stellt sich das natürlich vollkommen anders dar. Ich möchte diesen Schaden wiedergutmachen. Deshalb will ich Ihnen, Christian, anbieten, in den Polizeidienst zurückzukehren. Ich habe das bereits mit Ihrem Dienstherrn in Aarhus besprochen.«

Sonne zuckte sichtbar zusammen. Er klopfte ihm kurz auf den Oberschenkel und bemerkte, dass Sonne mit den Tränen kämpfte.

Salomonsen fuhr fort: »Und es ist mir eine ausgesprochene

Freude, dass ich Ihnen, Margrethe, anbieten darf, Ihren alten Job hier bei uns wieder aufzunehmen.«

Franck verzog keine Miene. Diese Frau war nicht so leicht zu beeindrucken.

»Sie müssen sich nicht sofort entscheiden, aber ich hoffe, Sie willigen ein«, sagte Salomonsen. »Und natürlich steht Ihnen beiden eine Form von Entschädigung zu, auch wenn ich jetzt nicht aus dem Stegreif sagen kann, ob man das Vorgehen der Kollegen als widerrechtliche Kündigung bezeichnen kann.«

Axel Mossman hatte also hinter den Kulissen echte Knochenarbeit geleistet. Er sah zu Franck hinüber. Hatten ihre Wangen nicht doch etwas Farbe angenommen?

»Und was Sie betrifft, Niels Oxen …«

Die Maulwurfsaugen lächelten wieder. Der PET-Chef kratzte sich nachdenklich im Nacken. Dabei rutschte sein rechter Ärmel ein wenig nach oben und gab den Blick auf ein kleines buntes Armband aus Plastikperlen frei. So eins, das man als Vater von seinem Kind bekommt, wenn es im Kindergarten mit Perlen gebastelt hat. Vielleicht hatte er vergessen, es abzunehmen. Oder ganz im Gegenteil. Salomonsen redete weiter.

»… bei Ihnen gibt es ja ein paar besondere Umstände, die wir nicht außer Acht lassen dürfen und denen wir sorgfältig auf den Grund gehen müssen. Der vorläufige Status lautet aber, dass Sie ungehindert tun und lassen können, was Sie wollen – solange Sie im Land bleiben.«

»Und der Zugang zu den Archiven?« Er wiederholte seine Frage. Ihm fehlte immer noch die Rettungsleine.

»Im Laufe der nächsten Tage. Die Einsichtnahme wird von einem meiner Mitarbeiter begleitet. Okay?«

Er nickte. Das war in Ordnung. Er fühlte sich tatsächlich etwas wohler, seit er das Kinderarmband unter dem Sakko des PET-Chefs entdeckt hatte.

»Es gibt einige Fragen, die ich jetzt gern gemeinsam mit Ihnen allen besprechen würde. Im Anschluss würde ich Sie dann bitten, Ihre jeweiligen Aussagen zu Protokoll zu geben. Ich habe zu diesem Zweck extra eine Mitarbeitergruppe zusammengestellt. Mir ist absolut bewusst, dass das unmöglich an einem Tag zu schaffen ist, aber lassen Sie uns einfach anfangen.«

89.

Um zwei Uhr nachts ließ der erste große Laster auf der Rückseite des PET-Hauptquartiers in Søborg den dröhnenden Motor an, gefolgt von Nummer zwei und Nummer drei.

Im Licht der Scheinwerfer sah man die Umrisse einer großen Gestalt, die rastlos hin und her lief und offenbar Anweisungen erteilte. Als der Mann vor dem linken Scheinwerfer des vordersten Lasters stehen blieb, konnte man sein Gesicht erkennen. Er hatte eine Menge Falten, als wäre er in seiner Haut geschrumpft, aber er war immer noch beeindruckend groß. Seine Bewegungen wirkten ungeschickt und plump.

Er hob die rechte Hand und gab dem unsichtbaren Fahrer wortlos den Befehl zum Aufbruch.

Der Lastwagen rollte ein kleines Stück vorwärts und schloss zu den zwei Autos auf, die schon bereitstanden, um die Kolonne anzuführen. Der große Mann ging etwas schwerfällig zu einem der beiden Wagen an der Spitze, einem schwarzen Audi, aber bevor er hinten einstieg, drehte er sich noch einmal um und schaute an dem Gebäude hinauf. Er hielt einen Daumen hoch. Und auch wenn es nicht gerade hell war, konnte man hinter einem der schwach beleuchteten Fenster ein Gesicht erkennen. Der Mann mit der runden Brille hob ebenfalls den Daumen.

Der Mann unten zwängte seinen großen Körper auf den Rücksitz und schlug die Autotür zu. Auch das zweite Zivilfahrzeug ließ den Motor an. Es hatte ein Blinklicht auf dem Dach, dessen stumme blaue Blitze durch die Dunkelheit fegten.

Leise fuhren die Wagen an, die Schranke ging hoch, und nacheinander bogen sie auf den Klausdalsbrovej ab und an der nächsten Kreuzung rechts in den Buddingevej. Hinter den drei Lastern bildete ein dritter ziviler Wagen das Ende des Konvois, er war ebenfalls mit einem Blaulicht ausgestattet.

Ungestört rollte die Kolonne durch das nächtliche Kopenhagen, ohne an den Ampeln anzuhalten. Vom Gladsaxe Møllevej über die Borups Allé, den Bispeengbue, den H. C. Andersens Boulevard, über die Langebro und weiter die Vermlandsgade hinunter, den Kløvermarksvej und Forlandet entlang, um schließlich, zwanzig Minuten und sechzehn Kilometer später, in den Kraftværksvej abzubiegen, an dessen Ende die riesige Müllverbrennungsanlage des *Amager Ressource Center,* ARC, thronte.

Sie hielten vor dem geschlossenen Tor, und er stieg aus dem Wagen. Hier auf dem Gelände des ARC wurde der Großteil des brennbaren Mülls, der in der Hauptstadt anfiel, in Strom und Fernwärme verwandelt.

Vier Fahrspuren führten auf die Anlage zu, alle durch Schranken blockiert. Zusätzlich wurde der ankommende Verkehr, der tagsüber bestimmt ziemlich dicht war, durch Ampeln reguliert und von einem Kontrollgebäude aus überwacht.

Direkt vor ihnen erhob sich der »Amager Bakke«, ein gigantisches Bauwerk, das bald die neue Verbrennungsanlage beherbergen sollte und dem ein Platz in der Weltgeschichte jetzt schon sicher war, weil sein schräges Dach später tatsächlich als Skihang dienen sollte.

Er versuchte, sich das bildlich vorzustellen. Schnee und alpine Pisten, flankiert von Tannen und anderen Grünpflanzen in unzähligen Balkonkästen, hinter denen sich die Mauern des Industriegebäudes versteckten.

Seine Fantasie reichte für solche Verrücktheiten nicht aus.

Würde man zum Après-Ski vielleicht noch gemütlich ein paar Tonnen Abfall verbrennen?

Ein Mann in neongelber Warnweste und mit weißem Schutzhelm auf dem Kopf kam mit hastigen Schritten zum Tor.

»Guten Abend, mein Name ist Axel Mossman«, sagte er zu ihm. »Wir haben eine Sondererlaubnis des Justizministeriums.«

Er schob ein Blatt Papier zwischen den Gitterstäben hindurch. Der Mann mit dem Helm trug ein graues Jackett unter der Weste und sah nicht so aus, als würde er auf eine Zukunft als Skilehrer setzen. Er las sich das Schreiben in aller Ruhe durch und nickte dann energisch.

»Ja. Das ist alles völlig in Ordnung. Wir haben Sie schon erwartet. Drei Laster – und wie viele Personenwagen?«

»Drei. Hinter dem letzten Lkw ist auch noch einer.«

»Parken Sie die Autos bitte dort vorn. Die Laster werden nicht gewogen. Sie sollen einfach durchfahren, wenn die Ampel auf Grün schaltet. Ich begleite Sie bis zur Rampe. Der Direktor erwartet uns dort.«

»Sehr schön. Vielen Dank.«

Der Mann gab ein Zeichen nach hinten, in Richtung der dunklen Scheiben des Kontrollgebäudes, und das schwere Gittertor rollte langsam zur Seite.

Er selbst ging zum Fahrer des ersten Lasters und gab ihm die Anweisung weiter, ehe er wieder ins Auto einstieg.

Sobald das Tor geöffnet war, hob sich die rot-weiße Schranke, und sie fuhren auf das Gelände. Nacheinander rollten auch die Laster an und wurden nach rechts auf die überdachte Rampe dirigiert, die fast die Ausmaße einer Autobahn hatte.

Sie bekamen Schutzwesten und Helme ausgehändigt, dann bedeutete der Mann in dem grauen Jackett ihnen, ihm zu folgen. Die Laster standen schon aufgereiht in der großen Anlieferhalle vor den Entladeplätzen.

In der Luft hing ein süßlicher Gestank. Ganz vorn entdeckte er sie. Sie stand neben einem Mann, vermutlich dem Direktor der Anlage. Beide hatten Westen an und trugen Helme.

Sie bemerkte ihn und kam ihm entgegen. Seit sie ihn damals gefeuert hatte, war er ihr erst einmal begegnet. Und zwar neulich, als er in ihr Büro vorgelassen worden war, um ihr die einzige Lösung vorzuschlagen, mit der dem Land gedient war.

»Guten Abend, Mossman.«

Justizministerin Helene Kiss Hassing streckte ihm die Hand entgegen und lächelte unter dem großen Helm.

»Guten Abend, Hassing.«

»Läuft alles nach Plan?«

Er nickte und legte ihr beruhigend die Hand auf den Arm. Mit Feindschaft erreichte man gar nichts. Freundschaft war ein seltenes Gut, darauf konnte man nicht bauen, und deshalb drehte sich alles um Allianzen. Und natürlich um List und Verstand. Ohne diese drei Dinge hatte man in seiner Branche genauso viele Chancen wie ein Schneeball in der Hölle.

»Ja, bisher hat alles geklappt.«

»Und Karsten Salomonsen?«

»Er war in seinem Büro, bis wir losgefahren sind. Er hat alles überwacht und Anweisungen erteilt.«

»Ich muss Ihnen ja gestehen, dass er anfangs nicht gerade begeistert wirkte, aber ich habe ihn wohl davon überzeugen können, dass unsere Lösung die sinnvollste ist«, sagte die Justizministerin.

»Es sieht ganz so aus. Er sagte zu mir, damit wäre allen geholfen.«

»So ist es ja auch. Ich bin froh, dass Sie zu mir gekommen sind. Trotz unserer früheren … Differenzen.«

»*Well*, ich bin nicht nachtragend.«

»Sie haben wirklich großartige Arbeit geleistet, Mossman. Vielen Dank.«

Gemeinsam gingen sie zum Direktor des ARC, der schon alles

in die Wege geleitet hatte. Eine Gruppe von Werksarbeitern war bereits dabei, Pappkartons aus dem ersten Laster zu laden.

»Sie bringen die Kisten mit dem Aufzug nach oben und werfen sie direkt in den Ofen. So wie Sie es angeordnet haben«, sagte der Direktor und lächelte die Ministerin an. »Aber kommen Sie mit, dann können Sie sich selbst davon überzeugen.«

Über eine Treppe gingen sie in das Gebäude, und ein großer Aufzug brachte sie nach oben. Kurz darauf betraten sie einen Gang, wo der Direktor eine Stahltür öffnete.

»Hier haben früher die Kranführer gesessen. Inzwischen gibt es keine mehr. Die ganze Anlage läuft voll automatisiert«, sagte der Direktor stolz.

Sie standen in einer Art Glaskabine, die über dem Abgrund hing. Nach unten hatte man freien Blick in einen riesigen Betonschacht, der mit Abfällen gefüllt war, und am Rand konnte man die Abladeluken erkennen.

Er sah sich um. Auf den beiden Sitzen mit den hohen Rückenlehnen und den Kopfstützen hatten die Kranführer gesessen und mithilfe verschiedener Steuerknüppel und Schalter ihren Job erledigt. Es standen sogar noch ein Aschenbecher und eine alte Kaffeetasse herum. Abgesehen davon, dass alles mit einer beachtlichen Staubschicht bedeckt war, wirkte die Kabine wie eine Zeitkapsel, die von dem Tag erzählte, als die Kranführer ihren Hut genommen hatten. Noch während ihm dieser Gedanke durch den Kopf ging, glitt ein riesiger Greifarm an Stahlseilen an der Scheibe vorbei und ließ seinen Fang in eine der Öffnungen in der gegenüberliegenden Wand fallen.

»Wir haben hier vier Öfen. Der Müll landet über eine Rutsche direkt im Feuer. Fertig«, sagte der Direktor und zeigte nach unten.

Sie sahen, wie neben ihnen eine Tür aufging und die Männer mit den Kisten aus den Lkw auf die Betonplattform kamen und sie nacheinander in den Ofen fallen ließen.

Er nickte und musste bei dem Gedanken lächeln. Effektiver ließen sich die Archive von Nord, Süd und Ost nicht vernichten. Er hatte keine Ahnung, wie viele Kubikmeter die gesammelte Schreckensherrschaft des Danehof füllte, aber es würden noch viele Kisten im Fegefeuer landen, bis es vollbracht war.

»Dürfte ich vielleicht kurz mit der Ministerin unter vier Augen sprechen?«

Seine Frage ging an den Direktor, der nickte, »selbstverständlich« sagte und sich sofort aus der Kabine zurückzog.

»Ich hatte Gelegenheit, mich ein bisschen näher mit den Archiven zu befassen. Der Großunternehmer Hildmand war der Letzte. Es stand leider nicht dabei, wen sie dafür angeheuert haben.«

»Hildmand?« Die Justizministerin klang überrascht.

»Sie hatten wohl Sorge, dass es in der Kartellsache Spuren geben könnte, die Rückschlüsse auf den Danehof zulassen würden.«

Helene Kiss Hassing nickte. Einen Augenblick lang verfolgten sie schweigend, wie die Männer Kiste um Kiste in den Ofen warfen. Die Justizministerin sah, wie neben Mappen und losen Blättern auch Bücher aus einem der Kartons rutschten, der gerade geworfen wurde.

»Wenn Bücher verbrannt werden, hat man sofort ganz bestimmte Bilder vor Augen«, sagte sie leise.

»Manchmal stehen in einem Buch so dunkle Kapitel, dass es das Beste ist, sie zu verbrennen … Oh … lassen Sie mich kurz …«

Er griff vorsichtig nach dem Jackenkragen der Ministerin, zupfte etwas weg und rieb mit der Hand darüber, bevor er sie an seinem Hosenbein abwischte.

»Nur eine Spinnwebe«, erklärte er. »Unglaublich, wie viele es hier gibt.«

»Danke … Ich bin immer noch fassungslos, dass so etwas möglich war. Vom Danehof in Nyborg bis in unsere Zeit. Bei dem Gedanken bekomme ich wirklich Gänsehaut, Mossman.«

»Macht hat kein Verfallsdatum.«

Die Ministerin nickte stumm.

Wieder öffnete sich die Tür, und neue Kisten wurden an den Rand der Plattform getragen.

»Wie ich neulich schon sagte …«, setzte er an, ohne den Blick von den Männern dort draußen abzuwenden. »Wolf-Witte hatte seinen Nachfolger bereits bestimmt. Ich weiß nicht, wer es war, aber die Machtstruktur ist jetzt zerschlagen. Sowohl organisatorisch als auch finanziell. Ich kann mir nicht vorstellen, dass das Ungeheuer sich von Neuem aus der Asche erhebt. Wer auch immer sein Erbe antreten sollte, er wäre das Oberhaupt von … nichts …«

»Sie haben wirklich ganze Arbeit geleistet, Mossman. Und das Ministerium ist übrigens bereit, das mit der Kommission offiziell bekannt zu geben. Wir werden den … heiklen Punkt umgehen, indem wir noch einmal betonen, dass Sie Ihren Posten seinerzeit ja aus gesundheitlichen Gründen abgeben mussten, aber inzwischen vollständig genesen sind. Und dass ich den Vorsitz beruhigt in die erfahrensten Hände des Landes lege. Irgendetwas in der Art … Sind Sie damit einverstanden?«

»Das klingt ausgezeichnet.«

»Wir werden uns ab jetzt häufiger sehen. Mir ist sehr daran gelegen, dass wir mit Begriffen wie ›Terror‹ und Ähnlichem in Zukunft zurückhaltender umgehen. Ich würde viel lieber von ›Sicherheit‹ sprechen. Das Positive in den Vordergrund rücken. Meines Erachtens sollten wir die Kommission auch so einführen: Es geht um Sicherheit … Denken Sie darüber nach, ja?«

Er nickte und lächelte.

Um Himmels willen! Glaubte die Ministerin ernsthaft, sie hätte das Rad neu erfunden?

In seiner ganzen langen Laufbahn war es nie um etwas anderes gegangen. Sicherheit war eine Illusion, und Illusionen waren dazu da, aufrechterhalten zu werden. Anders wäre das Leben für niemanden zu ertragen.

Nur deshalb stand er hier. Um die Illusion zu bewahren. Der nächste Karton landete im Ofen. Und er würde hier stehen bleiben, bis der letzte verschwunden war.

Axel Mossman und die drei Zivilfahrzeuge waren gerade eben losgefahren, und der letzte Laster rollte auf die offene Schranke der Ausfahrt zu. Sie hatte sich mit einem langen, ministerialen Händedruck vom Direktor verabschiedet, sich herzlich bedankt und ihm Weste und Schutzhelm zurückgegeben.

Sie setzte sich hinter das Steuer ihres privaten Autos. Ließ den Motor an. Sah auf die Uhr. Und griff zum Handy.

»Ich bin es. Ja, es ist alles verbrannt … Ich bin in fünf Minuten da.«

90.

Der Amager Strandpark lag stockfinster zu ihrer Linken. Sie bog ab und fuhr langsam über die Lagunebro in das Naherholungsgebiet auf der künstlich angelegten Insel. An dem kleinen Kreisverkehr fuhr sie nach links und dann geradeaus bis zum letzten Parkplatz an der Strandstation drei.

Mit ihrer Familie war sie schon ein paarmal hier gewesen, an milden Frühlingstagen und auch mit Badesachen im Hochsommer oder zum Spazierengehen an einem stürmischen Herbsttag. Aber noch nie mitten in der Nacht. Es fühlte sich genauso unheimlich an, wie es war. Sie schüttelte das Gefühl ab, parkte den Wagen und stieg aus. Abgesehen von ein paar Bauwagen stand nur noch ein einziges anderes Auto da.

Die schmale Mondsichel spendete gerade genug Licht, dass man sich orientieren konnte, sobald die Augen sich an die Dunkelheit gewöhnt hatten.

Auf einer Bank saß eine einsame Gestalt. Ein Mann. Sie setzte sich neben ihn.

»Hallo, Per.«

»Hallo, Helene.«

»Wartest du schon lange?«

Staatsanwalt Per Eilertsen zuckte mit den Schultern.

»Etwa eine Stunde, schätze ich. Die Nacht ist ja mild … Und das hier ist ein guter Ort zum Nachdenken. Ich hatte noch nie Angst im Dunkeln, auch nicht als Kind. Ehrlich gesagt, mag ich die Dunkelheit sogar. Die Ruhe … Ist alles gut verlaufen?«

»Alles ist weg. Es waren drei Laster. Nicht bis oben hin voll, aber trotzdem viele Kisten. Sie wurden direkt in den Ofen geworfen. Mossman und ich waren bis zum Schluss dabei. Bei Tag könnten wir den Rauch jetzt besser sehen.«

Sie drehten beide die Köpfe ein wenig nach rechts. Vier weiße Schornsteine mit roten Lichtern ragten in einiger Entfernung in den Himmel. Die drei äußeren gehörten zum Amager-Werk. Der vierte, der einzeln stand, war der Schornstein des ARC. Man konnte nur erahnen, dass Rauch in den Nachthimmel stieg.

»Jetzt ist nur noch Asche übrig«, sagte Justizministerin Helene Kiss Hassing.

»Es war die richtige Entscheidung. Die Archive waren immer ein großes Risiko. Sie hätten schon längst vernichtet werden müssen. Aber das ist nicht das Ende. Es ist ein Neuanfang. Wir haben alle Freiheiten. Jetzt müssen wir gemeinsam überlegen, womit Dänemark am besten gedient ist.«

»Mossman ist überzeugt, dass nichts mehr übrig ist. Weder strukturell noch finanziell, wie er sagt.«

»Wolf-Witte konnte mich noch rechtzeitig darüber informieren, wie der Notfallplan funktioniert, nachdem er herausgefunden hatte, was hinter seinem Rücken passierte. Er war ein äußerst vorsichtiger Mensch. Wir haben alles, was wir brauchen. Und umso besser, wenn Axel Mossman vom Gegenteil überzeugt ist. Der Mann hat immerhin im Alleingang die ganze Organisation in Trümmer gelegt«, sagte der Staatsanwalt.

»Mossman? War das nicht eher dieser Jägersoldat? Der mit den vielen Orden?«

»Niels Oxen? Tja … Das ist wohl die Sache mit der Henne und dem Ei. Aber es stimmt schon – wäre er nicht von den Toten auferstanden, säßen wir jetzt nicht hier. Was ist mit den beiden anderen?«

»Die Frau arbeitet wieder beim PET. Und Mossmans Neffe hat seinen Job bei der Polizei in Aarhus zurück.«

»Schön. Belassen wir es dabei. Das alles liegt jetzt hinter uns, Helene. Wenden wir der Vergangenheit den Rücken zu. *A new beginning* … Eine gewaltige Verantwortung. Eine gewaltige Herausforderung. Wie oft bekommt man denn so eine Chance?«

»Das wird unglaublich spannend. Ich freue mich darauf. Was machen wir mit Kajsa Corfitzen?«

»Die ist raus. Es wäre viel zu riskant, sie wieder aufzunehmen.«

»Und das Consilium? Ein besseres Instrument, um unsere Themen zu platzieren, werden wir nicht finden. Das Consilium genießt hohes Ansehen.«

Der Staatsanwalt rieb sich das Kinn.

»Wir können den Thinktank nicht mehr benutzen«, sagte er zögernd. »Er wird ab sofort unter ständiger Beobachtung stehen.«

»Übrigens hat Mossman mir erzählt, dass Kresten Hildmand das letzte Opfer war. Als Staatsanwalt war die Kartellsache dein großer Fall, aber für den künftigen Leiter des Danehof ist das eine ziemlich hässliche Angelegenheit. Das wird ein echter Balanceakt werden – zwei so verschiedene Gesichter unter einen Hut zu bringen. Ich gehe natürlich davon aus, dass du das mit Hildmand gewusst hast?«

Sie merkte sehr wohl, dass ihr Ton vorwurfsvoll klang. Eilertsen nickte.

»Natürlich wusste ich es, und es tut mir leid, dass ich gezwungen war, dir falsche Informationen zu geben. Ich musste dich ja erst kennenlernen. Wolf-Witte meinte, Hildmand hätte sich wie ein Elefant im Porzellanladen benommen. Deshalb ... Aber Wolf-Witte und ich hatten schon lange vor Hildmand und dem Kartellfall vereinbart, dass es meine Beitrittsaufgabe sein würde, dich in unseren Kreis zu holen. Und zwar nur wegen deiner Qualitäten. Beides hat absolut nichts miteinander zu tun. Deine fünf Millionen stehen übrigens bereit. Aber sie müssen sehr vorsichtig ausbezahlt werden. Hast du dir darüber schon Gedanken gemacht?«

Sie schüttelte den Kopf.

»Als Spitzenpolitikerin müssen meine finanziellen Verhältnisse jeder Überprüfung standhalten.«

»Das versteht sich von selbst.«

»Vielleicht wäre Bargeld wirklich am besten. Aber das eilt nicht. Für mich zählen nur die Aufgabe und die Herausforderung, die Möglichkeit, etwas zu bewirken. Geld ist zweitrangig.«

»Gut. Warten wir also, bis sich alles ein wenig beruhigt hat, dann setze ich in vier Wochen das erste Treffen an.« Er sah sie an. »Es ist schon spät. Oder früh – wie man es nimmt. Fahr du zuerst.«

Sie umarmte ihn kurz, stand auf und ging zurück zum Auto. Sie spürte ein Kribbeln im Bauch. Sie freute sich darauf loszulegen. Visionen zu entwerfen. Strategien zu entwickeln. Und zu erleben, wie großartige Dinge ganz einfach Realität wurden, ohne dass man sich mühsam durch den parlamentarischen Sumpf kämpfen musste.

»*Well, well, well,* da kann man mal sehen ...« Er brummte zufrieden und nahm sein Handy vom Ohr.

Er saß auf einer Bank an der Uferpromenade links der Lagunebro, wo ihn der Fahrer des PET auf seine Bitte hin abgesetzt hatte. Übrigens derselbe vertraute Mitarbeiter, der einen GPS-Sender am Wagen der Justizministerin angebracht hatte, während sie die Verbrennung beaufsichtigt hatten.

Er spähte in die Dunkelheit. Nicht mehr lange, und er würde

die Scheinwerfer am gegenüberliegenden Ufer sehen, wenn die Justizministerin den Motor anließ.

Es war an der Zeit, sich in einem Gebüsch neben der Brücke zu positionieren. Er würde ein kurzes Video aufnehmen, wenn sie an ihm vorbeifuhr, und dann in aller Ruhe auf das zweite Auto warten, das bald den Parkplatz verließ. Dem Gespräch zufolge, das er gerade mitangehört hatte, gehörte es dem Oberstaatsanwalt für Wirtschaftskriminalität.

Und über diese bedeutende Stellung hinaus erbte Per Eilertsen nun also auch den höchsten Posten des Danehof. Das war wirklich eine gelungene Überraschung, wenn auch auf ganz eigene Weise durchaus logisch.

Die beiden Videos reichten für sich genommen natürlich nicht als Beweise, konnten aber äußerst hilfreich werden, wenn man sie mit dem Gespräch kombinierte, das er eben auf der kleinen Festplatte auf seinem Schoß gespeichert hatte.

Er brummte wieder. Es war geradezu eine Wonne, wie sich diese letzten Puzzleteile ins Bild fügten.

Ja, er war Rentner, ja, man hatte ihn aufs Abstellgleis geschoben, aber er hatte seinen *Touch* nicht verloren. Sein unvergleichliches Gespür dafür, wenn etwas nicht so war, wie es nach außen hin schien.

Er konnte nicht genau sagen, wann Justizministerin Helene Kiss Hassing sein Misstrauen geweckt hatte. Vielleicht schon als sie ihn damals gefeuert hatte? Nicht weil sie das getan hatte. Sondern weil sie nicht bereit gewesen war, ihm zuzuhören. Weil sie die Schilderungen eines hochqualifizierten und respektierten Mannes als reines Fantasiegespinst abgetan hatte.

Und außerdem hatte wohl auch der Umstand eine Rolle gespielt, dass die Justizministerin sich sehr schnell einen Ruf als ehrliche, unbescholtene Politikerin erworben hatte. Bei solchen Leuten war immer Vorsicht angebracht.

Den letzten Ausschlag hatte jedoch die Tatsache gegeben, dass die Ministerin keine Bedenkzeit haben wollte, als er ihr vorgeschlagen hatte, die Archive zum Wohle des Landes zu vernichten.

Da war *keine* Spinnwebe an ihrer Jacke gewesen, als sie in der Glaskabine standen und dabei zusahen, wie die Kisten verschwanden. Er hatte nur das winzige Mikrofon befestigt. Und gehofft, dass sein Bauchgefühl ihn nicht täuschte.

Er stand auf und steckte die Festplatte ein.

Er hatte sich wieder ins Spiel gebracht. Mit List und Verstand. Ganz in der Tradition der klassischen Tragödie.

Die Aufnahme würde er in seinem Keller verwahren und reifen lassen. Er hatte dort schon jetzt eine stattliche Sammlung zusammengetragen, die aus dem kostbarsten Material der Welt bestand: Wissen.

Zufrieden ging er zu dem Gebüsch an der Brücke.

Mit purem Gold in der Tasche.

91.

Die Zebras und Gnus befanden sich mitten in ihrer jährlichen Wanderung von der Serengeti in Tansania nach Kenia in die Masai Mara, als es an der Tür seines Kellerzimmers klopfte.

Es kam ihm vor, als hätte er sein halbes Leben damit zugebracht, allen möglichen Tieren am Hintern zu kleben, aber ihm wurde dabei nie langweilig.

»Herein.«

Axel Mossman betrat den abgewetzten Teppichboden. Er hielt einen schmalen Aktenkoffer in der Hand.

Oxen setzte sich auf dem Bett auf, ohne den Fernseher auszuschalten.

»Die große Wanderung? *The Great Migration* … Immer wieder faszinierend«, murmelte Mossman und setzte sich auf den einzigen Stuhl im Zimmer.

»Die armen Viecher folgen der Regenzeit. Die Krokodile werden nicht mehr lang auf sich warten lassen.«

Mossman lächelte, sagte aber nichts dazu.

Das war natürlich Blödsinn. Die Krokodile waren ja längst da. Eins davon saß gerade auf seinem Stuhl.

»Meine Frau und ich waren mal zusammen in Luxor«, setzte Mossman an. »Bei einer Flussfahrt haben wir ein Nilkrokodil gesehen. Das Biest war so groß wie ein Doppeldeckerbus, *give and take* … Mit Sicherheit ein begnadeter Killer. Am Ende überlebt nur der Beste.«

»Bist du gekommen, um mit mir *Animal Planet* zu schauen?«

Mossman schüttelte den Kopf.

»Immer geradeheraus, der Soldat. Nein. Ich bin hier, um dir etwas mitzuteilen. Aber vorher musst du mir versprechen, dass du mir nicht sofort den Kopf abreißt. Es gibt nämlich eine wirklich gute Erklärung dafür. Abgemacht?«

Er beließ es bei einer resignierten Geste. Wie konnte er das im Voraus versprechen?

»*Well*, die Danehof-Archive sind zerstört. Sie wurden heute Nacht in der Müllverbrennungsanlage auf Amager verbrannt.«

»Was? Wie konntest du …?«

Er sprang vom Bett auf, hielt seinen Finger direkt vor Mossmans Bluthundgesicht und fauchte ihn an.

»Verbrannt? Und der Fall? Der Mord an Fisch? Was ist mit mir? Und die Staatsanwaltschaft …? Was zur Hölle geht da vor?«

Er zitterte vor Wut. Nur der kleine Tisch zwischen ihnen hielt ihn davon ab, Mossman an die Kehle zu gehen.

»Verdammt, Oxen, beruhige dich! Genau das habe ich doch eben gesagt – es gibt einen guten Grund dafür. Hol erst mal Luft, Mann, und setz dich wieder.«

Er war außer sich. Mossman wirkte so sicher. So souverän. Er atmete ein paarmal tief durch, ohne das Krokodil aus den Augen zu lassen.

»Geht's wieder?«, fragte die Bestie.

Er nickte. Und ärgerte sich, dass er erneut die Kontrolle verloren hatte.

»Hör zu … und ich meine, hör wirklich gut zu … Die Archive wurden *vernichtet*, weil sie aus demokratischer Sicht ein geradezu obszönes Erbe sind. Sie wurden *vernichtet*, weil ein eventuelles Gerichtsverfahren jeden Glauben an ebendiese Demokratie untergraben würde. Weil niemandem damit geholfen wäre, wenn die Öffentlichkeit erfahren würde, dass über Jahrhunderte hinweg ein einflussreicher Kreis dunkler Männer existiert hat, ein mächtiger Staat im Staat. Eine dänische Ausgabe der italienischen Freimaurerloge P2. Wer gibt denn bitte schön freiwillig seine Schwachstellen preis? Wir sind eine Nation von Sicherheitsfanatikern, Oxen. Wir lieben das Bild des Polizisten, der den Verkehr anhält, damit eine Entenfamilie unbeschadet über die Straße kommt. Wir lieben die Vorstellung, dass Kopenhagen die unbekümmerte, freie Stadt der Fahrradfahrer ist. Wir lieben den Gedanken, dass die mit den Bärenfellmützen unsere Königin und unsere Demokratie beschützen. *Dammit*, es ist eine Illusion! In Wirklichkeit sind wir eine fragile Gesellschaft und eine leichte Beute. Das konnten alle sehen, als dieser Irre die Anschläge auf das Kulturzentrum und die Synagoge in Kopenhagen verübte – und das war nur ein einzelner Mann! Kein koordinierter Angriff! Wenn die Öffentlichkeit die Wahrheit erfährt, packt uns die Angst. Und es wird lange dauern, bis sie uns wieder loslässt. Wollen wir das hinnehmen? Wollen wir die Illusion zerstören und die böse Fratze des Danehof offenlegen, sodass sie jeder in den Nachrichten sehen kann? Wollen wir, dass sich alle ständig nervös über die Schulter schauen? Die Antwort lautet Nein, Nein und nochmals Nein. Ich habe so viele Jahre damit zugebracht, die Illusion aufrechtzuerhalten. Das waren nicht die mit den Bärenfellmützen, sondern ich. *Ich* bin derjenige, der nie schläft. *Ich* bin derjenige, der wacht, wenn andere in ihren Betten liegen. So ist es immer gewesen, und daran hat sich auch nichts geändert. Deshalb war es *meine* Entscheidung. Ganz allein *meine.* Deshalb habe ich gelogen. Deshalb habe ich gewisse Dinge verschwiegen.«

Mossman hielt inne. Seine faltige Haut bebte. Er japste fast. Jetzt war es an dem alten PET-Hünen, tief durchzuatmen.

Es war sinnlos, Druck zu machen. Aber Mossman hatte mit Sicherheit mehr. Anders war das nicht zu verstehen. Krokodile versteckten ihre Beute oft unter Wasser, auf dem Grund oder in Ufernähe.

»Was ist mit Franck? Weiß sie Bescheid?«, fragte er.

»Sie war unglaublich wütend. Zwanzig, dreißig Sekunden lang. Ich glaube, sie war kurz davor, mir die Faust ins Gesicht zu schlagen. Dann hat sie sich beruhigt. Margrethe weiß, dass es um die Illusion geht. Und darum, Wache zu halten. Kannst du das nachvollziehen, Soldat?«

Er nickte langsam. Ja, er konnte es nachvollziehen, aber es gefiel ihm trotzdem nicht.

»Mit anderen Worten … Du hast den Ersten dazu gebracht, den Zweiten umzubringen, und dann den Dritten, den Ersten auszuschalten. Und jetzt hast du aufgeräumt. Keine schlechte Bilanz. Und wie geht es weiter? Mit *meinem* Fall? Mit *meinem* Leben?«

Mossman öffnete den Koffer und nahm ein paar Unterlagen heraus.

»Hier … lies.«

Er reichte ihm zunächst einen einzelnen DIN-A4-Bogen. Der Text war auf Englisch. Er las ihn langsam und sorgfältig durch.

Es war ein Geständnis von Eric Bancroft alias John Smith. Protokolliert von einem gewissen George Wallace, Abteilungsleiter beim MI5, Thames House, London. Bancroft gab zu, einen bestimmten Befehl erteilt zu haben, als er einen Privatauftrag auf dänischem Boden ausgeführt hatte. Einen Befehl, der fälschlicherweise so aufgefasst worden war, dass er damit angeordnet habe, einen älteren Mann zu liquidieren, nämlich den Besitzer der

Fischzucht. Bevor er eingreifen konnte, war der Mann jedoch bereits mit einem Kampfmesser getötet worden. Bancroft erklärte weiter, dass das betreffende Messer aus Niels Oxens Wohnung entwendet worden war, bevor man das Haus angezündet hatte. Der Mann, der den Fischzüchter getötet hatte, war ein Däne namens Morten Lundbye. Darunter waren die Namen von vier Zeugen aufgelistet, die bei dem Mord anwesend waren.

Das Geständnis war von Eric Bancroft unterschrieben worden.

Für einen Moment saß er nur da und starrte auf das Blatt.

»Dann … hast du gelogen. Du hast ihn laufen lassen, richtig? Du hast einen Deal mit ihm ausgehandelt.«

»Das stimmt, Soldat. Ich habe ihm ein Angebot gemacht, das er nicht ablehnen konnte. Manchmal ist es erforderlich, ein paar Schritte zurückzutreten. Eine Szene mit etwas Abstand zu betrachten und sich die Frage zu stellen: Was wäre für *alle* Parteien das Beste? Ich habe Karsten Salomonsen informiert. Sämtliche Anschuldigungen gegen dich wurden fallengelassen. Du wirst es natürlich auch noch offiziell erfahren. Du bist frei …«

Aus dem Augenwinkel sah er, wie die Krokodile ihre Beute zerfetzten. Frei?

»Dann war es also dieser Lundbye?«

Mossman nickte.

»Ja. Er ist nicht wieder aufgetaucht und wird das sicher auch nicht so bald tun. Der PET hat die Ermittlung übernommen. Es wurde ein internationaler Haftbefehl erlassen.«

»Und Bancroft?«

Mossman zuckte mit den Schultern.

»Der Mann hat alle möglichen Jobs gemacht. Auf eigene Rechnung, aber auch für den MI5 und den MI6. Ich denke, sie werden schon im eigenen Interesse dafür sorgen, dass er nicht einmal in die Nähe eines Gerichtssaals kommt. Erst recht, nachdem sie gesehen haben, was auf dem USB-Stick war, den du mir geliehen hast. Das war unsere Chance … Sie haben ihn nach Afrika geschickt.

Wer weiß, ob er überhaupt noch mal lebend zurückkommen wird. Jedenfalls hast du nichts zu befürchten. Hier. Da ist noch etwas, das du lesen solltest. Es stammt aus dem Ost-Archiv, vom August 1996. Ein Eintrag von Wolf-Witte persönlich.«

Er nahm ein neues Blatt entgegen und fing an zu lesen.

»Die Bemühungen, unseren wertvollen, aktiven Bataillonskommandeur Mogens Yssing zu schützen, sind mit dem heutigen Datum zumindest vorläufig abgeschlossen. Er war im Zusammenhang mit Ereignissen während der kroatischen Großoffensive Operation Oluja (Operation Sturm) *im August letzten Jahres in die Kritik geraten. Wir konnten ein Gentleman's Agreement mit dem ukrainischen Oberst Aleksej Trefilov verabreden, der während der UN-Mission Yssings Vorgesetzter war. Die Vereinbarung beinhaltet, dass Trefilov – falls es notwendig werden sollte – öffentlich bestätigen wird, dass er als Sektorchef angeordnet habe, die UN-Soldaten während der kroatischen Offensive nicht von ihrem Posten abzuziehen. Er hat dem zugestimmt, obwohl er kurz zuvor noch betont hatte, dass er Yssing in Anbetracht der ernsten Lage die Entscheidung freigestellt habe. Wir haben uns darauf geeinigt, Aleksej Trefilov als Dank für sein Entgegenkommen eine Vergütung in Höhe von 225 000 Dollar zu zahlen. Vor acht Tagen haben wir eine ähnliche Vereinbarung mit Kurt Prödl ausgehandelt, dem damaligen österreichischen Militärattaché in Berlin. Er wird künftig nicht mehr äußern, dass kroatische Offiziere ihn mehrfach vor der Offensive gewarnt hätten und er daraufhin unter anderem den dänischen Bataillonskommandeur über den bevorstehenden Angriff informiert habe. Diese Absprache vergüten wir mit 110 000 Dollar. Des Weiteren haben wir vor elf Tagen eine vergleichbare Übereinkunft mit Tomislav Tudor getroffen, einem damaligen Oberst, der an der Planung der* Operation Oluja *beteiligt war. Tudor hatte behauptet, in persönlichen Gesprächen mit mehreren UNPROFOR-Verantwortlichen, darunter Mogens Yssing, um einen Abzug der UN-Soldaten gebeten zu haben, damit sie in der bevorstehenden kroati-*

schen Offensive nicht zwischen die Fronten gerieten. Tomislav Tudor wird in Zukunft erklären, er sei missverstanden worden und solche Gespräche habe es nie gegeben. Eine Geste, für die wir uns mit einer Zahlung in Höhe von 150 000 Dollar erkenntlich zeigen. Damit sind die wesentlichen Quellen für mögliche Kritik abgedeckt.«

Er seufzte tief.

»Das ist doch genau das, was ich jahrelang versucht habe zu erklären, Mossman! Alle haben es gewusst, aber niemand hat etwas unternommen … Man hätte uns rechtzeitig abziehen können, und Bo Hansen wäre noch am Leben. *Oluja* war ein offenes Geheimnis. Welchen Sinn hatte es, uns schutzlos da draußen sitzen zu lassen, nur um von den Kroaten niedergemetzelt zu werden? Herrgott noch mal, nicht einmal drei Kilometer, und alle wären in Sicherheit gewesen! Und um das zu vertuschen, haben sie also bezahlt. Ich kann mich gut an den Ukrainer erinnern. Der Mann war nicht zu knacken. Korrupte Schweine, die ganze Bande. Siehst du jetzt, was ich meine?«

Axel Mossman nickte.

»Natürlich … Die ganze Situation wurde auf eine einzige Frage reduziert, die uns im Leben oft begegnet: Soll man seinen Verstand einsetzen und etwas riskieren? Oder soll man auf Nummer sicher gehen und sich an jede Regel halten, egal wie sinnvoll sie ist? Und die *Rules of Engagement* der UN besagen nun mal, dass Waffen nur zur Selbstverteidigung einzusetzen sind. Es wäre also gegen die Regeln gewesen, wenn die Heeresleitung beispielsweise ausgerückt wäre, um sich den Weg freizukämpfen und euch nach Hause zu holen. Ich hatte zu meiner Zeit mit vielen Militärs zu tun. Es fällt ihnen schwer, sich über Anweisungen hinwegzusetzen, Oxen.«

Er hielt Mossman das Papier vor die Nase.

»Und was passiert jetzt? Nichts. Was auch sonst. Bosse ist schon lange tot und begraben.«

»Ich kann dir nicht sagen, was passieren wird. Ich weiß nur, dass du garantiert keine neue Untersuchungskommission bekommen wirst. Das Thema hat sich erledigt. Aber was den neuen Oberbefehlshaber Yssing betrifft, habe ich an geeigneter Stelle ein paar Worte fallen lassen. Wir werden sehen …«

Oxen schüttelte den Kopf. Er konnte nichts mehr dazu sagen. Das System war darauf ausgerichtet, sich nach außen abzuschotten. Bosse war ihnen scheißegal. Verluste gehörten eben dazu. Genau wie gute Ausreden. Der Weg zur Hölle war mit Teflon beschichtet.

Mossman bückte sich und zerrte einen dickeren Stapel Papiere aus seinem Koffer.

»Hier ist noch mehr aus dem Archiv von Ost. Viel mehr … leider … Es geht dabei um dich. Kajsa Corfitzen hat mir die ganze Geschichte erzählt, als ich sie neulich auf Nørlund Slot besucht habe. Ich wollte, dass du es dir selbst ansehen kannst. Schwarz auf weiß. Ich fürchte nur, das wird eine harte Lektüre für dich, Soldat. Ich lasse dich damit besser in Ruhe und gehe jetzt. Nur eins noch: Komm morgen um zehn Uhr in die Havnegade zum *Kopparstierna Fonds.* Wir werden dort erwartet. Barbro hat um ein abschließendes Treffen gebeten. Okay?«

Harte Lektüre? Er nickte, ohne richtig zuzuhören.

»Also, pünktlich um zehn.«

Er nickte wieder.

Mossman gab ihm die Unterlagen und stand auf.

»Ich stehe in deiner Schuld, Soldat. Du hast mir auf der Insel das Leben gerettet. Und ich habe dir großen Schaden zugefügt. Mein Leben ist nicht mehr lang genug, um das wiedergutzumachen. Betrachte das hier als Anzahlung.«

Er starrte auf die Blätter in seiner Hand. *Harte Lektüre.*

In der Tür drehte Axel Mossman sich um.

»Wenn du das liest … Mach bloß keine Dummheiten, wenn du damit fertig bist, Oxen. Atme tief durch. Ruf nicht an. Geh nicht hin. Bleib für den Rest des Tages auf deiner Couch. Denk an das, was du dir am allermeisten wünschst. Und dann spiel die Karten aus, die ich dir eben in die Hand gegeben habe. Wir sehen uns morgen.«

Das Wasser des Grumeti-Flusses hatte sich schon lange rot verfärbt, und das Ufer war mit Kadavern übersät, als er fertig war.

Er rieb sich das Gesicht und las ein paar einzelne Seiten noch einmal von vorn. Es war die Wahrheit. Von Anfang bis Ende. Er war wie gelähmt. Als säße er neben sich und würde seinen eigenen Körper von außen betrachten. Die Welt stand still.

Er konnte keinen klaren Gedanken fassen.

Er schaute zum Fernseher und folgte mit leerem Blick den Gnus und Zebras auf ihrem Weg zum nächsten Harakiri-Fluss. Als wäre nichts geschehen. Weder für sie – noch für ihn. Er fühlte sich wie in einer Blase.

Langsam, aber unermüdlich begann das Ganze in seinem Kopf zu arbeiten. Er suchte rückwärts – und vorwärts. Sah Gesichter vor sich und hörte Bruchstücke alter Gespräche, die wie ein schwaches Echo zurückkehrten.

Und ein Gedanke führte zum nächsten und immer weiter, bis sich alles drehte, schneller und schneller. Ihm wurde schlecht.

Er hatte so vieles geglaubt.

Er hatte viele Dinge erlebt, die unwirklich schienen und doch Wirklichkeit geworden waren, seit er in den Rold Skov gewandert und in einen Mahlstrom hinabgezogen worden war.

Aber das nicht.

Das hätte er niemals geglaubt. Niemals.

Er fegte den ganzen Blätterstapel vom Tisch.

Dann fing er an zu weinen.

92.

Barbro Kopparstierna kam als Letzte in den Konferenzraum. Aufrecht und würdevoll. Diesmal trug sie ein schlichtes dunkelblaues Kostüm, eine weiße Bluse und ein Goldmedaillon, das an einer langen Kette um ihren Hals hing.

Sie lächelte, während sie um den Tisch ging und ihnen nacheinander die Hand gab, um sich bei jedem Einzelnen zu bedanken.

Er hatte unten vor dem Haus gewartet, bis Margrethe Franck aufgetaucht war. Zusammen hatten sie die Sicherheitsschleuse passiert und die heiligen Hallen des *Kopparstierna Fonds* betreten.

Kurz darauf waren auch Mossman und Sonne eingetroffen. Christian hatte den weiten Weg von Aarhus extra auf sich genommen, weil er nicht noch einmal eine Audienz bei Ihrer Majestät verpassen wollte.

Jetzt saßen sie alle versammelt um den Tisch. Barbro Kopparstierna reichte gerade Margrethe Franck die Hand. Es fiel ihm schwer, sich auf irgendetwas zu konzentrieren.

»Auch Ihnen herzlichen Dank, Niels Oxen. Sie sind ein … bewundernswerter Mensch.«

Vorsichtig erwiderte er ihren Händedruck, als befürchtete er, sie geistesabwesend zu zerquetschen.

Barbro Kopparstierna setzte sich ans Kopfende neben ihren Bruder Sixten und ergriff das Wort.

»Ich muss Ihnen gleich zu Beginn gestehen, dass Axel Mossman mich bereits im Vorfeld telefonisch über das Schicksal meines Mannes informiert hat. Das Ergebnis der Nachforschungen ist mir also bekannt. Aber meinem Bruder und mir war dennoch sehr daran gelegen, bei einem gemeinsamen Treffen mit Ihnen mehr über die Details zu erfahren und Ihnen allen persönlich zu danken. Mossman, wären Sie so freundlich …?«

Frau Kopparstierna nickte Mossman zu, der sich offensichtlich einen neuen Anzug geleistet hatte. Zumindest hing dieses Modell nicht wie ein Sack an ihm herunter.

Mossman begann seinen Vortrag, aber Oxen hörte die Worte nicht mehr, die aus dem Mund des neu eingekleideten Masterminds kamen. In Gedanken war er schon bei dem Treffen, das er für siebzehn Uhr im Hafen von Skovshoved vereinbart hatte.

Er hatte Mossmans Rat befolgt und zunächst gar nichts unternommen. Als die Tränen irgendwann versiegt waren, war er auf dem Sofa sitzen geblieben und hatte die Wand angestarrt.

Erst heute Morgen, nachdem er darüber geschlafen hatte – sofern man diesen Zustand als Schlaf bezeichnen konnte –, hatte er telefoniert und sich verabredet. Er schob eine Hand in die Tasche und tastete. Die Schraube war noch da. Eine fünfunddreißig Millimeter lange, nadelspitze, selbstschneidende Holzschraube, die er auf einer Fensterbank im Keller seiner betagten Vermieterin gefunden hatte.

Dann drang Mossmans ernster Tonfall doch zu ihm durch.

»… hatte ich die Gelegenheit, die Archive des Bereichs Ost zu sichten. Das Ergebnis sind diese Unterlagen, die hier vor mir liegen. Aufzeichnungen, die sich minutiös mit Ihrem verstorbenen Mann befassen. Sie können sie später selbstverständlich einsehen. Ich kann zusammenfassend sagen, dass das Archivmaterial im Großen und Ganzen Ihren Verdacht bestätigt. Ich erlaube mir …«

Das Telefonat mit Birgitte war seltsam gewesen. Zuerst hatte sie geradezu panisch infrage gestellt, dass er überhaupt noch am Leben war. Schließlich sei er doch auf dem Meer umgekommen. Sie habe es selbst in den Nachrichten gehört und gesehen.

Mossmans Stimme kehrte zurück.

»… exakt in meinen Beschreibungen sein. Knud Klint Kopparstierna ist tatsächlich im Opernhaus ermordet worden. Den Aufzeichnungen zufolge wurden ihm vier Milliliter Suxamethon intramuskulär injiziert, als er auf der Toilette war. Suxamethon ist eine von drei Substanzen, die für eine vollständige Narkose einleitend verabreicht werden. Die beiden anderen sind ein Schlafmittel, beispielsweise Propofol, sowie ein schmerzstillendes Medikament, häufig Fentanyl. Meine Frau ist Ärztin, müssen Sie wissen … Suxamethon führt zu Muskelentspannung, vor allem in der Schluckmuskulatur und bei den Stimmbändern, sodass man einen sogenannten Tubus einführen kann, einen Plastikschlauch, der durch den Mund in die Luftröhre geschoben wird. Der Tod trat ein, als …«

Axel Mossman zögerte und sah zu Barbro Kopparstierna hinüber.

»Fahren Sie fort. Sie müssen keine Rücksicht nehmen, Mossman.«

»Nun gut. Ihr Mann wurde gelähmt. Er war bei Bewusstsein. Er konnte hören, sehen und fühlen, aber keine Luft holen. Es war ein langsames Ersticken. Man bezeichnet das als hypoxischen Herzstillstand, also ausgelöst durch Sauerstoffmangel. Was die Obduktion betrifft … Suxamethon ist ausgesprochen schwer zu finden, wenn man nicht gezielt danach sucht. Aus den Unterlagen geht außerdem hervor, dass die Injektionskanüle sehr dünn war. Ich habe eine professionelle Meinung zu dem Gesamtbild eingeholt, die zu dem Schluss kam, dass dieser Mord ohne unmittelbaren Verdacht leicht zu übersehen war. Leider gibt es niemanden mehr, den wir befragen können. Der Oberarzt, der die Obduktion seinerzeit durchgeführt hat, ist vor einigen Jahren im hohen Alter von über achtzig gestorben.«

Er tastete wieder nach der Schraube in seiner Tasche. Befühlte mit dem Zeigefinger die Spitze. Sie war wie eine Nadel, eine Stopfnadel.

Dann stimmte es also. KKK war ermordet und aus dem Weg geräumt worden, weil er einer Sache in die Quere gekommen war, die größer und mächtiger war als er selbst. Ein viel zu früher Tod. Er hätte dort am Kopfende neben seiner Ehefrau sitzen müssen, während er, Sonne, Mossman und Franck gar nicht hätten hier sein dürfen.

Man müsste die Zeit zurückdrehen können, Verbrechen ungeschehen machen, den Film auf eine neue Spule legen – und in einer überarbeiteten Fassung von vorn laufen lassen.

Dann müsste er sich nachher nicht mit seiner Exfrau im Hafen von Skovshoved treffen. Sie sehen und mit ihr reden. Zum ersten Mal nach fünf Jahren.

Wenn man einfach alles zurückspulen könnte, würde er ganz normal nach Feierabend nach Hause kommen, vielleicht hätte er unterwegs noch den Einkauf erledigt, und Magnus, sein großer Junge, würde in seinem Zimmer sitzen und Hausaufgaben machen. Nein … Computer spielen.

Axel Mossman blätterte in seinen Unterlagen und fuhr fort.

»Wie wir wissen, trat Knud Klint Kopparstierna in den Vorstand von *Ryttinger Eisen* ein. Nicht unbedingt, weil das Interesse des alten Ryttinger an seiner Person ihm schmeichelte, sondern weil wichtige Geschäftsfreunde ihm nahelegten, den Posten anzunehmen. Mehrere dieser Kollegen verfolgten dabei die Ziele des Danehof. Der Sitz im Vorstand sollte das nötige Umfeld schaffen, damit man Knud Klint Kopparstierna anwerben konnte, denn der Leiter des Danehof hatte ihn bereits als Nachfolger ins Auge gefasst.«

Er hatte gar nicht erst danach gefragt, ob sie sich bei ihr treffen könnten. Trotzdem hatte sie ihn durchs Telefon angeschrien. »Glaub ja nicht, dass ich dich ins Haus lasse!« Zuerst hatte sie sich strikt geweigert, überhaupt mit ihm zu reden.

»Tatsächlich ist Ihr Mann auf das Angebot eingegangen, Frau Kopparstierna, aber offenbar mit der Absicht, den Danehof zu unterwandern und seine Machenschaften offenzulegen. Der damalige Leiter Fritz Witte, seinerzeit Präsident des Obersten Gerichtshofs, schreibt, dass Ihr Mann nach etwa einem Jahr aufflog. Der Danehof hatte eine Kontrolle bei Ihnen zu Hause durchgeführt und Fotokopien und belastendes Material entdeckt, das Ihr Mann zusammengetragen hatte. Und nicht nur das … Er hatte heimlich Tonbandaufnahmen gemacht und stundenlange Gespräche und Diskussionen dokumentiert. Deshalb schlug der Danehof nach dem ersten Akt der Oper zu. Wie üblich waren die Getränke der verschiedenen Abendgesellschaften vorbestellt worden und standen zu Beginn der Pause auf den Tischen bereit. Den Aufzeichnungen im Archiv zufolge wurde dem Getränk Ihres Mannes vor der Pause Ipecac untergemischt. Ipecac ist ein Brechmittel, das aus einer Pflanzenwurzel gewonnen wird. Das war der Grund, warum Ihr Mann so plötzlich auf die Toilette musste, wo der Mörder und ein weiterer Komplize ihn schon erwarteten. Ich muss hier kurz erwähnen, dass auch Ipecac laut fachlicher Einschätzung bei einer Obduktion kaum nachzuweisen ist. Das Medikament kommt so schnell wieder raus, dass es gar nicht erst in den Organismus gelangt und folglich auch nicht in der toxikologischen Analyse auftaucht. Am Ende wurde Ihr Mann entgegen allen Hoffnungen also nicht Leiter des Danehof, sondern der Posten ging an den Sohn des Gerichtspräsidenten, an Johan Wolf-Witte, der inzwischen ebenfalls verstorben ist. Getötet von einem Scharfschützen, über dessen Identität wir bisher leider nichts herausfinden konnten«, sagte Axel Mossman.

Er versank wieder in seinen Grübeleien und bekam nicht mehr mit, ob Mossman noch mehr erzählte oder nicht. In seinem Kopf kreisten die Gedanken, wie schon die ganze schlaflose Nacht hindurch.

Es war wie ein Spießrutenlauf durch ein altes Fotoalbum. Er sprang von Bild zu Bild. Hatte Angst, zwischen den Seiten zerquetscht zu werden, die sich schmatzend voneinander lösten, während eine unsichtbare Hand in einem Tempo weiterblätterte, das er nicht kontrollieren konnte, und Gesprächsfetzen und Geräusche in seiner Erinnerung widerhallten. Mal in sanften, mal in schrillen Tönen.

Niemand konnte die Zeit zurückdrehen, und am Ende war alles nur noch beschissen gewesen. Aber vielleicht … vielleicht hätte alles auch ganz anders verlaufen können. Mossman hatte recht gehabt, als er sagte, es würde hart für ihn werden. Hier und jetzt wünschte er, er hätte die Unterlagen aus den Archiven des Danehof nie zu Gesicht bekommen.

Margrethe Franck sah ihn seltsam fragend von der anderen Seite des Tisches an.

Es war vollkommen still im Raum. Dann ergriff Barbro Kopparstierna das Wort.

»Mein Bruder und ich haben beschlossen, die Vergangenheit von jetzt an ruhen zu lassen. Ihre Arbeit hat meinem Mann Gerechtigkeit verschafft und uns von der quälenden Ungewissheit befreit. Das Leben geht weiter. So viele Menschen hoffen auf neue Medikamente für ein besseres Leben. Das wäre auch der Wunsch meines Mannes gewesen. Dass wir nach vorn schauen und nicht zurück. Ich weiß von Axel Mossman, dass der Kampf gegen dieses … Monstrum … für Sie alle mit hohem persönlichem Aufwand verbunden war. Deshalb möchte ich mich im Namen der Familie erkenntlich zeigen und Ihnen unsere Dankbarkeit ausdrücken. Gemessen an dem, was Sie geopfert haben, ist es kein großer Betrag, aber vielleicht ein Anfang, um Ihre Verluste und die Verzweiflung aufzuwiegen. Bevor Sie gehen, erhält jeder von Ihnen einen Scheck über zwei Millionen Kronen. Und ich möchte Ihnen noch einmal danken … von ganzem Herzen.«

93.

Die Wolken über dem Øresund waren blauschwarz. Es hatte schon ein paarmal bedrohlich gerumpelt, aber es regnete nicht in Skovshoved. Noch nicht.

Er saß auf der Bank vor dem Ruderverein und konnte bis ans Ende des Kais blicken. Eben erst hatte er den Platz gewechselt.

Er war extra früh gekommen. Vielleicht, um die Nervosität abzuschütteln. Er hatte sich auf die Terrasse des kleinen Cafés mit dem italienischen Namen gesetzt, den er schon wieder vergessen hatte, und einen Kaffee getrunken. Es stand zwischen den anderen rot-weißen Holzhäusern, zwischen dem Sammelpunkt der See-Pfadfinder und dem Vereinsheim der Sporttaucher. Er hatte an seine eigene zwischenzeitlich untergetauchte Truppe denken müssen – an Sonne, Mossman und Franck. Jeder von ihnen war jetzt auf seine Art an die Oberfläche zurückgekehrt.

Für einen kurzen Moment hatte er darüber nachgedacht, Birgitte auf eine Tasse Kaffee, ein Glas Wein oder etwas anderes einzuladen. Um die Stimmung ein wenig aufzulockern. Aber dann war ihm bewusst geworden, wie absurd dieser Gedanke war, und er hatte ihn sofort wieder verworfen. Er war überzeugt davon, dass sie nur kam, um kurzen Prozess zu machen. Deshalb war er auf die Bank umgezogen. Hier war es ruhig genug für eine Auseinandersetzung.

In seinem Inneren war das Gewitter längst in vollem Gang. Angst, Panik, unbändige Wut. Alles vermischte sich miteinander und hatte seinen Körper in höchste Alarmbereitschaft versetzt, während er sich ununterbrochen selbst predigte: »Egal was, egal wie … Atme tief durch. Sprich ruhig. Reiß dich zusammen.«

Instinktiv tastete er wieder nach seiner Tasche. Die nadelspitze Schraube war noch da.

Es war genau bekannt, wo auf der Erdkugel die tektonischen Platten in regelmäßigen Abständen aneinanderrieben. Und genauso präzise konnte man auch eine Vorhersage für ihn und Birgitte treffen: In Kürze würde der Hafen von Skovshoved einem Punkt direkt über der San-Andreas-Verwerfung gleichen, aber ganz egal wie sehr die Erde auch bebte, er durfte nicht den Kopf verlieren.

Ein weißer BMW bog auf den Parkplatz vor der Hafenmeisterei ein. Dann sah er sie. Zielstrebig ging sie den Kai entlang. Sie hatten das Haus der See-Pfadfinder als Treffpunkt vereinbart.

Sie kam schnell näher. Hatte sie ihn schon entdeckt? Ihre Kleidung wirkte elegant und teuer, aus einem ganz anderen Universum als die, die vor Urzeiten auf den Kleiderbügeln ihres Durchschnittsreihenhauses gehangen hatte.

Die Rotorblätter des großen *Black Hawks* verursachten einen ohrenbetäubenden Lärm. Er überprüfte ein letztes Mal seine Ausrüstung, genau wie die anderen angespannten Kameraden in dem amerikanischen *Gunship*, das in einer Staubwolke nach unten sank. Dann hörte er den schleppenden Akzent laut und deutlich im Ohr:

> »Okay guys, get ready. Ten sec to insertion point, counting down, nine, eight, seven, six, five, four, three, two, one. *GO, GO, GO!*« <

Ohne Zögern marschierte sie direkt auf die Bank zu. Sie war jetzt ganz nah. Mehr als fünf Jahre … Birgitte sah deutlich älter aus als damals. Sie war schlanker, ihr sonnengebräuntes Gesicht kantiger, und sie hatte ein paar Falten bekommen.

»Hallo!«

Er hob eine Hand und lächelte.

»Es stimmt also wirklich.«

»Was?«

»Dass du nicht tot bist.«

Birgitte rang sich ein Lächeln ab und setzte sich neben ihn.

»Ja, ich lebe und erfreue mich bester Gesundheit«, sagte er und hörte sofort, wie idiotisch das klang. »Und du?«

Sie zuckte mit den Schultern.

»Gut, viel zu tun, aber gut … Hör zu, wollen wir nicht einfach … zur Sache kommen? Ich muss nach Hause und kochen. Was willst du von mir, Niels?«

Er tastete nach der Schraube, platzierte sie in seiner Handfläche und schloss vorsichtig die Finger. Dann holte er tief Luft, und während er ausatmete, sagte er abgehackt:

»Ich möchte … Magnus … sehen.«

In derselben Sekunde ertönte ein krachender Donner aus den schwarzen Wolken, und er konnte spüren, wie die Erdplatten direkt unter ihm aneinanderstießen.

»Sag mal, hast du den Verstand verloren?« Birgitte starrte ihm fassungslos ins Gesicht.

»Ich möchte ihn nur sehen. Meinen Sohn sehen.«

»Du bist und bleibst ein erbärmlicher Vollidiot. Verschwindest einfach so von der Bildfläche. Und dann …«

»Ich war nicht gesund, Birgitte.«

Er ballte die Faust in der Hosentasche.

»Das interessiert mich einen Scheißdreck! Du tauchst einfach hier auf und willst ihn – nach fünf Jahren – auf einmal wiedersehen? Was zur Hölle bildest du dir eigentlich ein? Denkst du, du könntest wieder Teil unseres Lebens werden? Da hast du dich geirrt, mein Freund. Magnus hat ewig gebraucht, um über alles hinwegzukommen. Und er hat es endlich geschafft. Du spielst keine Rolle mehr. Glaubst du ernsthaft, ich lasse es zu, dass du das kaputtmachst? Oh nein, das werde ich nicht!«

Er atmete tief ein. Ganz tief. Blieb absolut reglos auf der Bank sitzen. Ballte die Hand in seiner Tasche noch fester zur Faust.

»Du hast es schon damals nicht zugelassen. Erinnerst du dich? Du hast alles getan, um es zu verhindern. Hast geschrieben, ich wäre kriminell, unberechenbar und gewalttätig … Hast du das wirklich vergessen?«

»So etwas habe ich nie getan! Du bist ja krank! Ich werde niemals so jemandem mein Kind überlassen.«

Wieder grollte ein Donnern. Gefolgt von einem Blitz. Aber kein Regen. Die Bank schien zu beben. Hol tief Luft. Ganz tief. Sprich ruhig. Los jetzt. Los. Verdammt!

Ohne eine Miene zu verziehen, schloss er die Hand noch fester um die Schraube.

»Ich *bestehe* darauf, Magnus zu sehen.«

»Ach ja? Mach das. Von mir aus kannst du darauf bestehen, bis du schwarz wirst. Niemals! So weit wird es niemals kommen.«

»Aber er ist auch mein Sohn. Nicht wahr?«

»Ich sagte: *niemals.*«

»Dann lässt du mir keine andere Wahl, als dir das hier zu zeigen, Birgitte.«

Mit der linken Hand zog er eine Klarsichthülle aus der Jackentasche. Darin steckten Unterlagen aus den Archiven.

»Hier steht es. Schwarz auf weiß. Und es macht mich trauriger und wütender alles andere je zuvor. Ausgerechnet du, Birgitte, ausgerechnet *du* warst ein Teil davon.«

Sie sah ihn mit hochgezogenen Augenbrauen an.

»Ein Teil wovon? Was redest du da?«

»Du wurdest von einer Organisation gekauft und bezahlt, die Danehof heißt. Vielleicht kanntest du den Namen nicht, vielleicht wusstest du nichts von seiner Dimension, aber es steht alles hier. Jedes Datum und jeder Betrag. Schau es dir ruhig an.«

Er reichte ihr die erste Seite. Dann fuhr er gedämpft fort:

»Siehst du? Bis aufs Komma genau. Ihr habt vereinbart, dass du dich von jemandem schlagen lässt. Und dann hast du Anzeige wegen häuslicher Gewalt erstattet. Du wusstest ganz genau, welchen Knopf du drücken musst, um meinen wundesten Punkt zu treffen. Wie der Vater, so der Sohn … nicht wahr? Du selbst hast unser Haus angezündet. Du hast ihre Anweisungen befolgt und dafür gesorgt, dass ich in den Verdacht gerate, Versicherungsbetrug begangen zu haben. Du hast dabei geholfen, mich in Verruf zu bringen und einzuschüchtern. Kurz gesagt, mich fertigzumachen. Und du hast davon profitiert. Dein Lohn dafür ist hier aufgelistet: eine einmalige Zahlung in Höhe von 1,5 Millionen Kronen und on top ein neuer, gut bezahlter Job. Außerdem konnten sie deinen Fall vor dem Familiengericht beschleunigen und in die richtige Richtung lenken. *Win-win-win.* Du warst mich los. Du hattest Magnus für dich allein. Du hattest ein Vermögen auf dem Konto und dazu noch ein stattliches Einkommen. Einfach so.«

Aus ihrem Gesicht war alle Farbe gewichen. Sie saß wie versteinert neben ihm und starrte auf das Papier, offenbar ohne einen Buchstaben zu lesen.

Er spürte, wie warmes Blut zwischen seine Finger rann. Er gab ihr das nächste Blatt.

»Hier … Da steht, dass du mir vorschlagen solltest, diesem armen Teufel Ballebo zu helfen – ›Balboa‹, aus der Bravo-Kompanie. Jetzt, wo ich es gelesen habe, fiel es mir plötzlich wieder ein, wie du mir den Gedanken eingeflüstert hast. Du, die doch sonst alles gehasst hat, was mit Veteranen und Soldaten zu tun hatte. Du hast Geld dafür bekommen, diese kleine Saat zu setzen, dass ich Balboa für ein paar Tage in unserem Haus aufnehme, nachdem du mal wieder ausgezogen warst. Alles nur, damit sie nach Belieben Drogen in unserer Garage platzieren konnten. Erinnerst du dich noch? Ich schon … achthundertfünfzig Gramm Heroin, dreihundertfünfzig Gramm Amphetamin und fünfzig Tabletten Diazepam. Um mir den Fund anzuhängen. Damit Polizeipräsident Bøjlesen mich aus der Ausbildung drängen konnte, wie es der Landespolizeichef angeordnet hatte, der auch Teil des Netzwerks war. Und zum Trost, damit ich die Klappe halte, haben sie mir den freien Eintritt ins Jägerkorps spendiert. Aber wusstest du auch, dass sie Balboa hinterher mit einer Überdosis aus dem Verkehr gezogen haben, Birgitte? Sie wollten kein Risiko eingehen. Und dir haben sie 25 000 Kronen zugesteckt. Hier steht es. Mit Datum und allem Drum und Dran. Du bist so armselig, Birgitte …«

Seine Stimme war nur noch ein Flüstern.

Die Schraube hatte sich längst tief in seine Hand gebohrt.

Die Sehnen waren bis in den Unterarm zum Zerreißen gespannt, seine Finger verkrampft. Er atmete tief ein.

»Ich habe mir wie verrückt den Kopf zerbrochen. Ich habe mich immer wieder gefragt: Wie konntest du das nur tun? Hast du mich wirklich so sehr gehasst? Waren wir wirklich so am Ende? Damals, vor einer Ewigkeit … haben wir uns geliebt. Oder nicht? Ich verstehe das alles nicht, Birgitte.«

Sie saß neben ihm, den Mund leicht geöffnet, aber es kam kein

Wort heraus. Ein neuer Donner rollte über den Øresund, aber es schien, als hätte sich der Boden unter ihm wieder beruhigt.

»Hast du überhaupt geahnt, worum es in Wahrheit ging?«, fragte er leise. »Wahrscheinlich war es dir egal. Sie wollten den Kommandeur vor mir schützen, der damals auf dem Balkan für unsere Einheit verantwortlich war. Ihn aus der Schusslinie holen, damit er nicht für Bosses Tod zur Rechenschaft gezogen werden konnte. Damit seine Karriere nicht in Gefahr geriet. Mogens Yssing hieß der Mann. Und weißt du, was? Auch das hat geklappt. Im März ist er zum neuen Oberbefehlshaber ernannt worden. Jetzt weißt du zumindest, welche Rolle du in dem ganzen Spiel hattest.«

Sie hob den Kopf.

»Du hast mich mit deinem ewigen Gerede von Bosses Tod in den Wahnsinn getrieben, Niels. Bosse hier, Bosse da. Du warst wie besessen von all dem beschissenen Mist, den du vom Balkan mit nach Hause geschleppt hast. Ich habe dich seither nicht eine Sekunde vermisst … Das ist die Wahrheit. Und jetzt, Niels? Jetzt willst du mich erpressen. Willst du mir Magnus wegnehmen? Bist du deshalb gekommen?«

Sie war immer noch kreidebleich, und ihr Unterkiefer zitterte, als sie ihm in die Augen sah.

»Ich habe genug in der Hand, um dich für sehr lange Zeit hinter Gitter zu bringen. Du hättest es verdient. Aber Magnus nicht … Alles, was ich verlange, ist eine feste Regelung, damit ich ihn jedes zweite Wochenende und nach Absprache sehen kann. So wie andere Eltern es nach einer Scheidung auch hinbekommen.«

»Ich hasse dich«, zischte sie zwischen zusammengepressten Zähnen hervor.

Die schwarzen Wolken waren nach Schweden abgezogen, und hier und da blitzte die Sonne durch die ersten Lücken in der grauweißen Wolkendecke.

Er lockerte seinen Griff um die Schraube. Sobald Birgitte gegangen war, würde er sie aus der Handfläche ziehen.

»Weißt du, Birgitte … vielleicht solltest du es mal mit Selbsterkenntnis versuchen.«

94.

Es war schon fünf nach. Er wartete seit zehn Minuten vor dem Rathaus in Gentofte und hielt nach einem alten Suzuki Alto Ausschau. Er war immer noch nicht aufgetaucht, dabei hatten sie einen Termin.

Wo blieb Margrethe Franck? Sie hatte versprochen zu kommen. Schließlich hatte sie ihn davon überzeugt, dass es wichtig war, in die Gesellschaft zurückzukehren. Weil das die Basis für alles war. Wieder offiziell gemeldet zu sein.

Er saß auf der niedrigen Mauer zwischen dem Springbrunnen und der alten Bronzeskulptur. Sie stellte zwei Männer dar, der eine stehend, ein Schwert in den Händen. Der andere, zu seinen Füßen, sterbend. Ein kleines Schild auf dem Rasen verriet, dass das Denkmal an die Besatzungszeit von 1940 bis 1945 erinnern sollte.

Die Figuren waren banal. Die Inschrift auf dem Sockel dagegen berührte etwas in ihm. Sinngemäß stand dort, dass Dänemark seine Freiheit den Gefallenen verdanke und nachfolgende Generationen ihren Willen, ihren Glauben und ihre Waffen weiterführen sollten.

Er gehörte auch zu den Gefallenen. Nicht dass er jemals ein Land befreit hatte. Aber er hatte sich selbst befreit. Indem er gekämpft und nie den Glauben verloren hatte.

Wenn es ihm gelang, eine Beziehung zu Magnus aufzubauen, dann würde es ihm vielleicht auch gelingen, etwas von seiner Willensstärke an die nächste Generation weiterzugeben. Und obwohl er an vielem gescheitert war, hätte er doch noch etwas Gutes erreicht.

Auf dem Schild standen ein paar mit Bedacht gewählte Wort über ferne Helden, die …

Über den Bernstorffsvej rauschte ein lautes Röhren heran. Ein knallroter, glänzender Mini Cooper mit schwarzen Rallyestreifen und schwarzem Dach tauchte auf, beschleunigte kräftig, bremste hart ab und schlingerte in die kleine Straße, die am Rathaus vorbeiführte, als wäre er eben in die Zielgerade der Rallye Monte Carlo eingebogen.

Er war nicht der Einzige, der entgeistert auf die Straße starrte. Leute, die aus dem Bürgerbüro kamen, blieben wie angewurzelt stehen und drehten die Köpfe.

Hinter dem Steuer saß eine hellblonde Frau. Jetzt stieg sie aus. Sie trug verwaschene Jeans und eine kurze schwarze Lederjacke. Ihre Füße steckten in knallroten Sneakers.

Es war – Margrethe Franck.

Als sie ihn entdeckte, winkte sie ihm zu, hängte sich eine Tasche über die Schulter, steckte die Sonnenbrille nach oben in die blondierte Frisur, knallte die Autotür zu und eilte los. Er ging ihr entgegen.

Sie hatten sich eine ganze Weile nicht gesehen. Ihre Haare waren an den Seiten ultrakurz geschnitten, auf dem Kopf senkrecht nach oben geföhnt, und eine dicke Strähne hing ihr tief in die Stirn und verdeckte eines der beiden tiefschwarz getuschten Augen. Am linken Ohr schlängelte sich die Silberschlange nach oben. Ihre Lippen leuchteten so rot wie das Auto.

»Wow …«

»Wow was?«, fragte sie lachend und umarmte ihn zur Begrüßung, bevor er einen Schritt zurückweichen konnte.

»Ich meine … das Auto … alles.«

»Coole Kiste, was? Vorgestern ist er angekommen. Die Farbe heißt chilirot. John Cooper Works Sondermodell, *State of the Art.* Vierzylinder, TwinPower Turbo, 228 PS, von null auf hundert in 6,3 Sekunden – 246 km/h Höchstgeschwindigkeit. Das ist

Freiheit, Niels, das ist verdammt noch mal richtige, echte Freiheit.«

Franck grinste von einem Ohr zum anderen.

»Und die Schlange ist auch zurück?«

»Man braucht ein paar Reserven, um *bitchy* zu sein. Und damit meine ich nicht nur die Energie. Mein Dank an Barbro Kopparstierna. Die Dame hat Stil. Und geizig – also, geizig ist sie jedenfalls nicht. Haben wir nicht einen Termin?«

»Wir sollten eigentlich schon drinnen sein.«

Sie griff nach seiner Hand.

»Dann los. Nimm meine Hand, du Idiot, sonst halten sie mich für deine Sozialarbeiterin.«

»Das glaube ich kaum.«

Die beiden zuständigen Damen hatten sich vorgestellt, ihnen die Hand geschüttelt und sie willkommen geheißen, aber ihre Namen waren sofort wieder weg gewesen. Die eine war dunkelhaarig, die andere grauhaarig. Sie arbeiteten beide bei der Sozialbehörde und saßen auf der einen Seite des Tisches, während er und Margrethe auf der anderen Platz genommen hatten.

Sie hatten gerade angefangen, als es an der Tür klopfte und ein kleiner Mann das Zimmer betrat.

»Hallo! Entschuldigen Sie bitte, dass ich einfach so hereinplatze. Ich bin der Bürgermeister.«

Der Mann streckte ihm energisch die Hand entgegen.

»Ejnar Thychosen.«

»Niels Oxen.«

»Ich wollte nur kurz Guten Tag sagen und Sie in unserer Gemeinde begrüßen. Schließlich hat man nicht jeden Tag die Gelegenheit, jemandem wie Ihnen die Hand zu schütteln. Es ist wahnsinnig beeindruckend. Ich habe ein Bild vom Tapferkeitskreuz gesehen. Wunderschön. Also, herzlich willkommen in Gentofte, Herr Oxen. Ich hoffe, Sie können hier alles regeln und fühlen sich bei uns wohl. So, jetzt will ich Sie nicht länger stören, ich muss zu meinem Termin. Auf Wiedersehen.«

Schon war der kleine Mann wieder verschwunden.

Die Grauhaarige zuckte mit den Schultern.

»Tut mir leid … aber der Bürgermeister wollte Sie unbedingt treffen, als er hörte, dass Sie kommen würden. Na, dann lassen Sie uns loslegen, ja?«

Er nickte. Seinetwegen durfte das ruhig schneller gehen.

»Wir wollen versuchen, für alles eine Lösung zu finden, mit der *Sie* zufrieden sind, Herr Oxen. Fangen wir mit der Unterbringung an. Sie haben einen Sohn, richtig? In Skovshoved?«

»Ja. Deshalb hatte ich an die Gegend hier gedacht. Von hier aus ist es nicht so furchtbar weit …«

Die Grauhaarige fuhr fort. Vermutlich hatte sie das Sagen.

»Sie müssen wissen, dass wir zwar die Befugnis haben, einen Teil der Genossenschaftswohnungen zu vermitteln, aber leider haben wir keine freie Auswahl. Wir haben eine Liste der Wohnungen zusammengestellt, die sofort bezugsbereit wären. Sie können sich alles hier auf dem Computer ansehen.«

Sie drehte ihren Laptop so, dass er mit auf den Bildschirm schauen konnte.

»Zum Beispiel hier in der Wohnanlage an der Dalstrøget oder hier im Kildegårdsparken am Lyngbyvej. Sie können selbst hoch- und runterscrollen und die Bilder anklicken. Lassen Sie sich ruhig Zeit.«

Franck tippte umgehend mit dem Zeigefinger auf den Bildschirm.

»Die nicht … und die auch nicht, oder? Die sehen ja beide schrecklich aus.«

Er betrachtete die Bilder. Um ehrlich zu sein, war das alles nicht das, was er sich vorgestellt hatte, aber irgendwo musste er schließlich wohnen. Zumindest für den Anfang. Er musste in den Schoß der Gesellschaft zurückkehren, mit Wohnsitz und Adresse, um

Magnus zu sehen. Als Obdachloser konnte er seinen Sohn schlecht zu sich holen.

»Hm, ich nehme die in der Dalstrøget …«

Die Dunkelhaarige machte sich eine Notiz und nickte. Die Grauhaarige redete weiter.

»Als Nächstens müssen wir Sie dringend einstufen. Das muss nicht alles heute sein, aber …«

Einstufen?

Er sah die Frau fragend an.

»Kompetenzermittlung …«, sagte sie. »Wir müssen sehen, welche langfristigen Perspektiven wir für Sie finden können, Herr Oxen. Dafür müssen wir uns zunächst einen Überblick verschaffen und ein paar Ziele formulieren. Eine vernünftige Wiedereingliederung sollte dabei natürlich vorrangig sein. Glücklicherweise gibt es einige wirklich gute Programme, die wir nutzen können. Ich bin also äußerst zuversichtlich, dass das klappen wird – mit vereinten Kräften.«

Programme?

Er dachte, dass Kochwäsche vermutlich am besten wäre. Dreißig oder vierzig Grad würden wahrscheinlich nicht ausreichen.

»Aber als Allererstes sollten wir das größte Hindernis anpacken. Das, worüber Sie uns selbst informiert haben – die Spätfolgen Ihrer Berufstätigkeit. Ihre Traumata. Das Posttraumatische Belastungssyndrom. Wir haben uns mit Kollegen kurzgeschlossen, die mit dieser Krankheit mehr Erfahrung haben als wir hier in Gentofte, und möchten Ihnen vor diesem Hintergrund eine kognitive Verhaltenstherapie nahelegen, Herr Oxen.«

Sie saßen auf einem der Granitblöcke, die den Svanenmøllestrand eingrenzten, diesen winzigen, dreieckigen Sandstrand im Norden der Stadt. Sie aßen Eis.

Margrethe Franck hatte darauf bestanden, noch eine Spritztour im Mini Cooper zu machen, bevor sie ihn zurück nach Kokkedal bringen würde. Erstaunlicherweise waren sie bislang ohne Bußgeld durchgekommen, obwohl die Asphaltdecke des Bernstorffsvej vermutlich immer noch qualmte.

Das Gespräch auf dem Amt war gut verlaufen. Er hatte sich ruhig verhalten. Hatte geduldig gewartet, bis die Dunkelhaarige und die Grauhaarige endlich fertig gewesen waren und er wieder gehen konnte. In vierzehn Tagen konnte er umziehen.

Zweiter Stock, Dalstrøget, Vangede … Das würde eine ziemliche Umstellung werden. Vangede. Hoffentlich ging das gut.

Franck nickte nach Norden, zu den großen, weißen Wohnblöcken im Hintergrund.

»Da drüben im Tuborg Havn, das Haus ganz außen, das ist das von Villum Grund-Löwenberg«, sagte sie. »Es kommt mir vor, als hätte ich erst gestern dort oben mit Gaffa-Tape herumgebastelt und mein Handy abgeseilt. Und du hast dort geschlafen, als ich in Spanien war, stimmt's?«

»›Geschlafen‹ ist vielleicht ein bisschen viel gesagt.«

»Clevere Idee von Mossman, dafür zu sorgen, dass sich alle gegenseitig aus dem Weg schaffen …«

»Mossman ist ein Teufel, aber es ist gut, ihn im Team zu haben. Tatsächlich hatte er alles schon für mich organisiert. Fast wie ein Geschenk. Glaubst du, er hat ein schlechtes Gewissen? Wegen Mr White?«

Franck verschluckte sich fast an ihrem Eis.

»*Mossman?* Ein schlechtes Gewissen? Na ja, *glauben* kann man viel … Ich habe ihn neulich besucht, und natürlich hat er Akten aus den Archiven mitgehen lassen. Er hat es einfach nicht fertiggebracht, die alten Mordfälle abzuhaken. Der Mann, der den alten Ryttinger erschossen hat, war ein Kollege. Er liegt auf dem Friedhof in Nakskov. Und der Typ, der Sigrid Ryttinger Bulbjerg und ihren Mann von der Autobahn abgedrängt hat, ist bei einem Verkehrsunfall in seinem Thailand-Urlaub ums Leben gekommen. Ein bisschen Gerechtigkeit gibt es wohl doch … Gregersens

Selbstmord auf Fanø war inszeniert. Der Mörder war derselbe, der auch seine Frau vom Balkon gestoßen hat. In den Unterlagen ist nur sein Deckname erwähnt. Mossman ist ihm offenbar schon auf der Spur. Wenn es stimmt, wohnt der Kerl auf Gran Canaria und ist zweiundsechzig Jahre alt. Wer für den Unternehmer Hildmand angeheuert wurde, geht leider nicht aus den Akten hervor. So wie es aussieht, hat sich mein ehemaliger Kollege Kaare Nielsen um die praktischen Dinge gekümmert. Ich schätze, die werden alles auseinandernehmen, was er je besessen hat.«

»Mossman gibt niemals auf.«

»Vielleicht rettet es ja seinen Seelenfrieden, dass er den Kommissionsvorsitz bekommen hat. Er ist wirklich unglaublich eitel. Er will …«

Das Handy in ihrer Jackentasche klingelte. Sie sah ihn an.

»Ich habe ein paar Informationsdienste abonniert. Alle halbe Stunde kommt irgendeine Eilmeldung. Wahrscheinlich hat jemand in Nørrebro eine Wäscheleine geklaut. Hast du noch mal mit deiner Ex gesprochen, dieser hinterhältigen Hexe?«

»Wir haben einmal telefoniert. Wir müssen das mit Magnus ja irgendwie geregelt kriegen.«

»Das Einfachste wäre gewesen, sie direkt ins Gefängnis zu verfrachten. Respekt, Niels …«

Franck hatte ihr Handy aus der Tasche gezogen und warf einen verstohlenen Blick auf die neuesten Nachrichten.

»Das gibt es doch nicht!«, platzte sie heraus.

»Was ist?«

»Hör zu: ›*Dänemarks Oberbefehlshaber dankt ab. In einer Pressemitteilung hat Mogens Yssing seinen sofortigen Rücktritt vom Posten des Oberbefehlshabers der dänischen Armee erklärt. ›Ich habe leider eine ärztliche Diagnose erhalten, die meine volle Aufmerksamkeit verlangt. Da dies nicht mit den Aufgaben eines Oberbefehlshabers vereinbar ist, ziehe ich mich mit dem heutigen Tag aus meiner aktiven Laufbahn zurück‹, so Yssing, der erst vor wenigen Monaten ernannt wurde.‹«*

»Mossman …«

Franck nickte.

»Ja, Mossman. Er hat mir erzählt, was er in den Archiven gefunden hat. Der Danehof hat den ukrainischen Sektorchef sowie zwei andere Zeugen bestochen, damit sie die Klappe halten oder gegebenenfalls das Richtige aussagen, falls jemand Fragen stellen sollte. Was die Kommission ein paar Jahre später ja auch gemacht hat.«

»Mossman hat mir die Kopien gegeben. Genau das habe ich damals versucht, den Leuten klarzumachen.«

»Und du bekommst keine neue Untersuchungskommission?«

»Nein. Mossman sagte, das Thema wäre erledigt. Mir war nicht klar, dass er damit meinte, dass es für Yssing konkrete Konsequenzen haben würde.«

»Du hast gewonnen.«

»Das kann man wohl sagen.«

»Vielleicht hatte Mossman ja doch ein schlechtes Gewissen?«

Sie aßen schweigend ihr Eis. Unten am Strand spielten ein paar Jungs Fußball. Nur noch ein paar Grad mehr, und an einem sonnigen Tag wie heute war es hier brechend voll.

»Was ist mit der Arbeit? Wann fängst du an?«, fragte er.

»Nächste Woche. Salomonsen hat mir freie Wahl gelassen, und ich habe mich für die operative Abteilung entschieden. Ich freue mich wie ein kleines Kind! Oh, erinnerst du dich noch an Anders, Anders Becker?«

»Deinen Freund?«

»Also, zusammen waren wir nicht, aber … Salomonsen hat ihn rausgeworfen. Mit einem kräftigen Tritt in den Hintern. Ich glaube, Salomonsen ist in Ordnung.«

»Natürlich hat er ihn rausgeworfen. Der Kerl hat sich kaufen lassen.«

Franck nickte. Es fuchste sie sicher immer noch, dass der Idiot sie so übel reingelegt hatte. Sie wechselte das Thema.

»Bald sind Sommerferien. Hast du irgendwelche Pläne? Vielleicht mit Magnus?«

Er zuckte mit den Schultern. So weit war er noch nicht. Alltag oder Urlaub, das spielte für ihn nicht die geringste Rolle.

»Keine Ahnung. Wir müssen uns jetzt ja erst mal treffen.«

»Wann?«

»Das steht noch nicht fest. Birgitte muss ihn behutsam darauf vorbereiten, damit er sich an den Gedanken gewöhnen kann.«

»Wie geht es dir bei der ganzen Sache?«

Er zuckte wieder nur stumm mit den Schultern.

Sie sah ihn abwartend an und sagte schließlich:

»Du hast panische Angst, kann das sein?«

Er nickte und spürte ihren Arm auf seiner Schulter.

»So etwas braucht Zeit. Du darfst nicht ungeduldig werden. Ihr habt keine Eile. Und sei einfach du selbst. Dann klappt das auch.«

Sie saßen wortlos nebeneinander und sahen den Kindern zu, die kreischend dem Ball hinterherjagten. Ihm fiel etwas ein, das er ihr noch erzählen wollte.

»Ich fliege nächste Woche nach Vilnius. Ich habe Ieva Zakalskyte versprochen, sie zu informieren, wenn alles aufgeklärt ist. Ich will sie und ihre Familie darauf vorbereiten, dass Virginijas sterbliche Überreste nach Litauen überführt werden, sobald man sie in Nørlund ausgegraben hat.«

»Und die zweite große Schwester?«

»Simona? Ihre Leiche wird vermutlich nie gefunden werden. In den Archiven stand nur, dass sie im Esrum Sø versenkt wurde. Der See ist groß, und es ist lange her.«

»Das klingt wirklich aussichtslos.«

»Und dann will ich noch nach Schweden, in die Schären«, fuhr er fort.

»Zu dieser Ärztin?«

»Ja, zu Tessa. Ich schulde ihr fünfundvierzigtausend Kronen. Außerdem muss ich auf den Friedhof von Finderup. Aber damit ist dann alles erledigt.«

»Friedhof? Das ist doch erst im August, oder? An Bosses Todestag.«

»Nein, so lang will ich nicht warten.«

Franck nickte stumm. Vorsichtig zog sie die Hand von seiner Schulter. Einer der Jungs kickte den Ball ins Wasser, und alle warteten darauf, dass die Wellen ihn ans Ufer zurücktreiben würden.

Hinter ihnen schob eine junge Mutter einen Kinderwagen vorbei und setzte sich ein paar Meter entfernt in die Sonne.

»Sag mir Bescheid, wenn du umziehst. Ich kann dir helfen«, sagte Franck.

»Da gibt es nicht viel zu helfen. Ich besitze ja nichts.«

»Nein. Das stimmt.«

Der Ball kam zurück, und die Kinder spielten weiter.

»Du, äh …« Franck sah ihn an. »Du schuldest mir noch ein Abendessen. Erinnerst du dich an unsere Verabredung im Rold Storkro? Als du einfach abgehauen bist und mir nur einen Zettel dagelassen hast?«

Er nickte. Er konnte sich sogar an den genauen Wortlaut erinnern. Sie legte eine Hand auf sein Knie.

»Jetzt haben wir etwas zu feiern, oder? Wir haben unser Leben zurück, die Flammen sind aufgetaut. Also, warum bringst du die Sache nicht einfach in Ordnung und gehst heute Abend mit mir aus?«

95.

Er steckte die Plastikvase in die Erde vor dem Grabstein, füllte sie mit Wasser aus der Gießkanne und stellte den Fliederzweig hinein. Er hatte ihn auf dem Weg hierher von einer wilden Hecke abgebrochen. Etwas Besseres gab es nicht. Bosse hatte den Duft von Flieder geliebt. Genau wie er.

Der schlichte graue Naturstein passte so gut. Hier gab niemand vor, etwas zu sein, was er nicht war.

»Im Einsatz gefallen,
geliebt und vermisst.
Bo ›Bosse‹ Hansen«

Das waren genau die richtigen Worte und keins zu viel. Bosse war gestorben, ohne etwas weitergeben zu können.

Oxen zog sein SEAL 2000, das alte Kampfmesser, aus der Tasche. Spürte ein letztes Mal das Gewicht in der Handfläche und fuhr vorsichtig mit dem Daumen über die Klinge. Dann ging er in die Hocke und steckte es neben dem Flieder in die Erde.

Zuletzt nahm er ein Feuerzeug und zündete das kleine Grablicht an, das er in der Blumenhandlung in Slagelse gekauft hatte. Er drückte es vorsichtig in den feinen Kies, der das Grab bedeckte.

Es sollte sein letzter Besuch auf dem Friedhof sein. Ein notwendiger Schlusspunkt. Ein notwendiger Abschied. Bosse wäre der Erste gewesen, der gesagt hätte: Lass die Vergangenheit hinter dir und sieh zu, dass du in die Gänge kommst. Es war an der Zeit, sich um die Lebenden zu kümmern statt um die Toten.

In der Tasche vibrierte sein Handy.

»Guten Tag, Soldat. Störe ich?«

Nach dem Namen zu fragen war überflüssig.

»Nein. Ich stehe gerade auf dem Friedhof bei Høng.«

»Dein Kamerad. Bo Hansen, richtig?«

»Ja.«

»Jetzt kann er in Frieden ruhen. Weil du dafür gekämpft hast.«

»Ich bin mir sicher, dass er lieber noch leben würde.«

»Es gibt so etwas wie Gerechtigkeit, Oxen. Manchmal muss man ihr nur ein wenig auf die Sprünge helfen … Da ist etwas, das ich dir gern erzählen würde.«

»Lass hören.«

»Sie haben Morten Lundbye gefunden.«

»Wo?«

»In Spanien. Bilbao. In einer finsteren Seitenstraße. Erschossen, tot und bis aufs letzte Hemd ausgeraubt.«

Er stand da und schwieg. Auch Mossman sagte nichts.

»Erschossen?« Er durchbrach die Stille als Erster.

»Angeblich drei Schüsse. Die Polizei vor Ort ist dran. Aber im Augenblick sieht es schwierig aus«, brummte der alte PET-Mann.

»Ein Mord, der allen Parteien ziemlich gelegen kommen dürfte …«

»Zumindest kommt er nicht ungelegen, Soldat.«

»Und was ist mit John Smith, oder besser gesagt mit Eric Bancroft? Gibt es da auch Neuigkeiten?«

»Nein, aber ich prophezeie ihm kein langes Leben. Hab noch einen schönen Tag, Soldat. Wir hören uns.«

Es fing an zu regnen, als er das Handy wieder einsteckte. Ein stiller Regen, von der Sorte, die lange andauern konnte. Die Wolken hatten sich zu einer dichten Decke zusammengezogen, grau und dunkel. Es war fast windstill.

Er betrachtete ein letztes Mal das Grab. Den Stein. Die Inschrift. Die Pflanzen. Den Flieder. Das Messer. Und die Kerze … Dann hob er langsam den rechten Arm, salutierte, drehte sich um und ging.

Das Kopfsteinpflaster auf dem abschüssigen Parkplatz der Kirche glänzte nass. Er setzte sich in das Auto, das er gemietet hatte, und warf einen letzten Blick auf die Finderup Kirke, die so hübsch auf ihrer kleinen Kuppe stand.

Gleich würde er nach Høng fahren. Er würde Bosses Eltern in dem roten Backsteinhaus an der Hauptstraße besuchen. Er würde eine Tasse Kaffee trinken und ihnen erzählen, dass der Verantwortliche zur Rechenschaft gezogen worden war, auch wenn es nie eine offizielle Erklärung dazu geben würde. Er würde ihnen auch erzählen, dass die Welt nicht immer so aussah, wie sie in Wirklichkeit war. Und schließlich würde er ihnen erklären, was er eben mit Bosse besprochen hatte: nämlich, dass es sein letzter Besuch auf dem Friedhof gewesen war.

Hinterher würde er einen Spaziergang machen. Er würde zu seinem Elternhaus gehen, wenn man ein Haus so nennen konnte, in dem man nur zwei Jahre gewohnt hatte. Er würde ganz still auf dem Bürgersteig stehen, und er wusste schon jetzt, wie es in ihm rumoren würde, wenn er wieder vor sich sah, wie sein Vater in unheilvoller Stimmung nach Hause kam und wie seine Mutter, seine Schwester und er selbst sich sofort ängstlich an die Wand drückten.

Er ließ den Wagen an, schaltete den Scheibenwischer ein und rollte vom Parkplatz.

Und wenn er all das getan hatte, dann würde er fahren – und niemals wiederkommen.

Er schaute auf die Uhr. Noch gut zweiundsiebzig Stunden.

Der Regen hatte ihn vom Westen Seelands bis zurück nach Kopenhagen begleitet. Er saß mit einem Becher Kaffee auf der Fensterbank. Drinnen beschlug die Scheibe durch den heißen Dampf. Draußen rannen die Tropfen in schmalen Streifen das große Wohnzimmerfenster hinunter. Der Frühsommer war dieses Jahr ungewöhnlich nass.

N. Oxen, Dalstrøget 145, Vangede.

Das klang alles komisch und fremd. Vielleicht musste er sich aber auch nur daran gewöhnen, eine feste Adresse zu haben. Ein paar Tage reichten dazu wohl nicht aus.

Er wohnte in einem der letzten Häuser der großen Wohnanlage. Dreistöckige gelbe Klötze, deren erste Reihe mit einem unerklärlichen Zickzackmuster aus rotem Backstein versehen war. Es sah im Regen aus, als würden die Häuser aus der Dachrinne bluten – vermutlich der einzige Ort, an dem in Vangede Blut floss. Wenn es trocken war, erinnerte das Muster ihn an hässliche Narben.

Sein Haus war gerade noch davongekommen. Es hatte nur am äußersten Rand der Fassade etwas Narbengewebe.

Abgesehen davon war nichts in der Gegend dramatisch. Hier

war man so sicher und geborgen, als läge man zusammengerollt unter einer warmen Bettdecke. Keine Autowracks, keine Panzer, keine verkohlten Ruinen, keine verbrannten Landschaften.

Es gab Bäume, Buchenhecken und Blumenbeete neben gepflegten Rasenstreifen. Alles hier war nett und grün.

Bei IKEA im Nybrovej hatte er sich einen Satz Teller gekauft. Wenn er etwas brauchte, um es auf ebendiese Teller zu legen, dann war der nächste Netto nur achtzig Meter entfernt. War ihm der Netto nicht gut genug, musste er nur die zweihundert Meter zum Munketorv gehen, wo es einen Lidl gab. Und neben dem Lidl war ein Metzger, und neben dem Metzger gab es ein Geschäft, wo es alles gab, was die italienische Küche zu bieten hatte. *Lago di Garda* hieß der Laden – und weckte Erinnerungen an das Jahr, als seine Mutter seinen Vater vorsichtig gefragt hatte, was er davon halten würde, einen Campingwagen zu kaufen und in den Ferien an den Gardasee zu fahren. Als sie zum dritten Mal fragte, bekam sie zur Antwort ein blaues Auge.

Er streckte die Beine auf der breiten Fensterbank aus und nippte an dem Kaffee. Es war ordentlicher Pulverkaffee.

Unaufhörlich lief das Wasser am Fenster hinunter. Auf der gegenüberliegenden Seite der Rasenfläche schlurfte die alte Dame auf ihrem überdachten Balkon auf und ab. Sie trug denselben lilafarbenen Morgenmantel wie schon an den Tagen zuvor. Sie lief viele Meter am Tag, ohne von der Stelle zu kommen.

Gegenüber vom Gardasee, auf der anderen Seite der Ampelkreuzung, war der Bahnhof von Vangede. Von hier aus konnte man die ersten zaghaften Schritte hinaus in die grenzenlose Welt machen. Herning, Helmand oder Hongkong. In seinem neuen Zuhause gab es keine Fesseln. Aber man müsste schon ein echter Idiot sein, um sich für die Helmand-Provinz zu entscheiden.

Er wandte seinen Blick von dem scheußlichen Morgenmantel ab. Abgesehen von einem Fernseher und einem großen Kissen auf dem Boden war sein Wohnzimmer leer. Im Zimmer nebenan lag eine Matratze, auch von IKEA, und in der Küche standen ein kleiner Tisch und ein Hocker, ebenfalls vom Möbelschweden zusammengeschustert. Das Einzige, was er aus seinem alten Zimmer mit hierhergebracht hatte, waren die Sieben.

In Gedanken ging er alles durch. Sah auf die Uhr und rechnete aus, wie lange es noch dauern würde.

Bosse, der Friedhof und Høng waren die letzten Punkte auf seiner To-do-Liste gewesen. Jetzt waren sie abgehakt, genau wie Ieva in Vilnius, Tessa auf Klöverö, der knusprige Schweinebauch mit Petersiliensoße bei Fritsen und seiner Frau sowie der Besuch bei Pastor im Pfarrhaus.

Es gab keine losen Enden mehr.

Keine abgebrannten Brücken.

Er war bereit für den großen Neustart.

Morgen würde er zum ersten Mal gegen den Psychologen in den Ring steigen, den die Sozialbehörde ihm empfohlen hatte. Allein bei dem Gedanken machte sich innere Unruhe breit. Franck hatte warnend den Zeigefinger gehoben und ihn ermahnt, den Psychologen als Freund und nicht als Feind zu betrachten. Sie hatte ihn vorgewarnt, dass er während der Therapie wahrscheinlich mehr als einmal unsanft auf dem Hintern landen würde. Aber sie hatte ihm auch versichert, dass er danach jedes Mal wieder aufstehen würde. Weil er zäh war und mehr Leben hatte als eine Katze.

Margrethe Franck war manchmal unglaublich anstrengend. Und sie war noch so viel mehr …

Seit sie nach dem Termin beim Sozialamt essen gegangen waren, hatte er sie nicht mehr gesehen. Sie hatten ein paarmal telefoniert. Er hatte oft überlegt, sie anzurufen. Aber letztendlich war doch immer sie diejenige gewesen, die sich gemeldet hatte. Sie hatte viel zu tun in ihrem neuen Job beim PET. Er wollte sie nicht stören, und er hatte ja auch gar nichts zu erzählen. Abgesehen davon machte sie wahrscheinlich jeden Tag nach Feierabend in ihrem Chili Cooper die Straßen unsicher, während Metallica aus den Lautsprechern dröhnte.

Er sah wieder auf die Uhr. Es waren gerade mal ein paar Minuten vergangen und immer noch siebenundsechzig Stunden, bis er Magnus treffen würde.

Er hatte Birgittes Idee, in den Tivoli zu gehen, notgedrungen ablehnen müssen. Dort waren viel zu viele Menschen. Stattdessen hatte er sich weit aus dem Fenster gelehnt und den Zoo vorgeschlagen. Sie mussten irgendwohin, wo man herumlaufen konnte und wo es etwas zu sehen gab. Etwas, worüber man sich unterhalten konnte. Vielleicht sogar lachen? Falls sie zusammen lachen konnten …

Er hoffte, dass sie ihn unterstützen würden, die Lemuren, die Tiger und selbst der räudigste Wolf. Über die meisten von ihnen konnte er viel erzählen. Mit Tieren kannte er sich aus.

Es war das wichtigste Treffen seines Lebens. Und mit Abstand die schwierigste Mission von allen. Abgesehen vom Bürgersteig vor dem Haupteingang hatte er keine Koordinaten. Keine Verstärkung im Rücken, weder auf dem Boden noch aus der Luft. Keinen Sammelpunkt. Keine Hintertür.

Er kam unbewaffnet. Er kam allein. Er kam, wie er zur Welt gekommen war – schutzlos und nackt.

Siebenundsechzig Stunden fühlten sich an wie eine Sekunde, von einer Granate in unendlich viele Splitter zerrissen.

Und sie fühlten sich an wie eine jahrelange Wanderung dem Horizont entgegen.

Er war so weit gegangen, aber ganz gleich, wie weit er auch ging, er kam doch nie zu Hause an.

Der Regen rann immer noch in kleinen Bächen die Scheibe hinunter. Und er rann aus seinen Augen und zog Spuren über Wangen und Hals.

Und alles verschwamm hinter seinem Fenster in Vangede.

Nachwort

Sechs Jahre sind vergangen, seit ich die Geschichte von Niels Oxen begonnen und ihn vom Keller in Kopenhagen in den Rold Skov und von dort immer tiefer in das Schattenreich der Macht geschickt habe.

Auf meiner Reise wurden mir Schlösser geöffnet und Wissen zur Verfügung gestellt, im Großen wie im Kleinen. Es ist an der Zeit, allen dafür zu danken.

Wie ich bereits in den ersten beiden Bänden erklärt habe, bin ich ausgebildeter Journalist. Vielleicht will ich deshalb immer wissen, ob in der Fiktion auch Fakten stecken.

Den Danehof in Nyborg hat es wirklich gegeben, als ein mittelalterliches Parlament, zusammengesetzt aus den mächtigsten Männern des Königreichs. Das Schloss steht bis heute und dient inzwischen als Museum.

Torups Slott gibt es ebenfalls, und es ist genauso malerisch gelegen, wie es beschrieben wird – ein kleines Stück östlich von Malmö in Schweden. Ich habe seine wahre Geschichte in Kurzform wiedergegeben.

In jüngerer Vergangenheit befand sich das Schloss im Besitz der Familie Coyet, mit Henriette Coyet als besonders eindrucksvoller Persönlichkeit. Durch Heirat ging das Schloss in den Besitz derer von Leithner über. Ihr letzter Erbe zog 2012 nach Torup, wobei das Schloss bereits 1970 an die Kommune Malmö verkauft wurde.

Der Schlosspark ist für die Öffentlichkeit zugänglich. Im Sommerhalbjahr finden Führungen durch einen Teil der Räumlichkeiten statt.

Die Familie Kopparstierna ist meine Erfindung, wenn auch deutlich inspiriert von dem mächtigen dänisch-schwedischen

Adelsgeschlecht Gyllenstierna. Einige der einflussreichen gesellschaftlichen Positionen der Gyllenstiernas dienten als Vorlage für die Familiengeschichte der Kopparstiernas.

Und Klöverö? Klöverö liegt da, wo es eben liegt – in den schwedischen Schären. Auch die dänische Insel Egholm gibt es wirklich.

Das Tapferkeitskreuz, mit dem meine Hauptperson Niels Oxen belohnt wurde, ist Dänemarks höchste militärische Auszeichnung. Es wurde nur ein einziges Mal verliehen.

Jens Henrik Jensen

dtv
premium